柏桦 说 三十六计与中国古代政治智慧

上

亢龙有悔
跃于渊

——胜战计与敌战计

柏桦 等 著　王山甲 插画

北方联合出版传媒（集团）股份有限公司

万卷出版公司

ⓒ 柏桦 等 2018

图书在版编目（CIP）数据

亢龙有悔跃于渊：胜战计与敌战计 / 柏桦等著．—沈阳：万卷出版公司，2018.8
（柏桦说三十六计与中国古代政治智慧）
ISBN 978-7-5470-4979-2

Ⅰ．①亢… Ⅱ．①柏… Ⅲ．①兵法－中国－古代－俗读物②政治制度史－中国－古代－通俗读物 Ⅳ．①E892.2-49②D691.21-49

中国版本图书馆 CIP 数据核字（2018）第 123819 号

出 品 人：刘一秀
出版发行：北方联合出版传媒（集团）股份有限公司
　　　　　万卷出版公司
　　　　　（地址：沈阳市和平区十一纬路25号　邮编：110003）
印 刷 者：鞍山市春阳美日印刷有限公司
经 销 者：全国新华书店
幅面尺寸：145mm×210mm
字　　数：480千字
印　　张：19.5
出版时间：2018年8月第1版
印刷时间：2018年8月第1次印刷
责任编辑：杨春光
装帧设计：范　娇
责任校对：高　辉
ISBN 978-7-5470-4979-2
定　　价：65.00元

联系电话：024-23284442
传　　真：024-23284448
E－m a i l：vpc_tougao@163.com
网　　址：http：//www.chinavpc.com

序言：

天圆地方与外圆内方

　　《三十六计》是经过长期流传和后人不断整理所成的书，可以说它是凝聚古代人们智慧的书。全书共分为胜战计、敌战计、攻战计、混战计、并战计、败战计等六套，每套各有六计。三十六计基本上是以众所周知的成语为定名，易记易懂，故在人们中间影响很深。因为这是一种比较有影响的计谋，在社会上自然有很大的市场和影响力。

　　《三十六计》是以兵家权谋的面目出现的，虽然它没有囊括古代兵家奇诡奸谲之谋的全部内容，但毕竟将兵家诡道的主要部分汇集起来，在一定程度上反映兵家权谋的概貌。

　　本套书定题为"三十六计与中国古代政治智慧"，一是在政治理论往往深奥难懂，政治心理学更是人们不大熟悉课题的情况下，借助这些很有影响的计谋来宣传推广。二是在复杂的政治斗争中，政治权谋与军事权谋是息息相关的，更何况三十六计中有许多计谋是从政治斗争中演变而来。三是军事斗争与政治斗争总是交织在一起，二者存在着许多共性，彼此相互影响和交融，许多特点是一致的。四是军事与政治的立足点不同，政治是不流血的战争，战争是流血的政治，严格地讲，战争是实现政治目的的手段，脱离不开政治。五是兵家权谋强调"诡诈而多变"，政治权谋强调"仁义礼智信"，二者立意不同，但在实践中却是你中有我、我中有你，以诡道成正道，为正道行诡道，殊途同归。

兵家权谋因为是刀兵相见，你死我活，本无道德可言，可以毫无顾忌地将其诡诈加以公开，并且从不讳言其卑劣阴险。政治权谋纳入国家治理之中，在以正治国的前提下，有一种道德规范着人们的行为，所以不能公开言其诡诈，更忌讳谈及阴险毒辣。不公开不能说其不诡诈，忌讳谈不是不阴险毒辣，可以说，政治权谋是在虚伪道德的掩饰下更为诡诈阴险的谋略。

兵家权谋是崇尚诡诈的，《孙膑兵法》云："夫权者，所以聚众也；势者，所以令士必斗也；谋者，所以令敌无备也；诈者，所以困敌也。"这些论点与先秦诸子所论及的政治斗争情况相似。政治家们认为："权势者，人主所独守也"，"用术则亲爱近习莫之得闻也"，法、势、术相结合，构成一种隐密幽深而又变幻莫测的权术。可以说，兵家权谋影响政治权术，政治权术又促使兵家权谋更加完善，彼此有着密切的关系。为什么古代人们在谈论兵家权谋时津津乐道，唯恐其谋不诡诈阴险毒辣；而谈论起政治权术则噤若寒蝉，唯恐其术太明而遭非议？这与中国的历史文化背景密切相关。

首先，在君主专制、个人集权、宗法血缘关系贯穿着中国古代政治和政治制度的情况下，人们慑于专制统治的淫威，不敢毫无顾忌地议论政治，非议君主和当权者，以免身遭不测，这是政治权谋不能像军事权谋那样出现系统总结的重要原因之一。

中国属于大陆国家,西部有高山,峰峦连亘,东南濒临海洋,北方有广阔的沙漠和草原,形成天然的屏障。封闭的地理环境,在很大程度上支配着这一地区的社会历史进程。所以,在中国初期的国家形成过程中,缺少像古希腊、古罗马及地中海沿岸那样较为开放的地理环境和商业因素的作用,社会分工很不发达,农业始终是最主要的"本业",畜牧业和手工业只是作为辅助性的生产部门存在。农业与畜牧业、手工业的结合,在相当长的历史时期内是人们主要的生活方式,在很大程度上决定社会组织的发展水平。建立在这种社会经济基础的上层建筑,家长制家庭关系便很自然地被长期保留下来。在这种情况下,中国古代国家的形成之路,则不是在家长制家庭解体,个体家庭与私有财产充分发展的基础上最后形成的,而是由家长制家庭公社内部的血缘关系和与之相辅相成的公社土地关系直接演变而来的。这也决定了中国古代社会没有经历过像古希腊时期的城邦制度或古罗马的共和制度,而是直接实行君主专制的统治,这是中国古代政治的根本特点。

中国初期国家形成之后,父系氏族公社时期的父权家长和军事首领的绝对权力便直接演变为专制君主的权力,公社内部的各级家长,也演变为国家机器的各级掌权者,并控制了不同的部门权力,以血缘关系为纽带的家长制家庭关系国家化了。因此,这样的体制必然带有浓厚的宗法性和原始性,在专制主义政治体制的早期阶段起着支配作用。

春秋以后,原有的社会经济已经发生变化,原有的社会等级结构也在日益解体;在战国时代更出现了中央集权专制国家,专制主义政治体制得到新的发展。这种发展并没有使宗法血缘关系消除，而是在新出现的中央集权制度中起到不可忽略的作用，并与当时国家的政治紧密结合和配合在一起。因此，在当时传统观念上，以君主专制作为统治的核心，以君主作为国家的象征和法定的权力主体，君主和百姓是君父与子民的关系，是绝少有人敢对此提出怀疑或否定的，所谓"天子作民父母，以为天下王"。当时许多人都认为，一切礼乐征伐都应由君主决策和发号施令，没有了君主，就好如失去首脑和主宰，所谓恓恓惶惶，天下不可一日无君，正是这种认识的反映。

正因为君主是专制统治的核心，君主的权力便被宣称是无限的。在通常的情况下，一切行政、军事、立法、司法、财政、文教大权，无不由君主掌握运用；对一切文武官员和勋贵人等的任免、赏罚、生杀予夺大权，也无不取决于君主，"天下事无大小皆决于上"。为了树立起君主的绝对权威，绝不容许非议君主以及与君主相关的人和事。政治权术是隐秘幽深的，它揭示出政治内部许多不可见人的阴暗面，不但对君主"天王圣明"的形象有损，也会对专制统治的稳定产生影响。对政治权术加以总结汇集，当然会影响专制统治，统治者当然也不会提倡；再者，专制统治的淫威足使人们屏息重足，绝少有人去冒触怒统治阶级利益的危险去谈统治阶级不愿公开的隐秘。既然有所顾忌，同时又很难回避，那么采取迂回的手法加以揭露，又不会触怒当权的势力，则成为古代文人士子所擅长的手段。这种毫不掩饰其真意的兵家权谋，难离政治权术，不能说不是这种迂回手法的表现。

其次，在君臣父子、等级上下的礼法思想支配下，在以三纲五常等伦理学说为理论依据的情况下，人们讳言政治权术，更怕言政治权术，政治权术才以兵家权谋的形式出现在政治舞台上。

一般说来，伦理道德与政治制度是两个不同的领域，政治制度与伦理道德相分离，是社会政治发展的根本途径。然而，中国古代这种分离始终没有完成。在中国传统的政治概念中，社会政治等级关系往往是家庭内部伦理关系的延伸，以"父慈、子孝、兄良、弟悌、夫义、妇听、长惠、幼顺、君仁、臣忠"为人之"十义"，由父子推及君臣。

在中国古代社会，长期占据统治地位的政治思想是儒家思想。儒家思想与政治结合的特点，从根本上体现了政治统治建立在伦理道德的基础之上。在治国的原则上，主张以德治国，认为统治者先要修身、齐家，然后方能治国、平天下。要求统治者不仅对社会负有政治责任，是社会政治权力的所有者；同时也要求统治者负有道德的责任，为伦理道德的表率。在这种情况下，全社会的所有成员都必须按照自己的身份，区分开尊卑、亲疏、上下、贵贱的地位来生活相处，必须各守其分，不得僭越，更不允许犯上作乱。于是乎，礼被作为判断正邪是非和必须恪守的唯一准则。所谓"辨莫大于分，分莫大于礼"，"道德仁义，非礼不成；教训正俗，非礼不备；分争辨讼，非礼不决；君臣上下，父子兄弟，非礼不定；宦学事师，非礼不亲；班朝治军，莅官行法，非礼威严不行；祷祠祭祀，供给鬼神，非礼不诚不庄"。如此说来，一切社会规范和道德规范，所有人际之间的各种复杂关系，军国大政，都被"齐之以礼"了。

基于伦理道德的压力，人们不敢，也不可能公开地谈论或总结政治权术，畅谈其诡诈阴险之处，免遭社会的责难和谴责。兵家权谋没有这些顾虑，它很少受到道德的约束，即使是涉及政治，也因其所言兵事而免遭社会责难。这也是兵家权谋敢毫不忌讳地涉及政治斗争中尔虞我诈的主要原因之一。

再次，官僚政治与专制统治相结合，在行政权力包揽一切的情况下，人治的作用明显。人治的特点是以人的意志为转移，然而，人又不免受到社会条件的制约。"使人服从的动力与使人发号施令的动力同样真实而普遍存在，它根源于恐惧。"在人治之下，人拥有支配别人的权力，会使别人对之产生恐惧；同样他因怕失去权力，对别人也有一种恐惧。在这种情况下，人们不想得到奸诈诡谲之名而讳谈权术之道，却千方百计树立起个人威信。在当时的社会条件下，树立个人威信，不得不追求道德。这样，政治权术便不可能成为公开和统治者喜闻乐道的事，更难作为指导性的理论出现，这是政治权术不能像兵家权谋那样公开而系统的另一原因。

所谓的官僚政治，乃是指一种与专制统治相结合的政治形态，是指官吏普遍以食禄任官为固定职业，只对君主和上级负责而不问社会效益和民生疾苦，只知墨守成规，按例办事而不问实际情况的变化，遇事模棱两可，行动迟缓，推诿责任，甚至贪污受贿，营私舞弊，苟且偷安。在专制统治一代高过一代的情况下，君主和上级的意志决定着官僚们的生死荣辱，使官僚们难卜祸福，无所适从。一事当前，这些官吏总是率先揣摩朝廷和上司的意图，致力于迎合，不求有功，但求无过。在这种情况下，政治权术本来具有很广阔的市场，但以持盈保泰为己任的官僚们，决不会将政治权术公开。

在古希腊和古罗马的国家形成以后，很快就形成了立法、司法、行政三权分立的政治体系，而且还出现系统的神权政治。中国自国家形成之日起，首先确立的是独尊的专制王权，始终没有形成系统的神权，也没有三权分立，而是在专制王权统一控制下，由各级政府分别主管各方面的政务。这种在专制君主统一控制下的行政权力包揽一切的做法得以长期延续。为了驾驭行政权力，统治者非常讲究什么"以内驭外"，"以小驭大"，"内外相维，犬牙交错"，有意造成架床叠屋，以便加以防范和钳制，结果造成管官的官多，管事的官少，形成庞大的行政网络。在这个网络内，人治起到至关重要的作用，而政治权术则发挥着巨大的功效，但出于人事纠葛，又不得不讳言权术，这就使政治权术不可能像兵家权谋那样被人系统地加以总结发挥。

　　既然政治权术不能公开而系统化，能够公开而系统化的兵家权谋则难免作为政治权术的一种表现形态。"三十六计"大多是从政治斗争中产生，而且主要是应用于政治斗争，有大量例子证明这一点。

　　政治权术以兵家权谋的形式出现，这与中国自古以来的天圆地方的概念有一定的关系。自古以来，人们就将天地与人间之事相连，将天地虚无缥缈而又人格化，为当时的政治服务。例如，《白虎通义》云："天者，身也；天之为言镇也，居高理下，为人镇也。男女总名为人，天地所以无总名何？天圆地方，不相类也。天左旋，地右周，犹言君臣相对向也。"将天地比作君臣，但反过来又认为："君人者以百姓为天。"这种相互转换的天之说，实际上是人对当时政治情况的认识。天高而深，分为九重，即中天、羡天、从天、更天、晬天、廓天、咸天、沈天、成天。以其广又分为九野，即中为钧天，东为苍天，东北为变天，北为玄天，西北为幽天，西为皓天，西南为朱天，南为炎天，东南为阳天。九重天是以君主而言，故天子之宫深九重；九野是指人事，天子居中为方，民居八方为圆。这种"数术穷天地，制作侔造化"的理论，在今天来看是近乎可笑的，但它毕竟是古人的认识，而且是对现实生活的认识和反映。

天子深居九重天之内，外不易睹其容，增加神秘和威严的感觉；天子居中，万民环绕，既有向心力，又有依托。这是从表面上来看，而在实际上，君主专制政体无不体现这种学说。秦人赵高在说秦二世时讲道："天子之所以贵者，但以闻声，群臣莫得见面故也。且陛下富于春秋，未必尽通诸事；今坐朝廷，谴举有不当者，则见短于大臣，非所以示神明于天下也。"这便是神秘和威严的解说。唐太宗李世民曾说："天子者，有道则人推而为主，无道则人弃不用，诚可畏也。"便是向心和离心的解说。

与天圆地方学说相对应的是内方外圆之说。天圆地方是人们将天文地理概念结合政治现实所产生的一种认识，这里固然有深刻的内涵，但不容易为人理解。内方外圆之说是人们在社会生活中，通过人际关系交往中的现实和效果所总结的一种处世哲学。内方外圆说的术语较为复杂，很难用三言两语说清，故先打个比方来说明。

在每年正月十五，摇元宵、买元宵、吃元宵，元宵这种食品不知出现多少年，相沿成俗，过元宵节总少不了这种吃食，可谁又想到它可以比喻内方外圆之说呢？

凡是看过做元宵的，都知道元宵有馅儿，山楂、五仁、白糖、豆沙，种类繁多。人们先将馅儿和匀，然后铺开，用刀切成均匀的小方块待用。馅儿弄好之后，放在滚筒或笸箩里，和干糯米粉摇滚，待不黏合时，将之捡出来，蘸过水后再放回去摇，这样反复多次，到滚成鸭蛋黄大小的时候，成品元宵便告成了。方馅儿变成圆圆的白团子，是经过多次摇滚，不成圆则不是成品，这种成品则是内方外圆。

在君主专制政体下，有棱角的人很难在政治领域谋一立足之处，即便是有棱角，进入这种场合也得磨平，变得圆滑而老于事故。例如，古代有这样一则笑话，说的是某御史叫家人去裁缝铺裁衣，裁缝不问御史身长肥胖，只问御史为官几年。御史家人不解，怒而问何意。裁缝不慌不忙地说道："如果你们老爷是初为御史，我这衣服要裁成前身长后身短；如果你们老爷是为官两年，我这衣服要裁成前后身一样长；如果你们老爷为官三年，我这衣服要裁成前身短后身长。"御史家人听后更是不解，急问为什么。裁缝道："你没见初为御史的多是刚中进士的，年轻气盛，又手握弹劾纠参大权，其傲足以使他挺胸抬头，故衣服要前身长后身短方合其体。御史为官两年，所遇挫折难免，傲气虽不至全消，也使之明白宦海之险，做事小心，自然不再挺胸抬头，故衣服要前后身一样长方合其体。御史为官三年，行将任满外放职任，此时他还敢得罪那些达官贵人吗？万一将来落在那些人手下，其苦难言，能不低头赔小心？故衣服要前身短后身长方合其体。"这则笑话说明在君主专制政体下，凡是有棱角的都要被磨成圆滑的一般规律。

由此，可以比喻兵家权谋是有棱有角的方形，锋芒毕露；政治权术是内方外圆，外表圆滑而锋芒内藏。这也正是兵家权谋和政治权术的最根本的区别。

兵家权谋不必掩饰其诡诈，"兵不厌诈"始终为人们所接受，因为它可以克敌制胜。政治权术则需要掩饰其诡诈，因为"以正守国"，难以诡诈的名义在政治上站住脚。这种掩饰则就是内方外圆，实际上锋芒无时不在，却从不外露，既要害人，又要装出爱人的样子；即使是以奸诈诡变的手段杀了人，也要表现出大义凛然的正气，这就使政治斗争比军事斗争隐秘高深得多。

政治权术的这种内方外圆的特性，并不是不可改变的。去其圆而见其方，则不难防其锋芒所向；给以外力以改变其圆，内方也难免变形，其锋芒也会改变；若内外交攻，其圆方自然可以任意雕塑。这和元宵一样，若是用热油猛炸，外力加热过猛，元宵可能突然爆裂，弄不好还要伤人；若是用温油徐徐加热来炸，外焦而里自然融化，其内方则不复存；若用水慢慢地煮，时间一长，不但外圆不复存在，其内方也化成汤水流出。例如东汉明帝刘庄，好礼务名，崇尚仁义道德，外表对兄弟诸王相亲相爱，如有病者，"遣太医乘驿视疾，骆驿不绝"。定养老礼，自己亲自参加，并亲诣原为自己老师桓荣处看视，拥经而前，抚之流涕，并赐什物。悬中兴功臣画像于云台，四时享祭。崇尚儒学，身自读经，以至"自皇太子诸王侯及大臣子弟、功臣子孙，莫不受经"。凡此种种，说明其外表如元宵一样圆。可是他"性褊察，好以耳目隐发为明，公卿大臣数被诋毁，近臣尚书以下至见提拽"，其锋芒常露，而且棱角鲜明，可称内方。正因为他这种外圆内方的特性，外示仁爱，却连杀自己的亲弟弟，楚王刘英一案，穷治累年，前后抓起数千人，"诸吏不胜掠治，死者大半"。面对明帝的淫威，"朝廷莫不悚栗，争为严切以避诛责"。这种性格，若用猛治，自会伤人。陵乡侯梁松，对明帝的淫暴行为颇有看法，曾上书极谏，结果以"坐怨望，悬飞书诽谤，下狱死"。这正如猛火炸元宵一样，未得其利，反受其害。楚王刘英的门下掾陆续，因受牵连，"备受五刑，肌肉消烂"，但意志不改，只是见母所作饭食，"悲泣不自胜"，外表以孝闻名的明帝，得知此事，也感其孝可嘉，亲免其罪；这温火炸元宵，不伤其外而改其内。尚书仆射钟离意、侍御史寒朗，得知明帝敬鬼神，好虚名，多次打着天王圣明，天地灾变的名义进行劝谏，屡屡见其功效，再加上马皇后乘间进言，致使明帝常常"恻然感悟，夜起彷徨"，而最终改变其最初所为；这正是用水慢煮，渐改其形也。正是这种可改变性的存在，使政治斗争的复杂化远远超过军事斗争，而且其变化往往令人叹为观止。

《三十六计》以《周易》为推演之本，这本身就隐藏着汇编者的政治意图。《周易》被列为经书之首，而经书是古代官吏和士子必须了解和掌握的基础知识，是治国安邦的必由。由此可见，以《周易》为本的本身就具有政治观点，其与政治的密切关系也就可见。基于这方面的考虑，借用几家有关《周易》的诠释进行对比，然后结合计谋使用要求和结果，在政治上进行推演。这样既可以使人们了解《周易》的丰富内涵，又可使人们对本计的变幻离奇的原因有所了解，更重要的是借此对古代政治斗争进行剖析，同时对这种天圆地方和外圆内方的存在与转换加以分析，以增强人们对中国古代政治现象的了解和认识。

基于以上的认识，将《三十六计》结合中国古代政治加以论述，这在现在不敢说是首创，却也是一种胆大行为。将权谋结合政治，这本身就容易引起政治反响，故人们唯恐避之不及，言之而心有悸，谈虎而色变。其实，在政治斗争中运用谋略，这是一种非常正常的现象。权谋作为政治斗争的手段，政治家可以使用之为广大人民谋利益；当然，也不能排除野心家、阴谋家为自身的利益而使用。本来，认识和评价历史，不是为了欣赏这些"国故"，也不是单纯批判"尸臭"，而是为了摸索它的发展演变过程中的规律，加以批判扬弃，从中吸取有用的知识和教训。从这一点上看，这种行为本身是具有积极意义的。

本书力图从学术研究的角度出发，兼及普及性，力图融知识性和可读性于一体。故此采用大量事例，意在用一些生动的事例来增加读者的阅读兴趣。通过事例结合本计的要点，分析实施本计的一些经过，使读者了解本计在政治斗争中应用一般情况的同时，尽可能地多了解一下用计者的心态。

立足于中国古代政治，重点对每计在不同的政治环境和历史背景下使用的情况进行分析，意图使读者对中国古代特殊的政治状况有所了解，同时也有助于读者增强对本计的认识和理解。为此，在每计之中都列有本计在政治斗争中应用范围一节。

政治理论和政治心理是比较难以解析的问题，为此，在每计中专门列有政治斗争中特点一节，重点对本计在政治斗争中的特征和鲜明的特性进行分析，以期增加读者对政治理论和政治心理方面的认识。

将兵家权谋结合中国古代政治进行研究和分析，这对于了解中国古代政治理论和政治心理是有帮助的，特别是在鉴古以知今的呼声日益高涨的情况下，将原本丰富多彩的兵家权谋和政治权术加以分析，一窥中国古代政治，了解一下中国古代政治的特点，无疑对认识中国社会有所帮助。这是编写此书的目的，也是所探求的根源所在。由于水平有限，本书肯定有不少缺点错误，希望各方面给予批评指正。

总说：

数术相辅而诡道高深难测

　　《总说》云："六六三十六，数中有术，术中有数。阴阳燮理，机在其中。机不可设，设则不中。"其大意是：在《易经》中，太阴之数为六六，其所乘之积是三十六，本是约计之词，极言其多，借此以象征着阴谋诡计多端；数，为量词或机变，泛指客观实际；术，为计谋或谋略；可以说在客观实际中蕴藏着谋略，谋略的运用离不开客观实际。阴阳，泛指客观事物；燮理，即调和、和谐，引申为认识；机，机变、机谋，机遇；只要认识到客观事物的矛盾对立统一规律，就能够掌握机遇，运用谋略。谋略和机遇不是凭空想象的，凭空想象则不能成功。

三十六计的由来

　　六六三十六，本是约计之词，本没有准确数的概念，只是极言其多。同样，三十六计也是指计策之多，只是后来好事者将其附会成现今的三十六种计谋，凑成实数。经考证，"三十六计"之名最早见于《南齐书·王敬则传》，传中云："檀公三十六策，走是上计。"此三十六策，即三十六计。传中所指的檀公，是人名，史未言其名，以当时对话情况来看，似指南朝宋名臣檀道济。

檀道济，高平金乡（今山东金乡县）人，世居京口（今江苏镇江），少孤，投军于宋武帝刘裕，逐渐起家，成为佐命功臣，得封为公的爵号，故尊称为檀公。史称檀道济曾经百战，威名甚重，择其主要记载了五件事：

其一，刘裕北伐，克复洛阳，抓获许多俘虏，许多人认为应将这些俘虏杀掉，筑起京观（用尸体封土为高冢以炫耀武功）。檀道济认为："伐罪吊人，正在今日。"将俘虏全部遣散，进而大得中原之民心，"归者甚众"。

其二，少帝刘义符游戏无度，执政徐羡之与辅政大臣谋废而另立，与他同为辅政大臣的谢晦，在此生死攸关之时，"忱息不得眠"，檀道济却"寝便睡熟"。

其三，宋文帝诛杀徐羡之、傅亮，而向檀道济问征讨谢晦之策。檀道济说："臣昔与谢晦同从北征，入关十策，晦有其九。才略明练，殆难与敌；然未尝孤军决胜，戎事恐非其长。臣悉晦智，晦悉臣勇。今奉王命外讨，必未阵而擒。"战事一如檀道济所料，谢晦果然不战自溃。

其四，檀道济以都督征讨诸军事，率军征伐北魏，军至山东济南，以资运枯竭被迫撤兵。这时有向北魏投降的士卒告诉檀道济乏粮，北魏军紧逼，本军因内外交困，也"忧惧莫有固志"。檀道济使人在夜间"唱筹量沙，以所余少米散其上"。在天明时，魏军发现粮食山积，以为军粮有余，不敢死命相逼，而以降者谎报军情，斩首示众。魏军不逼，外患已减；彼斩降者，我军只有死战方能脱生，内忧便去。不过，檀道济兵少，魏军众多，虽不相逼，但围而困之，足使檀道济军难逃劫难，军中也难免大惧。这时，檀道济"命军士悉甲，身白服乘舆，徐出外围"。这种目标明显而徐缓的行动，使北魏军以为有埋伏，竟让檀道济全军而返。

其五，檀道济威名日增，开始被朝廷猜疑，居然有人说："安知非司马仲达也。"将之比作司马懿，当然引起刘氏宗室的畏惧。当宋文帝病时，彭城王刘义康矫诏将檀道济收付廷尉处死。在被捕时，檀道济曾说："乃坏汝万里长城！"果然，北魏得知，以"道济已死，吴子辈不足复惮"，竟"有饮马长江之志"。

从以上五事来看，最为精彩的应是"唱筹量沙"和"白服乘舆"，这正是檀道济所采用的走为上策。王敬则所说的"檀公三十六策，走是上计"当是指此。亦可见所言三十六策仅仅是指计策之多。

那么在什么时候才将三十六计附会成现今这种三十六个计谋的呢？从这些成语来看，最晚形成的也在宋代以前。由此可以推断，在宋代以前尚未形成现今这种三十六计的模样。不过，在宋代以前已经有三十六计的流传，而后经过后人整理充填，逐渐形成现今这种样子，这大概已经是在明代了。

三十六计至今尚不知作者为谁，但可以肯定，它是在历史上长期流传，经过后人不断整理，才成为现在这种模样，可以说是中国古代智慧的结晶。

总说与立意

三十六计基本上以成语定名，以《周易》部分卦意为立意之本。按《易卦》所讲，奇数为阳，偶数为阴，其阴卦以坤卦为首，坤卦数为六，而每卦之中又有六爻，况且在六十四卦中，阴卦有三十六，这就正好符合《总说》开场所讲的"六六三十六"。

《周易》是一部具有神秘色彩的古书，在古代被列为经典著作的《十三经》之中，《周易》被列为首位，可见该书地位的重要。汉魏以来，无论是治国还是选拔人才，经书成为历代官吏和士子必须了解和掌握的基础知识。正因为如此，注经解义的著作代代相传。《周易》居首，更是为人们所看重，所以至今仅注解《周易》的著作就有上千种。注者繁多，解者各异，许多问题都没有统一的认识。不过，仁者见仁，智者见智，《周易》的许多难解之谜还是在不断地被解开。

《易传》中有一个象数问题，高亨先生认为："象有两种：一曰卦象，包括卦位，即八卦与六十四卦象之事物及其位置关系。二曰爻象，即阴阳两爻所象之事物。数有两种：一曰阴阳数，如奇数为阳数，偶数为阴数。二曰爻数，即爻位，以爻之位次表明事物之位置关系。"由此，也可以认为象数是认识和理解客观事物发展规律的一种认识手段，进而可推演"象数"是客观规律，亦即《总说》所讲"数"的根本立意。"数"的另一解是指气数命运，实际上泛指自然和社会现象，这也符合《总说》的基本立意。

"术"在这里是指策略或手段。按韩非理解，"术者，藏之于胸中，以偶众端而潜御群臣者也"，是不公开的，也就是阴谋。韩非强调权、法、势、术相结合，认为这是维护君主专制政体的最佳选择。

"权者，君之所独制也。""权出一者强，权出二者弱。"这是君主专制理论所推重的权力概念。他们认为：最高的统治权力必须由君主所独占和完全掌握，但凡有一分可能，绝不容许被分割。只有权柄在握，才有可能实现君主的统治，所以要求"善为国者，内固其威，外重其权"。

"势者，王之神。"这里所说的势，是决定君主能否充分支配权力的主客观条件。权和势是不可分的，所以"势"被视为灵魂，称之为"神"，是以其能发挥权的作用。如果"有权而无势，虽贤不能制不肖"。

"法者，偏著之图籍，设之于官府，而布之于百姓者也。"这说明，法是国家用强制力公开推行的，既确定了人际社会关系，规范人们的言论行为，又使统治者的意志神圣化和绝对化。所以"道之于法也者，国家之本作也"，是阶级统治的基本内容。

术与法的区别在于，法是要公开显示，而力求家喻户晓；术不是明文公布于众的。术是可因人因事因时而变的，是为了解决某些具体矛盾而采取的策略和手段。在君主专制政体下，术与法相抵触时，掌权者往往是舍法而用术；在术与当时倡导的道德准则相抵触时，当权者也会摒法而用术。在君主专制政体下，是否擅长于用术，被认为是能否治理好国家和妥用其人的大事，是独操的法宝，"用术则亲爱近习莫之得闻也"，是隐秘幽深而又变幻莫测的手段。因此之故，术往往被视为与一些诡诈狡猾手段有关。正因为"术"的这些特性，《总说》才开篇就强调"术"的作用，而且在以后各计之中，不断加以论证。

《总说》之中重点还论述到"机"的问题。《说文》："主发谓之机。"本是指弩箭上的机关，因其是重要所在，引申出枢要、关键、智巧、迹象、形势、时会等含义。这里所讲的"机"，实际上是指机变、机谋、机遇、时机等，这些都是不可预设的，是要根据现实情况而定的，所谓的随机应变是也。

"机"无处不在，"机"又不可完全按照主观臆断而生，这样见机行事的情况就比较常见。故此，《总说》强调"机"的存在，又申明"机"的不可事先设置。也就是说，反对机械地照搬谋略。这正是三十六计汇编者的良苦用心。

《总说》虽寥寥数语，但抓住谋略与客观实际和客观规律之间的关系。客观实际和客观规律是现实存在，计谋是在现实基础上生成的。计谋虽然不可替代客观现实，但它可以依据客观现实，按照客观规律而实施。之所以选用《周易》语词为依据，关键在于它的丰富而深刻的辩证内容，以及对立面相互转换的根本规律。

所知的八八六十四卦，它包含有二位进数的关系到卦变问题。每一卦有六爻，初爻有一变卦，二爻有两变卦，三爻有四变卦，四爻有八变卦，五爻有十六变卦，六爻，也就是上爻有三十二变卦。共六十三变卦，加一不变卦，而组成六十四卦。也就是说，在一卦之中可旁通六十四卦。在这里，不变卦为守恒，变卦为通变，两者共存。根据这个道理，在各计之中所设计名是永恒不变的，如借刀杀人、打草惊蛇、反客为主，这都是不变的；但在计谋具体施用时，存在着各种各样的情况，为适应现实，在实施计谋时，六十三卦内有宽阔的变化余地。从这里可见《周易》的博大精深，也可见三十六计汇编者立意的用心。

　　三十六计将计谋编成固定的形式，汇编者并不以这种固定的形式来束缚读者，要求读者掌握客观发展规律，根据现实，见机行事，不要生搬硬套。这样既介绍了计谋，增长读者的知识，又不愿使读者落入窠臼。汇编者的良苦用心在于让人们增长见识，虽不可照搬计谋，但不免急中生计。急中生计固然为形势所迫，但有知识与少知识的，所生计谋必有差异，其效果也必然迥然不同。

目　录

胜战计

——胜者王侯

引　言

三十六计共分六套计谋，胜战六计列为首，这就突出三十六计的制胜根本。虽然三十六计是以兵家权谋出现的，但从计谋中可以看出，许多计是与政治斗争密切相连的，而大多数又是以在政治斗争中应用而著名的。

胜战六计是以瞒天过海、围魏救赵、借刀杀人、以逸待劳、趁火打劫、声东击西为排列顺序，其重点在于刚柔、奇正、攻防、劳逸、虚实、主客的对立和转换关系上。也就是说，在身处胜战之地，亦不能以势取胜，还必须使用计谋，掌握避实就虚的制胜之道。

本套计以"瞒天过海"为首，其立意在于利用对手的"意怠"和"不疑"的弱点，采取令人难以防备的手段来胜敌，这是在避实就虚的原则下演化出的计谋。本计突出一个"瞒"字，是指本计的手段；落在一个"海"字，是指本计的目的。从手段来讲，是为了实现目的；从目的来讲，是为了胜敌。手段本身要受到各方面的制约，如在客观上有社会条件、政治因素、力量对比等，在主观上有本人才能、权势、名誉、地位、财富、机遇等，这就

3

决定了手段的多变性。目的是站在胜敌和自我保存上,本身比较单纯。为了同样的目的,采用不同手段,也就丰富了本计的内容。

"围魏救赵"是源于古代的战例,从战例来看,本计是指不直接出兵去解救被围攻者,而是击攻方之虚,达到制胜的目的,仍是避实就虚的具体表现方法之一。趋利避害,攻其必救,是本计的中心。本计的争胜、保胜、制胜的特征,在政治斗争中应用时体现出手段多样化的特点。本计的"围"是手段,"救"不完全是目的,则又体现本计是站在使用者的立场上来胜战的,这就使本计与其命题有一定的出入,也说明计谋是出自使用者,而使用者总是站在自身利益的基础上来设定计谋的一般规律。

"借刀杀人"是以谋略形式具体化所命题的计谋,其立意在于制造和利用对方的矛盾,同时还注意到利用第三者的力量。"引友杀敌,不自出力"是本计的重点,这本身就适应于政治权术。在君主专制政体下,君主专制和官僚政治是相互依存的孪生兄弟,彼此之间既有相互利用,又有相互制约,故此尔虞我诈是难免的。本计的"借"的手段是多样化的,"杀"的范围也是广泛的。本计也是基于用计者自身利益的计谋,其"借"的手段多样化应用到政治上,则体现出政治斗争的复杂多变和矛盾重重的特点;其"杀"的范围广泛性应用到政治上,说明政治斗争的无情性和残酷性。

"以逸待劳"也是以谋略形式具体化所命题的计谋,其立意是站在"逸"和"劳"的区别和转换关系,在充分理解这种关系之后,注意到利用对方之"劳",造成对方之"劳"的态势,这就不是这种简单而形式化命题所能涵括的计谋了。本计的"以"是知己，"待"是知彼，是站在"知己知彼，百战不殆"的制胜立场上。逸己而劳人，这决定着本计手段的多样化，知己知彼则体现本计的制胜原则。故此，本计在具体实施上有着以我为主和积极进取的特点。本计在使用上可作为胜战的指导原则，同时又是具体应用的手段，这就使本计在具体实施上存在着许多变化，自然也就有丰富的内容。

"趁火打劫"与以上两计命题相同，立意也有相同之处，所不同的是借刀杀人是不自出力而借力，以逸待劳是制其力而变其力，趁火打劫是趁对方无力而就势取利，同时涵括以上两计的各方面，既要知己知彼，又要借势，体现本计乘势的特点。"火"是势，这种势有对方自己造成的，也有他方或己方促成的，这里包含着许多变化，也就使本计在具体应用上出现差异；"趁"是手段，这种手段是就势而生，不同的形势用不同的手段，则决定本计的适应性；"打"和"劫"也是实现本计目的的手段，这更决定本计在具体实施过程中的刚与柔的特点。

"声东击西"的命题也是由谋略形式具体化而定的，其立意是以假乱真，造成对方的不自主，然后乘势取之，这是以我为主而制造有利之势的计谋。本计是自己一方出力最多的计谋，按善胜者不以力的谋略方针，此计不是首选之计，故列于本套计之末。即使如此，本计仍有以前各计不能取代的特殊之处。首先，本计是站在避实就虚的胜战基点上的主动行为，其应用手法的灵活机动，使本计在具体实施过程中经常有出其不意的效果。其次，本计的主动行为使对手产生错觉，因循着"造虚"然后"击虚"的胜战原则，本身具有"诡道"的特点，也就增加了本计的复杂性。

再次，本计虽然主动而出力多，但主动而力多并不是优势，因主动容易被人识破，力多容易为人所乘，故此，本计在具体实施过程中存在机遇性，而机遇本身是由机会和凑巧组成的，这又决定了本计的风险性。

三十六计是以《周易》为推演之本的，《易》有六十四卦，每卦各有六爻，六爻推演本卦的不变内容和六十三种变化，合为六十四种变化。本套胜战计由六计组成，其基点是站在胜的态势上，胜的态势不能决定胜的结果，也就是说，胜的态势有胜人之资，并没有胜人之本。本套计的立意和推演，正是站在这种不变的基点上而注重各种变化。故此，本套计是一个有机的整体。

计源于势，谋出于情。胜战计基本上是处于主动的计谋，按势来讲，胜态者是身在进退自如的优势之内，有胜者之资。然而，以势压人，人不得不服，但以势压人，人又不可能心悦诚服，这就把势优者放在明显的位置。身处明显位置，弱点容易暴露，也容易为人所乘。故此，本套计虽为胜战，却丝毫没有以势骄人的设想，而是要求用计者掩饰锋芒，不要暴露自己胜人的目的。按谋来讲，一般是力不足而谋补之，身居进退自如的优势，也难免为人所乘，故要借助谋以补之。谋出于情，身处优势的人更应注意到情之所由和情之所变。故此，本套计在谋上多是以掩饰真情为基点，借人之常情以使人不防，出乎人之常情而制胜，这是本套计谋的重要特点。

胜者王侯，这是自古以来人们的看法。本套计是以胜战为基点，按理来说是王侯之谋。然而，本套计虽以胜战为基点，却强调胜后的修饰和自我保存之术。自古以来，形成的居安思危、月满还亏的思想，是与"官不与势期而势自至，势不与富期而富自至，富不与贵期而贵自至，贵不与祸期而祸自至"的官场规律相吻合的。"将无三代后"，"相无五世荣"，"旧时王谢堂前燕，飞入寻常百姓家"。稍有不慎，物换星移，王侯将相本无种，胜者王侯败者寇，占据胜者位置，固然是胜者之本，但保住胜利成果，不为他人所夺或所乘，这不但是胜者所求，也是胜战的最终目的。本计强调胜后的修饰和自我保存，正是基于当时的社会环境所制定的重点所在。

在君主专制政体下，无论是君主，还是官僚，他们都不是难于政务，而是难在各种人际关系。这种关系犹如一张网，把他们联结在一起。这张网内不但有历史和现实的政治、经济、文化、宗教、伦理道德等方面的因素，也有人的心理因素。这就决定人是织成这张网的结扣，在网络里发挥其独特的作用。计谋是发挥人的主动作用的体现，它不仅能够适应客观形势的发展，还能够以其主动来推动客观形势的变化，这就使计谋的作用得以体现，也使人们看到计谋的重要；正因为如此，使用计谋者容易忽略客观形势，进而步入用计之大忌的行列。本套胜战计注意到谋略的作用和功效，强调了谋略的重要，但不是忽略客观形势，而是站在就势取利的基础上，这就使本计具有实用性和适应性的特点，因此具有很强的生命力和影响力。

瞒天过海

——熟视无睹　暗藏刀光血影

本计云："备周则意怠，常见则不疑。阴在阳之内，不在阳之对。太阳，太阴。"其大意是：如果你认为防备得十分周到，则意志就容易懈怠；你经常看到的事，司空见惯则不容易怀疑。阴者，计谋也；阳者，公开也；计谋就藏在公开的事物内，而不是与公开的事物相对立。非常公开的事物，往往隐藏着计谋。这是根据《周易·否卦》的"坤阴居内而乾阳居外"，"乾为天在上，坤为地在下，不相交和"的逻辑推演出来的计谋。太阳，太阴，是《周易·否卦》之象。

瞒天过海的"天"，原意是指"天子"。唐太宗李世民率领大军讨伐高丽，在辽东大破盖苏文。盖苏文从海路狼狈逃回朝鲜半岛，唐太宗准备渡海进攻高丽而来到海边，驻马前望，只见海天相接，无边无际，不由得头晕目眩，险些栽下马来。大军将要渡海时，唐太宗却无论如何也不肯上船，众将苦苦相劝，全都无效。行军总管张士贵回到大帐，正在一筹莫展时，副将薛仁贵走进大帐说："大人是不是在为皇上不肯渡海而忧愁？"薛仁贵耳语一番，张士贵不住点头，连称"妙计"。几天后，唐太宗被众人引入一座

8

楚庄王"三年不鸣，一鸣惊人！"

豪华的大厅，与众将尽情畅饮，直到醉卧席前。第二天，唐太宗醒来，酒意未退，看看屋子，修饰得美轮美奂，连窗户都用绸缎挡住了。这时，张士贵带人进来，又摆上美酒佳肴，陪着唐太宗吃喝，过了一会儿，唐太宗又入睡了。第三天，唐太宗醒来，走出屋子，顿时惊得目瞪口呆，原来自己正站在一艘楼船之上，再看旁边的张士贵，不由得惨然一笑说："爱卿骗得朕好苦。"就这样，不肯登船的唐太宗，被巧妙地引渡过大海。

顾名思义，"瞒天过海"就是有意制造一种假象，让人在毫无感觉中渡过大海的意思。它用在军事上，并不是专指瞒着天子过大海，而是一种利用假象掩盖真实意图的计谋，主要用于战役伪装，以隐藏兵力的集结、发动进攻的时间等，达到出其不意、攻其不备、克敌制胜的目的。

该计用于军事，主要是疑兵之法。在政治上则是示假隐真，借政敌防备严密而易怠之情事，以公开之手段来骗取政敌之不疑，却暗藏刀剑，必欲置之于死地而后快。此为胜战，胜者王侯败者寇。

瞒天过海之计是一种在政治斗争中经常为政治家、阴谋家、野心家们所应用的手段。也就是说，他们运用各种欺骗手段，在表面上隐藏自己的行迹，收敛自己的锋芒，掩饰自己的真正目的；进而麻痹对方，使之放松警惕；在时机成熟时，出其不意，以制胜的手段来实现自己预谋的政治目的。瞒天过海之计以其独特的神奇功效，历来为政治家、阴谋家、野心家所重视，普遍应用在政治领域。

一、阴柔阳刚　不变内藏万变

《周易·否卦十二》云：否：否之匪人，不利君子贞，大往小来。《象》曰：天地不交，"否"。君子以俭德辟难，不可荣以禄。

【一爻】初六，拔茅茹，以其汇，贞吉，亨。《象》曰："拔茅贞吉"，志在君也。

【二爻】六二，包承，小人吉，大人否，亨。《象》曰："大人否，亨"，不乱群也。

【三爻】六三，包羞。《象》曰："包羞"，位不当也。

【四爻】九四，有命无咎，畴离祉。《象》曰："有命无咎"，志行也。

【五爻】九五，休否，大人吉。其亡其亡，系于苞桑。《象》曰：大人之吉，位正当也。

【六爻】上九，倾否，先否后喜。《象》曰：否终则倾，何可长也。

瞒天过海之计的"阴在阳之内，不在阳之对，太阳，太阴"，是《周易·否卦》之象，其本意在于"内阴而外阳，内柔而外刚"。瞒天过海之计以此为推演之本，用意就在于此，这是不变之本。不变中又隐含多种特殊的情况，这也是六种爻辞所辩证的中心。

按否卦爻辞所示，再根据政治斗争的特点，将瞒天过海之计在政治斗争中使用的意图和可能出现的结果推演如下：

本计，备周则意怠，常见则不疑，这是瞒天过海之计不变的中心，其本意在于过海，而手法却是瞒天。也就是说：在与政敌斗争中，使用者收敛自己的才能，不使荣禄加于己身，可以逃避灾难，寻求制胜之道。

第一种，在与政敌斗争中，使用者可以将政敌除去，这是吉兆。然而此时的使用者，正处在不利的位置，是为"否塞"。经过使用此计，能将政敌连根除去，是为"征吉"。这需要等待恰当的时机（天命）。这是初爻，中间只有一变卦，也就是等待制胜的时机。

第二种，在与政敌斗争中，使用者与政敌实力相当，彼此对立，但政敌对自己尚能够包容。因为政敌权倾一时，使用者不得不潜隐，但又不能同流合污，其潜隐必是积极的。这是二爻，中间有两变卦，也就是相互包容和相互对立。

第三种，在与政敌斗争中，使用者因所处的位置不当，常受政敌的羞辱，而且还有危险，这就必需使用"小道"，也就是非正常交往之道处之，既承羞辱而又欲图之，故以韬晦为上。这是三爻，中间有四变卦，也就是承羞而处之小道，图之而有韬晦。

第四种，在与政敌斗争中，使用者的时机成熟，没有犯错误，同党也能够齐心合力，有志于对敌采取行动，天命的规律从否塞向泰通方面转化。有志于行，必须有正确的方法，才能完成否塞向泰通的转化，这中间自然会有许多变化。这是四爻，中间有八变卦，也就是转化当中的多种可能。

第五种，在与政敌斗争中，使用者的否塞已经终止，这是使用者的吉兆。然而，使用者不能因此放松警惕，应时时用"我将亡！我将亡！"来提醒自己，注意不利于自己的任何迹象，不要让政敌从厄运中转变过来；一旦让政敌转变过来，自己将前功尽弃，苦心将化为乌有。这是第五爻，中间有十六变卦，也就是使用者越是处于优势，其变化的可能性越大，越应该居安思危。

第六种，在与政敌斗争中，使用者经过苦心经营，终于战胜政敌，完成否塞向泰通的转化过程。然而，这种胜利能保持多久呢？要维持和确保战胜者的地位，这是最难的，故其变化最多。这是第六爻，也就是上爻，中间有三十二变卦，也就是使用者战胜政敌，要保住这种优势是十分不易的，中间有许多变化离奇、不可思议的事情。正是战胜政敌易，保持胜利难。

由上推演，可预想到瞒天过海之计包含着许多手段。下面就在政治斗争中使用本计的一些常用手法而试加分析。

二、不露锋芒　制胜权谋上策

《老子·五十六章》云："知者不言，言者不知。（塞其兑，闭其门）挫其锐，解其纷，和其光，同其尘，是谓玄同。故不可得而亲，不可得而疏；不可得而利，不可得而害；不可得而贵，不可得而贱。故为天下贵。"

陈鼓应先生译为："智者是不向人民施加政令的，施加政令的人就不是智者。（塞住嗜欲的孔窍，闭起嗜欲的门境）不露锋芒，消解纷扰，含敛光耀，混同尘世，这是玄妙齐同的境界。这样就不分亲，不分疏；不分利，不分害；不分贵，不分贱。所以为天下人尊贵。"陈鼓应先生认为："理想的人格形态是'挫锐''解纷''和光''同尘'，而达到玄同的最高境界。"

车载《论老子》解释说："锐、纷、光、尘就对立说，挫锐、解纷、和光、同尘就统一说。尖锐的东西是容易断折不能长保的，把尖锐的地方磨去了，可以避免断折的危险。各人从片面的观点出发，坚持着自己的意见，以排斥别人的意见，因而是非纷纭，无所适从，解纷的办法，在于要大家从全面来看问题，放弃片面的意见。凡是阳光照射不到的地方，必然有照射不到的阴暗的一面存在，只看到照射到的一面，忽略了照射不到的另一面，是不算真正懂得光的道理的，只有把'负阴'、'抱阳'这两面情况都统一地加以掌握了，然后才懂得'用其光，复归其明'的道理。宇宙间到处充满灰尘，人世间纷繁复杂的情况也是如此，超脱尘世的想法与做法是不现实的，众人皆浊我独清的想法与做法是行不通的，这些都是只懂得对立一面的道理，不懂得统一一面的道理。只有化除成见，没有私心的人才能对于好的方面，不加阻碍地让它尽量发挥作用，对于不好的方面，也能因势利导、善于帮助它发挥应有的作用，'同其尘'是对立的统一道理的较高运用。"

从上述诸家解释来看，这也是瞒天过海之计最早的理论发端。它不仅是讲到韬晦的出现，而且看到对立和统一的道理。因此，使用瞒天过海之计就有相当丰富的内涵。尤其是在激烈复杂的政治斗争中，人们的真实面貌和目的，不但需要，也必须加以一定掩饰。在彼此都不肯将自己真实面貌暴露给别人的情况下，这种计谋的使用就具有相互使用，而终有一方中计失败。成者王侯，败者寇。为什么同是用一计，却有不同效果和功效呢？这一方面有人的志向、才能、名望、感情、生理、地位、权势等方面的因素，还有运用技巧和方法方面的因素。

讲此大道理，读者怕同笔者一样，不但坠入云雾山中，而且枯燥无味。因此不妨先把运用此计的一些常用手法举例说来。

第一，常见不疑，制胜计谋就在其中。

在春秋时，楚国有个楚庄王，自前 613 年即位以来，三年不理政事，日夜笙歌美酒，乐此不疲。他自知这样做必招臣下劝谏，便下令道："有敢谏者死无赦！"当时有个大臣伍举，不顾命令，进宫谏诤。进宫一看，只见楚庄王左手拥抱郑国美姬，右手拥抱越国美女，正在听乐看舞。见此情状，伍举不禁摇头，硬着头皮说："臣下有隐情相告于大王！"楚庄王听是隐情，便令歌舞暂停，两眼直盯着伍举。伍举此时不慌不忙，徐徐地说："大王，有一种鸟落在高山上，三年不飞不鸣，这是什么鸟呢？"楚庄王是绝顶聪明的人，一听此言，便知伍举的意思，马上回答："三年不飞，飞将冲天；三年不鸣，鸣将惊人。伍举你回去吧，我知道你的意思了。"伍举听了楚庄王的话，也心领神会了，很高兴地离去，静等楚庄王的振作。可是，一连数月，非但不见楚庄王振作，而且荒淫更甚，使朝内正直之士甚是不满。有个名叫苏从的大夫，再也按捺不住，冒死前来进谏。楚庄王一见就厉声喝道："你没有听到我的'有敢谏者死无赦'的命令吗！"苏从大义凛然地说："杀身以明君，臣之愿也。"楚庄王听得此话，乃为之罢去淫乐，开始听政。听政伊始，便诛杀数百人，重用数百人，任用伍举、苏从为大臣，国人无不为之欢欣，楚国也因此振奋。当年就灭掉庸国，而后连年征伐。伐宋国而获五百乘兵车，伐陆浑戎而观兵于洛，问鼎于周天子，灭舒国、破陈国而设之为县，围郑、宋二国，大败晋国援军，而虎视中原，楚国争霸之势也就确立了。

从上例来看，好像楚庄王是个只知淫乐的庸主，在伍举、苏从的劝谏之下才振作起来。实际上楚庄王是很有心计的人，用了瞒天过海之计。这是因为楚庄王是在各种政治势力交错中得以即位的。在当时，功勋贵戚交相呼应，既相互勾结，又彼此钩心斗角，盘根错节，足以置楚庄王于死地。这样说并不是耸人听闻，因为庄王之祖楚成王便是被太子，也就是庄王之父穆王，勾结弄臣江芈和潘崇，以卫兵围宫绞杀的。当时楚成王无奈，提出一个请求，说："能否等我将熊掌吃了再死？"这不算过分的请求，也没有得到同意。这些权臣以拥立之功，掌管国事，其威权足可震主，庄王之父都无可奈何，作为一个新即位的小王，更难以驾驭了。在这种情况下，庄王笙歌美女以自娱，示之无为荒唐，也使政敌不为之备。在欺骗过政敌之后，庄王不断发展自己的势力，暗中物色人选。作为当时在楚国的最重要的勋贵集团首领之一的若敖氏，是庄王主要争取的力量。这个集团虽然被庄王拉拢过来，但此时庄王还不知朝廷中拥护自己的有多少人。在这时伍举前来试谏，一番话已显出庄王的用心，伍举当然心领神会，欣然离去。伍举离去，肯定将此消息传出，如果这时动手，胜负在谁手还很难说。然而庄王数月无动静，这固然使政敌放松了警惕，也会使忠于庄王的势力心冷。苏从不畏死前来劝谏，这使庄王看到自己的人尚未松懈，人心可用。于是，庄王出其不意地听政，以迅雷不及掩耳之势，一下诛除政敌数百人，同时又将平日为国人所敬重的数百人封赏加爵。这种大快人心之事，当然得到国人的拥护，也使大权回归庄王手中。此乃胜战之妙计，运用得体，焉有不胜之理！此后庄王一面向外发展，扩大自己的声威，一面继续发展自己的政治势力，成功地击灭若敖氏之族，巩固了自己的统治。

常见不疑是瞒天过海之计的前提，但它同瞒天过海的真实目的是密不可分的。用计者经过一段时间的潜伏，使政敌警觉性减低或丧失，等待时机和条件成熟，然后突然动作起来，迅速向政敌发起攻击。这种"三年不鸣，一鸣惊人；九年不飞，一飞冲天"的做法，常常使政敌猝不及防，因而大大增加了瞒天过海之计的威力和实效。楚庄王就是成功地使用了这种方法。

第二，聪明刚察，能认识此计应用此计。

从事政治活动的人，必定要有一定的才能，而才能的外露，则是政治活动中的一大忌讳。这是因为在中国古代官场上，才能是抵不过权势的。权势大的，则认为自己才能要比别人高。也就是说，在君主专制政体下，专制君主是圣明伟大的，上司是永远正确高明的。因此，对于有才能的人，第一件要事是在君主或上司面前把自己掩饰起来。这是中国古代官场上所存在的现实。

如果臣僚或下属的才能超过君主或上司，又不会将自己的才能掩饰起来，其最终后果，往往要付出一定的代价，乃至身家性命。如东汉末年的杨修，为权臣曹操的主簿，此人"好学，有俊才"，聪颖过人，又是世家公卿大族，当然对自己才能不加掩饰，而且颇为自负。曹操是人们非常熟悉的人物，是在纷争时代的杰出人物，有一定的才能。有才嫉才，有能妒能，文人相轻，武人相鄙，这是一般常理，一般不会酿成大报复和事件。在政治上则

17

不然，轻则受到打击，重则难保身家。曹操是"诸将有计画胜出于己者，随以法诛之"的人，岂能容杨修这样"才博"之士呢？尤其是杨修介入曹丕和曹植争嗣之事，这引起曹操极大不满和猜忌。所以在曹操平汉中攻守两难之时，传令以"鸡肋"为口令时，因杨修以"夫鸡肋，食之无所得，弃之则如可惜，公（曹操）归计决矣"，率先准备行装，曹操便以扰乱军心为罪名，将杨修杀掉。

杨修被杀，其中自有其咎由自取的一面，如为曹植出谋划策，骗取曹操信任，卷入争储斗争中；也有其才能太为外露的一面，如三番五次地使曹操相形见绌。血淋淋的现实告诉人们，在君主和上司面前，必须将自己掩饰起来。在这种情况下，瞒天过海之计就有了非常广泛的应用条件，因为这毕竟是保全自己的一种有效手段。如西汉时期的开国功臣陈平，凡六出奇计，为汉高祖刘邦夺取天下立下奇功。有功自然要遭人嫉妒，每次都能被陈平以计化解。其之所以能化解嫉妒和谗毁，就在于其善于掩盖自己的才能。例如吕后当权时，吕后的妹妹吕媭经常谗毁陈平，其中最大罪名是"为丞相不治事，日饮醇酒，戏妇人"。陈平听得此事，非但没有节制，而是"日益甚"。这种胸无大志而醉心于醇酒美女的做法，麻痹了吕太后。才使陈平能与太尉周勃合谋，诛诸吕，立文帝，建立安汉第一功。然而在大功告就之时，陈平称病隐退，在汉文帝固问之时，陈平以"高帝时，（周）勃功不如臣；及诛诸吕，臣功亦不如勃"为名，让功不居，得到文帝的信任，而且得以善终。

陈平才能过人，好用阴谋。对于这一点，就连陈平本人也非常清楚。他曾说："我多阴谋，道家所禁，吾世即废，亦已矣，终不能复起，以我多阴祸也。"这是陈平对自己的评估。然而陈平不用此法，就连他自己也不能保全，何能及后世子孙！商纣王是中才之主，但好酒色，经常作长夜之饮。在昏醉不知昼夜之时，问左右的人，都说不知。于是，就派人去问当时的贤人箕子。箕子这时非常为难，对他徒弟们说："为天下主而一国皆失日，天下其危矣。一国皆不知而我独知之，吾其危矣。"不得不用瞒天过海之计，也假装昏醉，辞以不知。

在复杂的政治斗争中，众人皆醉我独醒，是非常危险的事情。被迫使用瞒天过海之计以保全自己，总不如主动使用者；主动使用者，又不如能识此计者；能识此计者，又不如用此计破此计者。瞒天过海之计的运用，重点在于熟视无睹，常见不疑。要达到这一点，就必须利用人们观察社会多见不怪的特点，进而来掩盖自己的计谋。当然作为常人，是很容易为这种假象所迷惑的。但头脑清楚的人，是不容易上这种当的，如战国时期的齐威王。

齐威王是前356年即位的。当时齐国的国势日弱，不但三晋频频征伐齐国，侵城略地，就连中小的鲁、卫等国也频来征伐。三晋伐灵丘，赵国夺甄地，鲁入阳关，卫取薛陵。外困之下，又有内忧，卿大夫当政，国人各从所主，谈何治理。这正是权臣当道，佞臣满朝，毁誉之言，交口而至。齐威王相当苦恼，恨不能根治。一日，威王在内宫之右室鼓琴，著名琴师驺忌子应召到来，正听得此曲，不由得推门而入道："善哉鼓琴！"威王勃然不悦，起身抽出宝剑说道："夫子见容未察，何以知其善也？"驺忌子见威王不悦，也不慌张，徐徐说出一番道理来。

驺忌子说："这大弦声音浊重，宽和而温，如春天之暖，象征着君主。这小弦清廉而不乱，象征辅佐。持弦深而释放舒缓，象征政令。均匀和谐相辉映，大弦小弦相补益，回转往复而不相害，象征着四时。由上我知道这琴弹得好。"听此一剖析，威王不得不佩服地说："善语音。"不想那驺忌子得寸进尺地说道："何独语音，夫治国家而弭人民皆在其中。"威王不由得又勃然不悦道："若夫语五音之纪，信未有如夫子者也。若夫治国家而弭人民，又何为乎丝桐之间？"驺忌子答道："夫大弦浊以春温者，君也；小弦廉折以清者，相也；攫之深而舍之愉者，政令也；钧谐以鸣，大小相益，回邪而不相害者，四时也。夫复而不乱者，所以治昌也；连而径者，所以存亡也；故曰琴音调而天下治。夫治国家而弭人民者，无若乎五音者。"这一番道理，不能不使威王点头称善。

驺忌子从音乐中看出齐威王是位聪明而刚察之人，这虽然有些说客之宏论，可与实际也相差无几。在内外交困的情况下，齐威王励精图治，一方面朝见周王，尊崇正统的周天子。结果，"是时周室微弱，诸侯莫朝，而齐独朝之，天下以此益贤威王"。一方面整顿内部。首先他加紧对地方官的考察，抓住两个典型，这就是即墨和阿两地的大夫。齐威王首先召见即墨大夫说："自子之居即墨也，毁言日至。然吾使人视即墨，田野辟，民人给，官无留事，东方以宁。是子不事吾左右以求誉也。"当时封之万家。然后召见阿大夫说："自子之守阿，誉言日闻。然使使视阿，田野不辟，民贫苦。昔日赵攻甄，子弗能救。卫取薛陵，子弗知。是子以币厚吾左右以求誉也。"当时就把阿大夫和左右曾经为之美言者"烹之"。于是齐国震惧，人人不敢饰非，务尽其诚。齐国大治，诸侯闻之，"莫敢致兵于齐二十余年"。

齐威王不但聪明刚察，而且善于知人用人。当时围魏救赵，增兵减灶，三败魏国大军的名将田忌、孙膑，就是在齐威王重用下显名于世的。对于人才，齐威王视同珍宝。前 355 年，齐威王与魏惠王会盟，魏惠王向齐威王夸宝说："寡人国虽小，尚有径寸之珠，照车前后各十二乘者十枚。"齐威王答道："寡人之所以为宝者与王异。吾臣有檀子者，使守南城，则楚人不敢为寇，泗上十二诸侯皆来朝。臣有盼子者，使守高唐，则赵人不敢东渔于河。吾吏有黔夫者，使守徐州，则燕人祭北门，赵人祭西门，徙而从者七千余家。吾臣有种首者，使备盗贼，则道不拾遗。此四臣者，将照千里，岂特十二乘哉！"似此善于用人知人者，瞒天过海之计就不好对其使用。阿大夫厚币买通威王左右以誉己，正行的是瞒天过海之计，但没有瞒过齐威王。因为齐威王不马上惩治那些毁誉者，而是瞒过这些人去核实情况，然后以迅雷不及掩耳的手法，在证据确凿的情况下，一举赏罚，这施行的也是瞒天过海之计。这正是强中更有强中手，头脑清醒的人不但能识破此计，而且还可以用此计破彼计，这也是政治斗争复杂性所造成的必然。

第三，掩饰锋芒，在保全自己的同时而力求成功。

在中国古代官场上，在政治斗争中，锋芒毕露，志向和野心使路人皆知，就会树敌招怨，使自己的政敌感到不安；也容易使对方猜忌和防备，乃至使对方先下手为强，率先置自己于死地。这不但会使自己的志气或野心难以实现，而且会断送自己的前程或生命。使用瞒天过海之计，掩饰自己的锋芒，以假象欺骗政治对手，最终实现自己的志向或野心，这便是善用此计者。因为人们对那些胸无大志，庸庸碌碌，才具欠缺的人，往往轻视或忽略，而政敌和对手也往往不以为敌，疏于防备。因此运用这种掩饰锋芒的方法，往往会取得出人意料的成功。

秦王嬴政虎视六国，灭韩、除赵、破燕、降魏，进一步要平楚。嬴政先征求将军李信的意见，问李信平楚要用多少兵。李信是连年征战的猛将，屡获胜绩，其轻敌之心流露于外，大言说："不过用二十万。"嬴政不放心，又征求老将军王翦的意见。王翦是个足智多谋的人，权衡之后说："非六十万人不可。"六十万军，等于将秦国主力全数征调出征，嬴政当然有些顾虑，只好自圆道："王将军老矣，何怯也！"派李信和蒙恬将二十万军伐楚。王翦见所言不用，又恐嬴政加害，便以病告退，回乡隐居。

李信和蒙恬出师，挟秦军之威，初战告捷，即引兵深入。楚军在秦军轻敌的情况下，三日三夜不顿舍，攻击李信，连破秦军两道营垒，斩秦军七名都尉，使李信大败而归。

败讯传来，嬴政深感后悔，亲自到王翦的家乡去请王翦，不无悔恨地说："寡人不用将军谋，李信果辱秦军。将军虽病，独忍弃寡人乎！"如此言重，王翦还在推辞道："病不能将。"嬴政不容王翦解释说："已矣，勿复言！"王翦见推托不掉，只好说："必不得已用臣，非六十万人不可！"嬴政只好答应。

六十万大军出师，嬴政亲自送行出咸阳五十里的灞上。在路上王翦一再向嬴政请要良田美宅，多得使嬴政感觉有些过分，不由说道："将军行矣，何忧贫乎！"王翦像一个小市民一样，斤斤计较地说："为大王将，有功，终不得封侯，故及大王之向臣，以请田宅为子孙业耳。"嬴政见王翦如此计较，不由得大笑。

王翦率军出征，在路上不断派使者回咸阳向嬴政索要田宅。

一连派遣五批使者，索要甚多，有人对此不理解，对王翦说："将军之乞贷亦已甚矣！"王翦说："不然。大王为人粗心而不信任人，如今他空国中之甲士而专委于我，我不多请田宅为子孙业以自坚，顾令王坐而疑我矣。"果然，王翦此举消除了嬴政的疑心。以嬴政来看，王翦不过是贪图利禄而无政治野心的平常人而已，对之也放心。也因此之故，王翦才能一举灭楚，而终保一身荣华富贵。他不但自己善终，而且荫及子孙，其孙王离在秦二世时尚为将军。在一统全国和赵高当权之时，功臣宿将多遭杀害，而王翦家族能够保全，这不能不说王翦有先见之明。当然这是王翦成功运用瞒天过海之计，掩饰自己的锋芒，才能成此灭楚之功，而且保存自己。

收敛锋芒，表面上是与世无争，实际上是无所不争，这是使用瞒天过海之计的一大特点。唐高祖李渊在未登基以前，相面人对他说："公骨法非常，必为人主，愿自爱，勿忘鄙言。"李渊听了，非常高兴，而且"颇以自负"。正因为如此，才招得隋炀帝杨广的猜忌。在这种情况下，李渊马上改变策略，"纵酒沉湎，纳贿以混其迹焉"。骗过杨广，使杨广不为之备，非但没有继续对之猜忌，却将其升任太原留守，使他占据隋朝重要据点，并以此为根基，走上夺权称帝的道路。碍于资料，还很难道出李渊如何欺瞒杨广的具体情节。要说生动的，则是明嘉靖时期的夏言与严嵩之间的争斗。

夏言，字公谨，号桂洲，江西贵溪人，1482年出生，1517年中进士，1539年就任内阁首辅。他的同乡，江西分宜人严嵩，1480年出生，1505年中进士，1542年才进入内阁，当然要在夏言的手下。严嵩虽然比夏言早为进士，但地位不如夏言。在这种情况下，严嵩对夏言是毕恭毕敬，"如子之奉严君，唯诺趋承，无复僚友之体"。夏言对严嵩的谦卑毫不设防，不但恣意凌辱，乃至"以门客畜之"。面对夏言的凌辱，严嵩谦恭益甚，曾一而再、再而三地置办酒席，邀请夏言赴宴，甚至亲临夏府，跪读请柬。夏言却常辞而不见，即便是去赴宴，进酒三勺一汤，取略沾唇而已，然后傲然离去，使严嵩所备山珍海味俱付之乌有。夏言扬扬得意，认为严嵩实在是不如自己，也不之为疑。实际上，严嵩对夏言早有意见，时刻准备取其位而代之。

首先夏言因奏疏误写字号，遭到嘉靖帝的申斥；其后又因修建太子东宫事再触帝怒；而后又因拒绝戴嘉靖帝所赐道冠而为帝所不喜。在这种处境不妙之际，夏言还不知收敛，尚自孤傲。到此时，严嵩感到机会到来，一方面迎合嘉靖帝的爱好，专以柔媚事主；一方面又广结奥援，巴结嘉靖帝所喜欢的道士陶仲文，图谋将夏言赶走。夏言素轻严嵩，本不为备，当得知严嵩计谋时，意欲反击，但为时已晚，早被严嵩在嘉靖帝面前"顿首雨泣"所中伤，被削夺首辅之职，回到老家江西。

夏言去后，严嵩进入内阁，并且花费不少力气将继任首辅翟銮赶下台去，荣任首辅。一时间，严嵩踌躇满志，专心固宠。孰料夏言回籍，"遇元旦、圣寿，必上表贺，称草土臣"。嘉靖帝原本曾对夏言有好感，一时动了恻隐之心，诏令夏言回京复职。

明代的首辅是按入阁先后而定的，夏言原比严嵩早入内阁，此次复职，当然还为首辅。夏言并没有接受以前遭严嵩谗害的教训，急于报复，根本不把严嵩放在眼里。在职务上，夏言是首辅，严嵩是次辅，虽有上下之分，但也有同僚关系。然而夏言直凌严嵩，凡所批答，略不顾及严嵩的面子。在盛气之下，严嵩"嗫不敢吐一语"。按规定，入直阁臣由朝廷供应膳食。夏言则不食宫中之食，家中自备，甚为丰盛。以此丰盛饮食面对严嵩所食供应之饭，夏言"不曾以一匕及嵩也"，凌人之气无所不至。尤其夏言侦知严嵩之子严世蕃贪污盐银，收索贿赂，扬言要向皇帝告发（机事不密，扬言于外，乃政治家之大忌，于官场之中尤不可）。严嵩得知，自觉不妙，亲率其子，贿通夏府门役，直入夏言卧榻之前，父子一齐跪下，哭泣谢罪（政治家有时也要掉一些眼泪以为其政治目的，何况野心家，其眼泪来得就更快了。但要记住，这是鳄鱼的眼泪）。夏言见此，不由得心软起来，认为他们是屈服于他了，将此事按下来。其实这不是严嵩屈服，而是因此产生更大的仇恨。严嵩这次的计谋，不再是以赶走夏言为目的了，而是酝酿着杀机。

夏言为人慷慨，以经邦济世为己任。在恢复首辅地位之后，思建立不世之功以自固。适逢总督陕西三边军务曾铣，主张收复被俺答汗占领的河套地区，夏言赞同，并征得嘉靖帝的同意。严嵩表面上附和夏言，暗地里却构置陷阱，密谋驱逐夏言，争回首辅之权。

嘉靖二十六年（1547 年）腊月，兵部呈递收复河套的方案。恰在此时，北京狂风骤起，阴霾蔽日。这本是北方冬天常见的现象，但对迷信道教，相信占卜的嘉靖帝来说，却不是正常的，占卜认为这是边境有警之兆。也正在此时，严嵩将本年七月，陕西澄城县麻陂山山崩之事呈上。阴霾之天，山崩之事，这对于正在祈祷长生的嘉靖帝来说，是非常懊恼之事。在懊恼之时，询问左右。那左右之人都受到严嵩货贿，按严嵩意思，反对收复河套，并以灾异乃是首辅之过，须免之以应天变为辞，将锋芒指向夏言。

嘉靖帝听信左右之言，反对收复河套之议。

一夜之间，情况全变，夏言毫无准备，一时不知如何处置。严嵩心知其故，连忙上疏，按照嘉靖帝的意图，向夏言发动进攻。严嵩先将嘉靖帝吹捧一番，又言河套之役非上策，最后将矛头指向夏言。面对攻击，夏言开始反击。河套之议是嘉靖帝赞许的，夏言反击，不得不涉及嘉靖帝。在君主专制政体下，专制君主是神圣英明的，岂容臣下指出己过！便以"诈称上意"之名，申斥夏言。严嵩此时又顺从嘉靖帝意思，上疏攻击夏言。夏言不堪其恶毒攻击，上疏反驳，并以"乞赠骸骨，归田里"相威胁。孰料嘉靖帝并不买账，下诏削夺夏言的少师、太子太师、大学士官职，让他以礼部尚书衔致仕。夏言被第四次罢免官职。

夏言三起三落，对嘉靖帝还抱有希望，希图嘉靖帝垂怜，恢复其官职。因此放慢回籍的时间，从北京到天津走了十二天。在路上他上万言书，为自己辩白，并指出严嵩等人的险恶用心，以期感化嘉靖帝。这种做法，不得不使多次为夏言凌辱的严嵩心惊肉跳。因为一旦喜怒无常的嘉靖帝一时心血来潮，将夏言官复原职，等待他的将是不堪设想的结果。于是，严嵩加紧谋划，欲置夏言于死地。

攻击夏言，莫若河套事件，河套事又离不开曾铣。为此，严嵩鼓动曾铣部下仇鸾诬告，将曾铣打入诏狱，百般罗织，以"隐匿边情，交接近侍官员"的罪名，从重议处，定为死刑，斩于北京西四闹市。一个智勇双全、廉洁公正的大将，在首辅之争，在严嵩的计谋下丧生，时人冤之。虽然曾铣在后来被昭雪，但饮恨而亡是千古之憾。夏言是在归途上得知曾铣死讯的，一听罪名是

"交接近侍官员"，当时就从车上掉下来，长叹道："噫，我死矣！"这位争强好胜的才子，到此时才知道自己回天乏术了，彻底败给自己最看不上眼的严嵩了。果然，他才到丹阳，锦衣卫的缇骑赶到，将之打入囚车，押解回京。夏言此时不无感叹地看着路边的白杨树道："白杨，白杨，尔能知我此去不返乎？"

到了京城，罪名已定，夏言上疏辩白，并不得报。不过朝廷律条有"议能""议贵"之条，杀与不杀，嘉靖帝尚拿不定主意。夏言一日不死，就有死灰复燃的可能，严嵩对此寝食不安。不过他在首辅的位置，机会总是有的。嘉靖二十七年（1548年），俺答汗率众数万抵居庸关，京师震动。严嵩将此说是夏言欲收复河套，俺答报复。正好京城又发生地震，迷信道教的嘉靖帝，最怕天地有变，再加上严嵩说这是夏言怨望所致，只有杀之以息灾变。1548年11月1日，年六十七岁的夏言，被斩于北京西四闹市。时人叹道："自古圣贤多薄命，奸雄恶少皆封侯。"大骂严嵩，并编歌谣云：

可恨严介溪，做事忒心欺，常将冷眼观螃蟹，看你横行能几时？

可笑严介溪，金银如山积，刀锯信手施，尝将冷眼观螃蟹，看你横行能几时？

可恨严介溪，做事忒心欺，善恶到头终有报，只争来早与来迟。

不管人们怎么骂，在夏言下野之后，严嵩第二次成为首辅，并且连任十几年，成为嘉靖年间任期最长、影响最大的权臣。虽然严嵩"无他才略，惟一意媚上，窃权罔利"，但他多次使用瞒天过海之计，不露痕迹地打击异己势力，亦可见瞒天过海之计作为政治家、野心家、阴谋家常用的手段，经常应用到政治斗争中。

瞒天过海之计的这种掩饰锋芒的手法，无论是修身齐家平天下，刚正不阿，光明磊落的政治家，还是嗜权图位，贪残严酷，阴险狡诈，阿谀谄媚的政客，在不同程度上，都会使用瞒天过海之计中掩饰锋芒的手法来对付自己的政敌。因为要想对付政敌，必须先将自己的锋芒掩饰，这样才能在最大程度上保护自己，减少政敌注意，才能在时机成熟的时候，对政敌发起攻击，而这种攻击往往是置对方于死地。要想做到这一点，在政治上，不但自己要掩饰锋芒窥测时机，还要看清政敌是如何掩饰锋芒的，这样才能较好地应用瞒天过海之计。如果不善于掩饰自己的锋芒，不但用不好瞒天过海之计，而且非常容易中政敌的瞒天过海之计。例如东晋末年的刘裕和刘毅。

刘裕，字德舆，小字寄奴，彭城（今江苏徐州）人，南朝宋王朝的开国君主。其先祖是汉高祖刘邦的弟弟刘交，到刘裕时已经败落。少年时曾因赌博欠债，被刁逵绑在马桩上。后投入北府军刘牢之部下，参加平定桓玄之乱和镇压孙恩、卢循反叛，从而起家，成为手握军权而能争夺帝位的要人。

刘毅，字希乐，彭城沛（今江苏沛县）人，与刘裕同出身于北府军，一同平定桓玄之乱。刘毅刚猛沈断，专肆狠愎，战功与刘裕不相上下，因此深自矜伐。因他功高而位在刘裕之下，心中不服，尝云："恨不遇刘项，与之争中原。"意气骄纵，目空一切。

411年，刘裕因平卢循功升任太尉、中书监，执掌朝政。412年，刘毅都督荆、宁、秦、雍四州军事，升卫将军、开府仪同三司、荆州刺史，持节，加督交、广二州。刘毅"自谓京口、广陵，功业足以相抗，虽权事推公（刘裕），而心不服也。毅既有雄才大志，厚自矜许，朝士素望者多归之"。也就是说，刘毅一面扩大势力，一面用瞒天过海之计来欺蒙刘裕。刘裕对此相当清楚，也知道他是自己夺权的障碍，便"每柔而顺之"。使刘毅认为自己怕他，以松懈其防范之心。其实，刘裕已识破刘毅的瞒天过海之计，反过来还以瞒天过海之计。故此，刘裕在刘毅上表请自己从弟刘藩为自己助手时，欣然同意，乘刘藩进京陛见之时，一举将刘藩及刘毅支党收捕，处以死刑；而后以迅雷不及掩耳之势，亲自率军讨伐刘毅。刘毅不曾防备，一战即溃，单骑出逃后，见大势已去，只好自缢。由此可见，欲行瞒天过海之计，掩饰锋芒是相当重要的。

第四，利用人之常情而存非人之常情之心。

人们的常情，也就是人们常见的事。正因为常见，才不容易引起人们的疑心。能够使用瞒天过海之计的政治家、野心家、阴谋家，均善于利用人之常情麻痹对方。对于善于算计的人，使用起来更是得心应手。

比较为人所熟悉的"竹林七贤"，是魏晋时期的人物。他们是嵇康、阮籍、山涛、王戎、刘伶、阮咸、向秀。这七人都喜欢清谈玄学，崇尚老庄，常为竹林之游，故有此号，不过，他们七人的人品不一，处世态度不一，思想观点不一，命运也不一。

嵇康，字叔夜，为曹魏宗室之婿，拜为中散大夫，是个闲散官衔。史书说他"早孤，有奇才，远迈不群。身长七尺八寸（相当 180 厘米），有风仪，而土木形骸，不自藻饰，人以为龙章凤姿，天质自然。恬静寡欲，含垢匿瑕，宽简有大量。学不师受，博览无不该通，长好老庄"，崇尚玄学，修身养性，弹琴咏诗以自娱。好友山涛曾荐举他为官，他为此与山涛绝交，写出《与山巨源绝交书》，现传于世。他说："今但欲守陋巷，教养子孙，时时与亲旧叙离阔，陈说平生，浊酒一杯，弹琴一曲，志意毕矣。"他不愿卷入政治，但又脱离不开政治，曾写过《太师箴》，史称此足以明帝王之道，可见他对政治还是很关心的。当司马氏日渐强大，这位曹家的女婿，因反对司马氏夺权而就刑于东市。被杀之时，年仅四十。

阮籍，字嗣宗，是建安七子之一阮瑀之子。史书说他"容貌瑰杰，志气宏放，傲然独得，任性不羁，而喜怒不形于色。或闭户视书，累月不出；或登临山水，经日忘归。博览群籍，尤好庄老。嗜酒能啸，善弹琴。当其得意，忽忘形骸，时人多谓之痴"。其实阮籍本身怀有政治抱负，但在"魏晋之际，名士少有全者，籍由是不于世事，遂酣饮为常"。当司马昭为司马炎向阮籍之女求婚时，他大醉六十日，使司马家没有机会和他谈此事而告吹。阮籍曾作《大人先生传》，把那些"上欲图三公，下不失九州牧"，而专会钻营利禄的人，讥为裤裆里的虱子。他不拘礼教，而言谈玄远，放荡形骸，口不臧否人物，遇有必言涉他人之事，常饮酒酣醉以免于祸，力图避免卷入政治风波之中。但他也曾写过《为郑冲劝晋王笺》，并未超出政治之外。在楚汉战争遗址，他曾感叹："时无英雄，使竖子成名！"可见其政治上的抱负。在当时的政局下，他很难施展抱负，却经常要以酣饮避免政治之祸。这也正是他能用出乎常情之外的方法来麻痹对方，进而保全自己，还不失名人而为人所重的声名。

山涛，字巨源。史书说他"早孤，居贫，少有器量，介然不群。性好庄老，每隐身自晦"。他对当时政局常能做出正确的判断，所以在魏晋之交这纷乱政局之下，他往往能泰然处之。在司马懿与曹爽争权时，他采取隐居不仕的方法，既避免卷入是非之中，又博得像吕望（姜太公）一样的声名，为他再入仕途打下良好的基础。司马师秉权时，山涛再度入仕。在钟会与裴秀二人据势争权，都来拉拢他时，山涛能"平心处中，各得其所，而俱无恨焉"，躲过这次政争危机。能够观望形势，是山涛的拿手好戏。在晋初时，他为太子太傅、尚书仆射、侍中、领吏部，主管选用官吏达十余年。他之所以能长掌选官，这是因为他掌握了诀窍。那就是遇到有官缺，他先选拟数人，奏请皇帝，看皇帝对谁有所偏爱，然后再明确奏明，选用皇帝偏爱的人为官。这样他既不拂上意，又使众多的官吏认为他心中有己。这种依违其间的做法，使他保全了禄位，直到七十九岁而终，葬礼十分隆重。山涛就是用不寻常的办法，赢得寻常人的心，才使他涉宦海如履平地，可谓是善算之人。

王戎，字浚冲，出身世家。史书说他"为人短小，任率不修威仪，善发谈端，赏其要会"。他与阮籍虽同为"竹林七贤"，但不为阮籍所重。有一次，在竹林饮酒，王戎后到，阮籍说："俗物已复来败人意！"从人品上，王戎为人比较鄙陋自私，但在看问题上，他还是能看出利害关系的。因为他深知像嵇康、阮籍这样傲物，必招人怨，也难自立于官场之上。故此，他面对阮籍的讽刺，并不恼怒，却笑着回答说："卿辈意亦复易败耳！"在官场上，王戎一面邀取名声以自固，一面想尽办法以避祸。在邀名上，他除以"竹林七贤"之一得名之外，在母丧上，以哀毁的"容貌毁悴，杖然后起"，得到"死孝"之名，而深得君主的赞赏。在避祸上，他"苟媚取容"，寻找靠山，遭到弹劾，也能平安无事；为了苟全利禄，在"八王之乱"的关键时刻，他"伪药发堕厕，得不及祸"。就这样，他经常以出乎常人预料的方式，躲过一次又一次的政治危机。他贪黩财货，为人鄙陋，常自执牙筹，昼夜算计；园田水碓周遍天下，还要为他家所种植的好李子出卖不失其种想办法，竟想出卖李钻核的主意。为人吝啬，即使是亲友也不例外。他的女儿出嫁，曾向他借钱数万。在未还时，女儿回家，他很不高兴。当女儿还钱之后，他才和好如初。他的从子结婚时，他借给一件单衣，在婚后还要责取。

刘伶，字伯伦。史书说他"身长六尺（140 厘米），容貌甚陋。放情肆志，常以系宇宙齐万物为心"。他最好喝酒，而且常醉。妻子劝他说："君酒太过，非摄生之道，必宜断之。"他却自誓说："天生刘伶，以酒为名。一饮一斛（等于十斗），五斗解酲。妇儿之言，慎不可听。"每日饮酒吃肉，常常酒醉，虽在官场上"以无用罢"，却得以寿终，留下酒仙的美名。他所著《酒德颂》一篇，为酒家所推崇。

阮咸，字仲容，是阮籍的侄子。史书称他"与叔父籍为竹林之游，当世礼法者讥其所为"。但他任达不拘，妙解音律，善弹琵琶，虽处世不交人事，不以礼法为怀，其做法常常近似于荒诞。有一次，他与宗人饮酒，用大盆盛酒置于地上，正好有一群猪过来，见盆中酒就喝。阮咸毫不躲避，竟与群猪一起共饮。实际上阮咸是有才能的，山涛曾说："阮咸贞素寡欲，深识清浊，万物不能移。若在官人之职，必绝于时。"然而他毕竟以耽酒之名，而未受重用。不过他也是以寿终。

向秀，字子期。史书说他"清悟有远识，少为山涛所知，雅好老庄之学"。在七贤中，向秀算是与嵇康比肩，但有学者之风，曾注《庄子》一书。本来他欲隐居，但在嵇康被杀之后，他感觉隐居难逃人害，便应本郡推举至洛阳为官。当司马昭问他"闻有箕山之志，何以在此"之时，他回答说："以为巢许狷介之士，未达尧心，岂足多慕。"巧妙地回避躲祸之意，赢得司马昭的欢心。而后他"在朝不任职，容迹而已"，也得以善终。

政治，不仅要追逐权力，也要追逐名望。权力与名望之间有着相当密切的关系。权力可以带来名望，名望可以巩固和获得权力。虽然权力和名望不是等同的，但这种名望与权力之间的密切关系，足以使权力持有者心神不安。《韩非子·爱臣》认为："爱臣太亲，必危其身；人臣太贵，必易其主；主妾无等，必危嫡子；兄弟不服，必危社稷。"由此看来，名望会使权力持有者受到威胁。"竹林七贤"在当时获得很高的声望，这对于当时司马篡曹的政局来说，可以说从曹曹重，从司马司马重，故而他们成为政治双方拉拢的对象。嵇康不从司马而被杀，使其他诸贤感觉到自己的困境，分别采用不同的手段来回避政治上的打击。

从以上七贤处世态度来看，他们有以醉酒示自己无他野心的，有以依违其间而不露锋芒的，有以贪黩以败坏声名的，有以荒诞不经而避己之所能，有不介入政治风波而安处的，所以大都以寿终。也就是说，除嵇康之外，其他诸贤都使用瞒天过海之计中的利用人之常情，以非常人所能理解的办法来保全自己，而且大都获得成功。由此可见，瞒天过海之计的这种手法应用范围是相当广泛的。

第五，示假隐真，出乎常人而出奇制胜。

为了一定政治目的，示假隐真，掩饰自己的真实感情，制造假象，迷惑和麻痹政敌，使其不备，实际上在聚集力量，以求得制胜。这是政治家、野心家、阴谋家常用的手段，也是他们经常出奇制胜的一种策略。这种手段常会出现在下列几种情况下。

在力量对比不利的情况下。政敌势力过大，自己明知现在不能与之相抗衡，如果自示其强，很可能先遭政敌的残害。既然不是对手，作为政治家、野心家、阴谋家来说，又不甘就此永远服输，必然要寻机振起和报复。力量不如人，那么只好采用这种掩饰自己真实感情而示假隐真的做法。当然这种做法要求当事者具有超乎常人的忍耐能力。即使如此，在中国古代政治斗争中还是屡见不鲜的。

春秋时期，吴、越两国相争，越王勾践率兵先在一次作战中射伤吴王阖闾，使阖闾受伤感染而亡。阖闾临死之前对自己的儿子夫差说："尔忘勾践杀汝父乎？"夫差回答："不敢。"果然夫差在即位以后，厉兵秣马，准备伐越报仇。前494年，也就是夫差即位三年，勾践见吴军日盛，恐以后难以对付，便采用先发制人的办法，向吴国发起进攻。吴国为复仇，早有准备，起兵相迎，而大获全胜。越王勾践兵败，只带五千兵马退保会稽（今浙江绍兴）。事到国破家亡的地步，勾践无计可施。谋臣范蠡劝说道："持满者与天，定倾者与人，节事者以地。卑辞厚礼以遣之，不许，而身与之市。"勾践听从，用大夫文种为使，卑辞乞和，情愿称臣归属。吴之谋臣伍子胥劝吴王夫差一举灭越，免生后患。夫差此时一是听左右进言而贪图越国货贿美女，二是看勾践没有什么能力，三是想到中原争霸，出乎意料地恩准赦免勾践之罪，准他回国。

勾践回国，自知现时国力难以和吴国抗衡，便一而再、再而三地向夫差献殷勤，向夫差的大臣送贿赂，充分运用"伐吴九术"。其九术是：一曰尊天事鬼；二曰重财币以遗其君；三曰贵籴粟槀以空其邦；四曰遗之好美以荧其志；五曰遗之巧匠，使起宫室高台，以尽其财，以疲其力；六曰贵其谀臣，使之易伐；七曰强其谏臣，使之自杀；八曰邦家富而备器利；九曰坚甲利兵以承其弊。这九术的前七术都是用来麻痹吴国的，使之不备。而在此时，勾践卧薪尝胆，"十年生聚，十年教训"，时刻准备报仇。

前 482 年，吴王夫差亲率大军北上与晋国争夺盟主，越国出兵伐吴了。经过几年征战，吴国不支。前 473 年，越兵将吴王夫差围困，这回该吴王派人肉袒膝行以请和了。前车尚在，越国不允，夫差无奈，只好自杀。人要将死，其言也善，夫差在临死时，方悔恨自己不用忠臣之言，乃蔽其面曰："吾无面以见子胥也！"其实他哪里知道，这是越国的示假隐真的手法欺骗了他。

王莽末年，南阳豪强刘縯、刘秀兄弟投身于绿林军队伍。刘縯自恃有功，又是贵族，图谋夺取最高领导权。在争权斗争中，刘縯被更始帝刘玄所杀。消息传来，刘秀自知此时不能与刘玄争锋，竭力克制自己，并出人意料地从征战地父城，赶回刘玄所在地宛城，当面向刘玄谢罪。在抗击王莽的围剿中，刘秀是建有卓越的功勋的，但他不伐功，不为刘縯服丧，"惟深引谢过而已"，在刘玄和众人面前，"饮食言笑如平常"。这样，不但使刘玄感觉有些惭愧，即使是绿林军将领也觉得刘秀为人不居功自傲，是个可交的朋友。就这样，刘秀逢凶化吉，官拜破虏大将军，封武信侯。

其实刘秀知刘縯被杀，何尝不伤心和自危呢？这是在无可奈何的情况下，使用这种示假隐真的手法。在避祸以后，刘秀"每独居辄不御酒肉，枕席有涕泣处"。当然，若要人莫知，除非己莫为。他的这种做法被主簿冯异发现，并且为他出计，讨得行大司马事，持节北渡河、镇慰州郡的差事，避开政敌的迫害，带领自己的心腹，在河北寻求发展，最终重建汉王朝。

掩饰真情不易，在掩饰真情时又要装作若无其事，乃至做出许多为人不堪想象的事来，这在官场上是常见的。下面仅以司马懿和朱棣为例。

司马懿，字仲达，出身士族。曹操知其有才能，征召为掾属，他拒不应召。及曹操为丞相，再征其来，并对征召之人讲，如其不来，就将他抓起来。司马懿惧而应召，在曹操手下，历任文学掾、黄门侍郎、议郎、丞相主簿等官。曹丕时，又历任侍中、尚书、尚书右仆射、给事中、录尚书事等。曹丕临终时，以他为顾命四大臣之一。此后其在战争和政务活动中，声名和权力不断扩大。明帝死后，他与曹爽受命辅佐齐王曹芳，并进位太傅，子弟十一人皆为列侯，威势显赫。

有这样的威权，对于同为辅政的曹爽来说，当然感觉到是一种威胁。曹爽在谋士何晏、邓扬、李胜、丁谧、毕轨等人的谋划下，先将选举、监察、京师地方治理等权由自己的心腹替代，又将中央禁军的指挥权交与曹氏宗亲，逐渐掌握军政大权，削夺司马氏的一些权力。司马懿此时以退为进，索性装起病来。这病况如何，对曹爽来说，是至关重要的。就派心腹李胜以出任荆州刺史为名，前往司马懿府第去辞行，实际上是打探司马懿的病况。司马懿明知李胜所来目的，便借此装成病危的样子。当李胜到来，司马懿让两个婢女服侍，拿衣服则衣服从手中落在地上。而后又指口言渴，婢进粥，饮时粥从口边流出，沾满衣襟而不知觉。在言谈中，又"佯为昏谬"，李胜说将要出任荆州，他故意听成并州，且说年老病笃，死在旦夕，恐以后不得相见了。李胜果然将司马懿病况向曹爽说知，且认为司马懿将不久于人世了。一个垂死而糊涂的老人，看来不可能是自己的对手了，曹爽也就放心了。

249年，曹爽随同齐王芳去谒明帝陵，司马懿乘此机会，上奏太后，免去曹爽兄弟官职，夺回权力。然后通过合法手续，以谋反罪收捕曹爽兄弟及他们的谋士何晏、邓扬、李胜、丁谧、毕轨等，皆诛其三族。这样曹魏大权完全落入司马氏手中。曹爽小儿本不是司马懿的对手，曹操却比司马懿高明一些。曹操曾对儿子曹丕说过："司马懿非人臣也，必预汝家事。"所言不差，但祖孙三代都用司马懿，可见司马懿的政治才能过人之处。

燕王朱棣是明太祖朱元璋第四个儿子，据说他"姿貌秀杰，目重瞳子，龙行虎步，声若洪钟"，素有登临皇位的野心。僧人道衍（本名姚广孝），是一位颇有谋略的人，他料定在朱元璋死了以后，朱棣最有实力竞争皇位。姚广孝初见朱棣时，便说："大王使臣得侍，奉一白帽与大王戴。""王"戴"白"帽，是为"皇"也。朱棣听得此言，便向朱元璋讨得姚广孝，以之为王傅。姚广孝又推荐一名叫袁珙的术士，与自己一起辅佐朱棣。这二人是朱棣的主要谋士。

洪武三十一年（1398年），朱元璋谢世，皇太孙朱允炆即位，是为建文帝。建文帝用齐泰、黄子澄之议削藩，不到一年，朱棣的兄弟，周、岷、湘、齐、代诸王先后被废。朱棣感觉不妙，便一面装病，一面暗地进行练兵，加紧政变活动。当然，没有不透风的墙，这风声为朝廷所知。朝廷先将燕王府官校于谅、周铎以图谋不轨的罪名，逮捕至京师处死，同时下诏切责朱棣。面对危机，朱棣"乃佯狂称疾，走呼市中，夺酒食，语多妄乱，或卧土壤，弥日不苏"。朝廷派人前来北平核实时，朱棣于"盛夏围炉，摇颤曰：'寒甚。'宫中亦杖而行"。这番表演，使朝廷相信朱棣将不久于人世，暂时放松对他的追究，使朱棣赢得起兵反叛的时间。后来经过四年战争，朱棣终于夺得帝位。

以装病来迷惑政敌，使政敌认为自己将不久于人世，即使不会使政敌产生恻隐之心，也至少使政敌觉得安心。然而，采用这种示假隐真的做法是带有一定风险的。以司马懿来说，他装病是有明显破绽的。因为真正的呆痴老年病，绝不会说出自己死在旦夕的话。只是曹爽年轻，所用谋士又多华而不实，才会中此计谋。以朱棣来说，他装病也是有破绽的，当时就有人对北平布政使说："燕王本无病，你们不要松懈。"如果朝廷不相信朱棣真病，按既定方针办的话，朱棣是很难兴起"靖难之变"的。

示假隐真，必须还要附以其他手段。如刘秀密结私党，拉拢权贵替自己说话。司马懿实际上是在"潜为之备"的基础上进行这种示假隐真的。朱棣是拉拢了北平都指挥使张信，事先做好军事上的准备，使用谋士为自己出谋划策基础上来示假隐真的。用其他手段来与示假隐真手段相结合，这是获得成功的基础，失去此基础，其获得成功的概率是很低的。在人们比较熟悉的《水浒传》里，宋江在浔阳楼上吟反诗，被官府捉拿时，也曾使用这种示假隐真的方法，"披头散发，倒在尿屎坑里滚"，"白着眼，却乱打将来"，"口里胡言乱语"。即使是如此，他也没有逃过这场祸灾。这是因为在关键时候，没人为他这种装病说上一句同情话。这也说明示假隐真必有其他手段为附，否则，会偷鸡不成，反蚀一把米。

三、官谋国策　计奇略深难测

瞒天过海之计在政治斗争中使用相当广泛，无论是政治家，还是野心家、阴谋家，为了某种政治目的，都会以不同的手法来使用之。那么在什么政治条件下使用，在什么范围应用，这是有一定规律的。在适合使用瞒天过海之计的范围里，瞒天过海之计才会有效用。如果在不适宜用瞒天过海之计的范围使用之，不但得不到预期的效果，反而会因此计而招祸灾。因此在中国古代政治斗争中，政治家都非常注意应用范围。

第一，在敌国之间。

敌对之国，有国力强大的，有实力相当的，有国力弱小的。无论是哪一种敌国，都可以对之使用瞒天过海之计。不过，敌对之国因双方处于敌对状态，彼此之间本来就有一种防范心理存在，这就要求使用瞒天过海之计的一方具有相当高的水准。既要使对方相信本国的"真实"情况，又要使对方不能够看出本国的真实目的，而最终是以本国利益为基础。

1. 弱国对强国的使用

对于比自己国家强大的敌国，使用瞒天过海之计的重点在于"示弱"，运用掩饰锋芒、示假隐真的手法，使对方相信自己国家弱小，不会对他们构成威胁，从而在暗地积蓄力量，改变双方的力量对比，争取以弱胜强、以小吞大的机会。基于此种目的，使用此种计谋的国家，表面上向强国称臣纳贡，甚至不惜膝行向前，割地赔款，签订丧权辱国的协定等极端手段。他们故意，并且尽可能地夸大本国的弱小，将小的自然灾害夸大成灭顶之灾。在乞怜的过程中，尽量感化对方，既使对方看不起而疏于防备，又使对方因怜悯而慷慨资助。这样既使对方轻敌，又从敌方得到物资来充实自己。

前面所讲的越王勾践事例，则是这方面的典型。为了生存，他不惜卑辞厚礼，供献美女，甚至亲为吴王牵马前驱。在休养生息的过程中，稍有些自然灾害，便夸大其辞，向吴王乞怜，得到吴国的粮米资助，充实本国的储备。而当吴国发生自然灾害，向越国要粮时，他们将煮过的粮食送去，使吴国用此为种子，以致来年颗粒未收，进而削弱了吴国，为其后来灭吴复仇打下基础。

再有战国时，燕国进攻齐国，连下七十余城，仅即墨和莒两城未下。即墨守将田单困守孤城，激励士卒。在敌强我弱的情况下，他一方面使老弱妇女登城守望，显示本身之弱；一方面派人把黄金千镒送与燕将，说欲投降，以怠懈燕军斗志。在暗地准备火牛阵，在夜间向燕军发起攻击。结果大败燕军，尽收齐国失地。

当然，弱国对强国使用瞒天过海之计，多是求能苟且偷安即可，像越、齐两国这样复仇雪耻的，总是少数。因为当瞒天过海之计败露之后，没有置对方以死地的能力，必然会招致对方的报复，其后果则不堪设想。如宋朝与辽朝相抗衡时，在东北的金朝正在兴起。当时宋辽是有和约的，但宋看到辽衰，又想借金的势力收复丧失多年的燕云故地，便与金达成联盟。当时约定：金军攻辽的中原（今河北平泉县东北），宋军攻辽的燕京。灭辽后，燕云之地归宋，宋将原给辽的岁币转给金。双方规定进军路线，不得越界，不得单独议和。灭辽后，宋金在边界进行互市贸易。在协议中，宋没有考虑自己的实力，在战争中屡战屡败，不得不请金军相助来攻打燕京；在辽天祚帝走投无路时，宋曾密约其投降。本来宋认为这些事是可以瞒过金国，不想情报为金所获；在战争中又暴露自己积弱的实情。机事不密，实力又弱，既授人以口实，又使金轻视。结果金以宋背盟为由，大军南下，攻下开封，掳去徽、钦二帝，导致北宋灭亡。由此可见，弱国对强国使用瞒天过海之计，等于是与虎谋皮，没有使虎麻醉的话，要想保存自己也是相当难的。故此弱国多用此计以谋自安，图谋对方的不多。

2. 强国对弱国的使用

强国是具有相当强大的实力的，以实力可以震慑弱国，但以实力吞并弱国则不是一件容易的事。这是因为弱国面对实力强大的敌国，无论是从心理上，还是行动上，都怀有戒心和准备，这必使强国在吞并时遇到顽强的抵抗，付出很高的代价。这对强国来说，不能不是很大的顾虑。在这种情况下，强国也有必要使用瞒天过海之计，以期用最小的损失，取得最大的战果。

　　强国对弱国使用瞒天过海之计，主要使用常见不疑的手法，重点是让弱国失去戒备之心。如西晋平孙吴之役，就是使用这种手法。最初晋卫将军羊祜镇守襄阳，与孙吴守将陆抗对峙。羊祜重点是使孙吴失去戒备之心，捉到孙吴俘虏，资送遣还；自己士兵割了吴地禾麦，按价偿还绢帛；吴人打猎射伤的禽兽飞跑到自己的防地，及时送还。在这种情况下，"吴人翕然悦服"。这种做法使吴人产生误解，吴将陆抗对部下说："彼专为德，我专为暴，是不战而自服也。各保分界，无求细利。"由此来看，吴人对晋早已失去防备大举进功的戒备。实际上晋在四川造作大船，在湖北集合重兵，时刻准备平吴。279年年底，晋朝二十万大军分五路向吴发动总攻，尤其是王濬所率的舟师，以火烧熔化吴军防江的铁锁，顺江而下，既克武昌，又向建邺（今南京市），与其他几路人马会合，攻下石头城，吴主孙皓面缚请降，孙吴至此灭亡。唐人刘禹锡有诗道："王濬楼船下益州，金陵王气黯然收。千寻铁锁沉江底，一片降幡出石头。"

　　再有，隋朝平定南陈之役，也是采用这种计谋，只是更加隐蔽。先是隋军利用南北粮食收获季节差，在陈国粮食收获之季，以少量兵马集合于江边，声言要大举进攻。当陈军集中防备时，隋军便解甲回归。这样陈军在粮食收获季节集合兵马，错过农时；兵集之后，隋军即撤，一而在，再而三，常见不疑，也就疏于设防。此外还经常派出小部队过江烧毁陈国的粮储，使陈国日益凋敝。趁陈国疏于防备时，隋朝调动五十余万大军，兵分八路，向陈国发动总攻。仅用四个月，便生擒陈后主，灭掉南陈。

　　强国虽然强大，如不注重使用计谋消除弱国的戒备之心，即使是拥有绝对的优势，也难获得预想的结果。如北宋和辽国对西夏国的用兵就是如此。1044 年，辽兴宗以西夏不服，亲率三路大军征伐。此时辽国兵马强盛，雄踞北方，根本没把西夏放在眼里，便长驱直入。西夏面对强敌，一面诱敌深入，一面坚壁清野，使辽军骄而不得补充，然后出奇兵攻击，大败辽军。1081 年，宋神宗派五路大军攻打西夏。西夏也采用诱敌深入、坚壁清野的办法，并派兵抄袭宋军粮道，结果宋军先胜后败，无功而返。在西夏军追击中，宋军死伤惨重，进而失去对西夏的优势。辽、宋对西夏用兵，都采用大张旗鼓的方法，在大军未出，朝野上下无不鼓吹必胜，也没有注意军事机密，这就使西夏有了充分的准备，其败也就不足为奇。由此可见，强国对弱国也有使用瞒天过海之计的必要。

3. 实力相当国家之间的使用

实力相当的国家之间使用瞒天过海之计，各种常用手法都适用，主要为保持双方的均势，在势均力敌的情况下，寻求战胜对方之道，这对使用计谋的要求就比较高了。

因为在实力相同的时候，对双方来说，防备之心相同，都更加注意对方的举动，这就造成双方使用计谋上的困难。故此，实力相当国家之间使用此计，要非常注意隐蔽。

战国七雄并立，秦、楚、齐最强。秦欲伐齐，怕齐楚联合，故派张仪游说楚王。张仪说："大王诚能听臣，闭关绝于齐，臣请献商於之地六百里，使秦女得为大王箕帚之妾，秦、楚嫁女娶妇，长为兄弟之国。"在这种利诱下，楚怀王很高兴地应允，很快与齐断绝关系，而秦却在此时与齐交好，结成联盟。张仪回秦，一改原来的口气,六百里地改为六里。楚怀王在发现受张仪之骗后,不顾实力对比发生变化,悍然向秦发动进攻。

双方在丹阳(今河南西峡县西丹水以北地区)大战,结果秦军斩楚甲士八万,楚军大败,并且丢失汉中郡,使秦的关中与巴蜀连成一片,不但排除楚对秦的威胁,反而使秦可以虎视六国。这种受骗和失利,楚怀王当然不肯罢休,竟悉发国内兵以进行反攻。秦、楚在蓝田(今湖北钟祥市西北)发生大战,又是楚军大败。楚军失败,使原来实力不如楚的韩、魏也得以乘虚而入,攻到邓(今湖北襄阳市北),楚在腹背受敌的情况下,不得不割两城给秦国,引兵回顾。说实在的,张仪这种计谋并不高明,当时就有人看出这是阴谋。只是楚怀王居强自满,贪图货贿,才会入此彀中。

南北朝时,南燕慕容超雄踞兖、幽、徐、青、并五州,与东晋对峙,经常侵扰晋边,掠夺财物。仅在 409 年,慕容超就两次攻晋,一次兵陷宿豫,执阳平太守刘千载,大掠而去;一次俘济南太守赵元,驱掠千人而去。对东晋兵的战斗力,慕容超非常轻视,认为自己"今据五州之地,带山河之固,战车万乘,铁骑万群",自然会无往而不胜。针对慕容超的轻敌,东晋权臣刘裕决定北伐灭南燕。晋军以水战出名,出军前调动舟师。刘裕瞒过南燕之后,率轻骑长驱直入,直攻南燕都城广固(今山东益都西北),俘获南燕王公以下三千人,将慕容超押赴建康斩首,收复五州之地。实力相当,想方设法让敌国轻视自己,掩盖自己的长处,出奇制胜,这是刘裕在很短时间灭掉南燕的重要因素之一。也可见在实力相当国家之间使用瞒天过海之计,其隐蔽性的重要。

第二，在君臣之间。

中国古代大多处在高度专制主义中央集权制的统治下，在这种情况下，国家是以君主为中心的，从中央到地方层层控制的统治机构，是君主实行统治的工具。为达到君主"独制四海之内，聪智不得用其诈，险躁不得关其佞，奸邪无所依。远在千里之外，不敢易其辞；势在郎中，不敢蔽善饰非。朝廷群下，直凑单微，不敢相逾越"的专制理想王国，充分发挥君主的作用，成为中国古代政治理论家探讨的重点。

"权者，君之独制也。""权出一者强，权出二者弱。"他们从理论上申明，最高的统治权力必须由君主独占和完全控制运用，但凡有一分可能，绝不容许被分割。在实际上，专制君主为保住手中的权力，也无不想尽一切办法加强自己的权力，使专制程度不断加强。在极端专制下，官僚政治更加恶性发展起来。"在这种形式下，官僚或官吏，就不是对国家或人民负责，而只是对国王负责。国王的言语，变为他们的法律，国王的好恶，决定了他们的命运（官运和生命）结局，他们只要把对国王的关系弄好了，或者就下级官吏而论，只要把对上级官吏的关系弄好了，就可以为所欲为地不顾国家人民的利益，而一味图所以自利了。"（杨亚南语）也就是说，君臣之间是一种利害共存的关系，而这种关系的焦点在于权力。

按照中国古代"君临之术"的理论，君主应该以六柄、四位、七术、察六微、两手等，作为驾驭国家机器，驱役全国臣民的手段。

所谓六柄，即生、杀、富、贫、贵、贱；所谓四位，即文、武、威、德；所谓七术，即众端参观，必罚明威，信赏尽能，一听责下，疑诏诡使，挟知而问，倒言反事；所谓察六微，即权借在下，利异外借，托于似类，利害有反，参疑内争，敌国废置；所谓两手，即刑、德。

上述手段只是君主单方面的驾驭之术。然而，任何事物都不可能是单方面的，君主所面临的群臣，"有态臣者，有篡臣者，有功臣者，有圣臣者"。态臣对内不能够统一人民，对外不能抵御敌人入侵，但是会花言巧语，阿谀奉承，善于博得君主的宠爱。篡臣上不忠于君主，在下善于在人民中骗取声誉，不顾公道法律，结党营私，专干迷惑君主、牟取私利的事。功臣对内能够统一人民，对外能够抵御敌人入侵，人民喜欢，百官信任，还能上忠于君主，下爱百姓而不倦。圣臣对上能够尊敬君主，对下能爱护百姓，所施行的政策法令和教化措施，人们都愿意遵守，能够十分迅速应付突发事件，从容对待变化无常的情况，处处遵守法度。此外还有顺臣、谄臣、忠臣、良臣、谏臣、辅臣、拂臣、诤臣、社稷臣和国贼等，对付君主也有他们的"臣奉之道"。

中国古代政治家们对于臣下奉承和迎合君主的手法，有比较细致的分析，总结为奸臣"八奸"，术臣"五术"，忠臣"事君三道"，等等。

所谓奸臣"八奸"，其论大略如下：

其一曰"同床"。即君主大都具有喜夫人，爱孺子，近美色，喜荒嬉的弱点。奸臣通过买通这些人，使其惑主于宴娱酒色之中，然后趁机提出自己的请求，在君主不注意之时，达到窃权弄柄的目的。

其二曰"在旁"。君主身边常会有一些优伶侏儒来供君主娱乐。这些人善于察言观色，讨取君主欢心。奸臣通过贿赂他们，来充当自己的耳目说客，以达到自己想达到的目的。

其三曰"父兄"。在中国古代，宗法血缘关系占有相当重要的地位。以血缘构成的亲族关系，以婚姻构成的姻亲关系，在古代政治生活中发生巨大影响。这些与君主有亲族血缘关系的人，是君主主要依赖和重用的对象，他们大多为朝中的权贵。奸臣用声色财宝迷惑他们，结成联盟，以期共享荣华，同分权力，实际上是相互利用。

其四曰"养殃"。奸臣用声色狗马以乱其心，用楼台宫榭以纵其欲。这样，既达到取宠谋权之目的，又可遂贪污牟利之野心。

其五曰"民萌"。奸臣用国家或自己家财来取悦于民众，广施小恩小惠，进而树立自己的声望，并借此谋取更大的权力，乃至威胁到君主的地位。

其六曰"流行"。君主深居九重深宫，容易为所听到的舆论蒙蔽。奸臣便广寻能言善辩者，以巧饰之言，广为传播，流行于朝野，以蒙蔽君主，为自己歌功颂德，邀取声名，期待更大的权益。

其七曰"威强"。君，舟也；民，水也；水能载舟，亦能覆舟。君主一般都知民众力量的威慑性。奸臣通过自己掌握的权力，威胁民众，把自己的意志转化为民意，进而用民意来挟制君主。

其八曰"四方"。奸臣在国内重赋穷敛，浪费府内资财，消耗国力，使国穷民贫，不得不依赖于大国，再通过结交大国，来压服挟制君主。

所谓术臣"五术"，一是使用大量财货贿赂以捞取声誉。二是使用嘉奖赏赐以获取众人拥护。三是专门结交朋党，以尊士为名，实欲擅逞其志。四是使用解免、赦罪、兴狱等手段以树立自己威信。

五是假意顺从民意，装成正人君子，以能言善辩来眩惑百姓耳目。

所谓忠臣"事君三道"，一是事圣君，应该是恭敬谦让，思维敏捷，不以自己之私来决断和选择政事，不以自己之私来剥夺和给予官爵，专心顺从君主。二是事中君，应该是忠信而不阿谀，谏争而不诌媚，刚强果断而无私心杂念，是非清楚。三是事暴君，应该是顺从而不随大流，柔顺而不屈从，宽容待人而不违反原则，用正确的道理来感化君主。

由上可见，无论是君，还是臣，都处在君臣上下左右的政治关系和复杂多变的人际关系之中，里面处处是陷阱，步步有危机，稍有松懈，便有罹难致祸的危险。为了应付这种局面，他们都必须使用计谋，而作为胜战计谋的瞒天过海之计，则是这些人所选择的主要对象。

1. 君主与权臣之间的相互使用

在一般的情况下，新君主即位伊始，朝中存在先朝所留下的重臣。这些重臣有些是先君托孤的辅政大臣，有些是拥立有功的功臣宿将，有些是颇有影响的外戚宦官。作为新即位的君主，无论是在声望，还是在实际权力行使上，都受到这些重臣的制约，乃至威胁到自己的君位。在这种情况下，不甘寂寞而胸有大志，不甘受制于人而权欲极深的君主，往往会采用瞒天过海之计，如前所述的齐威王、楚庄王等。权臣面对君主的天恩难测，也不完全是逆来顺受，他们也会运用各种手段，设法遏制或消除君主的猜忌，维持和巩固自己的权力和地位。不论是明哲保身，以退为进，还是铤而走险，发动政变，夺取帝位，使用瞒天过海之计都是比较有效的。

　　君主使用瞒天过海之计的手法也是多种多样的。如秦王嬴政年方九岁即位，扶立他的吕不韦，以"仲父"、相国、文信侯辅政，大权独览，权势显赫，甚至将以自己名义而集众多门客编写的《吕氏春秋》，公布于咸阳市门，"悬千金于上，延诸侯游士宾客有能增损一字者予千金"。当然，人们畏惧吕不韦的势力，竟无一人能增损者。与此同时，吕不韦还同嬴政之生母有染。面对这种权势示威和欺母之恨，嬴政像一个若无其事的观众，而静心等待着。默默无语，不是没有思想，艰难的九年，终于让嬴政熬过，最终开始亲政，可以使用本来属于他的权力。于是乎，罢免吕不韦的相国之职，逼迫这位显赫一时的"仲父"饮鸩而死。如果在吕不韦弄权时，嬴政不能用瞒天过海之计将自己伪装起来，很可能他尚未亲政便被废黜，也就不会成为中国第一帝。

　　西汉中期，汉武帝遗诏霍光辅佐八岁的昭帝。昭帝死后，霍光先拥立昌邑王刘贺，后认为刘贺非人主之器，又假太后之诏，将刘贺废掉，选立幼年在狱中生活的、汉武帝曾孙刘询为帝，是为汉宣帝。霍光辅佐四主，权倾朝野二十年。汉宣帝是这位大权臣加外戚所立，其畏惧之心势在必然，每见霍光，总是"若有芒刺在背"。如不处理好与霍光的关系，他也恐怕会步昌邑王之后尘。宣帝令朝廷文书先给霍光，然后自己再阅览；霍光朝见时，他"虚己敛容，礼下之已甚"，谦卑忍让不迭。霍光死后，宣帝终于可以安眠了。于是乎，先收回霍家弟子掌握的实权，借故诛灭霍氏。

　　清康熙帝年幼即位，朝政由顾命辅政大臣索尼、苏克萨哈、遏必隆、鳌拜四人操纵，其中鳌拜最为跋扈。鳌拜广植党羽，排除异己，对于相好者荐拔之，不相好者陷害之，从中央到地方安插自己的心腹。在威势日张的情况下，他对百官，乃至部院大臣，轻则辱骂，重则治罪；康熙帝不允，他竟然"攘臂上前，强奏累日"，挥拳捶胸，疾言厉色，根本不把皇帝放在眼里，俨然以太上皇自居。康熙帝是具有特殊才能和远大理想的人，虽然此时年轻，但他不会自甘于充当傀儡，尤其是对鳌拜身穿黄袍，席下藏刀，欲加害自己的做法，自然是不能容忍，必然要有所反应。对于私党满天下，权倾朝野的鳌拜，康熙帝当然不敢公开与之相斗，所以他采用了瞒天过海之计。在表面上，康熙对鳌拜是很恭敬的，在鳌拜托病不朝之时，亲自去鳌拜家去探视，好言慰劳；在暗地里，康熙帝扶植自己的势力，佯装年轻好玩，挑选一批少年侍卫，在宫中练习布库戏（满语，即摔跤），故意让鳌拜看见，使鳌拜认为他"弱而好弄"，放松戒备。之后又顺着鳌拜弄权的心理，将鳌拜的党羽，以各种名义派出到外地。然后趁鳌拜上朝之际，指挥这些少年侍卫，将鳌拜擒住，列举他三十大罪，仅用十天便将鳌拜党羽驱逐，体现出康熙帝暗中准备的充分和才能。

　　君主多是在自身难以把握大权的情况下，才对权臣使用瞒天过海之计的，这当中有些是出于无奈，为了保全自己，不得不为之。如魏晋时，"君主虽有南面之尊，无总御之实，宰辅执政，政出多门，权去公家，遂成习俗"。在这种习俗下，这时的君主不敢奢望收回权力，但求保位，不被废黜已是万幸，故所用瞒天过海之计，其意只在保全而已。不过，由于权力排他性的存在，真正心甘情愿为傀儡的君主总是少数，他们一有机会，总会施展自己的报复。在权力争夺中使用瞒天过海之计，这就使瞒天过海之计在政治中赋有复杂多变的特点。

权臣因手中握有重权，稍有头脑的都会知道这是遭忌的祸端。然而，权力是非常诱人的，不但使人很难得到满足，还会使人为此不顾一切。英国著名哲学家伯特兰·罗素（Bertrand Russe，1872—1970 年）认为："人对经济的需求是有限度的，是可以得到满足的，然而人对权力的追求则是无度的，永远不会满足的。正是这种人对权力的无止境的追求，造成了难以数计的多种社会弊端。"罗素的唯权力论虽不全面，对人的经济追求限度的理解也有欠缺，但其对权和利是人的欲望方面的认识，还是具有普遍意义的。

专制政体需要的是臣民畏惧和服从，但人的欲望总是与社会发生冲突的，在畏惧和欲望之间，在权和利的迫诱下，权臣们的心态是多种多样的，其应用瞒天过海之计的手段当然也不会比君主逊色。王莽"折节力行，以邀名誉，宗族称孝，师友归仁"，为了权力而伪装；为了权力，他自己四个儿子，除一个早死，其余三个都被其亲手杀掉，还杀掉了孙子和唯一的侄子。东晋王敦"既素有重名，又立大功于江左，专任阃外，手握强兵，威权莫贰，遂欲专制朝廷，有问鼎之心"，却在表面上"雅尚清谈，口不言财色"。唐代李林甫没有什么学问，却成为权相，这得力于他口蜜腹剑的权术，史称他"城府深密，人莫窥其际。好以甘言啖人，而阴中伤之，不露辞色。凡为上所厚者，始则亲结之，及位势稍逼，辄以计去之。虽老奸巨猾，无能逃其术者"，可见其固权的本领。明代严嵩能够"一意媚上，窃权罔利"，得益于他善于迎合，"帝以刚，（严）嵩以柔；帝以骄，嵩以谨；帝以英察，嵩以朴诚；帝以独断，嵩以孤立"。既相利用又相欺。权臣对付君主，唯有隐藏其锋芒，对上对下都要欺瞒，这也是权臣使用瞒天过海之计的特点所在。

2.君主与忠臣和功臣之间的相互使用

忠臣和功臣都有一个共同点，即是他们对内能够统一人民，对外能够抵御敌人入侵；虽然对君主忠心耿耿，有鞠躬尽瘁、死而后已之志；但他们能够得到人民喜欢，百官信任，这对君主来说，臣下的声名和威望日增，总不是他所期待的事情，其猜忌之心总是难免的。在这种情况下，君主必然会采用一些手段。其中与瞒天过海之计相关的，主要有如下几种：

其一，采用杀戮的办法，从肉体上将忠臣和功臣除掉。这样做的后果，固然可以清除功高震主的威胁，但这样的君主往往会博得昏君或暴君之名。例如，殷纣王，他智足以拒谏，言足以饰非，是个有才能之主，当然容不得臣下声望日著，竟然采用囚西伯侯、杀比干、醢九侯、脯鄂侯的暴行，落得昏暴之名。此外像汉高祖刘邦、明太祖朱元璋，也都采用过诛戮功臣的手段，虽因他们是开国之君而没得到昏暴之君的骂名，却不免落得"借诸功臣以取天下，及天下既定，即尽举取天下之人而尽杀之，其残忍实千古所未有"（赵翼《廿二史札记》）的名声。由此可见，使用这种手段，不是高明之举。

其二，采用授以虚职，明升暗降，给予荣宠，削夺实权的办法，使其失去震主的先决条件。这样做的后果，固然可以不流血便将威胁去掉，也不失为一种稳妥的做法。故此，这样的君主虽不免落下不容功臣之名，但也堪称是强者手段。例如，宋太祖赵匡胤的"杯酒释兵权"，给予宿将功臣赏赐，让他们多买良田，多置歌伎舞女，欢乐一世。采取不杀功臣，只夺其权的办法，既消除功臣握权震主的条件，又使功臣知恩感德，这正是宋太祖高明之处。故此后人认为宋太祖："恃诈力以为强者，其强更甚也哉。"

其三，采用阴谋，逼迫忠臣和功臣自己提出辞职，或迫使忠臣和功臣自污声名，进而降低他们的声望。这样做的后果，固然使忠臣和功臣声名受损，减少震主的可能，但这样的君主往往会得到好弄权谋之名。例如，西汉第一任丞相萧何，功居第一，又以计诛韩信而进位相国。此时汉高祖刘邦为奖赏萧何，便"益封五千户，令卒五百人一都尉为相国卫"。刘邦的用心，为谋士召平看破，他告诫萧何说："祸自此始矣。上暴露于外而君守于内，非被矢石之难而益君封置位者，以今者淮阴侯（韩信）新反于中，有疑君心。夫置卫卫君，非以宠君也。愿君让封勿受，悉以家私财佐军。"萧何听从召平劝说，免去第一次大难。又听从别人劝说，强取别人田地房屋，自污声名，免去第二次大难。然而，出于国家财政上的考虑，萧何请以上林苑空地交民耕种，收取租赋，却被刘邦以萧何自媚于民为名，将萧何械系廷尉之狱。虽然在群臣固请之下，萧何得免于死，足以使萧何更加恭谨了，但刘邦也因此被后人指摘。

其四，采用尽量满足忠臣和功臣的种种愿望，虚心接受他们的建议，利用他们的声望来树立起自己的权威。这样做的结果，忠臣和功臣既不能震主，又会给君主带来圣明之名。例如，唐太宗李世民因能用人和纳谏而知名，史书说他"拔人物不私于党，负志业则咸尽其才"，"从善如流，千载可称"。史书的溢美，并不等于李世民在这一点上没有使用权谋。从下面两件事中，可以看出李世民是怎样使用权谋的。第一件是用人上，李世民在病时，将李世勣贬为叠州都督，对太子李治说："李世勣才智有余，屡更大任，恐其不厌服于汝，故有此授。我死后，可亲任之。若迟疑顾望，便当杀之。"其对功臣宿将的猜忌，跃然可见，其借功臣之力而固己权之态也暴露无遗。第二件是在谏诤上，他让谏官把监督的方向指向百官，却摆出虚怀若谷的样子，实际上造成谏官"阿旨顺情，唯唯苟过，遂无一言谏诤"，不过他为此却博得纳谏之名，亦可见李世民权谋之深。当然，这样做是君主对忠臣和功臣最好的谋略，是瞒天过海之计的最好应用，不是一般君主能够采用的。

总之，君主对忠臣和功臣采用的手段是多种多样的，其中心内容就是在权力争夺上。为了权力而使用计谋，这就使君主与忠臣和功臣之间的关系复杂化。在复杂的关系下，使用瞒天过海之计，也就使这种计谋显得更加多彩多姿了。

忠臣和功臣为了国家利益，为了自身的安全，也会采用瞒天过海之计，在应用上也有一定的手段。这些手段比起权臣来要逊色一些，但也不失为政治斗争技巧。这主要有：

其一，急流勇退，主动挂冠隐退，脱离权力中心，躲避谗毁。这是自我保全的一种比较有效的方法。因为在君主的内心总是怕臣属功高震主，而作为忠臣和功臣，他们本身并没有震主的意识，无奈君主身边总有一些谄媚之人，出于嫉妒或某种政治目的，对他们进行谗毁中伤，造成他们与君主的关系难以融洽。例如，田单以火牛阵大破燕军，收复失地，光复齐国，立下不世功，封安平君辅政。齐襄王"有所幸臣九人"，终日在襄王面前谗毁田单，迫使"田单免冠、徒跣、肉袒而进，退而请死罪"，若无宦者貂勃从中救护，田单难保性命。大夫文种、范蠡，共同辅佐越王勾践，在勾践霸业成功之后，范蠡以为大名之下，难以久居，乃变姓名，耕于海畔，苦身勠力，父子治产，脱离政治圈子，这样既成名于天下，又得善终于乡里。文种自谓有功，不肯离去，却被勾践赐令自杀。直到此时，文种才领悟到范蠡给他写的信。信云："飞鸟尽，良弓藏；狡兔死，走狗烹。越王为人长颈鸟喙，可共患难，不可与共乐。子何不去？"不过此时欲去已晚，文种只有拔剑自刎的一条路。汉代大将韩信所云的"狡兔死，走狗烹；高鸟尽，良弓藏；敌国破，谋臣亡。天下已定，我固当烹！"成为后世功臣的座右铭。基于此，他们的上计是早早脱离开权力中心，如张良、陈平等，一再推封让功，不与人争，尤其是张良，运筹于帷幄，决胜于千里，当大功告就，假学仙道以全身，也成为功臣们的榜样。

其二，自污声名，表现出碌碌无为，以期保全自己的身家性命。忠臣和功臣所表现的就是有一定的才能，而这种才能正是引起小人妒嫉、君主猜疑的根本所在。稍有心计的大臣，都会注意这一点，想方设法来掩饰自己的锋芒，如前文所讲的王翦、萧何等。既要不招君主猜忌，又要不让小人妒嫉，就要显示自己胸无大志，这是一些臣子常用的手法。正如明人于慎行所云："为大臣者，不惟不当有保位之心，即保名之心亦不可有。一有保位之心，则利害之说得以中之；一有保名之心，则毁誉之说得以中之。利害之说入，则有所趋避，其志不行；毁誉之说入，则有所顾忌，其志不行。"也就是说，作为大臣，无论是忠臣、功臣、奸臣、权臣，都必须掩饰锋芒，也就是要使用瞒天过海之计。虽然他们的动机不一样，但基点是在力争不败，这是此计列为胜战计而名列三十六计之首的重要原因之一。

3. 君主对宗亲外戚的使用

在古代宗法社会里，君主周围最亲近的应是他的兄弟叔伯子侄。他们或封王，或封侯，以宗法血缘关系构成君主的辅佐。由君主后妃的兄弟子侄们构成的外戚，是通过婚姻与君主结成的外姓亲属，是依附于君主的裙带政治集团。利用宗法血缘关系来达到君主集权的目的，这是中国宗法社会的特有现象。然而，在权力的作用下，宗法血缘婚姻关系往往又是君权的最大威胁。在血缘关系的作用下，宗亲往往成为君主位置的可能继承者或谋夺者；在婚姻关系的作用下，外戚得以入参大政，掌握军政大权，甚至一时凌驾于君权之上。在这种既矛盾又统一的情况下，双方都有必要使用瞒天过海之计来战胜对方，或保全自己。

在历史上，君主"驾崩"前后到新主即位，这一新旧交替时期内，统治阶层内部的斗争最为激烈和残酷。诸血亲、后妃、宦官、权臣中怀有野心者，无不把这段时期作为获取君位或控制君主的大好时机。他们策划拥立或废立的政变，制造伪诏、假谕，欺骗世听，或勾结外国和军阀，或调遣心腹死党，不惜进行血腥屠戮。其中著名于史籍的事件有：春秋齐桓公"尸染蛆虫"；战国楚悼王"尸箭如猬"；秦代"胡亥诈立"；西汉"诸吕乱政""霍氏废立""王莽居摄"；东汉外戚、宦官"定策帷帘""贪立幼主""临朝者六后"；西晋"八王之乱""南风弄权"；南北朝"权臣挟主""宗室绝嗣"；隋代"杨广杀父""宇文弑君"；唐代自"玄武门之变""太宗自投于地""武氏建周"到"宦官拥立者十帝"；宋代"烛影斧声""史祢远称诏"；金、元皇太子"无一享国者"；明代"靖难之役""夺门之变"；清代康熙诸子结党争立、"慈禧立幼"等，可谓史不绝书。这些历史上的热点，都是在一定的特定时期和特定条件下发生的。胜利者登基嗣位或大权在握，失败者被称为弑逆之贼或身首异处。在权欲面前，统治者所津津乐道的父慈子孝，兄友弟恭，夫为妻纲，君臣大义，上下恪守其道、各安其位的伦理说教，显示出虚伪和怯弱。在这种情况下，玩弄权术，使用计谋，则成为政治生活中求胜或自全的重要手段。

以君主而论，乱之生者六也，即主母、后姬、子姓、弟兄、大臣、显贵。这些人无时无刻不在觊觎君主手中的权力，君主用"亲爱近习莫之得闻"，隐秘幽深而变幻莫测的"君临之术"以统治之，是一条张牙舞爪而又极其凶恶可怕的"龙"。

以宗亲、外戚、臣下而言，君主虽是"龙"，如掌握其弱点，只不过是一条"虫"。韩非认为："夫龙之为虫也，柔可狎而骑也。然其喉下有逆鳞径尺，若人有撄之者，则必杀人。人主亦有逆鳞，说者能无撄人主之逆鳞，则几矣。"柔而骑之，不批逆鳞，正是大多数臣僚的为官之道。

在权力面前，君臣关系处于紧张而疑心重重之中，既不能以语言沟通，又不能坦诚相待，必然走向使用权谋的道路。这也是瞒天过海之计在君臣之间使用最多的重要原因。

第三，在臣僚之间。

在官僚政治下，官僚之间的关系是利害共存的。"人之于虺蛇也，恶之而不怒也；其于虎狼，畏之而不怒也；夫诚畏且怒也，避之已矣。安有见虎狼虺蛇而裂眦指发以必求一逞者乎?"(〔明〕于慎行语)畏上如虎狼虺蛇,趋利而避害,则是官僚们的共性。在这种情况下,他们对关乎自身利害的关系必然加意维持,对于弱者又像虎狼虺蛇吞食羊鸡。这正是臣僚之间关系的真实写照,也是官僚政治下的必然现象。

所谓的官僚政治,乃是指一种与专制统治相结合的政治形态,是指官吏普遍以食禄任官为固定职业,只对君主和上级负责,而不问社会效益和民生疾苦;只知墨守成规,按例办事,而不问实际情况的变化;遇事模棱两可,行动迟缓,推诿责任,甚至贪污受贿,营私舞弊,苟且偷安。

在君主专制主义中央集权制度一代高过一代的情况下,一切规章法令的制定和修正,一切重要部门的设置或并撤,重要官员的选用和迁黜,乃至生死荣辱,均由君主一人或重要决策班子裁定。君主和上司,或宠憎无常,或朝令夕改,这都使官吏们难卜祸福,无所适从。因此,一事当前,这些官吏总是率先揣摩朝廷和上司的意图,致力于迎合,不求有功,但求无过。他们只求符合朝廷宪章或陈年案例,便不问是否违情悖理,更不论是非曲直。清代嘉庆和道光两朝曾任内阁大学士、军机大臣的曹振镛,在谈到自己宦途经历之所以顺利时,曾总结出"多磕头,少说话"这六个字心得。宰辅重臣尚且如此,其他官吏也就可想而知了。以庸碌为可取,以"少办事,不生事"作为持盈保泰、保官升官的妙诀,这正是官僚政治的弊端所在。

在君主专制政体下,长期实行的是人治,缺乏健全的法制,人存政存,人亡政亡,使官吏们更加注意自身的利害。正所谓"知利害不计是非者，吏人也；是非，理也；利害，事也"，一事当前，先从自身利害来考虑问题，使官吏之间的人际关系变得复杂起来。他们之间不能以坦诚相见，必然以权谋相处。

1. 上级对下级的使用

在君主专制政体下，要求下级绝对服从上级，而上级又决定着下级的官运和命运。似此看来，上级不用对下级实施权谋。其实不然，这是因为官僚不是世袭的，是处在经常流动之中。今日的下级，可能会在以后成为上级。尤其是与自己地位相差无几的，很可能取己位以代之。这就不能不使上级对下级有所防范，而采用一些计谋。一是防止下级取代己位，不与结仇，即使他将来升迁，也希望他能为自己的奥援。二是拢络下级为己用，予之恩惠，结成联盟，使之成为自己的党羽。三是压制下级，使之难以升迁，且寻机会置之死地而后快。要达到上述目的，这些上级多采用瞒天过海之计。

上级不得罪下级，这是为官之道。西汉时期，有位将军叫韩安国，因为犯法而被下狱。当时拘管韩安国的监狱官田甲，看他是个罪犯，经常侮辱他。韩安国不堪辱骂，便对田甲说："死灰独不复燃乎？"也就是说："你不怕我将来再为高官吗？"田甲自恃为监狱主管，主管犯人生死，即反言相讥道："燃即溺之！"也就是说："死灰若燃起，我用尿浇灭之！"果真没几天，皇恩有加，赦免韩安国之罪，官升中二千石。这下田甲可就慌了，匆忙逃走。韩安国当时下令："田甲到我处当官，不来的话，我即诛灭你的宗族！"此时的田甲没有办法，只好肉袒前往谢罪。见面之后，韩安国并没有治罪于田甲，而是笑着说："你的才能足以在我手下为官。"不但没有治罪，反而善待之，使田甲感恩戴德，而终成为韩安国的死党。在这里，韩安国以诛宗族为威胁，使田甲前来谢罪，最终又重用之，使用的就是瞒天过海之计。以重诛来威胁，这是瞒天过海。如不这样，田甲不来，来亦感恩甚浅，或者还会生防范之心；这样一做，田甲知罪，又为重用，自然以死力图报。

恩威并举，这是上级对下级的常用之道，如不这样，必反目为仇。同样是在西汉，有位大名鼎鼎的"飞将军"李广，因与匈奴交战，亡失兵马，当斩，赎为庶人，屏居陕西蓝田南山，以射猎为娱。有一次，他射猎晚归，走到霸陵亭时，被负责治安的霸陵尉发现，当场呵斥一顿。李广的随从说："这是以前的李将军。"霸陵尉此时被酒在身，拿出国法来对答说："今将军尚不得夜行，何故也！"就是不让李广过亭。李广只好露宿荒野。不久，匈奴入侵，汉武帝只好召李广却敌。李广受命，就请示让霸陵尉同行，到军前便将之斩首。以当初的霸陵尉来讲，李广是下属百姓，待之当然傲慢。以后来的李广讲，一下成为上级，以报复之心对之，则显得气量狭小。也正因为如此，李广与匈奴大小七十余战，功勋卓著而未能封侯，到老却因行军失期，以"终不能复对刀笔之吏矣"为叹，引刀自刭而亡。他不能善待这些小吏，此时自然畏惧这些小吏。

宦海沉浮，使一些高官权贵有可能陷于没有想过的处境，只有在这时，他们才感觉到那些原本让他看不上眼的下级的可贵之处。如汉代著名功臣周勃，佐高祖东征西伐，诛除诸吕，拥立文帝，威震天下。后为人所诬告，有旨下廷尉审问。在这时，堂堂绛侯、故丞相害怕了，"不知置辞，吏稍侵辱之"。出于无奈，只好以千金贿赂狱吏，狱吏一言使他得以无罪出狱。在这时，周勃不无感叹地说："吾尝将百万军，安知狱吏之贵也！"前车之辙，后人之鉴，稍有头脑的上级，总会不失时机地拉拢下级，一不使之有害己之心，二不会使之反目成仇。

作为上级，公开以某种恩惠来拉拢下级，这不但有失上级的身份，还会授人以把柄，成为结党营私的铁证。这就要求上级作得隐秘而有技巧，这正是瞒天过海之计的重要内涵之一。如唐玄宗欲重用被贬职为绛州刺史的严挺之，身为宰相的李林甫知此人是自己的劲敌，回京任职，对自己不利，但他又不好公开反对。李林甫找到严廷之的弟弟严损之，以关心的方式，对严挺之身在外地表示关心，并出计谋，让严挺之回京。严损之不知是计，便劝说哥哥"奏称风疾，求还京师就医"。这样唐玄宗因严挺之病而不能授以要职"叹吒久之"。李林甫既没得罪严挺之，又没违背唐玄宗的意旨，两面俱得信任。

李林甫是个"口蜜腹剑"的两面派，排斥异己，用人唯亲，本来是难久处权位的。但他惯会用计，却得以在宰相位上去世，这正是中国古代的怪现象。然用计者一味为自己私利而谋，是不能长久的。李林甫就是这样的人，在他死后，所作所为都被揭示出来，子孙也难免受其所害。其实李林甫是个相当明白的人，当他儿子李岫对他说："大人久处钧轴，怨仇满天下，一朝祸至，欲为此得乎？"李林甫虽不高兴，但也道出难言之隐，叹而说道："势已如此，将若之何！"虽为上级，上还有人制约，下也有人觊觎己位，身在火山口，不谋自存，必入炎渊。这也是上级官员常用计谋的主要原因。

2. 同僚之间的使用

在官僚制度下，官吏只要把对上级的关系弄好了，固然可以有恃无恐，但却不能忽视同僚的威胁。因为对上还比较好用欺瞒手段，对同僚则难以隐瞒。这是因为一同共事，知己知彼。虽然在很大的程度上，他们是利害与共的，但在某些情况下，他们还是有利害上的冲突的。这种情况的出现，在很大程度上是中国古代职官体制所决定的。

在中央辅政体制上。自隋唐以后，一直实行宰相参议辅政制。即设有固定的宰相机构，现任宰相无权更换各机构的属员，宰相的变动也不会导致相府人事变动，而宰相一直是多人。多人宰相依照君主的旨意参与国家军政事务的谋议和辅助决策，通过辅政机构来传达和执行君主的旨意，一切重大的事件必须事先请旨和事后复奏。宰相多人中虽有主次，但都有权直接向君主上奏。

在中央政务机构上。自秦以来，先后有过相府与诸卿系列；相府、尚书诸曹与诸卿系列；六部二十四司与九寺五监系列；部、院、寺、监、府系列。每个系列都构成内外相维、相互制约的态势。每个部门都设有正副职，有的还是重叠设置。这些部门都有权避开辅政部门，向君主单独上奏；正副职也都有权避开对方，单独向上司或君主汇报事务。这样就形成各部门和职官之间的相互牵制和监督的局面。

在地方行政上。中央对地方实行多层次、多渠道的管理，重点在于分权制约。以秦代而论，从中央到县乡，组成四个垂直的系统。即丞相、郡守、县令长、乡有秩为一系统；御史大夫、郡监（汉代为丞）、县丞、乡啬夫为一系统；太尉、郡尉、县尉、乡游徼和亭长为一系统；国三老、郡三老、县三老、乡三老为一系统。这四个系统构成纵向的监督考核和领导关系。在横的方面，每一级机构的职官又有横向的监督关系，都有权越过本级主管，向上级单独汇报事务。与此同时，中央各政务部门按政务分工，也有权监督地方有关政务，有些事还可以不知照地方主管，直接发布政令。

由上可见，在职官体制上所构成的内外相维，犬牙交错，主要是为了对职官实行防范和牵制。再加上长期实行的"人治"，这就使职官之间的关系变得微妙起来。他们既不能坦诚相处，又不得不相互提防，彼此之间使用权术也是非常自然的现象。

同僚之间相互使用计谋，主要焦点是在利害上。"知利害不计是非者，吏人也；是非，理也；利害，事也。"趋利避害，乃是官吏的常态。以同僚之间来说，因他们的职务有主次，所得的利益自然不均衡。例如，明代的县级衙门，在主官知县因故离任之后，定让佐贰官暂时署理。这些署理官，"入门即征租税，日夜敲扑，急于星火，俗言署印打劫，非虚语也"。主官离去，同僚有机会得到署任，既可以发财，又可以取得一种资历，当然他们都希望主官离任，力争占据主官的位置。然而，官缺有限，主位更是不能随意增加。如果有人占据，另外的人就很难得到，甚至得不到。要想得到，除非有官缺出现。官缺出现只有两个可能：一是官吏升迁、调职或退休，这是正常出缺；二是官吏罢免、处分或死亡，这是非正常出缺。前者循序渐进，有一定时间限制，来得比较慢；后者事发突然，没有时间限制，来得比较快。作为主官，当然是希望以前者的方式离开；作为次官则希望主官以后者的方式离开，以期自己能得到其位。

占据官位者，希望保官和升官；希望升官者，希望有缺和机遇。在这种情况下，彼此之间的关系紧张和冲突是在所难免的。在战国时期，就有人将官位比作杨树，认为杨树"横树之则生，折而树之亦生。然十人树之，一人拔之，则无杨矣。且以十人之众，树易生之物，然而不胜一人者，何也？树之难而去之易。今虽自树于王而欲拔者众，子必危矣！"一个官位，多人竞争，即使是有上司的支持，也难免陷入众人编织的网中。同僚之间的相互防范和竞争，使他们之间使用瞒天过海之计成为经常现象。

3. 下级对上级的使用

作为下级，最重要的是把对上级的关系弄好了。因为上级既关系到下级的荣辱，又关系到下级的命运和官运。生死荣辱，使下级对上级，尤其是关乎自己命运的上级，产生一种畏惧心理。在这种情况下，产生种种不同类型的下级：那些"以官爵为性命，以钻刺为风俗，以贿赂为交际，以嘱托为当然，以循情为盛德，以请教为谦厚"者，可以不顾礼义廉耻；那些趋炎附势，狐假虎威，助纣为虐的，可以昧去良心；那些邪者贪者，善于用术者，可以欺人耳目；那些心怀叵测，为人奸诈的，可以争声名于当世。种种不同的下级，有不同的表现。

下级的愿望是尽量不得罪上级，最好是能得到上级的青睐。要达到这一点，不是一件容易的事。从理论上讲，会使用一些手段的人，当然就比不用手段的人容易得到上级的好感。那些不讲廉耻，昧去良心，欺人耳目，争取名声的表现，固然可以算作是手段，有些也算是瞒天过海之计，但于人品有碍，也非不败之计。

善于与上级搞好关系，又使自己立于不败之地的，这才是高明的手段，这也是居胜战计之首的瞒天过海之计的精髓所在。

从上级对待下级的常态来看，遇到利益，上级当然不让的多；遇到罪责，上级承担责任者少。利益不均沾，这只是一时荣华，对于下级来讲，虽失去这些，尚有机会。责任不承担，必然推卸于下，这对于下级来说，一旦治罪，按古代法规来讲，轻则处分丢官，重则身家性命全丢，乃是关乎前程和命运之事。也就是说，下级最怕上级推卸责任。为此，善于用谋的，不是与上级构成"猫鼠同眠"，便是构成"犬狼相峙"的局面。

所谓的"猫鼠同眠"，乃是下级与上级和平共处。中国古代的职官管理制度是非常严格的。对于官吏本人来说，如果"敝君之明，张君之恶，邪谋党比，几无暇时。凡所作为皆杀身之计，趋火赴渊之筹"，那么职官管理制度将是一条充满危险而荆棘丛生的恶径。如果是"惟务为民造福，拾君之失，搏君之过，补君之缺。显祖宗于地下，欢父母于生前，荣妻子于当时，身名流芳，千万载不磨，专在竭忠守分"，那职官管理制度则是一条集聚利益而金玉满地的通途。然而，在君主专制政体下，长期实行的是人治而缺乏健全的法制，人存政存，人亡政亡，处于这种矛盾变化中，必然使职官之间的人际关系凌驾于职官管理制度之上，也就决定了职官之间人际关系的复杂性。尤其是在趋利避害上，权力使这些职官变得缺乏人情味。在古代法规明确规定，下级出现问题，上级要负连带责任的情况下，上级虽然有条件将罪责推卸于下级，但为了自身利益，也尽量避免下级出现问题，尤其是事关自身前程的问题。作为下级，明知上级会将罪责推向自己，但他们也不是心甘情愿地任人宰割，必定想办法保全自己。针对连坐的法规，下级可以用上级贪图利益和畏罪心理来保全自己。以明清的知府与知县的关系而论。在政治上，知县的治绩关乎知府的治绩，而知府的治道又左右着知县。以经济而言，知县经手刑名钱谷所得到的"规银"，要分一半呈送知府；固然知府也要按比例再向上呈送，但毕竟知县"规银"收入多少关乎知府自身利益，而知县若无知府认可，也不敢放手收取"规银"。以惩处而言，知县出现问题，知府要受连带责任，而知府虽然有条件将罪责推卸于知县，但知县也会利用这种连带关系，收集知府的证据和短处来制约知府。在利害与共的情况下，上下级之间有一种"变幻离奇，不可思议"的关系，只要驾驭得住，下级自然可以与上级"猫鼠同眠"而互不侵扰。当然，下级的意图不能让上级知道，如使上级有所防备，自然上级会寻机将之除掉。害人之心不可有，防人之心不可无。下级出于自我保护，既要善于掩饰自己意图，又要以进为退地提防上级。这也是下级普遍使用瞒天过海之计的主要原因之一。

下级欲与上级达到"犬狼相峙"，要比"猫鼠同眠"困难许多。"猫鼠同眠"基本是防御性质，而"犬狼相峙"则带有进攻意识。有些下级利用贿赂上级，或掌握上级的隐私，以此为把柄，使上级不敢给自己小鞋穿，还能胁迫上级将一些美差肥缺给自己。上级遇到这样的下级来见，"每留饮幕中，亲陪说笑以结其欢心。盖奉承不暇，而何敢问其政事之得失乎？"当然，"犬狼相峙"于双方都有一定的危险性。若上级被逼不过，定会采用一些手段，乃至杀人灭口。若下级见势不好，也会利用自己掌握的材料，先发制人，将之公布或越级控诉，致上级于不利。既然有一定危险性，清醒的下级，不到万不得已，是不会使自己进入"犬狼相峙"的境界中。

四、胜战之首　神奇多变易施

瞒天过海之计能位于三十六计之首，这不但说明此计的重要，也说明此计应用范围相当广泛。概括起来，这种计谋在政治上应用有如下基本特点。

第一，就瞒天过海之计在政治上的应用目的而言，具有明确性、进取性、隐蔽性和突然性的特点。

所谓的明确性，即指使用瞒天过海之计不是没目的的行为，从开始使用到此计成功或失败，都是有非常明确的政治目的的。政治是经济的集中表现，政治目的是指一定阶级或社会集团所想往的政治目标，它反映在对经济和政治利益的预期认识和主观追求，以及某种获得这种利益的期望和愿望上。瞒天过海正是具有上述目的，并具有积极追求的特点，所以才列为胜战计之首。从前文所举的仅仅一小部分例子来看，所有使用者都是在为自己的政治目的在拼搏。作为帝王，为了巩固自己的统治，为了使江山能万世一系地传下去，他们之中，善用权术的，志在驾驭全局，可以"虚己敛容，礼下之己甚"，也可以"不露声色而阴为之备"，还可以"故作痴呆而实欲图之"，目的十分明确；他们之中稍明治道者，志在稳定全局，可以"静观待变，故作无为"，也可以"一听责下，以观其声容"，还可以"使亲爱近习莫之得闻"；他们之中为人所治者，志在摆脱傀儡的地位，可以对操纵者"故作谦恭，阴欲除之"，也可以"使用近习，以成掣肘"，还可以"安抚权贵，笼络新人，阴夺其权"。作为臣僚，为了巩固自己的即得利益，争取更多的利益，他们之中，善于臣奉之道的，志在争取更大的权力，可以"折节力行，以邀名誉"，也可以"不露辞色，而阴中伤之"，还可以"示以羸形，佯称不起，而阴为之备"，更会用"变幻离奇，不可思议"的手段来谋夺他人；他们之中野心不大，志欲保官升官的，可以"甘言唲人，钻刺贿赂"，也可以"嘱托徇情，欺人耳目"，还可以"趋炎附势，奉承不暇"，更可以"谦卑益甚，唯诺趋承"；他们之中全节图存，志在保全身家性命的，可以"急流勇退，躲避谗毁"，也可以"自污声名，故为贬损"，还可以"故作沉沦，耽湎酒色"，更可以"放荡形骸，徜徉山水"。无论他们用什么办法来掩饰，都具有明确的政治目的。

所谓进取性，即指在政治斗争中，瞒天过海之计是具有强烈进取精神的。从表面上看，用计者把自己真实意图掩盖起来，以弱者的样子出现在对方面前，显得消极被动。其实不然，示弱并不是弱，而是一种非常有效的自我保护和进取手段。常言道：哀兵必胜。弱者不为人防备，其出击才具有突然性，这是进取性的最好体现。在政治斗争中，站在胜者的地位，处在明处，树大招风，佼佼者易折；站在弱者的地位，可能本身尚不具备战胜人的条件和时机，需要积蓄力量，等待时机；不过，胜者也需要掩饰。示人以弱，消除对方的防范之心，才能出其不意、攻其不备，获得决定性的胜利。这正是瞒天过海列于三十六计之首，号为胜战的主要原因。

所谓隐蔽性，即指使用瞒天过海之计者不便明言。瞒天过海之计固然是为达到自己的政治目的而积极进取，但出于政治斗争策略的需要，其真实目的必须隐藏在种种意在欺骗对方的行为之后。有预谋的政治目的，本身就有不可见人的一面。即使作为占主导地位的统治集团，公开宣布自己的政治纲领，也需要掩饰其中实现的手段。正如本计所云："太阳，太阴。"非常公开的事物里，往往隐藏阴谋。这正是本计隐蔽性的正解。

所谓突然性，即指使用瞒天过海之计者，总以出其不意的手段来实现自己的政治目的。掩饰自己的目的，这需要相当长的时间。因为要达到常见不疑，就要使人常见，而常见的事，非短时能够达到。经过长时间的积蓄，消除对方防范之心，当决定采取行动时，这就需要迅速，才能出其不意。当一切准备就绪，如不是以突然的行动来实现自己的愿望，不但不能制胜于政敌，还有可能使政敌赢得反击的时间，这就会使苦心经营的计谋付之流水。突然性是本计最后成功的关键，前面所举的例子，大都具有这个特点。

第二，就瞒天过海之计在政治上的作用而言，具有神奇性、实效性的特点。

瞒天过海之计是一种隐蔽而突然的计谋，在中国古代政治斗争中，其功效屡屡得到验证。无论是政治家，还是野心家或阴谋家，无不把瞒天过海作为制胜的手段。这就使本计在政治上的作用，增添许多神奇性的特点。例如越王勾践的"卧薪尝胆"，楚庄王的"三年不鸣"，范蠡的"泛舟五湖"等，无不留下神奇的色彩，且为后人交口称颂，流传不衰。

瞒天过海的神奇性，来自它本身的隐蔽性。当使用此计者在实施其计划时，必然掩盖其真实意图，尽最大的可能来减少政敌的注意，示之无为，这就要求要有很大的隐蔽性。正因为隐蔽，往往被政敌忽略，一旦用计者发动突如其来的进攻，政敌在不防备的情况下，败得很惨。用计者在突发行为下取得成功，自然具有神奇的色彩。例如，田单示敌以弱，以火牛阵突然发起进攻，以偏僻一邑，仅数日便光复七十余城，其神奇性自然为人所惊叹。

瞒天过海在政治上的实效性，主要是其成功率比较高。成功率高的重要原因是人们容易被假象所迷惑，而这种假象则是使用者虚假表演非常逼真的结果，使不明真相者上当受骗之后，还不知是怎样受骗的。李林甫凭借其"口蜜腹剑"的本领，多次使用此计，屡屡奏效，而受骗的人不知受骗，不但"专给唯诺而已"，尚且"感之甚深"，以至于"虽老奸巨猾，无能逃其术者"，是因为太逼真之故。使政敌难辨自己真实目的，这是使用此计的重要方面，也是此计成功的重要因素之一。

瞒天过海计之所以容易奏效，是使用者在没有达到自己的政治目的时，使对方难以明白真实目的。当使用者的政治目的达到时，其真实目的和所作所为才暴露出来，政敌在既成事实面前，虽然大彻大悟，但已无可奈何。吴王夫差在被越兵围困，求生无望时，方才悔恨不用伍子胥之言，早将勾践杀死，只能覆面自裁。王莽"谦恭行仁"，以骗世人，当人们发觉受骗，他已经篡位成功；虽败亡后被愤怒的人群割去舌头，但毕竟是在其死后。曹魏的曹爽，当司马懿把绳索加于项下，才想到"当初何不杀掉这老匹夫"，但已经是无可奈何。使用此计者，对上对下都要欺瞒，这也是权臣使用瞒天过海之计的特点所在。

瞒天过海在政治上的实效性，同使用者在其实现政治目的时的突发性有密切的联系。"三年不鸣，一鸣惊人；九年不飞，一飞冲天；九年雌伏，一举雄视。"突然发作，使政敌猝不及防，这就会增加成功的可能性，也使此计的威力加大。楚庄王三年不与政，一涉政便诛除政敌数百人，朝野震骇。齐威王纵情声色，一旦听政，赏即墨大夫，烹阿大夫，天下称贤。康熙帝智除鳌拜，十天内便将鳌拜党羽除掉，举朝莫不惊叹。突发性使实效性更令人叹服，也增强实效力的影响。

第三，就瞒天过海之计在政治上的影响而言，具有实用性和广泛性的特点。

瞒天过海之计作为在政治斗争中常见和比较有效的手段，具有很高的实用性。它不仅表现在手段的实效上，还表现在它的实用上。所谓的实用性，即指这种计谋非常适用于各种政治斗争，无论是强者，还是弱者；无论是政治家，还是野心家、阴谋家，都能够运用这种计谋来实现自己的政治目的，而且很容易见到效果。英国著名哲学家伯特兰·罗素在1938年发表的《权力论》中说："爱好权力，就其最广泛的意义说，是一种愿望"，"每一种愿望，如果不能立时得到满足，就会使人希求得到满足它的能力，从而引起对权力的某种形式的爱好。"既然权力是正常人的正常愿望，权力又是"永远不会满足的"，必然带来竞争。作为政治斗争是相当残酷的，权力又具有独占性和排他性的特点，这就使得到权力的愿望很难实现。为了愿望变为现实，就要进行努力。但在复杂的政治斗争中，这种努力不能是公开的，必须有所掩饰，而掩饰的最好方法，正是瞒天过海之计所具有的，因此也就具有实用的价值。从前面所讲的瞒天过海之计在政治上的应用范围来看，涵括了多种层面，也可见此计在政治上的实用性。

瞒天过海之计在政治上应用的广泛性，是因为此计有其存在的文化环境和政治条件，这就给此计提供了非常广阔的市场。

就文化环境而言，儒家思想长期占主导地位。儒家思想与政治结合的特点，从根本上体现了政治统治建立在伦理道德的基础上。在治国原则上，主张以道德治国，认为统治者先要修身、齐家，然后治国、平天下。要求统治者不仅对社会负有政治责任，是社会权力所有者；同时也要求统治者负有道德的责任，为伦理道德的表率。在统治方法上，礼和刑相辅而成，以礼入官，以礼入法。本来伦理道德与政治制度是两个不同的领域，政治制度与伦理道德相脱离，是社会政治发展的根本途径。正因为儒家思想的作用，中国古代这种分离始终没有完成，这就使政治本身带有很大的虚伪性。它不但阻碍公开竞争，而且压抑人的个性的发挥。在这种文化环境内，公开显露才华，展示抱负，以天下为己任者，不但树敌招怨，成为众矢之的，而且会得到狂妄自大、浮躁不谨等恶名。在这种文化环境的压迫下，无论是政治家，还是野心家、阴谋家，都必须注意在道德上给人以良好的印象，这在很大的程度上给瞒天过海之计的使用增加了市场。

就政治条件而言，君主专制、个人集权、宗法血缘关系、贵族特权、官僚政治、人治等，是中国古代政治制度的主要特点。以君主来说，"天无二日，国无二主"，君主自置于至高无上的尊贵地位，拥有政治上的独断权。他们所追求的是"令出惟行，大权从无旁落"。然而，现实政治不可能完全遵照理想而运行，历史上出现过许多君主权力受凌辱，或君主无力和不能执掌权柄的事例，这就使君主不得不用一些手段来改善这种情况，当然也包括使用瞒天过海之计。以官僚来说，他们拥有一定的特殊权益，有着"出则舆马，入则高堂；堂上一呼，堂下百诺；见者侧目视，侧足立"的权力和威严。细一点说："官带巍峨，官之容也；高车驷马，仆从如云，官之体也；高堂广厦，锦衣玉食，官之乐也；签拿票押，敲扑喧嚣，官之威也。"无论是仪仗威风、生活享受，还是所掌握的权柄，对黎民百姓来说，是处在"治人者"的地位，但他们又是君主的仆役，没有世袭罔替的特权。不过他们自跻身于宦途之日，就开始在君主那里合法地分享政治权力和经济利益，拥有一定社会地位和身份，并且随着升迁而不断扩大。所以，他们在未入仕之前百计求官，既入仕后又竭力保官升官。在这种社会背景下产生的官僚政治，当然扩大了瞒天过海之计的使用市场。

瞒天过海的实效性和实用性，决定了此计在政治斗争中的价值和魅力；其独特的功效和突发性，增加了此计的性能和威力；其强烈的进取性和完好的隐蔽性，助长使用者获得成功的欲望。无论从哪个角度讲，瞒天过海之计接连成功的实例，引起政治家、野心家、阴谋家们的重视，这就赋予此计经久不衰的生命力和稳定的市场。

围魏救赵

——趋利避害　力争后发制人

本计云："共敌不如分敌，敌阳不如敌阴。"其大意是：如果使敌人集中力量，不如把敌人的力量分散；对敌人使用先发强攻的手段，不如使用后发制人的手段。这是根据《周易·颐卦》中的"观其所养也"、"观其自养也"的逻辑推演出来的计谋。

该计源于战国时期齐魏桂陵之战。前354年，魏、宋、卫三国联军包围赵国首都邯郸，赵向齐国求救。齐威王派田忌为将，孙膑为军师，率军前往救援。当时田忌想直接率兵去解赵围，军师孙膑进言道："夫解杂乱纷纠者不控拳，救斗者不搏撠，批亢捣虚，形格势禁，则自为解耳。今梁（即魏）、赵相攻，轻兵锐卒必竭于外，老弱疲于内；子不若引兵疾走魏都，据其街路，冲其方虚，彼必释赵以自救；是我一举解赵之围而收弊于魏也。"译成白话的意思是：要解决杂乱纷纠的争斗，不能强拉硬拽；要排解别人打架斗殴，不能直接参加进去打。两敌正相抗拒，攻其势力强的，不如攻其力所不能及的虚弱之处，双方争斗自然解开。现在魏、赵相互攻击，魏国必然出动所有精锐之师，国内所留是老弱疲惫之卒。将军不若率军直攻魏国都城，占据战略要地，乘虚而攻

司马懿献计救樊城

打其必救之地，魏必然要释赵之围而回师自救。这样，既缓解赵国之围，又能乘魏回师之疲而战胜他们。田忌采纳这个意见，结果大败魏军，演成著名的齐、魏桂陵之战。

该计用于军事，主要是用于避实就虚，攻其必救；分散敌军，击其要害，以达到趋利避害、机动歼敌的目的。在政治上则是批亢捣虚，在与政敌相抗衡时，一是分散其注意力，找到其致命之处，发动猛攻；二是借攻击其党羽，在其欲救之时，将其连引在内；三是与一些政敌达成同盟，内外结合，攻击其最有权势的首领，使之树倒猢狲散。无论哪种手段，最终目的是置政敌于不利乃至死地，这也是胜战计的手段。

围魏救赵之计也是政治家、野心家、阴谋家在政治斗争中常用的手段。善用此计者，趋利避害，击其必救，使政敌陷入被动；不善用此计者，趋利争势，弱点暴露，易为政敌所乘；善用此计而能识别此计者，以其人之道还治其人之身，其胜券也就在握。在各种政治势力彼此处在相互利用和制约的关系下，围魏救赵之计是发展自己的势力，打击或消灭敌对势力的有效手段，在胜战之计中占有重要地位。故此，政治家、野心家、阴谋家，在有可能的基础上，都喜欢使用。

一、知己知彼　批亢捣虚顺势

《周易·颐卦二十七》云：颐：贞吉。观颐，自求口实。《象》曰：山下有雷，颐。君子以慎言语，节饮食。

【一爻】初九，舍尔灵龟，观我朵颐，凶。《象》曰："观我朵颐"，亦不足贵也。

【二爻】六二，颠颐，拂经于丘颐，征凶。《象》曰：六二征凶，行失类也。

【三爻】六三，拂颐，贞凶。十年勿用，无攸利。《象》曰："十年勿用"，道大悖也。

【四爻】六四，颠颐，吉。虎视眈眈，其欲逐逐，无咎。《象》曰："颠颐之吉"，上施光也。

【五爻】六五，拂经，居贞吉；不可涉大川。《象》曰："居贞之吉"，顺以从上也。

【六爻】上九，由颐，厉吉。利涉大川。《象》曰："由颐厉吉"，大有庆也。

围魏救赵之计以《周易·颐卦》为推演之本，这主要在于本卦的"观其所养也"和"观其自养也"的辩证关系，这是本卦的中心，也是不变之卦。在不变当中有许多特殊情况，故以六爻六十四变卦来辩证，以示通变。这不但说明此计的奥妙，也说明社会复杂性，用计必须注意客观实际，不能主断行事。

根据上述见解，可以将围魏救赵之计在各种政治条件下使用的结果，结合中国古代所出现的事例进行推演，大概会出现以下六种情况：

第一种，舍去自己的特长，用自己所短去攻击别人，这不但难以获得成功，而且还是相当危险的事，故为凶。这是一变卦，可变为用己之长而攻敌之短，这样便可化凶为吉，完成本计所要达到的目的。

第二种，知道自己的所长和对方之所短，但违反客观存在，贸然发动进攻，仍是危险的事，故为征凶。这是两变卦，一可变为遵守客观规律，不贸然发动进攻，耐心等待时机的到来。二可变为避开客观存在中对自己不利的因素，积极创造条件，化征凶为征吉，亦即避实就虚，仍有可能完成本计所要达到的目的。

第三种，违反本计的原则，是非常凶险的事，永远不要这样做，因为没有好处。这是四变卦，一变可为遵守本计的原则，不去履凶涉险，但不能完成本计的目的；二变为无利可图，舍此计不用，则此本意俱失。三变为循本计的原则，避开凶险，创造条件以完成本计的目的。四变为知其凶险利益所在，避开这些不利因素，以较少的时间达到本计的目的。

第四种，客观条件符合使用此计的条件，自然是吉事，即使在众人都是虎视眈眈，其欲逐逐的情况下，也没有什么危险。这是八变卦，有八种变化的可能，因此，即使是符合条件的吉事，也必须要克服各种困难，才能达到本计的目的。这是争胜之道。

第五种，本身占据有利的位置，但不具有全胜的条件，故以不动为吉，切不可贸然有所举动，因为动则不利。这是十六变卦，有十六种变化的可能。之所以变化多，因为身处有利位置，觊觎者必多；己不具备全胜的条件，弱点必存；这是不利因素。要保住有利，掩饰弱点，中间变化必多。这是保胜避败之道。

第六种，客观条件符合用计，自身又处在有利的位置，果断行事必吉，利于有大动作，这是上爻，以刚为好。上爻三十二变卦，其中变幻离奇之事更多，大的行动安排是不容易的，尤其是在各项条件都有利之时，更要考虑周全，否则仍有危险存在。

综其六种情况，说明围魏救赵之计在实施过程中是千变万化的，无论何种变化，都要求使用者以"观其所养"、"观其自养"为本，充分注意到知己知彼，根据不同情况使用不同的手段，这才是胜战之计的根本。

二、吉而无咎　分势乘虚攻弱

《管子·制分》云："待治者所道富也，治而未必富也；必知富之事，然后能富富者。所道强也，而富未必强也；必知强之数，然后能强强者。所道胜也，而强未必胜也；必知胜之理，然后能胜胜者。所道制也，而胜未必制也，必知制之分，然后能制。"也就是说，做任何事情都必须知道其所以然，才能将事情做好。知己知彼，才能像庖丁解牛一样，使游刃有余。

作为政治家的管仲，辅佐齐桓公成就霸业，使齐国成为春秋五霸之首。那么，他以政治家的眼光来看待事物，自然有其独到之处。他这种知其所以然，然后胜其所以然的认识，正是围魏救赵之计使用的必备前提。

在复杂激烈的政治斗争中，政敌之间是不肯将自己真实情况透露给对方的。在这种情况下，向对方使用计谋就有一定的困难。围魏救赵之计的最大特点是使用者处在旁观者的地位。这种旁观者在两方争斗之时，比较容易看出双方的弱点，自然容易达到避实就虚、击其必救的本意。然而事物是多变的，知其所以然，还必须胜其所以然，这其中也有许多技巧和手法。

第一，分散政敌，削其势而驱之。

在政治斗争环境里，除了统治阶级和被统治阶级这两大敌对双方之外，在各阶层还存在着各种政治势力。比如在统治阶级内部，存在着各种不同的集团和派别，他们因为利益上的冲突，彼此之间的争斗是不可避免的，这也是政治斗争的重要组成部分。政治斗争不可能单枪匹马，出于政治斗争的需要，就要有一定的基础，这就是政治集团和派别生成的重要原因。为了在政治上占据有利的态势，彼此之间的争斗和混战也是必然的。在争斗和混战之中，集团和派别结成盟友或构成敌对，这就使围魏救赵之计有了发挥效用的机会。

在各种政治集团和派别之间，为了本身的利益所发生的斗争是常见的。如何在斗争中占据胜敌的位置，分散政敌的注意力，削弱政敌的势力，这是取胜的前提条件。

战国时期，魏国人范雎，以能言善辩而为齐襄王赏识，受到魏中大夫须贾和权相魏齐的怀疑，动用非刑，将范雎肋骨打折，牙齿打掉。范雎假装死去，又被他们用草席卷起，扔在厕所中，让客人在他身上溺尿。范雎乘无人之际，向看守人员行贿。看守向大醉的魏齐请示，将在草席内的范雎扔到郊外。范雎以此逃出虎口，在魏人郑安平的帮助下，更名张禄，逃到秦国。

秦国当时是昭王在位，太后与权相魏冉当政。范雎是外来之人，又没什么势力，要想在秦国站住脚，自然要费一番心机。他先使用激将法，吸引秦昭王的注意，然后进行游说。在秦国权臣当道，"左右多窃听者"的情况下，范雎未敢言内，先言外事，以观王之俯仰。提出远交近攻的战略，即远交楚、赵，近攻魏、韩，孤立齐国。这种战略与权相魏冉远攻齐国的战略正相反。秦昭王听从范雎的建议，并任命他为客卿，与谋兵事。

范雎第一步先在秦国站住脚，又在远交近攻之计获准中，看到秦昭王与太后和魏冉之间的矛盾，找到可乘之机。经过几年经营，范雎终有机会向秦昭王进言。他先采用离间的方法，以"臣居山东时，闻齐之有孟尝君，不闻有王；闻秦有太后、穰侯（魏冉），不闻有王"为辞，使秦王与太后、魏冉的关系紧张起来。然后又说："夫擅国之谓王，能利害之谓王，制杀生之谓王。"把秦昭王的独尊之心激将起来之后，他又开始讲现在朝廷的太后及"四贵"，即魏冉、华阳君、泾阳君、高陵君的专擅，"乃谓无王也"。并且举出齐国淖齿杀齐王，赵国李兑杀赵王的事例，以"今臣观四贵之用事，此亦淖齿、李兑之类也"来激怒秦昭王，又恐昭王不信，再谈三代（夏、商、周）的亡国原因是"君专授政于臣"。说到这里，当然还不足以使昭王下定决心，于是他又回到现时，说道："今有秩（乡官级）以上至诸大吏，下及王左右，无非相国（魏冉）之人者，见王独立于朝，臣窃为王恐，万世之后有秦国者，非王子孙也！"这种丝丝入扣的辩说，终于打动昭王的心，使昭王废掉太后，逐去四贵。范雎借昭王之手，清除掉不利于自己的政势力，也争得丞相之位，并且被封为应侯。

范雎的所作所为，纯属统治阶级内部争权夺利的行为。他先从魏冉"远攻近交"的对外用兵政策讲起，看出秦昭王与太后和魏冉之间是有矛盾的。对外用兵事情，与魏冉等人的实际政治利益关碍不大，故没有引起魏冉等人的警惕。范雎却借对外用兵而逐渐取得秦昭王的信任，并且发展了自己的势力。在时机成熟时，看准魏冉等人的弱点，假借秦王之力，除去政敌，夺取其权位。司马光对范雎所作所为甚为反感，评论说："穰侯援立昭王，除去其害；荐白起为将，南取鄢、郢，东属地于齐，使天下诸侯稽首而事秦，秦益强大者，穰侯之功也。虽其专恣骄贪足以贾祸，亦未至尽如范雎之言。若雎者，亦非能为秦忠谋，直欲得穰侯之处，故扼其吭而夺之耳。遂使秦王绝母子之义，失舅甥（魏冉是昭王的舅舅）之恩。要之，雎真倾危之士哉！"

不论司马光对范雎有多么大的反感，范雎毕竟是政治斗争的胜者。范雎为相十余年，又有一个雄辩之士蔡泽欲取代他。范雎先是不服，曾责怪蔡泽。蔡泽以"日中则移，月满则亏"的道理，向范雎讲述"夫人立功，岂不期于成全邪！身名俱全者，上也；名可法而身死者，次也；名戮辱而身全者，下也"的道理。范雎听取这种建议，推荐蔡泽为相国，而自己托病免相，得到名成隐退的最好结果。由此可见，范雎虽可称为倾危之士，但他在政治斗争中很能保持清醒，这正是他的高明之处。

再有，三国时期，诸葛亮在《隆中对》中定三分天下，其中重要一点是搞好孙吴联合，共同拒曹。这条计策确实行之有效。赤壁之战，大破曹军。而后攻取益州，使蜀汉跨有二州之地，兵强马壮。再加上孙吴战后图强，吴蜀对曹魏已占优势。然而就在这时，情况发生了变化。

219年，蜀国大将关羽乘刘备夺取汉中之声势，与孙权联合。关羽自江陵北伐，孙权进攻合肥。关羽率军于樊城水淹曹仁部下于禁等七军。兵围樊城，华夏震恐。曹操不敌，准备迁都以避敌锋。司马懿、蒋济献计曰："于禁等为水所没，非战攻之失，于国家大计未足有损。刘备、孙权，外亲内疏，关羽得志，权必不愿也。可遣人劝孙权蹑其后，许割江南以封权，则樊围自解。"此计便是分散政敌，削其势而驱之的谋略，也自然被曹操所采纳。

面对曹操的谋略，孙权并不是不知，但为利益所诱，又兼关羽因孙权为子求婚其女不许，孙权袭破关羽，夺取荆州之心早有。孙权借曹操派人来游说之时，作书与曹操，愿讨关羽以自效，并要求曹操不要透露消息，使关羽有所防备。谋士董昭认为暴露这个消息为好，这样"可使两贼相对衔持，坐待其敝"。再者关羽为人好强，兵围樊城期望大功，必然犹豫不退，曹军知此却能提高士气。果不出董昭所料，关羽围而不撤，荆州反为孙吴袭破。关羽腹背受敌，最后败走麦城，被孙权所杀。

曹操利用孙、刘两家的矛盾，诱之以利，使双方的联盟破坏。当然受损失最大的是蜀国，因为自此以后，蜀很难再发展了。然而孙权也没得到太多利益，他虽然得到荆州，并在吴、蜀夷陵之战，火烧连营七百里，大获全胜，但自此也失去北上争夺天下的机会，也只有在江南发展了。曹魏因孙刘联盟破裂，稳住阵角，逐渐取得优势，孙、刘两家再度联合，也无灭曹之能力，三国自此鼎立，而魏最强，这是政治谋略的成功。

第二，避实就虚，择其弱而攻之。

在政治斗争中，各种政治势力为了自身的利益，时而联合，时而相攻，时而和平共处，为的是争夺有利的态势。那么，联其必欲联，攻其必须救，处其必想处，则是政治斗争的策略问题。而如何去联、去攻、去处，则是具体实践问题。所说的避实就虚，就是争取斗争主动权的重要策略和取胜的必要前提条件；所说的择其弱而攻之，就是斗争中的具体实践和争胜的现实。

汉高祖刘邦的皇后吕氏，是女中强人，在刘邦去世后，能牢牢地把持政权。在她当政的十余年时间内，刘姓诸侯王的势力强大，功臣集团是政权的主要支柱。宗室和功臣在当时关乎政权的稳定，吕后不可能像妒杀戚夫人那样，用凶残的手法除掉功臣集团；也不可能以毒死赵王如意的手法，用狠毒的手段清除刘姓宗室势力。为此，吕后寝食不安，处心积虑地扶植吕氏家族，以期与宗室和功臣势力抗衡，并试图占据有利的态势，以巩固自己的统治。

前180年，吕后病重，她自知难以久在人世，不由得为吕氏家族的兴衰焦急。她安排自己的侄子吕禄为上将军，掌管北军；吕产为相国，总领政务并掌管南军，并且嘱咐道："吕氏之王，大臣弗平。我即崩，帝年少，大臣恐为变。必据兵卫宫，慎毋送丧，为人所制！"吕后的安排很有必要，因为功臣集团与刘姓诸侯王暗中联合，静观待变，如不防备，吕氏之族将后果难料，亦可见吕后之强。

果然，吕后一死，刘姓的齐、楚等王就以除诸吕为名在外兴兵；功臣周勃、陈平等与刘姓诸侯王相谋，试图于内推翻诸吕。然而，吕禄、吕产把持南北军大权，"列侯群臣莫自坚气命"，因为他们的势力还不可能消灭诸吕。就在这时，号称"一生多阴谋"的陈平，出了关键一谋，就是围魏救赵之计中的避实就虚，择其弱而攻之的手法。

陈平和周勃先劫持了郦商，然后逼迫其子郦寄前往游说吕禄。

郦氏在当时是著名的游说之家，而且与吕氏相善，故陈平选中郦家。郦寄果然善辩，对吕禄说："高帝与吕后共定天下，刘氏所立九王，吕氏所立三王，皆大臣之议，事已布告诸侯，皆以为宜。今太后崩，帝少，而足下佩赵王印，不急之国守藩，乃为上将，将兵留此，为大臣诸侯所疑。足下何不归将印，以兵属太尉（周勃），请梁王（吕产）归相国印，与大臣盟而之国。齐王（刘襄）兵必罢，大臣得安，足下高枕而王千里，此万世之利也。"一番游说，使吕禄心为之动，也使诸吕犹豫不决。

在功臣集团与宗室合谋推翻诸吕之时，诸吕也在积极行动。双方在剑拔弩张之时，郦寄说服吕禄交出军权，使周勃得以进入北军，掌握了北军的指挥权，可以调动军队参与行动。此时吕氏尚拥有南军，若双方交战，鹿死谁手尚难分晓。

以汉代守卫京城和皇宫的、直属于中央的军队而言，主要由以下四个部分构成：

一是负责宫中殿内警卫的郎官，由郎中令率领，称为郎卫。郎官有议郎、中郎、侍郎、郎中、外郎的区别，其任务也不仅是宿卫，还有随从、顾问的性质，而且具有候补官的身份。郎中令（光禄勋）是负责宫殿内一切事务的总管。这部分武装是皇帝最亲近的警卫部队。

二是负责殿外宫墙内警卫的卫士，由卫尉统领。卫士的指挥机关驻在长安城内未央宫，因未央宫在长安城南，故称卫士为南军。南军前期总兵额为两万人，至汉武帝时减去一半。士兵是从各郡国轮番征调来的。卫尉下属主要有：南、北宫卫士令，掌南、北宫卫士；左右都候，掌徼循宫中；宫掖门司马，掌宫掖门守卫；

诸屯卫候、司马，掌宫门卫屯兵；公车司马令，掌司马门守卫，并负责收发传递奏章及贡献物。

三是守卫京城的屯兵，初期由中尉统领。因屯兵驻守在长安城的北面，故称为北军。汉武帝时改革北军，设有八校尉，每校大约八百人。北军负责京师的守卫，战时，一部或全部随皇帝所任命的将军出征。

四是驻守京师内外的卫戍军。汉武帝时，设执金吾统领缇骑巡徼长安城内，设城门校尉领城门屯兵守卫长安各门，左、右、京辅都尉领三辅郡兵保卫长安城外，由执金吾统一节制，形成一支单独卫戍长安的驻军。

由此可见，吕产掌握一支两万人的军队，又靠近皇宫，若举兵与周勃等抗衡，有挟天子之势，很难说不会获胜。吕产进驻未央宫，掌握军队调动权，则功臣与宗室的兵变行动很难成功。基于此，陈平和周勃一方面隐瞒住吕禄放弃兵权的消息，一方面嘱咐卫尉不要让吕产进入南军的指挥机关所在地——未央宫，然后让朱虚侯刘章率兵千余人驰赴未央宫。

本来吕产感觉有变，带着随从来到未央宫，在受到拦阻之后，他还不知事情的紧急，"徘徊往来"，下不了冲进未央宫的决心。这时刘章率北军士兵赶来，吕产还以为是吕禄派来援助自己的，不期这些士兵竟砍杀过来，顿时慌乱起来，被刘章追杀在郎中府第的厕所中。吕产除去，大患已去，周勃则从容地派人搜捕诸吕男女，"无少长皆斩之"，放弃兵权的吕禄，也没有逃过被杀的命运。

综观这次事变，陈平、周勃两次实施避实就虚的手法。第一次是让吕禄交出兵权，避开吕禄握有能征善战的北军指挥权的实，就吕禄意欲保全利禄的虚，乘机夺得兵权，将不利化为有利。第二次是阻挡吕产进入未央宫，避开吕产指挥南军的权力之实，就吕产犹豫不觉之虚，乘其不备而突施进攻，最终掌握胜券。这就是避开凶险，以己之长攻敌之短的成功事例。

第三，歼其渠率，攻其要以胜之。

在各种政治势力相互掣肘之时，某种政治势力欲争取有利的态势，常常会联合对自己有利的政治势力，以期抗衡其他政治势力。然而，与之相抗衡的政治势力，自然也不愿受制于人，必然要破坏对方的联合。在这种情况下，歼其渠率的手段则容易出现。东晋时期，世家大族把持朝政，皇帝实际上没有什么权力，"晋主虽有南面之尊，无总御之实，宰辅执政，政出多门，权去公家，遂成习俗"。这样，皇权与世家大族当权派之间的矛盾尖锐，彼此之间的冲突是不可避免的。

东晋穆帝（345—361 年在位）时，世家大族中的桓温兴起，为荆州刺史、安西将军、都督荆梁等四州诸军事。会稽王司马昱畏桓温势盛，乃援引另一世家大族的殷浩来参与朝政，都督扬、豫、徐、兖、青五州诸军事，与桓温抗衡。桓温不愿意有人与之相抗衡，便多次上书请求北伐，以期通过北伐攫取更大的政治军事权力，希望能够打破这种平衡。殷浩和穆宗深知桓温的用意，不批准桓温的上书。然而，桓温声言北伐，光复故土，名正言顺，如果没有一定的举动，其理必在桓温，何况桓温拥众四五万于武昌，北可进击中原，南可攻打建康（京城）。为了搪塞，穆宗派褚裒、殷浩两次北伐，结果都损兵折将，惨遭失败。这就给桓温以把柄，使桓温得以"因朝野之怨，乃奏废（殷）浩，自此内外大权一归温矣"。而后桓温三次北伐，有一些建树，权力日益膨胀，身为都督中外诸军事、假黄钺，总督内外大权。桓温"既负其才力，久怀异志，欲先立功河朔，还受九锡"，最终为攫取皇权，乃废掉晋帝司马奕为海西公，拥立简文帝司马昱，以便独揽大权。

司马昱原本与殷浩联合以抗桓温，殷浩被废，他已是孤掌难鸣。再加上桓温专权，剪除异己，左右都是桓温耳目。司马昱无可援之势力，又难受傀儡之辱，故常吟庚阐诗"志士痛朝危，忠臣哀主辱"以感叹。在位才两年，便忧愤而死。

桓温在这场政治斗争中，两次使用围魏救赵之计的"歼其渠率，攻其要以胜之"的手法。第一次是借北伐之名，实欲除掉与之相抗衡的政敌首领殷浩。殷浩与庾氏都是世家大族，并且都握有重兵，朝野上下也多是其党羽。以此之故，桓温攻击殷浩，意在歼其首领，使其失去统帅，然后各个击破。果然，殷浩一去，群雄无首，桓温先后杀掉庾倩、殷涓等，一举占据优势，连身为吴中世家大族首领的谢安，见桓温也得"遥拜"。在基本掌握主动权之后，桓温的野心也日益增加，便实施第二次，就是借推司马昱为帝，将其驾空，困而辱之，这也是歼其渠率的重要手段。司马昱死后，桓温拥立司马曜，开始向皇权进取。然其命运不济，大事未成而身先病死。

第四，挑敌纷争，趁其伤而灭之。

在政治斗政争中，几种政治势力的联合，固然能够占据有利的态势。由于权力的作用，这种联合必然存在着矛盾。在这种情况下，处于劣势的一方，利用对方的矛盾，破坏他们的联合，并力争挑起他们纷争，在他们纷争难以自顾之际而发动进攻，这正是在"虎视眈眈，其欲逐逐"中的争胜之道。

东汉末年，董卓为乱，被王允设计诛除之后，董卓部将李傕、郭汜、樊稠等惶恐不安，向王允请求赦免。王允自从计除董卓之后，认为大患已除，其他不足虑，竟不肯赦免董卓余党，使李傕、郭汜等人忧惧不知所为。就在这时，谋士贾诩向李傕游说道："闻长安中议欲尽诛凉州人。诸君若弃军单行，则一亭长能束君矣！不如相率而西，以攻长安，为董公报仇。事济，奉国家以正天下；若不济，走未后也。"这一说辞，打动李傕、郭汜等人的心，并且结成联盟，挥兵直攻长安，赶走吕布，杀掉王允，把持朝政。

凉州另一军事集团的首领马腾和韩遂，见同乡把持朝政，因"私有求于李傕，不获而怒"，举兵相攻。李傕派郭汜、樊稠及侄子李利率军相迎。马腾、韩遂战败，退走凉州，樊稠等率兵紧追不舍。在危难之时，韩遂乃利用同乡的关系，派人前往向樊稠说："本所争者非私怨，王家事耳。与足下州里人，欲相与善语而别。"韩遂与樊稠"乃俱却骑，前接马，交臂相加，共语良久而别"。此情此景被李利看见，便告诉李傕说："韩、樊交马语，不知所道，意爱甚密。"本来李傕对樊稠"勇而得众"之事心怀疑惧，听得此话，其疑惧更深。然他不露声色，加樊稠的官比三公，准许开府，参与选举，而暗地准备下手。

195 年春天，李傕以会议为名，于坐中刺杀樊稠，"由是诸将转相疑贰"。李傕的联盟也因此而遭到破坏，代之是"各治兵相攻矣"。此是历史上有名的"李傕、郭汜之乱"。李、郭二人相争，一劫天子，一拘公卿，长安城几乎夷为平地。此后，军阀混战大规模展开，割据势力交争，李傕、郭汜因自相残杀，也就退出竞争的战场。

从上面的事例来看，韩遂在用计谋时，仅仅是出于保存自己，没有想到会导致李傕联合势力的分裂。即使有这种意图，以韩遂的势力，他是不可能趁李傕联合势力纷争之机而乘势攻取之。因此，韩遂即便是使用围魏救赵之计的这种手法，也只是完成前半部分，不算大胜，仅是"吉"而"无咎"而已。可见，使用这种手法者，要想获全胜，必须是自己拥有一定取胜能力的。

唐代永贞元年（805年），唐德宗病死，唐顺宗即位，任用东宫旧臣王伾、王叔文辅政，史称"二王"。二王是两个蹩脚的政客，一旦权力在手，"娴然自得，谓天下无人。荣辱进退，生于造次，惟其所欲，不拘程式。士大夫畏之，道路以目"。本来在唐顺宗的重用之下，他们可以有所作为，立志革新政治。在中国古代官场上，官职升迁过快，很容易招人嫉妒；再志满任意，目中无人，更容易遭怨。在这种不利的情况下，他们不知收敛，却只知弄权谋财，"不以簿书为意，日夜与其党人屏人窃语，人莫测所为"，就给政敌以攻击的把柄。

二王主要决策者是王叔文，他知道要掌握政权，必须先掌握财权，乃调淮南节度使杜佑任宰相，兼领度支、盐铁使，但又不信任杜佑，自兼度支、盐铁副使，实际上是假杜佑之名而自专之。援引韦执谊为宰相来佐理政务，又不肯放权与他，常到相府去指挥公事。因此，王叔文虽掌握大权，但没有形成真正的势力，基础相当不稳固，况且还没有军权，这就留下很多的漏洞，给人以挑起他们内部纠纷的机会。

王叔文等骤掌大权，不但招致官僚们的嫉恨，更引起掌握神策军指挥权的宦官们的不满，他们之间的冲突已是不可避免的了。

二王与宦官的冲突是以立太子开始的。唐顺宗本来患有重病，即位不久便不能见百官。所有事务，在内由美人牛昭容和宦官李忠言左右，居中由王伾往来传达，由王叔文主管决断，韦执谊在外负责执行。这是一条龙运作，全是假借唐顺宗的名义活动的，一旦太子策立，天子不能临朝，例由太子监国，自然要破坏这一条龙运作，他们的权力也就无从发挥，反对策立太子则是这一条龙内的人的共同心愿。天子患病，策立太子，这是古代安抚内外之心的重要手段，也是必然要做的事，无论如何都要进行。对这样重大的事，二王不事先有所准备，寻找对自己有利的人为太子，只想反对策立和弄权。结果，被宦官首领俱文珍、刘光琦等一活动，策了这一条龙最不愿策立的李纯（唐宪宗）为太子，他们才感觉到失策和危机的降临，故王叔文吟杜甫《蜀相》诗中的"出师未捷身先死，长使英雄泪满襟"以掩饰内心的恐惧。

当然，二王在受到挫折之后，也不可能就此束手就擒，必然有所动作。他们反思一下，认定是宦官掌握神策军指挥权，才有可能使唐顺宗听从，才会有众多官僚响应，谋夺宦官军权的计划也就由此产生。二王以唐顺宗的名义，任命宦官比较能够信服的老将范希朝为神策军京西诸城镇行营节度使，以本党人韩泰为其行军司马，"藉希朝老将，使主其名，而实以泰专其事"，以期夺得神策军的指挥权。

二王谋夺神策军指挥权之事，最初宦官并没察觉，可宦官也没停止活动，率先削夺王叔文的翰林学士之职，使王叔文不能居中决断，破坏一条龙运作。即便如此，二王的一条龙运作尚未完全破坏，俾能齐心合力，在政治上仍有取胜的可能。但在此关键时刻，王叔文与韦执谊因一件或贬或杀人的小事，竟互相交恶起来。二人的关系紧张，使"往来二人门下者皆惧"，哪里还有心思对付政敌。而后，二人又因剑南节度使韦皋要求扩大地盘之事发生分歧，竟"遂成仇怨"，更难一心对付政敌。

在二王集团内部交哄之时，宦官发觉二王欲夺兵柄的阴谋，乃密令神策军诸将"无以兵属人"。范希朝和韩泰无兵可用，此谋也就告吹，二王已经危在旦夕。在此危急时刻，王叔文的母亲病危，按规定应该求假归养，王叔文不得已而告假。本来归养、丁忧，如果朝廷挽留，还是可以夺情，使其继续为官。可是，二王集团内部交哄，无人为王叔文去留操心；王叔文一番不欲离职的苦心表白，非但没有得到同党的关注，反遭政敌首领宦官俱文珍的折辱。王叔文无奈，只好丁忧而去，二王集团也就失去主谋，也失去最后获胜的机会。

趁二王集团内部交哄，宦官集团先后将二王免职，而后，太子即皇帝位，顺宗为太上皇，二王集团失去保护伞，只有任人宰割，不数日便被杀贬殆尽。

二王在永贞元年正月参与大政，七月去职，共七个月时间。在此期间，二王的一些举措，被称为"永贞革新"。究其失败的原因，主要是二王没有社会基础。本来二王出身，既非大族，又非科第，况且还值顺宗身患重病，本身并不处在有利的地位，而他们之间又为睚眦之怨交哄不已，这就注定他们要失败。当然，如果他们齐心协力，趁大权在握之际，削夺宦官军权，团结朝内有声望的人士为援，其成功的可能性还是有的。但他们志在固权弄权，内部先起纷争，自然给人以可乘之机。故此，宦官集团略施计谋，二王集团便土崩瓦解。

从二王集团的失败，可以看到在"虎视眈眈，其欲逐逐"的情况下，使用挑起纷争的手法，应是"吉"而"无咎"的事。如果不是这种情况，使用这种手法很难成功，也是相当危险之事。也就是说，使用计谋要根据形势的需要，见机行事，且不可生搬硬套。

第五，内引外联，削其势而驱之。

在政治斗争中，各种政治势力为了自身的经济利益和不同的政治目的，彼此之间有着一种相互利用和相互排斥的关系。既然有相互利用的关系，各种政治势力就有内引外联的可能；既然有相互排斥的关系，各种政治势力就有削其势而驱之的可能。正因为有这些可能存在，这就使围魏救赵之计的这种手法有了用武之地。

隋文帝杨坚有五个儿子，即杨勇、杨广、杨俊、杨秀、杨谅。杨坚自夺得帝位以后，便立长子杨勇为太子，"军国政事及尚书奏死罪以下，皆令勇参决之"，颇受重用。史称杨勇"颇好学，解属词赋，性宽仁和厚，率意任情，无矫饰之行"。他作为长子，又出身富贵之家，早早立为储嗣，志骄意满，也就种下祸机。

杨坚尚节俭，自己服御的东西，或坏或旧，"随令补用，皆不改作"。本人平日所食，"不过一肉而已"。在他的提倡下，那时的"丈夫不衣绫绮，而无金玉之饰，常服率多布帛，装带不过铜铁骨角而已"。又"天性沉猜，素无学术，好为小数，不达大体"。杨勇则截然不同，好奢华，文饰蜀镫，养马千匹，"春夏秋冬，作役不辍，营起亭殿，朝造夕改"。在冬至时，"百官朝勇，勇张乐受贺"，大张旗鼓地与百官来往，怎能不使"天性沉猜"的父亲心疑呢？杨勇又不会矫饰，稍有不满，便"形于颜色"；其父派人"以伺动静，皆随事奏闻"；那些善于逢迎势力的群臣，得知杨坚生疑，自然趋奉当今君主，"于是内外喧谤，过失日闻"，使杨勇处在危机之中。

杨勇的所作所为，引起父母的猜疑，这就给其弟弟杨广谋夺储位带来希望。本来杨广身为次子，没有成为继承人的可能，但他"每矫情饰行，以钓虚名，阴有夺宗之计"。杨广先使用瞒天过海之计，骗取父母的信任，然后便使用围魏救赵之计的内引外联的手法。

于内，杨广深知父亲颇听信母亲的话，便千方百计骗取母亲的好感，期为内助。有一次，杨广要回扬州镇守时，拜见母亲独孤皇后。几句离别话未竟，便"哽咽流涕，伏不能兴"，惹得独孤皇后"泫然泣下"。趁母亲悲伤之时，杨广开始进谗言："臣性识愚下，常守平生昆弟之意，不知何罪，失爱东宫，恒蓄盛怒，欲加屠陷。每恐谗谮生于投杼，鸩毒遇于杯勺，是用勤忧积念，惧履危亡。"这一番话，引起独孤皇后对杨勇素日的不满，不由得愤然说道："岘地伐（杨勇小名）渐不可耐，我为伊索得元家女，望隆基业，竟不闻作夫妻，专宠阿云，使有如许豚犬（指云氏所生诸子）。前新妇（指元氏）本无病痛，忽尔暴亡，遣人投药，致此夭逝。事已如是，我亦不能穷治。何因复于汝处发如此意？我在尚尔，我死后，当鱼肉汝乎？每思东宫竟无正嫡，至尊千秋万岁之后，遣汝兄弟向阿云儿前再拜问讯，此是几许大苦痛邪！"杨广闻言，"呜咽不能止"。独孤皇后见状，"亦悲不自胜"。杨广终于取得内援。而后，"中使至第，无贵贱，皆曲承颜色，申以厚礼。婢仆往来者，无不称其仁孝"。杨广运用这种方法，牢牢地巩固住内线。

于外，杨广在朝臣中看中了"兼文武之资，包英奇之略，志怀远大，以功名自许"的杨素，便"倾心与交"，将谋夺储位之意告之。杨素跟随杨坚，立下许多功勋，史家评论："考其夷凶静乱，功臣莫居其右；览其奇策高文，足为一时之杰。然专以智诈自立，不由仁义之道。"杨素得知如此重大计谋，也不由得权衡再三，便先探明独孤皇后的心意，认为杨广有为储贰的可能；又以为"诚能因此时建大功，王（杨广）必镌铭于骨髓，斯则去累卵之危，成泰山之安也"。便甘心为杨广的外援。

杨广运用内引外联的手法，使杨勇内失父母之爱，外寡群臣之助，削夺杨勇的内外势力，最终废掉杨勇，而代之为太子。在整个谋夺储位过程中，杨广"示无私宠，取媚于后。大臣用事者，倾心与交"。自己很少出面竞争，故上取爱于父母，下得心于群臣，这正是按爻辞"居贞吉"的卦象而行事的。如果杨广公开谋夺，这便不是"居"，其成功的可能就很小了，这也是爻辞"不可涉大川"所示。

使用围魏救赵之计的内引外联的手法，重点在于掩饰真实目的，暗中活动，不宜公开，这也是使用这种手法获得成功的根本。如果不是这样，很容易走向反面，非但难以获胜，而且凶险必至。

唐朝末年，藩镇割据，宦官专权，朝臣分党，尤其是经过黄巢军乱之后，"王室日卑，号令不出国门"，唐王朝已经名存实亡。即便如此，朝廷内的政治斗争也没有因"朝廷日卑"而停息片刻。

888年，唐僖宗死后，宦官杨复恭拥立僖宗之弟李晔为帝，是为昭宗。昭宗"体貌明粹，有英气，喜文学，以僖宗威令不振，朝廷日卑，有恢复前烈之志，尊礼大臣，梦想贤豪，践阼之始，中外忻忻焉"。不过，这时的宦官与朝官之间的斗争达到白热化，他们各自拉拢藩镇为援助，昭宗虽有大志，很难伸其意，而且还要逃避藩镇争斗，避难他方。昭宗即位多年，非但没有夺回权力，反被宦官勾结藩镇，屠杀宗室十一个王。昭宗痛恨宦官，乃与宰相崔胤相谋去宦官。崔胤外结宣武节度使朱全忠为援，内引左神策军指挥使孙德昭为助。宦官也不示弱，他们内控昭宗，外结强藩为援。双方旗鼓相当，各不相让，都很难除去对方。昭宗感到渺茫，也就变得"多纵酒，喜怒无常"。宦官感觉到昭宗难以控制，乃阴相谋曰："主上轻佻多变诈，难奉事；专听任南司（朝官），吾辈终罹其祸。不若奉太子立之，尊主上为太上皇，引岐（李茂贞）、华（韩建）兵为援，控制诸藩，谁能害我哉！"

900年12月，宦官的左军中尉刘季述，右军中尉王仲先，枢密使王彦范、薛齐偓（当时号为四贵）等发动宫廷政变，陈兵于殿廷，威胁百官联名署状，将昭宗幽禁少阳院，立太子李裕为帝。崔胤虽在兵锋之下联名署状，但内心不甘，暗地侦察四贵之短，于901年正月元旦发起攻击，诛除四贵，迎昭宗复位，平定这场宫廷政变。

唐王朝内部冲突不断之际，朱全忠已兼并河北，染指河中，控制河东，向关中地区发展了。就在诛除四贵之后，神策军指挥权又落到得到凤翔节度使李茂贞支持的宦官韩全诲手中，而崔胤又因欲得军权而得罪了李茂贞，只好全心投靠朱全忠。这样，"全忠欲迁都洛阳，茂贞欲迎驾凤翔，各有挟天子令诸侯之意"。崔胤欲诛除宦官，致书朱全忠，让他发兵迎昭宗赴洛阳。韩全诲闻朱全忠发兵，乃勒逼昭宗前往凤翔投依李茂贞。903 年，朱全忠数败李茂贞，进军凤翔城下，以兵相逼。李茂贞无奈，只好杀宦官韩全诲等七十余人，交出昭宗，欲与朱全忠和解。

昭宗回到长安，实际上是出了狼窝又入虎穴，转为朱全忠所控制。崔胤自以为得计，认为诛除宦官时机已到，乃指责宦官"夺百司权，上下弥缝，共为不法，大则构扇藩镇，倾危国家；小则卖官鬻狱，蠹害朝政"。朱全忠以此为由，"以兵驱宦官第五可范等数百人于内侍省，尽杀之，冤号之声，彻于内外"。宦官集团在崔胤内引外联的压迫下，遭到毁灭性的打击。

崔胤依靠朱全忠的势力，诛灭宦官，排除异己，专权自恣，自鸣得意，孰知前门拒狼、后门引虎。朱全忠自攻破李茂贞，兼并关中，威镇朝野，篡夺之意已经昭彰于内外。在这种情况下，崔胤开始害怕，乃奏请昭宗，重建天子六军，每军步兵六百人，骑兵百人，共六千六百人，以分番侍卫。这一举动引起朱全忠的猜疑，便派朱友谅将崔胤杀死，解散六军，迁昭宗于洛阳，篡夺之势完成。

唐昭宗时的统治集团内部冲突，无论是宦官还是朝臣，都以外引藩镇为援，内控君主以为令，固然都是内引外联的手法，但此时利于相安，保持平衡，谁也不易有大动作，这正是"不可涉大川"的内涵。再加上他们谋夺对方目标明确，不注意、也不会掩饰，这就失去使用这种手法的成功之本，即使在表面上获得一些成功，肯定是难以持久，乃至招来灭顶之灾。

第六，攻其必救，择其弱而制之。

在政治斗争中，各种政治势力相互联合是暂时的，相互倾轧是必然的。既是必然的，各种政治势力相互争斗也就在所难免。在与政敌争斗中，强攻对方，往往是无功而返，乃至碰得头破血流。然而，事关生死存亡，又不能不发动进攻。这样，围魏救赵之计的攻其必救，择其弱而制之的手法，便成为进攻争胜的上策。

汉武帝时，魏其侯窦婴和武安侯田蚡产生矛盾。本来在汉景帝时，窦婴已为大将军，而田蚡才为诸曹郎，来往窦婴处，"跪起如子姓"。后来田蚡逐渐贵幸，"士吏趋势利者皆去（窦）婴而归（田）蚡"。田蚡日渐骄横，窦婴感到田蚡以势相夺，矛盾也就以此而起。在人人离窦婴而去之时，窦婴的好友灌夫，不以窦婴失势而引去，反而往来更密，"两人相为引重，其游如父子然"。灌夫为人刚直，好使酒任性，疾恶如仇，对田蚡所为甚为不满，多次借酒醉谩骂田蚡，加剧了田蚡与窦婴之间的矛盾冲突。

灌夫之所以敢数忤田蚡，是掌握田蚡的隐私，故田蚡在一次酒后，以"灌夫骂坐不敬"，将其捉进狱中，使之不能以隐私之事相邀；然后以"灌夫家属颍川，民苦之"为名，论灌夫及家属以弃市罪（死刑）。灌夫与窦婴关系甚密，窦婴不能不救，便上书汉武帝，试图营救灌夫，这就不免事涉田蚡。此时田蚡正贵，汉武帝也不好决断，乃令他二人在东朝廷辩之。

在廷辩中，窦婴申明灌夫是酒醉失控，田蚡是以他事诬陷之。田蚡身为丞相，知政情所在，以确凿的证据，盛言灌夫罪之恶极。

在廷辩难胜诉的情况下，窦婴不得不揭发田蚡的隐私，以期压倒对方。田蚡的隐私不过是贪财好色，这些行为对专制王朝并无大害。身为丞相的田蚡，深知武帝之心，只要是不威胁他的统治，驳其脸面，他是不会发怒的。因此，田蚡在窦婴直指他的隐私之后，便反言相讥云："天下幸而安乐无事，蚡得为肺腑，所好音乐狗马田宅，所爱倡优巧匠之属，不如魏其（窦婴）、灌夫日夜招聚天下豪杰壮士与议论，腹诽而心谤，昂视天，俯画地，辟倪两宫间，幸天下有变，而欲立大功。臣乃不如魏其等所为。"贪财好色，不会威胁汉武帝的安全，"腹诽而心谤"，已使汉武帝情不能忍，"天下有变，欲有大功"，则更有图谋不轨之嫌，何况还有"招聚天下豪杰壮士"之实，这更使汉武帝难以容忍，其倾向已经明显了。这样一来，不但灌夫夷族之刑难免，连窦婴也被论为弃市之罪。

在君主专制政体之下，向政敌发动进攻，必须掌握专制君主的心态。专制君主所关心的是自己的利益，只要是符合他的利益，他是不会关心臣民的利益的；他所要求的是臣民畏惧和服从，而不许臣民有野心。田蚡是深明此道的，故在这场争斗中，田蚡掌握汉武帝的心态，抓住攻其必救的要点，即是汉武帝所爱的权力，窦婴所爱的灌夫。攻其所爱，击其所惧，择其必救的弱点而制之，也就掌握了制胜的机关。

元世祖忽必烈晚年，重用丞相桑哥，"桑哥既专政，凡铨调内外官，皆由于己"。大权在握，使一些"谀佞之徒"尽力逢迎，欲为桑哥树立德政碑。按常情，这种做法是触动君主忌讳，但对桑哥宠任有加的忽必烈，非但不生疑虑，反而说："民欲立则立之，仍以告桑哥，使其喜也。"这说明忽必烈对桑哥信任不疑，桑哥固宠有术。

桑哥弄权专宠，自然要遭到政敌的嫉恨，发动攻击也是在情理之中。桑哥也深明此道，率先以"人必窃议"为名，奏请忽必烈恩准，笞杖御史，杜塞言路，隔断群臣面见君主的途径，控制章奏文书，使政敌所言无从进入。有幸能见到忽必烈的也先帖木儿等，多次向忽必烈诉说桑哥弄权黩货，"以刑爵为货贩"。忽必烈并不把此事放在心上，依然信任桑哥。这时有位叫不忽木的，受也先帖木儿等人的嘱托，借出使觐见忽必烈之机，弹劾桑哥。

不忽木是深明专制君主心态的，见众人攻击桑哥无效，早已成竹在胸。在觐见忽必烈时，寻机进言道："桑哥壅蔽聪明，紊乱政事，有言者即诬以他罪而杀之。今百姓失业，盗贼蜂起，召乱在旦夕，非亟诛之，恐为陛下忧。"不忽木并不攻击桑哥恶迹，只讲他蒙蔽君主；不讲君主之过，只讲桑哥弄权的后果是将危及君主的统治。这些都是忽必烈所关注的事，自然引起忽必烈的警觉，于是忽必烈"始决意诛之"。政敌们多次攻击桑哥不成，被不忽木三言两语就解决了。

掌握政敌的弱点，利于积极发动进攻，不给政敌以喘息弥补之机，获得成功的概率很高，爻辞中"厉吉，利涉大川"，就是这个道理。攻其必救是围魏救赵之计上策，因为"观其自养"、"观其所养"的真谛就是知己知彼，故在政治斗争中，屡试不爽。不过也应该注意，使用这种手法，必须是"厉"，才能达到"吉"。不能给对方以挽回不利局面的机会，这一点也十分重要，不然仍有失败的危险。

三、敌强我弱　窥机待变出奇

围魏救赵之计作为胜战计，是政治家、野心家、阴谋家在政治斗争中经常使用的手段，正因为如此，围魏救赵之计在政治上应用范围非常广泛。然而，胜战不是决胜，如使用不当，也可招败致祸，故此计对使用者提出很高要求，非善于把握机会者，很难达到预期的目的。

第一，在国与国之间。

国与国之间因政治和经济方面的利益及其冲突，彼此之间的斗争是不可避免的。为使本国能占据有利的位置，避实就虚，攻其必救，联合对自己有利的国家，共同打击对自己不利的国家，并在打击过程中发展自己的力量，这就要使用一些政治上的策略。在这种情况下，围魏救赵之计则成为各国所喜欢选用的计谋之一。

曹魏使用的分散政敌，计联孙吴，攻破关羽的计谋，以及围魏救赵本计的实例就是典型事例。为了自己一方的利益，救难者不顾受难者，径行向自己有利的方向出击。虽然他们是合作者，乃至打着救对方的名义，所采取的策略在一定程度上也起到救难的作用，但从本意来说，其最终是使自己立于不败之地，在不败的基础上才能言及受难方。如孙膑采用围魏救赵之计时，故缓其兵，使赵国尽力消耗魏国的力量，直至赵国投降，魏军回师时，才与之战于桂陵。孙吴因关羽占据荆州而耿耿于怀，曹魏欲借孙吴之力，以解樊城之围；孙吴欲借曹操与关羽交战而牵制住关羽主力，便于他们偷袭，故要求曹魏不要透露他们偷袭的消息。曹魏答应孙吴的条件，但在实际上却将此消息告知关羽。所以说，使用此计的国家，不论他们对盟国如何尽心尽力，总是先站在自己利益的基础上采取行动的。

围魏救赵是争胜之计，这就要求各国站在争的立场上去创造条件，使自己处在有利的位置。创造条件是使用本计的重要前提。既然国与国之间都是站在自己的立场上，都在为自己的利益而奋斗，在争胜中就不可能是一厢情愿的事。如何实现预想的方案，达到预期的结果，这对于一个国家来说，机遇和谋略是十分重要的，如果把握不住，往往事与愿违，非但不能争胜，反会自取其辱，丧权辱国。例如1259年9月，忽必烈兵围鄂州（今湖北武昌），南宋理宗派贾似道为右丞相兼枢密使率军驰援。贾似道是理宗的贾妃之弟，以贵显专权，但畏惧蒙古铁骑，驻守黄州（今湖北黄岗县），观望不前。这时蒙古蒙哥汗驾崩，拖雷（成吉思汗的幼子）幼子阿里不哥争夺汗位，忽必烈心在北方，无心恋战，急于回师争夺汗位，如贾似道进兵，忽必烈必不肯战。但贾似道怕兵败丢官，不肯进兵，反派人与忽必烈议和，拟以长江为界，年供岁币。以贾似道的推测，忽必烈北上争位，败亡在即，现在的缓兵和约自然失效，故认为与其同忽必烈相拒，不如促忽必烈早归，在忽必烈北归时，再从后击其尾。因此他没将议和之事禀报朝廷，竟自作主张。忽必烈欲北上争位，怕阿里不哥有防备，便声称要一举攻破宋都临安，期以此迫宋议和，以便回师北上争位。从双方的策略上看，都是在使用围魏救赵之计，欲批亢捣虚，以达到趋利避害、机动歼敌的目的。然而，贾似道错误估计形势，虽然他在忽必烈北上时，纵兵斩杀其后队七百余人，但忽必烈北上争位成功，贾似道便授人以把柄，使内忧外患全都降临到宋朝的头上。所谓内忧，即贾似道隐瞒私自议和，扣留元使郝经之事，此事此法足以使朝野纷争不已。所谓外患，宋朝已授元朝以把柄，对方师出有名，又扣使臣，适激其怒，大兵相加，宋朝亡在旦夕。由此可见，有机遇固然是用计的成功之本，但谋略也是使计的必备前提，一失足成千古恨，用计者焉能不慎！

机遇难得，用谋略去创造机遇，则比静待其变要高明。好的谋略，不但能够争胜，而且可以弥补本身的不足。例如，齐国攻打鲁国，以当时的力量对比，鲁国亡国在即，但作为鲁国人的孔子，不忍看到自己的国家灭亡，便派弟子子贡为此前往游说。子贡凭借卓越的才能和雄辩，挑动齐国内部纷争，利诱吴国攻齐国，说服晋、越两国攻吴国，造成各国之间的纷争，使弱小的鲁国得以在众强国中生存。司马迁为此感叹道："子贡一出，存鲁，乱齐，破吴，强晋而霸越。"可见成功的谋略是能创造机遇的。

第二，在君臣之间。

君主专制面临着三个重要问题：一个是如何保证政令信息承传迅速和准确无误，做到耳聪目明地制定正确的决策；二是如何使全体臣僚尽职守责，无僭越擅权之机，也无壅滞疏漏信息之由；三是如何广泛地了解各方面的意见，使人尽其言而无腹诽之弊，以因势利导地调整偏弊，稳定自己的统治。这就要求君主必须驾驭臣下，使之为己用，对于不忠顺者排而去之。

在君主专制政体下，专制君主就是赋予生命的太阳，可比作猛兽，比作雷电、暴风雨和洪水等无情的力量。对于他的臣民来说，君主确实像上述无情事物一样可怕，有着永恒的威力。然而，所有以君主名义行事的人，既希望能贯彻他的意愿，又希望能左右他的意志。在这种情况下，君臣之间的关系是处在既利用又防备的基础上，彼此之间有着一种上诈下欺的冷漠。因此，在政治上相互用谋是不可避免的。围魏救赵之计的趋利避害，批亢捣虚的方法，正是他们在政治斗争中所期望获胜的重要手段，故在可能的情况下，无不以使用此计为先择。

君主居高临下，审视臣僚，很容易形成旁观者之势。既是旁观者，就容易看出臣下的弱点，达到本计避实就虚、消权灭势的本意。正如《韩非子·主道》所云："虚则知实之情，静则知动者正。"

君主居于尊位，操有实权，这是使用此计的前提。然而，君主也是人，人的智能必有等差，有条件，无谋略，也很难得心应手地使用这种计谋。如项羽在鸿门宴上，力足以杀刘邦，但"为人不忍"，失去机会。正如韩信所分析的，"项王见人，恭敬慈爱，言语呕呕，人有疾病，涕泣分食饮；至使人有功当封爵者，印刓敝，忍不能予；此所谓妇人之仁也。"正因为如此，他把握不住对自己忠贞不贰的势力，使范增、钟离昧等难展其才，使自己难争天下；他轻信对自己不怀好意的势力，使英布、彭越等叛己而去，给自己带来很多麻烦。这是缺乏谋略，不善于掌握机会者。

君主身居尊位，本应操有实权，但"乱之所生六也，主母，后姬，子姓，弟兄，大臣，显贵"。这些人如果挟持了君主，君主本人的实际权力受到制约，也就失去使用本计的前提。没有条件，即使有谋略，再想使用此计也很难获得成功。如汉献帝在曹操的控制下，备受凌辱。外戚董承因反对曹操被诛三族，汉献帝的妃嫔董贵人也入其刑。是时董贵人正有孕在身，汉献帝为之求情不得，最终也被杀害。面对曹操的专横，汉献帝很想求助外力以自救。此时献帝皇后伏氏，便向其父伏完求救。然左右都是曹操的人，密谋泄露，伏皇后及其所生二子、兄弟宗族死者百余人。伏皇后向献帝求救，献帝悲不自胜地说："我亦不知命在何时！"在这种情况下，君主再有谋略，也无计可施。由此可见，君主使用此计也有一定的条件限制。

在君主专制政体下，君主是主宰，处于支配地位；臣下是仆人，处于被支配的地位。而如何顺应这种既定的政治体制结构，顺应君主的好恶脾性，以达到自己的政治目的，则是臣下必须掌握的技巧。在这种情况下，大概会出现以下几种可能和不可能。

其一，臣下可能是野心勃勃而谋求个人私利的政治赌徒，要排除异己，邀宠媚上，乃至谋夺君权；也可能是忠心耿耿而忧国忧民的忠良之士，要施展抱负，有所作为，乃至以天下为己任。

其二，臣下可能是道貌岸然而作伪称善的欺诈高手，要施展计谋，博取声名，乃至口蜜腹剑；也可能是胸襟坦荡而严己待人的正直之士，要明于体用，详明政理，乃至虚己下士。

其三，臣下可能是奴颜婢膝而谄媚取容的溜须惯手，要装腔作势，顺容取宠，乃至吮疽尝粪；也可能是贤良方正而不善逢迎的刚正之士，要教化正俗，以道论才，乃至疾恶如仇。

其四，臣下可能是作威作福而志骄意满的骄横权贵，要巧取豪夺，挥霍无度，乃至奢僭威福；也可能是谨小慎微而乍登显位的寒素之士，要儒雅自命，力保清白，乃至粗衣布被。

其五，臣下可能是久涉宦海而沉浮自如的官场老手，要明哲保身，看风使舵，乃至处世圆滑；也可能是涉世尚浅而盛气未衰的有志之士，要振颓革弊，施展抱负，乃至争强好胜。

以上诸种人和事，对君主来讲，对其统治都存在着威胁。对臣下来说，不对君主使用权变，使用一些手段，既不能保全自己，又不能使自己在复杂的政治斗争中站住脚。因此，臣下对君主使用计谋则是非常普遍的。

以围魏救赵之计的不变中心，"观其所养，观其所自养"来说，它要求知己知彼，以己之长攻敌之短。作为臣下，处于下位，如不掌握此点，就谈不上用计谋。而掌握此点，在伴君如伴虎而风波叵测的当时，就能如履平地。例如，西汉时，丞相王陵"为人少文任气，好直言"。在吕后专权，欲王诸吕的情况下，王陵抬出刘邦的戒约："非刘氏而王者，天下共击之。"以阻止吕后王诸吕，反被吕后"阳迁为帝太傅，实夺之相权"。那么，另一位丞相陈平，面对吕后王诸吕的事，却说："高祖定天下，王子弟；今太后称制，王诸吕，无所不可。"也正是这位陈平，一生六用奇谋，在灭西楚、定汉朝、制韩信、平诸吕、全社稷、安刘氏等重大问题上处置泰然，在"事多故矣"的当时，陈平能"竟自免，以智终"，确实是不容易的。由此可见，臣下对君主使用此计，其必备的条件是"智"，如果舍"智"，就要用"诈"。智和诈同样是用谋略，但所得的结果则截然相反。前者多被称之为"忠"，后者多被称之为"奸"。

第三，在臣僚之间。

在君主专制政体下，臣僚们在政治上有朝廷认可的功名爵禄和职位，在经济上享有全部和部分国家赋税的优免权，在法律上可以得到优待权，在社会上又有受人尊敬和让别人另眼相看的荣耀，他们是特权阶级。

特权阶级也有高下之别和特权多寡的差异，而且是壁垒森严。在特权等级内的各种人物，出身各异，性格各异，语言各异，作用各异，命运各异。他们或颐指气使而昂扬，或潜行觅踪而待变，或唯唯诺诺而保位，或垂头顿足而悲命，或气短流长而叹哀；彼此之间相互排挤，钩心斗角，在为自身的利益而拼搏。从某种意义上看，这些臣僚们所产生的各种矛盾纠葛，主要集中在政治上。政治斗争的残酷性和复杂性，使臣僚们不得不花费许多心思去维持上下左右的关系，致力于保全自己，排斥异己。在这种情况下，作为争胜计之一的围魏救赵之计，则成为他们所喜欢选用的谋略之一，广泛地使用在如下几种场合。

首先，围魏救赵之计用于臣僚们争权的场合。权力影响臣僚们的切身利益，权力也必激起臣僚们争权夺利的欲望，刺激着臣僚们的胃口。对于臣僚们来说，权力总是充满强烈的诱惑力量。在这种情况下，争权是不可避免的。为了能得到权力，他们可以用倾危的手段，以达到本计要求的避实就虚。如战国时的范雎排挤魏冉，而蔡泽又挤掉范雎，蔡泽又不数月而免，所用的都是这种手段。也可以采用以强凌弱的手段，以达到本计要求的击其必救。如东晋桓温，倡言北伐，逼迫殷浩在准备不充分的情况下北伐，结果兵败而名声失，被桓温奏废。还可以用挑起纷争的手段，以达到本计要求的批亢捣虚。如东汉末年的李傕、郭汜之乱，唐代二王集团的内部不和，都为其他政治势力乘虚而入创造了争胜的条件。

　　其次，围魏救赵之计用于臣僚们保权升官的场合。作为官吏，未入仕时百计求官，即入仕则千方百计保官升官，只要能达到这种目的，对于他们来说，这就是胜利。为了保官升官，他们可以用欺人耳目的手段，以达到本计所要求的以己之长攻敌之短。如汉武帝时的丞相田蚡与窦婴之争，隐去自己"贪财好色"中的不法，诬窦婴以"腹诽而心谤"，而掌握获胜的关键。为了保官升官，也可以采用观其俯仰的手段，以达到本计所要求的不可涉大川。如杨广的"示无私宠，取媚于后。大臣用事，倾心与交"。为了保官升官，还可以用见机行事的手段，以达到本计所要求的"观其所养"。如元代不忽木说服忽必烈诛除权臣桑哥。

　　再次，围魏救赵之计用于臣僚们避难逃祸的场合。在上下左右相互制约的官场内，不善于谋所以自存，必入炎渊苦海。在大难临头之时，只要能达到避难逃祸的目的，对于这些臣僚来说，也算是胜利。为了避难逃祸，他们可以用趋利避害的手段，以达到本计所要求的共敌不如分敌。如孙吴时，校事吕壹诬江夏太守刁嘉谤讪国政，事连侍中是仪。是仪自辩云："今刀锯已在臣颈，臣何敢为（刁）嘉隐讳，自取夷灭，为不忠之鬼！顾以闻知当有本末。"辞不倾移，遂避其祸，即是此种手段。为了避难逃祸，也可以用后发制人的手段，以达到本计所要求的敌阳不如敌阴。如汉代陈平，"奇计或颇密，世莫得闻也"。在成败关键时刻，"竟自免，以智终"即是此种手段。为了避难逃祸，还可以用虎视眈眈的手段，以达到本计所要求的以强力逞雄。如三国蜀汉的姜维长久将兵与曹魏相争，宦官黄皓在内弄权，阴欲废掉姜维大将军之职；姜维自知祸之将至，便自请沓中屯田，身将重兵于外，使黄皓不敢轻易兴废，即是此种手段。

在君主专制政体下，"法不能独立，类不能自行，得其人则存，失其人则亡"。所有制度都要受到"人治"的左右。臣僚们怀有不同的目的和动机，其最终目的都在于谋求更大的权益，在权益争夺中，作为胜战之计的围魏救赵之计，自然成为他们谋权自固的必要手段，故在臣僚中得以有长盛不衰的市场。

四、攻守兼备　进退自在我得

在政治斗争中，围魏救赵之计能发挥其制胜的功效，是有其基本特点的。

第一，就围魏救赵之计在政治上的应用而言，具有隐蔽性和进攻性的特点。

所谓的隐蔽性，是指"围"的声势，这是本计的表面现象。这种表面现象掩盖"救"的实际，因此具有隐蔽的特点。

所谓的进攻性，即是指使用围魏救赵之计的一方，其目的就是向政敌发动进攻，在进攻中寻找政敌的弱点，亦即"共敌不如分敌，敌阳不如敌阴"。其进攻方向往往是出乎政敌意料之外，这样便使政敌难以防备，达到出奇制胜的效果。

隐蔽性和进攻性相结合，就使本计在争胜中占据了有利条件，这也是胜战计的基本特点。例如，范雎欲谋得魏冉的相国位置，先从与魏冉利害关系不大的对外政策下手，这就隐蔽自己欲谋倾其位的意图，也使魏冉放松警惕，最后"扼其吭而夺之耳"。实际上是达到出奇制胜的效果。再如，杨广"阴有夺宗之计"，但他从不暴露自己真实意图，而是上争父母之爱，下取群臣之心，把握住关键之后，再发动攻势，最终实现夺宗目的。这些都是隐蔽和进攻同时进行，以隐蔽而掩饰自己的真实意图，以隐蔽寻找政敌的弱点，以隐蔽而不招致政敌注意；与此同时，又以进攻争取主动，以进攻分散政敌的注意力，以进攻获得政治上的主动权。

从本计的演变来看，它很适用于"虎视眈眈，其欲逐逐"的政治环境。在这种环境中，既容易出现使用本计的机会，也为使用者争取和创造机会带来方便。"虎视眈眈，其欲逐逐"，隐蔽性和进功性能发挥最好的功效。

第二，就围魏救赵之计在政治上的作用而言，具有竞争性和实际性的特点。

从本计推演来看，其不变中心是"观其所养，观其所自养"，以己之长攻敌所短。从其所变的六十三变卦来看，虽然要求使用者遵照客观规律，但更多的是要使用者积极地创造有利条件，化不利为有利，这就说明本计的竞争性。从本计的上爻来看，即使是使用条件具备之时，还要求注意不利的方面，要求考虑周全，这说明本计的实际性。

所谓的竞争性，即是本计的趋时寻机的要求，如有时机，一定要竞争，不然时机很可能就失掉。在"围"和"救"的转换上，时机是非常重要的，把握机会，才有可能争胜，尤其是在"虎视眈眈，其欲逐逐"的政治环境里，如不竞争，机会很可能稍纵即逝。机会一失，使用本计的先决条件就不存在了。

所谓的实际性，是指本计的"围"是站在自己的立场上，"救"也是看对自己是否有利的基础上。使用者总是要从自己的实际利益出发，这就是本计的实际性。至于分敌力，攻敌阴的后发制人的手段，更是按照实际情况而制定的谋略。

围魏救赵之计是一种进攻性的计谋，在中国古代政治斗争中屡见其效。正因为此计屡见功效，才成为政治家、野心家、阴谋家们所乐于使用的谋略。这种谋略见效的原因是，只要把握住本计"观其所养，观其所自养"的根本，就能达到知己知彼，以积极进攻的手段而将政敌置于困境，这就体现了本计竞争性和实际性的特点。例如，曹操深知蜀、吴两家的矛盾，有意破坏两家的联盟，以期从中渔利，这是注意到在竞争的同时，结合实际情况，故而在三国鼎立时占据强者之位。陈平在诸吕专权时，自知力不足以制服诸吕，故能在当面阿附吕氏，而暗夺诸吕实权，削其势而利于己，稳扎稳打，既注重竞争，又注意到实际力量的变化，才最终取得安刘氏的成功。桓温步步为营，知政敌所畏者北伐，上表朝廷而将兵压向朝廷，迫使殷浩仓促北伐，这是注重到实际；殷浩北伐失败，他强兵压境，迫使殷浩垮台，争夺到内外实权，这是注意到竞争。

第三，就围魏救赵之计在政治上的使用基础而言，具有广泛性和稳定性的特点。

"虎视眈眈，其欲逐逐"的政治局面，在中国古代是经常的现象，在这种局面下，围魏救赵之计被政治家、野心家、阴谋家们经常应用到政治斗争中去，故其使用基础是广泛的。虽然围魏救赵之计要求机遇和谋略相结合，二者缺一不可，这就对使用者提出较高的要求，但是此计在政治斗争中屡屡奏效，对所有参与政治角逐的人们来说，不能不产生很大的诱惑性，基于这种诱惑，无论是何种政治势力都期望能够使用，这就使这种广泛性相对稳定。

就其使用基础的广泛性而言，因围魏救赵之计来源于古代有名的历史事件，其事经史书和民间传说，本来影响的范围就很广泛；再加上使用者经常能获得出奇制胜的功效，这对经常处在争权夺利中的统治集团的影响更深。在君主专制政体下，围绕君主的各种政治势力之间，既存在相互利用、狼狈为奸的关系，又存在相互排斥、尔虞我诈的关系。他们在巩固和争夺权力的过程中，往往会用自己熟悉的事情来进行比较，进而保持了这种使用基础的广泛性持续不衰。

王亚南先生曾经讲道："在专制政治出现的瞬间，就必然会使政治权力把握在官僚手中，也就必然会相伴而带来官僚政治，官僚政治是专制政治的副产品和补充物。"在君主专制和官僚政治下，无论是君主，还是官僚，不使用权术，很难保住和争得权力和地位。他们都需要权术，这就保证本计在政治上的使用基础相对稳定。

第四，就围魏救赵之计在古代政治环境而言，具有特殊性和适应性的特点。

中国古代长期实行君主专制政体，君主专制、中央集权、官僚政治、宗法血缘关系等构成复杂的政治环境。在这种政治环境里，人为政治占有主要的地位。君统臣以术，臣奉君以道，都需要使用权谋。围魏救赵之计在胜战计中是需要掌握机遇和具有谋略的，它以其独特的争胜效能，适应于这种独特的环境。

所谓的特殊性，是指围魏救赵之计的"围"是手段，"救"并不完全是目的，这是其独特之处；这种独特之处，在古代政治环境中，"围"是进攻的手段，"救"是进攻的名义，无论"围"和"救"都是站在本集团的利益之上，这是此计的特殊性。在政治斗争中，使用本计多是用于权力的角逐上，使本计充分体现权力的独占性的特点。本来，君主专制政体，权力意味着地位和财富，决定着人们的生死荣辱，无论是政治家，还是野心家、阴谋家，无不把权力的竞争作为自己的主要目标。权力的竞争，固然要凭借实力，而实力不足，则需要以谋略补充。围魏救赵之计既可给实力强大者提供制胜的方法，又可给实力不足者提供创造胜机的策略，自然也就适应这种权力竞争的特殊环境。

所谓的适应性，是指围魏救赵之计适应于各种权力竞争的场合。权力的独占性和排他性，决定了权力的竞争复杂性。围魏救赵之计以其"观其所养，观其所自养"的独特之处，对使用者提出观察政敌弱点的要求，完全适应这种权力竞争的复杂性。

总之，围魏救赵之计作为胜战计，为政治家、野心家、阴谋家所喜欢使用，他们在政治斗争中，根据各种不同政治情况，不断变换手法，丰富本计的内容。本计在使用上的千变万化，又使本计在变幻离奇中，增添了许多神奇性。

借刀杀人

——尔虞我诈　心存损下益上

本计云："敌已明，友未定，引友杀敌，不自出力，以《损》推演。"其大意是：敌方的情况已经明确，而盟友的态度尚未确定，要引诱盟友去消灭敌人，保存自己的力量，要善于用《周易·损卦》中的"损下益上"、"损刚济柔"、"损益盈虚"等逻辑去推演。

本计用在军事上，是制造和利用敌军的矛盾，或利用盟军的力量。称之为诱敌就范，以逸待劳，以借敌力；迷惑敌盟，使敌错觉，以借敌盟；使敌互误，自相残杀，以借敌刃；取之于敌，用之于敌，以借敌财；离间敌将，令其自斗，以借敌将；探知其计，将计就计，以借敌谋。主要是保存自己，力争使敌方自相残杀，在乱中取胜。本计用于政治上，则主要是相互利用，尔虞我诈，其中含有许多变幻离奇、不可思议的手段。

借刀杀人之计是一种在政治斗争中常用的手段，在政治家、野心家、阴谋家们当中，善运用者，则战胜政敌，保存自己；不善运用者，常被政敌离间，自乱营垒，而终遭陷害；善于运用而能识破对方计谋，将计就计者，更能把握胜机。尤其是在复杂的派别政治斗争中，善于运用此计者，便争得胜战之道；不善运用

陈平献离间计，英布反楚

者，则很难争得胜道；善于运用又能识破对方者，胜道已经在握。虽然此计在表面上看是充满奸诈，富于诡道，按照传统思想来说，又是不道德的；可是，在政治斗争中，尤其是各种政治派别之间，这本身是你死我活的问题，用道德是很难衡量的。使用此计战胜对方，又能在道德上站住脚，乃至以此博取声名的，这乃是此计的全胜之道；使用此计战胜对方，而在声名上落下污点，这乃是此计的争胜之道。正因为此计既有全胜，又有争胜，才为历来的政治家、野心家、阴谋家所青睐，而经常应用于政治领域。

一、伤敌增己　其道上行得志

《周易·损卦四十一》云：损：有孚，元吉，无咎，可贞，利有攸往。曷之用？二簋可用享。《象》曰：山下有泽，损。君子以惩忿窒欲。

【一爻】初九，已事遄往，无咎。酌损之。《象》曰：已事遄往，尚合志也。

【二爻】九二，利贞，征凶。弗损，益之。象曰：九二利贞，中以为志也。

【三爻】六三，三人行，则损一人，一人行，则得其友。《象》曰：一人行，三则疑也。

【四爻】六四，损其疾，使遄有喜，无咎。《象》曰："损其疾"，亦可喜也。

【五爻】六五，或益之十朋之龟，弗克违，元吉。《象》曰：六五元吉，自上佑也。

【六爻】上九：弗损益之，无咎，贞吉，利有攸往，得臣无家。《象》曰："弗损益之"，大得志也。

借刀杀人计确定以《周易·损卦》为推演之本，这与《周易·损卦》的"损下益上，其道上行"的转换关系有密切的联系。八八六十四卦，它包含有二位进数的关系。每一卦有六爻，初爻有一变卦，二爻有两变卦，三爻有四变卦，四爻有八变卦，五爻有十六变卦，六爻也就是上爻有三十二变卦。共六十三变卦，加一不变卦，而组成六十四卦。不变卦为守恒，变卦为通变，两者共存。上引经文，共分出六爻，其不变卦为"损"，而"损"的中心是"损下益上，其道上行"，这是不变的，其余都有一定的变化。由此可见，借刀杀人计之中亦有许多变化。

从《周易·损卦》的演变，再按本计的内涵进行推演，可见借刀杀人之计的本意是用政敌的损失，来换取自己的利益，这是不变的中心。要达到这种目的，中间还有许多变化。这种变化，正是对事物辩证分析。虽然有些主观，但也不失对事物的正确认识。

按《周易·损卦》爻辞所示，基本上可以认为：一爻为"受到损失，但还算有益，是尚合志也"；二爻为"不受损失而有益，是中以为志也"；三爻为"损益难定，在取舍疑似之间要作出有利的决定"；四爻为"损者无怨，益者高兴，损益合理，亦可喜也"；五爻为"考虑周到，损少益多，等于有天保佑"；六爻为"被损者残重，获益者良多，是大得志也"。根据上述见解，将借刀杀人计的结果进行推演，也就是在政治上使用借刀杀人之计，大概会出现以下六种可能和结果。

第一种，在与政敌斗争中，使用者受到一定损失，但达到获益的目的，这应是使用者最基本的目的。

第二种，在与政敌斗争中，使对方不受损失，但达到自己的目的，这是使用者较好的目的。

第三种，在与政敌斗争中，使用者在难定损益之时，上者在三派中除掉一派，次者得友人相助，下者自定主张，这是立志之法则。

第四种，在与政敌斗争中，使用者损益合理，是可喜的事。

第五种，在与政敌斗争中，因考虑周到，造成自己损失少而获益多的局面，犹如有上天保佑一样。

第六种，在与政敌斗争中，政敌损失惨重，自己获益最多，这是本计最好的结果，可大得其志。

二、乱敌之心　不自出力得利

《荀子·荣辱》云："骄泄者，人之殃也；恭俭者，偝五兵也；虽有戈矛之刺，不如恭俭之利也。故与人善言，暖于布帛；伤人以言，深于矛戟。故薄薄之地，不得履之，非地不安也；危足无所履者，凡在言也。"也就是说，傲慢，是人的灾祸；恭敬而有节制，可以排除刀枪的残杀；虽有戈矛这样锋利的武器，也不如恭敬而有节制的行为效用大。因此，用好言赞扬别人，比给人以布帛更使人感到温暖；用恶语伤人，比用矛戟伤人更厉害。之所以说，社会之广大而没有立足之地，不是社会不安全；在社会上没有立足之地者，全在于他恶语伤人。作为古代的哲学家、政治家的荀况，在百家争鸣中能成为一家，其识见确实有他的独到之处。"戈矛之刺，伤人之言"，是借刀杀人之计的必备前提，也是政治斗争中必不可少的手段。

在复杂而激烈的政治角斗场内，政敌之间的争斗，有时是真刀真枪的厮杀，有时是假情假意的关照，有时是各怀鬼胎的相持，但最终目的都是战胜对方，取得政治上的主动权。借刀杀人之计的最大特点是"不自出力"，使用者通过各种手段，挑起政敌或政敌盟友之间的纷争，令其自相残杀。损敌益己，既要在政治上有安身立命之地，又不能给政敌以存活立足之地，这本身就是无情的斗争，当然也是不择手段的。

第一，引其就范，待政敌不备而图之。

在政治斗争中，各种政治势力都在为自身的政治权益而拼搏，为使自己在政治斗争中占据有利的态势，引诱政敌进入自己预设的圈套之内，待其志骄意满，不为防备之时，借用别人的政治势力，来达到自己的政治目的，这当然是一种比较深奥的谋略。

春秋末年，晋国的范氏、中行氏、智氏、赵氏、魏氏、韩氏，六卿最强大，平分晋地而治之。一国六卿，争权夺利自然在所难免。先是赵氏与中行氏、范氏发生冲突。中行氏和范氏联合，共攻赵氏，赵氏败走晋阳。却又在被困晋阳时，得到韩氏和魏氏的同情，赵氏趁机联络韩、魏，起兵反攻中行氏和范氏，中行氏和范氏败走。而后，赵、魏、韩又联合智氏，共攻中行氏和范氏，平分其地。这种私分土地的举动，激怒了时为国主的晋出公。晋出公欲联络齐、鲁等国攻打四卿。四卿恐，遂反攻晋出公。晋出公不支，在逃往齐国的路上死去。四卿之中，智氏最强，其主智伯，力主拥立晋哀公，形成挟天子以令诸侯之势，还趁机兼并了中行氏和范氏的土地，有了傲视公室、欺压诸卿的资本。

起初，智伯向韩氏索要土地。韩氏之主韩康子不想给，其谋臣段规说："智伯好利而愎，不与，将伐我；不如与之。彼狃于得地，必请于他人；他人不与，必向之兵，然后我得免于患而待事之变矣。"这是非常明确的借刀杀人之计，韩康子焉能不许，于是"使使者致万家之邑于智伯"。智伯心满意足，自以为得计。

然后，智伯再向魏氏索地。魏氏之主魏桓子也不想给，其谋臣任章说："无故索地，诸大夫必惧；吾与之地，智伯必骄。彼骄而轻敌，此惧而相亲；以相亲之兵待轻敌之人，智氏之命必不长矣。《周书》曰：'将欲败之，必姑辅之。将欲取之，必姑与之。'主不如与之，以骄智伯，然后可以择交而图智氏矣，奈何独以吾为智氏质乎！"这也是借刀杀人之计，魏桓子不能不称善，也与智伯万家之邑。

这样，智伯连取韩、魏两家的万户之邑，志骄而意不满，又开始向赵氏索地。赵氏之主赵襄子面对无故索地的智伯，自然非常生气，断然拒绝。志气骄横的智伯，焉能容得赵襄子这种态度，便纠合韩、魏之兵，共同进攻赵氏。赵氏不敌，兵败晋阳困守。智伯以水灌城，拼命攻打，赵氏危在旦夕。

在大水将冲坏晋阳城之时，智伯让魏桓子驾车，韩康子骖乘，自己居中，巡视战场。见波涛汹涌的大水冲击着危若累卵的城池，智伯不无感叹地说："吾乃今知水可以亡人国也。"魏、韩二氏闻此言，面面相觑，心里不由得想起，汾河之水足以灌魏之安邑，绛河之水足以灌韩之平阳，今日之赵危，焉知不是将来之己危？感觉到以前制定的借刀杀人之计，应该可以施行了。

在韩康子、魏桓子的目光相觑的一瞬间，早为智伯的谋士绨疵看见。为了主公的安全，绨疵便向智伯进言："夫以韩、魏之兵以攻赵，赵亡，难必及韩、魏矣。今胜赵而三分其地，城不没者三版（六尺），人马相食，城降有日，而二子无喜志，有忧色，是非反而何？"智伯不以为然，竟把绨疵之言对韩、魏二子讲了。二子虽力辩其辜，得免智伯暂时之疑，但倒智氏之心至此坚定了。

赵襄子身处危难之地，自然也想利用智、韩、魏三家的矛盾以自救，便派说客张孟谈潜出城去，前去游说韩、魏二子。张孟谈说："臣闻唇亡则齿寒。今智伯帅韩、魏以攻赵，赵亡则韩、魏为之次矣。"韩、魏二子本有难言之隐，急忙说："我心知其然也；恐事未遂而谋泄，则祸立至矣。"张孟谈见二子心动，便说："谋出二主之口，入臣之耳，何伤也！"与二子制订合攻智氏的计划。

赵襄子趁夜派人杀守河堤的官吏，反用水灌智氏军营，趁智伯救水之际，韩、魏侧击，赵直攻，大败智氏之军，杀智伯尽灭智氏之族，而三分智氏之地。自此，赵、魏、韩三家形成，而后又共分晋地，成为强国，掀开战国的历史新篇章。

从三家倒智的事例来看，赵、魏、韩三家都采用了借刀杀人之计，都力争在纷争中占据有利的位置。由于形势所迫，他们都用一定的损失以换取政敌的就范，待到时机，最终都实现了自己所要达到的基本目的——战胜政敌，保存和壮大自己。实际上是以小损换大益。

第二，扰其同盟，借政敌狐疑而弱之。

在政治斗争中，政敌之间为了扩大自己的政治势力，往往会结成政治同盟。通过同盟势力来打击政敌，这是政治斗争中常有的现象。面对政敌的同盟，使用借刀杀人之计的一方，最有效的手段是破坏政敌的同盟。这样，既可削弱政敌的力量，又可扩大自己的同盟，同时还有可能构成各个击破的态势。使用者能得到盟友的相助，这是使用者比较满意的结果；使用者能得到盟友相助，并能造成政敌同盟之间的相互残杀，这是使用者所能得到的最好结果。

楚汉战争时，项羽与刘邦之间争斗不息。项羽"力能扛鼎，才气过人"，在战争初期以西楚霸王的名义号令诸侯，兵多将广，更兼善战，处于优势地位。刘邦"仁而爱人，喜施，意豁如也"，虽勇不及项羽，地不如楚多，但他能采纳部下建议，分化项羽同盟，故常能败而复振，逐渐将劣势转为优势。

前205年，刘邦趁项羽东征田齐之时，率兵五十六万伐楚，一举攻下楚都彭城（今江苏徐州市）。项羽得知，亲率精兵三万回援，连续作战，收复彭城，驱赶汉军，竟斩获汉军二十万。刘邦慌忙逃窜，在途中竟将妻子儿女推下战车，老父也被项羽俘虏。刘邦逃至荥阳，赖萧何等发关中老弱全数赶来，方才稳住阵脚。

前204年，楚汉在荥阳对峙，"项王数侵夺汉甬道，汉王食乏，恐，请和，割荥阳以西为汉"。项羽厌烦战争，想允许刘邦的请和。项羽谋士范增说："汉易与耳，今释弗取，后必悔之。"项羽听从，急攻荥阳，刘邦愁极无奈。这时，刘邦的谋士陈平设计，等项羽使者来时，提供丰盛的饭食，等入席时，故意问使者是谁的使者，然后假装惊愕地说：“吾以为亚父（范增）使者，乃反项王使者？”叫人将美食撤下，另换粗劣的食物。使者回报项羽，项羽果然疑心。范增大怒，对项羽说：“天下事大定矣，君王自为之。愿赐骸骨归卒伍。”这本是气话，希望项羽能感悟。孰料项羽同意，范增只得离去，在回彭城的路上，连气带病，竟恨然离世。陈平又造谣言，说项羽的勇将钟离眛等欲降汉而求分封为王，使项羽对他的“股肱之臣”都失去信任，彼此相互猜疑，战斗力自然下降。

刘邦一面用陈平的离间计来离间项羽的亲信，一面听从张良的计谋，趁项羽同盟者九江王英布、魏相国彭越与项羽“有隙”之时，利诱彭越，使之在楚后方绝楚粮道，派使者随何前去九江游说英布。英布此时与项羽虽有矛盾，但畏惧项羽强横，还不敢与项羽为敌。随何凭三寸不烂之舌，说得英布心动，但英布仍然狐疑不定。随何借楚使者前来九江催英布发兵之时，公开英布与汉有谋的事实，迫使英布最终下定反楚的决心。这样，项羽分兵去攻打英布，减轻刘邦的压力；英布兵败来投刘邦，也只有死心塌地助汉攻楚。刘邦不断地削弱项羽的同盟，扩大自己的同盟，这是成功地应用借刀杀人之计的扰其同盟，借政敌狐疑而弱之的手法。

西晋惠帝皇后贾南风，是西晋开国功臣贾充之女，生得短黑而妒，手段狠辣，而惠帝却是个白痴，自然形成悍妇控制愚夫的局面。

290年，晋武帝司马炎病死，遗诏后族杨骏辅政。杨骏是晋武帝继后杨氏的父亲、弘农的大族，专权好利，与其弟杨洮、杨济，把持朝政，专横于朝，号称“三杨”。晋武帝死后，杨氏立为太后，杨骏以太傅都督中外诸军事、侍中、录尚书事，总揽朝政。杨洮为卫将军，杨济为太子太保。杨氏把持朝政，不但引起司马宗亲的不满，而且引起贾皇后及其家族的不满。在这种情况下，一场因权力分配不均引起的争斗，在晋武帝尸骨未寒时，就已经初见端倪。

291 年，贾南风与掌管禁军的楚王司马玮、东安王司马繇等合谋，称诏诛杀杨骏及其杨氏党羽，皆夷三族。在内外隔绝的情况下，杨太后无法救护父亲，乃于宫中亲写帛书云："救太傅（杨骏）者有赏。"用弓箭射到城外。这样，杨太后非但没有救护父亲，反将证据交到贾南风手中，被贾南风以"同逆"之名废为庶人。此时的杨太后一失贵人的风采，为救家族，"抱持号叫，截发稽颡，上表诣贾后称妾"，但并没有救护杨氏之族，自己反被囚禁于金墉城（洛阳西北角的小城），次年饿死，时年三十四岁。贾南风杀掉杨骏之后，用汝南王司马亮为太宰，卫瓘为太保，共同辅政，楚王司马玮升为卫将军，仍统领禁军。

贾南风借用宗室的力量诛除杨氏外戚集团，但宗室的政治势力却因此强大起来，对她的专横当然有所节制。面对这种情况，贾南风再次使用借刀杀人之计。

贾南风发现汝南王司马亮和卫瓘，因楚王司马玮手握禁军，好立刑威，实权在握，恐怕难以制之，而合谋削夺司马玮权力时，她便挟惠帝的密诏，让司马玮诛杀司马亮和卫瓘，待此计成功之后，她又以司马玮伪造诏书，擅杀大臣为名，将司马玮杀掉。一箭双雕，将宗室的在朝势力驱除，夺得专制大权。

当然，对权力的追求是无止境的。贾南风谋夺大权之后，就是要保住权力，并且尽可能地使权力在自己身上延续。贾南风虽"荒淫放恣"，而且因为偷情而"乱彰内外"，但她就是不怀孕，这就使她没有亲生之子来承继大位。好在她还年轻，尚有生育的可能，但必须将惠帝控制在自己手里。贾南风虽有本事让惠帝畏而惑之，使"嫔御罕有进幸者"，而且为惠帝移爱她人，"手杀数人，或以戟掷孕妾，子随刃堕地"，但还是防不胜防，惠帝的一位谢夫人，终为惠帝生下一子。在贾南风无所出的情况下，这位皇子当然至关重要，所以在惠帝即位伊始，便被立为皇太子，成为法定的继承人。

继承人非己所生，虽将来贾南风仍有被册立为太后的可能，但终是她心中最大的障碍。为此，贾南风用尽心机，"诈有身，内稿物为产具，遂取妹夫韩寿子慰祖养之，托谅黯所生"，算是有了自己所生的儿子。有了自己所生，就要谋废太子而立己子。299 年，贾南风将太子囚于金墉城，并将太子母谢氏杀掉。

太子被废，这在专制王朝里是非同小可的事。朝野谣言四起，上下不安，尤其是宗室的怨望更是难平。贾南风自然也有所闻，但她过高地估计了自己的势力，认为杀掉太子，众人怨望自然就平息了，便不顾后果地将太子杀掉，这实际上是授人以口实。当时，已经调为禁军将领的赵王司马伦，因谄事贾后而深得贾氏的信任。现在赵王司马伦看准机会，与梁王司马肜、齐王司马冏举兵围困宫城，矫诏废掉贾后而大诛贾氏之党。事到如此，一向聪明奸诈的贾南风才知自己被梁、赵二王所欺骗，不无后悔地说："系狗当系颈，今反系其尾，何得不然！"被逼迫饮金屑酒而死。

赵王司马伦诛除贾氏之党后，自封为相国、都督中外诸军事，专制于朝。在 301 年，司马伦索性废掉惠帝，自立为帝。这时，身在武昌的镇东大将军、齐王司马冏见有机可乘，便传檄成都王司马颖、河间王司马颙等，联合讨伐司马伦。因为是"勤王之师"，名正言顺，兵锋所向，司马伦军不敌，洛阳失陷，司马伦被杀，晋惠帝复位，但司马冏却以大司马、都督中外诸军事而专制于朝。

司马冏专权，与他共同起兵的河间王司马颙自然心怀不满，便联合驻守在洛阳的骠骑将军、长沙王司马乂举兵攻打司马冏。司马乂认为司马冏势力大，希望司马冏能杀掉司马颙，然后他再以此为名，传檄四方以讨司马冏，这正是司马乂一箭双雕的借刀杀人之计。不料，司马颙以劣势之兵，竟将司马冏杀死，以太尉、都督中外诸军事而掌握朝廷大权。一计不成生二计，司马乂又联络成都王司马颖攻打司马颙。司马颙致力于拒敌，不想变生肘腋，被东海王司马越等于夜中捉住，交与司马乂的部将张方，用火烤死。

司马颙被杀，成都王司马颖为皇太弟、都督中外诸军事，控制朝政。自恃擒获司马颙有功的东海王司马越，因所得到的比预期的少，竟挟持惠帝向司马颖发动进功，结果大败，连惠帝也被俘入司马颖营中。在司马越与司马颖相争之时，司马乂看准时机，兴兵攻下洛阳。司马颖胜而复败，挟持惠帝退往洛阳，进入司马乂的势力范围，被司马乂的部将张方逼迫至长安。长安是司马乂的老巢，司马颖困境来投，自然没有好结果，皇太弟的名义也就被取消了。司马乂经过多次用谋，此时方以太宰、都督中外诸军事辅政。

东海王司马越当然不允许司马乂挟天子以令诸侯，不久又起兵攻打司马乂。306 年，司马越攻入长安，挟惠帝回洛阳，先后杀掉司马颖和司马乂，以太傅、录尚书事而总领大权。除掉政敌之后，司马越无所顾忌，便毒死晋惠帝，拥立晋武帝第二十五子司马炽为帝，是为晋怀帝。"八王之乱"削弱了晋王朝的统治力量，为匈奴贵族刘渊、羯人石勒等乘机兴起，最后推翻西晋王朝创造了条件。

从以上两个例子来看，扰其同盟固然是借刀杀人之计的常用手法，但其成功的概率还要受到多方面的因素影响。

刘邦分化项羽同盟，之所以获得成功，而且能将成功保持下去，除了计谋上的成功之外，其驾驭臣下的手段，也是非常重要的因素。当九江王英布被楚将龙且打败之后，单身逃到刘邦之处。失去军队的将军，本来还不如一介勇士，此时的英布本来就羞惭万分，而刘邦又"踞床洗足"以见之。英布窘辱后悔反楚，欲自杀以报；当他回到客馆，见"帐御、饮食、从官皆如汉王居"，便转忧为喜，认为刘邦对他果然如郦何所讲，便死心为刘邦效力，招集旧部，与项羽再战。唐人颜师古云："高帝（刘邦）以（英）布先久为王，恐其意自尊大，故峻其礼，令布折服；已而美其帷帐，厚其饮食，多其从官，以悦其心。此权道也。"正因为刘邦深明"权道"，使用借刀杀人之计才得心应手，而鲜堕他人计谋之中。

贾南风分化利用宗室势力，在一定程度上也获得成功，但她凶狠专横，总自以为是，听不得别人劝解，这就种下她获得成功而保不住成果的祸源。她先借宗室的力量除掉杨氏外戚集团，又借宗室擅诛大臣之名除掉部分宗室，施展的计谋可称得上凶狠完善。然而，贾氏是以司马氏为依托，在古代社会里，"母以子贵，妻以夫荣"，她摆脱不开司马氏，又在自己羽毛尚未丰满之时，不顾后果地向太子开刀，这是她在"天下咸怨"的情况下，必定要失败的原因。

贾南风之后的"八王之乱"，每一王的势力都不可能完全制伏对方，彼此都有相互利用的关系。因此，借此除彼，借你除他，成为他们的共同策略。然而，他们一旦占有优势，便不顾一切地去总领国政，去满足自己的权力欲望，正好成为别人攻打的目标；这是他们往往成功一时，而不能保持胜利成果的重要原因。"枪打出头鸟，出头的椽子先烂"，在各种政治势力难分伯仲之时，谁先窃据令人瞩目的位置，自然就成为其他政治势力的攻击对象。之所以扰敌同盟，就是要消弱政敌的势力，而不能将自己放在令人垂涎的位置，这才是敌损而己益的事，司马诸王正缺乏这些，其成功一时，失败遂继，也是难免的。

第三，使其相误，趁政敌相残而破之。

在政治斗争中，政敌之间各有自己的政治势力。使用借刀杀人之计的一方，如果能使政敌内部造成误会，构成政敌内部自相残杀的局面，不但能够消弱政敌势力，还有可能使政敌自灭，即使政敌不灭，也易于自己攻破之。这种损益之道，较前两种手法更为有效，对使用者的要求也比较高，其中变幻的奥妙也更深一层。

春秋时期，公孙接、田开疆、古冶子三人，臣事齐景公。三子自恃勇力，倨傲不恭。相国晏子见齐景公对三子宠爱有加，便以三子"上无君臣之义，下无长率之伦"为名，劝齐景公除去三子，免留后患。齐景公根据晏子的建议，有意以两只桃子赐三子而食。在不能均分的情况下，提议"计功而食"。听到这种提议，公孙接先仰天长叹道："晏子，智人也。夫使公之计吾功者，不受桃，是无勇也。人多桃少，不能不计功而食桃矣！像我一搏野猪、再搏乳虎的功绩，别人难与比肩，可以食桃矣！"因取一桃在手。田开疆也不甘示弱，盛言道："我用伏兵退敌三军两次，像我这样的功劳，别人很难相比，也可以食桃。"也取一桃在手。剩下古冶子一人，更不甘居于人下，便大言道："我曾经随君主过河，有一只大鼋衔君主左骖之马至砥柱中流。当时我年轻，又不会游泳，乃潜水而行，逆流百步，顺流九里，追得大鼋而杀之，然后左手拽马尾，右手执鼋头，像仙鹤一样，跳跃而出，在河边的人都说我是河伯也。以我看来，我是大鼋之首，功无人可比，可以食桃，你们二人为什么不把桃给我！"竟拔剑而起。公孙接和田开疆自愧功不如古冶子，乃说："吾勇不子若，功不子逮，取桃不让，是贪也；然而不死，无勇也。"将桃奉还之后，拔剑自尽。古冶子见状，也很惭愧，言道："虽然他们两人同食一桃，我独食一桃是最合适的。但二子死之，而我独生，这是不仁；耻人以言，夸其声，这是不义；恨自己行为不对，不死是无勇也！"把桃还给齐景公，也拔剑自杀。晏子不费吹灰之力，便将齐景公"搏之恐不得，刺之恐不中"的三个强劲政敌除去。这就是历史上有名的"二桃杀三士"的故事，也是使其相误，趁政敌相残而破之的成功事例。

借刀杀人之计的这种常用手法，在先秦时期就普遍应用于政治领域。《韩非子·内储说下》的《说六》中就有许多实用的例子。

其一，周文王欲灭商，恐商强大，乃资助费仲，令其以奢靡乱纣王心志，进而削弱商的统治。这是借佞臣以乱君主。

其二，楚国的使臣至秦，秦王见楚使贤能过人，深感敌国贤者多，对自己不利。群臣因献计，以"深知之而阴有之"的方法，使楚国认为贤能之士均有里通外国之嫌，将他们一一除掉。这是借敌国之手除掉对自己不利的政敌。

其三，孔子在鲁国为政，道不拾遗，国家大治。作为鲁国邻国的齐国君主齐景公，当然不愿鲁国强大，因此深感不安。齐国谋臣黎且对齐景公说："去仲尼犹吹毛耳。君何不迎以重禄高位，遗（鲁）哀公女乐以骄荣其意。哀公新乐之，必怠于政，仲尼必谏，谏，必轻绝于鲁。"果然如计而行，孔子无可奈何地去鲁而奔楚，乃有陈蔡绝粮之危。这是借敌国君臣相猜而除掉政敌。

其四，楚王与臣下干象谈论秦国谁可为相。楚王想以楚国之力扶助甘茂为秦相。干象认为甘茂是贤能之人，相秦于楚不利，不如使共立为秦相。"共立少见爱幸，长为贵卿，被王衣，含杜若，握玉环，以听于朝。且以乱秦矣。"在此之前，楚国曾扶立邵滑为越国重臣，"五年而能亡越"。这是在敌国扶植奸佞，借奸佞而乱敌国，并待机而取之。

其五，吴国伐楚，吴将伍子胥畏楚重臣子期贤而多谋，乃派人向楚国声言："子期用，将击之。子常用，将去之。"楚王闻言，果然任用子常而黜退子期。伍子胥趁机发兵，一举攻破楚国。这是借敌国之手而去掉自己的强劲对手。

其六，晋献公欲伐虞、虢二国，先送去华丽的车马、珍奇的美玉、娇柔的女乐，"以荣其意而乱其政"。这是借奢靡之物而使敌国玩物丧志，疏于防备。

其七，晋国使臣叔向至周，见周臣苌弘贤而有能，因伪作一书云："苌弘谓叔向曰：子为我谓晋君，所与君期者时可矣，何不亟以兵来？"然后假意将此书丢在周君的庭院而匆匆离去。周君见书，认为苌弘卖国，便将苌弘杀掉。这是借敌国之疑而除去敌国强将贤能。

其八，郑桓公打算偷袭邻国，先把邻国的"豪杰良臣辩智果敢之士，尽与其姓名"，编成簿册，把邻国的良田和官爵，分别写在各自的名下，然后"设坛场郭门之外而埋之"，并祭以鸡豕，像是盟誓的样子。消息传到邻国，"邻君以为内难也，而尽杀其良臣"。结果，郑桓公领兵奇袭，一举灭掉邻国。这是促使敌国内部猜疑，导致敌国内部自相残杀而趁乱取之。

由此可见，使其相误，趁敌相残而破之的手段是多种多样的，所获得的效果也不一样。从效果上看，上者可使政敌自残自灭，中者可使政敌受到重创，下者亦可使政敌自丧志气。无论上中下，都算是使用者获得成功。

使其相误，趁政敌相残而破之，在借刀杀人之计中是比较险恶的手段，使用者固有成功的希望，也存在着失败的可能，乃至借刀欲杀人不得，反被刀所杀。用此计者必须谨慎，把握时机，不然会以此招祸也。在《韩非子·内储说下·说四》中也有几则使用失败的例子。

其一，韩昭侯洗浴，发现热水中有尖利的石头，他没有直接怪罪负责洗浴事务的尚浴官，而是问主管人事的官员："尚浴免则有当代者乎？"当得知有时，便将此人召来，一讯而服，不得不坦白地说："尚浴免，则臣得代之，是以置砾汤中。"这是用计不成反自食其果。

其二，晋文公用餐时，发现烤肉上缠绕有头发，即时召宰人（厨师）而责怪之，宰人惊恐，顿首再拜说道："臣有死罪三：援砺砥刀，利犹干将（古代名剑）也，切肉，肉断而发不断，臣罪一也；援木而贯脔而不见发，臣之罪二也；奉炽炉，炭火尽赤红，而发不烧，臣之罪三也。堂下得无微有疾臣者乎？"晋文公听后觉得有理，乃召堂下人讯问，果然是有人欲害宰人，乃诛是人。这是欲借刀杀人不得，反将刀杀己的事例。

其三，魏冉为秦相国时，齐国强大。秦王欲称帝，恐齐国不服，乃使人去游说齐国，以秦为西帝，齐称东帝，然后共同伐赵。这时，纵衡家苏代来到齐国，乃对齐王说："愿王受之而勿备称也。秦称之，天下安之，王乃称之，无后也。且让争帝名，无伤也。秦称之，天下恶之，王因勿称，以收天下，此大资也。且伐赵孰与伐桀宋利？今王不如释帝以收天下之望，发兵以伐桀宋，宋举则楚、赵、梁、卫皆惧矣。是我以名尊秦而令天下人憎之，所谓以卑为尊也。"齐王听从苏代所言，称帝二日而去帝号。这样，秦以尊名而招致众国怨望，秦难以逞其志，两月以后，也只好去掉帝号。这是欲借刀杀人，人不中计，反以其人之道还治其人之身。

由上可见，使其相误，趁政敌相残而破之的手法，在借刀杀人之计中算是比较有效的手段，也是有一定风险的手法。在这种情况下，对使用者的要求也高；只有看准利害所在，把握住机会，才能在变幻离奇之中制胜。

第四，诱其以利，引政敌争利而分之。

英国著名哲学家伯特兰·罗素（Bertrand Russell，1872—1970 年）说："人与其他动物之间有各种各样的区别。属于感情方面的主要区别，是人类的某些欲望跟动物的欲望不同，是根本无止境的，是不能得到完全满足的。"这些不能完全满足的欲望，主要是利欲、权力欲、荣誉欲等。正因为人们存在这些难以满足的欲望，这就给使用这种手段的人提供了广阔的市场。

诱之以利，这个"利"就是人们的欲望。在政治斗争中，政敌之间因利益冲突才成为政敌，而每种政治势力集团在利益分配上又不可能是均等的。在利欲的诱惑下，无论是集团还是个人，出于逐利的本性，往往会不顾一切地去追逐。将欲取之，必先与之，使用这种手法的人。并不是不追逐利益，而是以小的损失来获取更大的利益，这当然对使用者的要求更高，其中变化也更多。

战国时期，楚国春申君为相国二十余年，把持国政，"虽名相国，其实王也"。这样有权有势，在一个虚名王之下，可谓志骄意满。就是这样，也有人将"利"来诱惑他。

当时，楚考烈王无子，没有继承人，作为相国的春申君，自然心中也不安宁。就在这时，赵国人李园带其妹妹来楚国求富贵，李园原想把妹妹献给楚王，但看到楚国大权在春申君手里，便把其妹妹献给了春申君。不久，李园的妹妹怀孕，李园便开始谋夺更大的权力，便让其妹妹以利打动春申君。其辞云："楚王贵幸君，虽兄弟不如也。今君相楚二十余年而王无子，即百岁后将更立兄弟，彼亦各贵其亲，君又安得常保此宠乎！非徒然也。君贵，用事久，多失礼于王之兄弟，兄弟立，祸且及身矣。今妾有娠而人莫知，妾幸君未久，诚以君之重，进妾于王，王必幸之。妾赖天而有男，则是君之子为王也。楚国尽可得，孰与身临不测之祸哉！"这一番谈论，利害鲜明，春申君焉不求利而避害，也就按李园之计而行。不久，李园妹妹果然生男，而且立为太子。

太子即己子，春申君的目的达到，其忧虑也消除了，也更加自信了。所以，当谋士朱英以"王今病，旦暮毙，陛而君相幼主，因而当国，王长而反政，不即遂南面称孤"，为无望之福；以"李园不治国而君之仇也，不为兵而养死士之日久矣。王毙，李园必先入，据权而杀君以灭口"，为无望之祸来相劝时，春申君不听。果然，楚王一死，李园在王宫伏死士，斩春申君于棘门之内，并且捕诛春申君之家，将春申君之党尽行除去。

李园的这种手段不是独创，在他之前就有吕不韦行使过这种手段。当时吕不韦还没有死，正为秦相国、文信侯、仲父，独揽国事。春申君以吕不韦威权在握，想自己也应如此，故居安而忘危。李园以吕不韦成功，也思而效之，更高其一筹。彼此之间都在为谋夺更大的利益而费尽心机。

吕不韦，阳翟大商人，在经营上颇具眼光。他曾与其父亲探讨经营之道。吕不韦问："耕田之利几倍？"其父回答："十倍。"再问："珠玉之赢几倍？"回答："百倍。"又问："立主定国之赢几倍？"回答："无数。"父亲的利润观影响了吕不韦，于是他慨然叹之："今力田疾作，不得暖衣饱食；今定国之君，泽可遗后世，愿往事之。"

吕不韦在赵国都城邯郸，见到秦国庶孙作为人质在赵国的异人（后改名子楚，即秦庄襄王）。因秦赵之间的战争不断，赵人对这位人质也不给礼遇，困苦异常。吕不韦以商人独特的眼光，看到这位秦国人质是"奇货可居"。于是前往见异人，两人之间的对话颇有意思。

吕不韦开门见山："吾能大子之门！"

异人不无惭愧地苦笑："且自大君之门，而乃大吾门？"

吕不韦故漏其谋："子不知也，吾门待子门而大。"然后开始披露自己的计划："秦王老矣。现在的太子所爱的华阳夫人没有儿子，你兄弟二十余人，你又居中，不甚见幸，何况还在外为人质。即使秦王去世，太子即位，你也不能争得继承权。"

异人听得这番话，产生很大兴趣，便顺其话说："然，为之奈何？"

吕不韦继续说："能使你得到继承权的，只有华阳夫人。我虽不富裕，愿以千金为你游说。"

异人闻之，大喜过望，急忙许愿："如果能够成功，我将来分秦国与君共之。"

双方最终达成协议。以异人来说，能得到继承权，则是梦寐以求的事。以吕不韦来说，用千金购得定国立君，能泽及后世，也是一本万利的事。于是，诱之以利在双方看来都是非常合适的。

经过吕不韦的活动，异人的名声顿起，而且争得继承权。吕不韦和异人的初期目的达到，吕不韦便开始泽及后世的活动。

吕不韦先娶邯郸美女，与之同居，待其怀孕，便请异人来家赴宴，待异人酒酣之际，让该女出来祝寿。异人在酒醉心摇之际，见此美女，把持不住，即向吕不韦请以为姜。吕不韦假装恼怒，最终还是将此女送给异人。这位美女后来生子，即是千古一帝的秦始皇嬴政。

一切都按吕不韦的计划进行，在秦昭王死后，孝文王即位，异人被立为太子。孝文王即位三日去世（此应是一疑案），异人即位，是为庄襄王。异人即位，践前约，以吕不韦为丞相、文信侯，食邑十万户。至此，可以说参加谋议的双方都如愿以偿，应该是心满意足了。其实，在他们完成各自的设想之日，也就是他们分歧产生之时。他们的分歧，史籍上缺乏记载，但从庄襄王即位三年而死，年方三十五岁来看，这中间的隐私是必然的，只是当权者故隐其详，使后人无法弄明其真相而已。

庄襄王死，嬴政即位。这位年仅十三岁的嬴政，在复杂的政治斗争中即位，实际上大权都操在号称"仲父"的吕不韦手中。然而，这位"蜂准，长目，挚鸟膺，豺声，少恩而虎狼心，居约易出人下，得志亦轻食人"的嬴政，是不甘久居傀儡之位的，经过九年的韬晦，终于除去操纵他的太后和吕不韦。

嬴政平定嫪毐之乱，本想诛杀吕不韦，但因吕不韦有"奉先王功大，及宾客辩士为游说者众"，尚不敢贸然下手，只是将吕不韦赶到河南封地。此时吕不韦势力还很强，"诸侯宾客使者相望于道"，向嬴政来说情。嬴政意识到吕不韦不除，于自己不利，乃修书一封给吕不韦云："君何功于秦？秦封君河南，食十万户。君何亲于秦，号称仲父。其与家属徙处蜀！"吕不韦此时才意识到泽及后世的危险性，不得不饮毒自杀。

汉人扬雄在《法言》中论道："或问：'吕不韦其智矣乎？以人易货。'曰：'谁谓不韦智者欤！以国易宗。吕不韦之盗，穿窬之雄乎！穿窬也者，吾见担石矣，未见雒阳也。'"也就是说：吕不韦是小偷里面的英雄，小偷所偷的东西是有数的，没有见过小偷能把雒阳城偷走的。

汉人刘向《说苑》中论道："官不与势期，而势自至；势不与富期，而富自至；富不与贵期，而贵自至；贵不与祸期，而祸自至。"这是在官场中常见的，也是基本规律。因此，使用诱之以利，引政敌争利而分之的借刀杀人之计的手法，本身就具有很大的危险性。因为使用者所抛出的"利"是作为本钱，目的在于谋取更大的利；中计者见利而动，也是在于谋利。权和利是有共性的，那就是它的独占性和排他性，占有者是不愿别人与之分享的，竞争是必然的。这对使用者来说，其隐蔽性是十分必要的。李园是以弱者面貌出现，故春申君认为："李园，弱人也，仆又善之。且何至此！"而终为李园所杀。吕不韦言利图利，毫不隐讳，谋利功成而不足，其最终被人所谋也是必然的。

"知利害不计是非者，吏人也；知是非不计利害者，儒人也；是非，理也；利害，事也。"在政治斗争中，无论是政治家、野心家、阴谋家，都非常重视利害关系。趋利避害是官场上的作风，这就使诱之以利的手法，有了非常广泛的使用市场。

第五，间其首领，使政敌互斗而伤之。

《孙子兵法》第十三篇《用间》中讲到，在战争中不肯在用间上花钱的，是"不仁之至也，非人之将也，非王之佐也，非胜之主也"。提出"因间、内间、反间、死间、生间"五间名称。

因间：利用敌国乡里普通人做间谍。

内间：收买敌方的官吏做间谍。

反间：收买或利用敌方间谍为我所用。

死间：故意制造或泄露假情报而给敌方间谍。

生间：派人到敌方去侦察，再返回汇报情况。

孙子认为："五间俱起，莫知其道，是谓神纪，人君之宝也。"而且是"非圣智不能用间，非仁义不能使间，非微妙不能得间之实。微哉，微哉，无所不用间也"。孙子把用间提到极为重要的地位，而且是"无所不用间也"，这就不仅仅是战争中使用，而是能够应用于各个领域。

在政治斗争中，各种政治势力在权力角逐中，往往会结成同盟。由于权力的独占性和排他性的存在，同盟之间的矛盾始终难以排除。利用矛盾，使用各种手段，离间政敌的首领，使他们相互争斗，两虎相争，非死即伤，敌损而我益，还可坐收渔翁之利，这是损益之道中比较好的结果。引虎相争必见虎，虎不相争必向引者，好的结果必有大的危险。故此爻辞中讲到，如获成功，似有天佑一样。

唐代安史之乱爆发，唐玄宗在西逃过程中，太子李亨在群臣拥护下，于灵武即皇帝位，是为肃宗。在艰难之际，肃宗之子李俶、李琰立有大功，其正妻张皇后及宦官李辅国因拥立有功而"相表里，专权用事"，谋杀李琰，拥立李俶为太子。

在争权过程中，张皇后与李辅国发生冲突。762年，肃宗病重时，张皇后召太子李俶入宫，对他说："李辅国久典禁兵，制敕皆以之出，擅逼圣皇（唐玄宗），其最甚大，所忌者吾与太子。今主上弥留，辅国阴与程元振谋作乱，不可不诛。"太子不同意，张皇后只好找太子之弟李系谋诛李辅国。此事被另一个重要宦官程元振得知，密告李辅国，而共同勒兵收捕李系，囚禁张皇后，惊死肃宗，而拥立太子即皇帝位，是为唐代宗。

李辅国拥立代宗，志骄意满，对代宗说："大家（唐人称天子）但居禁中，外事听老奴处分。"听到这种骄人的口气，代宗心中不平，因其手握兵权，也不敢发作，只好尊他为"尚父"，事无大小皆先咨之，群臣出入皆先诣。李辅国自恃功高权大，也泰然处之，孰知代宗除他之心已萌。

在拥立代宗时，程元振与李辅国合谋，事成之后，程元振所得不如李辅国多，未免有些怨望，这些被代宗看在眼里，也记在心上，决定利用程元振，乘间罢免李辅国的判元帅行军司马之职，以程元振代之。李辅国失去军权，开始有些害怕，便以功高相邀，上表逊位。不想代宗就势罢免他所兼的中书令一职，赏他博陆王一爵，连政务也给他夺去。此时，李辅国知大势已去，悲愤哽咽地对代宗说："老奴事郎君不了，请归地下事先帝！"代宗好言慰勉他回宅第，不久，指使刺客将他杀死。

代宗用间其首领的方法，很快地除掉李辅国，但又使程元振执掌禁军。程元振官至骠骑大将军、右监门卫大将军、内侍监、邠国公，其威权不比李辅国差，专横反超过李辅国。程元振不但刻意陷害有功的大臣将领，而且隐瞒吐蕃入侵的军情，致使代宗狼狈出逃至陕南商州。一时间，程元振成为"中外咸切齿而莫敢发言"的罪魁。因禁军在程元振手中，代宗一时也不敢对他下手。就在此时，另一个领兵宦官，观军容处置使鱼朝恩领兵到来，代宗有了所恃，便借太常博士柳伉弹劾程元振之时，将程元振削夺官爵，放归田里，算是除掉程元振的势力。

　　程元振除去后，鱼朝恩权宠无比，擅权专横亦不下程元振。如果朝廷有大事裁决，鱼朝恩没有预闻，他便发怒道："天下事有不由我乎！"亦使代宗感到难堪。鱼朝恩不觉，依然是每奏事，不管代宗愿意不愿意，总是胁迫代宗应允。有一次，鱼朝恩的年幼养子鱼令徽，因官小与人相争不胜，鱼朝恩便对代宗说："子官卑，为侪辈所陵，乞赐紫衣（公卿服）。"还没得到代宗应允，鱼令徽已穿紫衣来拜谢。代宗此时哭笑道："儿服紫，大宜称。"其心更难平静，除掉鱼朝恩之心生矣。

　　借一宦官除一宦官，一个宦官比一个宦官更专横，这不得不使代宗另寻其他势力。代宗深知，鱼朝恩的专横，已经招致天下共怨，苦无良策对付。正在此时，身为宰相的元载，"乘间奏朝恩专恣不轨，请除之"。代宗便委托元载办理剪除鱼朝恩的事，又深感此计甚为危险，便叮嘱道："善图之，勿反受祸！"

　　元载不是等闲之辈，见鱼朝恩每次上朝都使射生将周皓率百人自卫，又派党羽皇甫温为陕州节度使，握兵于外以为援，便用重赂与他们结纳，使他们成为自己的间谍，"故朝恩阴谋密语，上一一闻之，而朝恩不之觉也"。有了内间，就要扫清鱼朝恩的心腹。元载把鱼朝恩的死党李抱玉调往山南西道任节度使，并割给该道以五县之地；调皇甫温为凤翔节度使，邻近京师，以为外援；又割兴平、武功等四县给鱼朝恩所统的神策军，让他们移驻各地，不但分散神策军的兵力，还将之放在皇甫温的势力控制下。鱼朝恩不知是计，只认为是自己的心腹居驻要地，又扩充了地盘，也就不防备元载，依旧专横擅权，无所顾忌。

　　李抱玉调往山南西道，其原来所属的凤翔军士不满，竟大肆掠夺凤翔坊市，好几天才平息这场兵乱。军队不听话，根源在于调动，鱼朝恩的死党看出不妙，便向鱼朝恩进言。鱼朝恩也感觉有些不好，意欲防备。可是，当他每次去见代宗时，代宗恩礼益隆，逐渐消除鱼朝恩的戒备之心。

一切准备就绪，在770年的寒食节，代宗在宫禁举行酒宴，元载守候在中书省，准备行动。宴会完毕，代宗留鱼朝恩议事，开始责备鱼朝恩有异图。鱼朝恩因有周皓所率百人护卫，强言自辩，"语颇悖慢"，却不想被周皓等人擒而杀之。宫禁中所为，外面不知。代宗乃下诏，罢免鱼朝恩观军容等使，内侍监如故；又说鱼朝恩受诏自缢，以尸还其家，赐钱六百万以葬。而后，又加鱼朝恩死党的官职，安顿禁军之心，成功地剪除鱼朝恩的势力。

代宗借元载之力除掉鱼朝恩，元载"遂志气骄溢，每众中大言，自谓有文武才略，古今莫及，弄权舞智，政以贿成，僭侈无度"。久而久之，自然也招致代宗不满。代宗曾对李泌说："元载不容卿，朕匿卿于魏少游所。俟朕决意除载，当有信报卿，可束装来。"

元载也深知代宗对他有成见，便深谋自固。他内与宦官董秀相结，借以刺探代宗的意向；外使百官论事自告长官，长官告知宰相，再由宰相上闻，欲控制各方面的信息，尤其是不利于自己的信息，便可以匿而不闻。以此，元载居相位达十五年之久，"权倾四海"之后，也不免"恣为不法"。于是，"货赂公行"，"侈僭无度"，家中"婢仆曳罗绮者一百余人"，贪污更甚，家中仅调味用的胡椒就有八百石之多。

十余年的宰相，其势力也是盘根错节的，代宗"欲诛之，恐左右漏泄，无可与言者"，乃找到自己的舅舅吴凑密谋。在777年，代宗先杖杀董秀，断绝元载内廷信息通道；然后命令吴凑前往政事堂收捕元载及其党羽，逼令元载自杀，又成功地除去元载势力。

代宗一朝，连除李辅国、程元振、元载，可谓是善用权术者。代宗使用借刀杀人之计，不可说是不成功，但杀一专横另生一专横，又不是完美的成功之道，更有失君主驾驭群臣之道。正如《荀子·王霸》所云"不隆本行，不敬旧法，而好诈故"，是"伤国者也"。唐王朝自此更加不振矣。

唐代宗一朝，在代宗的支持下，各种政治势力角逐，反复使用借刀杀人之计，而重点在于离间。因有君主支持，使用者可称之为有天来助，而那些孤立无援，仅凭离间，使政敌互斗，终除大害的，当然要比有天之助的要困难一些。也正因为困难，才显得此种手法的神奇。例如，明代杨一清智除刘瑾的事例。

明代正德年间，宦官刘瑾勾结马永成、高凤、罗祥、魏彬、丘聚、谷大用、张永等人为非作歹，时人号为"八虎"。刘瑾掌司礼监，马永成掌东厂，谷大用掌西厂。刘瑾又设内行厂，东、西厂均在其侦缉范围。刘瑾党同伐异，提拔亲信，排斥异己，千方百计引导正德帝寻欢作乐，使正德帝无心于政事，刘瑾却"事无大小，任意剖断，悉传旨行之，上多不之知也"。这样，刘瑾权倾天下，威福任情。正德三年（1508年），因一封告他的匿名信，他竟将五品以下的官员三百余人收入狱中，在盛夏之日，竟有渴饿致死者。其专横倾动天下，乃至有"朱皇帝，刘皇帝；坐皇帝（正德帝），立皇帝（刘瑾）"的传说。以及"马（永成）倒不用喂（魏彬），鼓（谷大用）破不用张（张永）"的童谣。上下切齿，但都畏惧刘瑾的权势，莫敢进言。

正德五年（1510 年），安化王朱寘鐇叛乱，明武宗派太监张永为监军，右都御史杨一清总制军务，率兵前往宁夏讨伐。大军未至，朱寘鐇已被擒，杨一清则前往宁夏处理善后，不久张永也赶到。

张永是"八虎"之一，但刘瑾权势过大，张永等"所请多不应"，彼此之间产生矛盾。后来，刘瑾欲将张永赶到南京，张永为此曾与刘瑾挥拳相斗，虽经谷大用等人调解，但二人仍是面和心不和。杨一清深知内情，便主动与张永相结纳，伺机借张永之手除掉刘瑾。杨一清使用的就是借刀杀人之计的间其首领的手法。据《明史·杨一清传》载：

（杨）一清知（张）永与（刘）瑾有隙，乘间扼腕言："赖公力定反侧。然此易除也，如国家内患何？"（张）永曰："何谓也？"一清遂促席画掌作"瑾"字。永难之曰："是家（指刘瑾）晨夕上前，枝附根据，耳目广矣。"一清慷慨曰："公亦上信臣，讨贼不付他人而付公，意可知。今功成奏捷，请间论军事，因发瑾奸，极陈海内愁怨，惧变起心腹。上（指正德帝）英武，必听公诛瑾。瑾诛，公益柄用，悉矫前弊，收天下之心。吕强、张承业及公，千载三人耳。"永曰："脱不济，奈何？"一清曰："言出于公必济。万一不信，公顿首据地泣，请死上前，剖心以明不妄，上必为公动。苟得请，即行事，毋须臾缓。"于是永勃然起曰："嗟乎，老奴何惜余年不以报主哉！"

从这次对话中，可以看到杨一清先以"瑾诛，公益柄用"为诱饵。再以汉代宦官吕强在汉灵帝时谏诛贪黩，名重当时；后唐宦官张承业劝谏庄宗不听，绝食而死；并名垂史册，公亦及之，是激其斗志。然后以"必济"安其心，以"上必为之动"而绝其后顾之忧，以"毋须臾缓"而促其成。可谓是滴水不漏，料敌如指掌，也难怪后来发展一如杨一清设计。

史称杨一清"博学善权变"。正因为他处事严密，考虑周全，才能一举成功，进而将不可一世的"立皇帝"刘瑾除去，使"海内闻之，莫不踊跃相贺"。这正是借刀杀人之计的间其首领，使政敌互斗而伤之手法的最好结果。然而，行此道也是相当危险的。设若张永以"八虎"故，将杨一清出卖，其后果可知。杨一清之所以先与张永结纳，"向得甚欢"之后，才将计谋推出，也是为了减少这种危险。

第六，侦其谋略，因政敌之谋而灭之。

在政治斗争中，使用借刀杀人之计的一方，其意在于争胜，算是善用权谋者。然而，若被对方识破计谋，以其人之道还治其人之身，则更有争胜的把握，算是更善用权谋者。因为知己知彼，获益必多，政敌损失必重；这不但是借刀杀人之计的最好结果，也是大得其志的上策。成功的可能越大，危险的可能越巨，非善算多谋的人，是很难达到这个境界的。

唐文宗（826—840 年在位）是一位很想有所作为的皇帝，面对藩镇跋扈、宦官专权、朋党相争的现实，他想有所振作，革除先朝积弊。即位伊始，励精图治，去奢从俭，革罢许多冗食官吏，释放内廷宫女，停去一些内府供应，而且是两日一朝群臣延访政事，一时"中外翕然相贺，以为太平可冀"。

文宗即位，对当时在朝的李德裕和李宗闵这两大派阀都不信任，将他们相继贬逐出京。在观察中，他认为翰林学士宋申锡"沈厚忠谨"，即把宋申锡升为宰相。以朝政而言，文宗认为最大的症结是在宦官专权，不去宦官，要想重振纪纲则很难，文宗便与宋申锡密谋诛除宦官。

宋申锡，字庆臣，史称他"清慎介洁，不趋党与"。正因为如此，他才得到文宗的赏识，得为大用。然他"剖断循常，望实不相副"，是"小器"之才。当文宗用他诛除宦官，所面对的乃是三朝有权的宦官王守澄。王守澄统领禁军，"恃其宿旧，跋扈尤甚"，又有郑注为谋士。这对宋申锡来讲，本来就是相当困难的事，他又如文宗不能识人而用他一样，使用吏部侍郎王璠为京兆尹，欲使王璠加强京师的防卫力量，并将文宗的密旨告诉王璠。王璠好"弄权怙宠"，权衡一下力量，竟将密谋泄露给王守澄。王守澄就命人诬告宋申锡谋立文宗之弟漳王李凑为帝，将宋申锡罢免。文宗此时有苦难言，只好开延英殿召宰相商议。宰相牛僧孺认为："人臣不过宰相，今申锡已为宰相，假使如所谋，复与何求！申锡殆不至此！"王守澄的谋士郑注怕密谋泄露，乃劝王守澄，将李凑贬为巢县公，宋申锡贬为开州（今四川开县）司马，宋申锡竟死于贬所。正是，文宗欲借刀杀人，机事不密，折其刀而又受其辱。

在这次计谋失败之后，文宗又物色人物，最终选择了郑注和李训。

郑注，绛州翼城（今山西翼县）人，初以医术游长安权豪之门，经李诉介绍，投到王守澄门下。王守澄以郑注"机辩纵横，尽中其意"，而深为信任。郑注"昼伏夜动，交通赂遗，初则谄邪奸巧之徒附之以图进取；数年之后，达僚权臣，争凑其门"，这也是文宗看上他的重要原因。

李训，宰相李逢吉的从子，本来以事被流放，因与郑注交结，由王守澄推荐，得升为翰林院学士，再升为宰相。李训除郑注援引之外，自己也有一定能力，史称他"本以纤达，门庭趋附之士，率皆狂怪险异之流，时亦能取正人伟望，以镇人心。天下之人，有冀（李）训以致太平者，不独人主惑其言"，这正是文宗能于朝臣中看上他的原因。

以文宗的设想，郑注、李训是宦官援引的，宦官对他们不会产生疑虑；况且郑、李二人与王守澄存有芥蒂，又"再三愤激，以动上心"，与文宗谈得很投机，所以文宗将消灭宦官的重任托付给二人。

郑注、李训接受重任，便开始采取行动。首先，他们利用牛、李两党之争，将李党首领李德裕、牛党首领李宗闵等贬逐；借机援引舒元舆、郭行余等人，分别掌握部分政令信息和兵权。而后又利用宦官集团的内部矛盾，把反对王守澄的韦元素、杨承和、王践言等三个权阉贬为监军，调到外地处死；提升宦官仇士良为左神策军中尉，以分王守澄之权；在仇士良有了与王守澄抗衡之势，再把王守澄提升为右神策军观军容使，罢免其禁军指挥之权，然后赐死于家。又借追查宪宗被害事件，杖杀了在外地监军的宦官陈弘志。于是，李训、郑注"威震天下，自中尉、枢密、禁卫诸将，见训皆震慑，近拜叩首"。郑、李二人心胸并不广阔，一旦得志，竟"平生丝恩发怨无不报者"。二人势位俱盛，又势不两立。李训"托以中外应赴之谋"，将郑注出为凤翔节度使，想等除去宦官之后，顺便将郑注除去。史称郑、李二人，"天资狂妄，偷合苟容，至于经略谋猷，无可称者"，关键在于二人在权力到手之后，肆行其志，不知掩饰，"深密之谋，往往流闻于外"。处事不密，自然就播下失败的种子。

835 年年底，李训在条件尚未成熟的情况下，草草布置一下，就准备对宦官下手了。趁文宗召见百官之际，李训派韩约奏称在金吾卫左仗院的石榴树上有天降甘露。百官称贺之时，李训却说不太像真甘露。文宗借机让左右神策军中尉仇士良、鱼弘志，率诸宦官前往验视。这时，左右仗院已经埋伏甲兵，只等宦官一到便全部围杀。不想接待者韩约心虚，"变色流汗"，引起仇士良的注意。在发现伏兵之后，仇士良马上劫持文宗回宫，派禁军大肆屠杀。李训、郑注及其死党先后被追杀，殃及无辜数千人，横尸流血，狼藉涂地。史称"甘露之变"。

甘露之变是唐文宗与李训、郑注等人密谋策划的，失败之后，宦官借故滥杀无辜，"自是天下事皆决于北司（内侍省在宫城北，即指宦官），宰相行文书而已。宦官气益威，迫胁天子，下视宰相，陵暴朝士如草芥"。仇士良等得知文宗参与甘露之变，屡欲废而另立，但因文宗临朝九载，如骤然废去，恐藩镇责难，便暂时隐忍下来。失败的文宗，面对出言不逊的宦官，只有暗叹"受制于家奴"，泣下沾襟而已。

综观唐文宗两行借刀杀人之计，均遭失败的原因。一是他不善于识人，所用之人都是"小器"，难当大任。二是他谋事不密，机事常张扬于外，事未行而谋已失，这是自取其辱，虽可哀而不可怜也。三是使用此计本是险道，事到临头，他首先推脱，在危难之际不发一言，欲脱干系；尤其是在李训攀乘舆急呼之时，李训兵甲已经杀到的关键时刻，他竟叱责李训，使李训被宦官击倒在地，自己被劫持入宫；成败关键时刻，倒向宦官，是趋败也。其不如唐代宗远矣！

侦其谋略的手法，在借刀杀人之计中是获全胜的手法，虽然有很大的危险，但获得成功的概率最高，自己损失最小，故善用权谋者多采用之。以明张居正谋得首辅之位，并雄踞首辅十年而病死于任上为例。

张居正，字叔大，号太岳，湖广江陵人，嘉靖二十六年（1547年）进士。他两岁识字，五岁入学读书，十岁通晓六经，十二岁府试得中为生员，十三岁参加乡试。在那个时代，可谓是神童。张居正在青春得意马蹄疾之时，开始遇到人为的挫折。当时的湖广巡抚顾遴看到张居正的文章，认为是"国器也"。但他认为张居正少年得志，不知敛迹，是取败之道，应使他小受挫折，以磨炼其意志，故嘱咐主考官不录取他。果然，张居正自此以后，不再争强好胜，变得"深沉有城府，莫能测也"，取得立身官场而不败的根基。

张居正进入官场，正是严嵩当权，忌恨徐阶的时候，"善（徐）阶者皆避匿"，张居正照常与徐阶往来，这种行为非但未激怒严嵩，反被严嵩器重。张居正在两大政敌之中立住脚，在官场上初试锋芒。徐阶任首辅之后，"倾心委居正"，使他很快进入内阁，而比他早进内阁的是曾与他为同僚的高拱。按明代制度，先入内阁的在前，为首辅者必是最早进入内阁的。

高拱，河南新郑人，嘉靖二十年（1541年）进士，入仕比张居正早,而且"负才自恣"。张居正在与高拱同在国子监任职时,"相期以相业",关系相当密切,故张居正帮助高拱争夺首辅之职,彼此合作得很好,但不久便发生了矛盾。矛盾的起因是因为徐阶的三个儿子"事居正谨",而高拱因徐阶起草遗诏不与他相商,与徐阶结下怨恨。徐阶死,高拱欲罪及徐阶诸子。张居正念与徐家的关系,便向高拱为徐家说情,高拱说张居正受徐家贿赂,"二人交遂离"。张居正谋倒高拱之心在此时生矣。恰在此时,高拱又与太监冯保产生了矛盾,张居正的借刀杀人之计便以此为根基而制定了。

冯保,深州(今河北深县)人,在嘉靖年间就是司礼监秉笔太监,隆庆元年(1567年)为提督东厂,兼掌御马监事。当时司礼监掌印太监缺员,冯保按资序应该递升。司礼监掌印太监是宦官中最高最有权的职位,岂不是冯保梦寐以求的。然而,高拱却推荐了御用监陈洪代补,冯保自然不快。不久,陈洪罢职,高拱又推荐尚膳监孟冲,冯保恨高拱更深。

隆庆六年(1572年)五月,明穆宗因纵情声色,病死于乾清宫,年方九岁的朱翊钧即位。穆宗之病,陈皇后和李贵妃痛恨陈洪、孟冲引导纵情所致,冯保就趁此时,借陈皇后和李贵妃之力,取代孟冲,充当起司礼监掌印太监。这当然使高拱不满,便想利用内阁和言官的力量除掉冯保。

在高拱与冯保相争时,张居正决定利用冯保之力除掉高拱。明穆宗去世,内阁只有高拱、张居正、高仪三人。高仪入阁不久,当然要看首辅眼色行事;张居正工于心计,隐而不发,善操胜券。高拱性格外向,又为首辅,对当前政局尤为操心;九岁皇帝在位,不得不使他感觉重任在肩，又感局势艰难，便向同僚感叹道："十岁太子，如何治天下？"说者无心，听者有意，张居正早将此语告知冯保。冯保将此语变为："太子为十岁孩子，如何做人主？"而告知陈皇后、李贵妃和九岁的朱翊钧，这不得不使皇室感觉高拱擅权，除掉高拱的决心也由此下定了。

高拱自以为是顾命大臣，乃奏请黜司礼之权，还之内阁。又让给事中雒尊等上疏弹劾冯保，必欲除掉冯保而后快。计划拟订，高拱便告知张居正，希望张居正支持。张居正表面答应，暗地里却报告了冯保，使冯保有所防备，率先与陈皇后、李贵妃和小皇帝拟下谕旨。

1572 年 7 月 25 日，小皇帝召见群臣，这是他即位以后第一次接见臣僚。高拱非常高兴，以为驱逐冯保的奏章生效了，快步上朝。然而，他赶到朝堂，便愕然了。只见小皇帝端然上坐，身边站着冯保，手捧诏书。待群臣齐集，冯保开始宣读：

> 告尔内阁、五府、六部诸臣：大行皇帝宾天先一日，召内阁三臣御榻前，同我母子三人，亲受遗嘱曰："东宫年少，赖尔辅导。"大学士拱揽权擅政，夺威福自专，通不许皇帝主管，我母子日夕惊惧。便令回籍闲住，不许停留。尔等大臣受国厚恩，如何阿附权臣，蔑视幼主！自今宜洗涤忠报，有蹈往，辄典刑处之。

高拱惊呆了，几乎晕厥，"伏地不能起"，亏得张居正扶掖，才得走出朝堂，租辆骡车，出宣武门归籍。张居正与高仪上书请留高拱，当然不许；乃请给高拱以公车送还，得到允许。而后，冯保欲加害高拱，张居正不许，使高拱得以在家亡故。这些手段，使高拱对张居正心怀感激，至死也不知害己者为谁，这正是张居正高明之处。

由上可见，使用侦其谋略的手段，是借刀杀人之计的最好手段，也是最危险的手段。趋利避害固是人之常情，但利之所在，还是有许多人不顾其害而为之。兵行诡道，在于出奇制胜；将设权谋，在于欺人耳目。在政治斗争中，政敌双方都不甘任人宰割，都在为争夺有利态势而努力。因此，运用各种手段探测对方的真意，制定应付的对策，这就使侦其谋略，以政敌之谋而灭之的手法，成为政敌之间争胜的重要战略。

三、神鬼难测　损敌益己借力

在君主专制政体下，君主是统治集团的中心，围绕着君主所形成的各种政治势力，既是君主的支持者，又是君权的分取者，有时还是君权的觊觎者。君主与这些政治势力有着一种相互利用和排斥的关系。各种政治势力为自身的利益，彼此之间也有着一种相互利用和排斥的关系。君主和各种政治势力、各种政治势力之间的争斗不息，这就使以损敌益己，不出己力为指导思想的借刀杀人之计有了用武之地。本来，借刀杀人之计就是以其尔虞我诈、神鬼难测的手段而著称。再加上有让其生长的政治环境，其应用范围也就更加广泛。

第一，在国与国之间。
国与国之间，无论是友好还是敌对，彼此都有一种防备心理。

作为强国，他不希望有其他的国家与之抗衡；作为势均力敌的国家，不希望对方发展壮大；作为弱小的国家，为了生存，力图摆脱被欺凌的处境。凡此种种，使用损敌益己的借刀杀人之计，或多或少可以满足他们的愿望。

使用借刀杀人之计可以使强国更强，可以使实力相当的国家改变均势，可以使弱小的国家有赖以生存的环境。按一般道理来说，强国因有实力，力足以胜人，可以不用谋；然而，每个国家都在为自己能够独立自主，能够发展壮大而努力；弱国谋求不受列强欺侮，实力相当的国家谋求在实力上压倒对方，强大的国家希望更强大。谋求国家在众强林立的环境中生存壮大，各国都要从内外两个方面寻求发展。于内，增强国力，挖掘内部潜力，扩大本国的同盟。于外，削弱他国，制约他国的发展，破坏他国的联盟。于内的发展，固然是国家寻求强大的根本途径，也是为本国能够在实力上压倒对方的重要前提。于外的发展，也是国家寻求强大的途径，更是于内发展的必要保证。

从国家向外发展的情况看，对于邻国除了交和攻之外，还有中立和利益不相干的关系。利益不相干和中立，不构成威胁，彼此之间的冲突也比较少。交和攻的国家，关乎本国的切身利益，彼此的冲突也自然增多。各国为自己切身利益，往往结成某种同盟，利用同盟以增强本国的竞争能力。在竞争中，如果希望能够削弱敌对国家的势力，制约其发展，破坏其同盟，或利用同盟的力量，达到弱敌强己的目的，借刀杀人之计不能不说是重要手段。

从削弱敌对国家实力来看，借刀杀人之计主要是造成敌国的内乱，使其内部猜疑，自相残杀，或自我惊扰，自伤其实力。前文所举的例子中，有用此计造成敌国君臣猜疑的，如秦对楚，吴对楚，楚对秦，楚对越，晋对周，他们都是采用这种手段，使敌国君臣猜疑，自诛或自罢贤能之臣。有用此计迷惑敌国君主使其玩物丧志，增加其国家开支，使之靡费，以弱其力，如晋献公对虞、虢二国。有利用间谍造谣生事，使敌国自相惊扰，杀贤伤国的，如齐景公智去鲁国孔子。从效果上看，不是使敌国自相残灭而自损国力，就是使敌国受到重创而自丧志气，达到削弱敌国的目的。

从破坏敌国同盟来看，借刀杀人之计主要是离间敌国盟友，使其盟友背盟或相互攻击，造成孤立敌国或攻击敌国的局面。例如，战国时的各国采用合纵连横政策。其合纵是众弱国联合以攻击强国或防止强国兼并；其连横是强国拉拢一些弱国来进攻另外一些弱国，以达到兼并弱国的目的。"合众弱以攻一强"，与"事一强以攻众弱"，就是结盟和反结盟的关系。围绕合纵连横问题，战国时出现专门的纵横家。他们都强调借外力，夸大计谋，认为"外事，大可以王，小可以安"，"纵成必霸，横成必王"。这固然是单方面依赖外力，有失于内图强之本；但毕竟这种策略在一定程度上获得成功，在当时及后来都产生很大的影响。尤其是张仪首创连横，"散六国之纵，使之西面事秦"。多次使用借刀杀人之计，破坏各国同盟，使其同盟相攻，体现借刀杀人之计的胜战威力，故时人叹曰："张仪岂不诚大丈夫哉！一怒而诸侯惧。安居而天下息。"亦可见此计在当时的影响和使用上的成功。这种谋略和思想，实际上是国家之间外事交往的必由，乃至成为一些国家的外交指导思想，以之胜敌图强的手段。

总之，国与国之间的交往都是以本国的利益为本的，为了本国利益，他们不希望别国，尤其是与自己利益相关的国家对自己构成威胁。因此，使用外交手段，破坏他国联盟，造成他国内乱，以削弱他国的实力为目的，乃至吞并他国。基于此，作为胜战计而且很容易奏效的借刀杀人之计，在国家交往之中是有很大的市场的。

第二，在君臣之间。

在君主专制政体下，君主拥有至高无上的权力，支配着臣民的生死荣辱，享有天下的财富和天下最高的殊荣。这样就使许多人艳羡和千方百计地谋取其位而广生觊觎之心，也使争位和保位成为统治阶级内部冲突的焦点。在这种情况下，以尔虞我诈著称的借刀杀人之计，无疑成为他们经常使用的政治权术之一。

就统治阶级内部而言，能够觊觎，并且有可能利用、控制、掌握乃至得到君主权力的，当然是君主周围政治势力的代表人物。从历史发展来看，这些政治势力主要是来自君主的血亲、姻亲、高级官僚和近幸宦官等。这些政治势力从表面上看是君权的支持者和君主依靠的基本力量。从历史现实上看，这些政治势力多次造成挟天子之威福，胁制四海的政治局面。基于胁制与反胁制的现实，君主与这些政治势力之间的明争暗斗是不可避免的。

借刀杀人之计的手段，重点在于"借"。从君主与臣下的关系来看，君主向臣下所"借"的主要是他们的力和谋，包括其身家性命；臣下向君主所"借"的主要是权力，包括挟天子以令诸侯。

1.君主对群臣的施用

在中国古代，君主向臣下借力和谋，主要有如下几种情况：

一是在争天下时，借臣下之力和谋以打天下；二是在治理国家时，借臣下之力和谋以治天下；三是各种政治势力包围之下，借某种政治势力的力和谋以清除某种政治势力。前两者是君主必由之路，意在争国保位，大势使然。后者是君临之术所在，意在巩固权力，势在必然。

"借"的本意在于利用，所借之人欲借他人力和谋以成己事，被借之人付出力和谋欲将本求利，本身就存在相互利用的关系。在这种情况下，如果相互利用的关系掌握不好，借者容易出现风险，乃至饮鸩止渴；如前文所述唐文宗借宋申锡、李训、郑注等朝臣的力和谋除宦官，宦官未去，自己反受其害。被借者往往逐利而来，如果求利过多，借者满足不了，又会再借其他力和谋，被借者的命运，自然也会不妙；如唐代宗借一宦官除一宦官，在一个宦官比一个宦官专横的情况下，再借朝臣，朝臣专横，再借外戚，在他当政时期，先后除掉李辅国、程元振、元载，足以反映这种关系的复杂多变。

正因为"借"与"被借"都是为了谋利，才使"借"者容易找到被借的对象，"被借"者容易找到借主。但不考虑后果的贸然相借和出借，其结局往往是不堪设想的。作为君主，即借刀杀人之计的使用者，如不把握住"借"的时机，反被所"借"伤害的可能性是存在的，故《韩非子·内储说下》云："参疑之势，乱之所由生也，故明主慎之。"要求君主把握好时机。

在中国古代，君主向臣下借身家性命，主要有如下几种情况：一是在国家安全受到外力的威胁时，借臣下之身家性命以搪塞外力，躲过暂时的危机。二是在君主本人的安全受到各种政治势力的威胁时，借臣下身家性命以保全自己。三是在国内出现政治和经济危机时，借臣下身家性命以搪其责。前两者是在迫不得已的情况下而舍车马保将帅，有些不见得出于自愿。如南宋杀岳飞与金朝议和，函韩侂胄首级向金朝请和，汉景帝诛晁错时说："吾不爱一人以谢天下。"司马懿迫魏帝下旨诛杀曹爽等，都是这种情况。后者是君临之术所在，君主借臣下身家性命，是为了推卸责任，巩固统治，是主动的行为，也符合本计的原意。

借身家性命与借力和谋不同。借力和谋，被借者还有获利的希望，借身家性命，则被借者完全失掉本利。以此看来，借者的市场应该是小的，被借者是不愿意的。然而在君主专制政体下，非但借者市场不小，被借者往往也是心甘情愿。能出现这种情况，其原因主要来自两个方面。

一是在思想和政治制度方面，使之保证君主能任意借臣下的身家性命而不受到任何抵制。自汉武帝罢黜百家、独尊儒术以来，经过统治阶级钦定的儒家思想成为正统的统治思想，并用以规范政治制度和施政方针，进而基本支配了其后两千年的中国历史。

儒家思想与政治结合的特点，从根本上体现了政治统治建立在伦理道德的基础上。在治国的原则上，主张以道德治国，认为统治者先要修身、齐家，然后治国、平天下。要求统治者不仅对社会负有政治责任，是社会政治权力所有者，同时也要求统治者负有道德的责任，为伦理道德的表率；但根本目的是在于孝亲忠君。因此，"父要子亡，子不得不亡；君要臣死，臣不得不死"成为当时社会天经地义之事。在这种情况下，君主借臣下之身家性命以推卸责任，是有充分理由的。自汉代开始，天地有灾害，策免三公，或杀三公以搪之，几乎成为制度。历史上有名的典故，"丙吉牛喘"就很说明这个问题。丙吉是汉宣帝时期的丞相，有一次，他出行，看见路上有人斗殴，"死伤横道"，他视若不见；当看到路上有人所牵之牛吐舌而喘时，便急令停车，询问原由。其掾属对他的行为不解，丙吉言道："民斗相杀伤，长安令、京兆尹职所当禁备逐捕，岁竟丞相课其殿最，奏行赏罚而已。宰相不亲小事，非所当于道路问也。方春少阳用事，未可大热，恐牛近用暑故喘，此时气失节，恐有所伤害也。三公调和阴阳，职当忧，是以问之。"使位居群臣之首的三公，不去关心政事是否理乱，而去关心天地灾异之变，是君主可以这些"不祥"为理由，归罪于三公而示自己敬天爱民，权术进入制度之中。

二是君主统治技巧方面的君临之术上，保证君主借用臣下身家性命而不遭到臣下的抵制。作为中国古代的主要思想体系的儒、法、道、墨、佛等思想，都崇尚权术，认为它是处理千变万化情况的利器。这对于中国古代碍于祖制，很难更改而缺乏应变的政治制度来说，不能不说是一种变通。

以此之故，君临之术的深奥，足以使君主借臣下之身家性命而臣下终不悔。例如，在《三国演义》第十七回"袁公路大起七军　曹孟德会合三将"中讲到这样一段故事：即曹操率十七万军攻打寿春，袁绍坚壁清野，又适值诸郡灾荒。顿兵于坚城之下，日费粮食浩大，粮食匮乏，曹操让管粮官王垕以小斛散粮，以解暂时危机。当将士无不嗟怨之时，曹操召来王垕，对他说："吾欲问汝借一物，以压众心，汝可勿吝。"王垕不知何物，曹操便明确告诉说："欲借汝头以示众耳。"当王垕惊呼无罪时，曹操说："吾亦知汝无罪，但不杀汝，军必变矣。汝死后，汝妻子吾当自养之，汝勿虑也。"不由分说，将王垕推出斩首，悬头高杆，出榜晓示曰："王垕故行小斛，盗窃官粮，谨按军法。"使曹操渡过危机。这虽然是文学作品，可信程度不高，但类似这样的事，在君臣之间经常发生。

再如清康熙时，平定三藩，收复台湾，平定准噶尔等役，军费支出浩巨，国家经费不支，乃开捐纳以卖官，解决部分费用。开捐三年，知县五百，占全国知县的三分之一成为捐纳知县。本来捐官者将本求利，得到官位，必借权力以捞取更多的金钱，吏治必定败坏，民怨必然沸腾。然而康熙时期却称盛世，百姓齐呼圣明。这是什么缘故呢？细考这五百知县的下落，就会明白这是康熙帝的政治权术之一。原来，这五百知县有近五分之三坏在知县任上，其中大多数是被抄家的；另外还有五分之一是坏在其他任上；除一些下落不明之外，可考到能升到知府以上的仅十余人而已。这样，康熙帝在开捐时收入一笔，抄贪官家时又收入一笔，肥了朝廷，苦了百姓；康熙除贪官，足以使百姓感恩戴德；百姓只知对除去一方之害而额手称庆，感谢皇恩浩荡，不知朝廷抄去贪官财产并不归还百姓，而是没入朝廷府库。由此可见，捐纳并没有使康熙名声变坏，反而越来越好，这正是君主借臣下身家性命以谋巩固自己统治的奥妙所在。

2. 臣下对君主的施用

在君主专制政体下，官僚的权力主要是来自君主，是一种"主卖官爵，臣卖智力"的雇佣加主仆关系。君主一方面以官爵来诱使官僚尽忠，一方面以刑罚来迫使官僚服从。"明主所操者，刑德二柄也。"在这种情况下，君主决定着官僚们的生死荣辱，对官僚来说，权力的中心来自君主。为了获取更大的权力，为了在众多官僚竞争中获胜，他们向君主借用权力，达到自己的政治目的，就成为他们图谋的重点所在。

向君主借用权力，并非是一件容易的事。地处最高位置的君主，实际上是危机四伏。君主对臣下不得不用，又不得不防，故有"君临之术"。即使是如此，臣下的"臣奉之道"，依然可以与之相抗衡，故此，臣下向君主借用权力虽不是容易的事，也不是不能做到的事。

在君主专制政体下，臣下向君主借用权力，主要是在如下两种情况下出现的：一是在朋党之争时，借君主之权以打击对手。二是在谋权保位时，借君主权力以清除妨害自己升迁的障碍，或除掉威胁自己位置的政敌。前者是各种政治势力之间的斗争，后者除包括政治势力斗争，还有臣下本人的私利在内。前面所讲的事例已能说明这些。

臣下向君主借权力以达到自己的目的，其手段是多种多样的。仅《韩非子》中就列有"有侈用财货以取誉者，有务庆赏赐予以移众者，有务朋党狥智尊士以擅逞者，有务解免赦罪狱以事威者，有务奉下直曲怪言伟服瑰称以眩民耳目者"等"五奸"，以及"同床、在旁、父兄、养殃、民萌、流行、威强、四方"等"八奸"。两者相和就达十三种之多。可见臣下向君主借权力手段的繁多和复杂，这里难以一一表述。

第三，在臣僚之间。

等级森严是中国古代社会最基本的特点之一，这在官阶上反映得尤为明显。大量的典章明文规定，不同的官阶应享有不同的政治和经济待遇，拥有不同的权力，绝不允许僭越，亦不允许假借。本来这些都来自君主，但官有定数，阶有明文，不是任何人都可能得到的，彼此之间的竞争是不可避免的。

臣僚之间的权力竞争是相当残酷的，为了得到自己想得到的权位，他们不惜采用任何卑劣阴险的手段，乃至置对手于死地。在这种情况下，能置对手于死地的胜战计中的借刀杀人之计，特别受到他们的青睐。

首先，借刀杀人之计用于臣僚之间的争权场合。本计所列举的借敌力、敌盟、敌刃、敌财、敌将、敌谋等六借，是本计的重要内涵，很适用于臣僚之间争权夺利，在本计的常用手法中，已经不止一次提到。

其次，借刀杀人之计用于臣僚保位固权的场合。人称创业难，保业更难。官僚得到现有的位置，可以说是经过千辛万苦，但在风波叵测的宦海中，稍有不慎，便有可能使辛苦所得付之东流。在这种情况下，官僚运用此计能保住权位，其获胜的欣喜不亚于升官。如唐代有名奸相李林甫，对"才望功业出己右及为上所厚、势位将逼己者，必百计去之"。所以，当他得到吉温、罗希奭这两名酷吏，将"所欲深浅，锻炼成狱，无能自脱者"时，不由得"大喜"，其喜悦之情溢于言表。

再次，借刀杀人之计用于臣僚避难逃祸的场合。俗语云："夫妻本是同林鸟，祸到临头各自飞。"在大难临头，臣僚们使用借刀杀人之计以避祸，无疑是起死回生，大获全胜。臣僚避难逃祸，主要是将罪移于他人，以逃己责。如宋代的吕惠卿，为王安石所器重，其辅政的位置在很大程度是王安石所提拔的，史称"安石于惠卿有卵翼之恩，父师之义"。王安石在位之时，他曲意奉迎，当王安石被攻讦去位时，他为了逃避责任，"遂极力排之，至发其私书于上"，使出借刀杀人的绝招以保全自己。虽然这种行为在古代就认为是"犬彘之所不为"的，但历史上这等人确实不在少数。

在君主专制政体下，官僚们对权力的追求、崇拜、畏惧、顺从，为了权力，他们当中一些人，不惜出卖自己的灵魂和人格，表现出变形的奴化心态，其所作所为，翻云覆雨，百般模拟，悉入魑魅魍魉变化之中。在这种情况下，以尔虞我诈著称的借刀杀人之计，在他们手中不断地变化出新的花样。

第四，在官府与百姓之间。

在君主专制政体下，官府与百姓的关系是治人者和被治者的关系。按当时的伦理观念，他们又是主从的"父子"关系。在这种情况下，治人者总是声称自己是爱民的，被治者则希望治人者是廉明公正的。在伦理上要求子对父之"小杖则受，大杖则走"。在政治上则要求民对官逆来顺受。政治和伦理均要求下服从于上，其影响也是非常深远的，故此，民众对专制的忍受力很强。他们"低头下气，叫人爹娘，思耻包羞，受人打骂"，只要不被逼上绝路，从来不敢和官府作对。不过，在官府"倚势恃强，视细民为弱肉，上下相护，民无所控"的情况下，民众也会铤而走险，走上反抗的道路。这就是统治者经常讲的载舟覆舟的道理。

官府又要刻剥百姓，又要百姓俯首帖耳地歌颂圣明，这是统治之术。统治之术的内涵丰富，非只言片语可以述说清楚。借刀杀人之计是统治之术之一，只要使用得合理，百姓为之赴汤蹈火也在所不辞。试举一例：

在唐代安史之乱时，安禄山的军队围困了睢阳城，守将张巡、许远率兵万余人防守，此时睢阳城内还有居民数万。城困苦战，尚且能支；但外无救兵，内无粮草，足使军心不稳，百姓害怕。先时尚有茶纸可食，而后杀马、罗雀、捕鼠，在全部食尽的情况下，张巡杀掉自己爱妾，许远杀掉自己奴仆，用来作将士食粮，"然后括城中妇人食之，继以男子老弱。人知必死，莫有叛者，所余才四百人"。近十万军民，在自己的统帅命令之下，一个个默默无言，而且是争先恐后地走向屠宰场，这是多么悲壮的情景！是什么力量使他们毫无反抗地走向死亡呢？史书说张巡"推诚待人，无所疑隐；临敌应变，出奇无穷；号令明，赏罚信，与众共甘苦寒暑，故下争致死力"。所讲的都是他的美德，而不及他驭下的权术。借刀杀人之计的"借"是手段，杀是目的。张巡杀其爱妾以享战士，这是手段；"括城中妇人食之"，这是目的。张巡正是运用借刀杀人之计，再加上他在道德上的表率，才使十万军民引颈受戮而无怨言，亦可见使用此计获得成功之大。

四、向敌六借　力盟刃财将谋

借刀杀人之计在胜战计中是比较凶狠，而且是以尔虞我诈著称的计谋。将此计运用到政治领域，则将政治斗争的残酷性表现得淋漓尽致，因此具有鲜明的特点。

第一，就借刀杀人之计在政治上的应用而言，具有欺诈性和残酷性的特点。

所谓的欺诈性，是指本计"借"的方法。正因为所借的范围相当广泛，仅本计列出的就有敌力、敌盟、敌刃、敌财、敌将、敌谋等六借来看，凡是敌方的东西都可以借，这些也正是敌方所需要的，你欲借，对方也欲借，其他政治势力也欲借，这就要看你用如何手段借到。

用自己的权力和强制力向敌方去借，被借之方出于无奈，也会为之出力，但不可能真心出力，也不可能完全按你所设计的方案去做。用欺诈的权谋去借，使对方不知不觉，或使对方为自己的利害去做，不但可使对方真心出力，还可以使之按自己设计的方案去做。故此，使用计谋去借是本计的重点所在。使用计谋，要看谁的手段更高明。如前文所讲，高拱欲借张居正之力，与自己一道除掉宦官冯保。以当时情况来看，高拱身为首辅，他向张居正借力，张居正碍于权势，不得不答应。然而，张居正在暗地里却借冯保之力，制定好除掉高拱的方案。贾南风借司马玮之力杀杨骏，又借司马玮擅杀大臣而杀掉司马玮。由此可见，这种"借"带有很强的欺诈性。

所谓的残酷性，是指本计"杀"的目的。杀本来就是凶残的，杀人则更是令人触目惊心的。政治斗争本身就是你死我活的，不能以道德水准来衡量的。在实际斗争中，表现出异常激烈和残酷也是正常的。前面所讲的事例，大多是置对手于死地，有些还是满门抄斩，可见本计的目的是残酷无情的。

第二，就借刀杀人之计在政治上的作用而言，具有激化矛盾和自乱阵营的特点。

借刀杀人之计是一种尔虞我诈的计谋，在政治上发挥着很重要的作用，这是因为在君主专制政体之下，君臣之间，大小官吏之间，以及围绕君主形成的各种政治势力之间，存在着许多矛盾和冲突。君主建立的各种制度和措置，本身就存在为臣僚所利用，甚至反过来损害君主专制的可能。在这种情况下，君用权必使臣，臣用权必用君，君统臣以权术，臣奉君以权变，这也是君臣关系的真实写照。这种关系，使他们不得不使用权谋，权谋成为他们维系统治的重要手段，在当时发挥着"定人民，安社稷"的作用。

由于借刀杀人之计的尔虞我诈，它所带来的则是政治上的混乱。在当时，君臣、上下、左右的政治和人际关系网络中，到处是陷阱，步步有危机，无论是君还是臣，略有松懈疏忽，便有罹难致祸的危险。集权与擅权夺权，保位与篡位，颠覆与反颠覆，总是层出不穷。这里充满了尔虞我诈，不但给当时政治带来混乱，也给社会的发展带来极大的危害。

可以说，权谋本身是一把三刃剑，它既可以为利，也可以为害，更可以兼顾利害。那么作为比较残酷的借刀杀人之计，正是这种权谋的体现。

第三，就借刀杀人之计在政治斗争中使用的特征而言，它具有险恶性和致命性的特点。

借刀杀人之计是一种有意识地，以害人为目的的政治权谋，是以损人益己为特征的。对于使用者来说，总是站在不出己力的基点上，把矛头指向政敌和政敌的盟友，就是自己的盟友也在其利用的范围。这种计谋的用意在于杀人，本身就有居心叵测的险恶目的，其应用于政治上，则显示出其特有的险恶性。

借刀杀人之计又是一种主动进攻的手段，而且很容易奏效。既然是以杀为目的，其应用在政治斗争中，一般会给攻击的对象造成致命的伤害。从前面的事例中可以看到，中计者或国破地分，或命丧家亡，或身败名裂，或断送前程，无论是什么结果，中计者都很难东山再起，足见此种计谋的致命性。

总之，借刀杀人之计虽然是胜战之计，但其声名并不太好，尤其是在政治斗争中应用，其所带来的影响不是很好。然本计最佳境界是使用此计战胜对方，又能在道德上站住脚，乃至以此博得声名，如果使用得体，奸诈的名声是不会加于身上的，这乃是三刃剑之剑锋所在。不过，要达到最佳境界是非常难的，其中的无穷变化，不是容易掌握的，故所使用者多达不到最佳境界。既然达不到最佳境界，必然带来许多恶果，乃至败坏国家政治，影响官僚素质，加剧社会动荡，这也是应当引以为戒的。

以逸待劳

——示之无为　实是无所不为

本计云："困敌之势，不以战；损刚益柔。"其大意是：迫使敌人陷于困难的局面，不一定采用直接进攻的手段。根据《周易·损卦》中的"损刚益柔"的道理，采用《周易·益卦》中增益之道，来消耗或疲惫敌人，使敌人由优势转为劣势这是胜战之道。

本计用于军事上，是指依靠有利地形，一面防御，一面养精蓄锐，待进攻之敌士气衰落，疲惫不堪之时，再发动进攻；其上者是直接制造敌人疲惫的条件，为自己进攻创造有利条件。本计用于政治上，则尽量削夺政敌的力量，借此扩大或增加自己的力量，与此同时，还要趁政敌疲于应付之时，寻机向政敌发起进攻，造成以优势之师，临劣势之卒的局面。

以逸待劳之计是一种在政治斗争中常见的手段。在政治斗争中，善于应用此计者，则削弱政敌，充实自己，并能战而胜之，这是战胜之道；不善于应用此计者，常会被政敌所发动的进攻弄得心力交瘁，疲于应付，乃至走上败亡之道；善于应用而又能识别此计者，不但能利用政敌削弱自己的意图，使之化为疲惫政敌的实际，进而乘其疲而胜之，这是全胜之道。有战胜，有全胜，

史弥远密除韩侂胄

也有败亡，这就使政治家、野心家、阴谋家们在应用此计时颇费一些心思。

一、困敌之势　疲敌以增己力

《周易·益卦四十二》云：益：利有攸往，利涉大川。《象》曰：风雷，益。君子以见善则迁，有过则改。

【一爻】初九，利用为大作，元吉，无咎。《象》曰："元吉无咎"，下不厚事也。

【二爻】六二，或益之十朋之龟，弗克违，永贞吉。王用享于帝，吉。《象》曰："或益之"，自外来也。

【三爻】六三，益之用凶事，无咎。有孚中行，告公用圭。《象》曰："益用凶事"，固有之也。

【四爻】六四，中行，告公从，利用为依迁国。《象》曰："告公从"，以益志也。

【五爻】九五，有孚惠心，勿问元吉。有孚惠我德。《象》曰："有孚惠心"，勿问之矣；"惠我德"，大得志也。

【六爻】上九，莫益之，或击之。立心勿恒，凶。《象》曰："莫益之"，偏辞也。"或击之"，自外来也。

以逸待劳之计以《周易·益卦》为推演之本，与借刀杀人之计有异曲同工之妙。借刀杀人之计是用敌人的损失，来换取自己的利益；以逸待劳是削弱敌人，以补自己不足；二者都是寻找胜战之机的计谋。

按《周易·益卦》的六爻来推演以逸待劳之计在政治斗争中可能出现的可能和结果，大概也有六种：

第一种，使用者利用政敌疲惫，可以发动进攻，但自己实力过弱，应该考虑自己的承受能力而后用，方能无咎。

第二种，使用者有利用政敌的疲惫发动进攻的可能，但必须借助外力来补益自己的不足。如果借到外力，这是千金难求，似有天助的好事。

第三种，使用者利用政敌的疲惫发动进攻，固然能得到外力相助，但有可能这并不是好事，乃至是凶事。

第四种，使用者利用计谋，促使政敌疲惫，并且基本促成以逸待劳的形势，达到益己的目的，完成己志。

第五种，使用者利用给政敌造成的疲惫之势，适时发动进攻，定会大得其志。

第六种，使用者没有利用政敌的疲惫来增益自己，贸然发动进攻，立意不正，必遭政敌的进攻，此乃凶险之事。

由上推演，可以看到以逸待劳之计的手段也很多，成败之间的转换也很丰富。下面就本计一些常用手法而试分析之。

二、与时偕行　损敌利己除势

《吕氏春秋·察今》云："有道之士，贵以近知远，以今知古，以益所见，知所不见。故审堂下之阴，而知日月之行、阴阳之变；见瓶水之冰，而知天下之寒、鱼鳖之藏也；尝一脔肉，而知一镬之味、一鼎之调。"也就是说，善于以眼前的事物，来分析和料定过去和将来的事物，这才是有道之士。这也是以逸待劳之计的必备前提。

在政治斗争中，争胜是各种政治势力所共同的追求，但争胜是有条件的，并不是以个人的愿望而转移的。不过，争胜也是存在着许多人为的因素，可以积极创造条件，使形势向自己有利的方面发展。以逸待劳之计的特点是"凡益之道，与时偕行"，这正是客观条件与人为因素相结合，似此才有"其道大光"。

第一，审时度势，调其就范而除之。

在政治斗争中，势力强大的政治势力，因自身处在有利的位置，志骄意满，欺凌弱小的势力。其实，这本是政治斗争中最大的忌讳，但身在此中，难观此道，以势压人总不能自拔。在强势压迫下，弱小的势力往往会依附强大的势力，以求生存；或者与一些同病相连的势力结成同盟，以期抗衡；真正甘心任人宰割的，则是少见的。既然不甘心任人宰割，争胜之心总是存在，创造条件，调其就范，则是争胜的重要谋略。

战国时期，著名的政治家、军事家吴起，是卫国左氏（今山东曹县）人，史称其"好名而猜忍"。最初出名是在鲁国，当时齐国进攻鲁国，吴起想为带兵的将领，因其妻子是齐国人，鲁国君主怀疑他的忠诚。吴起为释君之疑，杀掉自己的妻子，以此得到将领之职，率兵大破齐军，声名鹊起。正因为他出了名，嫉妒他的人也就多了起来。

鲁国一些嫉妒吴起的人，向鲁国君主谗毁吴起说："起之为人，猜忍人也。其少时，家累千金，游仕不遂，遂破其家。乡党笑之，起杀谤己者三十余人，而东出卫郭门。与其母啮臂而盟曰：'起不为卿相，不复入卫。'遂事曾子。居顷之，其母死，起终不归。曾子薄之，而与起绝。起乃之鲁，学兵法以事鲁君。鲁君疑之，起杀妻以求将。夫鲁小国，而有战胜之名，则诸侯图鲁矣。且鲁、卫兄弟之国也，而君用起，则是弃卫。"这些话不能不使鲁君有所考虑，乃罢免吴起。这些话的真实性很少，因为吴起"善用兵，廉平，尽得士心"。为将时，"与士卒最下者同衣食。卧不设席，行不骑乘，亲裹赢粮，与士卒分劳苦"。也没有什么野心，其遭人嫉妒谗毁是很明显的。

鲁国不能容，吴起便来到魏国。此时魏国君主是魏文侯，是历史上有名的贤君。吴起到来，左右人说吴起"贪而好色，然用兵司马穰苴不能过也"。魏文侯知吴起之长，而不计吴起之短，任命吴起为将，有了功劳之后，就升之为西河守，让他独当一面。

吴起在魏国的处境渐好，但他本身固有的"好名"的弱点，并没有因在鲁国受到挫折而有所收敛。魏文侯死后，其子武侯即位，吴起以功高而有名望，希望得到相这一职位，但任命下来，却是声名远不如自己的田文。吴起很不高兴，竟然找到田文，要与田文论功。吴起说："将三军，使士卒乐死，敌国不敢谋，子孰与起？"田文回答："不如子。"吴起又说："治百官，亲万民，实府库，子孰与起？"田文说："不如子。"吴起再说："守西河而秦兵不敢东向，韩、赵宾从，子孰与起？"田文说："不如子。"于是吴起相当气愤地说："此三者，子皆出吾下，而位加吾上，何也？"田文不急不恼，徐徐地说："主少国疑，大臣未附，百姓不信，方是之时，属之于子乎？属之于我乎？"这一番话使吴起沉思许久，不得不承认："属之子矣。"田文乃说："此乃吾所以居子之上也。"从这次争功，可以看出吴起好胜争强，目中无人，这也是他屡遭别人谗毁的主因。田文还算是良相，对吴起的争功，并没有羞恨，也没有以自己职位在上而实施打击报复，可惜早亡。继其任者是公叔，他可容不得吴起恃才傲物，害吴起之心生矣。

公叔尚魏公主，是外戚，以裙带关系谋得相的位置。裙带关系本身就具有狭隘性和排他性，这种关系反映到政治上，则是极端自私，忌贤妒能，排斥异己，当然容不得吴起这样才高名大的人在自己身边，陷害也就难免。陷害吴起的计谋是公叔的仆人所定的，所采用的就是审时度势，调其就范而除之的手法。

所谓的审时度势，就是公叔的仆人深知"吴起为人节廉而自喜名也"。这也是吴起的弱点，也是君主易于生疑之处。因此，他让公叔向魏武公说："吴起贤人也，而侯之国小，又与强秦壤界，臣窃恐起之无留心也。"魏武侯当然不愿让吴起远走他国，想办法将他留下；即便留不下，也不愿这样有才能的人去资敌国。在武公问公叔如何能留住吴起时，公叔提出让吴起尚公主，认为："起有留心则必受之，无留心则必辞矣。"武侯认为此计甚好。所谓的调其就范，就是让公叔把吴起请到家中，然后叫自己的妻子，也就是魏国公主，当着吴起的面，对自己恶语相加，显示出骄横无礼的贵人气派，而自己则唯唯是诺。吴起见状，深感公主太骄横，自己则难以承受如此悍妇，故在武侯提亲之时力辞。这就调吴起进入自己预设的圈套之中。吴起辞亲，使武侯认定吴起无留魏之心，怀疑之形毕露。武侯的不信任，使吴起深感危机而难以安身，只好抽身逃往楚国。这也就中了公叔的计谋。

第二，借助外力，补己不足而并之。

在各种政治势力共存之时，彼此在争夺有利的态势，或是相互排斥攻击之时，都有必要联合一些对自己有利的政治势力，借以扩大自身的势力。联合其他的政治势力，固然可以扩大势力，如果在联合其他政治势力时，再借此时兼并一些势力，则是"弗客违"的事。

1189 年，宋孝宗退居为太上皇，其子光宗即位。光宗对他那位悍妒的皇后李氏颇为畏惧。有一次，光宗洗手，看到端水宫女的手白，非常喜欢；不想几天后，李皇后派人送来一个食盒，打开一看，竟是那位宫女的双手。自此光宗染上心疾，常不能临朝视政，政事多出于李皇后之手。太上皇孝宗对李皇后骄恣与欺凌光宗的行为不满，以"行当废汝"相吓。李皇后不服，便离间他们父子之情，使光宗渐渐不尽孝道。在提倡理学的宋王朝，不孝是很难为时人所接受的，尤其是孝宗病以至于死，光宗都没探视，也不主持丧礼，使内外议论纷纷。当此之时，宰相赵汝愚与朝臣韩侂胄，密请于高宗皇后吴氏，逼迫光宗为太上皇，拥立赵扩为帝，是为宁宗。这本是一次比较温和的宫廷政变，韩侂胄却因此拥立之功得到重用，以致独断朝政。

韩侂胄出身世家，是北宋名臣韩琦的五世孙，其侄女是宁宗皇后。就这样韩侂胄以拥立之功而身兼外戚，"窃弄威福"，渐渐"威行宫省，权震宇内"。其有权，当然会有一些"群小阿附"，也会有一些"谋而代之"者。为了巩固自己的权位，韩侂胄禁止伪学，扶植党羽，还想立盖世之功，即攻打金朝，收复失地。从 1203 年开始，在军事上进行准备，起用主战派辛弃疾、叶适等人，追封岳飞为鄂王，追论秦桧主和误国之罪，以期振作士气。

是时，金朝章宗在位，轻信佞人胥持国。胥持国内结李元妃，外营私利，使朝内竞利之徒，争相营进，吏治渐坏。此时金朝国力尚在，政治也非到不可收拾的地步。然而，韩侂胄所得到的大都是金国困弱不堪，外有流民向背，内有奸佞弄权，北有蒙古压迫等信息，这就助长了韩侂胄的轻敌之心。开禧二年（1206年），韩侂胄在准备尚未充分的情况下，向金朝发起进攻。最初收复一些失地，当金朝援军到达之后，形势急转而下，宋军大败亏输，"百年教养之兵一日而溃，百年葺治之器一日而散，百年公私之盖藏一日而空，百年中原之人心一日而失"。这使韩侂胄很为难堪。

本来，主和派是反对出兵的，尤其是礼部侍郎史弥远早有密谋除掉韩侂胄，属于"谋而代之"的一批。因韩侂胄权势太大，他们很难得到机会。现在韩侂胄兵败，金朝要求惩办战争祸首，这就给史弥远等人以外力。于是，史弥远外请荣王赵询奏请宁宗，内请杨皇后居中游说，终于得到宁宗的密旨。韩侂胄对"谋而代之"者，不是没有防备，只因军事丛集，无暇办理此事，才没有"尽击谋代者"。而"谋而代之"者，却抢先一步，在殿前暗伏兵三百，趁韩侂胄入朝之时，将之"拥至玉津园侧殛杀之"。韩侂胄权力虽大，但其身边的死党却很少，多是一些竞利之徒，见韩侂胄已死，早就星散。再加上金朝施加的压力，也没有人敢为韩侂胄出力。结果史弥远等没费多少力气，便清除韩侂胄的势力，并将韩侂胄的首级函送金人，重新讲和。

史弥远除韩侂胄，所采用的就是以逸待劳之计的借助外力，补己不足而并之的手法。史称史弥远"既诛韩侂胄，相宁宗十有七年。迨宁宗崩，废济王，非宁宗意。立理宗，又独相九年，擅权用事，专任憸壬"，死后还能"宠渥犹优其子孙，厥后为制碑铭，以'公忠翊运，定策元勋'题其首"。这是因为他专会巧言谄媚，看风使舵。正因为如此，他谋夺韩侂胄时才能够巧借外力以补自己实力的不足。

第三，甄别外力，不以己利而让之。

在政治斗争中，能借用外力以补自己的不足，固然是件好事。但外力并不是自己的工具，外力在政治上也想争夺有利态势。当引来外力剪除政敌时，外力图利，自己的努力就有可能被外力图去，而且还会威胁到自身的安全。因此，在借用外力时，必先对外力进行甄别，不能把自己现有或将得到的利益让给他人，这成为借助外力的重要条件。这正是《象》所云"益用凶事，固有之也"的推断。

南宋光宗时的宰相赵汝愚约朝臣韩侂胄，密请于高宗皇后吴氏，逼迫光宗为太上皇，拥立赵扩为帝，是为宁宗之事，就是赵汝愚借外力以获成功，但未获利，反遭其祸。

赵汝愚，字子直，是宋皇族的远房宗室，幼年家贫，但心怀大志，苦学不辍，终于以进士第一而跻入宦途。而后仕途平坦，官运亨通，直升至知枢密院事，入居宰执，与吕留正共秉大政。只因秉政，才有可能卷入这场宫廷政变之中。当宁宗得立，韩侂胄便想借此得到功赏和高官。赵汝愚认为："吾宗臣也，汝外戚也，何以言功？惟爪牙之臣，则当推赏。"竟不能满足韩侂胄的愿望，而且结下怨恨。

原来南宋之初，士大夫们喜谈论学术，渐分为两派，一派以提倡程颐理学为主，一派则提倡王安石的功利思想。两派见解不同，不断争执辩论，乃至以此为党，在政治上进行打击。在孝光之世，朱熹提倡理学，甚有声望，宁宗即位，赵汝愚即推荐朱熹为侍讲，给宁宗讲学。朱熹虽是学者，但对时政也很关心，看到韩侂胄"时时乘间窃弄威福"，便向赵汝愚出主意，"当用厚赏酬其劳而疏远之，汝愚不以为意"。于是，朱熹借讲学之时，向宁宗进言道："陛下即位未能旬月，而进退宰执，移易台谏，皆出陛下之独断，大臣不与谋，给舍不及议。此弊不革，臣恐名为独断，而主威不免于下移。"实际是指韩侂胄居中用事。韩侂胄闻之，便以朱熹迂阔不可用，力主罢去朱熹侍讲之职，而赵汝愚却不能挽回此议，反与韩侂胄结怨更深。

以赵汝愚的看法，韩侂胄"易制不为虑"。不想韩侂胄先控制台谏，掌握言路。然后以"彼宗姓，诬以谋危社稷，则一网无遗"，将赵汝愚罢相，并以"伪学"之名，将赵汝愚的同情者加以贬逐，韩侂胄的权势也就此稳固。

赵汝愚在这场政变中，借助韩侂胄这个外力，没有加以甄别，对之也不设防，最终败在外力之手，这正是不善用谋者。史臣评论："汝愚独能奋不虑身，定大计于顷刻，收召明德之士，以辅宁宗新政，天下翕然望治，其功可谓盛矣。然不几时，卒为韩侂胄所构，一斥而遂不复返，天下闻而冤之。"这也是对赵汝愚不善甄别人物的评价，然史臣不知政治斗争的残酷性，竟然以"信非人力之所能"来自圆其说，也说明政治斗争的复杂性。"益之有损，损之有益"，用谋者焉能不慎！

第四，促其疲劳，损敌益己而胜之。

在政治斗争中，各种政治势力之间始终存在着纠纷。如何在纷争中站住脚，并能战胜对方，这是各种政治势力所梦寐以求的。然而，各种政治势力交相存在，现实并不可能按照人们预想的情况存在，这就要求人们积极地创造条件，使自己的预想尽量变成现实。这样，以逸待劳之计的促其疲劳，损敌益己而胜之的手法，在政治斗争中便有了用武之地。

元世祖忽必烈中统三年（1262年）二月，益都行省长官、江淮大都督李檀举行叛乱。此时忽必烈正驻在漠南草地，全力应付北边其弟阿里不哥的侵扰，内地防守空虚。因此，李檀的叛变对忽必烈造成了极大的震动。为能及时平定叛乱，忽必烈请来汉人幕僚姚枢参谋。姚枢分析道："使檀乘吾北征之衅，濒海捣燕，闭居庸关，惶骇人心，为上策。与宋连和，负固持久，数扰边，使吾疲于奔救，为中策。如出兵济南，待山东诸侯应援，此成擒耳。"忽必烈问："今贼将安出？"姚枢回答："出下策。"果然，李檀进占济南城，按姚枢预计行动。

李檀为什么要行此下策呢？这是因为李檀拥兵五万，虽是精锐之师，实力终嫌不足，需要与别的政治势力联合，方显有利。如果联宋，固然可成中策。然而，他和他的父亲李全，在金、南宋、元朝之间投机坐大，政治上声名狼藉，难以取信宋朝。进据居庸关，固然可趋上策。但李檀所作所为，"积怨甚多，众皆不平"，足使李檀失掉自信。实力不足，又想联合其他势力，只有趋下策，占据一方以观其变。

实际上，李檀观变也有他的道理，因为元朝国号刚建，"病民诸奸各持两端，观望所立，莫不觊觎神器"。政权尚不稳固。李檀在叛变之前也曾广为联络各方军阀政客，得到他们的默许或支持，故此才选择忽必烈远在北方之时发动叛乱。李檀的叛变是带有赌博的性质，好的方面想得过多，而没有从最坏的方面考虑，况且对手又是有聪明大略的忽必烈。

忽必烈深知李檀敢于兴兵为乱，必有其党羽支持。当时，忽必烈的中书省平章事王文统，身居要职，又深得忽必烈信任，居然与李檀交通往来。而那些拥有强兵的地方军阀，更是观望待变，与李檀暗通款曲。面对如此险峻的形势，忽必烈采用了以逸待劳之计的促其疲劳，损敌益己而胜之的手法。

首先，忽必烈在分析完形势以后，马上清理自己左右，查出王文统与李檀交通往来的凭据，将王文统杀掉，清除内奸，断绝李檀的内线情报，实际上已达到促其疲劳、损敌益己的基本目的。

其次，对于观望待变而与敌暗通款曲的地方军阀，除那些公开打出支持李檀旗号，反形已露的，决惩不贷。对反形尚未暴露的，并不严加追究，而是将之加官进爵，委以征讨李檀之重任，使之心安，且借其力。这就完全达到促其疲劳、损敌益己的目的。

再次，忽必烈收买了阿里不哥的亲信阿鲁忽，使之投向自己。阿鲁忽的叛变行为，使阿里不哥非常恼怒，竟率兵西去攻打阿鲁忽，使忽必烈的北方威胁减轻，得以集中兵力来对付李檀的叛乱。有了这些兵力，不但平叛绰绰有余，同时也威慑住那些观望待变而与敌暗通款曲的地方军阀。结果李檀传檄四方而响应者寥寥，一场叛乱，首尾不足五个月便被平定了。

忽必烈使用这种手法而获得全胜，争得时间，掌握主动，得以全力以赴对付那些观望待变而与敌暗通款曲的地方军阀，迫使他们交出兵权，使他们失去与中央抗衡的实力。从这个例子可以看出促其疲劳而损敌益己手法的复杂性和多变性，若不能看清形势，是不可贸然使用的。

第五，侦其难弱，制造胜机而攻之。

在政治斗争中，各种政治势力之间有强弱之分。强者固然有制胜的条件，但并不是胜利之本。弱者固然力不如人，但并不是没有制胜之机。客观条件的存在，不能决定人们的主观努力；同样，那些弱者经过努力，不是没有机会战胜强者，况且强弱又不是绝对的。作为强者，本身仍然存在许多难弱之处，如果弱者抓住这些难弱之处，制造战胜之机，获得成功的概率也是很高的。即使是如此，弱者仍存在很大危险，这就要求知己知彼。这正是以逸待劳之计的侦其难弱，制造胜机而攻之的手法所必须掌握的要点。

中国历史上唯一的女皇帝武则天，通过种种手段，牢牢地掌握权力，"人人屏息，无敢议者"，是有名的铁女人，堪称是强者。即使如此，她仍存在许多难弱之处，使政敌有机可乘。

提起武则天的难弱之处，莫若她的继承人的问题。武则天共生有四子，长子李弘，年仅二十四岁便死了，据说是她给毒死的。次子李贤被立为太子，但宫中窃议，认为李贤是武则天姐姐所生，使李贤"内自疑惧"。因为李贤是武则天当皇帝的障碍，所以武则天把他废掉，流放到巴州，后来还是被杀掉。三子李显继为太子，在高宗死后不久，被武则天废掉。另立四子李旦为帝，而武则天完全掌握权力，武则天当皇帝之后，又被改为皇嗣，赐姓武氏。

武则天当了皇帝，武氏家族兴起，作为武则天的侄子武承嗣、武三思，看准这个时机，千方百计想谋得继承位置，认为"自古天子未有以异姓为嗣者"，这确实使武则天犹豫不决。

早在李贤"内自疑惧"之时，李贤为谋求自固，就曾作一首《黄台瓜辞》，命乐工歌之，以期感化武则天。歌云："种瓜黄台下，瓜熟子离离。一摘使瓜好，再摘令瓜稀，三摘犹尚可，四摘抱蔓归。"虽然武则天为了权力不能丢失，将李贤杀死，对另外两个儿子也较为不尽情理，但始终不听别人的谗言而加害之，可见母子之情尚存。母子之情可以说是武则天的弱点。忠于李唐王朝的政治势力，也就利用这点，保护李家这两个继承人，并以此在政治上占有一席之地。

武则天称帝以后，追封五世祖为皇帝，立武氏七庙于洛阳，尽王诸武，说明武则天对武氏的眷恋和依靠。在唐王朝时，父系为主的习惯已经形成。那么，父死子继是必然的，而母死子继也因血统最近是合情理的。不过，这样一来，继承权无疑要落到李唐子孙手里，武周王朝就会夭折。如果立武氏子弟为继承人，武周王朝是延续下来，但毕竟血统有别。既恋亲子，又不放心武氏，这是武则天之难。武氏诸王就利用武则天之难，不断扩大势力，期望控制朝中大权，并力争继承之权，以使武氏在政治上保持绝对的优势。

对于武则天的难弱，忠于李唐王朝的政治势力和武氏政治势力都很清楚，关键在于谁能制造出制胜的机会。在这一点上，处于劣势的忠于李唐王朝的势力把握住要点，力争"损上益下"，争取达到"其道大光"，以完成复唐大业。

首先，忠于李唐王朝势力的主要人物狄仁杰，趁武则天犹豫不决时，及时地从容进言："文皇帝（李世民）栉风沐雨，亲冒锋镝，以定天下，传之子孙。陛下今乃欲移之他族，无乃天意乎！且姑侄之与母子孰亲？陛下立子，则千秋万岁之后，配食太庙，承继无穷；立侄，则未闻侄为天子而祔姑于庙者也。"武则天虽然以"此朕家事，卿勿预知"为辞，但狄仁杰自恃为武则天股肱，强进所言，并借武则天迷信，为之解梦，打消武则天立武氏为继承人的意图。趁此机会忠于李唐王朝势力的其他人也加紧活动，使武则天召回贬在外地的李显，策立为太子。这样忠于李唐王朝的势力便获得初步胜利。

其次，忠于李唐王朝的势力为清除武则天所难，实际上是为了保持和扩大胜利成果，开始安抚武氏政治势力。在正式策立李显为太子时，忠于李唐王朝的势力主张让太子与诸武盟誓，以示永远和睦相处，不得加害于对方。于是"即引诸武及相王（李旦）、太平公主（武则天之女）誓明堂，为铁卷使藏史馆"。这算是排解武则天之难，也使忠于李唐王朝的势力得到安全。

消除武则天的难弱，这对于忠于李唐王朝的势力来说，是至关重要的。上述手段固然起到一定的效果，但保持下去也是不容易的事。在忠于李唐王朝的势力顺利发展之时，有一位名叫吉顼的人，与武懿宗争功。"顼魁岸辩口，懿宗短小伛偻，顼视懿宗，声气陵厉"。这样便使武则天顿然感觉诸武将来的处境，便很不高兴地说："顼在朕前，犹卑我诸武，况异时讵可倚邪！"其难弱痛处再现，眼见忠于李唐王朝势力的努力前功尽弃。幸好吉顼善为口辩，在被贬官辞见武则天时，陈说道："合水土为泥，有争乎？"武则天不知何义，便回答说："无之。"吉顼又说："分半为佛，半为天尊，有争乎？"武则天说："有争矣。"然后吉顼顿首道："宗室、外戚各当其分，则天下安。今太子已立而外戚犹为王，此陛下驱之使他日必争，两不得安也。"此一陈说使武则天反悔之心暂安，也使日后在武则天老病之时，忠于李唐王朝的势力有能力发起政变，成功地恢复李唐国号。由此可见使用以逸待劳之计的侦其难弱，制造胜机而攻之的手法，其中变化是相当复杂的，其关键就是制造胜机，并且一定要抓住胜机，才有可能获得成功。

第六，见机行事，有益必抢而得之。

在政治斗争中，各种政治势力之间自觉不自觉地将弱点暴露出来。如果见有弱点，即发起进攻，这是趋利。趋利固是人之常情，但在不了解对方虚实的情况下，贸然发起进攻，这就不见得是有利的事，因为立意不正的本身就是致命的弱点。不过，看到政敌的弱点，而且有利可图，发动进攻有益无损，这就要立意果断，不能失去战机。善于知己之长，察敌所短，这是以逸待劳之计的见机行事，有益必抢而得之的手法所必须掌握的要点。

东晋王朝是南渡世族亦即侨姓世族和当地的江南世族联合支持下建立起来的，因此，统治阶级内部矛盾重重，既有世族地主与庶族地主之间的矛盾，又有侨姓世族与江南世族之间的矛盾，还有皇权与当权世族的矛盾，同时侨姓世族和江南世族内部也存在着矛盾。为了争夺权力，这些政治势力时而联合，时而相攻，联彼攻此，攻彼联此，情况复杂，争斗不已，政权极不稳定。在此混乱之时，政治斗争很有特点，各种政治势力的表现也很充分。

晋元帝司马睿是司马懿的曾孙，他在琅琊王氏的辅佐下登上帝位。当是时，王导身为丞相而居中执政，王敦为都督江扬荆湘交广六州诸军事而握重兵于长江上游，势力最大，故此当时有"王与马，共天下"之说。晋元帝司马睿感到王氏势力太大，对他是个威胁，便重用刁协、刘隗、周顗、戴渊等。刁协时为尚书令，"每崇上抑下，故为王氏所疾"。刘隗时为御史中丞，"为元帝所宠，欲排抑豪强"。周顗时为尚书左仆射，"以雅望，获海内盛名"。戴渊时为尚书右仆射，曾参与镇压杜弢之乱，有将兵之才。刘隗认为："王敦威权太盛，终不可制，劝帝出腹心以镇方隅。"于是派戴渊为征西将军，都督兖豫并冀雍幽六州诸军事、司州刺史，镇合肥；刘隗为镇北将军，都督青徐燕平四州诸军事、青州刺史，镇淮阴，"皆假节领兵，名为讨胡，实备王敦也"。

王敦是王导的从兄，尚晋武帝之女襄城公主，性情残忍。当武帝之时，豪家以奢侈相尚。豪族王恺在宴客时，女伎吹笛小失声律，便被王恺殴杀，在座无不改容，而王敦神色自若。后来王恺宴客，以美人劝酒，客人不饮，便杀美人。劝到王敦处，王敦不饮，王恺连杀三人，美人悲惧失色，而王敦傲然不视。人称王敦蜂目豺声，"若不噬人，亦当为人所噬"。现在王敦"既素有重名，又立大功于江左，专任阃外，手握强兵，群从贵显，威权莫贰，遂欲专制朝廷，有问鼎之心"。

从王敦和晋元帝所用之人的实力对比来看，晋元帝所用之人显然是处在劣势。论兵力，王敦掌握精锐之师，而晋元帝兵力不足，"发投刺王官千人为吏，调扬州百姓家奴万人为兵"，完全是乌合之众。论奥援，王敦在内有王导相助，而王导与江南世族关系颇好，王敦虽不敢保证他们支持自己，但可保证他们不进攻自己而去支持别人。那么晋元帝呢？虽为天子之尊，却乏天子之力。各大族观望不前，

"百姓哀愤，怨声盈路"，内外公私都困敝不堪，再加上晋元帝的"恭俭之德虽充，雄武之量不足"，很难制伏王敦，又过早暴露自己的意图，将自己不足尽亮给对方，自然给人以可乘之机。

王敦发现晋元帝等人的意图，又见自己优势尽在，便以诛奸臣刘隗为名，自武昌起兵，其党沈充也从吴兴起兵相应。晋元帝见状发誓道："是可忍也，孰不可忍也！今亲率六军，以诛大逆，有杀敦者，封五千户侯。"即召刘隗、戴渊还卫京师，以王导为前锋大都督，督兵防御；令江州刺史陶侃，荆州刺史甘卓，各领所部攻打王敦的后方。不料，王敦先锋率先攻占石头城，占据有利地形。刘隗等反攻不利，败走北方投奔石勒，余下均被王敦所杀。陶侃、甘卓，本来拥兵观望，见大势以去，各自引兵后退，结果甘卓被杀，陶侃逃回广州。王敦进入京城，官吏纷纷逃窜，晋元帝身边只有两名仆人。好在晋元帝还很从容，脱下军装，身着朝服，面见王敦说："欲得我处，但当早道，我自还琅琊，何至困百姓如此！"气虽雄壮，但身不由己。王敦自为丞相、都督中外诸军事、录尚书事，仍还武昌。晋元帝被软禁在京城，不久忧愤而死，其子司马绍即位，是为晋明帝，王导还受遗诏为辅政大臣。

晋明帝比他父亲司马睿要有主断而多谋略，据说他年幼时，父亲问他："汝谓日与长安孰远？"对曰："长安近。不闻人从日边来，居然可知也。"第二天，在群僚会集之时，元帝又问他这个问题，他回答："日近。"元帝失色道："何故异昨日之言乎？"对曰："举目则见日，不见长安。"可见其随机应变的能力。史书说他："有文武才略，钦贤爱客，雅好文辞。当时名臣，自王导、庾亮、温峤、桓彝、阮放等，咸见亲待。尝论圣人真假之意，导等不能屈。又习武艺，善抚将士。"这样的人即位，对王敦来说是很不利的，故王敦欲诬以不孝而废掉，可温峤等人力争，王敦只好暂时放弃这种想法，等待时机。元帝不久去世，明帝理所当然即位，这是王敦始料不及的。

先以现在的情况分析，王敦拥有重兵，朝中布满其亲信，足以挟制明帝。虽然王敦"既得志，暴慢愈甚，四方贡献多入己府，将相岳牧悉出其门"，但所结的亲信"并凶险骄恣，共相驱扇，杀戮自己"。其优势也就不复存在，也就貌似强大而实弱小。明帝虽被王敦以强相压，但他能曲为周旋，先保自己安全，然后借王敦内部纠纷之时，分化对方，化敌为友，使之反为己用。如丹阳尹温峤，本来是王敦派来"觇伺朝廷"的，现为明帝所用，竟能"具言敦所逆谋"。王敦之弟王导，本为王敦所信任不疑，现在倾向明帝，反而谴责其兄所为。王敦之党尚能分化，原来与王敦不和的势力更能为所用。这样一来，明帝貌似弱小而实强大。在这种情况下，明帝自然不能事事顺从王敦，而王敦又不能容忍明帝的傲视。故此王敦密谋用兵，明帝准备平叛，双方在剑拔弩张之中。

再就双方的策略而言，王敦在既将兴兵之际，曾估计形势，提出三条计策。其上计是如果王敦病死，"莫若解众放兵，归身朝廷，保全门户"。中计是"退还武昌，收兵自守，贡献不废"。下计是趁王敦还活着时，"悉众而下，万一侥幸"。可见王敦对这次出兵的信心不足，符合爻辞中的"立心勿恒，凶"的推断。明帝得知王敦将欲起兵，便化装"乘巴滇骏马，微行至于湖阴，察敦营垒而出"，了解王敦的虚实，"知其为物情所畏服"和王敦所用之计策，便诈言王敦已死，然后下诏征讨。这样一来，王敦的计谋便失去他还活着的根本。然后用王导、温峤等人"十道并进"，自己"亲御六军"征讨，使王导等人必为己用，符合爻辞中的"莫益之，或击之"的推断，因此，在开始时明帝便占先筹。战事果然按明帝所预料的形势发展，王敦之乱很快平定。

以上是历史上的"王敦之乱"的简单经过。从这里可以看出，政治斗争的双方，即便是在有利的形势下，也存在许多弱点，这就要看是谁能够抓住和利用对方的弱点，并能够作出正确的决策，这是取胜的根本所在。王敦对晋元帝，是抓住其兵敝将暗，准备不充分的弱点，避实就虚，直下石头城，获得胜利的，进而达到以逸待劳的目的。晋明帝是抓住王敦反叛立意不坚，其内部相互猜疑杀戮的弱点，采用分而化之，使其能为己用，并且断其所恃，进而也达到以逸待劳的目的。对自己有利，不得不抢，但抢不择时，其利则无。也因此故，知己知彼，见机行事，有利必争，才成为以逸待劳之计的上策，但其中变化复杂，非胆大心细不可为之。

三、利有攸往　智之所制在谋

以逸待劳之计在政治斗争中的应用范围是相当广泛的，也是政治家、野心家、阴谋家，为了达到自己的政治目的，经常采用的手法。经过他们不断地使用，不但丰富了本计的内容，也扩大了本计的使用范围。

第一，用于攻击政敌而争权夺利。

在君主专制政体下，政治权力具有强烈的诱惑力，政治权术也越来越丰富。在这种政治条件下，无论是政治家，抑或野心家、阴谋家，想在政治上占据优势，都需要使用权谋。这样做的目的是保全自己，并且尽可能地扩大自己的实力；而要扩大自己的实力，必然要削弱他人，削弱他人不如消灭。在这种情况下，攻击则成为削弱或消灭的重要手段。

本计是以《周易·益卦》推演来的，重点是观察"利有攸往"，趋利避害，这本是官僚政治的常态。有利必趋，必然出现竞争。在君主专制政体下，君主和他身边的各种政治势力、各种政治势力之间，争权力，争财富，争控制别人，尤其是争生命本身，因为置人以死地是取胜的主要手段。既然是取胜的主要手段，本计最佳选择则是攻击政敌，置政敌于死地。例如，宋代史弥远谋诛韩侂胄，取而代之，竟能独任宰相二十六年，死后还能封为"定策元勋"。忽必烈平定李檀叛乱，对反形已露的，决惩不贷，争取政治上的主动。

攻击政敌，置政敌于死地，固然是取胜的主要手段，但在中国传统的思想上认为："杀机之不可发也！杀机一发，害不在其身，必在子孙。"为此，可举出许多例子。如秦始皇好杀而诸子为项羽所杀，汉武帝好杀而杀己子，曹操好杀而其子自相诛夷，司马懿好杀而国运不昌，唐太宗杀骨肉而子孙亦杀骨肉，李斯好杀而父子被刑，李广杀亭长而自刎剑下，等等，不一而足。在这种思想影响下，使用这计谋的，往往求其次，置政敌于困窘之境。例如，魏公叔逼吴起远走楚国，韩侂胄致赵汝愚于贬逐而终生难复。其实，这种攻击方法比起置之死地还要残忍，因为死是暂时痛苦，而活着受困，不但身受困辱，备受人间之苦，而且还要承受巨大的精神压力，这比死还难受。如严嵩陷害杨继盛，投入监狱拷问，拶、敲、夹、鞭、杖五刑具备之后，"臀肉尽脱，股筋断落，脓血继涌，不亡如缕。又日夜笼匣，身关三木，痛不得抚，痹不得摇。昼不见日，夜不见星，药饵断绝，饮食沮抑"，备受痛苦。用此等手段攻击政敌，并不比置人于死地好多少。这正如猫抓住老鼠，不是马上吃掉，而是反复戏弄。然而，留得青山在，不怕没柴烧，只要政敌生存，就存在死灰复燃的可能，故使用此计者，不在万不得已的情况下，大多不会选用这种手段。

在攻击政敌时，前两种手段并不能轻易得到机会，比较常见的，则是去之而已。去掉政敌，仍可得利争权，也是本计的目的。如西汉昭帝去世，昌邑王刘贺即位。本来辅政大臣霍光"唯在所宜"，立刘贺是为了便于控制。不想刘贺即立，根本不买霍光的账，将自己原为王的官属都带到长安，"往往超擢拜官"，建立自己的势力集团。刘贺认为自己既为天子，当然可以为所作为，"日与近臣饮酒作乐，斗虎豹，召皮轩车九旒，驱驰东西"，完全不以政局为意。而霍光见所立非其愿，早就开始密谋废立。结果，霍光趁刘贺出游之际，召集群臣，胁迫太后，废去刘贺。刘贺被废，退回王邸，霍光亲送，并自我解脱道："王行自绝于天，臣宁负王，不敢负社稷！愿王自爱，臣长不复左右。"而且涕泣而去。这是去掉政敌，并且刻意加以修饰。正因为权谋者含而不露，许多被陷害的人至死都不知何人所害，乃至向陷害自己的人感谢不已。

第二，用于削弱政敌充实自己。

在政治斗争中，削弱政敌的势力，实际上就是增加自己的势力。本计的增益之道在于"损刚益柔",刚在明处是公开的事物,柔在暗处是阴谋权变,用权术来应付时变,达到保存自己削弱别人的目的,也是本计的立足点之一。

按本计的要求,当自己势力不济时,可以借助外力,亦即使用其他的政治势力来达到削弱政敌,补益自己的目的。在君主专制政体下,君主通过扶植一种政治势力以打击另一种政治势力,是在当时政治斗争中君主巩固自己地位的必要权术之一;各种政治势力菌集在君主身边,通过君主或其他政治势力来打击自己的政敌,这也是他们的必要权术;而利用政敌,使之放弃攻击自己,并且给予自己某些利益,同样可以达到削弱政敌充实自己的目的。

中国古代有君子和小人之分,认为君子坦荡荡,不屑用权术;小人常戚戚,专用诡诈。但当你用心读史时,就会发现,诡诈并不是小人专利,君子也不免用之,因为这是政治斗争的需要。清人胡思敬在其《国闻备乘》一书中讲道:"《战国策》描画小人情状,后世虽极诡诈,莫能出其范围。君子恶其人,未尝不明其术。不幸当臬兀(动摇不安,困顿)之交,事处至难,不得不假借用之,以极一时之变。如胡林翼之出谋用智,其心亦良苦矣。林翼初授鄂抚,驻师江南,官文以将军署总督,驻江北。两府将吏颇构异同,林翼大惧,即渡江谒见官文,结盟为兄弟,执礼甚恭;出其爱妾拜官文太夫人为义母;月进羡余多金充督署公费。官文大喜,一切军政吏事悉让林翼主持,不置可否,事乃克济。"这里的胡林翼便是使用的"损刚益柔"的手段,削弱官文的权力,保存了自己,并且最终达到主持军政吏事的目的。

189

第三，用于中伤政敌保存自己。

本计的最佳境界是不使用直接进攻的手段而达到困敌灭敌之目的。不直接进攻，使用中伤的手法，也是中国古代官场常见的事。中伤他人，不能暴露自己的意图，这乃是官场求生之道，这就要求使用者手段必须巧妙。

明人袁中道曾论说官僚们"不用实，而专用虚，妙于趋，尤妙于避"的原因是"法虽密于牛毛，而人深于九渊。邪者贪者之用术愈精，止可以欺吾耳目；而正者清者之行己或疏，反至于遭吾之诟议"。在君主专制政体下，官吏趋巧逐妙是保存自己战胜他人的生存之术，不精者，很难浮于宦海。故当时人感叹："仕途倾轧排挤之风，至为可畏，苟一不慎，辄被中伤，殊有令人防不胜防者。"

战国初期，魏文侯派乐羊伐中山国。是时乐羊之子正在中山，"中山之君烹其子而遗之羹"，企图瓦解乐羊的斗志。乐羊为忠于魏，也为鼓舞士气，"坐幕下而啜之，尽一杯"，吞食亲子之肉，忍痛再战，"三年而拔之"，班师回朝，魏文侯向其出示"谤书一箧"。目睹此物，乐羊不得不再拜稽首曰："此非臣之功，主君之力也！"就是这样用人不疑而不轻信谗言的君主，也不免坠入中伤者的圈套。当魏文侯得知乐羊食子的举动时，曾经激动地说："乐羊以我之故，食其子之肉。"中伤者师赞从旁说道："其子之肉尚食之，其谁不食？"仅此一句，就把魏文侯引向自身。是啊，亲子可食，用之的君主亦可食，"其谁不食"的用意非常明显，自此魏文侯开始怀疑乐羊的忠诚，再也没有重用过乐羊。

宦海风波险恶，稍有不慎，便有倾覆罹难的危险。然而，对于那些老官僚来说，他们久经风浪，见多识广，在宦海之中乘风破浪，化险为夷，并非难事；因为他们熟习为官之道。以创"多磕头，少说话"的六字箴言的曹振镛来说，他就颇为擅长此道。

曹振镛是清代嘉庆和道光朝的内阁大学士、军机大臣，为官很有智巧，经常是"含意不申，而自出上意"。他所谓的"少说话"，并不是不说话，话一出口，必抓住别人致命之处。如当时的名人阮元，无论是在学识，抑或是资历上，都胜过曹振镛一筹。声名卓著，天子自然也有所耳闻，欲重用之。用人大权，素为君主独断，但君主恐耳不聪目不明，总要多方了解一下情况，那么身居军机大臣之位的曹振镛，便是君主率先要询问的对象。有一天，道光皇帝问曹振镛："阮元历督抚已三十年，甫壮即升二品，何其速也？"曹振镛原本嫉妒阮元的声名，恐他有朝一日进入军机处而取代自己，便回避问题的实质说："由于学问优长。"道光不知缘故，又问道："何以知其学问？"曹振镛是深明君主所重的是自己的家天下，不喜欢臣下沽名钓誉，便说道："（阮元）现在云贵总督任内，尚日日刻书谈文。"道光默然了，心中认为阮元只务声名，废弛政务，不但打消了征调阮元入军机的念头，就连方面大员也不想让他充任了。聊聊数语，没有恶语伤人，却起到中伤的功效。

中伤是在政敌无法防备的情况下进行的，他直接损害政敌的利益，削弱政敌的势力，进而获得一定的利益。这种做法虽不是光明正大，但在官场上却得到广泛的应用。这正是："官益久，则气愈喻；望愈崇，则诌愈固；地益近，则媚亦益工。"专制政体造就这种中伤的环境。

第四，用于排斥政敌扩大自己。

本计强调"困敌"，在造成政敌之困势之后，要"莫益之，或击之"，同时要求立心要恒。这计的上爻是"上九"，以"刚"为上。因此，使用本计者的最终目的都是尽可能地将政敌排斥掉，进而扩大自己的优势。

清人胡思敬在《国史备闻》卷一《同城督抚不和》条云："督抚同城，权位不相下，各以意见缘隙成龃龉，虽君子不免。两广总督那彦成与巡抚百龄相攻讦，百龄寻以失察家丁议遣戍。继百龄者为孙玉庭，劾彦成滥赏盗魁，彦成亦被逮。及百龄再至两广，以玉庭葸懦复劾罢之。此君子攻君子也。吴文熔初至湖广，与巡抚崇纶不协，崇纶百计倾陷，以孤军无援，死黄州。则小人攻君子矣。"这只不过是官场百态之一。

宋人洪迈《容斋续笔》卷十六《贤宰相遭谗》条云："一代宗臣，当代天理物之任，君上委国而听之，固为社稷之福，然必不使邪人参其间乃可，不然必为所胜。"作为宰相，重任在肩，其贤者以君主、国家为重也不免要排斥"邪人"，而图己之私者，更不免排斥他人，"不然必为所胜"，这里有你死我活的斗争，谁也不能后退半步，不然必履危机。正因为这种前途叵测的恐惧感和危机感，才使政治斗争变得复杂。

总之，在君主专制政体下，权力不平等的情况特别突出，权力大的人完全可以不顾权力小的人的利益，并且利用手中的权力来不断发展自己的实力。由此可见，权力大的排斥权力小的是正常现象。不过，在中国古代的权术论中认为，力不足则用谋，权谋往往能够弥补自己力量的不足。在这种情况下，即使是势力弱小的，也有可能战胜势力强大的。故此，本计的使用范围也就不仅仅限于上述所讲的几个方面，而是拥有更广阔的市场。

四、避其锋芒　定能无往不胜

以逸待劳之计以其劳人益己的特点，在政治斗争中发挥着重要作用，因而引起政治家、野心家、阴谋家们的特别关注，不断加以应用，并且不断地加以充实。这不但丰富了本计的内容，而且使本计的特点更加鲜明。

第一，就以逸待劳之计在政治斗争中的应用而言，具有明确性、实用性和致命性的特点。

以逸待劳之计以己之益就敌之短，本来就是一种有明确目标的攻击手段，在政治斗争中使用则更显得其明确性。这一是有明确的攻击目标，这就是"劳"；以己之逸攻其劳，这是其明确性。二是"待"也不是消极的待，而是想方设法促其劳，这则是用计的明确性。

以逸待劳之计本身是用于进取，其攻击目标的明确性，也就决定本身的实用性。在君主专制政体之下，各种政治势力交错，占据优势的政治势力，地处显要，觊觎者必多，故需要多方防范，其劳必矣。觊觎者处于旁观位置，很容易看出劳者的弱点，以己之逸待敌之劳，势力转换得当，获胜就比较容易，这就是其实用性之处。例如，韩侂胄身为辅政，欲立盖世之功，在众人阿附之下，有些得意忘形；就在此时，那些欲谋而代之者却引而不发，寻找可乘之机，结果使韩侂胄疲于战争，难于自顾，最后函首金国。

以逸待劳之计在政治上攻击目标的明确性和实用性，关键在于本计在攻击的致命性。因为以"逸"攻"劳"的本身就是乘敌劳敝，以优攻劣，易于致命。例如，吴起本身是才华横溢，但其本身不善于掩饰，锋芒毕露，不但劳心费力，还很容易被人躲避；避开锋芒而攻击，其本身就是致命的。以此之故，吴起虽空怀抱负，却屡屡为人中伤，乃至命丧乱箭之下。

第二，就以逸待劳之计在政治上的作用而言，具有实效性和完善性的特点。

以逸待劳是增益之计，它强调困敌，却不以战，而以谋略削弱和疲劳政敌，将政敌的优势转换成劣势，进而改变力量的对比，这在政治斗争中是非常有效的手段，也是争胜的手段，因此具有实效性。此外，以逸待劳之计还强调损刚益柔，这本身要求使用者不是消极等待，而是积极争取，既注意客观现实的存在，又注意到人为的因素，这就增加了本计的实效性。例如，在义和团事变中，陕西巡抚岑春煊和袁世凯因护驾和镇压有功，俱得慈禧的宠幸。"世凯恶春煊权势与己相埒"，乃"密奏春煊曾入保国会，为康梁死党，不可信"。慈禧虽痛恨康梁，但"以春煊新被宠，不应有是，待之如初"。袁世凯见此计不行，乃觅得岑春煊与康有为的相片各一，经过复制，变成二人的合影，上呈慈禧；在物证面前，慈禧不由得不信，其对岑春煊的宠信也就不如以前，不久将岑春煊改调两广总督。在赴任路上，又将岑春煊罢免，自此，岑春煊就失去与袁世凯抗衡的能力。这里，袁世凯便是充分利用人为的因素，成功地排挤了政敌。

以逸待劳之计能在政治上经久不衰地被应用，这是在于它的完善性。因为使用此计，往往在表面上不露痕迹，这样便容易在复杂的政治斗争中保存自己，而尽可能地不树敌招怨，这需要一定的谋略加以完善。明人袁中道在讲到武力与谋略的关系时说："夫胜本于谋，谋本于智；智藏于文，而可以役武者也。以天下全胜之时，而丑虏攻城陷堡，有如破竹，岂武力不足欤？猛虎之在深山，一夫以机取之，立食其肉，而寝其皮。牛至魁然也，三尺童子能穿其鼻，而惟其所使。何则？智之所制也。"本计要求的不以战，正是充分发挥智谋的作用，而智谋本身就要求完善。

第三，就以逸待劳之计的使用者的个人素质和心态而言，具有自我完善和求全争胜的特点。

谋略是人类智慧的结晶，使用谋略，本身就需有较高的素质。不同的素质在使用谋略的过程中，会出现不同的结果。例如，清代雍正朝，有广西举人出身的陆生楠，"其人或小有才"，对于当时政治颇有看法，乃细书《通鉴论》十七篇，"抗愤不平之语甚多"，遭到雍正的严斥，并拟为斩立决。同在一朝，孙嘉淦上书陈三事，即请亲骨肉，停捐纳，罢西兵。这三件事直接触动雍正的痛处，而且是直接上书，比陆生楠借古讽今要露骨得多，按道理应该是相当危险的事。然而，雍正却没有直接怪罪下来，而是召大臣商议曰："翰林院乃容此狂生耶？"在场的大学士朱轼不无回护地说道："嘉淦诚狂，然臣服其胆。"雍正默然良久，乃笑曰："朕亦且服其胆！"竟能升其官，而后不断受到重用，在雍正朝便升为吏部侍郎，乾隆时又连任总督，名重于当时。

孙嘉淦之所以敢于指斥当朝而不受其害，关键在于他的自我完善和他的个人素质。孙嘉淦曾有"居官八约"传于世，其略云：一、事君笃而不显。二、与人共而不骄。三、势避其所争。四、功藏与无名。五、事止于能去。六、言删其无用。七、以守独避人。八、以清费廉取。此"八约"可见孙嘉淦的为官之道，亦可见在官场上自我完善和本人素质的重要。陆生楠则不然，从雍正的朱批来看，其人"不惟毫无敬畏，且傲慢不恭"，不但有"踞傲诞妄之气"，而且还有"结为党援之处"，这些都是致命之处；从罪名上看，似有强加之嫌，但从人品来看，其去孙嘉淦远矣。这样相比，孙胜陆败则是必然。

以逸待劳之计的基点在于增益自己，故具有求全争胜的特点。本来用计的前提在于增益自己，这就是求全，增己损人，又是争胜，这对使用者就提出较高的要求。基于此，使用者必须费一番心思才能实现自己的目的。例如，东晋王敦之乱，晋明帝本身并不占优势，但其在复杂的政局面前，能够保持清醒的头脑，充分地利用政敌之短，使之化为己用，不但增益和保全了自己，而且削弱和分化了政敌，故此很快地平定了叛乱。

总之，以逸待劳之计重视实力的转换，避免正面强攻，在复杂的政治环境中，很容易发挥其胜战的功效，因此引起政治家、野心家、阴谋家们的重视。经过他们的不断应用和完善，使本计雄踞"无往不胜"的地位，成为政治家、野心家、阴谋家们所乐于使用的计谋，其在政治上的特点也就更加引人注目。

趁火打劫

——就势取利　必欲乘人之危

本计云："敌之大害，就势取利，刚决柔也。"其大意是：当敌人遇到困难或是危机和内乱，就乘机发动进攻夺取胜利。按照《周易·夬卦》中刚决柔的理论，则为强者趁势攻击处在厄运的敌人。

趁火打劫的本意是：趁人家发生火灾，处于一片混乱惊慌而自顾不暇之时，就势去抢劫人家的财物。这是对乘人之危而谋己利的不道德行为的比喻。之所以本计成为军事家、政治家、野心家、阴谋家们所乐于选择的制胜谋略之一，那就是在军事上是两军对垒，在政敌之间是你死我活，根本上就没有人们习惯上的道德可言。

本计用于军事上，是"敌有昏乱，可以乘而取之"，是乘敌之危，就势取胜的计谋。敌之危在内忧外患，我之势在齐心兵强，故可趁势攻之。本计用于政治，就是利用或有意制造政敌的危机，趁政敌混乱自顾不暇之际，发起进攻，力求全胜。由于有制造政敌的危机，就使本计在政治风云变幻中富有深奥的内涵。

趁火打劫之计也是一种在政治斗争中常用的手段。在政治家、

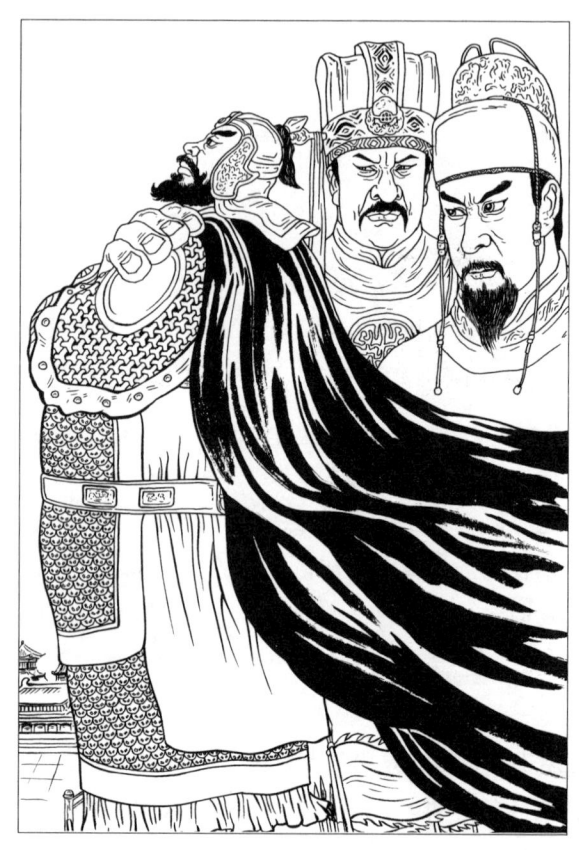

李怀光逼走唐德宗，朱泚趁火打劫

野心家、阴谋家们当中，善于运用者，则能把握政敌的危急时机，乘政敌之危而战胜之，这是争胜之道；不善于运用者，常不能把握时机，失去进攻的机会而进攻，非但不能战胜政敌，反会被政敌攻而胜之，这是求胜之道；善于运用并能够制造政敌危机者，其胜机则基本在握，为使用此计的上者，也是保胜之道。虽然此计是建立在不道德的基础上，而特别会使用者，往往既战胜政敌，又因此博得声名，这是把握住本计的全胜之道。由此可见，此计有争胜、求胜、保胜、全胜的区分，这就成为政治家、野心家、阴谋家们所愿意使用，并且刻意追求的胜战之计。

一、敌有昏乱　可以乘而取之

《周易·夬卦四十三》云：夬：扬于王庭，孚号有厉，告自邑，不利即戎，利有攸往。《象》曰：泽上于天，夬。君子以施禄及下，居德则忌。

【一爻】初九，壮于前趾，往不胜为咎。《象》曰：不胜而往，咎也。

【二爻】九二，惕号，莫夜有戎，勿恤。《象》曰："有戎勿恤"，得中道也。

【三爻】九三，壮于頄，有凶。君子夬夬独行，遇雨若濡，有愠无咎。《象》曰："君子夬夬"，终无咎也。

【四爻】九四，臀无肤，其行次且。牵羊悔亡，闻言不信。《象》曰："其行次且"，位不当也；"闻言不信"，聪不明也。

【五爻】九五，苋陆夬夬，中行，无咎。《象》曰："中行无咎"，中未光也。

【六爻】上六，无号，终有凶。《象》曰："无号之凶"，终不可长也。

根据《周易·夬卦》的内容及六爻之辞，将趁火打劫之计在政治斗争中实施的预测可能和结果进行推演如下：

第一种，在与政敌斗争中，使用此种计谋者，看到政敌内部混乱，但政敌并没有因此伤掉元气，在胜负难卜的情况下，贸然发起进攻，这就是过咎。

第二种，在与政敌斗争中，使用此种计谋者，看到政敌内部发生混乱，但清醒看到对方还有实力，采取行动很警觉，避实就虚，这就是中正之道。

第三种，在与政敌斗争中，使用此种计谋者，看到政敌内部发生的混乱仅仅是在表面上的时候，不能暴露出自己的意图，也就是有趁火打劫之心，而不能表示出打劫之意，这样便可无咎。

第四种，在与政敌斗争中，使用此种计谋者，得知政敌内部争斗有伤，而且已经表现出难以自治的混乱，还要仔细观察，等待更好的时机，不要轻信上当，这就是闻言不信。

第五种，在与政敌斗争中，使用此种计谋者，已经清楚地看出政敌的混乱，自己发动攻击时，对方即便有回手之力，但不足以对自己构成威胁，这样只需采取中正之道，就是无过咎。

第六种，在与政敌斗争中，使用此种计谋者，看到政敌内部发生的混乱，已经是达到号令不行的地步，确实没有还手之力，破之在即，这是政敌的凶险之事。

由上推演，可见趁火打劫之计在实施时还有许多变化，内中含有许多应时的手段。下面便就在政治斗争中政治家、野心家、阴谋家们所使用趁火打劫之计中的一些常用手法进行分析。

二、旁观者清　促内忧兴外患

在君主专制政体下，统治集团的内部构成是相当复杂的，他们为了某种不同的经济利益和不同的政治目的，菌集在君主的周围，构成各种政治势力。这些政治势力，既是君权支持者，又是君权的分取者，有时还是君权的觊觎者。君权和这些政治势力之间有着一种相互利用和制约的关系，各种政治势力之间则有着一种相互依存和排斥的关系。各种政治势力为了争夺政治上的优势，无不以压抑或排挤对方为己任，千方百计寻找制造战胜对手的胜机。这样，趁火打劫之计就有很广阔的市场。随着市场的扩大，使用的手法和技巧也日益复杂。

第一，敌有内忧，趁其难以自全而攻之。

在兵法上讲，敌有内忧，可以攻而夺之。其内忧是内部遇到的困难，诸如天地灾变、经济危机、政治昏暗、内战纷争等。在政治斗争中，各种政治势力在相互倾轧时，内部的纷争相对减少；当在利益分配上不均衡时，内部的纷争就多。只要有政治权益和经济利益存在，不论是哪种政治势力，都会为此产生矛盾，在矛盾尖锐时，内乱就出现了。如果在此时政敌趁机发难，本方则难以齐心协力，其败也就显现。

前299年，赵武灵王为了经略西北军事，将王位传给年仅十岁的少子何，即赵惠文王，以肥义为相国辅政，自称主父。赵武灵王胡服骑射，加强边防，增加赵军的战斗力，在诸国纷争中得以雄立一方。然而，赵武灵王做事主断，偏听偏信，宠爱不定，这就使其能去外患，而难去内忧。

少子何是赵武灵王所宠爱的吴娃所生之子，爱屋及乌，因喜其母而爱其子，把原已立为太子的长子公子章废掉，而改立少子何，为使少子能巩固王位，又提前传位。不想吴娃不久死去，屋不存焉，乌将何及？在这种情况下，赵武灵王又可怜起长子公子章来，认为废他有些对不住他。在传位三年后，赵武灵王把东安阳（今河北阳原县境内）封给公子章，称为代安阳君，并派田不礼为辅佐，准备征服代地而封公子章为代王。本来公子章就不服其弟为王，此时有实力在手，其不臣之心顿增。这时在赵国还有一大政治势力，就是公子成。公子成是赵武灵王的叔叔，在赵武灵王欲改胡服骑射时，他持反对意见，赵武灵王亲至其家才说服他，可见其有相当的势力，何况他手下还有一位谋士李兑。

公子成的谋士李兑清楚地看到赵武灵王的内忧，便找到相国肥义游说道："公子章强壮而志骄，党众而欲大，殆有私乎？田不礼之为人也，忍杀而骄。二人相得，必有谋阴贼起，一出身徼幸。夫小人有欲，轻虑浅谋，徒见利而不顾其害，同类相推，俱入祸门。以吾观之，必出不久矣。子任重而势大，乱之所始，祸之所集也，子必先患。仁者爱万物而智者备祸于未形，不仁不智，何以为国？子奚不称疾毋出，传政于公子成？毋为怨府，毋为祸梯。"肥义也心知此事之棘手，但认为"昔者主父以王属义也"，不肯将辅政之权出让，而准备以身迎难。翌日肥义对左右说："公子章与田不礼声善而实恶，内得主而外为暴，矫令以擅一旦之命，不难为也。今吾忧之，夜而忘寐，饥而忘食，盗出入不可以不备。自今以来，有召王者必见吾面，我将以身先之，无故而后王可入也。"而李兑与公子成却早已作好事变的准备。

前295年，赵主父与赵惠文王出游至沙丘（今河北巨鹿县境内）时，公子章与田不礼诈称赵主父之令召赵惠文王，准备借此时杀掉赵惠文王。不想肥义先来，便先杀掉肥义。因没有除掉赵惠文王，赵惠文王的部下便与公子章混战起来。就在这时，早已准备好的公子成和李兑，"乃起四邑之兵入距难，杀公子章及田不礼，灭其党贼而定王室"。于是，公子成为相，封号安平君；李兑为司寇，封号奉阳君。公子章在初败时，走奔沙丘宫去投主父，主父开门纳之。公子成和李兑就派兵围困沙丘宫，等公子章被杀死之后，公子成和李兑认为："以章故，围主父；即解兵，吾属夷矣！"便围住主父不放。"主父欲出不得，又不得食，探雀毂而食之，三月余，饿死沙丘宫。"这时赵惠文王年少，公子成和李兑专权，而后李兑又为相，长期专断国政。

在赵主父因继承人问题上发生困惑而犹豫不决时，公子成和李兑抓住赵主父的内忧，不失时机地发起进攻，这就是使用了趁火打劫之计的敌有内忧，趁其难以自全而攻之的手法。如果公子成和李兑在攻杀公子章以后，就此罢手，则是劫而不全，其难免失去已经得到的利益。他们坚持围杀主父，最终才得到全胜。亦可见使用这种手法的变化，非善于掌握时机是难以获全胜的。因为劫而夺之是在别人难以自顾之时，被劫者当然不甘心情愿，如果让被劫者有还手之力，必然以死相拼。所以在使用此种手法时，关键要掌握"刚决柔也"的根本，失此将难获成功。

第二，敌有外患，趁其难以他顾而伤之。

在兵法上讲，敌有外患，就可以掠夺他的民众或财物。其外患也就是外敌侵犯。在政治斗争中，各种政治势力在相互倾轧时，必有旁观者。如果旁观者察觉某种政治势力在被别的势力进攻而自顾不暇时，趁机发起进攻，从中捞到一些好处，这便是趁火打劫之计的敌有外患，趁其难以他顾而伤之的手法，也是《象》中的"有戎勿恤，得中道也"的推断。但使用这种手法应注意到政敌在外患之下，是否是难以他顾。若政敌在外患之下尚有能力的话，使用趁火打劫之计，非但不能获利，反而会招来祸患，引火烧身。故此，使用此种手法，必须要了解对方在外患之下是否是真的难以他顾，这是使用这种手法的前提条件。

东晋明帝司马绍病死，其子成帝司马衍继立（325 年—342 年在位），此时年方五岁，由司徒王导、尚书令卞壶、车骑将军郗鉴、护军将军庾亮、领军将军陆晔、丹阳尹等共同遗诏辅政。因为护军将军庾亮是明帝庾皇后的哥哥，成帝的舅舅，又掌握禁卫军，故庾亮手握重权，专断政事。这些辅政都是平定王敦之乱的功臣，而且又都是世家大族。那些在平定王敦之乱立下大功的江南世族和庶族，在封赏和权力上都不如他们，其不满和抱怨之情溢于言表，如苏峻、祖约、陶侃等人。

苏峻，字子高，长掖县（今山东掖县）人，出身庶族，是在西晋末年战乱中，"百姓流亡，所在屯聚"时，"纠合得数千家，结垒于本县"而起家的。东晋建立，他"率其所部数百家泛海南渡"。在平定王敦叛乱中立有功勋，得封为邵陵公。史书云："峻本以单家，聚众于扰攘之际。归顺之后，志在立功。既有功于国，威望渐著。至是有锐卒万人，器械甚精，朝廷以江外寄之。而峻颇怀骄溢，自负其众，潜有异志，抚纳亡命，得罪之家有逃死者，峻辄蔽匿之。众力日多，皆仰食县官，运漕者相属，稍不如意，便肆忿言。"庾亮也有所闻，便欲升任其为中央的大司农，以夺兵权。在战乱之时，军队是军阀的命根子，苏峻岂能放弃兵权？便拒不应诏，联合祖约，以讨庾亮为名，共同起兵。

祖约是名将祖逖的弟弟，祖逖北伐卒于豫州刺史任上，祖约接替其职。在平定王敦之乱中立功，进封五等侯，使屯寿阳，捍卫北边。他自以为是名辈，不在郗鉴、卞壸之后，而没有进到辅政的行列，期望更大的官职，庾亮又不见许，"遂怀怨望"。苏峻举兵，推崇祖约而斥责执政者，使祖约大喜，便起兵会合苏峻。

陶侃，字士行，是江南世家，在当时屡立战功，在王敦之乱平定后，为都督荆、雍、益、梁、江、交、湘、广八州诸军事，荆州刺史，领重兵驻守武昌。在明帝死后，陶侃"不在顾命之列，深以为恨"，这使庾亮深以为忧。

庾亮对苏峻的反叛本有所料，但他在西忧陶侃，北忧苏峻，分散了兵力。苏峻和祖约联合，率兵直抵京城，庾亮应战不力，弃城逃奔温峤军中。苏峻、祖约"率众因风放火，台省及诸营寺署一时荡尽，遂陷宫城，纵兵大掠，侵逼六宫，穷凶极暴，残酷无道"，进而控制晋成帝，欲挟天子以令天下。

乱事兴起之时，庾亮的同党温峤正领兵防备陶侃。京城失陷，温峤便主动与陶侃结盟，正好陶侃之子陶瞻又为苏峻所杀，温峤便以此说服陶侃去攻苏峻。于是庾亮、温峤奉陶侃为盟主，共同进攻苏峻、祖约。结果，苏峻战死，其弟苏逸代领其众，再战不胜，被俘斩首；祖约北逃投奔石勒，全家皆被石勒所杀。

从苏峻、祖约之乱来看，他们事起仓促，只是想拼死一争，不想庾亮是西忧陶侃，北忧苏峻，外患在即。不料正好形成趁火打劫之势，一举攻下京城，并控制天子，获得大胜利。但他们没有利用这有利的形势，联络陶侃，而是大肆屠杀，竟将陶侃之子杀掉，使庾亮的外患变成盟友，反而成为自己之患，这也就决定他们必然要失败。由此可见，使用趁火打劫之计的敌有外患，趁其难以他顾而伤之的手法，应该清醒看到对方的外患能否对自己有帮助，即使没有帮助，也不能让对方的外患成为对方的外力。

第三，内忧外患，趁其难以自完而取之。

在兵法上讲，敌有内忧外患，就可以吞并他。在政治斗争中，各种政治势力交相混战，必有一些政治势力因树敌太多又争利不让，造成内外交困之势。在这种情况下，别的政治势力自然不会见利不取。趁机消灭其他政治势力，扩充自己的政治势力，是各种政治势力的共同愿望，这就使趁火打劫之计的内忧外患，趁其难以自完而取之的手法有了用武之地。不过，使用者应该注意，谋夺利益者并非一家，见到别人正处在内外交困而有利可图时，不能过早地暴露自己的意图，更要注意螳螂在前、黄雀在后，这样才可能获胜而不被他夺。这也是使用这种手法的前提条件。

779 年，唐德宗即位，所承接的政局是"征师日滋，赋敛日重，内自京邑，外洎边陲，行者有锋刃之忧，居者有诛求之困"，可称是内外交困，所以即位伊始，便想改变这种形势。

首先，德宗听从宰相杨炎的建议，实行两税法，使国家收支情况有很大改观，增强了朝廷的经济实力。其次对藩镇态度强硬，如不服从中央，即举兵争讨。这些措施如能按德宗预想的施行，当然是可以使君主专制制度加强。然而，事情不像德宗预期的那样发展，反而变得更加内外交困，连德宗的性命都差点丢去。这是因为德宗用人不当，形势估计不足，自履险境所致。

德宗即位伊始，任用杨炎，但此人爱以报复个人恩怨为事，使之独任大政，必使朝内的党争更加激烈。杨炎最大的失策，莫若是打击陷害当时出色的理财家刘晏。"晏有精力，多机智，变通有无，曲尽其妙。常以厚直募善走者，置递相望，觇报四方物价，虽远方，不数日皆达使司，食货轻重之权，悉制在掌握，国家获利而天下无甚贵贱之忧。"国家财赋"在晏所统则增，非晏所统则不增也"。对这样一位出色的理财家，杨炎却诬陷他在代宗时阿附宦官，意欲策立独孤氏为皇后，别立独孤氏之子李迥为太子，以废现任太子（即德宗）。德宗听信谗言，贬杀刘晏。不料这件事竟使朝野侧目，引起内外的不满，以山东强藩李正己为首的各藩镇要朝廷公布刘晏之罪，且讥斥朝廷。杨炎见势不妙，竟遣心腹宣慰，将杀刘晏之事推在德宗身上。德宗获悉，也就恨起杨炎，"由是有诛炎之志"。不久，德宗任卢杞为宰相，贬杨炎为崖州（今海南省内）司马，于中途缢杀之。卢杞为人"阴狡，欲起势立威，小不附者必欲置之死地"。德宗即位不久，连杀两位干练大臣，却又任用卢杞这样的险恶之人，使"中外失望"，也使本来就存在的内忧，更加危机四伏。

德宗对藩镇态度强硬，这本是矫正肃、代以来对藩镇姑息政策的必要手段，但这必须是在自己有一定军事实力的基础上。以当时的形势来看，藩镇大概有四种：一是地处河北、山东的诸镇，他们大都是安史之乱平定以后的安史余部，或是在平乱之后拥有重兵的悍将，都各拥强兵，表面上尊奉朝廷，实际上是供赋不入，自行任命下属，有自己的一套法令和制度。其位或父死子继、兄终弟及，或部下拥立、叛而夺之，朝廷难以更改，故最为跋扈，可称为反叛型藩镇。二是地处中原的诸镇，他们大都是在平定安史之乱时为朝廷所任命的，虽统有一定数量的军队，但其将帅的任命调动，中央尚能掌握控制，使他们担负着抗拒或平定反叛，屏卫关中，保护各地输入长安的财赋的重要使命，是王朝所依赖的基本力量，可称为基本型藩镇。三是地处关内和西北的诸镇，他们主要为防遏周边少数民族的入侵而设置的，如内地有事，朝廷经常调他们来援助，但此类藩镇虽比较善战，也比较骄蹇，朝廷也很难驾驭，可称为边疆型藩镇。四是地处东南地区的诸镇，因这些地方战事少、养兵少、军费少，势力也相对小，在中央的强压之下，他们所在地的税收大部分上供中央，是王朝的财赋的来源地，可称为财赋型藩镇。这些藩镇不论势力大小，都要看朝廷是否强大，邻镇是否强横，观望图利自全是他们的共同点。如果朝廷处置不当，无论哪种藩镇都能成为王朝的外患。

德宗即位伊始，"崔祐甫为相，务崇宽大，故当时政声蔼然，以为有贞观之风"。中外皆悦，反叛的藩镇军士大多欢呼："明主出矣，吾属犹反乎！"然德宗即位不久，杀两大臣，内已不安，外又生乱。就在这时，成德节度使李宝臣死，其子李惟岳接任其位，要朝廷承认其地位，德宗不允许。为了维护世袭特权，魏博节度使田悦、淄青节度使李纳、山南东道节度使梁崇义和李惟岳联合起来，共同抗唐。不久，梁崇义和李惟岳兵败被杀，田悦和李纳也被唐军打败。卢龙节度使朱滔和成德镇降将王武俊为了争权夺地，又勾结田悦、李纳发动叛乱，曾经参加征讨李惟岳的淮南节度使李希烈也参加进来。一时间五人都称王，李希烈还自称天下都元帅。朝廷告急，德宗只好调动关内诸镇兵前往平叛。

建中四年（783 年）十月，泾原节度使姚令言率泾原兵五千至长安。这些"军士冒雨，寒甚，多携子弟而来，冀得厚赐其家，既至，一无所赐"。第二天又让他们出发，路上皇家犒师，"惟粝食菜饭"。这引起士兵的愤怒，把饭菜踢翻，扬言道："吾辈将死于敌，而食且不饱，安能以微命拒白刃邪！闻琼林、大盈二库，金帛盈溢，不如相与取之。"于是回兵长安。德宗忙召禁军作战，竟没有一人前来，只好仓促带领部分人，狼狈逃往奉天（今陕西乾县）。泾原变兵便拥立朱滔的兄弟朱泚为主。不久，朱泚又在长安称帝，国号为秦（后改为汉）。此后，经过一年多时间，德宗依靠李晟率领唐军援助，很困难地收复长安，逐杀朱泚，但不得不与朱滔、王武俊、田悦、李纳等藩镇妥协，算是勉强地平定这场叛乱。在此期间，德宗忧虑异常，唐王朝的命运在险恶万状中度过，朝政更加不振了。

从德宗即位之初的所作所为来看，颇想振作一番，结果是兵祸连结，这是他不了解自己本处在内忧外患之中，而且"内信奸邪，外斥良善"，使内忧外患的形势加剧，乃至"几致危亡"。所赖当时趁唐王朝内忧外患而来争权夺利的，不是"外宽和中实恨刻"，便是"为人疏而慢"，缺少智谋和远大理想的人，不然，唐朝在此时就亡了，何待百年之后？

第四，促敌内忧，趁其内哄自伤而并之。

在政治斗争中，各种政治势力固然可以趁政敌内忧而攻夺之，然而这种机会并不太多，也不太容易抓到。因此，使用各种手段来促使政敌发生内忧，趁政敌内部发生交哄时，再发起进攻，其获得成功的概率更高。

唐德宗建中四年（783年），泾原镇兵哗变，德宗仓皇逃往奉天，叛军拥立朱泚，朱泚便亲自率兵围攻奉天。时京畿、渭北节度使浑瑊、邠宁节度使韩游瑰等苦战经月，城虽未破，而城中资粮俱尽，御供之粗米才有二斛，只有趁夜间缒城采野菜维持。朱泚恐怕久攻不下，长安生变，便发动强攻，"矢及御前三步而坠"，危急万分，普遍认为再能守三日。此时，正在征讨河北叛镇的朔方节度使李怀光，闻乱倍道前来驰援，在礼泉大败朱泚叛军，朱泚引兵遁归长安，城围始解。不久，神策军河北行营节度使李晟、神策军兵马使尚可孤等也率军来援，唐军转为优势，开始反过来围攻朱泚。

李怀光本性粗疏，自赶来驰援之时，就经常讲天下之乱，是宰相卢杞等两三人所酿成的。声言："吾见上，当请诛之。"当他解奉天之围，自以为功高，认为德宗定会接见他。卢杞等人怕李怀光见到德宗时说自己坏话，便向德宗建议："怀光勋业，社稷是赖，贼徒破胆，皆无守心，若使之乘胜取长安，则一举可以灭贼，此破竹之势也。"德宗轻信，没有接见李怀光，就下诏命李怀光、李晟等克期攻取长安。李怀光千里驰援，血战解围，"而咫尺不得见天子，意殊怏怏"。从此与德宗之间生起嫌隙。进兵到咸阳便逗留不前，屡次上书暴扬卢杞等的罪恶。德宗在不得已的情况下，只好将卢杞罢贬为新州司马。宦官翟文秀，上所信任也，怀光又言其罪，上亦杀之。李怀光要求虽然得到满足，但"内不自安"，又与李晟发生意见分歧，"遂有异志"。

李怀光与德宗之间的嫌隙，被朱泚侦知，便乘机"与怀光书，以兄事之，约分帝关中，永为邻国"。这就使李怀光有了反唐之心，居然打起李晟军队的主意。李晟有所察觉，请旨移师东渭桥，以免为李怀光吞并。德宗对李怀光抱有很大希望，要亲自到李怀光营垒督师攻打长安。有人说德宗亲征，乃是使用汉高祖云梦擒韩信之计，使李怀光"大惧，反谋益甚"。于是"辞亦不逊"。德宗还以为有人进谗言所致，便加李怀光为太尉，赐铁券，这就更增加李怀光的疑心，接到铁券便扔在地上说道："圣人疑怀光邪？人臣反，赐铁卷；怀光不反，今赐铁卷，是使反也！"德宗在奉天，地近咸阳，知李怀光之意，只好逃往汉中。

李怀光逼走德宗，举兵反叛，无奈部将多不愿意，纷纷引兵离去，转归李晟麾下。就在此时，与李怀光约分帝关中的朱泚，见李怀光势弱，乃以诏书的形式向李怀光征调军队，俨然以臣子看待。李怀光此时是惭怒异常，悔恨交加，"内忧麾下为变，外怒李晟袭之，遂烧营东走，掠泾阳等十二县，鸡犬无遗"。但他也没有逃过危难，被部将牛名俊斩首，献给德宗。其子自灭满门以免诛戮之辱，竟然绝后。

李怀光自恃有功而骄蹇，心知这样难免为人所嫉，故心不安，这是其内忧。朱泚与之约分帝关中，实欲借其力而除外患。当李怀光真正反唐，朱泚以臣礼待之，这是促使李怀光内忧，以期趁李怀光内部自哄之时将其吞并，这是有心使用趁火打劫之计的促敌内忧，趁其内哄自伤而并之的手法。唐德宗轻信奸臣，使李怀光不满，又在李怀光强兵之下处处忍让，非但没有使李怀光甘心为己用，反促使李怀光内忧加剧，等于是树敌于内，受其害也是理所当然的。

第五，造敌外患，趁其他顾不防而夺之。

在君主专制政体之下，君臣上下左右的政治关系，充满了各种难以预料的危机。在这种情况下，各种政治势力要想应付这种局面，躲过危机，不得不战战兢兢，如履薄冰，因为稍有疏忽，难免为其他政治势力所吞噬。既履薄冰身处危地，又不能不危中求存。因此，主动向政敌发动进攻，除去危险，使自己转危为安，便成为各种政治势力的共同愿望。正因为这样，趁火打劫之计的造敌外患，趁其他顾不防而夺之的手法，便成为各种政治势力所期望掌握的技巧之一。

春秋时期，田常欲作乱于齐，但又怕齐国内的高、国、鲍、晏等强族反对，便想立功于外而兴兵伐鲁。孔子为使自己的祖国不遭到涂炭，便派高足子贡前往游说，以化解危难。

子贡受命前往齐国，对田常说："你伐鲁是不对的。鲁国是难伐之国，城薄地狭，国君愚而不仁，大臣伪而无用，士兵又不善战，此为不易攻。你不如伐吴。吴国城高地广，兵器精良，士气高昂，又使良将把守，此为易攻。"田常听此不由得大怒说道：
"子之所难，人之所易；子之所易，人之所难；而以教常，何也！"
子贡不慌不忙说道："忧在内者攻强，忧在外者攻弱。你现在是内
忧。听说你三次求封而不成，大臣也有不听你的。现在你去破鲁
以广齐地，战胜以骄主，破国以尊臣，而君得不到什么功劳，则
与君主交情日疏。这是你上骄君主之心，下恣陵群臣，要想成大
事，难矣！再说君主骄则恣，臣骄则争，这是你上与君主有嫌隙，
下与大臣交争的事。如此，你在齐国的处境就很危险了。所以说
不如伐吴。如果伐吴不胜，民人外死，大臣内空，这是你上无强
臣之敌，下无民人之过，孤立君主而控制齐国的只有你了。"田常
说："很好。可我已经派兵去鲁国，如果现在攻吴，大臣怀疑我怎
么办？"子贡说："你先按兵不动，请派我去吴国，叫他们救鲁而
伐齐，你因此率兵迎击吴军。"田常接受这个建议，便派子贡去吴
国游说。

子贡到了吴国，对吴王说："作为王者不绝世，霸者无强敌，
千钧平衡之重，一边加上铢量则倾斜。现在强大的齐国想要吞并
弱小的鲁国，与吴国争强，犹如齐国加重，这是大王争霸的危险
所在。何况大王救鲁，是显名之事；伐齐，是获大利之事。如果
抚泗上诸侯，诛暴齐以服强晋，利莫大焉。这是名存亡鲁，实困
强齐，智者不疑的事。"吴王听罢说："很好。可是我曾经与越国
打过仗，越王苦身养士，有袭击我之心。你等待我征伐越国以后
再按你所说的去办。"子贡说："越之劲不过鲁，吴之强不过齐，
大王放弃齐而伐越，则齐已平鲁矣。何况大王方以存亡继绝为名，
伐小越而畏强齐，非勇也。夫勇者不避难，仁者不穷约，智者不

失时，王者不绝世，以立其义。现在大王存越示诸侯以仁，救鲁伐齐，威加晋国，诸侯必相率而朝吴，霸业成矣。如果大王畏恶越国，臣请东见越王，令其出兵以从，此名为有诸侯相从伐齐，而实空越，其忧可去。"吴王很高兴地派子贡出使越国。

越王勾践正处于兵败身辱之时，因此屈身恭迎子贡，而至馆舍向子贡问所来之由。子贡说："这次我来游说吴王救鲁伐齐。吴王心里以越为患，乃说：'待我伐越乃可。'果真这样，破越必矣。何况无报人之志而令人疑，拙之；有报人之志，使人知之，殆也；事未发而先闻，危也。三者举事之大患。"子贡的话戳到越王勾践的痛处，使勾践不由得顿首再拜说："孤尝不料力，乃与吴战，困于会稽，痛入骨髓，日夜焦唇干舌，徒欲与吴王接踵而死，孤之愿也。"子贡说："吴王为人猛暴，群臣不堪，国家敝以数战，士卒弗忍。百姓怨上，大臣内变，是残国之治也。您现在应当卑辞厚礼以悦其心，发士兵助他出战以骄其志，其必伐齐。如果吴王战不胜，是您之福。吴王战胜，必去进攻晋。臣请北见晋君，令其出兵攻之，弱吴必矣。吴之锐兵尽于齐，重兵困于晋，而您制其敝，此灭吴必矣。"勾践极为高兴，大谢子贡，子贡不受而去。

子贡又来到吴国，向吴王汇报说："我将大王的话告诉越王，越王大恐，说：'孤不幸，少失先人，内不自量，抵罪于吴，军败身辱，栖于会稽，国为虚莽，赖大王之赐，使得奉俎豆而修祭祀，死不敢忘，何谋之敢虑！'"此话先使吴王放心，几天以后，越国助征之兵赶到，吴王大悦，问子贡说："越王欲身从寡人伐齐，可乎？"子贡怕谎言被戳穿，便回答说："不可。夫空人之国，悉人之众，又从其君，不义。君受币，许其师，而辞其君。"吴王便没有让勾践随征，而亲率九郡兵马伐齐。

　　吴军出动，子贡又来到晋国，对晋君说："臣闻之，考虑不定不可以应卒变，兵不先办不可以胜敌。现在齐与吴将开战，吴战齐不胜，越国必攻吴；吴战齐获胜，必以其兵临晋。"晋君大恐，问："为之奈何？"子贡说："您且修兵休卒以静观待变。"晋君应许，子贡便回到鲁国静等其变。

　　果然，吴国与齐国战于艾陵，大破齐军之后，以战胜之师攻晋国，双方战于黄池，吴军大败。越国闻吴军战败，涉江袭吴，与吴军战于五湖，吴王夫差兵败被杀，越王勾践东向中原称霸。司马迁在总结这段历史时说："子贡一出，存鲁，乱齐，破吴，强晋而霸越。子贡一使，使势相破，十年之中，五国各有变。"子贡以一个普通人，为了鲁国的生存而游说各国，并获得如此成功。这是他掌握趁火打劫之计的造敌外患，趁其他顾不防而夺之的手法的技巧，有意识地给各方制造外患，使各方都成为顾此失彼之势。他促吴为齐的外患，促越、晋为吴的外患，改变整个政治态势，也就使弱小的鲁国有了一个安全环境。子贡给各方制造外患时，总是设身处地为对方着想，抓住各方的弱点，引诱或迫使对方就范，巧妙地掩饰自己真正的意图，这就抓住了使用本计的要点，也说明了使用这种手法的隐蔽性。

**　　第六，制造忧患，趁其内外交迫而灭之。**

　　在君主专制政体之下，臣僚处于被支配的地位，但君主又不能不依靠内外臣僚处理政务。这样，在政治斗争中，各种政治派别必须要顺应政治体制和君主的好恶脾性，巧妙地达到自己的政治目的。与此同时，内借君主之力，外借其他政治势力相助，则成为当时政治斗争的重要手段。因此，在政治斗争中，使用趁火打劫之计制造忧患，趁其内外交迫而灭之的手法，便成为各种政治势力应该掌握的技巧和试图掌握的技巧之一。

西周灭商，推行"封建"。所谓封建，就是封侯建国，裂土封爵。秦灭六国，罢封建，设郡县，停止对宗室的分封。汉高祖刘邦统一后，认为未封宗室以为屏藩是秦速亡的原因之一。因此，他专门分封了一批同姓诸侯王，让他们领兵分据战略和财赋要地，借以控制郡县，必要时又可以作为中央王朝的捍卫力量。为此规定："非刘氏不得王。"有意识加强宗室的力量，提高宗室的地位。然而，随着时间的发展，这些诸侯王凭借自己相对独立的统治权，渐呈尾大不掉之势。与此同时，北方匈奴强大，威胁汉朝的北边。故此，在文、景之时出现如何削藩和抵御匈奴问题的议论。

这两个问题，一是内事，一是外事。言外事是朝野都能接受的，没有什么忌讳，言内事则容易引起当权者的猜忌。故此，汉文帝时的贾谊因诸侯王势力太大，已呈难制之势，提出"欲天下之治安，莫若众建诸侯而少其力"的主张，认为可以给宗室以很高的政治和经济待遇，但不能给他们实际的军政权力。年轻的贾谊得到汉文帝的赏识，已招致一些诸侯大臣的嫉妒，又直言内事，积怨更深。于是，大臣们以贾谊"洛阳之人，年少初学，专欲擅权，纷乱诸事"为名，逼迫文帝不能重用贾谊。贾谊所提的建议也难以实施，以致唐代诗人李商隐有"可怜半夜虚前席，不问苍生问鬼神"之叹。

与贾谊同时代的还有两位年轻人，也谈内外事，自然也招致诸侯大臣的猜忌。由于两人进言的方法不同，所得到的结果也不同。这就是袁盎和晁错。

从出身来看，袁盎父亲是盗贼，在吕后当权时，袁盎走吕禄的门路，得为吕禄的舍人，从此进入仕途。在汉文帝即位时，袁盎凭着其兄的举荐，升为郎中，得在文帝身边为侍从，有了进言的机会。晁错也是家无渊源，"以文学为太常掌故"，是凭自己的才能进入仕途的。

不同的出身和经历，使他们在为人处世上相差很远。晁错为人峭直刻深，袁盎为人圆滑含蓄。在文帝时，晁错上书凡三十篇，涉及内外重大事务，虽然没有使文帝完全听从，但使文帝知其才能，其官也就不断升迁，从太子舍人、太子门大夫到太常博士、太子家令，升到中大夫，虽不是什么显官，已招人眼热。袁盎虽没有晁错那样文笔，但身为侍从，向文帝进言的机会很多，常使文帝悦服，官运也很亨通，在文帝之时官至吴国相。

在景帝为太子时，晁错为太子家令，常为景帝出谋划策，人号为"智囊"。景帝即位，晁错升为中大夫，转内史，超迁为御史大夫而身居副丞相之职，故"宠幸倾九卿"。这种升迁速度，肯定招人嫉妒。在晁错为内史时，当时的丞相申屠嘉就很嫉妒，拟以晁错"穿宗庙垣为奏，请诛错"。幸而为晁错侦之，先行向景帝汇报，使申屠嘉计谋不成，深恨"吾悔不先斩错乃请之，为错所卖！"申屠嘉本是气性很大的人，"因呕血而死"。这使晁错更加荣宠，朝野也就更加侧目。

景帝即位，对袁盎来说，并不是什么好事，因为他身为吴国相，人在外地，难以进言，且景帝在为太子时，因与吴国太子下棋发生争执，"引博局提吴太子，杀之"，与吴国结成深怨。现在景帝即位，这种深怨肯定会爆发出来。袁盎出于避祸心理，及时告归，投靠丞相申屠嘉，以求自全，不料申屠嘉又死去，所恃已去，处境危险可知。

晁错受宠，袁盎失爱，这两个人的积怨必然要激化起来。本来晁错与袁盎就不相善，"错所居坐，盎辄避；盎所居坐，错亦避；两人未尝同堂语"。现在晁错为御史大夫，袁盎在京闲居，正是晁错报复的好机会。但这位好谈"权术"的晁错，非但没有害掉袁盎，反被不好谈权术而会用权术的袁盎所害。

以二人的权术而论：晁错深得景帝信任，也非常忠于景帝。为了景帝的尊严，他不惜多次更定法令。他自恃有权在手，不听左右劝谏，就是其父亲劝他，也改变不了他的初衷，使他父亲感到"刘氏安矣而晁氏危！""不忍见祸逮身"而自杀。晁错本人因为是维护"天子之尊"，所以才不怕别人"口语多怨"。但做事优柔寡断，缺乏应变才能。有景帝的信任和重用，晁错自以为是有恃无恐，孰料他的政敌竟使用很高明的手段，将其所恃变为所害。袁盎则不然，他比晁错要会看风使舵，其中伤人总能抓住要害。下面就他们所作的二三事进行比较。

在文帝时，袁盎不过是刚入仕的郎中，在文帝身边为侍从。这时绛侯周勃因平定诸吕，拥立文帝，志骄意满，而文帝也因周勃功高，礼之甚恭。袁盎借机向文帝进言道："丞相（周勃）何如人也？"文帝对周勃正怀感激眷恋之情，便回答道："社稷臣。"袁盎说："绛侯所谓功臣，非社稷臣。社稷臣主在与在，主亡与亡。吕后时，诸吕用事，擅相王，刘氏不绝如带。是时绛侯为太尉，本兵柄，弗能正。吕后崩，大臣相与共诛诸吕，太尉主兵，适会其成功，所谓功臣，非社稷臣。丞相如有骄主色，陛下谦让，臣主失礼，窃为陛下弗取也。"自此以后，周勃的处境就不妙了，不得不辞相就侯位。然而在周勃被人诬告而抓进狱中时，袁盎力言周勃无罪，这又就使周勃感激他，"乃大与盎结交"。一石双鸟，上下均不遭怨。还有一次，袁盎安排文帝宠幸的慎夫人的座位时，把慎夫人的座位安排在皇后之下，慎夫人生气，不肯坐，文帝也因此恼怒，竟不入位，带慎夫人回后宫。袁盎因此进言："臣闻'尊卑有序，则上下和'，今陛下既已立后，慎夫人乃妾；妾、主岂可与同坐哉！且陛下幸之，即厚赐之；陛下所以为慎夫人，适所以祸之也。陛下独不见'人彘'（指吕后将戚夫人手足砍去扔在猪圈事）乎！"这不但使文帝转怒为喜，也使慎夫人心服，另赐袁盎金五十斤。由此可见袁盎处事多能抓住要害，对当时的政治斗争看得也很清楚，晁错当然不是他的对手。

晁错与袁盎结怨，现大权在手，足以置袁盎于死地，便使吏案袁盎受吴王财物，将袁盎贬为庶人。不久，吴、楚等七国叛乱，晁错也深知袁盎是其内忧。内忧不去，外患难除。晁错便对下属说："袁盎多受吴王金钱，专为蔽匿，言不反；今果反，欲请治盎，宜知其计谋。"希望下属为他查找袁盎参加反叛的痕迹。当下属以"盎不宜有谋"为辞时，晁错便犹豫不决，难以当机立断，最终又因此走露消息，使袁盎有转危为安的机会。由此可见，晁错在为人处世上不如袁盎，其受袁盎之害也是必然的。

袁盎得知晁错欲加害自己，乃托正受景帝眷爱的外戚窦婴为其引见，得以于深夜见到景帝，从容进言。景帝正为吴、楚反叛忧不能眠，与晁错在一起商议军事，见到原来为吴相的袁盎，自然话题就是此事。政敌在场，袁盎若不抓住景帝的心理，非但不能免祸，反而会给晁错以口实，故需相当高的技巧。当景帝问吴、楚反叛之事时，袁盎马上回答："不足忧也，今破矣！"一下就将景帝注意力吸引过来。景帝说："吴王即山铸钱，煮海为盐，诱天下豪杰，白头举事，此计不百全，岂发乎！何以言其无能为也？"袁盎得知景帝所虑，便为其释疑说道："吴铜盐之利则有之，安得豪杰而诱之！诚令吴得豪杰，宜且辅而为谊，不反矣。吴所诱皆无赖子弟、亡命、铸钱奸人，故相诱为乱。"这种分析与晁错所估计相同，故晁错说："盎策之善。"这就更使景帝关心如何平吴而向袁盎问计。袁盎见景帝入彀，便让景帝屏开左右，将晁错也屏开，得以单独进言。这样做虽招来晁错甚恨，但生死成败在此一举，袁盎只有孤注一掷了。袁盎说："吴、楚相遗书，言高皇帝王子弟各有分地，今贼臣晁错擅适诸侯，削夺其地，以故反，欲西共诛错，复故地而罢。方今计独有斩错，发使赦吴、楚七国，复其故地，则兵可毋血刃而俱罢。"实际上袁盎这种估计是完全错误的，七国兵已发，犹如离弦之箭，想要收回是不可能的；再者，即使能收回，结怨已深，七国还怕朝廷日后以此报复，势本不能息。这主要是袁盎害晁错以求自安。景帝听了袁盎的话，沉思许久，居然说："顾诚何如？吾不爱一人以谢天下。"于是，这位忠心于景帝，而自恃景帝为后台的晁错，便被景帝定为灭族了。而晁错尚不得知，其被捕杀时，还穿着朝衣。

袁盎陷害晁错，使用的就是趁火打劫之计的制造忧患，趁其内外交迫而灭之的手法。于内，他知道君主所关心的是自己的安全和江山万世一系，借此抓住景帝的私心，使景帝的侥幸心理萌发，进而使晁错所恃失去，而内忧生矣。于外，他得知晁错为景帝策划削藩，因与晁错有怨，故意隐瞒吴国实情，使晁错对此问题估计不足，实际上是借外力以反晁错。内外相攻，晁错内忧外患俱至，终被灭族。虽然后来景帝发觉杀晁错是失策之事，也不好再为晁错平反，因为平反就意味着对自己的否定，君主是不肯承担其过的，这正是袁盎的高明之处。

三、就势取利　谨慎方成此计

趁火打劫之计本是比喻乘人之危而谋利的，在政治斗争中，各种政治势力为了争夺有利的态势，从来不会怜悯任何政敌的危险，却常常趁政敌之危发起进攻，以期使本集团或本人在政治上谋得更大的利益。也正因为如此，本计在这种复杂的政治斗争环境中，能够得到广泛地应用。

第一，趁火打劫之计应用在君臣之间的争斗上。

在君主专制政体下，其权力和义务的分配原则是："君者，出令者也。臣者，行君之令而致之民者也。民者，出粟米麻丝、作器皿、通财货以事上者也。"要求下级服从上级，地方服从中央，最后一切听命于君主，否则便是有违"行君之令"和"事上"之责。臣下在君主面前，永远只能处于被管理和被驱策的地位，绝不能按自己的意图或根据客观条件运用独立的治理权。然而这只不过是当时的理想，真正付诸实行，中间有很大的差距。

《韩非子·三守》云："凡劫有三：有明劫，有事劫，有刑劫。人臣有大臣之尊，外操国要以资群臣，使外内之事非己不得行。虽有贤良，逆者必祸，而顺者必福。然则群臣直，莫敢忠主忧国，以争社稷之利害。人主虽贤，不能独计，而人臣有不敢忠主，则国为亡国矣。此谓国无臣。国无臣者，岂郎中虚而朝臣少哉？群臣持禄养交，行私道而不效公忠。此谓明劫。鬻宠擅权，矫外以胜内，险言祸福得失之形，以阿主之好恶，人主听之，卑身轻国以资之，事败与主分祸，而功成则臣独专之。诸用事之人，壹心同辞以语其美，则主言恶者必不信矣。此谓事劫。至于守司囹圄，禁制刑罚，人臣擅之，此谓刑劫。"

作为先秦法家思想集大成者的韩非，不但是君主专制的鼓吹者，而且是专制理论的集大成者。他对政治领域的复杂性以及相关的技巧作过精深研究，其识见自然有他的独到之处。此三劫之说是站在君主的角度上讲的。即便是如此，从中也可以看到君臣之间争斗的激烈程度。

君臣之间的政治关系，本身就存在相互利用和相互排斥的现实；在这种现实中，无论是君，还是臣，都有遇到危机的可能。乘人之危而谋己利，这在政治斗争中是常见的政治现象。

以君主而论，大权旁落时，固然容易为人所乘；君主昏庸懦弱，处事犹豫不定时，也容易为人所乘。在这种情况下，某些臣下出于自身的利益，向君主打劫的情况也是常见的。前文所举的赵主父饿死于沙丘宫，公子成和李兑就是抓住主父在继承人问题上犹豫不决，趁机起事而专断国政的。当然，乘君主之危而打劫，这本身就是一件危险的事；因为趁火打劫，需起火之方无力自顾，若起火之方尚有余力，必拼死相报，困兽之斗往往事关生死。如秦二世在赵高指鹿为马的专横情况下，实在难忍，"使使责让"，赵高见势不妙，急忙发动兵变，派遣其女婿阎乐率兵攻入望夷宫。二世在阎乐逼迫之下，欲见赵高不得，欲为郡王不许，愿为万户侯也不许，愿为黔首也不能，只有自杀。以阎乐本人来说，他是乘二世之危，意在杀二世以谋得更大的利益，却没有料到将来赵高会被夷三族，自己也难免于被诛的命运。由此可见，趁君主之危而打劫是有很大的危险的，因为毕竟是君主专制政体，劫一君主，并不能改变体制，其危险自然会因体制的反扑而到来。王夫之在论及辅政制度时说："辅政者，危亡之本，恶得托周公之义，以召祸于永世哉。"无论是谁，虽能趁君主之危而打劫，并从中得到一些利益，但最终是逃不脱专制制度的惩罚。故使用者不到万不得己，是不能轻易向君主打劫的。

以臣下而论，即便是权势可炙的权臣，于上也要受制于君主，况且还有左右的政敌存在，更何况下面还有人觊觎其位，因此发生危机的机会很多。在这种情况下，君主有意识地通过扶植一种政治势力以打击另一种政治势力，则成为现实政治斗争中君主巩固自己地位的必要权术之一，因此臣下往往成为君主使用这种计谋的牺牲者。但是，臣下顺应政治体制和君主好恶脾性，巧妙地达到自己的政治目的，使用趁火打劫之计也是经常的现象。

第二，趁火打劫之计应用在官场之中。

历代统治者都有意识地赋予官吏以一定的特殊权益，使之合法地凌驾于人民群众之上，有意造成官民之间的对立。在历史上虽然有不少《循吏传》《清官谱》之类的记载，对一些比较清廉正派，关心民生疾苦，直言极谏和刚正不阿的官吏进行褒扬，但他们终是极少数，也绝不可能超出自己的阶级局限。绝大多数的官吏，不论是在体制、身份，还是其公务活动的社会效果上，都充分体现着对广大人民的压迫，和拥有特殊的权势和地位。清代著名作家蒲松龄在其名著《聊斋志异·夜叉国》中，对腐败的官场和贪官酷吏进行了形象的揭露，认为"出则舆马，入则高坐；堂上一呼，堂下百诺；见者侧目视，侧足立，此名曰官"。更细一点描述："冠带巍峨，官之容也；高车驷马，仆从如云，官之体也；高堂广厦，锦衣玉食，官之乐也；签拿票押，敲扑喧嚣，官之威也。"这些官吏无论是仪仗威风、生活享受，还是手握权柄、掌黎民百姓的福祉上，都处于"治人者"的地位。

正因为这些"治人者"有特殊的权益，得之者未免志骄意满，失之者难免灰心丧气。为了这些权益，有些人不惜出卖自己的灵魂和人格。例如，西汉哀帝时，身为三公的孔光，深知哀帝所宠幸臣董贤，不顾自己公侯尊位和祖辈的身份，在董贤前来拜访时，衣冠出门迎候，倒退入中门以待董贤下车，"乃出门拜谒，送迎甚谨，不敢以宾客均敌之礼"，在客观上促成董贤"繇是权与人主侔矣"。明代张居正秉政，有一次卧病在床，举朝士夫为之建醮祈祷，有一朱姓御史，"至于马上首顶香盒驰诣寺观，已而行部出都，畿辅长吏（知县）例致牢饩，即大惊，骂曰：'不闻吾为相公（张居正）斋耶？奈何以肉食馈我！'"表现出他们对权力的趋从和阴暗的心理。一旦这些权要失势，他们的嘴脸就要变换了。董贤在哀帝去世，顿失所恃，在王莽的逼迫下，夫妻双双自杀，孔光此时上书，历数董贤之恶，恨不得食之肉、寝之皮。张居正去世，万历皇帝欲清算他原来专权时对自己的罪恶，朱姓御史有所风闻，便追劾张居正回乡葬父时，"五步一井，以清行尘。十步一灶，以备茶炊"。时人认为"那得有许多井，许多灶。可笑"。为了权力，官吏们多是翻云覆雨，百般模拟，悉入魑魅魍魉变幻之中。正如元曲《冻苏秦》的结尾的《鸳鸯煞》所云："想当初风尘落落谁怜悯，到今日衣冠楚楚争亲近。畅道威震诸侯腰悬六印，也索把世态炎凉心中暗忖。假使一朝马死黄金尽，可不的依旧苏秦，做陌路看承被人哂。"

有特殊权益，不但可以改变自身的社会地位，而且会招致许多人的艳羡和妒嫉；艳羡者希望得到，妒嫉者希望取而代之。在这种情况下，争权夺利是在所难免的。趁火打劫之计的就势取利，正适应这种争权夺利的场合。彼有权势，我自趋奉；彼若失势，我自打劫，宦海风波险恶，全是这些势力官吏们所造就的。

第三，趁火打劫之计应用在各种政治势力角逐之中。

在君主专制政体下，各种政治势力相互利用和攻击。这样，他们虽然有得势之时，也经常会出现危机。为了本集团的利益，使用趁火打劫之计，趁他方危急之时而攻之，或有意识地制造对方的危机，以便乘危而取之，几乎成为各种政治势力所共同追求的目标。在这种情况下，趁火打劫计在各种政治势力中间得以广泛地应用。

《红楼梦》中讲到应天知府贾雨村在审理官宦子弟打死人命一案时，府吏曾对他有一番"忠言"说："如今凡作地方官的都有一个私单，上面写的是本省最有权势极富贵的大乡绅名姓，各省皆然。倘若不知，一时触犯了这样的人家，不但官爵，只怕连性命也难保呢！"这虽是文学的描写，但形象地刻画出在君主专制政体下，各种政治势力纠缠在一起的现实。在这种情况下，趋强害弱是官场常见的现象。在趋附和加害过程中所结成的各种政治势力，其斗争必然是激烈的。夬卦中的《象》曾经讲道："君子以施禄及下，居德则忌。"君子尚不免在政治斗争中失德，何况是在各种政治势力你死我活的斗争中呢！

总之，趁火打劫之计作为胜战计之一，得到政治家、野心家、阴谋家们的重视，并且被他们广泛地应用到各种领域，其应用范围也就无所不及了。

四、见利则取　险中富贵难求

在君主专制政体下的政治斗争，有君主与各种政治势力之间的斗争，有各种政治势力之间的斗争，有各种政治势力内部人与人之间的斗争。所有的斗争都是在他们的目的多少相似而互不相容的时候发生的，这种相似不相容的东西，就是权力。在政治斗争里，权力是一种手段，通过权力争得政治地位，通过权力来实现自己的政治目的；无论是政治地位和目的，又必须通过权力来保证。因此，在政治斗争中，权力的竞争最为突出，也最引人注目。趁火打劫之计以其就势取利的立意和制胜的功效，被政治家、野心家、阴谋家们经常使用，其特点也就十分突出。

第一，就趁火打劫之计在政治斗争中的应用而言，具有乱中取胜和险胜的特点。

按本计的要求，"敌有昏乱，可以乘而取之。"这本身就是建立在乱中取胜的基础上。"乱"到一定程度才能打劫，这是本计的中心。也就是说，敌方越乱，乘之者越能争取胜机。这也如邻家起火，如果火只烧到他家的院落，尚未危及他家人的性命，前去打劫者自然不会得到好结果，弄不好还会偷鸡不成、反蚀一把米。如果是大火蔓延，其家人生命尚且难保，无力顾及别人打劫，打劫者获得成功的可能性就高。同样，在政治斗争中，趁其乱而取之，也要求掌握政敌乱的程度，这就是本计乱中取胜的特点。

乱中取胜，乘人之危，这本是不道德的行为，虽然在政治斗争中难以用道德来衡量，但是乘人之危，危者必怒，所以说这种争胜是险道。这犹如一只猛兽受伤，只要猛兽还能挣扎，攻击它必然存在危险。困兽犹斗，何况是受了伤的猛兽，急怒之下，往往会迸发出难以预料的凶恶。之所以说此计是险胜，就是这个道理。例如，战国时，燕王哙在位，子之当权，将军市被和太子谋而攻之，双方交战，"构难数月，死者数万人，百姓恫恐"。齐国因燕内乱，派兵往伐，"燕士卒不战，城门不闭"。齐人只用五旬便攻取燕国，醢子之，杀燕王哙，可谓全胜。然而齐国并没有按燕人所想的另立新君，而是占据燕国为己有，所以燕人又起而驱逐齐人，并与齐人结下怨仇。经过多年准备，燕国起兵伐齐，若不是燕昭王听信谗言，罢废乐毅，齐国几乎灭亡。由此可见，乘人之危是险道，故本计以《周易·夬卦》为推演，其五爻为刚，上爻为柔，要求胜后的修饰，正因这种险胜需要再度巩固。

第二，就趁火打劫之计在政治斗争中的作用而言，具有投机性和冒险性的特点。

政治斗争是残酷的，尤其是野心家和阴谋家们，很难以政治道德、政治信念、政治气节来衡量。在争权夺利的场合下，乘人之危的投机行为则是经常的现象。趁火打劫之计由于有就势取利的特点，符合了这种乘人之危的投机心理。《韩非子·孤愤》中谈及当涂之人和法术之士的"五胜之资"和"五不胜之势"时讲道："夫以疏远与近爱信争，其数不胜也；以新旅与习故争，其数不胜也；以反主意与同好争，其数不胜也；以轻贱与贵重争，其数不胜也；以一口与一国争，其数不胜也。"处不胜之势，欲战胜有胜之资，更何况"智法之士与当涂之人，不可两存之仇也"。这必然促使投机心理的萌发。按韩非子的理论，当涂之人的"五胜之资"，也是"危亡之本"；有此危亡，法术之士自然就有乘危取之的机会，也就有了投机的成功可能性。投机者获得成功，反过来刺激其他人的投机心理，其欲使用本计的可能增大，也就使本计具有了投机性的特点。

在权力的诱惑下，野心家和阴谋家常常具有一种冒险心理。这种冒险心理，往往使他们只顾眼前利益，不考虑后果。铤而走险，成败在此一搏的做法，正符合本计的险胜要求。例如，明景泰八年（1457年），景泰帝病重，而继承人尚未确定，宫廷内和文武百官都十分忧虑。就在此时，身为太子太师，而且功封为侯的石亨，见景泰帝无康复的希望，便与都督张軏、左都御史杨善和太监曹吉祥等谋议。石亨认为："请复立东宫（朱见深，景帝之侄，英宗之子），不如请太上皇（英宗）复位，可得功赏。"后经太常卿许彬的介绍，又找到左副都御史徐有贞，经过合谋，决定乘此时机发动事变。拥立君主，在君主专制政体下是惊天动地的事，故徐有贞在出发前对家人讲："事成社稷之利，不成门族之祸。归，人；不归，鬼矣。"说明这些政治投机者孤注一掷的冒险心理。侥幸获得成功，这些人会一个个受到封赏，在权欲上分别得到一定的满足。

本计在使用上有一定的冒险性，另外此计还有一个很大的特点，那就是胜后需要一定的修饰，才能够保住胜利果实。也就是这一点，往往为使用者所忽略，那么胜利往往会随之而失去。石亨、曹吉祥、徐有贞等人的"夺门之变"获得成功，但这些人不知修饰，一个个为争权夺利而吵闹不休。结果，先是徐有贞被抓进诏狱，论罪贬为民而谪戍金齿；后是石亨在狱中被虐待而死，其子石彪、石俊被杀；再就是曹吉祥被凌迟处死，满门抄斩。主谋三人的命运，一个比一个惨。

第三，就趁火打劫之计在政治斗争中使用的影响而言，具有成功性影响大于失败性影响的特点。

中国有句俗语："好事不出门，恶事传千里。"在实际生活中，大凡成功的事，往往为人所传颂。例如，苏秦经过头悬梁、锥刺股，最终身配六国相印，此事家喻户晓。然而，众多士大夫寒窗苦读一生，到头来沿街乞讨，落魄一生，而鲜有人道及。这就是所谓榜样的力量是无穷的。为了博得金榜题名日，多少人白了少年头，又有多少人青灯之下耗费大好光阴，而终无悔恨！正因为是有人成功，有人而因此而名显于当朝后世。常见有人教育子孙，学习当刻苦，只有吃得苦中苦、方为人上人。宋真宗赵恒曾有诗曰："富家不用买良田，书中自有千钟粟。安房不用架高梁，书中自有黄金屋。娶妻莫恨无良媒，书中有女颜如玉。出门莫恨无随人，书中车马多如簇。男儿欲遂平生志，六经勤向窗前读。"人们大多只看到因金榜题名时的人生得意之时，鲜能看到沿街卖字，缧系于囚徒之伍的读书之人。

正因为成功者名声远播，湮没那些凄泣悲惨，人们才向往成功，而鲜设想到失败。故此，使用本计所获得的侥幸成功，往往掩盖失败者的凄惨。例如，明成祖朱棣以藩王发动靖难之役成功，夺得帝位。而后其次子朱高煦也常想步乃父的后尘。朱高煦曾得到乃父的垂青，加过天策护卫，便以唐太宗以自比道："唐太宗天策上将，吾得之岂偶然？"且说道："我英武，岂不类秦王世民乎！"他哪料到朱棣以藩王夺位，在位者决不允许再有藩王夺位，故实行削藩政策，加强中央集权。朱高煦虽是朱棣的爱子，也不免被夺去护卫，徙封乐安州（今山东广饶县）。朱棣死后，朱高炽即位，是为仁宗；仁宗即位不及一年而死，其子朱瞻基即位，是为宣宗。朱高煦认为主少可欺，模仿乃父，向自己这位侄子发起靖难。不料这位少主亲征，不数日则大兵压境，只两日就迫之出降，最后落得身败名裂。从朱高煦叛乱来看，他只是看到别人趁火打劫的成功，而从不注意历史上趁火打劫的失败。他不顾变化了的情况，贸然发动叛乱，可见人们只看到成功，并未看到失败。

总之，敌有大害是对自己非常有利的事，见利不取，这在政治斗争中是罕见的。然而，在中国古代社会，传统的儒家思想占统治地位，用不道德的方法来战胜对手，往往会留下不好的声名。

使用本计来战胜政敌，从声名来讲，很难得到令人满意的好声名。因此，本计要求获胜之后的自我完善，达到既用不道德的方法去战胜对手，又能获得好的名声，便进入本计的最佳之处。当然，要达到最佳的境界不是容易的事，这就要求使用者善于掌握时机，因人施教，因权生变。

在当初，孟子学艺于子思，孟子曾问道："牧民之道何先？"子思回答："先利之。"孟子不解其中之意，说道："君子所以教民者，亦仁义而已矣。何必利！"子思剖析道："仁义固所以利之也。上不仁则下不得其所，上不义则下乐为诈也，此为不利大矣。故《易》曰：'利者，义之和也。'又曰：'利用安身，以崇德也。'此皆利之大者也。"孟子理解其中的奥妙是因人因事而异，故在魏王问他"不远万里而来，亦有以利吾国乎"时，他答道："君何必曰利，仁义而已矣！君曰何以利吾国，大夫曰何以利吾家，士庶曰何以利吾身，上下交征利而国危矣。未有仁而遗其亲者也，未有义而后其君者也。"这就是对不同的人、在不同的环境所讲话的不同之处。

本计要求胜后的修饰，正是根据不同的情况做出不同的反应，这也是设计者最初的心态，是古人在社会政治生活中总结的经验，也体现出社会的复杂。然而见利忘义、有利必取的人，往往会忽视胜后的修饰，自然也就很难得到本计的最佳效果。因此使用本计者往往难以获得完美的成功，乃至给社会带来很坏的影响。

声东击西

——将欲取之　虚实出敌不意

本计云："敌志乱萃，不虞，坤下兑上之象，利其不自主而取之。"其大意是：当敌方神志错乱，失于防备时，按照《周易·萃卦》之象，利于向其失于防备之处而攻之。

该计用于军事是以假象造成敌人的错觉，伪装攻击的方向，在其不备时，发起突然进攻，以达到攻其不备的效果，也是疑兵之法。该计用于政治，则是假借注重他事，造成政敌的错觉，借政敌注重他事之机，发起突然进攻，将其打败或除掉。这也是胜战的谋略，常出现于政坛。

声东击西是政治家、野心家、阴谋家在政治斗争中常用的计谋。他们用忽东忽西，若即若离的方法，不攻而示之攻，欲攻而示之不攻；似可为而不为，似不可为而为之，造成政敌的错觉，然后因势用计，攻其不备，进而达到出其不意的效果，实现自己的政治预谋。这种方法在政治领域是常见的，被政治家、野心家、阴谋家们常试不衰，而且屡奏奇效。

公孙弘善度圣意，荣华一生

一、聚合聚分　合兴盛分衰败

《周易·萃卦四十五》云：萃：亨，王假有庙，利见大人，亨利贞。用大牲吉，利有攸往。《象》曰：泽上于地，萃。君子以除戎器，戒不虞。

【一爻】初六，有孚不终，乃乱乃萃，若号，一握为笑，勿恤，往无咎。《象》曰："乃乱乃萃"，其志乱也。

【二爻】六二，引吉，无咎，孚乃利用禴。《象》曰："引吉无咎"，中未变也。

【三爻】六三，萃如嗟如，无攸利。往无咎，小吝。《象》曰："往无咎"，上巽也。

【四爻】九四，大吉，无咎。《象》曰："大吉无咎"，位不当也。

【五爻】九五，萃有位，无咎，匪孚。元永贞，悔亡。《象》曰："萃有位"，志未光也。

【六爻】上六，赍咨涕洟，无咎。《象》曰："赍咨涕洟"，未安上也。

声东击西之计是以《周易·萃卦》为推演之本，这是因为该卦是以"观其所聚，而天地万物之情可见矣"为中心，这是不变的内容。从这种不变之中，以刚柔相应相比为能聚，无应无比为不能聚。能聚为合则兴盛，不能聚为分则衰败。声东击西的重点，是使对方刚柔不能相应相比，使之走向衰败，这正是取胜之道。当然，这中间有许多变化，这也是爻辞所推演的重点。

按《周象·萃卦》之象与六爻之象来推演，在政治斗争中使用声东击西之计的可能和结果，大概有如下几种：

第一种，在与政敌斗争中，使用者弄错声东击西的方向，虽然于自己不利，但没有什么大问题，因在别人看来这是误会，故不用担心，无咎。

第二种，在与政敌斗争中，使用者的攻击方向正确，只要用心竭力则吉，也可能有所收获。

第三种，在与政敌斗争中，使用者遇到困难，不要叹息不前，那是没有益处的事，只有振奋向前；因为没有脱离本计正道，最多受些小损失。

第四种，在与政敌斗争中，使用者虽然在方法上有些问题，但得到大的胜利，可保无咎。

第五种，在与政敌斗争中，使用者的方法基本得体，也获得预想的胜利；但没有使政敌心悦诚服，还需经过一段政治上的好表现才能使政敌心服，这要是作长远打算的话，还不算完美。

第六种，在与政敌斗争中，使用者使用方法得当，获得预期的目的，但不能表现出志满意足的神态，而是以伤心反省的态度对待政敌，才能获全胜而无咎。

由上推演，可预想到声东击西之计中有许多变化。在与政敌斗争中，使用者的才能、素质、名望、地位、权势、感情等方面的差异，自然也会使他们在使用手法上出现差异。

二、深知敌弱 深思熟虑而为

《国语·晋语》云："君子目以定礼，足以从之，是以观其容而知其心矣。目以处义，足以步目。"也就是说，君子处世当观察各种变化，在明白事之真伪后再妥善行事。正因为事有真伪，而人们又容易被假象蒙蔽，声东击西之计才有活动的市场，才成为制胜的手段。

在复杂的政治斗争中，各种政治势力交相作用，如何争得斗争的主动权，是各种政治势力所追求的目标。在这种情况下，使用声东击西的方法，制造假象，分散政敌的注意力，然后寻找政敌致命的弱点发起攻击，这也是制胜的重要手段。然而，假的终究是假的，如不逼真，就会被人识破，弄不好还会自蹈灾祸。正因为此计对使用者要求很高，易蹈祸机，才列入胜战计之末。

第一，峰回路转，以可为而不为曲而得之。

在政治斗争中，对政敌采取明目张胆、大张旗鼓的攻势，固然可以在气势上压倒政敌，但这并不表明能够战胜政敌，而且将自己放在明处。身在明处固然可以使自己所长毕露，使政敌畏服，但所短也往往在此时暴露，反会为政敌所乘。因此，采取比较隐讳的形式，使用峰回路转的方法，迂回地达到自己的目地，便成为一种制胜的手段。

辅佐秦始皇一统天下的李斯，本为楚国上蔡人，年轻时充当书写文书的小吏，很不得志。有一次，他上厕所，发现一些老鼠在食粪便，听到人犬之声便慌忙躲避，其惊恐瘦弱之态毕露。后来，李斯因公事去官家粮仓，又看见许多老鼠，怡然自得地吞食堆积如山的粮食，见人开仓亦不走，"不见人犬之忧"。他不由得感叹道："人之贤不肖，譬如鼠矣，在所自处耳！"为了改变自己的处境，李斯乃从荀卿学习帝王之术。学成之后，开始走向政治角斗场。

李斯走向何方呢？综观当时形势，楚国是贵族的天下，没有他立足涉身的机会；其他国家固然有可谋之机，但又弱小，很难有建功立业的机会；此时秦王有吞并天下之志，国力又强，李斯便做出西行入秦的决定。

一个不知名的外乡人，来到一个陌生的国度，怎样才能使自己这个"久处卑贱之位，困苦之地"的人，进入高贵富足之乡呢？李斯权衡之后，不得不采用峰回路转的手法，迂回地向秦王身边靠拢，率先找门路投到吕不韦门下充当舍人。

当时，秦王嬴政年少即位，大权操在相国吕不韦手里。如果李斯直接找门路靠近秦王，这一定会引起权势正热的吕不韦的忌恨，以吕不韦当时的能力，除李斯易如反掌。投靠吕不韦固然可得到一定的地位，改变困苦的生活，但要为显贵而成其大志，则是不容易的。为不招吕不韦忌恨，也为在此能够有见到秦王的机会，李斯投靠了吕不韦，并得到吕不韦的信任，升任为郎。郎为侍从之职，官虽不大，但可以接近秦王，这正是李斯的本意。李斯借接近秦王之便，将自己所学的帝王之术向秦王倾诉，使秦王为之心动，先授长史，后拜客卿，开始了他的奔向富贵之路。

秦始皇统一六国，李斯也荣升丞相，达到人臣之极。在一次迎接自己长子、三川守李由的家宴上，"百官长皆前为寿，门廷车骑以千数"。睹此盛况，李斯不无感叹地说道："嗟乎！吾闻之荀卿曰：'物禁大盛。'夫斯乃上蔡布衣，闾巷黔首，上不知其驽下，遂擢至此。当今人臣之位无居臣之上者，可谓富贵矣。物极则衰，吾未知所税驾也！"其保位固贵之心越来越强烈，这就给人以可乘之机。

前210年，秦始皇外出巡游，病死在沙丘（今河北巨鹿县境内），因秦始皇在死前没有把继承人定下来，这就给赵高谋立胡亥留下可乘之机。拥立新主大事，作为丞相的李斯是至关重要的人物，赵高不得不找李斯谋议。赵高所采用的也是声东击西之计的峰回路转，以可为而不为，曲而得之的手法。

首先赵高对李斯讲："定太子在君侯与高之口耳。"说明李斯和他在这次安排继承人的决定作用。李斯惧祸，乃推托道："安得亡国之言！此非人臣所当议也！"貌似恼怒，实是心虚。于是赵高将李斯与太子扶苏的亲信蒙恬相比，使李斯知"此五者皆不及蒙恬"。然后以"君侯终不怀通侯之印归于乡里明矣"相威胁，迫李斯就范。

其次，在李斯就范之后，将自己所考虑的计谋披露，在李斯尚有顾虑之时，赵高乃说："今释此而不从，祸及子孙，足以为寒心。善者因祸为福，君何处焉？"在利与害的面前，使李斯妥协了，竟然仰天而叹，垂泪叹息，成为赵高的俘虏。

再次，赵高因策立胡亥成功，居中用事，以"沙丘之谋，诸公子及大臣皆疑焉，而诸公子尽帝兄，大臣又先帝之所置也。今陛下初立，此其属意怏怏皆不服，恐为变"为名，开始"尽除去先帝之故臣"。李斯自然也难免其祸，前208年的夏天，全家大小被押赴咸阳市问斩。在赴法场的路上，李斯对二儿子说："吾欲与若复牵黄犬俱出上蔡东门逐狡兔，岂可得乎！"父子相哭，是后悔？是伤逝？还是想厕中之鼠虽有人犬之惊恐而无被灭之祸？个中滋味留给后人去猜想吧！

为实现自己的政治目的，李斯采用迂回的策略，巧妙地避开吕不韦的权势，实际上是声东击西。当他该能得到的都得到的时候，预感到自己的危险，发出未知今后吉凶止泊在何处的感叹，这本是一个清醒的政治家所能察觉的问题。但其太留恋所得，计较所失，也就给赵高以利用他的机会。赵高攻李斯必救，以这可为而取其不为，使之进入彀中，也算是成功地使用此种手法。司马迁在评论李斯时说："斯知六艺之归，不务明政以补主上之缺，持爵禄之重，阿顺苟合，严威酷刑，听（赵）高邪说，废嫡立庶。诸侯已畔，斯乃欲谏争，不亦末乎！"亦可见胜人之计，人亦可以之胜己，使用者岂能不慎重行之，切莫"乃乱乃萃"。

第二，运筹帏幄，以不可为而为谋而破之。

在政治斗争中，政敌势力强大，要对之采取攻势，是很难获得成功的。然而，利益所在，又不得不对之发起攻势，这是不可为而为之的原因。虽然政敌势力强大，但弱者不是没有进攻的机会，这就要求弱者考虑得要周全，示其不为而为之，可达到出奇制胜的效果。把握战机，充分了解政敌的弱点，深思熟虑而后为，则是声东击西之计的运筹帷幄，以不可为而为，谋而破之的手法为必备前提。

汉高祖刘邦在即位第二年，就策立了太子刘盈，是吕后所生之子。后来得到定陶戚姬，爱幸备至。爱屋及乌，因宠爱戚夫人，便欲立戚夫人之子刘如意为太子。本来刘邦以刘盈仁弱，认为他不像自己，常欲废之而立刘如意。废立大事，在当时是事关国本之事，群臣焉能不争？刘盈之母吕后岂能罢休？可刘邦身为天子，大权在握，戚夫人又"日夜啼泣，欲立其子"，占有优势。在这种情况下，大臣虽力争，但"未能得坚决也"。吕后虽是女中强人，但也"不知所为"。在无可奈何的情况下，吕后找到"运筹策帷幄中，决胜千里外"的张良。

　　张良是开创汉王朝的功臣，深知功高震主，祸离不远。所以开国不久，就自称："家世相韩，及韩灭，不爱万金之资，为韩报仇强秦，天下震动。今以三寸舌为帝者师，封万户，位列侯，此布衣之极，于良足矣。愿弃人间事，欲从赤松子游耳。"乃学道，远离政治纠纷，实际上是自我保全的一种手段。在这种情况下，吕后找到张良，他当然不会卷入这场危险的政治斗争中去。吕后指使诸吕劫持了张良，对他说："君常为上谋臣，今上且欲易太子，君安得高枕而卧？"张良推托道："始上数在急困之中，幸用臣策；今天下安定，以爱欲易太子，骨肉之间，虽臣等百人何益！"诸吕此时只好强行问计。张良度不能脱身，再说他也偏向于众大臣的意见，乃出谋道："此难以口舌争也。顾上有所不能致者四人。四人年老矣，皆以上慢侮士，故逃匿山中，义不为汉臣。然上高此四人。今公诚能毋爱金玉璧帛，令太子为书，卑辞安车，因使辩士固请，宜来。来，以为客，时从入朝，令上见之，则一助也。"这四人便是所谓的"商山四皓"，即东园公、夏黄公、绮里季、角里先生。张良此时使用的就是声东击西之计，名为助太子，实欲打消刘邦易太子之心。

　　"商山四皓"果然不凡，在前196年时，淮南王英布反叛，此时刘邦正患病在身，欲使太子刘盈将兵前往平叛。"四皓"认为：太子带兵打仗，有功也没什么好处，无功反受其祸，何况这些将领资历与刘邦差不多，"今使太子将之，此无异使羊将狼，皆不肯为用，其无功必矣"。再说君上正宠戚夫人，刘如意又在身边，一旦出现情况，其顶替太子地位定会成为既定事实，便出谋让吕后哭请于帝，让刘邦亲自率军去平叛，吕后和太子留守京师，暂时躲过易太子的危机。

刘邦亲自率军出征，群臣送行，张良扶病强起赶到，请刘邦以太子为将军，监关中兵。刘邦对张良是言听必从的，自然答应张良的请求说："子房虽病，强卧而傅太子。"此时叔孙通正为太傅，乃以张良行少傅事。张良此计是安太子的关键，因为刘邦正病，若有不测，太子掌握兵权，其位自固。

不料刘邦成功地镇压了英布的叛乱，又回到京师，因病情加剧，易太子之心甚急，张良劝说已不管用，叔孙通以死相争，虽得到刘邦的面许，但没有打消刘邦易太子之念。就在这时，刘邦见到"商山四皓"，乃惊而问道："吾求公，避逃我，今公何自从吾儿游乎？"四人答道："今闻太子仁孝，恭敬爱士，天下莫不延颈愿为太子死者，故臣等来。"这一番话，不得不使刘邦想到诸大臣的拼死相争，何况还有"天下莫不延颈愿为太子死者"之说。刘邦开始感觉太子的地位难以动摇了，不无伤感地对戚夫人说："我欲易之，彼四人为之辅，羽翼已成，难动矣。"戚夫人听此，不由得啼泣。刘邦强颜安慰道："为我楚舞，吾为若楚歌。"歌云："鸿鹄高飞，一举千里。羽翼已就，横绝四海。横绝四海，又可奈何！虽有矰缴，尚安所施！"老夫少妻，且歌且舞，"嘘唏流涕"，好不伤感。

面对"虽臣等百人何益"的易太子事，运筹帷幄的张良，明知不可为而为之，凭借他的聪明才智，调动各方面的力量，巧妙地避开刘邦的权势，此乃声东击西之计的运筹帷幄，以不可为而为，谋而破之手法的成功应用者。《史记·索引述赞》云："人称三杰，辩推八难。"张子房真奇才也。

第三，大智若愚，以必然为不然避而弱之。

汉武帝刘彻为强化皇帝的权力，压抑以丞相为首的公卿的权力，有意提高大将军的职权，重用侍中、大夫等文武侍从之臣，使用原在宫中主管收发的尚书掌管机要，将一些朝臣封以"加官"，使他们可以在宫中行走，渐次形成以大司马大将军领尚书事为首的中朝官体系。每次商议大政，领尚书事先行参议，而公卿大臣却不能与闻，使以丞相为首的公卿们成为奉诏执行人员。在这种情况下，中朝官和以丞相为首的外朝官之间的权力之争日益尖锐。

汉武帝时期，经济繁荣，政治稳定，国力强大，更兼他本人雄才大略，不甘固守祖宗成法。在他的指挥下，内外政策发生了剧烈的变化。作为辅政的重臣，丞相大多是以列侯继嗣，"无所能发明功名有著于当世者"。这对雄心勃勃的汉武帝来说，当然是不能够满意的，故一生杀十余名丞相。在元朔五年（前124年），汉武帝选中非贵族出身的公孙弘为丞相。这位没有家世渊源的公孙弘，在汉武帝数杀大臣的情况下，能守住丞相之位，老死于是职，可谓深知为相之道。

公孙弘，淄川薛（今山东曲阜）人。年轻时为狱吏，因有罪被罢职。四十多岁才开始学习春秋杂说，六十岁才以贤良文学应召，得为太常博士。然而，奉使匈奴时，不合汉武帝的意愿，以其不能，公孙弘只好以病回乡。到七十岁时，他再应贤良文学之举，被汉武帝拔为第一，重为太常博士。因上疏称旨，一年间便升为左内史。不久又为后母守孝三年，回来再任内史，很快升为御史大夫，身居副丞相之职，时年七十四岁。两年后，他得升为丞相，并封为平津侯，开创丞相封侯的先例。公孙弘在六年中（除去为其后母守孝三年，实为二十七个月），由一名普通儒生，荣升为丞相，这固然有他的机遇，当然也有他的为官之道。

首先，公孙弘善于窥测君主之意，从来不暴露自己的真实意图。"每朝会议，开陈其端，使人主自择，不肯面折庭争。"有不能不议的事，他常怂恿别人上言，自己从旁观察君主的倾向，知道君主的倾向之后，自己再上奏言事，因此常得到君主的欢心。在与公卿们商议国事时，本来他赞成大家的意见，但一到君主面前，"皆背其约以顺上旨"。公孙弘认为："人主病不广大，人臣病不俭节。"所以身行节俭，虽身居高位，布被蔬食，夫人亲自劳作，俨然是穷老儒生的样子。史书称他"其行慎厚，辩论有余，习文法吏事，缘饰以儒术"，才得到汉武帝的欢心。

其次，公孙弘善于在群臣中发现谁对自己有利，谁对自己有害。不论利害，他都能与他们和善相处，但内心知道他们可否对自己构成威胁，对不利于己的，总能不露声色地将他们除掉。正因为如此，他才博得"儒雅"之名。

再次，公孙弘深明君主和臣下的心理，能够用别人难以发现的谋略，多次使自己转危为安。例如，主爵都尉汲黯曾在武帝面前攻击他："（公孙）弘位在三公，奉禄甚多，然为布被，此诈也。"当武帝问及此事时，公孙弘并不回避。先把汲黯说成是自己的最要好的同僚，再说明"以三公为布被，诚饰诈欲以钓名"的原委，即举管仲和晏子虽侈奢与节俭不同，但都是为君主图强为例，以比喻自己是专心事上的。然后说："今臣弘位为御史大夫，为布被，自九卿以下至于下吏无差，诚如黯言。且无黯，陛下安闻此言？"既不得罪汲黯，又讨得武帝的欢心，同时还暗示汲黯嫉贤妒能，可谓是一石三鸟。由此可见公孙弘的智术之深。

史书称公孙弘"性意忌，外宽内深。诸尝与弘有隙，无近远，虽阳与善，后竟报其过"。且举出三个事例，即害汲黯、主父偃和董仲舒之事。观此三事，公孙弘所使用的都是声东击西之计的大智若愚，以必然为不然避而弱之的手法。

汲黯，字长孺，家世为卿大夫。"为人性踞，少礼，面折，不能容人之过。合己者善待之，不合者弗能忍见。"因早年便跟随武帝，武帝对他甚有好感，很礼敬于他。公孙弘为丞相时，他为御史大夫。正因他不能容人之过，所以对公孙弘的"怀诈饰智以阿人主取容"之态甚为反感，多次攻击公孙弘。汲黯是武帝信任的重臣，要想除去他可不是件容易的事。经过深思熟虑，公孙弘以"右内史（扶风郡）界部中多贵臣、宗室，难治，非素重臣不能任"为名，请示武帝，让汲黯充当此职。此乃声东击西，名为推崇，实欲害之。果然，汲黯为右内史才数月，便"坐小法，会赦，免官。于是黯隐于田园者数年"，直到公孙弘死去，才重新授官，但已经是今非昔比矣。

主父偃，齐国临淄（今山东益都县内）人。以上书言事中武帝的意，岁中四迁其官，使朝野为之侧目，"大臣皆畏其口"。公孙弘也受其难绌。然主父偃身为中大夫，地处中朝，"朝夕在人君左右"，公孙弘得不到报复的机会。后来主父偃谈及齐王有淫失之行，公孙弘便借机推荐主父偃为齐国相。中大夫为六百石官，国相为二千石，越级而升，主父偃好不得意。到了齐国，"遍召昆弟宾客，散五百金予之，数曰：'始我贫时，昆弟不我衣食，宾客不我内门，今吾相齐，诸君迎我或千里。吾与诸君绝矣，毋复入偃之门！'"好一副盛气凌人的样子，不知大祸就在他升迁之时来临了。主父偃外出为官，正是公孙弘的声东击西之计。因为主父偃在武帝身边，不好进言，现在公孙弘有了进言的机会。后逢赵王上书告主父偃受诸侯金，公孙弘可就得到了报复的机会，以"偃本首恶，非诛偃无以谢天下"为名，迫使武帝下令夷主父偃之族。

董仲舒是著名的大儒，因其建议"罢黜百家，独尊儒术"，得到武帝的认可，用经过改造的儒家思想，作为统治思想，成为以后历代奉行不替的政策，故名气很大。董仲舒为人廉直，"进退容止，非礼不行，学士皆师尊之"，在当时便是名儒。这样的人当然看不上公孙弘的所为，不免有所议论。名重当时，又有议论，公孙弘当然是嫉恨在心，报复之心也就生矣！当时的胶西王是武帝之兄，非常骄恣，在他那里为国相者，多被他设计陷害，故此处国相是非常危险的职务。正好此处缺出，公孙弘便推荐董仲舒充当此任。当时董仲舒也正为六百石中大夫，荣升二千石的国相，应该是很大的荣耀。董仲舒毕竟不是主父偃，其头脑相当清醒，并不留恋利禄，而是告以有病，归家"以修学著书为事"，得以保全自己，并躲过灾难。

从上可以看出，公孙弘谋去政敌的手段。他以提升和推重政敌为必然，这就使政敌，包括政敌以外的人，认为他很有肚量，不以小恨为怀。实际上他正是以这种必然为不然，避开政敌之长，使之就短，然后趁其短而除掉他们。这真可谓是官场上的老手，政治斗争中的智者，也是声东击西之计的大智若愚，以必然为不然，避而弱之手法的擅长使用者。

第四，脚踏实地，以不然为必然争而胜之。

在君主专制政体之下，君臣之间，大小官僚及其集团之间，存在着各种矛盾和冲突，君主建立的各种制度和措置，却存在着为臣僚私自所利用，甚至以之反过来损害君主专制的可能。君用权必使臣，臣有权必用君，君统臣以权术，臣事君以权变，正是君臣关系的真实写照。在当时的君臣、上下、左右的政治和人际关系网络中，到处是陷阱，步步是危机，无论是君还是臣，稍有疏忽，便有罹难致祸的危险。集权与擅权、夺权，保位与篡位，颠覆与反颠覆，又总是层出不穷的。在这种扑朔迷离的政治环境中，权力是各种矛盾的焦点。因此，无论何种政治背景和各种阴谋，都是权力的角逐。角逐是必然的，但角逐之心暴露无遗，则容易致祸，至少因野心而遭时论的谴责，故善用谋者以掩盖自己的真实意图为必然，以示无角逐之心为不然，进而在角斗场上以不然实现必然，最终战胜对手。这就是使用声东击西之计的脚踏实地，以不然为必然，争而胜之手法的前提条件。

705 年，宰相张柬之等推翻了武则天的统治，拥立中宗复辟，恢复唐王朝的国号，但武则天所留下的皇位继承问题还没有解决。武则天在位时，儿子、侄子、女儿都想做皇帝，虽然现在中宗即位，这些人及他们的依附势力，没有不窥测皇位的。因此，在武则天被推翻以后，太子李重俊谋诛韦后未遂，韦后杀死中宗，玄宗杀了韦后而拥立睿宗，睿宗以圣庶抗嫡的名义换玄宗为太子，谯王李重福洛阳谋乱未遂，睿宗禅位玄宗，玄宗诛杀太平公主而移睿宗于百福殿，在短短的八年半时间内，先后发生了七次宫廷事变。在这七次宫廷事变中，有四次与玄宗有关，亦可见这位人物在当时的地位和作用。

唐玄宗，名隆基，生于垂拱元年（685年），是睿宗第三子，史书称他"性英武，善骑射，通音律、历象之学"。始封为储王，后为临淄王，曾兼卫尉少卿、潞州别驾。

景云元年（710年）六月，韦后鸩杀唐中宗，后与太平公主（武则天女）等合谋，策立十六岁的李重茂为帝，韦后临朝摄政。为实现专权的目的，韦氏宗亲勾结宗楚客等，欲仿照武则天故实，改朝换代。这样便与原来的同谋者太平公主和唐室宗亲，尤其是中宗的弟弟李旦发生冲突，韦后与自己的女儿安乐公主相谋，准备除掉他们。

韦后杀掉中宗之后，恐李姓诸王生变，将在外的诸王大多召回京师，李隆基也在此行列。失去实权的李隆基，不甘任人宰割，"阴聚才勇之士"，准备待机行动。韦后与太平公主失和，李隆基早已侦知，乃与太平公主之子薛崇简等相谋，实际上是想取得当时颇有势力的太平公主及其死党的支持。就在此时，韦后等谋害李隆基的父亲李旦的谋划已定，兵部侍郎崔日用派人告密。为了不被政敌消灭，也为了使政敌措手不及，李隆基决定马上发动政变。这样大的事情，按常理应该通知其父李旦和太平公主。李隆基以"事成福归于王（其父），不成以身死之，不以累王也"为名，率所联络的羽林军所辖的"万骑",攻入长安宫的玄武门,杀韦后、安乐公主、上官婉儿等,灭其党羽,废李重茂,拥立其父李旦为帝,是为睿宗。李隆基发动政变,能够在一夜成功,这在很大程度上有太平公主的支持。

太平公主沉敏多权略,武则天认为她最像自己,也最爱她,使她很早就参与政事的谋议,在唐中宗复辟时立有大功,故在中宗之世,是非常有权的人物。这次与李隆基共诛韦后,拥立睿宗,可谓功高权大。

睿宗即位,议立太子。长子李成器是嫡生,李隆基是有大功的,究竟立谁,睿宗自己也犹豫不决。李成器在权衡利弊之后,自知李隆基握有实权,又有文武大臣阿附,难以与之抗衡,便以"时平则先嫡长,国难则归有功"为名,"涕泣固让"。李隆基本也有此意,但不能表示出来,所以"抗表固让"。然大臣多言,成器固让,隆基终于得到太子的位置。

睿宗在武则天时曾为皇嗣,但形同囚犯,自己正妃刘氏、德妃窦氏(玄宗母)被人诬告诅咒武则天,而被武则天杀死,也不敢申辩半句,而后又被幽闭宫中十余年。中宗复位,他仍遭猜疑,可谓是一直生活在惶惶不安之中。正因为如此,他非常怕事,又缺乏主见。即位后,凡宰相奏事,他常先问:"尝与太平议否?"然后再问:"与三郎议否?"然后才做出决断。军政大权实际上操在太平公主和李隆基手中。二雄不并立,这两位握有实权的人物,自然会产生矛盾,相互冲突也是不可避免的。

本来太平公主在立太子问题上,认为李隆基年轻,容易控制,所以非但没有反对,还支持他。不想这位青年"英断多艺",凡事自有主见，很难控制，便有些后悔，想重新找一位暗弱者立之，以便她控制。欲立新太子，必先除去李隆基，所以太平公主派人散布流言云："太子非长，不当立。"并派遣耳目，觇伺李隆基的一举一动，纤介必奏之，睿宗因为"朝廷皆倾心东宫"，威胁自己的地位，也有意废去李隆基。李隆基的地位岌岌可危，心不自安。

李隆基两面受敌，按常情和当时的道德规范，太平公主是李隆基的姑姑，而且是害李隆基的主谋，李隆基应该想方设法除去太平公主的威胁，这是必然的。睿宗是李隆基的父亲，又是当今皇帝，即使有废己之心，也不该有所非议。然而，太平公主欲害李隆基，必须依靠睿宗，没有睿宗的认可，太平公主是不可能废掉李隆基的，故决定李隆基命运的关键，还是在睿宗。

李隆基在权衡利弊之后，便悄悄地行动起来。他先让术者向睿宗说"五日中当有急兵入宫"，以使怕事的睿宗难以处置。然后让张说、姚崇对睿宗说："此必谗人欲离间东宫。愿陛下使太子监国，则流言自息矣。"连吓带哄，使睿宗命太子监国。李隆基借此得到更多的权力，以期得到与太平公主抗衡的实力。当太平公主得知姚崇、宋璟参与此谋，责备李隆基时，李隆基因实力尚不如，便顺从太平公主之意，奏他们"离间姑、兄，请从极法"，将二人贬官在外，进而安抚了太平公主，使她放松警惕，而暗中发展势力。这是李隆基第一次成功地使用声东击西之计的脚踏实地，以不然为必然，争而胜之的手法。

太平公主见李隆基忍让，便大肆援引心腹充当宰相，力争在多名宰相中占有多数，以便掌握政事。李隆基却不动声色地将羽林军控制在手，掌握应变的基本力量。

712年秋七月，正好彗星临近地球，这本是自然现象，可在当时却是与国家政事有关的灾变。借此机会，太平公主使术士言："彗所以除旧布新，又帝座及心前星皆有变，皇太子当为天子。"欲使睿宗怀疑太子抢班夺权，借机鼓动睿宗废掉李隆基。不想睿宗却说："传德避灾，吾志决矣。"这是太平公主忽略睿宗久受磨难，胆小怕事的弱点，以天变为辞，正是逼睿宗传位与李隆基。事情发展至此，太平公主及其党力谏也不能挽回。太平公主只好求其次，"劝上虽传位，犹宜自总大政"。所以睿宗下诏："三品以上除授及大刑政决于上皇，余皆决于皇帝。"

当时有七名宰相，五名出于太平公主之门，太平公主仍掌握重权，睿宗虽为太上皇，但大权不下放，李隆基仍受到掣肘。以当时形势来看，太平公主所把持大权的后台是睿宗，李隆基想办法收回太上皇的权力应该是必然的，因为只有如此，才能夺回主动权；太平公主的党羽遍布内外，除之不易，应是不然，也就是不可妄动之事。然而，太平公主身在不安的地位，肯定会采取夺权行动，这将威胁李隆基的地位。故决定李隆基命运的关键，已经是太平公主及其党羽。

太平公主及其死党谋废立的事实已见倪端，李隆基尚为大权不在手而犹豫不决。这时，荆州长史崔日用前来奏事，顺便进言："太平谋逆有日，陛下往在东宫，犹为臣子，若欲讨之，须用谋力。今既光临大宝，但下一制书，谁敢不从？"促使李隆基下定决心。

713年秋七月，李隆基开始采取行动。他先发羽林"万骑"兵，肃清禁军的异己分子，然后再杀太平公主门下诸宰相，赐令太平公主自杀，将太上皇迁往百福殿，收回所有权力。自此以后，李隆基才成为名副其实的皇帝，先后任命姚崇、宋璟、张嘉贞、张九龄等为宰相，针对当时的弊政，进行一些改革，大唐王朝开始走向盛世。

第五，寻机乘势，以不攻示必攻巧而夺之。

在古代，权力本身包含着种种特权，还具有等级性、唯上性、变更性和竞争性的特点。由权力而获得的政治地位、经济利益和社会身份等，是特权的外部表现。权力的等级性则标志着特权的层次和大小。权力的唯上性，不仅表明君主和上级与各级官吏所形成的臣仆主奴关系，而且加深了各级官吏对君主和上级的依附关系。权力的变更性，既说明官吏自身权力在分定的秩序内经常流动，也表现出宦海沉浮、仕途叵测的恐惧和危机。权力的竞争性则包含着权力的独占性和排他性，进而表现出许多令人瞠目的激烈、残酷、奸诈、虚伪、苟且、曲从等现象。

由于权力涵括种种切身利益，势必激发统治阶级内部争权夺利的欲望，刺激着统治阶级内部各种野心家、阴谋家的胃口。权力，对于已经成为官吏的人们来说，总是充满强烈的诱惑力量。因此，他们对权力表现出奇特的崇拜、畏惧和顺从。为了达到保留、争取和实现权力的目的，野心家、阴谋家们，不惜出卖自己的灵魂和人格，庸俗的官吏则表现出变形的奴化心态。

由于权力的排他性和独占性的存在，权力的竞争和角逐是不可避免的。在竞争和角逐中，为了争夺有利的态势，一些利益相同、见解一致的势力，往往形成一些派别，构成一种集团势力，这就使权力的竞争和角逐更加复杂化。在这种情况下，声东击西之计的寻机乘势，以不攻示必攻，巧而夺之的手法，就有了广泛

251

的应用市场。

明代自万历年间，朝臣中的两派斗争变得异常激烈起来，形成不同名目的党。其中罢职官僚顾宪成等，以无锡东林书院为据点，在讲学之余，不忘朝政，其书院里的一副对联则反映他们的志向，对联云："风声雨声读书声声声入耳，家事国事天下事事事关心"。他们议论朝政，褒贬人物，赢得许多在朝的士大夫的附和，便被他们的政敌称之为"东林党"，史家一般都以该党为正直派。

与东林党并存并且为敌的，是以其首领籍贯划分的宣、昆、齐、楚、浙等党，他们因攻击东林党，排斥异己的行为，被称为邪恶派。朝臣因此形成两大派别，相互之间的争斗，在万历中后期就已经达到势成水火，难以相容的地步，直至明亡，这种争斗仍未停息，故有人说："明亡于朋党。"

东林党，一般被称为正直派或主流派；宣、昆、齐、楚、浙等党，一般被称为邪恶派或非主流派。中国古代的朋党是在利益冲突、权力争斗、政见分歧下产生的，实际上是一种宗派集团。他们相互之间的争斗，只是为本集团能在政治上占有主动或优势地位。他们在争斗中，有一些派别表现合乎道德标准，代表了大多数人的利益，其行为也符合正直的标准；但他们只是统治阶级内部争权夺利时的组合，很难断定谁正直、谁邪恶，更不好妄下定语，这里也不争论他们谁是谁非，只就他们在争斗过程中，符合本计的事例加以评论。

东林党在野和在朝的，多是没有实权的中下级官员和不得意的士大夫，这就决定他们难以在政治上占有优势。而宣、昆、齐、楚、浙等党，是由在朝当权的高级官员为首领，又有着同乡地域和门生故吏的强劲优势，在政治上占据优势是不成问题的。然而，东林党人虽不得势，却以他们较高的学识和广泛的交游，通过社会舆论来褒贬时政，在社会上产生很大的影响。宣、昆、齐、楚、浙等党的人，是他们主要的褒贬对象。这当然是宣、昆、齐、楚、浙等党不能容忍的。然而，公开攻击名士，在社会上的影响太大，这是不攻。可又不能让他们肆无忌惮，这是必攻。由此来看，不攻是普遍的，攻是特殊的。以特殊方面的成功，赢得普遍方面的胜利，这是声东击西之计的寻机乘势，以不攻示必攻，巧而夺之手法的基本目的。

万历二十八年（1600 年），右金都御史、总督漕运、巡抚凤阳诸府（简称淮抚）李三才，对万历皇帝派宦官为矿监税使四处掠夺事，深感不安，遂上书劝谏，痛言矿税之害。说矿税使"万民失业，朝野嚣然"，使"上下相争，惟利是闻"。盛言"皇上爱珠玉，人亦爱温饱；皇上忧万世，人亦恋妻孥；奈何皇上欲黄金高于北斗，而不使百姓有糠秕斗升之储？皇上欲为天子万年，而不使百姓有一朝一夕之安？"措词激烈，痛指时弊，博得东林党人的好感，也使百姓感恩戴德，名声鹊起。

李三才，字道甫，顺天通州（今北京通县）人。万历二年（1574年）进士，历官户部主事、户部郎中，因忤执政谪东昌推官，再升南京礼部郎中、山东佥事、河南参议、河南按察副使等职，于万历二十七年（1599 年）升任淮抚，因有政绩，曾加官至户部尚书衔。史称李三才"才大而好用机权，善笼络朝士。抚淮十三年，结交遍天下"。因他谈论"时政得失，无所讳避"，又曾多次上疏，攻击宣、昆、齐、楚、浙等党中当权者沈一贯的短处，因此得到东林党的好感，而使宣、昆、齐、楚、浙等党的当权者"恨之入骨"。

李三才虽有才能，但不廉洁，好财而不爱财，"其用财如流水"。当他得知东林党创始人顾宪成"好臧否人物"，在当时有很大的影响时，便与之深相结，不惜采用欺骗手法来拉拢顾宪成。据说，李三才"尝宴顾宪成，止蔬三四色；厥明，盛陈百味。宪成讶而问之，三才曰：'昨偶乏，即寥寥；今偶有，故罗列。'宪成以此不疑其绮靡。"李三才笼络朝士，结交东林党，是有他的政治目的的，即得到时誉，以期进入内阁，谋得更大的权力和地位。但他没有想到，这样做反而害了他自己，也牵连了东林党人。

事因李三才任淮抚日久，屡次被提名为都御史掌管都察院，"会内阁缺人，建议者谓不当专用词臣，宜以外僚参用，意在三才"。作为东林党的交好，要进入中枢机构，这对宣、昆、齐、楚、浙等党的当权派是极大的威胁。于是，他们经过谋议，认为攻击李三才，"则东林必救，可布一网打尽之局"。实际是声东击西，更何况李三才还有短处在身。

首先，浙党成员，大学士沈一贯的亲戚，工部郎中邵辅忠，弹劾李三才"大奸似忠，大诈似直，列具贪、伪、险、横四大罪"。其同伙，浙江道监察御史徐兆魁紧跟其后，也进行弹劾。李三才闻讯，连上四疏申辩，而且以乞休自清。东林党人或同情东林党的给事中马从龙、御史董兆舒、彭端吾，南京给事中金士衡等，也为李三才申辩。大学士叶向高以李三才"已杜门待罪，宜速定去留，为漕政计"为名，要万历皇帝速做出决断，不想万历置若罔闻。这就给了双方以争胜的希望，于是双方交章弹劾，互相指责，打得难解难分。

东林党的首领顾宪成见双方争论不下，心想助李三才一臂之力，便给大学士叶向高和孙丕扬写信，力称李三才廉直，并为之辩解。当时御史吴亮，与李三才相善，便把这两封信附在邸报中，这一下全国都知此事，也使宣、昆、齐、楚、浙等党人加紧攻讦，乃至罗列李三才"十贪五奸"。见此情况，李三才感觉失望，"亦力请罢，疏至十五上，久不得命，遂自引去。帝亦不罪也"。其免官命令在数月以后才下达。这场争论持续达一年零三个月。

李三才回到家乡通州张家湾，原想建立双鹤书院讲学，但此事并没有因他引退而罢休，宣、昆、齐、楚、浙等党继续攻讦，使他再也没有出仕的可能，在纷纷人事纠葛中，恨恨不得志，忧愤而死。东林党人虽因此更加出名，但与宣、昆、齐、楚、浙等党结怨更深，惨遭报复是早晚的事。

由此可见，宣、昆、齐、楚、浙等党的攻击李三才，"则东林必救，可布一网打尽之局"的设计是成功的，使用的是声东击西之计的寻机乘势，以不攻示必攻，巧而夺之的手法。但他们忽略了本种手法的另一重要前提，就是方法虽然基本得体，也获得预想的胜利，但没有使政敌心悦诚服的这一要素。本来使用这种手法，必须经过一段时间的安抚，才能使政敌心服，然而他们并没有这样做，反而变本加厉地进行打击报复。故此，他们虽获胜利，但留下让人指摘的话柄，也很难安处其位了。

第六，老谋深算，以必攻示不攻阴而取之。

在君权至高无上的情况下，君主对全社会有"生之、杀之、富之、贫之、贵之、贱之"的大权，成为管理和控制社会的最高支配力量。君权的实现和获得，要通过臣僚的执行和效忠。如无庞大的统治集团的支持和执行君主的政令，君主的权威和核心位置是很难确立的，君权也无从发挥。如何使统治集团的各种政治势力无条件地服从君主，使臣僚们死而无怨地效忠于君主，这除了要有政治、思想、军事、制度、道德等多方面因素来保证以外，在很大程度还要君主成功地进行驾驭，而在传统的"人治"社会更显得驾驭的重要性。

君主专制政体，君主的意志就是最高的法律。所以，君主的才智贤愚，决定一代政局的是否稳定。如果君主能在统治集团内部保持各种政治势力的平衡，能团结、维系一部分对他孝忠，又确能稳定其统治基础的人来佐助其治理，政局就相对稳定。如果君主不能使各种政治势力持以平衡，明显偏袒、惑于或受制于一方，就会造成权力的倾斜，政局也就容易出现混乱。

在君主专制制度下，君权赖臣僚们的支撑才能实现，臣僚们因君主授命和信任才能成为臣僚，两者是统一的；然而，臣僚们权势太大则会威胁君权的存在，君权又始终决定臣僚们的生死，两者又是对立的。在统一时，双方可以国士待之而以国士报之；在对立时，双方可达到势同水火而欲灭此而朝食。这些都在不停地转换，今日是亲信，明日可能就是奸佞。所以说，臣下伴君如伴虎，君主驭臣如履薄冰。这正是："君不见，左纳言，朝承恩，暮赐死。行路难，不在山，不在水，只在人情反复间。"在复杂的政治和人际关系网络中，处处隐伏着危机。在这种情况下，声东击西之计的老谋深算，以必攻示不攻，阴而取之的手法，在政治上就有了广泛的应用市场。

汉高祖刘邦曾经和韩信在一起议论开国诸将的优劣，韩信自恃功高能谋，对诸将不足横加批评，竟没有一人能称为良将的。在这种情况下，刘邦有些不快，便问道："如我能将几何？"韩信也不观察刘邦的表情如何，此问是何目的，张口便说："陛下不过能将十万。"刘邦已有些不快，便问："于君如何？"韩信不假思索地答道："臣多多而益善耳。"听此，刘邦不由得轻蔑一笑说："多多益善，何为为我禽？"韩信见刘邦直戳自己的短处，不无难堪地说："陛下不能将兵，而善将将，此乃信之所以为陛下禽也。且陛下所谓天授，非人力也。"这是《史记·淮阴侯列传》所载的一段精彩对白。从这段对白中，人们可以看出刘邦和韩信各自的短长，以及在复杂的政治和人际关系下的态度。刘邦所说的"何为为我禽"，是刘邦曾三次将韩信的兵权夺回，使之失去权力而在刘邦的严格控制之下。三擒韩信，乃至最后杀掉韩信，刘邦和吕后用的都是声东击西之计的老谋深算，以必攻示不攻，阴而取之的手法。一而再，再而三，韩信屡屡中计，刘邦屡屡使用，真是耐人寻味。下面试加分析：

1. 单身称汉使，驰营夺兵权

前206年，刘邦拜韩信为大将，明修栈道，暗度陈仓，进入中原，与项羽争天下。项羽英勇善战，刘邦屡战屡败。这时派韩信去攻魏，木罂渡水，平定魏地。刘邦又派韩信和张耳，北举燕、赵，东击齐，南绝楚粮道。韩信先破代国，转攻赵国，又背水一战，大破赵军。然后问计于赵国的广武君李左车。李左车说："今将军涉西河，虏魏王，擒夏说；东下井陉，不终朝而破赵二十万众，诛成安君（陈余）；名闻海内，威震天下，农夫莫不辍耕释耒，褕衣甘食，倾耳以待命者，此将军之所长也。"让韩信镇抚赵地，以所长逼燕、齐，使他们望风而服。韩信请示刘邦，立张耳为赵王，镇抚赵国。刘邦同意，并以韩信为赵丞相，共镇赵地。

韩信在魏、赵打得火热，屡战屡胜；刘邦在荥阳与项羽对垒，屡战屡败。韩信休兵于赵，虽有楚兵袭击，终不为大患，故兵马强壮；刘邦与项羽苦战，损失惨重，虽有萧何频发关内民人助军，终感兵力捉襟见肘，急需补充兵力。当时虽两雄相争，各诸侯拥兵自保，汉强则归汉，楚强则归楚，没有强大的实力，是不可能向他们征调军队的。韩信虽归刘邦节制，但现在也是独占一方的强者，强行征调他的军队，很可能促使他反叛。

在刘邦为缺军发愁时，项羽发起强攻，刘邦仅得与数十骑逃出荥阳。刘邦本想回关中收兵再战，听辕生的劝说，先向南收英布之兵，将项羽的注意力引向南方，然后又回荥阳。项羽寻战不舍，破荥阳，攻成皋。刘邦不敌，于成皋单身逃出。此时刘邦成为光杆大王，身边无有一兵一卒。思前想后，何处才能弄到军队呢？刘邦想到韩信的军队。便北渡黄河，直向韩信、张耳的赵军军垒赶来。离军垒不远，暂时住下，在清晨时，自称汉使，驰入赵壁。这时韩信、张耳尚在睡觉，刘邦直入他们的卧室，夺得他们的军符印信，调遣起军队来。等韩信、张耳起床，军权已失，不得不前来请安。刘邦借机将他们打发回赵国，让张耳留守赵国，韩信则带赵的余兵去攻打齐国。

刘邦此次以韩信不备，声言为汉使，驰入赵壁，夺得兵权，可谓老谋深算。他身在成皋，离韩信军营尚远，此为声东；清晨至营，诈称汉使，守门军士不会因此等事叫醒主帅，此亦声东；

入门即夺兵符印信，迅速调兵遣将，掌握主动权，乃是击西。声东示之不攻，击西乃是必攻，此乃是刘邦高于韩信之处。

2.凯歌声未住，奔袭在夺军

韩信受命率赵余军去攻打齐国，将至平原时，就听说郦食其游说下齐国，韩信欲止攻。这时，范阳辩士蒯通劝说韩信："郦生一士，伏轼掉三寸之舌，下齐七十余城，将军将数万众，岁余乃下赵五十余城，为将数岁，反不如一竖儒之功乎！"韩信乃袭击齐国历下军，直抵齐国都城临淄。齐王田广乃烹郦食其，败走高密，向楚求救。项羽派大将龙且来援齐，被韩信乘其半渡而破之，杀龙且，收楚卒，兵势大盛，乃平定齐国。

韩信自以为功高，乃向刘邦请示，立他为假齐王。当时刘邦正被楚军困于荥阳，见到韩信的书信，不由得大怒，骂道："吾困于此，旦暮望若来佐我，乃欲自立为王！"这时张良和陈平正在刘邦身边，急忙蹑其足，又耳语说："汉方不利，宁能禁信之王乎？不如因而立，善遇之，使自为守。不然，变生。"刘邦乃变脸复骂道："大丈夫定诸侯，即为真王耳，何以假为！"乃派张良带印信立韩信为齐王，并征发其兵击楚。

此时韩信拥有重兵，独占山东之地，不独刘邦怕他，项羽也很怕他，便派武涉前来游说韩信。以"当今二王之事，权在足下。足下右投则汉王胜，左投则项王胜。项王今日亡，则次取足下。足下与项王有故，何不反汉与楚联合，叁分天下王之？"既有利诱，又有威胁。然韩信以刘邦待他优厚，不肯背叛。齐人蒯通知天下形势全在韩信的向背，也前来游说韩信。"韩信犹豫不忍背汉，又自以为功多，汉终不夺我齐，遂谢蒯通"。

　　韩信虽不忍背叛刘邦，但对刘邦还是有所防备，不肯轻易率军出齐地。前202年，刘邦追击项羽至固陵（今河南固始县），韩信的齐军，彭越的魏军，观望不前，项羽反击，大破汉军，刘邦只有坚壁自守。二人不来，难以胜楚，刘邦很是忧虑。这时，张良献计，以破楚所得之地和王号诱二人前来会师，大败楚军，将项羽困在垓下。项羽兵败，自刎乌江，楚地悉定。战胜项羽，全军都沉浸在欢乐之中，韩信也只等加封益地。孰料，刘邦借回师之际，驰入韩信军中，将其军权夺下。失去指挥权的韩信，只好随刘邦而去，刘邦以其有功，也不便处置，便将他改封楚王。

　　刘邦以王号和封地诱韩信离开齐地，此为声东；再以战胜还师为名，取道韩信军营，仍是声东；然后趁机急驰入韩信营垒，夺韩信兵权，此乃击西。韩信能将兵打仗，却不料刘邦在算计自己，此是韩信不如刘邦之处。然韩信两次被夺军权而不防，主要是居功自得，再加之刘邦常诱之以利。居功贪利，此是韩信之短也。

　　3. 游云梦假道入楚，会诸侯智擒韩信

　　韩信来到封地楚国，率先报自己少年在此地生活时的恩怨，然后准备享受其为王的快乐。孰料安枕生活难继，飞来奇祸常来。

　　项羽手下有几员能征善战的名将，即钟离昧、龙且、周殷等，因陈平施离间计，这些忠于他的将领遭到项羽的猜忌，也不听信他们的建议。当项羽死后，名将只剩下钟离昧，刘邦岂能容他在世？钟离昧原与韩信有交情，兵败无处安身，便来投靠，韩信自然收留。不料，钟离昧到楚之事为刘邦所闻，即下诏韩信，让他将钟离昧捕往京师，韩信为友，自然举棋难定。另则韩信荣归故里，自然得意非凡，巡行所属县邑，陈兵护卫，以壮声威，这也是常情。但正因这两件事，便有人告他谋反。刘邦听到此信，旧恨新怨涌上心头，便与诸将商议对策。诸将皆曰："亟发兵，坑竖子耳！"刘邦也深知用兵打仗，诸将和他都不是韩信的对手，所以默然不应。

国难思良将，有事求谋臣。刘邦与诸将商议不出结果，便去找"一生好用阴谋"的陈平商议。陈平献计云："古者天子有巡狩，会诸侯。陛下第出，伪游云梦会诸侯于陈。陈，楚之西界，信闻天子以好出游，其势必无事而郊迎谒；谒而陛下擒之，此特一力士之事耳！"刘邦听从其计，便照计行事。

有人告反，韩信也是有所闻，其疑惧之间，刘邦已到其国界边，按道理他必须要前往迎候。如果刘邦以大兵压境，韩信必然以兵相迎。现在刘邦游玩，带兵不多，韩信的疑惧也就去除，但终是有所心虚。正在这时，有人劝说韩信，杀掉钟离昧，再去见刘邦，一定无事。韩信便把钟离昧叫来，将此意告诉他。钟离昧听到此意，非常恼怒地说："汉所以不击取楚，以昧在公所。若欲捕我以自媚于汉，吾今日死，公亦随后亡矣！"乃骂韩信道："公非长者！"便拔剑自杀。正因为钟离昧死得怨枉，才为后人怜悯，乃至说他仙去，成为后来传说的八仙之一。

韩信拿着钟离昧的首级，心安理得地去见刘邦，不想武士出来，将其捆绑住，放在刘邦的后车上，急忙驰往洛阳。在路上，韩信对刘邦说："果若人言，'狡兔死，走狗烹；高鸟尽，良弓藏；敌国破，谋臣亡。'天下已定，我固当烹！"这种怨恨悔，使刘邦无言以对，不无难堪地说："人告公反。"将韩信载至洛阳，然后赦韩信之罪，改为淮阴侯，留在京城，使之从此失去指挥军队的权力。

刘邦此次擒韩信，采用的仍是声东击西计。声言游云梦，此是声东；不带重兵，轻车简从，使韩信不疑，此亦声东；韩信来到，急忙捆载而去，使韩信远离他的势力，失去反抗能力，击西成功，但仍有防备，此为善于用声东击西之计，故获胜而无咎。

4. 成也萧何，败也萧何，吕后斩韩信

韩信昔日带兵纵横，随从前拥后呼的一方国主，现在寄居长安，与远不如己的群臣为伍，心怏怏而怨望，悔恨之心常在，又不会掩饰，必然招祸。

前196年，代相陈豨反叛，刘邦亲自率军往征，韩信正在病中，不能随征，留在长安。据史载，韩信准备与陈豨里应外和，"谋与家臣夜诈诏赦诸官徒奴，欲发以袭吕后、太子；部署已定，待豨报。其舍人得罪于信，信囚，欲杀之。舍人弟上变，告信欲反状于吕后"。这事真假，颇值得怀疑，但韩信怨望，应是存在的。吕后知韩信欲反，急与丞相萧何谋议。

想当初，韩信在刘邦处不得意，乃弃职逃走，萧何惜韩信是个人才，来不及禀告刘邦，便去追赶，乃至有人告萧何逃亡。经萧何的推荐，韩信得为重用，得以建立不世之功。现在韩信谋反，萧何不得不为主人出谋。

萧何闻变，即令人诈从刘邦处来，传言陈豨已被刘邦擒获而斩杀。这样大的捷报，朝廷文武及诸侯应该到皇宫祝贺。此时韩信正在病中，原本可以请病不来。这时，萧何便对韩信说："虽疾，强入贺。"萧何是韩信的恩人，他的话当然使韩信不疑。于是，韩信也来宫中祝贺，被吕后派武士将韩信抓获，秘而不宣地斩在宫中。利刃加颈，韩信想起当初在齐国为王之时，不听蒯通三分天

下，鼎足而居，时至不行，反受其殃等劝说，长叹道："吾悔不用
蒯通之计，乃为儿女子所诈，岂非天哉！"

此次吕后杀韩信，用的也是声东击西之计。萧何诈称陈豨被
擒杀，是按韩信与陈豨内外勾结而设的谋略。陈豨被杀，先断韩
信的外援，又取得祝贺之名，是为声东；再借自己与韩信的知遇
关系，请其必来，是为声东之助。既断其援又释其疑，韩信入宫，
立即擒杀，击西目的完成。秘而不宣，趁势夷韩信三族，除其党羽，
使无后患。环环相扣，可谓老谋深算，获胜而无咎也是必然的。

纵观三擒一斩韩信的经过，可以看出，刘邦和他的谋臣，在
每次使用声东击西之计时，都是经过深思熟虑而后行的。他们利
用韩信居功，自以为不会对他下手，在政治上优柔寡断的弱点；
示之以不攻，造成声东的声势，使其不防，再以突发的形式，趁
其优柔寡断之时，以出其意料的方式直捣其虚，故屡用屡奏其效，
可谓老谋深算。三擒不杀，在当时国家初建，根基尚不稳定之时，
能起到安功臣、用其力的效用。此正是这种手法获得全胜而无咎
的根本，亦可见声东击西之计的老谋深算，以必攻示不攻，阴而
取之的手法的高明所在。

三、攻其不备　防守亦是胜道

声东击西之计应用在政治上，是制胜的重要手段，其应用的
范围也是相当广泛的。这种若即若离、忽东忽西的手法，本来就
是政治家、野心家、阴谋家所经常使用的手段。三十六计作者将
其归入胜战计的最后一计，不是本计在行使过程中不如上述几计，

而是在中国传统看法上，认为此种手段是具有疑似之间，颇有些神奇鬼怪，即使获得成功，所留后遗症要比前几计多，非擅长者，很难掌握其根本。也正因为此故，本计才列为胜战计之末。

从本计在政治上的应用范围来讲，它同前几计一样，也具有广泛的应用范围和条件。就其在实际应用的效果来看，其在政治上应用范围大多在如下几个方面。

第一，用于在政治上主动进攻方面。

从本计来讲，声东击西要抓住政敌"乱萃"之时，发动突然进攻，这本来就具有进攻性的特点。基于此，使用本计者，不论是在敌国之间，抑或政敌之间，还是在利益冲突的各种集团和同僚之间，都有使用的可能。

用于进攻，一是有意识造成敌方的神志错乱，趁其失于防备之时，发动突然袭击，这是争胜之道。二是抓住对方失于防备之时，向其发动突然进攻，打对方以措手不及，这是取胜之道。三是根据自己的实力，攻其不备而避其锋芒，以小胜而求自全，这是保胜之道。三者情况不同，效果也不一样。前文所讲李斯之于吕不韦，实欲取而代之，反先投其门下，使吕不韦对他失于防备，然后借秦始皇之手谋得自己梦寐以求的荣华富贵；同样，赵高又利用李斯恋爵患失，有意识引李斯入彀，造成李斯神志乱萃，最后将李斯全家斩首。这都是争胜之道。刘邦三擒韩信，都经过深思熟虑而后行，抓住每次机会，总打韩信以措手不及，使能将百万兵的韩信不得不服气刘邦能将将。这是取胜之道。唐玄宗李隆基与太平公主明争暗斗，一步一个脚印，步步为营，渐渐地取得优势；公孙弘熟习官场权术，善用智术，经常是含而不露，出言往往一石三鸟，巧除政敌。这正是保胜之道。

进攻者锋芒无论如何遮挡，总会暴露出一些，这在中国古代社会是致命的弱点。人们常说：枪打出头鸟，出头的椽子先烂。只要你暴露出你的真实意图，难免成为众矢之的；即便是你获得胜利，要保持长久也是非常困难的。故此，本计的上计为阴爻，要求胜后有所修饰。如张良、陈平，除一生用谋而终能自全之外，在史书上尚能得到溢美之辞，好名声传之千古，就是掌握这种胜后的修饰之道。

第二，用于政治上积极防守方面。

本计的重要条件之一是利其不自主而取之，要想使人不自主，就不能够自己不自主。俗话说：害人之心不可有，防人之心不可无。在复杂的政治环境里，如果不保持清醒的头脑，很容易走入别人设定好的圈套之中，乃至被人害死都不知是谁人；更为可悲的是，直到人家把屠刀架在脖子上，还要感激涕零，诚惶诚恐地谢人家帮助之恩。在这种情况下，使用本计虽不想害他人，但有自全之功效，这也是大多数身处官场的人的最基本要求。

积极防守，并不亚于进攻，有时其效果比进攻还要好。例如，张良为保住太子刘盈的地位，请来"商山四皓"，以"四皓"之名对刘邦施加影响，借"四皓"之力来保太子，达到许多功臣欲想达到而力不能达到的目的。公孙弘在三年之间，由一名普通的儒生而为丞相，这固然有其机遇，也有其为官之道，更重要的是其积极防守；观其与主爵都尉汲黯在汉武帝面前的当庭对质，足可见他这种防守的高明之处。再有，唐代吏部尚书卢承庆主管考课，"有一官督运，遭风失米，卢考之曰：'监运失粮，考中下（考分九等，此为第六等）。'其人容止自若，无一言而退。卢重其雅量，改注曰：'非力所及，考中中（第五等）'既无喜容，亦无愧词。又改曰：'宠辱不惊，可中上（第四等）'。"这位督运官不发一言，比起直言申辩有效得多。按常情，考在中下是罚俸降级，中中可以保级加俸，中上可以晋级加俸。似此变化，不露形色，使卢承庆陷入自相矛盾之中，渐渐为对方的境界所感动，其不断地在考语中添加词句，正是这个原因。督运官以守为攻，将本来应受到处分的事，化为乌有，且得到加官晋级的意外所获，亦可见"声东击西"在防守上的妙用。

第三，用于政治上的进取方面。

从《周易·萃卦》的《象》中的"观其所聚，而天地万物之情可见矣"的解释中看，使用本计须注意到对方的弱点所在，避实就虚，将欲取之，必先与之，其志在必夺，而不能示夺。这种策略是在政治中的立足之本，也是向上进取的重要手段。

进取之心，这是人之常情；阻人进取，这是保位之人的常态。进取与阻挡是共存的，在这种情况下，进取则是比较困难的事。自隋唐以来，通过科举选拔人才，这本是"牢笼志士，驱策英才"的制度；它鼓励竞争，择优录取，确实为当时国家输送了许多人才，在一定程度上打破等级森严的壁垒，所以吕思勉先生说："科举之善，在能破朋党之私。"然而，由于当时社会制度的局限性，特别是政治腐败之时，其弊端总是防不胜防的，尤其是考官量"财"录取，以"势"取人，妨平人道路，不论是在正史和实录，抑或野史和文学作品上都留有许多记载。这正是"孔方主试合钱神，题目先论富与贫"。进取之难，使大多数人望之兴叹，乃至有人感慨万分，也有人如鱼得水，还有一些人用谋略钻营。

这种声东击西的计谋应用在这种进取上，是一种比较有效的谋略。大家比较熟悉的唐人朱庆余的《上水部郎中张籍》诗云："洞房昨夜插红烛，待晓堂前拜舅姑。妆罢低声问夫婿，画眉深浅入时无。"本诗的用意在于得到张籍举荐。白居易欲得到顾况的举荐，也送诗前去，一句"离离原上草"，使顾况将"长安米贵，居大不易"改为"居甚易也"。这些都是使用声东击西的方法达到自己目的。在君主专制政体之下，以私家权益计而求仕，以君主家天下计而选官，进取之人在"名实不相符，求贡不相称，富者乘其财力，贵者阻其势要，以钱多为贤，以刚强为上"的当时，使用这种"观其所聚"的手段，达到进取的目的，也是正常现象。

总之，声东击西之计在政治上的应用范围是相当广泛的，尤其是在君主专制政体之下，在统治集团内部的争权夺利斗争中，这些人"用尽聪明智巧，图度营谋，至于为名为利"，非用计谋难以自立，何况"以下拂上，徒自杀身，无益于事"的当时，凡是能够获胜的计谋，无不受到青睐。正如明人袁中道所言："处人世间不易，而事暴君尤难。"在"上所以伺察寻求者愈工，而下所以表见藏匿者愈精"的当时，那些官僚们"知世道之重小廉曲谨也，则借人品之局面，以盖破绽。知世道之严微疵小过也，则极回互之俗情，以逃物议。不用实，而专用虚，妙于趋，尤妙于避"。这就给声东击西之计的施用提供了非常广泛的市场。

四、老谋深算　去恐惧除危机

政治斗争有疾风暴雨的时候，也有引而不发的时候，还有暂时和平相处的时候。但无论在什么情况下，都存在着竞争。尤其是在君主专制政体下，竞争带有相当大的危险性。那么，先寻找到立命安身之地，再积极进取，则是统治阶级内部争权夺利所祈求的上策。声东击西之计因其独特的立意和功效，广泛受到统治阶层的注意，而且经常应用到实践当中，这是有其基本特点的。

第一，就声东击西之计在政治斗争中的应用而言，具有突发性和修饰性的特点。

声东击西之计的基本特征，就是其在于"声"是手段，"击"是目的。"声"造成很大的声势，将政敌的注意力引向他方；"击"是秘密进行，是攻其不备。这就是本计突发性的特点。

突发性是应用本计获得成功的要素。例如，刘邦三擒韩信都是突然行动，乃至在擒住韩信之后，载之后车，急驰而去。忽必烈欲北上争夺帝位，声言要一举攻下临安，挥戈南下，然后疾行北上，以迅雷不及掩耳之势，将阿里不花驱逐。凡此都说明使用此计的突发性。

修饰性是本计不同于其他胜战计之处。也就是说，使用此计虽能获得成功；然而，以突发的手段战胜政敌，大多不是完全消灭政敌，或者是消灭政敌而得到不好的声名，这必须加以修饰，才能算是完胜。《吕氏春秋·慎大览·第三》云："贤主愈大愈惧，愈强愈恐。凡大者，小邻国；强者，胜其敌也。胜其敌则多怨，小邻国则多患。多患多怨，国虽强大，恶得不惧，恶得不恐？故贤主于安思危，于达思穷，于得思丧。"如果不善于修饰，即使获得胜利，也是难以保持的。本计的上计为阴爻，以刚获胜，不能以刚处之，就是这个道理。前面所举的事例中，曾多次强调这一点。

第二，就设计和使用本计的政治心态而言，本计具有预谋性的特点，具体而论，也就是使用者都是意在胜人。

明人袁中道尝论当时世风云："以卑望高，淹而望迁，毁誉是非，相倾相轧，纷沓在前，奔走在后，风尘牛马，疲骨惊心者哉！"在复杂的政治环境里，期望在政治上谋得一席之地，期望自己这一席之地持之以衡，并日渐光大，这是官僚们的一般心态。在这种情况下，使用本计都有明确的目标，为实现这个目标而预谋，也是在情理之中。本计的"观其所聚"，要求了解对方，既要了解对方，事先必有预谋。如刘邦擒韩信，除自身有预谋夺韩信之兵外，还与谋臣暗自谋划。前面所举的各种手法内，都显示出事先预谋的策略。

以使用者的政治心态而言，他们都想因此战胜对手，也就是意在胜人。胜者王侯，败者寇，这是以成败论英雄。如果不以胜败来论，仅就使用者内心而言，无不具有侥幸心理。在侥幸心理下，也怀着一种恐惧心理，同时还有一定的危机感。正是在这种心理作用下，使用者在用计过程中表现出虚伪奸诈，在实施本计时又表现出残酷无情。如唐玄宗李隆基，本身对太平公主是恨之入骨，但当刘幽求劝他早将太平公主除去时，也是心领神会，"深以为然"；然而当事谋不密，走露风声，他急忙"列上其状"，说刘幽求"离间骨肉"，贬为外官；可见其中的虚伪奸诈。当李隆基发动进攻之时，凡对自己有怨者"皆斩之"，而后又"穷治公主枝党，当坐者众"。亦可见其中的残酷无情。

第三，就使用者的个人素质而言，本计对使用者的素质有较高的要求，具有因人而异的特点。

不同的才能、名望、地位、权势和心理、感情因素，影响本计实施后的效果。在三十六计以《周易》推演的计谋中，凡是上爻为"上六"者，都是阴爻，也就是说，不能以刚获得全胜，需要用柔才可保得全胜。刚者，阳之盛也。它不用什么掩饰，锋芒毕露也不会带来危险，这对于人的素质要求要少一些。阴者，谋之本也。它必须比较隐蔽，不能公开出来，这对人的素质要求就高。前文所讲的事例，凡善于用计者，总能掌握要点，获得全胜，如刘邦、萧何、张良、公孙弘、李隆基等，无不以自身的老谋深算，掌握制胜要点。而李斯、赵高等，虽在用计时获得成功，但留下许多短处，乃至成为他人攻击或陷害的把柄。可见此计对使用者的个人素质要求很高。

总之，在政治斗争中，避实就虚是制胜的要略，若欲得到某一东西，如果过早地暴露自己的意图，在实际上很可能是欲速则不达。掩饰自己的意图，将欲取之，必先与之，这是古人所总结的经验。本计的"声"是手段，"击"是目的，用"声"来掩盖自己真实意图，用"击"实现自己的意图。这种计谋在政治斗争环境里，有着广泛的市场；经过这些政治家、野心家、阴谋家们的不断使用充实，丰富了本计的内涵。

敌战计

——阴谋者胜

引　言

　　本部分叙述三十六计中的第七计至第十二计，计名分别为：无中生有、暗度陈仓、隔岸观火、笑里藏刀、李代桃僵、顺手牵羊，统称"敌战计"。

　　所谓"敌战计"，关键是抗和拒，即抗战、拒战。也就是说，在双方或多方争战中，施用计谋的一方用生、度、观、藏、代、牵等手法技巧，如何以虚掩实，以假掩真，最终获小利或大利的计谋。核心是以虚、假示人，而掩盖真实的目的。要做到这一点，又有看准对象、掌握时机与玩弄技巧等问题。否则，一着不慎，全盘皆输，不仅难获其利，很可能是人亡国破。在政治争斗中，则会导致"机"（会）失人亡、敌胜己灭的恶果。

　　"无中生有"列于"敌战计"之首计，意在实施高超的政治手腕，迷敌、惑敌、惘敌、愚敌，制造将无说有、以有说无的假象，但却又使政敌深信不疑为限度，再慢慢由假变真，无中生有，达到敌败而不释迷的目的。从字面言，"无中生有"的"无"，是假象，是欺骗，是迷惑对方的手段；而"有"，可解释为真、为实，是要获胜（胜的大小可视所处情势而定），是施此计的目的。"暗度陈仓"之计，与无中生有可属同一性质，又与声东击西有异曲同工之妙，即有主动之意，而这一主动行动是在示对方以虚、以假的情况下进行的。"笑里藏刀"亦可归于此类，即使对方相信我方之无力，失去警惕，不采取任何行动，而我方趁机策划，积蓄力量，再攻其不备，获得胜利。"笑"是虚、是假、是手段，"刀"是真、是实、是目的。也就是外示柔弱、暗藏杀机。

"隔岸观火"、"顺手牵羊"，与上述三计不同之处在于非主动的主动。所谓非主动，意为获胜的条件不是以主观意志为转移，是以敌对势力的变化而作用的。所谓主动，即一旦捕捉到对方有乱、有隙，便不失时机地从中获胜。这种胜不限大小，大胜大获，小胜小获，从而达到增强自己实力的目的。

"李代桃僵"之计的核心在于，根据敌对双方力量的消长，当须损失局部利益时，就要忍疼割爱，以便换得更大的全局性的胜利，俗语说：舍车保帅，其道理就在于此。

本部分所收六计，一般地说，它是在敌对双方的力量对比相差无几，或此消彼长、此长彼消的变化，不至于十分悬殊，抑或有多方之争中，相机而行，巧施其计，以达到进一步削弱敌对势力、自我壮大的目的。其中有相当复杂的变化，关键是对象、时机和技巧。否则，为人所乘，也在情理之中。

若就敌战计实施的目的、性质而论，它的首要特征，便是其施计、行计、用计的机巧性。所谓机，既指时机、机遇，又指机会、机势。它是政治斗争中，诸多矛盾斗争形成的特定的态势，更是双方力量消长、对比中的暂时性错位与间隙。对它的认定把握、衍化，则是变、度、观、藏、代、牵，则仅是变幻运用的政治技巧而已。其次，它的另一特色则是权变性。有之能生，在于示无；陈仓能度，在于有暗；火之能渺，在于隔岸；刀之能藏，在于含笑；李能代桃，在于能僵；手能牵羊，在于顺势。故变有技，在于权宜、得适、顺势、巧饰而已。

无中生有

——凭空捏造　意在栽赃陷害

　　本计曰："诳也，非诳也，实其所诳也。少阴，太阴，太阳。"其大意为：设法制造使敌方相信的假象，但不是弄假到底；掌握住由假变成真的转化，使蒙骗敌方的大大小小假象成真，由虚变实，达到自己的目标；以各种假象的伪装，掩盖着真象，造成敌方的判断错误，给对方以不意的攻击。诳者，欺骗、欺诈也。以空无伪装成实有，即是欺骗。"无"是不能打败敌人的，只有"有"才能击败敌人。但在"无"的时候，如何达到击败敌人的目的呢？这就要以假象来迷惑敌方，借助于诳。同时做到无中生有，由诳而真，变无为实有。少阴、太阴、太阳，意指要由虚假逐渐转变为真实，即所谓阴变阳来，阴极阳生。当大大小小的假象迷惑住敌方时，施以出其不意的攻击，达到胜利，阳来也。

　　《尉缭子·战权》载："战权在乎道之所极，有者无之，无者有之。"《老子·三十四章》载："天下万物生于有，有生于无。"《诗法入门·诗论》载："盖诗人怨叹，有实叙者，有过对指点者，有无中生有者"，都是指在军事上的虚虚实实，由虚变实的欺骗之术。

　　秘本《三十六计》在无中生有之计的按语中，引用张巡草人

刘腾、元叉无中生有害元怿

借箭示虚，再派兵突营示实，当为本计的注脚。其事说的是唐代的安史之乱叛将令狐潮率兵四万余包围雍丘（今河南杞县），雍丘守将张巡认为自己势单力薄，不能与之硬拼，便令士兵扎草人一千余，套上黑色衣服，用绳子拴住，趁夜色缒下城去。令狐潮的士兵以为城中出兵突袭，便争先恐后地放箭。结果，张巡不费吹灰之力，便轻易地得到数十万支箭。其后，又在夜间把士兵缒下城来，令狐潮的士兵以为是草人赚箭，看着大笑，不再放箭，也无战斗准备。张巡就用此法缒下五百多名敢死之士，杀入令狐潮军营，焚毁营栅帐幕，令狐潮溃败逃跑，张巡军士追杀数十里，雍丘围解。

一、由诳而真　变虚无为实有

《周易·益卦四十二》云益：利有攸往。利涉大川。《象》曰：风雷，益。君子以见善则迁，有过则改。

【一爻】初九，利用为大作，元吉，无咎。《象》曰："元吉无咎"，下不厚事也。

【二爻】六二，或益之十朋之龟，弗克违，永贞吉。王用享于帝，吉。《象》曰："或益之"，自外来也。

【三爻】六三，益之用凶事，无咎。有孚中行，告公用圭。《象》曰："益用凶事"，固有之也。

【四爻】六四，中行，告公从，利用为依迁国。《象》曰："告公从"，以益志也。

【五爻】九五，有孚，惠心勿问，元吉。有孚，惠我德。

《象》曰："有孚惠心"，勿问之矣；"惠我德"，大得志也。

【六爻】上九，莫益之，或击之。立心勿恒，凶。《象》曰："莫益之"，偏辞也；"或击之"，自外来也。

按照益卦的符号，当为上阴下阳，上下皆阴，上下皆阳。三象迭起为风雷益卦。益卦卦辞为："益，利有攸往，利涉大川。"其意为：有利于前进，有利于涉过大河和艰难险阻，进行冒险行动。然而，益卦是将天地否卦的上卦减一阳爻，下卦增一阴爻而成，所以有两个对立的含义：即增益和损失，益则损，损则益，这是事物的两个方面。具体说来，当获益时要谨防受损；未获益时，要设法以小损获大益。同时，少阴、太阴、太阳三象，可代表施谋获益的三个步骤：其一，阳代表真实，阴代表虚假。如少阴，意即当对敌方施以假象，目的在于使敌信以为真，继而发觉上当；象征敌人的心态，即敌人信以为真，顿时紧张，予攻击。但发觉上当之后，又陡然意志松懈。其二，太阴，两个阴爻，意味着要连续不断地、反反复复地施敌人以假象，借以麻痹，使其失去戒备之心。其三，太阳，两个爻，意即抛去虚假，显出真实，全力突击，彻底击败或消灭敌人。

本计用在军事上，是一种虚虚实实，由虚变实，迷惑敌人，攻击敌人的战术。即所谓的有者无之、无者有之之道，通过战场上军事力量的虚实变化，造成敌方判断失误，然后再打败敌人。此计用在政治上，是指在与敌相拒的抗战中，善于发挥无中生有、有生于无之道，凭空生事，无事生端，凭空构造出令敌人被动的事端，然后再抓住战机，或陷敌方于死地而后快，或夺己欲夺之

279

果实。

二、真假莫辨　善造假能制胜

中国古代君主专制的政治体制，为政治权谋的滋生和兴盛提供了最优良的土壤和气候，权谋的应用和操作，成了政治角逐场上政治家、野心家、阴谋家们维护、巩固己方政治集团的权势和既得利益，排挤打击乃至肉体消灭政治对手的法宝，发挥出不可估量的作用。无中生有之计，作为敌战计之首计，歹毒险恶、行之有效，更多地被集权的君主、官僚政客、阴谋家、野心家们作为惯用的伎俩使用，其常用手法主要有：

第一，凭空生事，捏造事实，制胜之计在其中。

在政治斗争中，政敌之间为争权夺利，密切注意打探搜罗对方的情况，寻找政敌之破绽，抓住把柄，乘隙而攻，使对手陷于被动挨打，直至消亡。此类情况虽为常见，但在政敌对手无隙可钻、无机可乘的情况下，如何实现己方的政治目的呢？这就必须采取无中生有计谋之精华"造假"、"制胜"，即凭空生事，捏造事实，编织可以攻败政敌的证据。常言道："欲加之罪，何患无辞。"加罪必有"辞"。就"造假"、"制胜"而言，其方法亦有多种：

1. 凭空诬指

一些在政坛之中处主动地位的君主、权臣、阴谋家，常常在了无事实的情况下，利用占据的权势和地位，无凭无据地诬指政治对手。

事例：刘腾、元叉无中生有害元怿

北魏孝明帝神龟三年（520年），魏宫大太监刘腾、禁军统领元叉，欲除政敌清河王元怿。元怿为北魏孝文帝的庶子，是在任皇帝孝明帝的叔父，当时主管门下省事务，作为皇族王公辅助垂帘听政的灵太后，及年幼的皇帝执政。元怿颇有才干，平时对刘腾、元叉两人皆有限制，至结怨仇。是年七月，元叉、刘腾私下密议，认为元怿辅政，己欲不张，迟早祸及自家，不如先下手为强。但除去元怿，起事定当机密，只有采取欺骗办法，务必不让与元怿关系亲密的灵太后插手其事，而要以制造的假证据，蒙骗年仅十一岁的孝明帝，使其下诏定罪。同时，要行速决，防止朝官议谏，事体拖延，导致假证揭穿，务必一得手即行斩杀，况且元怿一死，即死无对证，届时假使有人谏议阻止，亦是枉然。

俩人议定，先由刘腾进宫，威逼手下专管皇帝饮食的太监中黄门胡定向、胡玄度，令其进诬言。胡定向、胡玄度畏惧刘腾威势，不得不从，立即向孝明帝禀报："清河王令我俩在食物中下毒药以害死皇上，自立为帝，并许以成功后给予我们高官厚禄。"孝明帝年幼，初听此言，吓得一惊，也不去辨问真伪，即信以为真，急匆匆跟随伪装前来护驾的元叉，奔至前宫显阳殿。此时刘腾早已利用总管大太监身份，令人封住宫内通道永巷，垂帘听政的灵太后已被隔在后宫不得前来。刘腾、元叉乘此宣布："孝明帝亲自执政，太后退帘，逮捕叛反的清河王。"恰巧元怿闻宫中有事，前来宫中打探究竟，进至含章殿，遇元叉拦住去路。元怿怒而责问："你想造反吗？"元叉高声喊叫："吾不造反，却要捕捉造反之人。"元怿听言，尚在疑惑，就见两边禁卫，一哄而上，把自己绑个结实。

这边元叉拿住元怿，刘腾已经以孝明帝名义，集聚百官。刘腾平时在朝中为所欲为，为乱已久，不少王公亦投入其门下，连河间王元琛都拜刘腾为养父。一些忠直朝官，对刘腾稍有微词，即遭逐杀。现在刘腾出面，又有元叉站在旁边，告元怿有谋反大罪，定为死刑，一时皆不敢发言。只有尚书仆射游肇站前抗争，认为此事应当谨慎处理，戒草率决定。刘腾、元叉不容游肇再议，以百官名义，连忙启奏孝明帝，栽赃元怿"大逆不轨，当斩杀"。孝明帝被骗，诏令批准，当天夜里，元怿在宫中被杀，时年三十四岁。

元怿被杀，是自北魏孝文帝时宦官干政以来，宦官和朝臣之间为争夺朝政的一场政争，中间又夹杂着元叉和元怿两人之间的个人怨恨私仇，多种矛盾相互交织，加之垂帘的灵太后被刘腾监控失去自由，孝明帝年幼缺少主见，最后被刘腾、元叉从容使用无中生有之计，诬陷了富有才干的元怿。

刘腾，原是个靠告密起家的权阉。孝文帝时，因密告冯太后，迁中常侍、龙骧将军，再晋升大长秋卿、金紫光禄大夫、太府卿，成为宫中的总管。延昌四年（515 年），北魏宣武帝元恪病逝，皇太子元诩继位，是为孝明帝。灵太后由贵嫔被尊为皇太后，帘后听政。刘腾因在铲除权臣高肇势力之中，告密有功，被灵太后封为开国子，食邑三百户，参与宫廷警卫，又任以崇训太仆，把太后所居的崇训宫一切事务交其全权处理。再另加侍中衔，位列门下省，参与朝中机要决策。不久，又爵封长乐县开国公，食邑一千五百户，晋迁卫将军，加仪同三司，成为北魏朝廷居中枢要位的权阉，一时间门庭若市，宫中外朝，宦官、朝官争相投其门下。刘腾等阉人的专权，引起了参与朝政的太尉、清河王元怿的不满。

元怿身为皇族王公，不仅长得仪表伟岸，而且理政有方，与灵太后私人关系亦暧昧密切。灵太后听政后，放权让其理政，元怿也有心重整朝纲，不避权贵，甚至连太后拜佛靡费过甚，他也直谏不辍。为此缘故，他与刘腾、元叉等人开始结下怨仇。

于忠是刘腾发动的密谋拔掉高肇，杀害高皇后，拥奉灵太后听政这场政变中的亲密合作伙伴，政变后，位居车骑大将军、崇训卫尉、尚节令，官至宰相，又总领皇宫宿卫。在朝中与刘腾狼狈为奸，坏事干尽，经常假传圣旨，擅杀异己。元怿见其飞扬跋扈，为乱朝政，发动王公亲族，要求灵太后予以处置。又单独上奏疏，使于忠爵封被削，远调京城，于忠因此抑郁而亡。刘腾兔死狐悲，从此愤恨于元怿，一直寻找机会，惩治元怿。

元叉出身皇族，又是灵太后的妹夫，灵太后上台后，官加至领军将军、位列门下省，又兼领宫廷禁兵，成为太后听政时皇族重臣，理应与元怿同心辅政，为振兴国政，做一番努力。但是元叉不思立功，反而恃宠骄横，四处勒民敛财，填塞自家腰包。元怿先对其劝诫，后见他无动于衷，就极力加以抑制，还依法把他降级使用，由此他对元怿也是衔恨于怀。

刘腾、元叉两人为对付共同的政敌，联起手来，策划于密室。他们的第一次阴谋，是买通曾被元怿看重，亲自推荐为通直郎的宋维，让宋维去诬告司隶都尉韩文珠父子，说韩氏父子图谋叛反，准备拥戴清河王元怿出来即帝位。此事闹到灵太后面前，太后亲自审问拘留起来的元怿和其他相关人犯，虽多次刑审，却没有找出谋反的实证，事情只好草草收场，元怿被释放后官复原职，而诬告的宋维也只是贬官了事。刘腾和元叉便策划了本文开头的一段杰作。

　　刘腾、元叉的第二次诬告栽赃活动是成功的。其原因首先是诬告得人。由皇帝的膳食厨师做诬告人，假称是元怿让他们在皇帝的饮食中下毒药。皇帝还活着，说明毒药还没有下。但还没有下毒药，不代表不想、不打算下毒药，这个设想与打算的问题，是存在于人的头脑中的，了无实证的事，你说有它就有，你说无它就无。其次是欺骗对象选择得好，孝明帝是个十一岁的孩子，听说叛反，只会跟元叉向前宫跑，哪有心思再仔细考虑刘腾、元叉所说的是否是事实，只能被其愚弄欺骗。刘腾、元叉在朝中又有势力，一个是权宦，一个是皇亲贵族，都是政权、军权集于一身者，是平时单手能遮天的人物，谁又敢与他们作对。即使个别人反对，也是难成气候。加上刘腾、元叉速斩了元怿，想救也来不及了。能够辨识刘腾、元叉所说真伪的人是灵太后，可是灵太后此时是身不由己，被刘腾等人控制软禁在后宫，元怿被杀，灵太后明白他是被诬杀，曾经伤心流泪过，但没有多少天，刘腾、元叉又以灵太后名义宣旨，太后决定敬逊别宫，退政归居，处于实际被废的地位。由此开始，元叉、刘腾执领北魏朝政，中间虽有灵太后的侄儿及张东渠等人谋杀元叉；中山王元熙、城阳王元徽等皇族起兵图谋执杀刘腾、元叉；右卫将军奚康生谋刺元叉等事件，结果都是以失败告终。直到孝昌元年（525 年），灵太后才在一些王公大臣谋划下，复位出宫，再次临朝听政。

　　事例：固势力十常侍诬杀吕强

　　西汉灵帝时，宠信张让、赵忠、夏恽、郭胜、孙璋、毕岚、栗嵩、段珪、高望、张恭等宦官，灵帝先后封他们为中常侍，职

掌宫中文书，传达皇帝诏令。张让、赵忠等人，利用灵帝贪色重
财心理，为其在宫中建商业街，让灵帝和宫女、宦官扮成商贾，
讨价还价，做市利买卖。又在西园建游乐场，招一班无赖子弟陪
灵帝玩狗驾驴，把朝中文官所戴的帽子和绶带，戴在狗身上。又
广收天下珍玩，进献给灵帝。甚至在宫中开办了一个官员交易所，
把官职明码标价拍卖，谁出的价钱高，谁就可以做大官。十常侍
凭借谀语迎合手段，取悦皇上，把灵帝玩于掌上。而荒诞不经的
灵帝，不以为奸，甘愿被傀儡操纵，甚至公开对左右说："张常侍
就是我父亲，赵常侍就是我母亲。"灵帝认仆作父，自甘为子，如
此推称，使十常侍恃宠跋扈，乘机大饱私囊，过上了骄奢淫逸、
横行不法的帝王般生活。一次，灵帝欲登长安宫的瞭望台，远眺
皇宫四周景致。十常侍担心自家所建富比皇帝宫阙的府第被灵帝
瞧见，就使人哄骗灵帝，说："皇上是上天的儿子，不应当登高。
皇上登上高处，百姓就会四散，这是不吉的兆头。"灵帝受骗，从
此再也不敢居高而远眺了。

　　汉灵帝的昏聩，十常侍的为非作歹，引发了东汉社会严重的
危机。灵帝中平元年（184 年），张角兄弟利用"太平道"，聚众
起事。张角自封天公将军，其弟张宝、张梁封地公将军、人公将
军，号召各地太平道教徒，头扎黄巾竖旗造反。一时间，许多城
池府第，相继失陷，都城洛阳亦为之震动。汉灵帝惊慌失措，匆
忙令大将军何进领兵镇守洛阳，以北中郎将卢植、左中郎将皇甫
嵩、右中郎将朱俊征讨"黄巾贼"。

　　自桓帝以来，因党锢之祸受逐杀失势的一些党人，也被起用
起来，不少人在镇压"黄巾贼"的过程中立功受奖。反而一直受

重视信用的宦官势力，中间出了个封谞、徐奉，与张角相互联络，图谋宫内外夹击，攻下京城洛阳。灵帝为此责怪十常侍，迫使张让、赵忠等人不得不收敛贪欲，纷纷召回过去安插在各地州县做官为将的父兄子弟，暂做退避之状。由此宦官赵忠等人迁怒于屡次劝谏灵帝的吕强，便施行无中生有计谋，害死为人忠直，同任中常侍的吕强。

十常侍中的赵忠、夏恽，最先向吕强伸出魔爪。一天，他们乘灵帝退朝回宫，齐至灵帝前跪告："中常侍吕强经常同党人聚在一起，议论朝政。还私下阅读《霍光传》，有废立之心。他们兄弟居官的，全都贪赃枉法。"灵帝不辨真伪，立即命令中黄门领兵逮捕吕强。吕强生性耿直刚烈，难忍折辱，愤然明告："大丈夫要尽忠报君，怎能受狱吏审问。"说完引颈自杀。赵忠、夏恽未料吕强如此刚烈，急忙献言灵帝："吕强还没有清楚召他问什么事情，就自我了结了，说明他确实犯有罪行，才致如此。"灵帝受赵忠唆使，又收捕了吕强的亲属等人，把他家的财产抄没入官。

吕强被赵忠、夏恽凭空诬陷害死，其原因并非简单的同类人物之间好恶嫉妒，实质内容则是双方对灵帝执政以来的政治方针有着巨大的分歧。究其大端，一是对党人的态度，二是对宦官势力专政的态度。

东汉自桓帝以来，发生过两次著名的朝中大夫与宦官之间的冲突，被称之为"党锢之祸"。

第一次是汉桓帝延熹元年（158年），朝中耿直大臣李膺、陈蕃、王畅等人，与京城太学生郭泰、贾彪等互通声气，对东汉以来的宦官干政现象深恶痛绝，必欲除恶务尽，他们互相推荐，评议时政、臧否人物，抑浊扬清，同时对桓帝时的专权宦官侯览、张让等极力惩治打击。李膺为河南尹时，就要惩治与宦官紧密勾结、贪赃无数、声名狼籍的羊元群，结果反被诬陷。后来他为司隶校尉，带人到宦官张让家，杀死了躲在他家的其弟张朔，概因张朔公开杀戮孕妇，虐人害物。洛阳人张成，恃着与宦官关系密切，指使长子杀人报私仇。李膺不顾赦令，坚决杀死张成父子。宦官指使张成次子牢脩，上书诬告李膺等人私养太学游士，交结诸群生徒，结成党羽，诽讪朝政，惑乱风俗。宦官们群起借势推波，桓帝不分皂白，把李膺等人下狱，定为"党人"，下令全国搜捕。范滂、杜密、陈寔等二百多人都被下狱治罪，太尉陈蕃因反对拘捕党人，亦被灵帝免职。于是朝野内外，为之震慄缄口。直到翌年，因为李膺等人在狱中故意用招供牵连宦官子弟，加上窦武等人为"党人"上诉，二百多党人才得以出狱见天，但是朝廷同时宣布："党人遣回乡里，登记造册，书名三府，永远禁锢，再不得为官。"

第二次党锢之祸，比前一次更为惨烈。灵帝于桓帝死后登基，年仅十二岁。窦太后临朝听政，其兄窦武为大将军、陈蕃晋升太傅，共同辅政。窦武接近朝中正直官僚和士人，征召李膺、杜密、尹勋等名贤。灵帝建宁元年（168 年）九月，窦武与陈蕃密谋，要除去操弄国权，为乱朝政已久的宦官势力。但是事机被泄，宦官王甫、曹节、郑飒等人首先发难，以武力劫太后、挟灵帝，杀害了窦武，陈蕃。第二年，又哄骗灵帝，大兴党狱，在全国之内搜捕迫害党人。李膺、范滂等党人一百多人被杀，家属被流徙边郡。一些官员任意指诬有威望或与自己有怨隙者，结果全国被废黜、禁锢的无辜的党人就有六七百名。

以上两次党锢之祸，都以宦官得胜而终。到了熹平元年（172年），宦官们又借机把与朝中官僚靠近的京城太学生一千余人下狱。从此以后，侯览、王甫、曹节等一帮宦官，势霸东汉朝野，为所欲为地祸害国家。对此问题，身为中常侍之一的吕强，却为国家大政着想，当中平元年（184年）张角起事发生后，吕强最先站出来，对汉灵帝说："禁锢党人的禁令已有很长时间了，天下人心早已腹藏怨情，如果不予以赦宥，万一党人之心与张角相联，黄巾势力将会扩大滋长，到那时，后悔都来不及了。请陛下从现今起，诛杀左右贪赃污浊的官员，大赦天下党人，并考核检查各州刺史及各郡郡守的能力，如果能这样做，叛乱肯定能平息下去。"汉灵帝畏惧黄巾起事的威势，只好接受了吕强的建议，大赦天下党人，允许被流徙的党人返归故里。吕强要把同宦官势同水火的党人解放出来，极大地触犯了以张让、赵忠为代表的宦官集团利益。为此，他们敌视吕强，这是吕强被赵忠等人诬害的第一个原因。

吕强被杀的第二个原因，是他对汉灵帝的劝谏，破坏了张让等十常侍们利用灵帝贪财荒诞，让其沉湎其中而不能自拔，从而完成操纵灵帝，把持朝政，又能乘机中饱私囊的策略。灵帝是天下罕见的贪财皇帝。在宫中建交易市场，扮做赚钱的老板。又公开卖官得钱，有的人暂时无钱买，还可以赊账挂欠，等到自己走马上任去搜刮民脂民膏，私囊中饱以后，再连本带息交还。灵帝又好积私蓄，各地进贡的珍品，每次都要把精中又精的珍品先送到宫中的私库中，名之为"导行费"。为此，吕强上书规劝灵帝："天下的财富，莫不归陛下所有，本无公私之分。但是现在中尚方广敛各州郡的珍宝，中御府中又广积天下的丝织品。西园保管的是朝中大司农该管的府藏，骖骥厩中拴的是太仆该管的马匹。又广征导行费，增加民困。一些奸吏乘机得利，百姓反受其弊。另外，一些阿谀奉承之徒，进献私财给陛下，以使陛下能纵容姑息，风气因此而进一步变坏。"吕强反对灵帝积私财，重佞臣，自然地与取悦灵帝，积极兴办此类活动的十常侍发生冲突。皇帝不贪财，赵忠等人就没有顺手牵羊的下手机会，那金碧辉煌的华宅豪第就建不起来。皇上清正英断，十常侍怎能在朝中发号施令，飞扬跋扈呢？吕强的上书，还反对灵帝撇开三公，仅由尚书负责选官，或是灵帝直接下诏任命官员的办法，暗中批评灵帝将宠信的十常侍父兄子弟宗亲们予以提拔任用，放到州郡做官，造成这些人横行不法，无官敢管的情状。吕强的劝谏，灵帝置之一旁。黄巾起事后，吕强再一次劝谏灵帝，要求灵帝诛杀贪官污吏，考察州刺史、郡太守的能力，其矛头也是指向任用兄弟亲属为官扰民祸民的张让、赵忠等人。后来，宦官们果然被迫召回了自己的亲属子弟，他们更加怨恨给皇上出主意的吕强，必欲去之而后快，也就有了篇首所述的一幕诬陷害人的惨剧，终于害死吕强。

事例：朱元璋借故逼杀傅友德

明洪武二十七年（1394年）十一月，太祖朱元璋在宫殿上大宴朝臣，太子太师、颍国公傅友德也在邀请之列。恰好，傅友德的两个儿子，驸马都尉傅忠、金吾卫镇抚傅让，正在御前值日。宴会尚未开始，朱元璋出殿稍作巡视，瞥见傅让忘了佩带箭囊，立即高声斥责傅让行为傲慢，不守礼仪。坐在御座旁的傅友德连忙躬身站起，打算代子赔罪。话尚未出嘴，却听耳边又响起朱元璋对自己的斥责，说他对皇家大不敬。朱元璋话说完不久，要傅友德把傅忠、傅让召来。傅友德情知不好，赶紧往殿外走去；将至大殿门时，禁兵传旨："携二子首级来见。"友德听旨，宛如五雷轰顶，挣扎着走向殿外。一会儿，傅友德双手提着两个爱子首级直奔大殿，来到朱元璋面前，盯着他一言不发。朱元璋见傅友德上殿，故作吃惊状，又大声叫道："你怎么如此残忍啊？莫不是想以此怨恨朕吧。"傅友德被逼亲杀两子，已失常态，又听朱元璋如此诬陷，再也控制不住自己的感情，随之高声向朱元璋说："你不是早想要我们父子的人头吗，现在是正合了你的意愿吧！"说完，抽出佩剑，引颈自刎。朱元璋随之下令，削傅友德的封爵，妻儿发配辽东等地。

朱元璋欲杀傅友德，又要找到一个合适的借口，借口不好找，只能无事生事。于是以其子箭囊未备为由，让傅友德亲自召两子上殿见君，傅友德早先站起来为两子赔罪，朱元璋又不给说话的机会，连带傅友德一起责骂，已见别有用心。等到傅友德出殿宣召两子，朱元璋却让内侍传旨，令其携两子首级前来相见。箭囊未备，是罪不至死的，即定为死罪，何故又要杀已备箭囊的傅忠呢？朱元璋是借故考察傅友德是否忠于自己。傅友德并不问传旨真伪，也不再面请，居然亲手将两子杀了。傅友德上殿，朱元璋又装作吃惊状，甚至斥傅友德杀子是残忍，是以此怨恨君主。世上人情，亲莫如父子，谁家的父亲愿意斩杀自己的孩子呢？傅友德是被朱元璋威逼，才手杀两子，如今被加上一个"残忍""罪君"的帽子，还有何面目立于人世！真是欲加之罪，何患无辞。朱元璋身为君主，在专制时代，君叫臣死，臣不得不死。傅友德是开国元勋，到了洪武二十七年（1394年），朝中元勋重臣已经所剩无几，要顺理成章地杀掉傅友德，并不太容易。

朱元璋在此实施了无中生有的计谋，只不过身为君主，实施的方法与一般栽赃陷害有所不同，一切都是在光天化日之下进行的。从傅让因箭囊事被怒斥，到傅友德亲杀两子，朱元璋无风起浪，以欺诈手法有意构事。从傅友德携两子首级上殿，到在御座前引颈自刎，朱元璋是有意诬赃陷害。明明是以帝王之尊传旨杀人，在大庭广众面前却不承认，还给傅友德加上一个残忍、怨君的罪名。这里，朱元璋所使用的伎俩，一是在大殿让傅友德去召两子，背地里却让内侍去传旨，在殿上的所有人都不知有旨杀人，而只见傅友德亲手杀子。二是故作假象，以势压人。傅友德刚刚亲手杀死两子，其怒难以抑制，有怨难以倾诉，势必怒火中烧，心情激动，所以面见朱元璋时难以言语，而朱元璋当着群臣的面，不但装出大惊失色的样子，还故意表现出出乎意料的神情，挟天子之威严，大发龙威而怒斥傅友德，也就在情理之中。好像傅忠兄弟的死，最伤心、最受害的是君主，而最残忍、最无情的是傅友德。傅友德性情刚烈，焉能受此奇辱，只好自刎，也省去朱元璋将他拿进诏狱的刑辱。难得傅友德临死也还明白，只是有百口也难辩白，更何况辩白也无用。

傅友德被无中生有逼杀，是朱元璋建国登基之后，对功勋元宿势力集团大肆杀伐，不断进行政治清洗的继续与扩大。朱元璋从一个托钵行乞的贫僧，乘元末动乱而以武力征战，逐渐登上至高无上的皇位。起事之初，朱元璋广罗人才，唯才是举，不拘一格。傅友德从1361年投奔朱元璋，多次跟随朱元璋征战，立有赫赫战功。朱元璋称赞傅友德"勇略冠诸军，可授先锋，当一面"。洪武三年（1370年），朱元璋封傅友德为开国辅运推诚宣力武臣、荣禄大夫、柱国，食禄一千五百石，位列开国二十八侯的第一位。后来北征元朝、平定云南、屯田边塞等重要战役，傅友德均有建树，被加封颍国公、右柱国，食禄三千石，还把寿春公主嫁给其子傅忠，又册立其女为晋王世子朱济熺的妃子，成为皇帝的亲戚。

当明王朝政权刚刚稳固，朱元璋就忌惮起往日的功臣勋贵，担心这些开国元勋势力显赫，尾大不掉，威胁到朱氏王朝的利益和儿孙们未来江山的稳固。而一些开国功臣慢慢地也恃功骄恣，纵情不法，又互相倾轧，结党朋比，形成了李善长、胡惟庸等淮西勋贵集团，刘基等浙东名士豪族势力。立国伊始，朱元璋即着手加强中央集权制度，多次对文武功勋豪族进行警告，要他们注意晚节，不可"事主之心日骄，富贵之志日淫"。洪武五年（1372年），颁布《铁榜文》，严禁公侯与都司卫所军官相互结纳，或侵夺田地等不法之事，对功臣权限亦颁文加以限制。洪武六年（1373年）着手修订《大明律》，确定"重典治国"的治政方略。朱元璋还号召功臣元勋，仿效信国公汤和，解甲归田，富贵还乡。但这些功臣宿将，罕有响应，令朱元璋大为气恼。

为了消除隐患，永保朱家江山稳固，朱元璋不惜大动干戈，屡兴大狱，株连九族，消灭异己。洪武十三年（1380年），身为左丞相的胡惟庸，仅凭几个人难以确定真伪的口供，就被朱元璋定为"谋不轨"大罪加以诛杀。此后，又加胡惟庸等"通倭"、"通虏"、"谋反"等罪名，开始扩大牵连，使此案延续十年尚未结束。洪武二十三年（1390年），朱元璋借题发挥，大兴党狱，随意罗织，明朝首任丞相，位列开国第一名臣的韩国公李善长，以知情不报，即是心存异心、罪同反叛等十大罪名，被赐死而自缢身亡，还株连家属七十余人。列侯陆胜亭、唐胜宗、费聚等众多元勋均被株连网中，"词所连及及坐诛者三万余人。乃为《昭示奸党录》，布告天下。株连蔓引，迄数年未靖云"。洪武二十六年（1393 年），朱元璋又兴蓝玉大狱，凉国公蓝玉、列侯张翼等人伏诛，又"族诛者万五千人"。几次大狱之后，开国元勋宿将几乎尽被杀戮。

傅友德因为长期在外备边，罕与朝政，几次大狱都得以幸免。李善长被赐死后，朱元璋曾改撰勋臣榜，傅友德因英勇善战，取荆楚吴越，下中原滇蜀，征金山等功，被再次列榜其中。

傅友德位列勋臣榜上一年多后，就倒在血泊之中，其中亦有他与太祖朱元璋的利害矛盾冲突加剧的原因。洪武二十五年（1392 年），傅友德请求朱元璋拨其老家怀远官田作为园圃，供其全家使用，遭到朱元璋严厉责骂。蓝玉案后，同傅友德经常出征的定远侯王弼，在傅友德处私下感叹："皇上春秋日高，喜怒无常，令人捉摸不定，我们会不会也被罗织进去，没有一个好下场呢？"两人室中叙语，未料隔墙有耳，被特务听去，报与朱元璋。由此，祸根已经埋下，也就无怪朱元璋导演了这场无中生有，带有戏剧性的杰作。

2. 刑逼罗织

酷吏刑逼，屈打必能成招；罗织罪名，栽赃何患无辞。酷吏是古代司法行政中执法峻酷的官吏，自西汉开始，史书为他们立传，亘连二千余年而不绝。酷吏主要为君主所役使操纵，有时候也为一些权臣、阴谋家所利用。酷吏秉承君主或上司之意，"上所欲挤者，因而陷之"。如武则天任酷吏来俊臣、周兴等人打击反武势力，来、周两人动辄大刑、毒刑，入狱者受刑不过，无不自诬。

事例：千古奇冤，杨左六君子碧血洒诏狱

明代天启五年（1625年），朝廷之上，发生了一起轰动朝野的事件，即左副都御史杨涟、左佥都御史左光斗、给事中魏大中、御史袁化中、太仆寺少卿周朝瑞、陕西副史顾大章等"六君子"受贿大案。是年七月，六人先后被捕下狱，同月，杨、左、魏死亡。杨涟死时是体无完肤，土袋压身，铁钉贯穿双耳，仅用血衣裹身，得以勉强入棺。左光斗尸身腐臭，生有蛆虫。魏大中尸体溃烂，面不可识。次月，袁化中、周朝瑞毙命，顾大章紧接着自杀身亡。时人尊称，把死去的杨、左诸人号为"六君子"。六君子被杀之经过，史称之为"六君子事件"。

六君子事件是如何发生的，六君子为何如此惨死狱中，又为什么号称千古奇冤的呢？实际上，六君子事件是明王朝内部几十年来党同伐异的政治斗争白热化产物，而六君子之惨死，则是以明末大宦官魏忠贤为首的阉党势力，为了排除异己，不惜大兴冤狱，施用无中生有之计，栽赃陷害，再辅之以酷刑虐待，直至置其于死地而不休，其行为卑鄙无耻，阉党的凶狠变态暴露无遗。

明神宗以来，宫廷上层先后发生有"争国本""梃击案""红丸案""移宫案"等震惊百官，牵连朝野的政治风暴。

"争国本"是以郑贵妃为首的帮派势力，恃宠争立神宗三皇子朱常洵，而企图废黜皇长子朱常洛所引发的事件。"梃击案"则是争国本案的延续，郑贵妃愿望未达，试图谋害太子，建储朱常洵，遣张差欲以棍击杀皇子。"红丸案"是即位的太子朱常洛因沉湎于郑贵妃所馈送的美色环绕，掏空身子，在病中先吃了郑贵妃指使太监所进的泻药，后来又食鸿胪寺丞李可灼所进的红色药丸，结果一命呜呼，朝中群臣纷纷具奏，要求查拿进奉"红丸"的弑君真凶，牵连人众，李可灼被流放戍边，一些官员牵涉其中，也纷纷遭到贬逐。"移宫案"则是红丸案的尾声，明光宗朱常洛暴死，皇长子朱由校被给事中杨涟、刘一燝等大臣拥戴，承继皇位，是为明熹宗。明光宗选侍李氏，不愿搬迁，要与即位的朱由校同住在乾清宫，以便挟制新皇帝。杨涟、左光斗、周嘉谟等人上疏力争，一再敦请李选侍移出宫外，甚至施以颜色，逼迫李选侍迁出皇宫。

上述政治案件的发生过程中，围绕问题的中心，朝臣们意见纷纷不一，随之形成各自的势力集团，势力较大的有以地域关系形成的齐党、浙党、楚党，而与三党对立的一方则主要是东林党。

东林党原是一个文人政治团体，是在明王朝的朝廷内部激烈斗争中逐渐形成的。在"争国本"事件中，吏部郎中顾宪成，因政见不合于明神宗及首辅王锡爵，被革职回籍。在故乡无锡，顾宪成不甘寂寞，联络好友高攀龙、钱一本等志同道合的文人，在无锡城东的东林书院聚会讲学，"裁量人物，訾议国政"。一时朝野的士大夫遥相呼应，结果遭到反对派势力的敌视，称他们为"东林党"。

从"争国本"事件开始，三党与东林党之间，即展开权力的互相争夺。明熹宗即位，东林党人杨涟、左光斗等在"移宫案"中力陈争辩，迫使李选侍移宫，东林党人取得了胜利，其成员分任内阁首辅及吏、兵等部院长官，一时势盛。三党势力在与东林党人倾轧中失利后，怒而拜投宫中以魏忠贤、客氏为首的阉党门下，极力怂恿和辅助与东林党人亦有仇隙的魏忠贤，试图消灭东林党。

魏忠贤本是个市井无赖，因赌债高筑，无奈进入皇宫做了太监。进宫后，他利用与其"对食"的客氏（客氏为皇太子朱由校的乳母），先在后宫内大肆杀伐，对魏忠贤晋升有恩的王安、魏朝，都先后被魏忠贤杀死。不久，魏忠贤就变成了宫中说一不二的大太监，但他并不甘心做个阉人首领，为了达到专权朝政的目的，他一方面极力满足东林党人抬出的熹宗，因为熹宗昏聩无能、喜女色、好游猎，便于操纵。另一方面，魏氏在朝廷内外，广结私党。在宫内利用客氏，在朝中则广纳被打压的东林党，以及前来投靠的三党人物。王绍徽、阮大铖、崔呈秀、魏广微、冯铨、徐大化、霍维华、孙杰等，或认养父，或认同宗，纷纷聚集魏忠贤门下。在这些中过进士，读过四书五经的文化人帮助之下，本来只能一味蛮横，在后宫内犁廷扫穴的魏忠贤，很快地提高了攻击异己的弄权设计水平，诬杀杨、左六君子，便是三党人物与魏忠贤合作的一幕杰作。

天启四年（1624年）六月，东林党人杨涟首先上疏，指斥阉党首领魏忠贤"自行拟旨，擅权专政，斥逐直臣，重用私党，违背祖制，滥袭恩荫，毁人房屋，起建牌坊，利用厂卫，陷害忠良"等二十四项"大奸恶"的罪行。杨涟的奏章中还说，"当前宫廷和都城之内，人人只知魏忠贤，而不知有陛下，掌生杀予夺之权，而皇上何以不能自主决定，而受制于魏氏小丑呢？"杨涟的奏章直陈魏忠贤专权篡国的野心，使魏忠贤非常害怕，便串通阉党王体乾等人，大事化小，让客氏在熹宗前哭闹疏解，结果，魏忠贤不仅自己毫无损伤，反而杨涟遭诏书痛斥。虽然后来魏大中、左光斗等一百多人，皆上条呈奏章，纷纷参劾魏忠贤，都因熹宗的袒护和客氏的暗中运作，东林党人攻击阉党的努力终于失败，而魏忠贤则因杨涟、左光斗等人的参劾刺激，顿生杀意。经过与三党人物密谋，首先拿天启三年（1623年）曾被下狱革职，又与杨涟、左光斗关系密切的前内阁中书、东林党干将汪文言开刀。

天启四年（1624年）十二月，魏忠贤命心腹将汪文言第二次逮捕，交其党羽锦衣卫北镇抚司许显纯审理。意在通过汪文言，牵连出杨涟、左光斗、魏大中等东林党人，罗织罪名，一网打尽。三党人物徐大化，为魏忠贤献计，认为仅仅定汪文言一个在"移宫案"中交通他人的罪名，难以株连广大，也不易诛杀，若是定个受贿罪名，诬他个收受边疆大吏熊廷弼的贿赂，就可以行斩杀之名了。许显纯是个心毒手辣的酷吏，对汪文言施用械、镣、棍、拶、夹杠五毒刑具。汪文言下狱两月，备受刑逼。一天，许显纯在酷打汪文言后，要其招承杨涟、左光斗等人接受辽东败将杨镐、熊廷弼的贿赂。汪文言大叫："世间哪有贪赃的杨大洪（杨涟别名）啊！"斥责许显纯制造冤狱："要我作贪污受贿的伪证，去诬陷正直清廉的君子，宁死无招。"汪文言铮铮铁骨，使许显纯无法向魏忠贤复命。于是心生毒计，活活打死汪文言，又以汪文言的名义写好自供状，伪称杨涟、左光斗接受熊廷弼等二万金，魏大中等人收赃三千金不等。状后按上汪文言指印，呈送魏忠贤。

魏忠贤接呈，很快命人前去各处捕拿，杨涟、左光斗、魏太中等六人被押交锦衣卫北镇抚司拷审、追赃。杨涟为最先弹劾魏忠贤二十四大罪之人，为魏氏阉党恨之入骨。左光斗参与杨对魏的弹劾，而且自己草拟有魏忠贤、魏广微三十二该斩罪奏本。左光斗参魏忠贤奏本中，暗斥三党人物魏广微，身为东阁大学士，却自作下贱，做为魏忠贤的门生，使广微气恼万分，有意把左光斗牵扯到汪文言案中。周朝瑞、顾大章因为是魏忠贤心腹徐大化眼中的钉子，徐大化乘其机会窜其名于汪文言案中。他们都因得罪和触犯魏忠贤阉党和三党人物，被捕入狱。至于所说为杨镐、熊廷弼说情开罪，接受贿赂事，纯属子虚乌有。杨镐是在万历年间的萨尔浒战役失败，后来熊廷弼领兵出关，由于巡抚王化贞刚愎自用，广宁失守，熊廷弼、王化贞被捕下狱。熊失利后，左光斗还上书，弹劾熊廷弼守辽有余，复辽不足。这般的情况，如何能受杨、熊的贿赂呢？

　　杨、左六君子下狱后，许显纯屡次动用全套酷刑，逼迫六人招认收贿事。六人经几次施刑后，已经不成人形。左光斗膝下筋骨剥落，面目焦烂，眼睛肿烂不能睁，其他人均血肉翻出。在此情况下，书生气十足的杨涟劝告五人："他们欲处死我们，无非两个办法，或乘我们坚不承招，严刑打死，或谎称我们'患病'，暗中害死。同是一死，我们不如暂且屈招，等此案移交到法司定罪时，我们再翻供，讲出前后原因，或许不至于死。"杨涟的意见，得到了五人的赞同，六人便在下次审讯时全部屈招。魏忠贤见六人松口，马上令镇抚司严行追赃，限五日之内每家交足，否则动刑，并把此案仍置锦衣卫镇抚司审理。杨涟等人，被迫之下屈打成招，家中哪有资产可以抵"赃"。许显纯追赃火急，杨涟家人把家产变卖干净，两个儿子沿街乞讨供母亲、祖母饮食。左光斗家破人亡。魏大中之子学洢为借款抵"赃"，死于奔走之中。结果六人因款不齐，被许显纯全刑拷打。六人旧疮未愈，新痂又来，直至不能站立，躺着受刑。此时六君子拼死搏命，凡一苏醒，骂不绝声。杨涟以血书于地上，"魏阉奸党，天必诛之"。杨涟六君子下狱不长，终于难挨许显纯酷刑，皆惨死狱中。

杨、左六君子冤狱，充分反映了无中生有之计在政治斗争中的残酷、卑劣的特征。权阉魏忠贤以及欲置东林党人于死地的三党人物，为了铲除政敌，首先凭空杜撰了一个受贿案。汪文言铮铮铁骨、誓死如归，差点使魏忠贤牵连东林党人的计划落空。党羽许显纯，可谓造假到家，先写好假招供，按上已死的汪文言手印，终于制成了赃证，就此捕拿下狱杨涟等东林六君子，以无中生有，凭空捏造而又达栽赃陷害的目的。当杨涟等人入狱后，许显纯又秉承魏忠贤之意，以酷刑拷问，直至杨、左等人求死而不得，产生出屈招求生的愿望，终于拿到了生赃的证据。杨涟等人的屈招，目的是想为日后翻招保存体力，但是狡猾的魏忠贤并不把案子按明律规定交给法司，而是继续置于自己控制的锦衣卫之下，目的就是以诬证为借口，夺财杀人，一举两得。可惜六君子，自己遭戮，又连带了家庭，真正是一个倾家荡产、家破人亡的千古奇冤。

3. 直接伪造

用计者直接编织可以置敌于被动的假物证，对外却称是政敌所为。政敌在假物证面前，即便是有百口，也难以说清楚。

事例：江充借巫蛊构陷戾太子

西汉武帝刘彻在位时，极度迷信，尤敬鬼神之祀，追求长生不老。方士栾大，被拜为五利将军，食邑二千户，又娶武帝女卫长公主，陪嫁黄金万斤。皇帝亲自招鬼用巫的结果，使国中迷信盛行，尤其京城长安，方士神巫奔走街头，皆以左道惑众、无所不为。女巫出入宫禁，教唆宫中美人制作木偶埋入地下，祠祭祝诅，以蛊害情敌，争取宠幸，为此形成西汉皇宫中多巫蛊之祸。一些奸佞小人，乘势投机，戾太子刘据被构陷，即是其中一例。

汉武帝征和元年（前92年），刘彻年过六十一，身体日衰，多年求仙信巫不果，屡兴穷治，劳神伤心日重，总以为有人在用巫蛊咒他。一日白昼做梦，恍惚间，眼前数千持棍木偶扑面而来，梦里惊出一身大汗，醒来犹如病人。侍立左右的宠臣江充，向来与太子刘据有隙，乘机进言："皇上的病定是出于巫蛊，近来宫中埋木偶念咒语、蛊气浓厚，皇上有病就是它在作祟，皇上病好后，一定要进行搜查治罪不可！"武帝点头表示同意。江充如此进言，是有自己的计划打算的。他先找到一名叫檀何的胡巫，由檀何向武帝献言："宫中蛊气太盛，有害龙体健康，不除之，不终不瘥。"征和二年（前91年）七月，武帝令江充及按道侯韩说、御史章赣、黄门苏文等人，侦查宫廷巫蛊事，举证上报。江充领命，带着巫师，在宫中四处开挖翻地，闹得天翻地覆，又任意抓人提审。为逼供口实，用烧红的烙铁刑逼。又煽动告发，结果被牵连入狱的数百人，均被处死。为了除去太子刘据，江充先假意从宫守中失宠希望得幸的美人、妃嫔居室查起，然后才直奔卫皇后、太子宫室。太子宫中被掘地三尺，连放置床席的平地都没有放过。江充开始假做官样文章，仔细搜寻，然后从袖中拿出早已经预备好的木偶，对外扬言："太子宫中发现木偶最多，所得帛书上写满诅咒皇帝的咒语。事关重大，虽事涉太子，亦不得不上奏。"说完即去报告武帝。

江充的威吓，使太子刘据非常惊惧，便问计于少傅石德。石德认为："几个月前，丞相公孙贺一家死于巫蛊，现在江充一伙蓄意栽赃罪证，欲加害于太子，皇上一时不明江充等人居心，加之又有实物，怎会不信江充所说呢？你现在也是有口难辩，这样的事也根本无法说清。太子不如矫制旨意，先把江充捕抓起来治罪。"刘据初时，犹豫不决，石德又以秦始皇时，赵高、李斯篡改遗嘱，伪书赐死公子扶苏，另立胡亥为史鉴。刘据不听石德劝诫，自思还是先去父皇处请罪为要，哪知到了武帝居住的甘泉宫，江充早已派人把紧宫门，拒绝为太子通报。太子母后卫皇后遣派的家使，也被挡于宫外。刘据回到自己宫中，仔细考虑，自己被江充逼到如此无路可走的境地，退让不可，只有往前赶。顿思少傅石德之言确是良策，便派手下人扮成武帝使者，带着武士一举抓获江充、檀何等人。按道侯韩说，最先怀疑使者有诈，当场被刺死，檀何在上林被烧杀，刘据亲自监斩江充，斥之无事生非，挑动自己父子家室不和，黄门苏文逃得性命，奔到甘泉宫报告武帝。武帝最初以为太子由恐惧生忿，杀了江充，是为江充逼急不得已而为之，便派使者出宫，召请太子进宫问清缘故。哪知所派特使害怕畏惧，出外转了个圈，回宫谎报武帝："太子是真的造反了，我奉命召请，差点没能回来。"武帝听报，立命丞相刘屈氂关紧城门，率兵拘捕太子。太子刘据此时也只能够铤而走险，把长乐宫中卫卒调为己用，打开武库散发武器，又把城中囚徒放出，招为士卒，甚至临时强征市民作为兵士。太子指挥兵丁与刘丞相所领部队大战五日，长安城中血流成河，结果刘据失败，逃出长安城，藏匿在湖县（今河南灵宝西）一户人家，后来消息走漏，遭地方官吏围捕，逃脱无门，刘据自尽而亡。刘据母后卫皇后在刘据引颈之前，已被武帝废黜，亦自尽。卫氏家族皆遭诛杀。同太子出城的司直田仁、北军使者任安、御史大夫暴胜之等连累被杀，出入东宫及随从太子兵变者，皆被诛，一时之间，长安城内外，增添了数万冤魂。

长安城内的厮杀流血，太子、皇后的相继逼死，粗看起来，不过是又一次巫蛊之祸，但实质是西汉宫廷中，围绕着皇储废立问题的一次政治争斗。太子刘据是卫皇后于元朔元年（前128年）所生，卫氏家族在朝中亦颇具有势力，大将军卫青为皇后同母异父弟，封长平侯；骠骑将军霍去病封冠军侯，是卫后姐所生，两人皆武帝时的朝中重臣，背靠朝中势力，加之女色美貌，卫皇后得以长时间被武帝专宠。刘据七岁，立为皇太子（因后来死于祸乱中，史称戾太子），卫皇后母以子荣，子亦因母贵。武帝好征战，每次出征，后事嘱托于太子刘据，宫廷则托付给卫皇后。元狩六年（前117年）、元封五年（前106年），霍去病、卫青相继去世，卫氏外戚势力在朝中开始式微，加之卫皇后年长色衰，受宠程度大不如前。武帝重色，晚年幸于赵婕妤，即有名的双手五指钩屈的钩弋夫人，婕妤怀胎十四月，太始三年（前94年）生皇子弗陵，武帝晚年得子，本已高兴异常，又把弗陵与尧母生尧相类比，视为神灵，把婕妤比之尧母，钩弋夫人所居钩弋宫门改称尧母门。自此对赵氏宠爱无比，有意废刘据，改立弗陵为太子。近臣江充，正为武帝宠信，日侍左右，焉能不领会主子之意？恰好江充又数次与太子构恶，便借口整治巫蛊，好除去太子，大动干戈，干起了构陷生事栽赃除敌的勾当。

江充本是一个两面三刀、卖主求荣的小人，因喜于阿谀奉承，被武帝赏识，封为直指绣衣使者，督捕三辅盗贼，检查贵戚近臣越法奢侈诸违法之事，成为汉武帝后期的弄权宠臣。太始三年（前94年），刘据家使乘车马在皇帝专用的驰道上疾驰，恰巧被江充遇到，使者及车马被江充拘押，太子闻讯，上门谢罪，请求息事。江充拒请不允，且奏报武帝，两人由此结怨。江充还有心捉弄太子，挑拨太子与武帝的关系。一次，太子进宫探望父病，江充故意对太子说："皇上最不喜见你的大鼻子，请安的时候，太子最好用手帕遮住。"太子听其言，以帕遮鼻。谁知太子刚走，江充就对武帝说："皇上是否知道太子为何捂着鼻子吗？"武帝不知缘故，江充解释说："太子怪你脓臭之味难闻。"武帝为此恼怒不已。江充得武帝信任，但他清楚，太子、卫后在朝廷之中，已积聚不少势力。太子为政宽厚，做事谨慎，不少亲贵朝臣投入门下，一旦哪天武帝死去，太子刘据上台，自己的下场就可能十分悲惨。所以，江充加紧布置，乘着武帝在台时宠爱有加的有利形势，废去刘据，为巩固自己在朝中地位打下基础。

江充施展无中生有之计，借巫蛊为构陷事由，拿着事先与胡巫檀何准备好的木偶、帛书，作为太子大逆不轨的证据，应该说假象的制造是成功的。如果一旦奏报给武帝，有征和元年（前92年）丞相公孙贺父子及卫皇后之女阳石公主、诸邑公主等人被诛杀的先例，此次真的上达武帝，难说还有太子刘据的性命。连太子少傅石德都认为凶多吉少，太子有理不能自辩。江充趾高气扬，大意轻敌，不知迫之太急，狗急都会跳墙，何况太子乎？结果激起了太子的武力反扑，自己被斩杀，再也没有机会完成无中生有的栽赃害人的步骤了。

第二，似类陷罪，制胜之计在其中。

制造一些似是而非的证据和事件，既能使政敌无以自明，又能使外界受其迷惑，难以判断是非。韩非认为："似类之事，人主之所以失谋，而大臣之所以成私也。"现实生活中有许多是非难断、模糊不清的现象，政客们利用人们对似是而非的事迷惑难解之情，以逞其私。

事例：桓温以宫闱床笫秘事栽诬晋废帝

桓温是东晋时拥兵自重，又不甘心仅仅做个朝臣，一心想自立为帝的野心家。东晋简文帝咸安元年（371 年）十一月，桓温采用参军郗超计策，率部众由广陵到建康，屯于白石，向褚太后急呈奏章。原来，郗超揣度桓温有心谋帝位，又担心强制行事，舆论对自己不利，便为之谋划献计。先指使心腹在民间广散谣言，说是现居帝位的司马奕凤有痿疾，不能御女，与宫中二美人田氏、孟氏所生的三个儿子，都是废帝宠信的嬖人相龙、计好、朱灵宝等参侍内寝时所生，如从他们当中选立太子，将会潜移司马氏皇基。

民间所传，本非根据，但飞短流长的谣言力量是巨大的，传谣不久散到宫中，褚太后也时有所闻。现在拥兵势众的大司马桓温特来建康，呈奏章专言此事，听了谣言，心头已有疑惑的褚太后未等奏章看完，就拿笔批写道："未亡人不幸罹此百忧，感念存殁，心焉如割。"交内侍还给桓温，桓温见奏章退回，而且没有驳议之处，立即命人草诏。十一月己酉日（372 年 1 月 6 日），桓温聚集百官，以褚太后名义下诏，当庭宣告：王室艰难，穆帝司马聃、哀帝司马丕均短祚，国嗣不育，储宫靡立。琅邪王司马奕，为哀帝亲弟，故此登大位。但是司马奕不图建德，反而昏浊聩乱，动违礼度。信用朱灵宝等人，生下的三个孽子，还不知是谁的种子。司马奕人伦道丧，丑声遐布。既不能奉守社稷，敬承宗庙，且昏孽并大，还想建树储藩，立不知谁姓的孽种为嗣，诬罔祖宗，倾移皇基，是而可忍，孰不可忍！命废司马奕为东海王，以王还第，供卫之仪，仿照汉时霍光废昌邑故实。念及此事虽然心如割肉痛心，但为社稷大计，义不获己。丞相录尚书事会稽王司马昱，体自中宗，明德劭令，英秀玄虚，神契事外，以具瞻允塞，又长时负有人望，故顺从天人之心，以统皇极。

诏令一下，百官相继失色，但得知是秉政的大司马桓温所倡言，又是王公之中势强的司马昱登位，谁也不敢再言。当天，桓温派散骑侍郎刘亭，前去宫中收回废帝玺绶，逼司马奕快速离宫。时值仲秋，天气尚暖，司马奕身穿白蛤单衣，一步一步走下西堂，乘犊车由神兽门出宫。朝中大臣一一拜辞，远望废帝，想起来莫不歔歎。侍御史殿中监，领兵士百名，护送司马奕萧瑟而去，抵达东海王府第，司马奕从此屈身忍辱，被迫做起了一个知命的东海王，直到死去。

司马奕被废当天，桓温率领百官，热热闹闹地到会稽王府迎请司马昱。司马昱单衣东向，拜受玺绶，旋入宫换上皇帝的龙袍，改元咸安，是为东晋简文帝。

从上述史实可以看出，桓温为逼晋帝司马奕退位，可谓机关算尽，主意冠绝。司马奕自建元太和（366 年）即位，在位六年，并没有什么丧失帝德之处，何况当时桓温身为大司马，一切外政实由他所出，而朝政又有会稽王司马昱为丞相，司马奕处在两人内外夹隙中，与傀儡相比，也没有什么两样。桓温在司马奕身上找不到什么可以指摘之处，用谋士郗超之计，制造谣言，说废帝有痿疾，不能御女传种，所生三个儿子也是嬖人朱灵宝等人的孽种。这样谣言，真是登峰造极了。帝王的宫闱床第秘事，谁人能去证实？就是处长辈位置的褚太后，恐怕也不能去亲自证实。田氏、孟氏所生的三个男儿，到底是谁人的孩子，在科学发达的今天，是可以借用遗传基因学说证实的。东晋时候，还没有如此先进技术，所以谣言高涨到宫中，大司马桓温又以势施加压力的时候，妇道女人的褚太后还有什么话可讲，只能说是心如被割，如绞肉之痛，自叹不幸而已。

古今中外，实施无中生有之计者，就凭空捏造、无事造谣这一点来讲，超出桓温者可谓寥寥无几，是可以同秦时赵高指鹿为马、无事生非相提并论的人物。当然，这中间也有郗超的功劳。郗超是一向自视甚高的桓温所信用的第一谋士，桓温手下的人都说，留着连鬃胡子的鬂参军郗超，"能令公喜，能令公怒"。郗超很善于揣摩桓温的心思，也得到了桓温礼遇器重。桓温产生废司马奕的想法，也是与郗超的鼓动大有关系。

自东晋定都建康以来，不少有志之士，不甘忍辱江南，有志北伐恢复旧地。东晋成帝、康帝时期，庾亮、庾翼、庾冰等兄弟先后倡议北伐，但每每因为东晋朝廷内部的势力牵制，都没有大的进展。桓温是个有才干，又有大志的人，人称眼如紫石棱，须作猬毛磔，是孙仲谋、晋宣王一类的人物。他是晋明帝司马绍的女婿，和主张北伐的庾翼关系密切。庾翼认为他少有雄略，可以委重任，托付救助危难的大业，特别向晋明帝推荐。庾氏兄弟去逝后，他不懈北伐之志，永和二年（346年），上表请求率兵伐蜀，次年，攻克成都，俘虏蜀帝李势，灭了蜀汉，一时威名大震。桓温有心北伐，且借功立威，但主政的会稽王司马昱重用殷浩，牵制桓温，以平衡权力。殷浩于永和八、九年（352年、353年），两次率师出伐，结果却失败而返，接着才有桓温永和十一、二年（355年、356年）的两次北伐取得胜利。永和十二年（356年），桓温乘军事上得手，上表东晋朝廷，请求朝廷过江北上，迁都洛阳，实际上是想以功要挟朝廷，故北迁之议遭到反对。不久，桓温被任命为大司马、都督中外诸军事、录尚书事等职，成了东晋朝廷在外的权臣。虽然后来，司马昱想把他调往京城建康，以削减其势。桓温借口国事危险，"镇守遐外，据守河洛，不敢解带逍遥于朝中"。他不仅不肯入朝，还想凭军功封爵，加受九锡，实现勋格宇宙、位极人臣的心愿。桓温曾对左右亲信说："为尔寂寂，恐将为文景所笑。"担心无所作为，甚至说："不能流芳百世，亦当遗臭万年。"太和四年（369年）他再次上疏，要求北伐前燕，结果在枋头（今河南浚县境）等地，陷入困境，第三次北伐失利而终。

枋头兵败，桓温遭到时议，声名顿挫。此战之前，谋臣郗超曾建议直趋邺城，缓兵作战方略，但桓温弃之不用，后来果然致败，所以到了太和六年（371年），他统兵克寿阳后，就得意地对郗超说："此次战胜，能雪前耻否？"郗超说："尚未。"郗超知道恒温心雄，自己的回答对桓温是一大刺激，当晚便同桓温共宿，至半夜时语及桓温："明公要镇惬民望，非立大功不可。只有建有伊尹、霍光盛举，行废立大事，以此宣威四海，震服宇内兆民。"便献上架诬司马奕之计，把床第之上这种无法对质的秘事广力传播。

谣言本是"空无"，废司马奕以达建功立威，才是桓温真正的目的。桓温借助谣言，撰书上奏，褚太后对认真起来的大司马，只能顺其意愿。当太后诏令在朝中宣读，司马奕由此被逐出宫廷，贬为东海王的时候，桓温的无中生有计策完全成功了。只是桓温命薄，他立了司马昱，是想做了皇帝的司马昱能感其恩，行禅让，但司马氏的天下岂能轻易拱手相让，风雅的简文帝这时每见桓温，以泪洗面，使其行禅让之言难以开口。又吟咏"志士痛朝危，忠臣哀主辱"等诗句，感动了桓温的谋臣郗超。郗超以家族百口作为担保，保证不让司马奕之事再在简文帝身上发生。郗超的消极筹谋，加上朝中谢安等人有意的拖延，直到桓温临死之前，也未能受九锡，行禅让故实，当然这都是后话了。

事例：赵构、秦桧莫须有罪杀精忠岳飞

南宋绍兴十年（1140年），金将兀术统帅大队精兵南下，进攻南宋，抗金名将岳飞率岳家军北上抗拒，智破金兀术"拐子马"，连获郾城、颍昌大捷后，岳飞策划收复北宋重要失地东京（今河南开封）。金兀术遭南侵以来最严重挫伤，手下兵将心离力散，纷纷准备投降宋军。遭受金兵多次蹂躏的中原人民，对岳家军寄予厚望，竭尽全力支持宋军。南宋自抗金以来，出现少有的好形势，岳飞与将士相约"直捣黄龙府，与诸君痛饮耳"。正当岳飞准备渡河北上，收复北宋失地时，南宋国内政局骤变，朝廷之上，宰相秦桧等人正与金国积极议和，南宋皇帝赵构下诏令岳飞班师后撤。岳飞见状，急忙上书："金兵士气低落，人心动摇，我军士气高涨，正是击溃敌人，收复失地的好时机，不能错过。"紧接着，朝廷一连降下金牌十二块，迫使岳飞回师南撤。岳飞接牌悲愤交加，仰天长叹，扼腕泣而叹曰："十年之功，废于一旦。"

绍兴十一年（1141年）三月，岳飞奉诏回南宋都城临安。不久，高宗赵构宣旨：张俊、韩世忠为枢密使，岳飞任副枢密使。张、韩、岳三人为南宋三大将，皆明升暗降，军权被剥。

南宋宰相，议和主持人秦桧为使，宋金议和一帆风顺。秦桧为了防范和打击力主抗金的主战派代表人物岳飞，开始网罗右谏议大夫万俟卨、中丞何铸、侍御史罗汝辑等人，构织岳飞罪状，指派他们上折弹劾岳飞。先是万俟卨上书，进言岳飞在淮西战役滞留不前，坐观胜负，岳飞又主张放弃楚州（今江苏淮安），退守长江，对敌消极怠战。高宗赵构见弹劾折，以为岳飞"不可守楚州"之言确实。八月，赵构下诏，岳飞行为"有骇予闻"，令解除所任官职，遣岳飞归庐山闲居。接着，枢密使张俊找到岳家军统制王贵，施以恫吓利诱，逼其就范。秦桧派私党林大声前往岳家军大本营鄂州，担任总领，控制岳家军。秦桧又收买岳家军大将张宪、部属副统制王俊。张宪拒绝利诱，于是唆使王俊诬告张宪、岳飞谋反朝廷。王俊是个贪生怕死之徒，多年征战中因未受到岳飞的奖赏，对岳飞心存不满，又喜坑害无辜，人称王雕儿。秦桧的授意，他马上照办，先向都统制王贵投呈，诬告张宪得知岳飞被罢官后，心中愤恨，图谋统领大军前去襄阳，以军势逼迫朝廷还给岳飞兵权。王贵很快把王俊诬告信转呈张俊，张又报高宗，接着诏旨命军士捕拿张宪，施以严刑逼供，但张宪始终不认诬告。秦桧上奏高宗，建议将张宪、岳飞收捕，押往大理寺，一同审理。高宗旨准，要大理寺迅速置司根勘。不久，秦桧用计骗岳飞至临安，押往大理寺。御史中丞何铸、大理寺卿周三畏先期主审。审案之中，对反叛诬告，岳飞义正词严予以反驳。愤怒之下，还撕破上衣，祖露背部刺入肌肤的"精忠报国"四字。何铸是秦桧私党，受命秦桧主审此案，见此状难得实证，回报秦桧，并为岳飞辩冤。秦桧怒责何铸，且说："此皇上之意也。"秦桧立即上报赵构，建议万俟卨改任御史中丞，主审此案。万俟卨为吏酷烈，又一向为岳飞所瞧不起，便秉承高宗、秦桧之意，施以酷刑，又借机报复私怨。他凭空指证岳飞写信给张宪，让张谎报军情，以此恐吓要挟朝廷，又说岳飞给王贵、张宪写信，唆使造反。岳飞辩驳纯属冤诬，请其举证。万俟卨谎说信已烧掉。万俟卨又捏造事实，说岳飞曾对部下讲："国家了不得也，官家又不修德。"并拉出软骨头王贵出来做伪证。同年十二月，万俟卨具报宰相秦桧，依据栽赃捏造事实，判岳飞处斩刑，张宪为绞刑，岳云徒三年。秦桧把有司所判转呈高宗赵构，赵构提笔御批：赐死岳飞，张宪、岳云依军法施行。1141 年 12 月 29 日，岳飞死于狱中，就刑之前，题写"天日昭昭，天日昭昭"。时年三十九岁。随即，张宪、岳云被绑身拉到闹市斩杀。岳飞、张宪家属皆被远逐外荒。

韩世忠于岳飞狱案前，也被高宗罢职在家赋闲，闻岳飞遇冤，挺身上朝质问秦桧："岳飞到底犯了何罪？"秦桧告之："虽然没有得到岳飞等人谋反的信件证据，但反叛朝廷的事件莫须有。"韩世忠怒责："相公，'莫须有'三字，何以服天下。"

从以上史实可以看出，赵构、秦桧杀害岳飞等人，采取诬告构陷办法，凭空罗织罪名，再置之死地而后快。在这里，赵构、秦桧正是施用了无中生有的计谋，以生事阴陷，最后找了个"莫须有"罪名。莫须有，意即或许有。世上道理有即有，无即无，怎能凭借不能肯定的或许有，去杀害国家的一个大将呢？它实质上反映了赵构、秦桧等人对岳飞必杀无疑的决心，至于杀人的借口，不过强行编造，安上一个罢了。

岳飞的被杀，实际上是自南宋以来，朝廷内部围绕着对金国战和问题，形成的主战派和主和派势力集团，相互之间政争的结果，也是宋朝以来，君主千方百计削弱武将势力，防范皇权旁落，不惜杀伐功高权重的武将这一政治路线的延续。

宋朝自建立以来，自赵匡胤始，最高统治者片面地总结历史经验，认为唐朝藩镇割据祸乱延续了百年之长，最后导致了唐王朝灭亡，主要原因是对外开边的结果，由外患而引发内祸。所以，北宋王朝，对外总是采取宁愿割地赔款，以达妥协求和的政策。宋太宗就对大臣说过："异族是不可能统治中国的，目的不过是想抢掠中原财富牲畜罢了，用数县的赋税就可以填塞其贪欲。"主和妥协，从一开始就已经成为宋王朝统治者中根深蒂固的观念，所以有宋真宗时期的澶渊之盟；宋仁宗时的每年给西夏岁币二十五万五千；宋神宗时割给辽朝山西七百里等众多事实。围绕着妥协议和问题，宋朝统治阶级内部的一些有识之士，站在民族和人民的立场上，往往力主抗战，反对妥协，这样在朝廷内部形成了主战与主和的势力集团，相互政争。如寇准、王钦若等人，李纲与李邦彦等人，而且每次政争激烈的时候，往往主和派取得皇帝的支持。如宋钦宗对李邦彦的信用，甚至罢免李纲。北宋的妥协投降政策，造成了严重恶果，连宋徽宗、宋钦宗及太皇太后、妃嫔、王公皆被金朝掳去为囚。

1127年，赵构登基应天府，建立南宋政权，理应好好总结历史教训，以雪靖康之耻，但是上台之后，根本无心抗金，继续执行妥协求和的投降政策。赵构上任不久，就重用黄潜善、汪伯彦等投降派，削弱宰相李纲的势力，直至罢免李纲。又重惩反对南迁都城的抗金名将宗泽，重用力主议和投降的秦桧。秦桧本是与金国有亲密关系的奸佞，绍兴初年，秦桧因为得到主和的范宗君推荐，以其所撰上金国书，甚合高宗心意，被赵构所欣赏，不久就晋升为右仆射、同中书门下平章事，兼知枢密院事，成为仅次高宗之下的当朝宰相，掌握了南宋朝廷军政大权。

秦桧上台后，招降纳叛，逐渐培植起自己的主和投降势力集团。他一面递书金国，表示议和心愿，一面在朝中大造"南人归南，北人归北"的投降理论。秦桧因为结党树帜过甚，遭朝中众人弹劾，一度被罢免。绍兴七年（1137年）十二月，南宋使金使者王伦回临安向高宗汇报，说金国愿与宋国议和。高宗心中大喜，为了保险起见，把主和的秦桧恢复宰相职务，议和妥协事全权交秦桧处理。当时秦桧吸取上次免职教训，害怕高宗临时反复，要求高宗精加考虑，直到高宗坚定首肯议和政策不会动摇，才奏上议和章程。秦桧很快派出王伦去金国，提出只要能议和停战，要什么土地，南宋就给什么，甚至不惜对金称臣，行跪拜礼。当时，朝廷内部以岳飞为代表的抗金主战派势力，对秦桧主和政策加以批评弹劾。岳飞自1127年投军抗金以来，因为战功赫赫，官至太尉，成为南宋势大的武将。他提出：金人不可信，和好不可恃，不能听信相臣秦桧的谎言，应北伐迎回二圣。岳飞主战，要迎回被金人俘去的宋徽宗、宋钦宗。对高宗赵构来说，二圣一返，自己的帝位是否保得住，就要打个问号，所以对岳飞的建议根本厌恶。秦桧则忌恨岳飞领头抗战，破坏了他和金国议和的气氛和步骤安排。

绍兴九年（1139年）初，秦桧接受金国提出的议和条件，愿意对金称臣，岁岁纳贡。岳飞再一次上书言战，反对议和，结果遭拒，岳飞愤而提出辞呈。另外朝臣之中，还有胡诠亦屡次上书，指斥秦桧、王伦投降派，要求高宗杀秦桧、王伦等人，振作民心。结果，胡诠被解职发配新州做苦力。

宋金议和初定，是高宗和秦桧多年努力的结果，他们当然不能容忍岳飞等人轻易破坏掉。高宗赵构早期为康王时，即是主和派的一个，参与了不少对金投降求和活动，曾公开劝说宋钦宗要避免与金兵锋芒相斗。在宋金议和时，凡金人提出割地、赔款，抵押人质等苛刻条件，都点头同意。后来他当上了天下兵马大元帅，却没有向金兵发过一矢一石。即位称帝后，重用投降派，一味南逃，由商丘逃到扬州，再到镇江、苏州、杭州、宁波，甚至跑到海上，置国家于不顾。他曾经写信给金军将帅，要求缓兵攻打宋国。信中写道："我胆战心惊地希望阁下可怜我，饶了我。我愿意削去帝号，这样天地之间皆为大金之国，你又何必兴师动众，远征南方呢？"赵构以投降求安为其治国路线，重用秦桧妥协议和，对宋金议和初定的形势，当然不愿意被岳飞的坚决抗金所干扰，所以当他们发现岳飞要渡河北伐，势将造成议和搁浅的时候，就定下决心，召之回师。针对岳飞刚正不阿的脾气和不可改变的坚决抗金态度，至1141年初，决定诛杀岳飞，并把此意秘密告诉秦桧，由其诱使岳飞回京，罗织罪名，以诬言构陷，置之死地。

岳飞被杀的第二个原因是与宋朝长期以来对武将功臣的猜忌、防范政策有密切关系。宋太祖赵匡胤本身就是以禁军首领身份发动陈桥兵变上台的，自建国后，一直提防领兵的武将，认为武将势力大，是国家最严重的内患。宋仁宗时，枢密使狄青，就因屡建奇功，又得士兵拥护，被猜忌免官，直至忧愤而死。南宋初年，迫于金兵屡次进犯的严峻形势，开始不得不重用岳飞等人。赵构虽然对外妥协求和，一副可怜相，但对内治政，极其残酷，又喜权谋。当岳飞率岳家军屡次败金，声誉日隆的时候，他虽然官封岳飞，让其居职太尉，秩比三公，予以器重，但从未想过要授予岳飞全权，造成功高震主之情况。绍兴七年（1137年），高宗曾满口许诺给岳飞节制指挥除张俊、韩世忠以外的各路军队，委托南宋中兴大业，秦桧就提醒高宗，不能忘记祖宗家训。高宗醒悟过来，很快取消成命，削岳飞之权。岳飞当时正在紧锣密鼓地布置抗金，高宗改令，使其计划落空；愤怒之下，上书请求解职，而且未等批准，就去庐山母丧守制。高宗为此事，指斥岳飞跋扈违令。岳飞顾虑重重，不得不到临安主动请罪。此事件发生后，赵构对岳飞开始戒备。后来为立皇子事，岳飞为国尽忠言相劝，又触犯了"武臣不得干政"的赵宋家规。赵构当面警告岳飞："此等非卿所当与也。"绍兴八年（1138年），岳飞为抗金战役，要求朝廷增兵，被赵构拒绝。

以上事例已构成高宗对岳飞的猜忌，而岳飞不顺从高宗意愿，执着武力北伐抗金，更使赵构恼火不已。到了绍兴十年(1140 年)，南宋对金抗战经过岳飞等军民努力，战场形势得到根本扭转，与金议和资本已足，金人又明确要求南宋停止北伐，杀掉岳飞以成议和的条件，岳飞成了他眼中真正的危险"内患"，便采纳秦桧等人建议，勒令岳飞迅速撤军，又见秦桧与金人议和将成，为了铲除功高权大的岳飞，保住自己东南半壁江山的统治权，令秦桧等人绕开宋朝正常的司法渠道，以诬告栽赃的办法，不仅要杀死岳飞，还把原来秦桧上报的岳云徒刑三年，改为绞死，予以斩草除根。

第三，栽赃嫁"罪"，制胜之计在其中。

无中生有之计的实施，有一个由造假制赃，再栽赃嫁"罪"，然后罪敌败敌的过程。造假制赃的目的，是要把这些"赃"转嫁到政敌的身上，使其蒙罪，陷入被动无力还手的祸地。就栽赃嫁"罪"而言，亦有许多手段方法。试举几个常用手法。

1. 生事阴陷，诬罪他人

无中生有之计在于能够生"有"，这个有则在"无"中生，故此要将无与有结合起来，使人能够宁可信其有，也不信其无。

事例：武则天生事阴陷王皇后

武则天是唐朝前期为乱宫廷、善于弄权的一个有名人物。她为了谋夺皇后之位，构陷并杀害高宗王皇后、萧淑妃，排除长孙无忌等异己重臣，杀死亲子李弘、李贤，高宗时称天后，后来干脆以武周代唐，废子为王，自己做了神圣皇帝。武则天的得势，依靠一步步设计弄权。王皇后之被废，即是明证。

贞观十一年（637 年），十三周岁的武则天因美貌绝伦为唐太宗所闻，选入宫中立为才人，赐名武媚。二十三年（649 年），唐太宗逝去，武媚被送到感业寺削发为尼。次年，继位的唐高宗至感业寺烧香，巧遇早结情丝的武媚，两人相泣而别。唐高宗的王皇后此时正为与萧淑妃争宠而苦恼，便乘机把武则天迎入宫中，试图利用武氏牵制萧淑妃。武则天姿色出众，才貌双全，诗史文章都会，入宫之后，先是屈身忍辱，想尽办法讨好王皇后，果然王皇后在高宗面前数次说起武则天的好话。迎武氏入宫，本来是高宗的心愿，王皇后的帮助，做了他所不便做的事，加之皇后的诚心称赞，不久，高宗即升迁武氏为正二品的昭仪，专宠日隆。

王皇后的算盘拨错了珠子，高宗日益专宠武氏，使王皇后大为后悔，便又联合已失势的萧淑妃，转而对付武则天。两人不断诉告武氏的坏话，可惜移情武氏的高宗对她们的"马后炮"已是爱搭不理，置若罔闻了。

武则天本来就聪明过人，皇宫中的把戏，岂难得住她。使高宗心无旁骛、集宠一身是一方面本领，但她知道，更重要的，是要彻底铲除竞争对手，自己的地位才能巩固。武则天开始大耍手段，先是买通左右，发展势力，凡宫中与皇后、淑妃有隙的人，都拉拢过来，把自己受赏赐的物品分给他们，让这些人随时报告王皇后、萧淑妃的一举一动，从而掌握情况，寻机下手。

王皇后是高宗父亲唐太宗亲自选定的，又是唐高祖同母姊妹的侄孙女，与当时朝中据有实权的关陇集团人物长孙无忌、褚遂良等关系密切，武则天的谗言，暂时还没有使高宗产生废后去王的想法。武则天是个不甘人后，一心想当皇后，唯我独尊的女人，高宗对自己的一时宠爱，并没有平衡她的心理。她决定不惜代价，实现自己的目标。

一天，王皇后去武则天处礼节性看望武则天的女儿，皇后性厚，对武氏新生之女颇为爱怜，好一番逗乐抚弄后，才离去。武则天见状，心生一计，先是扼死女儿，用被子盖好，然后在外室与刚来的高宗谈笑风生，装出一番若无其事状。高宗要看女儿，武则天领之至床前，揭被一看，女儿已无气息，武氏便号啕大哭。高宗心痛，一边安慰武氏，一边询问左右有何人来过，左右侍人均说只有皇后刚才来过，高宗一听，不辨真伪，大怒"后杀吾女"。武则天乘机泣告王皇后的坏话，数其罪状，王皇后有口难辩，无以自明。高宗怒而生厌，由此决定废掉皇后。

在君主专制制度下，皇后的册立废黜，不仅关系到一姓家族的利益，同时还关系到统治集团内部政治权力的平衡。高宗想废王皇后，就不能不顾忌到由此引起的利益冲突、权场矛盾。王皇后出身名门，背靠朝中关陇势力集团力量，轻易黜之，做起来并不容易。高宗偕武则天，带大量礼品前至长孙无忌家中，借口皇后未生有儿子，想废之。长孙无忌是唐初开国功臣，高宗的舅舅，又是太宗遗嘱辅助高宗理政的顾命大臣，对高宗的话，长孙无忌"顾左右而言他"，不软不硬地婉拒。后来武则天的母亲也去说情，长孙仍不表态。朝臣许敬宗再去劝说时，长孙干脆一顿训斥。

高宗谋争长孙无忌的支持不成，转而求助于另一些臣僚，中书舍人李义府打听到高宗想立武则天为皇后的消息，立即上表建议："立武昭仪，废王皇后，满足臣下的愿望。"高宗见表，立召李义府入朝，不仅赐宝珠一斗，还拔擢李为中书侍郎兼宰相。卫尉卿许敬宗亦表示支持废后立武氏，这些人都想通过拥立武则天，作为自己进身之阶，为他日飞腾官场，求取高官厚禄作投机。

到了永徽六年（655年），废后问题在唐朝廷中引起了激烈争论。除长孙无忌坚持反对外，褚遂良当面顶撞高宗，认为皇后出身名门，又是先帝选定，无什么过错，轻易废掉，就是对先帝的不敬。褚遂良甚至公开挑明："陛下必欲易后，伏请妙择天下令族，何必武氏。"大臣来济也主张立后"必择礼教名家，幽闲令淑"。宰相韩瑗上疏，以商纣宠妲己至殷亡，幽王宠褒姒使周灭为史鉴，劝告高宗不能做遭后人讥笑的事情。褚遂良在廷争时，还弃笏殿阶，以表示宁愿不做官，也要反对废后立武，惹得高宗大怒，帘后听政的武则天更是咬牙切齿，不顾场面，高声喊叫，要高宗杀了褚遂良，多亏长孙无忌说情，以太宗遗嘱顾命大臣，有罪不加刑为由，才使褚遂良得以保全。

高宗坚持废后主张不久就得以实现了。开国功臣之一、握有军权的李勣，明哲保身，以废立皇后为皇上的家事，"不必问外人"，表示同意高宗主张。许敬宗在朝中四处宣扬舆论，叫嚷"田舍翁多收十斛麦，尚欲易妇，况天子欲立后，何豫诸人事而妄生异议乎"。李义府、崔义玄等人均为之响应。不久，反对废后的褚遂良被贬为谭州都督。当年十月，高宗正式下诏，王皇后、萧淑妃废为庶人。十一月诏令又出，立武则天为皇后。武则天终于如愿以偿了。

武则天生事阴陷，致王皇后丢了宝座，这只是武则天目的所行的第一步。只要王、萧两人还活在世上，就是对自己的威胁。武则天非常清楚，一旦废王皇后的阴谋被识破，自己的处境就会危险。何况高宗有次去探视王、萧，居然还以皇后、淑妃相称，甚至表示要重新处理囚禁之事。武则天旋即命人前去棍打王、萧两人，又砍去两人手脚，置身入酒瓮中，令之骨醉。两人受此残酷折磨，即刻死去。临死之前，萧妃咒骂武则天："阿武妖道、狡猾，但愿来世为猫，她生做鼠，活活咬死她。"武则天终于除去了对手，只是从此失去了养猫的习惯。

王皇后死后，贪权的武则天又废了太子李忠，立了自己的儿子李弘为太子。接着指使人诬陷反对武氏的长孙无忌，长孙被削去职位封邑，直至被赐死于贬地。褚遂良连续被远贬，直至荒远天涯之地，他的两个儿子也被牵连入网，均在贬斥途中被追杀。王皇后的舅父柳奭被贬到象州，也被杀死。直至朝廷之中反武氏势力基本被消灭殆尽，才暂罢手。

后宫，历来是专制政治激烈斗争的交会点之一，武则天被高宗看中，因为皇后的帮助而得以入宫。老于世故，精通人情的武则天，不可能对王皇后迎其入宫的动机不清楚，故此先奉承于前，一旦为高宗专宠，就横下心来施展起计谋。做过太宗才人的武媚娘，当然知道王皇后在朝中的分量，及其背靠的关陇势力集团。对这样一个强硬的对手，又被太宗称为"好儿媳"的王皇后，轻易下手，借机寻隙是很难的，所以只有采用阴毒的手法，就是要无事生非，制造事端，栽祸于皇后之身，使之有口难辩。

实施无中生有之计，关键要掌握好两个条件：第一个条件，能以空无真正地做到迷惑对方。武则天巧妙布置，乘王皇后来探视亲女，高宗接着来探的当口，自残其女，使高宗坚信不疑，一定是王皇后"杀吾女"。王皇后被栽赃，跳到黄河也洗不清。高宗被诳骗，由此下了废皇后的决心。第二个条件，适时做好由无生有，变虚为实的转变。武则天栽诬王皇后只是计谋的第一步，贪权的武氏最终目的是要以此为进身铺道，废皇后，自立为后，才是真正的目标。武则天抓住机会，使高宗亲自出面为之活动废后，在遭到长孙无忌、褚遂良等人抵制后，转而寻找另外力量，以急于升官的许敬宗、李义府等打前锋，以这些人的力量牵制反对派，直至逐退反对派。当高宗下诏，正式废去王皇后、萧淑妃，自己爬上皇后地位，武则天又施斩草除根之法，诛杀王、萧两人，彻底断绝自己的对手东山再起的可能性。又贬逐追杀长孙无忌等人，直到这些敌对势力客死远荒为止。武则天的计谋运用是成功的，只是阴毒过甚，世间难找。

事例：骊姬下毒计杀太子申生

据《左传》记载，鲁僖公四年（前656年），晋献公夫人骊姬对太子申生说："你的父君梦见了你的母后齐姜，你要赶快去祭祀你的母后！"又对申生说，回来时要把"胙"，即祭肉、祭酒献给父君晋献公。太子申生是个忠厚老实之人，听骊姬一说，立即去了曲沃祖庙作祭礼，不久返回晋都，申生把"胙"献给父亲。时值献公在外打猎，骊姬收下祭肉等物品放入宫中。六天之后，献公田猎归来，这时骊姬偷偷在申生所献酒肉中下了毒药，然后让宫中宰人呈上胙肉祭酒。献公正要进口，站在旁边的骊妃急忙说："胙肉等是从远地送来的，应当先试验一下才好。"于是把祭酒泼到地上，地上顿起水泡。又把肉丢给狗吃，狗当场死亡。又令一宫人吃肉，宫人亦断气身亡。可见祭肉及酒都是有毒的。

骊姬见状，首先放声哭泣，一边哭，一边对献公说："这是太子申生下的毒药，有意要谋杀贤君啊！"晋献公闻声大怒，下令传唤太子申生。申生赶紧逃到新城（即曲沃），献公便杀死太子的师傅杜原疑，杜在临死前捎话太子："死不迁情，强也；守情说父，孝也；杀身以成志，仁也；死不忘君，敬也。孺子勉之！"当时有人劝说申生，可以向父君说明事情经过，或者去别国避一避风头。申生以为，父君既然没有明察自己无罪，儿子就不能身负陷害君父之罪逃到别国避难，何况也不会有哪个国家收留自己。正在申生为忠孝伦理观念自扰的时候，骊姬又假装前来看望申生，并对申生说："能忍心杀死父亲的人，怎会治理好百姓呢？既忍心杀死自己生父，却又要讨好百姓，这样的人，谁会说他好呢？你做的事情是人人反对的，不会活得长久的！"骊姬的构陷栽赃，申生自认没有办法申明，便按照师傅杜原疑所嘱，同年十二月戊申日，在新城自尽身死，以明心志。

以上事实可以看出，骊姬为除太子申生，明显施展了无中生有之计。故意设计让申生祭祖，借申生带回福物"胙"献给晋献公，献公外出未归，而由骊姬保管的机会，乘机下毒，又假装为献公安全着想，试验其是否能吃。有没有毒药，骊姬当然是最清楚的，设计出假象，是要迷惑住献公，造成献公怒火中烧，要治罪申生，为下一步自己害死申生找到了一条顺理成章的理由。申生又是一个恪守忠、孝、仁、勇伦理思想的人，自认仁不怨君，智不重困，勇不逃死，却丝毫不考虑是谁使自己不仁、不智、不勇。当骊妃为促其早日自尽，以话激其自杀的时候，很快引颈自尽。

骊姬下毒构陷，计除申生，是晋献公时期，围绕立何人为继承人争权斗争的继续和发展。晋献公最初的夫人是贾侯之女，可是这位夫人没有生子。又娶自己亡父的爱妾齐姜为夫人，结果生下一对儿女，儿子即太子申生，女儿后来嫁给了秦穆公。另外，晋献公还有两名戎狄女子，大戎狐姬生下公子重耳，小戎生子公子夷吾。骊姬是鲁庄公二十二年（前672年），晋伐骊戎时，骊戎君敬献给献公的两名美女之一，骊姬为姐，另一位是她的妹妹，嫁献公后生下卓子，骊姬生公子奚齐。骊姬本是个乖巧聪明的美貌姑娘，刚嫁时涕泣沾襟，但高贵的后宫生活，很快使她脸上绽开笑颜，甚得献公宠爱。生下儿子后，她就想利用专宠地位，立自己的儿子奚齐为太子。

为了达到此目的，骊姬先是贿赂受献公信任的大夫梁五和东关五，两人本为奸佞，人称"二五耦"，讥讽两人狼狈为奸状。他们果然接受骊姬指使，对晋献公巧言："曲沃是贤君的宗邑，蒲（今山西隰县西北）、二屈（今山西吉县境）是贤君的两座边疆重地，必须有亲信镇守。守邑之地如无人管理，就会引起戎狄的野心，一旦如此，百姓就会怠慢国家的政令。如果用太子主管曲沃，重耳在蒲，夷吾在二屈分别镇守，就能让百姓感到贤君的德威而敬畏，戎狄会因之害怕。这也是显扬贤君的功劳政绩。"晋献公听信"二五"之言，同年夏天就派太子和重耳、夷吾分守各地，其他公子也被派往边疆等地，只有骊姬姐妹的两个儿子奚齐、卓子留在都城。

骊姬调开了太子等人，乘着整日伴君左右的机会，曲意讨好献公，使献公产生立奚齐为太子之念。同时采取欲擒故纵之策，佯誉太子，先说太子的好话，称赞太子仁义慈爱，很得民心，又说不能让献公迷恋自己而影响国事，请求献公杀死自己，免得太子申生加害献公。骊姬赞扬太子申生功劳，以此刺激献公，挑起了献公对申生的反感，自立的太子变成了他心目中醉心篡权夺利的不逞之徒。

前661年，晋军伐耿、霍、魏等国，凯旋回国，论功行赏的时候，只为下军统帅太子申生修曲沃城墙，却把魏国封给毕万、耿国封给赵夙。毕、赵打仗时，只是献公兵车的御者，仗后封给大夫和封邑，两相比较，连大夫士劳都看出了门道，感叹道："太子申生以后不能被立为君主啰！因为既然封给他都城，却让他居卿的地位，先给他最高官位，后来又把他职位降得很低，又怎么会立他为国君呢？"他认为申生不如逃生，免得将来祸害临头。

前662年，晋献公又派太子征讨赤狄，大夫里克建议，太子是负责祭祖先社稷、侍奉国君起居饮食的人，率军作战之事，应属于国君和正卿的责任。太子作为君主的嫡传继承人，是不宜让他领兵打仗的。献公不听里克的劝谏，甚至说："寡人好几个儿子，还不知道立谁为太子呢！"申生这时也知道自己地位微妙，就问里克，是否会马上被废去。里克认为，没有任何理由来废立太子。"只怕不孝，不怕不被立为太子。进修自己的品德，不去责怪别人，就能免除灾难"。

大夫里克之论太过于乐观，一心想立亲子奚齐为太子的骊姬，不是靠品德修养就能吓退和免灾的。在政治权力之争中，更讲究的是计策和阴谋，何论仁义品德修养？不到五年，骊姬看到长期的居间挑拨已经在献公身上奏效，而又找不出更好的理由借口废去申生太子，便干脆与朝中心腹定下计谋，无理由找理由，无事生端，凭空构陷，终于逼死太子。不久又诽谤两位负有贤名的公子重耳、夷吾，诬告两人参与申生下毒阴谋。结果重耳逃到狄国，夷吾避难梁国，奚齐终于被立为太子。

2. 巧设圈套

设置诱使政敌的圈套，使他们在不自觉之中上当，并以此迷惑欺骗政敌的上司，使其信以为真。政敌因为上了圈套，留下把柄而又无法自明，因此被上司疏远、治罪。

事例：贾南风以酒为谋计废太子

贾南风以奸诈凶狠闻名西晋后宫，也是引发"八王之乱"的祸首之一。晋武帝时，她因父亲贾充居开国功臣之位，又矮又黑的南风才得以入选，立为太子司马衷妃。司马衷本是个白痴，他对心毒手辣又多权诈的贾南风畏惧不已，基本上被贾氏操纵。

太熙元年（290 年），晋武帝病逝，太子司马衷继位，为晋惠帝，立贾南风为皇后，立司马遹为太子。

太子司马遹是惠帝司马衷与宫女谢玖所生的儿子，谢本为晋武帝宫中才人，司马衷纳妃之前，武帝担心儿子年幼，不懂房中事，派谢玖去东宫侍寝，由此怀孕。侯到贾南风入宫立妃，谢玖因遭贾妃所忌，请求返回西宫，才平安生下司马遹。司马遹少小聪颖，一天夜里，宫中失火，晋武帝要上楼观望，他扯住祖父衣服，拉其到黑暗处。武帝问其故，他答曰："黑夜救火仓猝之间，秩序很乱，应防备于万一，免得火光照见祖父，被坏人窥见，乘机不轨。"乐得晋武帝连连称奇。又有一次，司马遹随祖父察看猪圈，对祖父说："猪已经养肥，为什么不杀了猪，来享士人，却让猪久费五谷，白白浪费掉粮食呢？"诸此小事，都合晋武帝心意，公开对朝臣称赞，夸之能使司马家族兴旺，还说司马遹的相貌酷似宣帝司马懿。晋武帝由此垂目皇太孙，爱屋及乌的结果，也打消了后期想废掉不能胜任的儿子司马衷的主意。晋武帝了解贾南风性忌凶，司马遹非其所生，便安排司马衷同母弟司马柬、司马玮、司马充等人，镇守要害之地，钳制贾妃势力。

贾南风是个生了四个女儿、一直未生男儿的皇后，所以非常嫉妒谢玖生了司马遹，而司马衷也是过了三四年后才知道有司马遹这个儿子。对司马衷的其他妃嫔宫女，只要听说怀有身孕，贾后就令人用戟痛打，必使之流产才罢手。后来，贾后又想了一个主意，把自己打扮成怀有身孕之样，暗中把妹妹的孩子抱入宫中，起名祖慰，对外称是为武帝丧居期间所生。贾后的目的，是要立祖慰为太子，废除原太子司马遹。贾南风要废太子，其意亦为晋廷中人所共知。当时洛中即有民谣传唱："南风烈烈吹黄沙，遥望鲁国郁嵯峨，前至三月灭汝家。"司马遹小名"沙门"，贾南风父亲贾充曾封为鲁郡公。（贾）南风烈烈吹沙，嵯峨鲁郡要灭（司马）门，即是暗示贾后要下毒手夺权。朝中一些佞人，焉有不懂贾后心思的，贾谧即其中之一。贾谧是贾南风妹妹的儿子，本姓韩又过继给贾家立为贾充的孙子，改姓贾。他经常入宫与太子游玩，司马遹性情刚烈，对贾谧厌恶之情不加掩饰，结果贾谧就经常到贾南风前诉苦，说太子敌视贾家之人。后来贾后礼聘王衍美貌的女儿为贾谧妻，却把长相不济的小女儿聘为太子妻，太子心中不平，在贾谧前言及。贾谧马上报告贾后，夸大其词说："太子有废皇后之心。"

贾南风哪能容忍太子有谋己之心，便加紧废除太子司马遹的步伐。先是四处大造舆论，诽谤太子的德行。当时洛阳城中童谣传唱："东宫太子莫聋空，前至腊月缠汝发。"好在太子固执，并不为别人的提醒所动，方便了弄权的贾后。

元康九年（299年）十二月，贾后果然动手了。她先诈称皇上要召见太子，将太子骗入宫中。太子入见，并没有见到皇上，却见贾皇后的侍女陈舞端酒三升，及一盘大枣而来。陈舞说："这是皇上赐给太子的，请务必饮尽。"太子见盛酒太多，推辞说不能尽饮。贾皇后从远处发话："你平日在父皇前喝酒爽快，为什么现在不喝呢？这是皇上赐的酒啊！"太子再一次婉拒，说皇上马上召见，喝酒太多误事。侍女陈舞上前强劝："不孝啊！皇上赐酒竟然不饮，难道酒中有不洁之物吗？"司马遹无法，只得勉强，饮完三升酒后，已是神志不清，摇摇摆摆。贾后拿出事先准备好的，以太子口气，实为心腹伪撰的一篇祷告文字，要太子抄写，诈称皇上所令，等着使用。太子已是酒醉迷惑，不辨内容，好一会儿才抄录完毕。

贾后见太子抄毕，立即呈给晋惠帝，惠帝拿来细看，只见文中写道："陛下宜自了，不自了，吾当了之。皇后亦当自了，否则吾当亲手了结。已与谢妃约定共同举事，不要犹豫不决，招致后患。将立道义为王，美人为后。事成，吾将三牲祭祀北君，大赦天下……"惠帝阅后，怒火中烧，旋召群臣入见，把太子所写示群臣，并说："太子所写大逆不道，要赐死。"此时，侍中张华劝惠帝不能轻易结论。尚书右仆射裴颜认为要核对笔迹，以防有诈。贾后见状，又假托长乐公主传话说："事宜速决，群臣若不从诏，宜以军法论处。"惠帝意在赐死，但张华、裴颜力保，贾后见机会将失，变动主张，奏请免太子为庶人，愚痴的惠帝立即诏准。

于是迁太子、王妃及其三子至金墉城，太子母谢玖则被拷打至死。次年三月，贾后让太医配制毒药，送至囚禁太子的许昌宫逼太子服吃，太子不从，被来人用药杵活活打死，时年二十三岁。

皇后贾南风杀死太子司马遹，是西晋宫廷中为争夺皇位继承的一场纷繁残酷的宫廷政治斗争。贾南风虽贵为皇后，但有无子之痛苦，为了永久巩固自己的地位，私下抱其妹妹之子入宫。但要让祖慰为嗣，就必须先废原太子司马遹。司马遹少小聪慧，在朝中早有好名声，贾后便先造谣中伤，以诽谤法，制造废太子的舆论。舆论有了，但太子仍在，如何除去太子？工于心计，又多权诈的贾南风，实施了无中生有，构陷栽赃之计。先把太子诳入宫中，大灌其酒，待其酒后迷惑，让太子抄录草好的文章，终于拿到了定罪陷害的证据。至此，贾南风完成了无中生有计谋的第一步，即凭空生事。第二步，贾皇后利用愚痴的丈夫晋惠帝，拟赐死太子，除去障碍。张华等人对太子的力保，打乱了她的如意计划，贾皇后及时转变，变赐死太子为废为庶人，虽然暂时太子还活着，但废去太子的目标已经实现。在此步由虚转实、由假成真的转化中，贾南风不愧为权变老手，裴頠要核对太子的笔迹，以防有诈，差点揭穿了贾南风的画皮。幸亏皇帝是个白痴，已为她所控制，她的"废太子为庶人"的奏请及时而乖巧，聪明的太子只好坐着粗糙的牛车至囚禁之处了。

无中生有之计在政治斗争中的手法很多，计谋的精髓，常常被政治家、阴谋家们领会后加以变通，变化创造出新的手法花样。如中国古代君主用牵强附会、生搬硬套之法，屡兴文字狱。政治权力对文化的直接干预，是君主专制政治的表现方式之一，政治上的独裁与文化上的绝对专制往往紧密相连，通过思想文化的控制，以维护君主的绝对权威。大兴文字狱，就是思想文化控制的一个例证。专制君主往往从文化人的文章中，吹毛求疵，横加挑剔，断章取义地妄加解释，制造文祸。如清时浙江文人徐述夔，写有《一柱楼诗》，其中有"大明天子重相见，且把壶儿搁半边""明朝期振翮，一举去京都"等诗句，这样一首咏景物之诗，被乾隆皇帝认为是嘲讽满清，心向大明。理由是"壶儿即胡儿"，意含诽谤；又不言到清朝，而言"去京都"，含有兴明去清朝之意，所以该诗语多"悖逆"，是"罪大恶极"，结果下诏，无中生有地加罪名于徐述夔身上，令戮其尸，他的孙子被杀，校刊者也被连坐处死。异族皇帝如此，汉族出身的皇帝也毫不逊色，朱元璋命中书詹希原书写南京太学集贤门门匾，詹希原书"门"字时，末笔微微钩起，朱元璋则疑心詹希原有意讽刺自己"闭门不纳人才"，下令把詹希原斩首。

三、造假逼真　计谋远胜刀兵

无中生有之计，因为其特征、内涵、效能与众不同，往往在刀光血影之外，致敌于被动，使其蒙罪陷祸，家破人亡。故此在中国历史上的政治斗争中，经常看到此计的频繁使用，其应用范围非常广泛，专制君主、官僚群臣、宦官外戚、豪强士绅，政治家、野心家、阴谋家，凡涉及政治角斗场上的一切势力集团、宗派群体，为了达到特定的政治目标，实现自身不可告人的目的，都实施和应用此计。就其常用范围来说，更多的是在统治阶级内部使用。其一般的应用范围，主要有：

第一，敌对国家之间的使用。

在中国古代社会中，虽然多民族大融合的统一国家是历史发展的大趋势、大潮流，但分裂割据、相互对峙的众多政权各自存在的时间也较长久，无中生有之计，也被统治阶级用到国家之间的政权竞争之中。如楚汉相争时期，刘邦用陈平之计，设置圈套，伪造范增与己相通的信函，离间项羽与谋臣范增，最后使项王逼走范增，为刘邦击败项羽奠定了关键的一步。又如《韩非子》所载故事：郑桓公准备袭击邻国，出兵之前，设计了一招无中生有之计。他先广泛搜罗邻国豪杰良臣、辩智果敢之士的名单，然后把邻国境内的良田，以及官职爵位写在这些人的名下，且郑重其事地设坛于郭门外，把赏赐的功名簿埋在地下，"衅之以鸡猳，若盟状"。邻国国君不知是圈套，以为这些功名册上的人与郑国有串通，邻国内难将发，便尽杀名册上的良臣勇士。不久，郑桓公顺利地向邻国进兵，攻取了邻国。以上故实，实际上都是制造虚情假情，通过迷惑敌国的君主，或是要除政敌的上司，诱之上当受骗，以根本不存在的虚情，挑拨离间，最后达到削弱敌国的目的。

无中生有之计在敌国之间使用，要点在造假要逼真，并且对敌国内情有充分的了解，尤其是对受诳骗敌国君主的性格了解，再辅之以其他计谋的使用、配合，如借刀杀人之计等，则此计的运用成功就有很大把握。设计、用计，贵在用智，智高则计谋实现的可能性就大，从这点来讲，无中生有之计在敌国之间使用时，无论是弱国对强国、强国对弱国，或是势均力敌的国家之间使用，要求都是一样的。区别在于弱国对强国使用时，选择的诬陷栽赃对象、把握的时机要更准确，要求则更高，否则弄巧成拙，反而送给对方侵伐自己的借口。

第二，在君臣之间使用。

政治计谋的使用，并不是哪一个人或社会集团势力的专利，中国古代君主专制特征的政治环境，造成政治斗争极其错综复杂，君主专制和官僚政治的存在，使政治计谋在君臣之间、官僚之间极有市场，君主有驭臣之术，臣子就有弄君之术，官僚之间相互攻讦、争权夺利，更是须臾不离计谋。

法家集大成者韩非，在大声疾呼君主要善用权术的时候，提出"君臣上下一日百战"，指出君主与臣僚之间有着必然的矛盾冲突。中国古代的君主专制政治有两个公认的特征：一是君主对权力控制的绝对性。《商君书·修权》曰："权者，君之所独制也。"专制君主拥有整个国家的最高立法权、司法权、行政权和支配社会财富、军队各方面权力。二是独断性的特征，权力只能君主一人专有独裁，不可转让，终身至死。以上两个特征说明不允许有任何凌驾于君主头上的权力存在，而日夜提防着臣下对君权的"犯上作乱"。中国专制君主由于孤独至尊的特殊地位，常常被一种危机意识所困扰，促使他们神经质似的猜忌和防范别人：能够"覆舟"的百姓，功劳卓著的功臣，擅权的宦官，干政的外戚，后宫的女祸，四裔的外患，等等。就其担心出现的危险性来说，主要是君权旁落和改朝换代，能够导致以上两种局面出现的"人臣"中，就有君主每日见面的朝臣。皇帝与朝臣之间，既有一致的利益所在，又有冲突矛盾的存在，对擅专大权的权臣以及屡立殊功的大臣，君主向来的态度是缺乏信任感地猜忌防范，并不惜使用各种政治计谋予以限制、控管，一旦发现有碍于君主位置的稳定，或者是触犯君主的权益，则毫不手软，予以罢黜斩杀。在君主的"责臣之术"中，就有一个通过栽赃诬陷、罗织罪行的手法，君主把各种"莫须有"罪名，强加功臣、权臣头上，然后名正言顺地诛杀"乱臣贼子"。如赵构指使秦桧罗织罪名，杀岳飞、张宪等人。一些权臣，在不可抑制的政治野心膨胀下，也会垂涎于君主随心而治的权力，尤其是在皇权旁落、朝廷力量内空而自己势力坐大、羽翼已丰的情况下，就会施用各种手段达到取而代之的政治目的，或发动政变，或用计谋废旧君，拥立自己控制的傀儡皇帝等。桓温以无中生有之计，栽诬晋废帝司马奕即是一例。

第三，在臣僚之间使用。

政治计谋向来以统治阶级内部作为主要的表演舞台。中国君主专制政治造就了从上而下庞大的官僚机构及其臣僚队伍，生活在这样一个被马克斯·韦伯称为"失去人性的"等级层次中的臣僚们，就其心态来说，"国家的目的变成了他的个人目的，变成了他升官发财、飞黄腾达的手段"，为了追逐皇权之下有限的政治权力，维护和巩固自己的既有权力，获得更大的权力，互相之间钩心斗角、尔虞我诈，展开了你死我活的政治角斗。唐朝的权相李林甫，可以说已爬到了官僚位置的最顶层，处在"一人之下，万人之上"的宰相之位，仍不甘"寂寞"，有意设陷阱，使同列相位的李适之不知就里，向玄宗倡言开华山金矿，结果被李林甫愚弄，失去玄宗的信任，不久罢相。明代严嵩专权，以权谋私，无中生有，倾轧对手，被列入《奸臣传》，传中还有胡惟庸、陈宁、陈瑛、马麟、赵文华、鄢懋卿、周延儒、温体仁、马士英、阮大铖等，他们"内无阉尹可依，而外与群邪相比，罔恤国事，职为乱阶"，都是善于使用无中生有之计的高手。

第四，在皇朝的后妃之间使用。

庞大的后宫是君主专制制度的产物。《周礼·昏礼》记载："天子后立六宫，三夫人、九嫔、二十七妇、八十一御妻，以听天子之治。"随着君主专制制度的发展，后宫制度也同外朝的官僚制度一样，逐渐确立、完善起来。在外人的眼里，神秘难窥的后宫，妃嫔宫女都被划分等级层次，上下尊卑，排列有序。皇后则是后宫中等级最高的。皇后在后宫之中的尊贵位置，既引起了无数宫人的羡慕，也会遭到其他宫人的妒恨和排挤。后宫等级制度的维系，依赖于专制君主感情的变化，即使是今日之皇后，一旦君主移情别恋，就可能成为明日黄花，弃置一边。相反，宫人一朝被君主幸宠，则青云直上，高居显贵。故此，维护和争夺君主帝王对自己的专宠权，是后妃之间相互斗争的主要内容。为了争宠夺爱，后宫中的妃嫔们在搏斗竞争中无所不用其极。西汉时的吕后，为了报复高祖刘邦的宠姬戚夫人，把她做成"人彘"，斩去手足，投入酒瓮之中，可谓残暴不让君主。唐武则天，为去除王皇后，独占高宗李治，取得永久的专宠之位，不惜生事阴陷，手杀自己的亲生女儿，再栽诬嫁罪王皇后，最后自己坐上了皇后之座。

四、阴损狠毒　奸邪毁誉欺诈

在中国古代的政治斗争中，各种计谋权术的频繁使用是屡见不鲜的常态。无中生有之计，作为三十六计中的第七计，敌战计的首计，被广泛应用到对敌政争之中，并且显示出其特有的功能效果。其基本特点是：

第一，目标的明确性。

无中生有之计，以凭空生事、造假制赃为起步，目的是把所制之赃强加在要攻击的政敌头上。无论是制赃还是攻击，都要目的明确，制赃栽赃都要围绕着政敌的特殊情况进行特殊设计。

第二，就实施过程而言，具有手段的卑劣性、行为的迷惑性、内容的编造性的特点。

无生有之计在实施过程中，无所不用歹毒，生事阴陷，栽赃嫁"罪"于人，为达到害人利己的目的，手段极其卑劣污秽。岳飞被酷刑拷打，加上"叛反"罪除杀。司马奕被加上床第之上有"痿疾"，三个儿子是"杂种"的罪名。

内容的编造性，是指用计者在制赃过程中，为了达到击倒政敌，根据害敌的需要，随意地捏造编制假的证据事实。历史上的无数冤案，其冤之情，正是因为被对手所编制作伪，冤在"恶行"被强加于身，心有不服。明朝的杨涟、左光斗等六君子沉冤一案，即是明证。

行为的迷惑性，是指无中生有之计的设计者，其所造假事，所制之赃，都是为了迷惑特定的诳骗对象的，如政敌的君主、上司等，利用君主、上司的轻信、易惑心理，施行欺骗。"信而喜信人者，可诳也，惑之。"凡运用此计者，对诳骗对象的选择极为重要，如武则天诳惑高宗李治，贾南风计废太子司马遹，选择愚痴的皇帝司马衷等。

第三，就用计者的政治心态而论，无中生有之计具有主动攻击的特点。

无论是君主驭臣使用该计，还是朝臣之间、宦官外戚、后妃之间，以及敌国之间的斗争施用，都是在目的明确的情况下，主动用阴设计、造假制赃、凭空生事、制造假象，待到政敌上当，身陷被动挨打境地，施行无情打击。所以常常被当作一种主动进攻的计策予以采用。

第四，就该计产生的功效而言，其有致命性的特点。

无中生有作为一种极易奏效的攻击手段，一旦发动，对被攻击者往往造成致命的后果，使其或蒙受不白之冤，或身败名裂，或者被君主冷淡远逐，前途断失，或身陷监狱，难见天日，或者断头街市，全家全族株连。用计者利用自己的权势，配合其他计策的使用，栽诬必陷。作为被栽诬中伤者，遭攻击后，则只有被动挨打之份，很少有还手反抗的资本。用计者栽赃时，往往又暗中进行，假象迷惑，被诬者常常是在不知不觉中身陷圈套，对凭空而来的罪名，有口难辩，无以自明。加上用计者所迷惑的对象，一般为蒙冤者的君主，这些君主有的本来昏庸愚痴、容易诓骗，即使是一些精明贤君，也难逃被欺骗，很少能做出公正、客观的判断。专制君主为了保护权力的独断性，往往对朝官臣属抱有强烈的猜忌心理，对用计者所栽赃假证，往往又是从"宁信其有"，"不可信其无"的防范戒备态度，并不排斥诬陷栽赃的行为。正如商鞅所说："君好言，则毁誉之臣在侧。"专制君主既是无中生有、栽赃陷害行为的怂恿者，也是此行为的直接策划者。如宋高宗赵构罪死岳飞，武则天行告密风，都是历史的明证。

第五，就该计谋对中国政治产生的影响来说，具有危害性的特点。

无中生有之计，因其功效明显，在中国古代的政治斗争中广泛应用。君主用之，臣僚用之，外戚宦官、皇后妃嫔都不释其手。如此不讲政治道德，歹毒卑劣，阴暗、险恶计谋的盛行，严重地败坏了中国古代的政治环境，造成了一批奸邪欺诈的政客，使中国政治更加趋于黑暗、腐败。栽赃陷害者为了逞己欲、驰自情、谋私利，甚至置国家、民族利益于不顾，不分时间、地点地滥用此计，常常给社会带来灾难性的后果。如赵构、秦桧以"莫须有"罪杀岳飞，乃是自毁长城。

总之，无中生有之计之所以列在敌战计之中，都是针对敌对关系，对敌手当然不会留情，竭尽全力进行陷害，则是该计的重点所在。爱憎由心，雌黄信口，流言蜚语，腾入禁庭，造谣生事，也是使用此计者经常使用的手段。

暗度陈仓

——明修栈道　实欲乘虚而入

本计云："示之以动，利其静而有主，益动而巽。"其大意为：故意采取佯攻行动，利用敌方已有主见而固守原地的时机，暗地里采取迂回偷袭，乘虚而入，出奇制胜。

"暗度陈仓"一语，即源出于楚汉军事相争时的一次著名偷袭战役。楚王项羽自封为诸侯之首，立刘邦为汉王，封于巴蜀之地。刘邦被迫入巴蜀时，用张良之计，烧毁了从关中到汉中的栈道，既防止了雍王章邯的侵袭，又外示自己没有争夺中原的意图，麻痹项羽，松懈其警惕。刘邦经过练兵休整后，于前206年，由大将韩信领兵东征。韩信出征前，先派大量兵士去修复已烧毁的栈道。栈道长达几百里，蜿蜒悬崖峭壁之间，非一两年之工所能完成，结果章邯不以为意，放心图他。韩信见佯动取得成功，不待栈道修好，领兵暗走故道，迂回攻下章邯所辖重镇陈仓，终于击败章邯，平定了三秦。

一、示之以动　利其静而有主

暗度陈仓之计与无中生有之计一样，也是根据《周易·益卦》

赵匡胤明里将兵抗辽，暗谋帝位

逻辑推演的，"益动而巽，日进无疆"，是益卦的象辞，全文是："象曰：益，损上益下，民说（悦）无疆；自上下下，其道大光。利有攸往，中正有庆，利涉大川，杉道乃行。益动而巽，日进无疆。天施地生，其益无方。凡益之道，与时偕行。"《诚斋易传·益》解释道："巽以动者，动必进。故曰：益动而巽。"益是损的反面，巽是动，前进之意。大意是主动迂回进攻袭击，能增加益处，定有收获。

前计无中生有，也是用益卦推演的，但与此计所处的客观条件有异：前者是处于困境，施以制造假象的目的在于摆脱困境，寻机突围，而后者是以处于主动地位，施以制造假象的目的在于诱敌上钩，聚而歼之。就卦本身而言，无中生有之计是以益卦的三象占卜，而此计是以益卦的象辞占卜。象辞涉及面广，具体到暗度陈仓之计，只有"益动而巽"。以卦的上下内外言之，下卦震为动，上卦巽为风为顺；内卦为己，外卦为敌。以此演释，即己动而彼顺。就斗争双方言，隐含我主动而彼被动之意，若展开争斗，彼必顺我动，尤其是施与假象，彼定上当，且主动配合，使我方最终取胜。

暗度陈仓之计，在军事上的应用，是指一种迂回偷袭的策略。古代军事家，非常重视征战中的奇正关系，认为战斗中的出奇制胜，正是来源于正常的用兵之道，所谓不明修栈道，就不能暗度陈仓。在这里，明修栈道是"正"，暗度陈仓是"奇"。明修栈道作为一种"正"，佯动之法，吸引敌方的有生力量，掩盖暗度陈仓的"奇"，最后取得战争的胜利。

暗度陈仓的计策，移用到政治斗争中，则是强调在敌我双方政治势力的抗争中，按照常道，故意示以假的目标和进攻意图，吸引住对方的视线和有生力量，借佯动的掩护，暗中施行出其不意的偷袭，乘虚而入，获取胜利。

二、善动敌者　佯动而后定之

《孙子兵法·兵势》篇中讲道："凡战者，以正合，以奇胜。善出奇者无穷如天地，不竭如江河，战势不过奇正，奇正之变，不可胜形也。奇正相生，如循环之无端，孰能穷之哉？"孙子强调在纷繁复杂的战争中，军事指挥官应"斗乱而不可乱"，要调动敌人，"故善动敌者，形之，敌必从之；予之，敌必取之。以利动之，以卒动之。"善于用假象迷惑敌人，达到最后歼灭敌人的战争目的。战争是流血的政治，军事家们以沙场作为自己的阵地；政治是战争的灵魂，是政治家驰奔的战场。官场即战场，战争的运动规律同样适用于政治斗争中的政治家、野心家、阴谋家，暗度陈仓之计，被他们广泛地使用，其主要斗争手法有：

第一，佯动示假，创胜之计在其中。

战争之中的佯动迷敌之法，很早就被政治场上的政治家们转借移用。在与政敌抗争之中，不管对手是强敌、势均之敌，以及屠弱之敌，都要善用计谋调动敌方，既要学会使用"明修栈道"之法，制造虚假的情况，迷惑敌人，使政敌判断失误，形成错误的观念，创造我方后来发动袭击的隙机，又要使用"暗度陈仓"之计，在对手毫无防备的基础上，发起攻击，最终夺取胜利。

1. 树立假的攻击目标，发布假的攻击意图

暗度陈仓之计，就是要攻其不备，使对手不知道攻击的方向，为此就要明设攻击目标，暗行既定之计，起到出其不意的效果，这是争胜之本。

事例：赵匡胤明里将兵抗辽，暗谋帝位

后周显德七年（960 年）正月初一，正当朝廷群臣在开封欢度新春佳节的时候，突然边塞传来警报，北汉、辽军将会师攻周。禁军最高将领、殿前都点检赵匡胤受命，倾后周大军出征，北上抗辽。大军行至离开封东北二十公里远的陈桥驿，一幕"黄袍加身"的戏剧开演了。

赵匡胤的弟弟赵匡义、亲信谋臣赵普，指使亲信高怀德，在将士中散布谣言："皇上幼弱，我们纵然拼死力打仗杀敌，也无人晓得，不如先立殿前都点检为天子，然后再行北征。"集聚一起的出征将士，很快被传言煽动起来，赵匡义、赵普乘机诱导："改朝换代，异姓兴王，虽说是天命，人心向背才是关系成败的关键大事，诸位将领如能严饬军士，勿使掳掠扰民，使都城人心安稳，则四方自然安稳。大功告成，诸位亦能共得富贵。"第二天凌晨，鼓噪一夜的众将领披甲执兵，叩门叫醒昨夜醉酒卧睡的赵匡胤，由赵匡义、赵普带领相继而入，共同要求："诸将无主，愿策立点检为天子。"赵匡胤故作惊愕状，起身下床，众人一拥而上，把准备好的黄袍披在赵匡胤身上，接着排列跪拜，高呼万岁。赵匡胤随之乘马领兵南返，要求众将士，"如要保富贵，须听从号令。回城后不得惊扰宫阙，凌辱朝贵，劫掠府库。听从者厚赏，违命者戮及妻孥"。大军衔命，旋返归开封，城中早有赵匡胤亲信重将石

守信、王审琦布置内应，后周满城文武，尚未从惊诧中回过味来，七岁的北周恭帝柴宗训，就被迫在正月初四日禅让帝位。次日，赵匡胤正式登基，改元建隆，称国号为宋，成了大宋王朝的开国皇帝，即宋太祖。

陈桥兵变，黄袍加身，赵匡胤逼恭帝禅让登皇位一事，并非《宋史》所称的赵匡胤为大军所迫，顺从而行的一次偶然事件，实际上是赵匡胤施行明修栈道、暗度陈仓之计，发动了一场一切皆在密谋策划之中的政变，而其谋主，就是赵匡胤本人。

赵匡胤祖籍涿州，世代为将，李姓唐朝政权崩溃后，看到纷乱的天下，正是豪杰四出的风云际会之时，便投军到后汉枢密使郭威（后周太祖）帐下，亲自参加了郭威代汉的兵变。后来又被郭威的养子柴荣调至禁军任职。在周世宗柴荣统一关中、征战淮河流域、北伐契丹等一系列战争中，赵匡胤身为将领，既谋划得体，又身先士卒，很得柴荣信任。特别是在954年随周世宗出征北汉、辽国一战，赵匡胤拍马向前，立下了赫赫战功。先后被拔升为殿前都指挥使，拜定国军节度使。后周显德六年（959年），周世宗因病重难治，着手布置后事，以朝中甚得人望的魏仁浦为枢密使，兼宰相、中书侍郎、同平章事；宰相王溥，加门下侍郎，兼知枢密院事；宰相范质，兼知枢密院事；韩通以侍卫亲军副指挥使，兼宰相职；周太祖女婿，世宗的妻弟张永德任殿前都点检。同年六月，周世宗猜忌张永德心蓄异志，把张削去军职，改任为宰相，而以禁军中由低职慢慢晋升的赵匡胤任殿前都点检，掌率禁军。世宗认为赵匡胤资历尚浅，不至于有胆量篡夺帝位，而朝中王溥、魏仁浦、范质等一帮老臣，文武相兼，可辅助新任皇帝。

周世宗是后周历史上一个有为的皇帝，执政期间，厉行改革，在经济、政治方面，相继采取了一些有利于稳固国家政权，统一中国的措施。如对中央禁军的加强，使殿前诸班精兵强干，改变了唐朝后期冗兵之弊，也使中央朝廷有了足够的武力来控制住地方藩镇。而正是在藩镇问题上，周世宗虑事有理，却识人不当，去了"前狼"张永德，迎来了"后虎"赵匡胤，不知道赵匡胤也是一个窥视帝王宝座已久的野心家。

显德六年（959年）六月，年仅三十六岁的周世宗因病英年早逝，七岁的儿子柴宗训继父嗣位，母后符氏亦是一个入宫时间不长的妇人。新王不谙人事，太后不习国政，孤儿寡母高居台上，面对复杂的内政外侮，只能求助于辅政重臣。恭帝上台后，诏命李重进兼淮南节度使；韩通兼太平节度使；向训为西京洛阳的留守；赵匡胤封开国侯，兼归德节度使。四方布兵，拱卫京师。既掌禁兵大权，又节制地方藩镇的赵匡胤，见到后周朝廷内虚严重，正是谋夺帝位的大好时机，便召集谋臣赵普、弟弟赵匡义一起密商，最后明察善断、处世周密的赵普出谋，设计了一个明修栈道、暗度陈仓的计谋。

赵普等人计谋的第一步是利用幼主上台，畏惧边患，急于稳固政权的心理，先令人伪造假情报，谎报边患紧急，朝廷必然要求助掌握军事大权的赵匡胤，赵匡胤因此可以名正言顺地率领朝中大部分禁兵出征，离开京都。这样既可以使赵匡胤避开朝中与自己地位资望相近的朝臣将帅，以及北周宗室王公、宰辅们的耳目，又可以转移朝廷视线，削弱朝廷军事力量，造成后周政权内部虚弱，攻之无力还手的状态。赵匡胤以禁军首领，率领大军出征，亦是国家遇边患时采取的通常做法，丝毫不使人怀疑。果然，当显德七年（960年）正月初一，突然从定、镇二州传来北汉、辽朝合兵南侵的消息后，宰相范质正沉浸在欢度春节的气氛中。军情火急，仓促间，他也不思量辽朝刚刚在一个多月前战败而归，人马困乏未解，哪能马上再度南犯？便召赵匡胤紧急商磋，赵当然顺水推舟，尽带朝中禁兵精华、心腹亲将，离京出征。至此，赵匡胤的以假情报迷惑对方，佯动掩护，造成对方暴露薄弱之处的目标达到，也为下一步回师突袭创造了条件。

赵匡胤北御辽寇本来就是假，大军的先锋殿前副点检兼镇宁军节度使慕容延钊，是赵的莫逆之交，所以慢慢腾腾地走到了陈桥驿，就借故停了下来。心腹高怀德受赵匡义、赵普指使，先在军中煽动，鼓动军心。又有赵普、赵匡义从中以富贵功名相许，兵士当然兴致高昂。等到将领兵士们被鼓动起来，赵匡胤又故意装作醉酒，示以被迫顺从军心的样子。实际上，如果前方真的军情严重，敌人进犯，作为大军统帅，怎能第一天出征，就逗留不前，沉湎于酒仙之中呢？何况禁军在军中喧闹一夜，声音嘈杂，他如果是一个赤心为国，一心御敌的将帅，又怎能容忍这种严重犯纪情况存在呢？故此，当众将领一致推之为首，黄袍披上身之后，他就俨然以皇上口吻下令，要求众将领唯命是从，归城后不得违纪扰民，侵掠朝廷的府库财物，听命者重赏，违令者诛及子孙。起事的将领士兵已上圈套，当然会绝对服从。赵匡胤安顿了禁兵，第二天突然回师开封。京师本来兵力空虚，留下的石守信等人亦是赵匡胤的亲信。恭帝柴宗训、宰相范质正翘首以盼赵帅的报功消息，意料不到赵匡胤回马京师，群臣毫无还手之力，只能束手就范。回师当天，恭帝被迫诏令，要效法古代尧舜禅让故实，让位给有上圣之姿，神武之略，功德具备的殿前都点检，赵匡胤假惺惺地到崇光殿受命接禅让书，后周皇帝的宝座几天之内，移到了自己的身下。

事例：伪言伐北魏，宋文帝巧杀顾命三大臣

南朝宋武帝永初三年（422年）五月，刘宋开国缔造者刘裕病逝，临终前遗命司空徐羡之、中书令傅亮、领军将军谢晦、镇北将军檀道济四人为顾命大臣，令共同辅助太子刘义符执政。徐羡之等四人，都是长期与刘裕浴血奋战的开国功勋，刘裕病逝前，特意把营阳王刘义符叫到床前，为他分析每个人的优劣："檀道济精于谋略，负有才干，无野心易驾驭；徐羡之、傅亮也不会谋反；谢晦参谋军机，善于随机应变，如果有异心者，肯定是他。"几天之后，刘义符登位，他原是个纨绔公子，做东宫太子时，就在宫内招致无赖小人，为此刘裕责之不成气候。即位后，正值父皇服丧期间，北魏乘刘裕刚死，乘机南侵。外有强敌，又居父丧，作为一国之主，理应勤事谨守，做好国家的楷模，可是他依然不改旧习，与侍从女人，嬉戏游乐，整天歌舞饮酒，禁宫鼓声远扬城外，百姓不得安宁，丝毫也没有皇帝的样子。大臣范泰等人劝谏，被置之一边。刘义符的所为，引起了顾命大臣徐羡之、傅亮等人的焦虑，他们开始密谋策划，废掉将会断送刘宋江山的刘义符，但是废黜了刘义符，照长幼次序，身为次子的庐陵王刘义真应当继位。

刘义真也是一个性情轻浮的皇子，当时做南豫州刺史，喜欢与谢灵运、颜延之、慧琳道人交游。谢灵运性情傲慢，为人好偏激，蔑视法令和世俗成规，徐羡之尤为厌恶他。谢晦早就认为刘义真德轻于才，不是做皇帝的料。何况刘义真曾当众说过："如能上台，要让谢灵运、颜延之为相，慧琳为西豫州都督。"刘义真又向朝廷多次伸手要物，每次都被徐羡之等人适量裁减，已招致刘义真的怨恨。所以，刘义真也不能被立。徐羡之等人，利用刘义真、刘义符兄弟之间的矛盾，数列刘义真的罪状，贬其为平民，逐放到新安郡。不久，徐羡之等人，召邀在刘宋将军中负有威望的檀道济，以及江州刺史王弘入朝，共谋废刘义符事。

元嘉元年（424 年）四月，徐羡之、檀道济等人，乘刘义符游乐疲惫酣睡中，冲进皇宫，收去玺绶，废其为营阳王，流放到吴郡，不久派人先后杀害了被废的刘义符、刘义真。同时，傅亮亲自领着文武百官，携着皇帝的法驾，前往江陵，迎接宜都王刘义隆入京为帝。

就在徐羡之、傅亮、谢晦等人自以为是为国黜昏立明，诚心辅助刘宋江山的时候，未料到杀身之祸就在眼前。

宜都王刘义隆时年十八岁，当傅亮带领百官浩浩荡荡到达江陵，呈上皇帝玉玺服饰，上表请求其还京继位时，开始非常犹豫，当即发布告示，口称自己无才无德，难负大任。现在只是暂回京师，乃是哀祭祖庙，再向朝中贤达陈述意见。对荆州府官要求称臣，改荆州各门名称等要求，也一概拒绝。后来又听说刘义符、刘义真相继被杀，更加疑虑，左右亲信纷纷劝说他不要回京。司马王华，有心借刘义隆攀登高位，极立怂恿刘义隆东下。他说："先帝功盖天下，四海无不心服。虽然嗣主刘义符失德不纲，但刘姓人望未改。徐羡之、傅亮皆平民出身，没有司马懿和王导那样的

野心，他们担负有托孤重任，位崇名高，谅一时不敢谋叛。只是
畏惧庐陵王不会宽宥自己，担心自己今后被害，才痛下杀手。殿
下仁慈宽厚，聪睿机敏，闻名于世，这次他们破格用隆重之礼迎
接，也是想借机邀功求自保，所以说毫无根据的谣言不能当真。
另外，徐羡之等五人，同功并位，谁也不肯服谁，即使他们中的
个别人心怀不轨，企图谋叛，势必难成。被废的营阳王如果活着，
他们担心将来被祸，因此动手杀害刘义符，这都是他们过去贪生
怕死的缘故，怎敢一朝之间突然叛反呢？不过想手握大权以自固，
奉立少主使自身被重视而已。"王华促刘义隆快马加鞭，赶紧入京
都。这时长史王昙首、南蛮校尉刘彦之，也劝刘义隆东行进京。

　　刘义隆觉得王华等人分析得有道理，就说："徐羡之等人为顾
命大臣，不至于背义忘恩。朝廷内外布满先帝的功臣旧将兵士，
现有的士兵足以制住叛乱，如此情况不应再有怀疑。"刘义隆又妥
善布置，以王华总管后方，留守荆州。本想以刘彦之为前锋开道
保驾，后来考虑到如此将会刺激人心，易使徐羡之等人产生误解，
乃以刘彦之镇守襄阳。

　　刘义隆决定东行入都后，召见傅亮。第一次见面，就使傅亮
感到大事不妙。相见之时，刘义隆详细询问庐陵王刘义真、少帝
刘义符被废杀经过，听后不胜哀恸，放声痛哭，悲痛之状，使左
右侍臣不敢抬头举眼看，把傅亮惊得汗流浃背，不能对答。刘义
隆前往建康路上，前后左右都用江陵兵将，傅亮所带文武百官及
士兵，只能远离刘义隆的船队。刘义隆的中兵参军朱容子，手提
佩刀，守卫在他所乘的船舱进口处，一连二十多天衣不解带，以
防范万一。

元嘉元年（424 年）八月初八，刘义隆抵达建康。初九日，接受百官推戴，承继皇位，是为宋文帝，改年号元嘉。上任伊始，文帝即开始布置削弱徐羡之、傅亮等顾命大臣势力的措施。

八月十二日，宋文帝下诏，谢晦由代理荆州刺史改实授，把顾命大臣中掌握军权的谢晦调出建康，削弱他的力量。荆州是刘宋政权战略要地，当傅亮逆江西上迎刘义隆时，乘其尚未进京，徐羡之以录尚书事、总领朝政的名义，让谢晦代理都督荆、湖等七州诸军事，兼荆州刺史，配备精兵精将，目的是防范万一，留下外藩据点。宋文帝让其由兼领改为实授，表面上看来是放虎归山，实际是考虑到徐、傅、谢等人群集京都，势力雄踞，动手不易，若强剥其权，易打草惊蛇，引起五大臣警觉，而在五大臣势强的情况下，甚至会打蛇不成，反受其害，未必能把谢晦轻意下职。十五日，宋文帝进一步采取措施，明升暗降削夺徐、傅等人权力。他下诏提升司空徐羡之为司徒，傅亮加开府仪同三司，王弘擢司空，谢晦进号卫将军，檀道济进征北将军，并不循先帝上台旧例，把刑法政务等朝廷事务依然让徐羡之、王弘处理。同时，文帝大力拔擢江陵所带来的人马。王昙首拜为侍中，兼右卫将军；王华封侍中，兼骁骑将军；朱容子为右将军；封皇弟刘义宣为竟陵王，加左将军，镇守建康城外重地石头；皇弟刘义恭封江夏王，皇弟刘义季为衡阳王。又征召亲信刘彦之进京，担任负责京师防守的中领军。当刘彦之由襄阳任上南下赴京时，为稳住谢晦，特意弃船登岸，至江陵看望谢晦，见面时与谢无话不谈，摆出一副友情诚恳态度，临辞别时，又馈赠名马与名剑利刀，使谢晦感到再也不用忧虑担心。

元嘉二年（425年）十一月，宋文帝在属下王华、孙宁子鼓动下，决意诛杀徐羡之、傅亮、谢晦等人，但如何下手呢？便采用欺骗手段，在朝中公开宣称，为报复北魏乘先帝刘裕病逝时南侵之仇，收取河南失地，准备讨伐北魏。并命令集中战船，调集军队，并且说自己到京口兴宁陵祭拜祖母孝懿皇后，又整治行装，并放到战船上。

徐羡之等人迎立刘义隆为帝，虽是诚心为国，但自傅亮至江陵后，开始感觉到，杀害营阳王和庐陵王，已是大大失算，而刘义隆在迎立前后一系列所为，也使他们有所惊悼。傅亮一回建康，就对徐羡之说："宜都王未必明白我们的赤心。"刘义隆上台后，恢复庐陵王刘义真封号，以王礼安葬，封营阳王刘义符的母亲为营阳太妃，这些都让他们感到心惊。谢晦赴荆州任上时，把离开建康看作是脱离了"虎口"。宋文帝一系列安抚措施，让他们感到暂时的安定，傅亮、徐羡之主动归政宋文帝，徐羡之甚至还要辞职返乡，远避朝政。当宋文帝宣布要北伐北魏时，他们丝毫不予怀疑，傅亮写信给江陵的谢晦，明确告诉他朝廷准备远征河朔，皇上还将派万幼宗"前来征求你的意见"。

以上事实不难看出，傅亮、徐羡之等人实际上已中了宋文帝"明修栈道"的佯攻圈套。傅亮等人前期废少帝刘义符，杀刘义真，不能说智。但杀了人家的兄弟，再做别人的强臣，又怎么能维持长久？宋文帝的阴谋则是设计巧妙，剥夺了傅亮等人不少实权，还能使徐羡之甘心拱手让路，已是高明，而伪示假目标，施展佯攻，用攻伐北魏做幌子，令傅亮等人沉迷不疑，则更是高明中的高明，为下一步彻底消灭傅亮等顾命大臣，争取了好的突袭条件。

　　元嘉三年（426 年）正月十六，宋文帝开始谋杀徐羡之、傅亮、谢晦的行动。动手之前，他把顾命大臣势力中参与废弑阴谋罪轻的王弘、檀道济拉拢到自己的旗下，集中力量攻杀徐、谢、傅三人。徐、傅二人身居建康，当日，文帝下诏布告徐羡之、傅亮、谢晦杀害刘义符、刘义真二王罪状，令兵士前去捕获，并且宣布："谢晦据守长江上游，如不能立即服罪，朕当亲自率大军征讨。令中领军刘彦之急速发兵，征北将军檀道济为后继，雍州刺史刘粹等人实行截击。符卫军府及荆州官属，应及时捕杀谢晦，罪犯只限元凶谢晦，其余一律不加追究。"当日，徐羡之、傅亮受诏进宫，因谢晦堂弟黄门侍郎谢爵使人告警，傅亮走至半途折回，且告知徐羡之。结果徐羡之逃至都城外新林后，无路可逃，引颈自杀。傅亮出城后，被半路追兵抓获，随即斩杀。谢爵也被捕入狱，谢晦在京的儿子谢世休也被杀死。

　　谢晦出镇在外，是最先得到其弟告警的人，但谢晦却不能相信，拿上傅亮给他的信函，对咨议参军何承天说："估计万幼宗马上会来，傅亮担心我轻意生事，是故先送此信来。"何承天认为外面传言朝廷西征荆州事很多，万幼宗不可能再来江陵了。谢晦坚信不疑，且让何承天拟奏朝廷，建议北伐延至明年为妥。这时江夏内史程道慧使人飞驰告警，说事情已经明确："朝廷近日内有非常行动。"谢晦这时才着急起来，赶忙问计于何承天。何承天讲有上中二策可行：上策是出国境外求生存；中策是以心腹占据要地义阳，然后谢亲率大军与敌在夏口决战，即使失败，可由义阳退至北魏。谢晦认为荆州为兵家重地，粮草易得，决战后再退走不迟，便下令草拟起兵檄文。当得到朝廷已秘杀傅亮、徐羡之等人消息后，立即筹兵集军，一面为徐、傅等人举哀，一面打着清君侧旗号，领兵两万由江陵东下，接连两次取得胜利，但后来檀道济率援兵加入王师刘彦之队伍，结果谢晦兵败，单身逃回江陵。二月二十日，谢晦在向北逃跑途中被俘，旋被弃尸建康。

宋文帝在佯攻的掩护下，突然发动对傅亮、徐羡之的袭击，是其暗度陈仓之计中的第二个步骤。阴谋之下，傅、徐已是在劫难逃，尽管事前收到谢爵的报警，但对一个已经失去不少权力而又疏于防范的政治家来说，失败已是必然的了。因此说，对于抗战相持的政敌双方来说，谁的阴谋高明，谁就能取得胜利，阴谋者胜。作为顾命大臣中据守京外重地的谢晦，虽手握兵马，具有一定的实力，但是当初傅亮等人的布置，是想以能征善战的刘宋将军檀道济驻屯广陵，谢晦兵守荆州，徐羡之、傅亮则居朝廷实权中枢，三者互为掎角，遥相呼应。现在徐、傅被杀，檀道济靠向宋文帝，三者已失其二，势力已弱，独角难支，况且宋文帝挟天子的权势，领全国军队讨伐一州，力量悬殊已大，加上朝廷名正言顺的讨罪旗号又极富影响和号召力，所以谢晦的失败也是意料之中的了。

2. 伪好示和，巧取豪夺

暗度陈仓，必须要使对方毫无防备，要想使对方不加防备，虚情假意地示好对方，伪装自己，迷惑对方，最终趁对方毫无防备，一举而攻灭之，乃是敌战计的要点所在。

事例：王曾睿智巧除权臣丁谓

丁谓是北宋真宗时一个有名的权臣，真宗时官升三司使，加枢密直学士，累官同中书门下平章事、昭文馆大学士，封晋国公。

他多才多艺，通晓诗、画、博弈、音律。正因为有才，被重才的宰相寇准推荐为参知政事，做自己的副手。丁谓又是一个狡猾过人，善于附炎趋势的奸诈小人。真宗初年，权臣王钦若得势时，他专投王钦若所好，唯王是从。王钦若失势被免宰相职后，他则采取欺骗手段，骗取了寇准的信任。大中祥符年间，丁谓劝诱真宗封禅祀神，从事虚诞邪僻之行。

丁谓迎合君意，对当时朝臣皆不多言的建宫之义，极力怂恿。他对真宗说："陛下富有天下，建一宫崇奉上帝，有何不可！"宋真宗随即命他总管建宫之事，丁谓便大肆铺张，不惜扰民害命，所建的玉清昭应宫，精美绝伦，工程中间稍有不合意处，即推倒重造，有关理财部门，丝毫不敢阻拦。为了建宫，他又令在南方大肆伐木，百姓服役者死亡无数，许多死亡者被诬指为畏罪逃亡，家中妻儿也被网织入狱。朝官张咏为此曾经上疏朝廷讲："陛下不该修造宫观，竭天下之财，伤天下之命，这都是贼臣丁谓诳惑皇上，请斩丁谓之头，悬于国门，以谢天下；再斩张咏之头，悬丁氏之门，以谢丁谓。"张咏以死相谏，反对劳民伤财修建宫观，却由于真宗的意愿，加之宰相寇准为其所骗，丁谓得以安然无恙。

大中祥符八年（1015 年）冬，丁谓与曹利用同时出任枢密使，掌管军机大权。曹利用与寇准有宿怨，早仇恨在心。丁谓本来是由寇准所荐，得以进宫，但不久前因寇准当着群臣的面，对迎逢自己的丁谓表现的奴颜之相予以公开嘲讽，由此丁谓衔恨，决心与曹利用联手，共同对付正直的寇准。

天禧四年（1020 年），宋真宗患病不能理政，皇后刘氏开始干预朝政。多年前，寇准曾铁面无私惩治了刘皇后的不法亲戚，刘皇后心中自是恼怒万分，此时自己执掌权柄，定然要乘机报复。这样，在朝中形成了刘皇后、曹利用、丁谓和翰林学士钱惟演为核心的反寇准集团势力。宰相寇准见刘、曹、丁、钱势焰熏天，而宋真宗卧病在床，便进宫私下建议真宗，要求他以社稷为重，传位给众望所归的皇太子，并选择干练的大臣辅佐朝政，说："丁谓、钱惟演，乃奸邪小人，万万不可辅佐少主。"真宗当时病重，已有传位太子之意，对寇准的建议颔首同意，并要他布置准备。可惜因寇准豪饮酒宴，醉后走漏风声，事被丁谓得知，反而串通刘皇后，至真宗前诬告，说寇准是挟太子夺权，欲架空皇上。真宗被惑昏聩，忘了自己对寇准的嘱托，随即免寇准之职。这年七月，把丁谓升为宰相之职。丁谓上台，随即排挤寇准，月内三黜，远贬为道州司马。

丁谓执宰相权柄后，宫内恃靠刘皇后，一时间势夺朝廷内外。朝中另一宰相李迪，与寇准相契，丁谓就勾结刘皇后无中生有，栽诬李迪结党营私，把他贬到衡州。当时有人对丁谓说："李迪如果死在衡州贬地，丁公如何受得了世人的舆论？"丁谓却大言不惭地笑道："不过他日好事书生记载此事时，写上一句'天下惜之'罢了。"果然，丁谓在传达皇后的懿旨时，有意让传令的太监在马鞍外悬带穗宝剑，示天子行将诛戮之意，诱使李迪自裁。幸亏其子及左右相劝，李迪才免枉死。寇准在李迪被贬的差不多时间，又被贬至雷州，做一个司户参军。太监受丁谓指使，传令时同样装扮成杀气腾腾样子，寇准坚持要看圣旨，揭穿了传令太监的画皮，被迫告以实情，使丁谓伪饰杀人的阴谋未能得逞。

寇准、李迪等清正大臣相继被排挤后，丁谓成了北宋朝廷只手遮天的人物，他恃势恣横，为所欲为，一时朝臣为之侧目。当时京城流传民谣："欲得天下宁，当拔眼中钉；欲得天下好，莫如召寇老。"讽刺丁谓当道弄权，向往正直之臣寇准返都执政。

乾兴元年（1022 年）二月，真宗病逝，仁宗赵祯即位。此时王曾拜为宰相，对丁谓的揽政专权极为不满，一直想方设法除去丁谓。但丁谓为事机敏，清楚自己坏事做尽，朝臣心中不服，所以极力限制朝臣与皇帝接近，担心有人乘机参劾自己。当时朝中不少直臣，也想谋除丁谓，苦于丁谓不准朝官单独留在皇上身侧奏事的限制，只能无可奈何地远离丁谓，难以有所动作。王曾见状，心生一计，凡朝中政事，只要丁谓所说，一切顺从，从来不予顶撞反对。这样一来，丁谓逐渐放松对王曾的警惕。

一天，王曾对丁谓说："我自己没有生子，想把兄弟的儿子过继来作为继承人，此事想请皇上恩准，可是担心大人误会，又不敢单独留下奏明此事。"丁谓见王曾所说并非什么大事，而王曾一向顺从，便对王曾说："你尽管留下无妨。"说完自己先动身离朝。王曾便得以独见仁宗，呈上一份奏疏，尽列丁谓多年以来的奸事，有丁谓伙同内侍雷见恭，擅自改动先帝陵墓计划等。仁宗见疏，甚为吃惊，几天后，下诏宣布丁谓获罪，免去所居宰相之职。丁谓那天让王曾单独留下，走出没有多远，就十分后悔。免职诏旨一下，心中甚恼自己大意失荆州。不久，他又被查出勾结女道士刘德妙，欺君罔上，语涉妖邪。结果数罪并罚，被仁宗贬到崖州，也做了一个司户参军，去贬所途中经过雷州寇准贬地，寇准把欲杀丁谓的家仆关在府内，不准外出，又派人特意送蒸羊一只，借此暗示自己坦白胸襟。丁谓见状，赶紧离道逃到崖州，直到英宗明道年间，才离开贬地。

从以上事实可以看出，丁谓靠奉迎起家，以攻倒寇准，慢慢爬上了真宗的宰相职位，成为真宗末期、仁宗初年的独揽专权的权臣。面对这样一个强大政治对手，如何与之对抗，且要把他除去，确是一件难事。王曾用心良苦，施以暗度陈仓之计。作为同任宰相之职的大臣，从长计议，甚至做出忠直之士不耻的行动，先是事事顺从丁谓，以公开的假象迷惑住他。当下定决心参劾丁谓时，又明白告诉他是为自己过继儿子一事须奏明皇帝，害怕丁大人误会，特此提出请求。如此温顺的语言，终于一时欺骗了本来谋事机敏的丁谓，为参劾丁谓明铺下"栈道"，借此掩护，终于暗度了"陈仓"，能够单独面奏仁宗，把丁谓的丑行如实汇报于上。这时的丁谓已是俎上之肉，要后悔已是来不及了。那大宋皇帝当然难容威胁自己统治地位的权臣当道，数罪并罚，丁谓也只好做一个小小崖州司户参军了。

事例：假表心愿，吴王孙休杀孙綝

曹魏高贵乡公甘露三年（258 年）九月，吴国权臣孙綝兵围吴国王宫，夺吴王玺绶，逼群臣同意废吴王孙亮，降其为会稽王。然后接受典正、施正建议，迎立琅琊王孙休为吴主，便派人送书给孙休，指斥废帝孙亮亲近刘承、全尚等佞臣，沉湎美色，搜取民女，不听劝谏，滥杀无辜大臣，为此自己推案旧典，运集大王，且百官立于道侧，"迎候王即帝位"。十月十八日，孙休将到建邺，孙綝的弟弟孙恩代执丞相职事，奉上御玺，孙休再三辞让，始接受皇帝玺绶。孙綝率士兵千人迎至建邺城郊外，拜于道旁，孙休也立即下车答拜。当天车驾朝廷正殿，宣布大赦天下，改吴国年号为永安。这时，孙綝又上殿交上印绶、节钺，自称草莽臣，诣阙上书说："臣自省才非国家干臣，虽位极人臣，不过因缘肺腑，伤锦败絮，罪负彰霸。陛下以圣德承大统，宜得良辅，但自思无益于朝政，故承上印绶节钺，退还故地，以求避让进贤之路。"吴主孙休赶快引其进殿，以好言慰解，下诏明示：大将军孙綝，忠计内发，抉危定倾，为安康社稷，立有赫赫功勋，令以孙綝为丞相、荆州牧，增加封邑五县。孙綝兄弟孙恩为御史大夫、卫将军、中军督，封为县侯。孙据为右将军，封县侯。孙干、孙闿均授将军职。

孙休由会稽王被拥为吴王，是在吴国朝廷内部权力斗争白热化的形势下，吴王孙亮被黜废，大臣全尚等人遭逐杀，权臣孙綝因为顾忌非议，暂时采取的权宜之计。孙休上台后，心里也非常清楚，自孙权晚年以来，朝政人事更迭频繁、互相倾轧残杀，从来没有停止，要想稳固住自己的皇位，非除去强臣孙綝不可。但自己在建邺城中力量不强，硬对硬的拼斗，只会重蹈孙亮覆辙。所以，登台伊始，为了稳住孙綝，极力予以笼络。孙綝一门，五人被封侯，且都是典掌禁兵，成为东吴以来，朝臣中罕见享受的荣耀。既是作为一项安置措施，也是一种以退为进。接着又对外明示无久居皇位之心，松懈孙綝等人的警惕性。当朝臣奏称请立皇太后、皇太子时，孙休明确下诏："我以微薄之力，继承东吴大业，即位初始，并没有广施恩泽，后妃名号，嗣子之位，并非紧要之事。"一再拒绝朝臣奏请。

孙綝拥立吴王，并非出于真心，他一直对帝位跃跃欲试，就是在已经遣人迎立孙休的时候，还想占借帝位。当时孙休正在驰往建邺的路上，孙琳打算搬进宫廷居住，且召集京城百官商议。群臣见状，大惊失色，但畏惧孙綝手握兵权，都一味地沉默，不肯公开表态。只有选曹郎虞汜，挺身而出说："明公现在是东吴的伊尹、周公，担当将相重任，执掌吴王废立的大权，居上安定宗庙社稷，下施恩惠于生民百姓，上上下下，大大小小，都为您欢呼雀跃，把您看作是商朝的伊尹、汉代的霍光再现于世。现在琅琊王还未来，您却想入宫，这样群臣百姓之心将为之动摇，人们会产生疑惑不解，此举非发扬忠孝，扬名后世的做法啊！"虞汜明褒暗贬的劝谏，群臣的沉默态度，孙綝虽然心中不满，但不便公开对抗，入宫打算只好暂时作罢。孙休即位不久，孙綝就带着牛和酒进奉，吴王以群臣送礼一律不收为由婉拒，孙綝干脆转送到左将军张布府里，张布赶紧设宴款待，酒酣意浓时，孙綝大声报怨："当初废掉少主时，不少人劝我自立为君，我以为皇上贤明，故此迎立。皇上没有我，哪能有今天。现在我给皇上送礼，都遭拒绝，这是把我与其他大臣同样看待，无所区别，我应当再立他人才是。"张布听其言，赶紧报告皇上孙休。

　　孙休见孙綝已萌发政变之意，急思对策，便决意施行暗度陈仓之计，佯攻偷袭。先是屡次赏赐孙綝，表示对孙綝宠信有加。一次，有人上朝密告，说孙綝心怀怨恨，欲图谋反，请吴王注意。孙休听到后，不仅不予奖赏，反而把他拘捕起来送给孙綝处理，示以对孙綝坚信不疑。孙綝通过别人，要求带兵外出驻屯武昌，吴王立即答应，结果孙綝令自己所领中军万人，乘吴王有旨，尽取京都武库中的兵器，一齐装船驰往武昌。孙綝还要求把朝中两名中书郎带走，典领荆州军事，当时主管者声言中书郎官，不应离京外出，但孙休特许孙綝，允许其带走。

吴王以上措施，削弱了孙綝在朝中的力量，执告密者送孙綝处理，表面上外示对孙綝的相信，又是佯攻，暗示孙綝在京谋反不会成功，吴王孙休早有警惕，不可造次。果然，孙綝心虚，把自己的亲信精兵，赶紧运往荆州，甚至要破例带走两名中书郎。在吴王孙休看来，孙綝把亲信带走，当然是越多越好，而强留在京，只是增加孙綝的羽翼势力，所以，孙綝此类请求，孙休也痛快地答应。暗度陈仓之计，离不开明修栈道，而修栈道的目的，是为了削弱敌人的力量，减少自己行动的损失，孙休以上举措，达到了这个目的。

寻找什么样的时机诛灭孙綝呢？孙休找到了辅义将军张布，张布向他推荐左将军丁奉，讲其智慧过人，能决断大事。丁奉受召，为吴王出谋，认为在朝中孙綝的同党很多，人心分散，不易动手擒获，可以乘着即将举行腊祭集会之时，乘虚攻击，布置禁兵杀他。吴王认为丁奉的计谋高明，命丁奉、张布事先布置。

吴永安元年（258年）十二月初八，吴王孙休举行腊祭集会，群臣纷纷聚集，孙休多次派人邀请孙綝。孙綝先称病不去，后顾虑到公开拒绝不妥，决定入宫参加集会，临行前嘱咐手下："你们事先做好预备，等我走后少许，府中起火示警，我即以此借口速还府中。"随即入宫拜见吴王。不久果然外面火光出现，孙綝乘机要求外出查看，吴王说："外面兵力很多，不用相烦丞相亲去。"孙琳强行离席，丁奉、张布已令左右士兵一拥而上，把孙綝绑个结实。孙綝见状赶紧哀求吴王："我愿意迁徙交州居住，远离朝廷。"吴王反答："当初为什么不把吕据、滕胤送到交州去呢？"吕、滕两人都是被孙綝无辜杀死的吴大将，而且滕胤还被孙綝谋杀三族，是故孙休如此讥讽。孙綝又说："我愿当个官家奴隶。"吴王又说："当初为什么不让滕胤、吕据做官奴呢。"说完，亲自监斩孙綝，又拿着孙綝首级，对孙綝手下兵将说："与孙綝同谋的人，一体赦免。"结果五千人放下武器投向孙休。接着，孙休令夷灭孙綝三族，孙闿北逃魏国，路上也被追杀。

事例：石勒争天下，诈刘琨杀王浚

西晋白痴皇帝惠帝上台后，凶悍的皇后贾南风专权用事，引发了西晋政权固有的重重矛盾，一场长达十六年的"八王之乱"，使西晋政权仅剩的一点生气，消耗殆尽。王室的内乱，朝政的腐败，益发使天下人心怨愤不已。匈奴人刘渊乘势起兵，建立了汉国（传至刘曜时称前赵），羯族人石勒也聚众起兵反晋，先投拜刘渊，封为辅汉将军、平晋王、安东大将军，所领军队成为刘渊政权中的一支骨干势力。石勒利用独领军权的机会，企图谋就自己的雄伟大业。在长期作战之中，他先后灭除了自己的政治对手王弥等人。永嘉之乱之后，并州刺史刘琨和幽州刺史王浚，成为中原一带有强大军事力量的割据势力。石勒有心统一北方，便采用谋臣张宾建议，舍弃晋北中郎将刘演据守的邺城，进占襄国（今河北邢台西南），以此为立业基地，把消灭不利于自己建业的王浚、刘琨作为主要目标。

石勒占据襄国不久，广积储粮，积极修备，引起王浚的敌视。永嘉六年（312 年），王浚勾结鲜卑首领段疾陆眷，围攻石勒。石勒闭门示弱，暗中出奇兵突袭，一举俘获鲜卑首领段末柸，然后放俘示好，使王浚联合鲜卑攻击的企图落空。

石勒与鲜卑结好之后，开始图谋消灭王浚、刘琨。第一步先计划把首鼠两端的王浚诛除，便问计谋臣张宾。张宾说："王浚表面上称制南面，做晋朝的大臣，实际上怀有僭逆之志，企图废晋自立，可是担心四海英雄不能相从，他想得到您，就如项羽想得韩信，将军威振天下，举足轻重，如果用谦恭之辞、丰厚之礼折节迎逢，必能使其上当。"石勒采纳了张宾的建议。

晋愍帝建兴元年（313年）十二月，石勒派舍人王之春、董肇，携厚礼到王浚处拜见，表示臣服。所呈上表中写道："石勒本是小小胡人，因遭世局饥乱，四处流离屯守，流窜冀州，不过想互相聚集保存性命罢了。现在晋室天祚沦亡，中原无主，殿下出身尊贵的名门望族，四海尊崇，能做天下帝王的人，非您莫属。石勒所以起兵诛讨凶暴，正是为殿下驱除乱贼强寇而已，希望殿下应天顺人，早早登位。石勒愿奉戴殿下如天地父母，请殿下体察我的心愿，把我当作儿子一样看待。"王浚此时正为鲜卑、乌桓离叛，手下属官百姓不堪残暴纷纷逃离而苦恼，见到石勒劝进表，虽然心中欣喜，但开始还有怀疑，对王之春说："石公是一时的英武豪杰，占据赵、魏旧地，与我呈鼎峙之势，怎么向我称藩呢？"王之春赶紧巧言相劝："殿下出身尊贵，势达于胡人、华人地区，自古以来胡人中有辅佐君主的名臣，却没有出帝王。右将军因顾虑帝王自有天道气数，非智力才能所能取得，即使强取，也未必为天人所承认，犹如项羽虽强，但天下终归汉朝。石将军相比殿下，犹如月亮之于太阳，所以鉴于前朝史事，归身殿下，这是石将军远见卓识远远超过别人的地方，请殿下不要相疑。"王浚听后心中大喜，封王之春、董肇为侯，予以重金酬谢。

　　石勒为消除王浚的疑虑，还重金贿赂王浚的心腹枣嵩等人。王浚的部属游统，当时镇守范阳，此时暗地里派遣使者到襄国，想依附石勒。石勒杀死使者送给王浚，王浚遂真心相信石勒忠诚依附自己。

　　建兴二年（314 年）正月，王浚遣使者偕王之春到襄国，石勒令藏起精兵锐器，留下老弱残兵接待来者。使者出示王浚的信，石勒虔诚向北做拜后才敢接受。王浚送来的尘尾，石勒假装手不敢拿，悬之墙壁之上，朝夕叩拜，以示尊敬。他对使者说："我没见到王公，见赐物如见公也。"又令董肇遣表王浚，约定三月中旬亲至幽州尊奉王浚为帝。又给王浚的心腹枣嵩去信，请求担任并州牧、广平公。王浚的使者返蓟地回报王浚："石勒目前情形兵弱势寡，输诚之心无二。"王浚非常高兴，更加骄纵懈怠，对石勒不再戒备。

　　石勒从返襄国的王之春处详细询问幽州的政情，得知王浚刑政苛酷，赋税劳役频繁扰民，忠贤人士相继远离，夷狄胡人离心谋外。去年洪水灾后，幽州百姓无粮可食，王浚不思赈赡，反而囤积居奇。所属已是人心失散，皆知其将亡，王浚却若无其事，毫不察觉，甚而把自己看作比刘邦、曹操还要高明。于是，石勒决意攻伐王浚。

　　石勒虽然下令军队作攻伐王浚的准备，但对同为晋室将领的刘琨非常顾虑，担心刘琨乘自己袭幽州时，进攻襄国，为此迟迟不发进攻命令。谋臣张宾为之献计，认为应该出奇制胜，不能拖延时间，还说："刘琨、王浚虽同列晋朝大臣，实际矛盾重重，如果我们遣使去信，送人质请求停战，刘琨只会为我们的顺服和王浚的灭亡而高兴，肯定不会为了援救王浚而从背后袭击我们。"石勒听张宾所讲，不由得心喜，说："我所未想到的事，张右侯都已决断，我还有什么可以犹豫迟疑的呢？"

石勒这边遣人送信给刘琨，表示自己忠心晋室。刘琨见信，果然被欺骗迷惑，按兵不动。那边石勒亲率轻骑，举火把连夜行军，奔袭幽州，很快到达蓟城城下。大军过昌水的时候，王浚的部属孙伟本想阻拦，却被有心依附石勒的游统阻拦。王浚一心等待石勒来蓟城尊奉自己称帝，令部属宰杀牛羊，布置宴会。

三月初三日，石勒喝开城门，令前锋赶放数千头牛羊进城，声称是向王浚献礼，实际是堵塞街巷，防避城中伏军。王浚至此时才感到情况有异，开始坐立不安，刚想布置防御，可惜为时已晚，石勒领兵入其住地，王浚当众被缚。石勒命部下将其押到襄国，中途王浚投水自杀未成，结果被士兵拉到襄国，斩其首级向汉主刘聪报捷。擒住王浚的时候，石勒指着王浚的鼻子痛骂："你身为晋朝大臣，手握重兵，位居其他朝臣之上，却坐视朝廷倾覆，不去援救，还想自尊为天子，又专任奸诈小人，虐待百姓，残害忠良，祸害遍及燕土，真是凶恶叛逆，自取死亡。"

王浚被杀，刘琨才知上了石勒圈套，不得不上表晋室说："东北八州，石勒灭了七个，晋朝的州牧，只剩下我一个。现今石勒占据襄国，与我一山之隔，朝发夕至，各城堡为之震骇惊恐。我虽然心怀忠心和仇恨，却力不从心呀！"建兴四年（316年），石勒率大军与刘琨决战，大败其部将韩据、箕澹，韩据弃城而走，箕澹轻骑逃脱代郡，晋司空长史李弘率并州向石勒投降，刘琨进退失据，不知所措，投奔段匹磾，后来被匹磾杀害。石勒在河北的两个劲敌，均被其用计各个击破，大兴二年（319年），石勒称赵王。咸和二年（327），石勒灭前赵，兼并了关陇地区，建都襄国，称帝登极。

石勒是十六国时期杰出的政治家，由奴隶逐渐晋升，直至做了后赵的皇帝，统一了曾经分崩离析、割据不停的黄河流域。石勒的成功不仅在于军事征战，还得益于成功的谋略。石勒灭西晋割据权臣王浚、刘琨，即是一个成功的例子。这里他使用的就是明修栈道、暗度陈仓之计。要除王浚、刘琨，同时攻击两个目标，将会导致两人联手谋己，所以他采取各个击破的战术，先取王浚。王浚有野心，想自立为王，谋叛晋室，石勒就投其所好，上表称臣劝进，要尊其为天子，且想方设法消除王浚的疑虑，示弱兵于王浚的使臣，把游统派来的使者杀死送给王浚，明示自己的无二之心。以上措施终于使王浚完全放松了对他的戒心，石勒通过公开的以尊奉王浚为帝名义出兵，使王浚感到师出有名，乃常道也，不知常道之中，正隐藏了杀机。甚至石勒大军入城时，王浚还斥责要求防范石勒进攻的部下说："石公来是拥戴我的，妄说者斩首。"伪饰和好，上表称臣，使王浚懈怠戒备；遣使刘琨，呈信效忠晋室，造成刘琨麻痹，双管齐下，为成功偷袭王浚创造了好的条件。轻骑千里突袭，到达城下时，又以数千牛羊为诱饵，既可免王浚之疑，又防城中伏兵，可谓主意绝伦。王浚出府，来到中庭即被捆束手脚，也说明了石勒动手迅速敏捷。王浚被杀，刘琨孤立无援，正如他自己所说的，石勒大兵的到来，不过朝夕之间，其命运已定下，生死存亡只是时间问题，并州一失，最后刘琨逃到段匹磾处，已是他人手中之物，自然不能成任何气候了。

3. 以常道造假

"兵以正合，事以奇胜。"古人认为，出奇制胜之法，正是来源于正常的用兵之道。政坛上的政治斗争，也有其一定的并被人们所认识的发展变化规律。政治家们正是利用人们对常道的教条和固执陈见，以常道造假，掩饰自己的真实意图。

事例：佯习布库，康熙帝计除鳌拜

1661年，不满八岁的康熙嗣承大统，登台即位，按照父皇顺治帝临终遗嘱，索尼、苏克萨哈、遏必隆、鳌拜四人担当顾命大臣，辅佐年幼的康熙帝理政。四大臣信誓旦旦，保证赤心辅政，不结私党，不信私言，不行非义，不求富贵，报答先帝的大恩。

顾命四大臣之中，索尼是清初四朝元老，排列顾命大臣之首，此时已年老体衰，很少管事。遏必隆明哲保身，遇事行推让。顾命大臣中，以位居最末的鳌拜最为跋扈，很快地走上了排斥苏克萨哈等异己力量，一心专权独断的权臣之道。

鳌拜出身满洲镶黄旗，祖父、父亲皆因战功赫赫，列为重臣。顺治初年，鳌拜因攻打李自成的军队，攻占明都北京有功，功升一等。顺治亲政后，升鳌拜为议政大臣，累进二等公爵，准世袭，又擢其领侍卫内大臣，少傅加太子太傅，进入了清政府权力核心。作为康熙初年的顾命大臣，鳌拜恃功跋扈，恣行不法，又结党营私，凡异己政敌，必欲除之而后快。内大臣费扬古与他心有隔阂，费扬古的儿子倭赫当时与西住、折克图、觉罗塞弼一起侍卫康熙，因对鳌拜稍有失礼，鳌拜即指诬倭赫等人擅骑御马，私拿御用弓箭射猎等罪状，把倭赫等人全部处死。又说费扬古口有怨言，随之定其死罪，并把他全部财产没收后送给自己的弟弟。

　　鳌拜对位列自己前面的顾命大臣苏克萨哈最为不满。清初入关时旗人圈占领地，八旗中的镶黄旗，在当时的睿亲王多尔衮统辖下，划定领地在保定、河间、任丘、肃宁、容城一带，范围划定已有二十多年，但鳌拜认为所属领地贫瘠，要与正白旗的蓟县、遵化、迁安等州县领地相换。出身正白旗的苏克萨哈力持不可，表示反对。当时受鳌拜命令，办理调地事宜的大学士兼户部尚书苏纳海，及直隶总督朱昌祚、直隶巡抚王登联等人，也认为旗地调换扰民太甚，以为不妥，且上疏朝廷要求停办。康熙为此事召询顾命四大臣共议，鳌拜在会上为争私利，不顾事实指诬罪人，说："苏纳海拨地迟误，朱昌祚阻挠国事，这是轻蔑皇上，应一律处斩。"索尼、遏必隆两人胆小怕事，为鳌拜所吓，不置一言，苏克萨哈站起来持理相争。两人当场吵了起来，康熙帝一时难以决定，就命暂时搁议此事。为人专横的鳌拜却不能容忍，竟矫旨妄杀，把苏纳海等三人捕获处死。甚而多尔衮摄政时期受命办理分地事宜的前任户部尚书英俄尔岱，此时也被鳌拜追罪免职。

　　鳌拜的恣意妄为，在两件事上对年幼的皇帝刺激最深：一是康熙六年（1667 年），十四岁的玄烨亲政前后，当时索尼已经病逝，苏克萨哈痛心于鳌拜独揽大权，上疏奏请，愿意辞职去守"先皇帝陵寝，如线余息，得以生全"。康熙阅罢奏章，对苏克萨哈所请感到不解，不识苏克萨哈遭何逼迫，在此何以不得生？守陵何以得生？把他的申请令交议政王贝勒大臣会议具奏。鳌拜见有机可乘，便唆使康亲王杰书，罗列苏克萨哈二十四条大罪状，要康熙下旨把苏克萨哈及其子、孙、侄及族人，一并处斩。康熙不同意所奏，鳌拜竟上朝与康熙力争。康熙问鳌拜："与苏克萨哈有何仇怨，而要行斩草除根。"鳌拜见康熙决意不准，攘臂上前，疾声恫吓玄烨，逼着年幼的皇帝御笔旨准。康熙虽有意留下苏克萨哈性命，无奈强臣压主，被迫同意鳌拜的要求，只不过把苏克萨哈由凌迟处死改为绞刑，稍减其临死前的痛苦。

第二件是鳌拜的结党营私，公开地欺君罔上。鳌拜把其弟弟穆里玛，侄子塞本特、讷莫，以及亲信班布尔善、噶褚哈、玛尔赛、阿思哈、济世等人，安插到朝廷的重要位置，朝廷六部，全由其亲信掌握。如把玛尔赛、济世强行塞入户部、吏部任尚书。所以，这些人凡议论政事，往往在鳌拜家中议论妥当后再请康熙下旨推行。朝中议事，遇有朝臣中有不同意见，鳌拜动辄呵斥，必强使康熙顺从己意。侍读熊赐履一次应康熙诏命陈述时政的得失，鳌拜厌恶其不顺己意，担心朝议盛行将有碍自己专权，乘机要康熙以后禁止言官陈述朝政。鳌拜还经常以生病，不能上朝理政为由，而要皇帝"幸其第，入其寝，问其疾"。一次，康熙至鳌拜家中礼节探问，在进入鳌拜寝间，发现他所睡的炕席里边公开放着短刀一把。清政府规制：臣下见帝，不得携凶器之物，否则罪同图谋不轨。鳌拜身为朝中执宰人物，如此毫无顾忌的动作，自然不是一时疏忽，只说明其人居心不良，轻蔑皇权。

君主专制主义中央集权制的一个重要特点，是皇帝对中央政权的牢牢控制，决不允许皇权旁落他人之手。现在鳌拜以强臣势压幼主，对于聪明敏感逐渐长大成人的康熙帝来说，已经到了无可忍耐的地步，便暗下决心，除掉鳌拜势力。

康熙帝为除掉鳌拜，施行了典型的明修栈道，暗度陈仓之计。康熙先后封鳌拜一等公爵、太师，给他的儿子纳穆福世袭二等公爵，加太子少师，予以安抚。对鳌拜的专权，康熙极力装出一副毫不留意的态度，鳌拜所奏凡朝政诸事，一般不予阻拦。同时，康熙召亲信侍卫索额图（索尼之子）密谋，假借陪自己宫中娱乐名义，在八旗子弟中找了身体强壮的少年十多个，令他们天天在一起练习"布库戏"，即满族一种两人相斗赌力的游戏，两人身着短装，互相扭斗，以脚相掠，先仆地者为败。自少年选好后，康熙常常深居宫中，看少年们习练布库为乐。有时鳌拜进宫奏事，康熙也不以为避，少年们照样嬉戏不停，甚至自己也玩耍起布库来。鳌拜亲见康熙整日和一帮少年厮混，不以为忧，反而暗思：皇上游戏贪玩，毕竟还是一个孩子，如此下去，自己专权执政不是更加容易了吗？想到这里不由得心花怒放。

康熙八年（1669 年），宫中练习布库少年的技艺已经是熟练精湛，康熙以为除鳌拜条件也已成熟，便召鳌拜入宫单独议事，会见地点就在康熙和一帮八旗少年经常习布库的场地。鳌拜同往日一样整衣进宫，见康熙坐在椅子上，走至康熙面前询问道："皇上召见臣下，不知有何事？"话音刚落，只听康熙高声念道："你知罪吗？"鳌拜听罢，自度自己势强，幼主康熙暂时奈何他不得，便照直顶撞："臣何罪之有？"哪知康熙接着发令："左右给我拿下。"鳌拜顾视两旁，并不见王公朝臣和兵士，哪来的左右，正在疑惑间，却见早已面熟的一帮布库少年，一哄而上，把他摔倒地上，旋即绑了起来，这时鳌拜才清醒过来，原来自己上了幼主的圈套。

康熙见已擒住鳌拜，立即以鳌拜在朝廷结党营私，专权跋扈，不思悔改，数列其罪行，指令议政王公康亲王杰书等人审讯此事，杰书集众人之议，开列鳌拜罪行有三十条，定其大辟死罪，籍没家产。康熙念及鳌拜为朝廷效力时间长，予以宽大，不忍处死，改为终身禁锢，免其子纳穆福死罪，但其同党诸人，大多诛死。

康熙帝以布库戏少年陪伴娱乐为掩饰，训练自己的小型卫队，对鳌拜明示抚慰和非攻之意，使强臣鳌拜不以为然，放松警惕，然后乘其不备，单身进宫之时，就用这班令鳌拜不以为怪的游戏少年，一举而擒获鳌拜，铲除了他在朝廷中的势力。前者即是"明修"，后者即是"暗度"，两者相辅相成，计谋终以得逞。

事例：孝庄皇太后移住南苑，孝惠皇后安居暖官

在清朝开国之初历史中，曾经有一个清世祖顺治帝痴情董小宛，离位出家做和尚的故事，现在看来，顺治与董小宛的故事多有凭空杜撰，不过是以真人附假事，牵强附会而已。在顺治为帝时，倒是真有一个董鄂妃，因端庄贤淑，夺了顺治帝的爱心，甚至置自己的皇后于一边，陷情难拔，打算册立为皇后，以终日厮守，结果触犯了出身蒙古科尔沁部落的以孝庄皇太后为代表的皇朝势力利益，孝庄皇太后巧施暗度陈仓之计，拖垮了本来身体欠佳的董鄂妃，残酷的宫廷争斗致使董氏年仅二十一岁，就命丧黄泉。

顺治帝福临有名位的妻妾有三十多人，其中四人持有或曾经被封皇后尊号，她们是原配皇后博尔济吉特氏，被顺治帝疏远的再立皇后博尔济吉孝惠皇后，被顺治帝专宠的董鄂妃为死后追封的孝献端敬皇后，因生子康熙母以子贵的佟佳氏孝章皇后。顺治帝前后几个皇后的册立废黜，并非简单地依在任帝王顺治好恶情怀，与操纵前清政局的清太宗皇太极的妻子孝庄皇太后

有着极大的关系。

孝庄皇太后出身蒙古王公，嫁给皇太极后，辅助丈夫，发动攻明战争，巧计劝降了明朝大将洪承畴。皇太极死后，她着眼于大清基业，为避免清室内乱，不计嫌疑围拢睿王多尔衮，力保六岁的福临上台，使顺治成为清廷入关后的第一代君王。正是孝庄皇太后多年的艰辛操劳培育，顺治帝得以小小年纪，就能顺利地操理军国大政。顺治帝本人，也对太后礼敬有加，基本上是言听计从，很少顶撞反对。但是在自己的婚姻大事上，顺治帝却几次使孝庄皇太后失望，由此而引起宫廷之内多起残酷的争斗。

顺治帝第一次娶后是在顺治八年（1651年），时年只有十四岁，皇后是由孝庄皇太后与皇父摄政王多尔衮亲自选定的蒙古科尔沁卓礼克图亲王吴克善之女博尔济吉特氏，即孝庄皇太后的亲侄女。很明显，这个婚姻具有很强的政治色彩，是满蒙王公贵族又一次势力的联合，对加强孝庄皇太后在宫廷中的地位是有帮助的。可是，就在孝庄皇太后亲自主持婚庆大典不过两年时间，顺治十年（1653年）八月，福临就叫人查询前代废后故实，一时间满朝为之震惊。满蒙出身的贵族大臣悚于皇帝的一意孤行，都不敢谏议，唯有一些汉臣，上疏劝谏，却被顺治帝斥为沽名之举。结果，博尔济吉特氏被降为静妃，迁居侧室。官方公布的谕旨上所写的理由是皇后"淑善难期，不足仰承宗庙之重"。实际原因，则是因为皇后妒忌心强，凡是宫女容貌妍艳者，都被其憎恶，必排挤打击，置之死地而后快，这对放纵自己情感性欲的皇帝来说，当然不能容忍。

在顺治帝废后的第二年，即顺治十一年（1654年）六月，孝庄皇太后给顺治册立了一位同样是科尔沁贝勒出身的博尔济吉特氏，即孝惠皇后。她为第一后的侄女，孝庄皇太后的侄孙女。孝惠皇后被册立皇后，对皇太后来说，目的如一，就是要加强蒙古贵族在内廷的地位，孝惠皇后秉心淳朴，与第一后相比，没有强烈的刻薄嫉妒心，又无大错，按理说可以安居后位，但时间不长，顺治帝又以其缺乏"长才"为由，疏远压抑，四处找碴，欲行废第一后之例。此时的顺治帝，欲废孝惠皇后的目的，只有一个原因，就是为了心爱的董鄂妃。

董鄂妃的出现，本出于偶然，她的父亲是内大臣鄂硕，十六岁嫁给顺治帝同父异母的弟弟襄昭亲王博穆博果尔，襄昭亲王常年在外征战，性情古怪，两人爱情生活并不融洽。清初，有一个宗室嫡亲郡王命妇轮番进宫，入侍后妃的旧制，董鄂妃身为顺治弟媳，也经常出入宫禁。知书达礼，颇有大家闺秀风范的董鄂妃，因得近天颜，不久就为顺治帝所看中，两人很快坠入情网。这时候，正是孝惠皇后迎立不久，皇帝的感情天平已经倾斜，孝庄皇太后发现顺治帝心情不对，立即以"严上下之体，杜绝嫌疑"为名，罢停命妇入侍后妃的规制。但是，顺治帝与董鄂妃爱情的发展，已经不以她的意志为转移，当听说董鄂妃在家遭到襄昭王申斥时，顺治帝不顾帝德，居然莫名其妙打了弟弟一个耳掴。不久，襄昭王怨愤致死，顺治帝干脆把"未亡人"董鄂妃接入宫中。顺治十三年（1656年）八月，他的弟弟死后两个月，董鄂妃被册立为"贤妃"；十二月，又正式册立董鄂妃为皇贵妃，颁诏大赦。

顺治帝对董鄂妃的恩宠，是有清一代仅有的。董氏入宫即为贤妃，起点已经很高了，又跃升皇贵妃，跃过贵妃直逼中宫，而且是按照册封皇后的大礼举行，颁诏天下，礼仪之隆异乎寻常，这一切不啻于向孝庄皇太后宣布，孝惠皇后的废立就在眼前。

清初以来，虽然满族贵族执掌朝政，但自清太宗起，蒙古血统的贵妇一直执掌后宫牛耳。清太宗的五位后妃，都是蒙古博尔济吉特氏，顺治帝亲政，亦全靠博尔济吉特氏出身的孝庄皇太后一手策划。现在，第一后刚被废黜，又一位博尔济吉特氏皇后将遭到同一命运，这对孝庄皇太后来说，无疑是一大挑战。尽管董鄂妃在宫中周旋得体，侍奉孝庄皇太后及孝惠皇后竭尽全力，无可指斥，但三千宠爱集一身的局面，如此妇道，就宫廷权力消长来说，并不是重要的，最重要的是权力和地位。

顺治十四年（1657年）十月，董鄂妃喜生贵子，顺治帝欣喜若狂，朝廷内外，都看出顺治帝不久会册立董鄂妃之子为皇太子，董鄂妃将居正宫皇后之位。这一切对于老于权道的孝庄皇太后来说，更是洞悉其中，便不惜母子之情，决意拆散董鄂妃与顺治帝这对鸳鸯，巩固孝惠皇后的地位。

孝庄皇太后的第一个措施是移位京郊南苑，把董鄂妃调出皇宫，造成顺治帝卧侧空位，为孝惠皇后占居宫内制造条件。顺治十四年（1657年）冬天，孝庄皇太后居南苑不久，即传出凤体违和消息，着令后宫妃嫔前去省视问安，董鄂妃产后不过两月，被宣诏至南苑，留在太后病榻前，朝夕奉侍，废寝忘食。结果劳心熬神过度，变得消容身瘤，形销骨立，身体被彻底拖垮。孝惠皇后，却一改往日孝道，安居宫中，一次未去南苑看视，甚至连委派宫中侍人代为问安亦没有，很明显，孝惠皇后的举动，已得太后的旨意。

顺治帝有心立鄂妃为皇后，何尝不知太后明里迁居，暗中指使皇后居占帝侧的用意？不久，他也开始布置反击，借皇太后病中，皇后不去省视事亲，"有违孝道"为借口，停断孝惠皇后的中宫笺表，交诸王、贝勒大臣议行，甚至以太后痊愈，颁发大恩诏："王公以下，中外臣僚，并加恩赉。直省通赋，悉与豁免。吏民一切讹误，咸赦除之。"顺治帝如此大动干戈地做文章，目的还是想废孝惠皇后。贤淑的董鄂妃哭劝顺治帝，力反废后，并要以死表其心愿。不久，董鄂妃所生皇子，又不明不白地死去，仅活一百零四天。顺治帝为安慰董妃，追封这个还没有来得及起名的皇子为"和硕荣亲王"，修建陵寝，专门派官兵予以祭守。受到内外严重摧残的董鄂妃，已沉浸在悲伤之中不能自拔，转而拜佛崇三宝。孝庄皇太后见计策生效，旋降谕内外，孝惠皇后进笺等礼，一切恢复旧制不得更改。

顺治十七年（1660 年）八月，痛子心切的董鄂妃，再也不堪宫廷的残酷斗争，忧郁病亡，时年二十一岁。顺治帝对这个"持躬谨恪，翼赞内治，殚竭心力，无微不饬"的难得伉俪之缘，悲痛不能自已。除命亲王以下，四品官以上，并公主、王妃以下命妇，齐集哭临，还亲自为其守灵，朝廷辍朝五日，甚至要对大臣命妇哭临不哀者议处。为圆满自己的心愿，追谥"孝献庄和至德宣仁温惠端敬皇后"，又亲撰《端敬皇后行状》四千多言，备述鄂妃德行情貌，尽诉恩宠悲恸，予董鄂妃以殊礼。

董鄂妃在宫中不过仅仅四年多时间，其生死之经过，充分反映了宫廷之中夺权争利的复杂和残酷性。孝庄皇太后为巩固蒙古血统贵妇永操权柄的地位，不惜在子媳之中，施展阴谋诡计，以明修栈道、暗度陈仓之法，阻拦顺治帝欲立董鄂妃为皇后。孝庄皇太后迁居南苑，作为佯攻措施，牵制住董贵妃。太后生病，妃嫔事奉，这是宫廷内正常的礼貌规矩，以此为理由召董鄂妃，董不能不去，皇帝也不能阻拦。但是此举深藏的含义却不是一般人能理解的。它割断了皇帝与董氏的联系，削弱了董氏与顺治的感情，为皇后专宠制造条件。及董贵妃子死体垮，皇后得以乘虚而入，稳固了后位，目的达到。

事例：巧布迷计，刘裕杀诸葛长民

东晋安帝义熙九年（413 年）三月初一，太尉刘裕在京城建康自己的府第里，杀死政敌诸葛长民。

刘裕是东晋末期一位有为的大将，晋安帝元兴二年（403年），联合何无忌、刘毅，起兵反对东晋权臣桓玄，为恢复晋室立下大功，拜为侍中、车骑将军、都督中外诸军、录尚书事，一跃为晋朝廷权要。安帝义熙六年（410 年），又率师讨伐南燕，恢复东晋大片领土，再晋升为太尉。不久，又兴师北伐，连破后秦大军，俘秦王姚泓，一时间，东晋王朝为之兴盛。也就在这个时候，刘裕因功高权重，遭到内外朝臣的妒恨和排挤。先是与他共反桓玄的卫将军、荆州刺史刘毅居功自傲，极力反对刘裕入朝辅政，又处处抑制刘裕军权，激起刘裕亲率大军，沿江北上江陵讨伐刘毅。义熙八年（412 年）九月，刘裕由建康率师出发，临行前，以豫州刺史诸葛长民监太尉留府事，心腹刘穆之为建武将军辅佐左右，防范京城意外事变的发生。

诸葛长民也是早期与刘裕共谋东晋恢复大业的功勋人物，官拜豫州刺史，与刘裕先期关系亲密。他与刘裕矛盾的产生，是因为他在居官期间，骄横不法，又贪婪奢侈，视朝廷的法律为儿戏，百姓视之为祸患，从而与严律肃纪，一心立功建业的刘裕产生隔阂。诸葛长民也担心太尉刘裕借机执法查处他，所以在义熙八年（412年）十月刘毅遭刘裕谋杀后，万分惊恐，害怕哪一天祸临自己头上，就开始在心中打主意，企图联络他人，共治刘裕。诸葛长民对左右亲信说："前年醢彭越，今年杀韩信，我的大祸就要临头了。"诸葛长民的弟弟诸葛黎民，在朝中任辅国大将军，极力劝说其兄先下手为强，起兵反刘裕。他说："刘毅的死，就是诸葛氏为之惧怕的下场，应该趁着刘裕大军出征尚未返归而采取行动。"长民受其弟怂恿，暗中写信给冀州刺史刘敬宣，对刘敬宣说："狠毒暴戾，恣意专横的刘毅已自取灭亡，有异端之举的人将尽消灭，天下就要太平，如果有富贵的事情，希望我们要共享。"暗示刘与他一同联合行动。刘敬宣看到刘裕势强，早在刘毅起兵时，就与刘裕暗通声气，所以回信给诸葛长民说："自先后任职刺史、郡守以来，常常惧怕福分将过，灾祸将临，总思避开满盈的好处，宁可吃亏受损，您所讲的求富贵的旨意，实在不敢承当。"敬宣又把诸葛长民的来信送给刘裕阅看，刘裕高兴地说："阿寿（刘敬宣）没有辜负我的心愿。"

刘裕本人机警过人，对诸葛长民早有警惕，当他离都攻伐刘毅时，特意留下亲信刘穆之，让他加官添兵，名曰辅佐，实是监视诸葛长民。刘穆之是刘裕的第一谋臣，多年来为刘裕谋划有方，成为刘裕的重要帮手。此次诸葛长民心存异心，趁着诸葛有一次单独将他留下，询问刘裕对其态度虚实时，为稳住诸葛长民，他故意褒奖诸葛，反激说："宋公刘裕这次溯江远征，把家中老母稚子留下，要托您全权照顾，如果他有一丝不信任，怎么能这样做呢？"假言安慰诸葛长民，要他别再生妄议。

已经攻下江陵的刘裕，也密切注意京中诸葛长民的动静。当时荆州尚未完全平定，他先派辅国将军王诞先期回京。王诞是刘裕的宠信干将，轻装简行，单身回京，使诸葛长民产生错觉，以为如果刘裕怀疑自己，一定不会派最亲近的人前来送死，因而释去重负，暂时消除了诸葛长民的紧张心理，避免了诸葛氏在刘裕大军未还时，突然起兵，而刘裕当时在朝中势力薄弱，不足以抗敌。

义熙九年（413 年）二月，刘裕拟率大军由江陵还都建康，让前锋运送物资辎重的队伍兼程而下，自己率领大队人马，在后面缓慢而行，有意经常滞留不前。诸葛长民作为太尉官属，接连几天，同朝廷百官一道，至城郊新亭迎候，但每每错过日期。实际上，刘裕在此有意虚张声势，连续干扰，造成诸葛长民再次放松警觉，用"经常日期错过"这个假情迷惑住诸葛长民，使他不以为异。三十日夜，刘裕离开大军，乘舟疾进，直达建康，悄悄回到东府。初一日凌晨，诸葛长民听到刘裕已经回到东府，大吃一惊，连忙至东府拜谒。刘裕见诸葛长民进府，连忙引至私室相叙，谈话中，刘裕故意把自己平生所不尽如人意之事情，向长民闲谈，诸葛长民听后非常高兴，只顾与刘裕谈话，丝毫未觉旁边有异。两人叙兴正浓之时，室内帷幕后，跃上刘裕早已经命令埋伏的壮士丁旿，即在座位上把诸葛长民杀死。刘裕随之命人把诸葛长民尸体用车拉到朝中让廷尉判罪，又出动兵士迅速抓捕诸葛长民兄弟诸葛黎民，以及大司马参军诸葛幼民、宁朔将军诸葛秀之，诸葛氏被一网打尽，尽扫朝廷隐患。

　　诸葛长民之死使刘裕排除了一个主要异己政敌，为他向晋室动手，行禅让夺权，扫除了一个障碍。刘裕除诸葛长民，施行的是典型的暗度陈仓之计。初始，由刘穆之施放温和气氛的烟幕，为刘裕后来从容实施计谋，提供一个充裕的时间。接着，刘裕故意让王诞单马一身回都，开始松懈诸葛长民的警惕，俟到大军由江陵还都，刘裕不是整队高奏凯旋之歌，而是让运送军需的辎重先行，大队人马缓行于后，接连几次的逾期未返，使每日在郊外新亭迎接大军的诸葛长民陷入迷惑之中，虚虚实实的变化，实际上是政治场上的佯攻，陷对手于判断失误。再说，要诛杀诸葛长民，总不能在朝中君臣相聚一起的时候强行动手，很明显，这与企图自己称帝夺权，又想通过"有道德，有礼貌"的禅让形式上台的刘裕来说，是相违背的，所以明修栈道的佯攻，非常必要。果然，已放松警惕的诸葛长民单独进东府拜见，他的生命在私室里被悄悄结果。此时的突然偷袭，已是囊中取物，万无一失。

　　4. 借事示假

　　暗度陈仓之计本身就是虚虚实实，示假于对方，乃是迷惑，只有迷惑对手，才能够实施自己"陈仓"之实，故此，借事示假便成为经常使用的手段。

　　事例：陈平用计擒樊哙

　　陈平是西汉高祖刘邦的重要谋臣，自汉高祖二年（前205年）投奔刘邦以后，屡以奇计辅佐刘邦，如以反间计离散项羽、范增君臣，使项羽失去了第一谋臣范增；汉高祖三年（前204年）五月设计乔装诱敌，使刘邦金蝉脱壳得以逃脱久遭楚军围困的荥阳。汉高祖四年（前203年），他及时暗示刘邦，封韩信为齐王，为后来联齐攻楚，最后在垓下击溃项羽势力创造了机会；刘邦欲除楚王韩信，消灭异姓王，又是他帮刘邦定计作云梦泽伪游，一举擒获韩信；汉高祖七年（前199年），刘邦因出征韩王信，在白登被匈奴冒顿单于以几十万大军包围，在粮尽援绝的紧要关头，又是陈平出计，以美人图活动单于之妻，大军得以解围而出，陈平由此功封曲逆侯，成为刘邦左右功臣中唯一尽食一县者。陈平以奇计谋略，获得刘邦的尊重和信任，尤其到了刘邦晚年，张良功成身退，陈平成为他赖以依靠的重要帮手，直至临死前，还向吕后嘱咐陈平可用。

汉高祖十二年（前195年），燕王卢绾起兵反汉，二月，刘邦命樊哙率兵平叛。樊哙出征不久，有人在刘邦前进言，说樊哙勾结吕后，就等高祖死后乘机夺权。刘邦听到此言，心中恼怒，说："樊哙见我病重，是要盼我速死。"打算临阵换将，以周勃替代。因担心樊哙领兵在外，手下有精兵强将，谋取不易，便问计于陈平。陈平认为，不能到军中强行执缚樊哙，只有巧取才为妥当。绛侯周勃不宜公开出面，最好先隐蔽起来，由陈平出面先稳住樊哙，然后，周勃突然闯入军中，乘樊哙没有戒备时，宣旨斩杀，夺印代将。刘邦认为计策高明，令陈平、周勃速去。

陈平、周勃领命出发，一路上两人商讨擒获樊哙的具体行动。在商谈时，陈平对周勃说："樊哙是皇上的故交，立下有如鸿门宴上救皇上等许多战功，又是现今朝中拥有强大势力的吕后妹夫，既是功勋，又是皇亲，皇上因一时生气，要我们杀他，如果事后气消，思之后悔，会归罪于我们。何况吕后及樊哙的妻子吕媭再在中间插手，我们罪名更深，所以，不如暂时拿住樊哙，送往朝廷，听由皇上惩处。"周勃同意陈平的意见。

陈平、周勃将到樊哙军营时，周勃藏身大车之中，陈平让人在樊哙军营之外从速建筑一土台，作为诏宣皇帝圣旨所用，又派人去面见樊哙，通知他陈平代皇帝宣诏。樊哙本为一武将，见只有文官陈平带一些随从前来，真的以为陈平是来军中宣布皇上的一般诏书，丝毫不怀疑其中有诈，立即随陈平的手下赶到土台前接诏。正在陈平宣读诏旨时，哪知背后闪出绛侯周勃，只听一声令下，左右两边隐蔽的一些兵士一起拥上，把樊哙缚住，关入狱车中，周勃则快马驰到樊哙大营，进入中军大帐，召文武属官集会，宣布樊哙罪行，自己遵旨代将。陈平则押解樊哙前往长安。

陈平不愧是汉初睿智的谋略家，耍起阴谋来也是不动声色，得心应手。这明修栈道、暗度陈仓之计，本是第一谋臣张良在西汉元年四月西就封国时，出谋要刘邦烧毁凌空高架的栈道，示意诸侯，自己无东归之心，为麻痹项羽所用。张良的"明毁栈道"，导致了四个月后韩信的"陈仓暗度"，定灭三秦。此类故实，对陈平来说都是身历其中，当然如数家珍，非常清楚的。那暗度陈仓的好手韩信后来又是败在他们计策之下，所以说陈平运用暗度陈仓之计，是有其得天独厚的优势之处，不过是现在他把此计由军事战场上，搬到政治权力场上的争斗。刘邦晚年，随着异姓诸侯王的相继被杀，刘姓子孙诸王的封藩，在朝廷内部，渐渐崛起一股外戚吕氏势力。吕后是刘邦的结发妻子，吕氏宗族亦是刘邦起兵的最早参加者，吕氏利用刘邦年老身体有病，自己有机会干预朝政的机会，逐渐地把吕家一班人安排进朝廷的各个部门。大将樊哙与吕氏结成姻亲，领兵在外，朝廷内有颇有心术的辟阳侯审食其，为吕后出谋划策，吕氏家族欲改刘家天下的苗头已经出现。在此情况下，陈平受刘邦命除杀与吕氏势力关系亲密的樊哙，这就不仅是一个简单遵旨杀人的事，更关系到陈平自身在未来的朝廷中能否存身的一件大事，故此，陈平巧施暗度陈仓之计，以一介文官身份，单独约见樊哙，迷惑樊哙使其上当，而以大将周勃，隐藏偷袭，一举擒住樊哙。明里建台宣旨，暗里突袭擒敌。这样既避免了与樊哙军将面对面的冲突，又能对刘邦交差，把杀樊哙的责任推卸给刘邦，使将要得势的吕氏家族，不至于怪罪自己。果然，陈平在押解樊哙至长安途中，刘邦在京病逝，吕家班子把持了朝政正要磨刀霍霍，向帮助刘邦开国的元勋功臣动手。陈平幸亏未斩樊哙，有了一个安抚吕氏的资本，便赶紧急驰京都，以哭丧为名，表面哭刘邦，实是示心意，泣告自己没有轻易处斩樊哙，不过押解来京。吕后及其妹吕媭得知樊哙未死，放下心来，转而安慰悲伤的陈平，且收回让其出外就职的成命，吕后执政后，还让他做了丞相。

第二，出奇突袭，创胜之计在其中。

"欲攻敌，必先谋"，设计谋制佯动假象的目的，是为了掩饰自己出其不意的突然袭击。是故政治场上，政治人物事事谨慎，处处小心，唯恐上当受骗，陷入阱中。政治斗争中，虚虚实实，真真假假，真亦是假、假亦是真的复杂事情到处存在，但究其"假"而言，都是在成功掩饰了突袭制敌，或自己落败而恍然大悟这两种情况之后，才显示出它的庐山真面目。在假情掩饰下，让人不可预料的袭击最具威力，唐朝的赵蕤称之为"始如处女，敌人开户；后如脱兔，敌不及距"。开始以处女之态，使政敌失去戒心，疏于防备，待其大开门户，然后如脱兔疾奔一般，发动迅猛进攻，以迅雷不及掩耳之势攻下，使政敌来不及抵抗即被击败。

事例：修栈道慈禧奕䜣除肃顺

清咸丰十一年七月十七日（1861 年 8 月 22 日），咸丰帝在热河承德避暑山庄烟波致爽殿病逝，临终前按照清祖宗家法，建顾命制度，以六岁皇子载淳为皇太子，著怡亲王载垣、郑亲王端华、户部尚书协办大学士领侍卫内大臣肃顺，及景寿、穆荫、杜翰、匡源、焦佑瀛等八人为赞襄政务大臣，辅佐幼子继位。同时为防范顾命八大臣擅权，把"同道堂"、"御赏"两枚私章，分赐皇后钮祜禄氏和载淳，规定一切谕旨下发，须以两枚私章为符信。不久，载淳继位，建元改年号，定明年为"祺祥"，尊钮祜禄氏为母后皇太后，居烟波致爽殿东暖阁，故称东太后。生母叶赫那拉氏，住烟波致爽殿西暖阁，称西太后。就在肃顺等人为咸丰帝兴办丧礼和嗣皇帝继位的繁忙之中，一场悄悄布置的政变发生了。留居热河的西太后和留守都城北京的咸丰弟弟恭亲王奕䜣用暗度陈仓之计，斩杀肃顺，赐死载垣、端华，景寿等五人革职发配新疆，这就是晚清历史上有名的"辛酉政变"。

"辛酉政变"的祸根自英法联军攻打北京，咸丰帝避难热河开始就已埋下，其爆发则是因为肃顺等顾命八大臣与西太后叶赫那拉氏、恭亲王奕䜣之间，相互争夺执政地位，双方矛盾的尖锐化。顾命八大臣中，以肃顺最具才干，处领袖地位。

肃顺是咸丰帝生前宠信器重的重臣。咸丰帝由北京逃到热河后，肃顺以射猎、声色为诱惑，使咸丰帝乐而忘返。同时极力阻拦留守北京与英法议和的恭亲王奕䜣等王公大臣要求咸丰帝回銮京师，还假借咸丰名义严责奕䜣等人不得再行渎请。咸丰帝本来就是个荒淫的帝王，顺势推舟把一切政事托付肃顺等人处理，于是肃顺等人成为热河行宫发号施令的实际主人，"挟天子以令诸侯"。在肃顺眼中，奕䜣是王公之中与皇帝血缘最亲，地位最显，又异常精明果断，具有较高威信的一个劲敌。奕䜣以舆论为移，有心专权，将会是自己擅权道路上的拦路石。所以在咸丰帝面前，极力挑拨离间，煽动皇帝对奕䜣的不满，甚至散布谣言称恭亲王将借洋人势力谋夺帝位，结果造成咸丰与奕䜣兄弟之间，感情疏远。当奕䜣得知咸丰病重，奏请到热河问安觐见时，咸丰帝以相见徒增伤悲为由，予以拒绝，致使咸丰至死，兄弟两人也未见上一面。奕䜣知道这都是肃顺从中作梗，弄的诡计，由此，对肃顺痛恨入骨。

西太后虽为旗人，出身并不高贵，父亲只不过是一个安徽宁池太广道的道员，她入宫之后，为咸丰生了皇子载淳，一下显贵起来，被封懿贵妃，地位仅在皇后之下。皇后钮祜禄氏，忠厚随和，对政治不感兴趣。西太后则是个工于心计的女人，她清楚咸丰身体虚弱，寿命难说，不可太多恃仗。皇子目前年幼，她有心将来帮助儿子操纵国政，便不惜以娇媚手段，哄骗咸丰帝，换来自己代为皇上批答奏折的机会，开始"时时批览各省奏章"。西太后的干政，使肃顺、载垣、端华等人的权力受到了侵犯，在肃顺看来，当时还是懿贵妃的那拉氏，绝非一个安分守己的女流之辈，一旦往后以太后名义，挟年幼的皇帝专权，自己的揽权美梦就会破灭。肃顺等人一直以声色娱乐咸丰帝，使懿贵妃失去后宫专宠地位，早使西太后为之怨恨。尤其到热河以来，一路逃难的路上，自己的饮食供应就屡遭肃顺等人的克扣。肃顺又在咸丰面前，大讲汉武帝赐死钩弋夫人的"钩弋故事"，要求咸丰诛杀懿贵妃，避免日后性烈的那拉氏母以子贵，干预朝政。咸丰帝虽未采纳肃顺的建议，但对懿贵妃倒是日见疏远，甚至死前还给皇后钮祜禄氏立下密诏，如往后那拉氏不能安分守矩，可以出此遗诏令廷臣除害。这一切，被西太后得知后，对肃顺更是恨入骨髓。

咸丰帝病死后，围绕着谕旨拟定，恭亲王被排除顾命八大臣之外二事，西太后、奕䜣与肃顺等人矛盾趋向表面化，促使两人联手起来，共同对付肃顺等人。肃顺等人本意想在咸丰帝病危时，立怡亲王载垣为帝，彻底杜绝那拉氏以子专权的企图，皇后钮钴禄氏不肯表态，那拉氏整日抱着儿子载淳立于咸丰病床之前哭泣，咸丰帝怜其母子往后流离失所，因而对肃顺的建议不予同意。咸丰帝一死，肃顺等人又想不封太后，把那拉氏排除出政治权力场之外，此计也未得逞。于是公开在殿中宣布：一切谕旨，应由顾命八大臣拟定，太后只能钤印，不得改变谕旨内容，各地章疏也不进呈宫内览阅。面对肃顺等人的跋扈，西太后如何能容忍，就拉着东太后一起，当面廷争，并以不在谕旨上钤印相威胁。结果，双方妥协，各地所奏章疏，均要呈两宫太后阅览，谕旨诏令，则由赞襄八大臣拟进，换取两太后在谕旨上钤上"御赏"、"同道堂"两印。这样，热河方面，西太后与肃顺等人以"垂帘"、"辅政"两种体制相兼互得暂时维持。

西太后不甘心被肃顺等人抑限在热河，处处被动。大清以来，皇帝年幼，而由先帝临终指定亲信老臣为顾命，辅佐小皇帝执政，直到皇帝长大亲政为止，这类的顾命制度早有先例。另外一种办法，就是汉族皇朝历史上所发生的，由母后帮助年幼的皇帝，垂帘听政。太后要摆脱肃顺等人的限制，就必须以垂帘制度，替代目前的顾命制，而身在热河行宫，肃顺等人完全控制内外形势，要想达到垂帘听政目的，还必须借用外力相助。正在此时，西太后的妹夫、又是恭亲王奕䜣七弟的醇亲王奕譞提出，与肃顺等人争斗，必须联络在北京主持政局的恭亲王。西太后采纳奕譞提议，密写书札，要奕䜣来热河相商。

奕䜣身居恭亲王之职，并非承袭，是父亲道光皇帝，兄弟咸丰帝所亲封，在清政府现有诸位亲王中，本是最为显荣尊贵的。咸丰死后，怡、郑等亲王居然觍居顾命大臣之列，而自己却被排斥在外，肃顺甚至不准其赴热河行宫，经理丧事。奕䜣心中已是大为不满，早就有计划除去肃顺。他暗中安排自己的亲信，如热河行宫任领班军机章京的曹毓英等人，随时向京城密报肃顺等人在热河的行踪举动，这既是避祸所必须，又为日后上台执政作预备。但要除去肃顺等人，达到自己执政的目的，奕䜣也清楚，只有推翻现有的顾命制度，尽翻政体，代之以女后垂帘，自己才能较快地爬上辅政之位。虽然奕䜣精明能干，但是要一切由自己单独动手，毕竟孤掌难鸣。别无良策，只有与两宫太后联合。西太后与奕䜣为斗倒肃顺等人，相互需要，便正式联手起来。

奕䜣见到两太后密召热河的传话后，随即以叩谒大行皇帝梓宫的名义，前往热河，肃顺面对奕䜣哭丧的要求，不便阻拦。9月5日，奕䜣赶往热河，先到咸丰梓宫前，伏地大哭，声彻殿陛，两旁人等皆为之感动，无人不信他是专为叩谒梓宫，感念手足情深而来。一番哭奠后，奕䜣进宫，皇太后单独召见，密商之中，奕䜣提出要除肃顺，非还京城才易下手，并以京城一切，由其负责，做出"万无一失"的保证。至此，两宫太后与奕䜣共同做出政变决定，奕䜣离开热河，兼程赶到北京作预先布置。

两宫太后、奕䜣等人政变的第一步，是投放垂帘听政的试探气球，从舆论上为政变作准备，同时借机迷惑政敌。9月中旬，奕䜣同党、大学士周祖培的门生董元醇，最先上奏，要求朝廷以两宫太后垂帘听政，并从亲王之中选出一二人，用心辅弼一切政务。两宫太后见到奏折后，旋即召见顾命大臣，要肃顺等人按照所奏拟旨实行。八大臣勃然抗论，认为听命太后切切不可，清朝历史上更是没有先例。八大臣之一的杜翰肆言无忌，照直顶撞。西太后气得两手颤抖不已，年幼的皇帝被肃顺等人大声抗言所惊，啼泣不停，甚至溺湿了西太后的衣服。肃顺等人当天退朝后，又拟谕旨斥责董元醇，声称国政大端，非臣下所能妄议。接着又咆哮"搁车"，以不理政务，停止办公，威胁两宫太后，最后还是东太后中间劝说，肃顺等人才照常办事。西太后被迫放弃垂帘听政一说。

西太后、奕䜣发动政变的第二步，是利用输送咸丰帝梓宫及新皇帝回京之机，施用暗度陈仓之计，进行突然袭击，一举捕拿肃顺等人。董元醇的奏折被驳，不过是西太后、奕䜣等人施行佯攻的试探气球，借以吸引肃顺等人的注意力。果然，肃顺等人一看董的奏折被痛驳后，两宫太后被迫发出"我朝圣圣相承，向无皇太后垂帘之礼"的上谕，一时无人再敢言垂帘听政。他们以为胜利在握，政治危机已经过去，自己的权力地位已经稳固，便盲目自信，开始对西太后、奕䜣等人疏于防范。西太后、奕䜣则加紧布置。先是乘八大臣忙于大行皇帝及新皇帝回京登位筹备自嫌事多的时候，解除了端华的步兵统领，载垣的銮仪卫、上虞备用处事务，以及肃顺等人的兼差事关皇宫禁军及扈从护卫等多项兵权，随后西太后、奕䜣等人的亲信接任步兵统领职位，把管理禁卫兵之权基本掌握在自己手中，搬开了发动政变的重要障碍。另外，执掌热河到北京一带兵权的胜保、僧格林沁，又被西太后、奕䜣争取过来，胜保倒向西太后，在承德至北京沿线驻兵严密布置，以防不测。西太后见布置停当，10月中旬反复催促肃顺等人，要求早日返京回銮，最后明定两宫太后、嗣皇帝载淳随载垣、端华七大臣在行过奠礼后，为避免圣躬劳累，先行启跸回京，而后跪请灵驾。沿途一切事务由倒向西太后的仁寿负责，责令肃顺护送咸丰灵柩一路安全缓行。西太后等人的如此安排，真是妙不可言。肃顺是顾命八大臣之首，而景寿等人，皆忠厚有余，才智不足，八大臣实际是由肃顺控制的势力集团，肃顺与七大臣隔开，七大臣失去了首脑，变成群龙无首，而肃顺单独行动，又失去羽翼相助，变为孤掌难鸣。西太后这一招，削弱了顾命八大臣的整体优势，为自己放手动刀，创造了条件。

11月1日，两宫太后、载淳等人，以快班轿夫由间道急驰入京，抢先肃顺三天。恭亲王奕䜣早早到达城外迎接，再次落实北京政变的措施。早一天，胜保已上折朝廷，首先对顾命八大臣赞襄政务的合法性提出怀疑，指责八大臣有负重托，必须以皇太后亲理万机，召对群臣，通下情，正国体。又提出"亲亲尊贤为断"，另外简任近支亲王佐理庶务，尽心匡弼，否则不足以振纲纪、顺人心。11月2日，大学士、管理兵部事务贾桢，大学士、管理户部尚书周祖培，刑部尚书赵光等在奕䜣的暗示下，联名上奏，要求皇太后"敷宫中之德化，操出治之威权，使臣下有所禀承，命令有所咨决，不居垂帘之虚名，而收听政之实效"。贾桢、周祖培等是清政府元老重臣，他们提出要两宫太后垂帘听政，影响巨大。同一天，西太后在召见奕䜣、桂良、周祖培、贾桢等人时，又施以女人眼泪的战术，向众人哭诉肃顺等人如何在热河欺侮他们孤儿寡母。周祖培等人既感动又生愤，随即要求皇太后治罪肃顺等人。西太后接着用激将法，"他们是赞襄大臣，怎能治罪呢？"周祖培对答："可以先降旨解其职，再治其罪。"西太后顺乎其意，拿出早在热河写好的谕旨，随即宣布，解除肃顺、端华、载垣三人赞襄大臣职务，交宗人府会同大学士、九卿、翰林院等严行议罪。一时间，京城缇骑四出，载垣、端华被捕。11月3日晚，肃顺护送灵柩到达京郊密云，尚不知朝中已发生政变，被醇亲王奕𫍽、睿亲王仁寿从卧室被窝中拿获，绑送宗人府狱中。同日，奕䜣授议政王大臣、宗人府宗令，在军机处行走。11月8日，肃顺被斩杀于京城菜市口，载垣、端华被赐自尽，景寿、杜翰等被革职，穆荫被革职且发往军台效力。

12月2日，两宫太后等在紫禁城中举行垂帘大典，奕𫍽以议政王总揽全局，新上台的皇帝载淳接受百官朝贺，改年号为"同治"。西太后、奕䜣的计谋取得了最后的胜利。

三、敌我拉锯　弱敌强己窥虚

恩格斯曾说："马克思则证明，过去的全部历史是阶级斗争的历史，在全部纷繁和复杂的政治斗争中，问题的中心始终是社会阶级的社会和政治的统治，即旧的阶级要保持统治，新兴的阶级要争得统治。"中国古代君主专制和官僚政治之下，政治所要解决的问题，事关统治阶级和被统治阶级之间这一社会主要矛盾要处理。同时，在处身于剥削、压迫地位的统治阶级内部，各种集团、政治人物、各种利益团体之间的矛盾冲突，也集中反映到政治的斗争中来。政治计谋、政治权术则为统治阶级内部的政治斗争提供了相应的制衡、决战的工具性手段。暗度陈仓之计，作为三十六计中的第八计、敌战计中的第二计，有着十分广泛的应用范围。

第一，国家之间斗争的使用。

1. 在敌对国家之间

彼此对峙的敌对国家之间，为了弱人强己，互相征伐，其势力之消长，与计谋在作为"政治的继续"的战争中发挥的作用，关系密切，成效明显。如三国时期，蜀将姜维率军迎战魏国大将邓艾，先遣廖化驻军白水南岸，与邓艾隔河对峙。邓艾经过仔细分析，认为姜维敌而不攻，想以廖化牵制魏军，大军主力肯定想迂回偷袭魏军必经要地洮城，便下令赶紧拔军回撤，救援洮城。果然发现姜维领军在洮城渡河。这里姜维即施用"暗度陈仓"之计，惜被邓艾认破，目的未逞。

2. 在敌对的拉锯势力之间

在中国古代统一王朝政权崩溃后，往往群雄并起，逐鹿问鼎，相互吞并，抢夺地盘。拉锯势力常常自立封王，俨然国家，在拉据式的抗战中，双方争相用智，计谋百出。如秦亡后，刘邦用张良之计，烧栈道，消除项羽的戒心。韩信则紧跟其后明修栈道，佯示造假，却从旧道迂回，突袭陈仓，击败章邯，平定关中。

第二，在统治阶级内部的使用。

1. 君臣之间使用

韩非认为："乱之所生六也，立母、后姬、子姓、弟兄、大臣、显贵。"君主授权于臣子行政，又把臣子看作是自己最危险的敌人，这正是中国古代君主专制政治的一大特色。意大利近代著名政治思想家马基雅维利说："君主必须是一头狐狸以便认识陷阱，同时又必须是一头狮子，以便使豺狼惊骇。"马氏关于君臣之间是一种狮与狼关系，野兽与猎手关系的论断，用在中国专制制度下的君主和臣子们身上，丝毫也不过分。中国历史上君主对臣下的残暴酷杀，臣子们对君主的颠覆篡夺，萧墙之祸，宫门喋血，刀光血影中人头落地的无情事实，都是最好的例证。在人臣中，对君主最有威胁的是重臣、权臣、功臣、能臣，对这些人臣的防范控制，不仅表现在政治制度的设立和不断改变，如设丞相而又不断地抑相分权，还表现在君主随机地利用计谋，笼络、牵制、排挤、打击。暗度陈仓之计，常常被君主所采用，如康熙帝除权臣鳌拜、宋文帝杀傅亮等三顾命大臣，都是例证。

2. 臣僚之间使用

中国古代君主专制制度下，建立起庞大的官僚机构，通过征辟、察举、九品中正、科举等选官任官制度，网罗了大量的官僚臣属，帮助皇帝治国理政，以强化君主专制中央集权的统治。秦汉以来，从中央到地方，官吏成千上万，国家政权宛如一架机器，依靠这些臣僚百官们维系运转。但是，剥削阶级自私自利的掠夺本性，专制统治环境下的培养，甚至君主有意识的怂恿操纵，使臣僚之间的政争了无休止。所以，有刘裕杀诸葛长民、王曾逐除丁谓、陈平用计擒樊哙、奕䜣发动政变除肃顺等众多事例。

暗度陈仓之计，还被统治阶级中的其他阶层、人物领会使用，如外戚与宦官之间，朋比为好的党派势力之间、藩镇军阀之间、后宫妃嫔之间，等等，可以说是不胜枚举，在此不再过多地论述。

四、隐其真意　奇正明暗常道

暗度陈仓之计，作为敌战计中的阴谋计策，在中国古代政坛上，被各种政治人物和势力集团视为"用阴"之宝，广泛使用。就其显示出的特点来说，主要有：

第一，由实施方法而言，具有掩饰性的特点。

暗度陈仓之计的实施，起步点即要通过虚假的佯动，吸引敌方的注意力，混敌视听，导其入歧途，造成敌方判断失误，行动失措。佯动的目的性即迷惑敌人，造成敌方的错觉和不意，以争取自己的优势和主动，决定了它的掩饰性特点。没有成功的佯动，就很难有后来的暗袭。因此用计者在实施佯动时，对佯动时机的选择、攻击对象心理的揣度分析、佯动的影响等，都要有充分的把握，否则稍有不慎，就可能前功尽弃。如被政敌识破，将计就计，则自己十分被动。

第二，就实施过程而言，暗度陈仓之计有反常性、诡谲

性的特点。

暗度陈仓之计在实施过程中，往往超出人们司空见惯的成见之外，正奇相合，明暗参用。"明"与"暗"、"奇"与"正"是中国古代的思想家和军事家们，从自然界和军事作战中总结出来的既相互对立，又相互依赖、互相转化的两对概念，明暗之间、奇正之间，具有朴素的辩证关系。政治家们利用奇正、明暗之间的循环变化特点，往往打破常道，克敌制胜。

实施过程中的诡谲性，是指该计实施当中，讲求欺诈迷敌，行事之道难以揣测，防守者在用计谋主的"明道"的迷惑下，经常作出错误的判断，从而产生松懈情绪，变得麻痹大意，最后在毫无防备之中，被敌击败。

第三，就用计者的心态而言，具有强烈制伏的特点。

设计谋主，以假示真，以虚掩实，靠突袭巧夺取胜，陷敌于无准备的状态，一旦行动，往往手到擒来。

第四，就该计运用的功能效应而言，具有突发性、有效性的特点。

暗度陈仓之计，以"明修栈道"的佯攻为掩护，以突然发生的袭击为效果，修栈道是大白于天下的公开行动，度陈仓是用千里暗行。袭击敌方出乎意料，疏于防守的陈仓，袭之突然，"一箭中雕"，收到打蛇七寸、一击致死的功效。

隔岸观火

——坐观虎斗　助之自相残杀

本计云："阳乖序乱，阴以待逆。暴戾恣睢，其势自毙。顺以动，豫；豫，顺以动。"其大意为：在敌方内部分裂混乱，众叛亲离时，我方静待其变，敌人相互残酷暴虐，反目为仇，势必自取灭亡。然后根据敌情进行策划，相机行事，就会得到愉快的结果。也就是说，要以和顺的态度，顺应敌情变化而动，做好在敌方情况发生突然变化时乘机取利的准备。

隔岸观火，典出于三国时期的赤壁大战。当时，诸葛亮帮助周瑜谋划以火攻曹操水军。曹操为了迅速取胜，不使水军溃败，采纳庞统的连环计，将战船用铁链连在一起。吴国战将黄盖以苦肉计诈降曹操，得以靠近曹操水寨，趁机发起火攻。当此之时，诸葛亮对刘备说："主公可于樊口屯兵，凭高而望，坐看周郎今夜成大功也。"而隔岸观火，又与坐山观虎斗、鹬蚌相争、坐收渔人之利等相类似。

一、顺时以动　待其变取其乱

《周易·豫卦十六》云豫：利建侯行师。《象》曰：雷出

群雄并起，李渊计高取关中

地奋，豫。先王以作乐崇德，殷荐之上帝，以配祖考。

【一爻】初六，鸣豫，凶。《象》曰："初六鸣豫"，志穷凶也。

【二爻】六二，介于石，不终日，贞吉。《象》曰："不终日，贞吉"，以中正也。

【三爻】六三，盱豫，悔，井迟有悔。《象》曰："盱豫有悔"，位不当也。

【四爻】九四，由豫，大有得，勿疑。朋盍簪。《象》曰："由豫大有得"。志大行也。

【五爻】六五，贞疾，恒不死。《象》曰："六五贞疾"，乘刚也。"恒不死"，中未亡也。

【六爻】上六，冥豫，成有渝，无咎。《象》曰："冥豫"在上，何可长也。

《彖》曰："豫，刚应而志行。顺以动，豫；豫，顺以动。故天地如之，而况建侯行师乎？天地以顺动．故日月不过，而四时不忒；圣人以顺动，则刑法清而民服。豫之时义大矣哉！"《周易集解·豫》："郑元曰：坤，顺也；震，动也。顺其性而动者，莫不得，得其所，故谓之豫。"其意是说：豫与愉通，就是愉快。豫卦有震雷、坤地，五阴一阳，系群阴随阳。若阳刚与阴爻相应而志向畅通，又能顺应时机，即顺应敌情变化而有所准备，就能达到预想的目的，豫卦顺应时机行动，正如同天地；天地如此，建立公侯基业，率师出征当亦如此。天地顺时而动，日月运行不出轨迹，四时循环亦能正常；圣人顺应时机行动，就会使刑罚公正廉明而百姓信服。豫卦所包含的时空之义，太广大了啊！

从卦形推演，五阴一阳，有阴追阳之意，使阳春风得意；上卦震为动，下卦坤为顺。亦是群阴顺而追阳，"建侯行师"定得成功。但是，必须注意"顺以动"，即顺应时机行动。否则，既难予建侯，而行师也可能不利，甚至会招致失败的挫折和痛苦。

五阴一阳的卦形，群阴顺从追随阳，仅是其含义之一。与此相联系，还有群阴系阳的含义在。内卦坤为己，外卦震为敌。震之性格不动，寓意为敌方动态剧烈，二女甚至三女、群女争夫，当为例证。然而，坤又以顺从、安静为其性格特点，所以就表明我方一定要忍耐，安静等待，顺应时机。所谓"顺以动"，就是说，在时机未成熟之时，不能轻举妄动。否则，群敌为其共同利益，团结一致向我攻击，结果不言自明。若能按卦理行事，静观其变，必能坐收其利。这是因为，敌之六五、上六两阴相斥，必然引起内争，相互仇杀。待其两败俱伤，我方再从中取利。此乃为不设计之计，无行动之行动。

此计用在军事上，是强调在敌我双方抗战中，在敌方内部矛盾突出，相互倾轧的情况下，并不急于趁火打劫，避免操之过急造成的联合反击，而是要坐待敌方矛盾继续发展直到反目为仇，才乘机出击，得到胜利。中国古代军事家孙子在其名著《孙子·火攻》篇中，即专门阐述了军中将帅要慎于用兵，戒于轻战的思想。文中说："明主虑之，良将修之。非利不动，非得不用，非危不战。主不可以怒而兴师，将不可以愠而致战；合于利而动，不合于利而止；怒可以复喜，愠可以复悦，亡国不可以复存，死者不可以得生。故明君慎之，良将警之，此安国全军之道也。"孙子这里特别强调要用慎重的态度达到战争的目的，不能不分青红皂白地发动军事进攻，造成自己付出大的代价。中国的道家学说也认为万物无常，随时光而改变，要会以静制动，以治待乱，等待时机，再采取适宜的措施迈向成功之路。

隔岸观火之计用到政治上，是强调与政敌相争时要学会采取一种"坐山观虎斗"的态度，按兵不动，坐待时机，利用政敌之间相互争夺利益的争斗，助之火并，待其势敝，乘机收全利，正如"坐山观虎斗"故事中的卞庄子一样，见到两只老虎吃牛，他没有马上刺虎，听从劝说，改为坐等两虎为争食相斗，直到两虎两败俱伤时，再从容刺虎，果然一举而得两虎。

二、静观其变　巧借力善寻机

在中国古代的政治场上，各个政治集团、势力群体、政治人物之间的争权夺利之斗，钩心斗角、尔虞我诈、尖锐残酷。敌对双方实力之强弱，并不是一成不变的，而是互有消长，往往一日之间，强势者一落千丈，而势弱者青云直上，一夜坐大。为了巩固和争夺更大的政治权力，壮大自己的力量，筹划计谋者总是会制造矛盾，利用矛盾，以达成己欲。隔岸观火之计，正是集两者于一体，被政治家、野心家、阴谋家们圆熟老到地操作运用。其常用手法主要有：

第一，静观其变，创胜之计在其中。
中国古代的智谋之士，早就从哲学的高度总结出"动"与"静"

之间的辩证关系，主张天道有变，万物无常，事物会随着时光的转移而发生变迁，强调要学会以静制动，以治待乱，静观时机的变化，再做出相应的措施。历史上不少政治家和权谋家得其深奥，临危不乱，处变不惊，镇定冷静地分析形势，通过"以静制动"的方式，利用敌方的内部矛盾，化解问题，往往收到《战国策》中所讲的渔者得"蚌鹬相争"之利。

事例：高、冯相争，江陵秉政

张居正是明神宗时的政治改革家，自隆庆六年（1572年）六月，在朝辅弼年幼的明神宗理政，躬身辅政，忠君爱国，又锐意革新，厘剔宿弊。政治上针砭沉疴，革弊除旧，裁汰冗官，条理刑狱，选拔英才。经济上清丈土地，行一条鞭法。又整饬边防，任用良将，练兵筹防，设茶马市、互通蒙汉，终于使明初以来的积弊衰败，在万历初年为之一改，出现了短暂的"海内肃清、四夷宾服。太仓粟可支数年，府库寺积金四百余万"的清平世界。

张居正得以成功革政，有他个人的突出才干、皇族的信赖等多方面的原因，但其中的一个主要原因，是他独居朝廷揆首地位，大权独揽，得以大刀阔斧地施展手脚。因为他籍贯湖北江陵，时人把他一人专断朝纲的现象，称为"江陵秉政"。

张居正由万历皇帝上台之初的三个顾命大臣共同执政，变为一人独揽权柄，得益于他成功的隔岸观火谋略。此事说起来，倒也有一番曲折的故事。

张居正生于嘉靖四年（1525年），二十三岁考中进士，选充庶吉士，二十五岁进翰林院为编修。张居正青少年时期即有远大政治抱负，曾上《论时政疏》，指陈朝廷有宗室骄恣、庶官瘰旷、吏治因循、边务废弛、财用大亏五大弊端，要求兴利革弊。当时因为严嵩专权，他郁郁不得志，俟到严嵩失势，徐阶担任内阁首辅，张居正开始被重用，到了穆宗朱载垕隆庆初年，他连年晋升，晋迁礼部尚书，兼武英殿大学士。隆庆二年（1568年）加少保兼太子太保。徐阶致仕回乡时，推荐富有城府能担大任的张居正进内阁，由此，张居正始得操政，到隆庆六年（1572年）一月，他由太子太傅再迁少师兼太子太师。隆庆五月，明穆宗中风病逝，临终前遗命高拱、张居正、高仪三人辅弼皇朝。六月初十，明神宗朱翊钧即皇帝位，年方十岁，三个顾命大臣中，大学士高拱在穆宗之世，即专权用事，居三顾命之首。高仪体衰疾病缠身，穆宗死后，没多少天也一命呜呼。这样，剩下高拱、张居正两顾命居朝理事，就在这年的六月十六日，高拱突然被褫去官衔职位，勒令即日出京，回原籍闲住，张居正取而代之，成为内阁首揆。

高拱被夺职逐乡的原因是与宫内太监冯保的矛盾激化，被皇帝亲近的"大伴"冯保谗言挑拨，又利用穆宗皇后陈皇后、李贵妃的宠信，乘机以异己排挤。高拱是河南新郑人，嘉靖二十年（1541年）中进士后，为裕王朱载垕做讲官长达九年，后来升迁太常寺卿、国子监祭酒、礼部尚书等职。嘉靖四十五年（1566年），明世宗朱厚熜去世，裕王朱载垕嗣位为帝，即明穆宗。高拱由帝师得以入阁，拜文渊阁大学士。隆庆元年（1567年），因为同内阁首辅有矛盾隔阂，被迫还乡闲居。隆庆三年（1569年），因为宫内太监滕祥、陈洪、孟冲等人的帮助，再次入阁办事。上台之后，为了报答举荐自己的陈洪、孟冲，他打破惯例，把应由秉笔太监冯保升任的司礼监掌印太监一职，先后让陈洪、孟冲两人担任，把冯保置之一边。冯保在隆庆初年，还领掌过皇帝的耳目机构东厂，按成例，掌厂者必升司礼太监这个太监中的最高职位。冯保应该升补而不得晋迁，他清楚这是高拱从中阻梗作私下交易，不禁心中衔恨，对高拱由愤生仇，就想利用机会陷构高拱。

冯保自小进入宫中，在神宗皇帝做皇子时常伴身侧，提携捧抱，细心照顾，被神宗称为"大伴"。自嘉靖时起，长期担任仅次于司礼监掌印太监之职的秉笔太监，此职专掌章奏文书，照阁票批朱，也是一个事关机要的实权之职。冯保给人的印象平和谨慎，喜爱书琴文章，有君子之风，长期接近朝政权柄，养成胸藏城府笑而不露的习惯。明穆宗去世，神宗上台，他分析形势，认为凭自己与幼帝的关系，和经常接触幕后监政的神宗生母李贵妃、皇后陈氏的便利条件，加之内阁辅臣张居正的鼓励支持，现今正是除去高拱的最好时机。于是他连续施展阴谋，先是利用掌奏章批朱之便，篡改明穆宗遗诏，说自己与三大臣一起，同受穆宗临终顾命，为自己攻击朝臣高拱，议论朝政制造合理体据。接着，他又行诬言栽赃之法。

穆宗去世时，高拱在内阁号泣，神宗派冯保征求高拱对朝政的意见，高拱在悲伤之中，念及穆宗三十六岁即撒手人寰，遗留下十岁的儿子嗣位为帝，悲痛之中随口说道："十岁太子如何治理天下啊！"冯保有心构陷，跑到陈皇后、李贵妃面前诬告，说高拱轻蔑新皇，说："（指冯保）你捧了圣旨，我说这不过是一个不满十岁的孩子的话，难道真能做人主管理天下大事吗？"冯保挑斗皇后、贵妃对高拱的仇恨，伪言高拱居心不良，又在宫内暗地散布流言，说首辅高拱要废神宗另拥周王为帝，煽动神宗对高拱的厌恶。

高拱居内阁首辅，对冯保的谗言诬告已有所闻，虽然他没有冯保那样方便地进出宫室的便利条件，但在外朝，自度势力强大，便授意各位给事中、御史等众言官，上折弹劾冯保矫诏乱政，行为不轨，想以此定冯保死罪。冯保见言官纷纷上奏，开始也担心害怕，心念一动，干脆把全部奏章扣匿起来。高拱不知其中奥妙，还以为自己稳操胜券。六月十六日朝臣早朝时，他照例站在前列，却见冯保手执黄纸文书，代为宣读皇后、贵妃和幼皇谕旨："大学士高拱，揽权擅政，夺威福自专，通不许皇帝主管。我母子日夕惊惧。令回籍闲住，不许停留。"高拱大意失荆州，突遭袭击，神色大变，一下子瘫倒在地。即日收拾行装返回原籍。

高拱与冯保的权力争斗，最大的赢家是张居正。高拱被逐，冯保得胜后，只不过升上了自己理应升上的司礼太监之座，此职虽是内朝要职，但冯保毕竟只是宫中的一个奴才，当时李贵妃、陈皇后等人，对内宫控制甚紧，他要想大有作为，困难重重。张居正则不一样，从小怀有济世治乱大志，早就有意一朝执得权柄，实现自己平生政治抱负的愿望。高拱与冯保二人相斗伊始，他就看得清清楚楚，冯保的暗中活动，高拱的摩拳擦掌，时值穆宗新丧，幼皇嗣立之初，作为同列阁辅的张居正，理应居中调和劝解，安定混乱的时政。但是张居正并没有这样做，而是恪守保身、取利的原则，在冯保、高拱准备决斗，胜负未卜的情况下，他不直接介入，而是隔岸观火，坐观高、冯成败决战。当时他找了个十分正当的理由，就是与司礼太监曹宪一起，到天寿山为明穆宗卜择陵地，远离权力斗争的旋涡。六月初十日，明神宗登基典礼，他赶回京城，旋以中暑生病为由，居家养病。六月十六日，宣诏逐高拱后，他见大局已定，赶紧走向前台，不再回避。十九日，他在平台见神宗，旋升任内阁首辅，坐收高拱失势后的渔利，一任十年，终于成就了一番"中兴"事业。

事例：董卓拥兵观变，坐收渔利乱天下

董卓是东汉历史上一个最著名的奸凶乱臣，因其拥兵入都，挑起了东汉末期军阀混乱的局面。董卓之乱造成了千里沃野的洛阳和关中地区，在极短的时间内，变成了"出门无所见，白骨蔽平原，千里无鸡鸣，生民百遗一"的悲惨景况，东汉政权由此名存实亡，统一的中国再一次陷入分裂割据的历史厄运。

董卓之乱发生的一个重要的原因，是东汉末年外戚势力和宦官势力为争夺权柄，开展了激烈的互相残杀，为拥兵坐观的董卓，以隔岸观火之计，乱中取利，坐收成败，得以逞其凶志。这其中的缘故，说起来有着一段不短的故事。

自东汉和帝开始，外戚与宦官的争权夺利斗争日趋激烈，成为寄生在专制王朝政治上的一个恶性肿瘤，一直无药可治。汉灵帝中平六年（189 年），张角兄弟领导的黄巾军，风起云涌，给本来已处在衰亡中的东汉政权以致命的打击，朝政更加腐败。内朝之中，先是王甫、曹节操权干政，乱杀忠良，后来又有赵忠、张让、夏恽、段珪等十常侍被灵帝宠信，在他们的诱导下，汉灵帝一心沉湎于做生意买卖、公开卖官鬻爵得钱、勒索搜刮百姓的荒唐生活之中。灵帝公开对百官说道："张常侍（张让）是我的父亲，赵常侍（赵忠）是我的母亲。"外朝的一些正直官僚士大夫，稍有忠谏，即被宦官排挤打击，尤其严重的是屡次兴起的"党锢之祸"，使大批朝官被罗织罪名诛杀禁锢，宦官势力成了内外朝政的实权势力。中平六年（189 年）四月，汉灵帝病死于洛阳嘉德殿。十四岁的刘辩即皇帝位，改元光熹，尊何皇后为太后，临朝听政。何太后之兄何进参录尚书事，辅助朝政。何姓外戚势力的得势，与以蹇硕为首的宦官集团固有矛盾激化，一场剧烈的宫廷斗争由此而生。

原来蹇硕是汉灵帝非常信任的一个宦官，是著名的西园八校尉之首，典领禁军，连大将军何进也受他管辖，何进与蹇硕的矛盾曾因两件事造成不共戴天之仇。一是蹇硕利用近便屡次奏请汉灵帝把何进远调京都，试图削其权力。二是为立嗣帝之争。

汉灵帝娶何氏为后，生了刘辩，又与王美人生了刘协。何皇后嫉妒心强，畏惧王美人与己争宠，就下毒药毒死了王美人，又想毒死刘协。汉灵帝为防止事变再起，把刘协交给自己的生母董太后收养。两子长大成人后，汉灵帝有心立刘协，又顾虑何皇后兄妹，迟迟未决，直至临死前，当着董太后面，把蹇硕叫到床前，嘱托他保护刘协。蹇硕临终受命，就设计立刘协，除何进。先令宫中秘不发丧，假意召请何进入宫议事，埋伏刀斧手准备斩杀。哪知何进入宫时，被人使眼色提醒，何进逃回自己的兵营。蹇硕斩杀未逞，在何皇后、何进主持下，立了刘辩为皇帝，刘协封渤海王。

何氏家族秉权后，就想利用天下人共怨宦官的心理，除杀蹇硕等宦官。何进邀召袁绍、袁术兄弟，以及逢纪、荀攸等人，开始紧锣密鼓准备。蹇硕这边也磨刀霍霍，让宦官郭胜送信给赵忠等人，相约在宫中捕杀何进家族。郭胜见何氏朝中势强，把蹇硕密信送至何进府中。何进见信，决定先下手为强，立即诱召蹇硕。

蹇硕不知有变，入宫见面，被何进手下手起刀落，砍下了脑袋。何进随即公布蹇硕罪状，又把反对立刘辩的灵帝母亲董太后驱逐出宫，并逼杀了董太后的侄子骠骑将军董重，徙刘协为陈留王。

何进在取得了攻杀蹇硕、董重两次胜利后，还想乘胜前进，彻底根除宫中宦官。袁绍向何进献计说："从前窦武他们想消灭宦官，因消息泄露，反被其害。现在将军兄弟统领禁军劲旅，属下将佐，又都是俊杰名士，乐于效劳，真是天赐良机，将军应该为天下除害，不要错过垂名后世的机会。"何进认为所言有道理，就进宫奏请何太后，尽撤中常侍及下属宦官，改用士人郎官。何太后当初毒杀王美人，差点没被汉灵帝杀死，主要得力于宦官从中劝阻，因此犹豫不决。宦官赵忠等人又大量贿赂何进母亲舞阳君，以及何进之弟何苗。舞阳君、何苗收受贿赂后，到何太后前尽力劝阻，并且谗言何进："大将军擅杀左右，专权独断，削弱社稷。"何太后听信此言，也开始冷淡何进。

袁绍见何进有些进退两难，就促其坚定决心，要何进立即动手，否则将害及自身。何进百般无奈，想出一个折中方案说："可以杀一儆百，除去首恶。"屠夫出身的何进，少于机智，加上何太后的冷淡疏远态度，使他寡于断事，迟迟下不了动手决心。袁绍见此情况，就出了一个导致后来招祸董卓的馊主意，他说："将军可以调集四方猛将各路豪杰，令其进都，逼迫太后同意，达到尽除宦官目的。"袁绍的建议，明显是个引狼入室的愚蠢主意，主簿陈琳当时即指出："将军集皇家权威，手握兵权，对付宦官，恰如用炉火烧毛发，是件易事，只要速发雷霆万钧之力，当机立断，则上应天意，下顺民心，很容易达到目的。为何要放弃权要，征求外援？而大兵聚集京都，强者称雄，就如倒持干戈，把柄授给别人，将功败祸生，带来大乱。"缺少智谋的何进不能善纳，不听劝阻，一心想除灭宦官，独揽朝政，便下令召董卓、蔡瑁等人带兵入京。

董卓是个陇西豪侠，因武艺膂力过人，当上羽林郎，后因战功官拜并州刺史、河东太守，又因镇压羌族起事有功，受东汉朝廷重用。中平五年（188年），拜为前将军，与皇甫嵩共同镇压三辅地区的王国、韩遂、马腾等。董卓性狡猾多权诈，每次征战后，都乘机扩展自己的军队，逐渐形成自己的凉州军事集团，成为关西军阀之首。东汉朝廷对其凶残野蛮又缺乏军纪的队伍时有所闻，担心尾大不掉，曾下诏让其入朝担任少府等职，董卓以羌族胡兵不听命令为借口，拒不服从调遣。当灵帝病重时，迁董卓为并州牧，令他把兵权交给皇甫嵩，他则要求把自己的军队直接带到并州，死也不肯交出兵权。皇甫嵩为此特意上书朝廷，提出董卓违抗朝廷调遣，不交兵权是想拖延时间，按兵不动，静观朝政变化，心怀奸诈，要求朝廷处置。灵帝下诏斥责董卓，但是董卓就是不肯交权，反而领军至河东郡，以观时变。

董卓驻军河东郡时，正是洛阳城内何进与蹇硕斗争趋于激烈的时候，静观洛阳城内剑拔弩张，以为自己兵权在握，军驻京外，正是乱中取利的大好良机。但在蹇硕、何进势均力敌胜负不明的情况下，董卓明白，这时候不宜出头露面，只能按兵不动，俟其变乱，再相机行事，便采取隔岸观火之计，不表态，不支持。等到何进杀蹇硕、董重，秘密召见董卓带兵进京，图谋尽杀宦官，董卓认为时机已到，在何进召京部队中，立即响应，最先到达。

为了挑起洛阳城内更大的变乱，大军刚刚启动，就公开上书朝廷，要求尽杀宦官，书中说："中常侍张让等人，利用皇上宠爱，扰乱天下，我听说扬汤止沸，莫如釜底抽薪；疮痈虽溃，但胜于养毒腑脏。从前有赵鞅兴晋阳之兵来清除君王身侧的恶人，现今我鸣鼓到洛阳，请收捕张让等人，以清奸去污。"董卓在上书中，指名道姓要杀张让等人，暗示自己领兵入京，是有所召请，实际上是公开挑拨何进与张让等宦官相斗，目的是唆使何进与宦官双方进一步残杀。

当董卓大兵临近洛阳时，何进又听信何苗等人议论，赶忙派人至董卓军中，让董卓停止进兵。董卓当然不理会何进阻拦，一气把军队领到洛阳城外，这时何太后已眼看洛阳城外大军威逼，不得不将十常侍等人解职，但在怎样处置这些人的问题上，何进又一次犹豫不决。袁绍这时候有心抢功，干脆假借何进名义，令各州郡收捕宦官的亲属，一下子激起张让等人铤而走险。

八月，当何进入宫面奏太后，要求诛灭宦官时，张让率段珪等数十个宦官，立即刺死何进，且自拟诏书，任命官吏。袁术、袁绍听说何进已在宫中被杀，干脆领兵包围宫廷，宦官闭上宫门抵抗，袁术令在宫门外放火，袁绍领兵攻进宫内，连带何进之弟何苗在内，凡是太监模样，全部杀死，计杀有两千多人。张让、段珪则乘机挟持刘辩、刘协两人，逃向城外，途中张让等人被追兵急追，情急之下，跳河自杀。

董卓驻兵京郊，一见城中大火，急速领兵入城，第一件事是寻找到皇帝，结果在北邙山侧找到皇帝和陈留王。董卓一见刘辩、刘协兄弟，就产生了废立念头，果然入都后，董卓就强迫群臣废刘辩，立刘协为皇帝，即汉献帝，迁何太后至永安宫，不久又返遣人毒死何太后。从此以后，董卓挟制献帝，借天子之令为所欲为，这可以说是董卓隔岸观火之计成功后的第一个收获。第二个收获则是扩充了自己的势力。董卓昼夜急速进京，本来只带三千兵马，何进、何苗被杀后，其所领禁兵尽归其辖管，就连负责京师治安的丁原部队也被董卓收编。第三个收获是为自己的专权独断扫清了障碍。何氏外戚势力和宦官集团势力的自相残杀，双方俱亡，使董卓既除去了两个主要的政治劲敌集团，同时自己又获得了一个及时匡救社稷的美名。以此为资本，董卓排斥异己，大肆杀伐，袁绍、曹操等人争先恐后出京外逃，太傅袁隗等人相继被杀，太仆袁基一家五十余口，被灭门抄斩。从此以后，东汉朝政为董卓专断，所作所为，丧尽天良，直到三年之后，被王允、吕布等人杀死。

事例：郑襄公隔岸观火，择胜而从

三年不朝一鸣惊人的楚庄王，一心争霸，积极北进中原。鲁宣公十二年（前597年），楚庄王亲率大军围攻郑国，郑襄公一面坚守城池，一面派人到结盟的晋国求救。虽然郑国上下一心，英勇抗战，但是敌众我寡，力量悬殊，相持三个月，晋国援军也未到达，郑都终于被楚军攻破，郑襄公只得袒露着上身，手牵着羊，开城门迎接楚庄王入朝，表示驯服地任楚国宰割。又向楚王献上国书、地图，可怜兮兮地对楚庄王说："我未能上承天意事奉楚君，使楚君生怒到郑邑，这是我的罪过，怎敢不唯命是听，服从楚王的命令呢？即便贤君把我作为俘虏带到江南，放逐到海滨荒野的地方，我也唯命是听；或者贤君灭掉郑国分割其土地赏给诸侯，让郑人做臣妾奴仆，我亦唯命听从；如果承贤君开恩顾念从前的友好，让我托周厉王、周宣王、郑桓公、郑武公之福，而不亡郑国，使郑邑能事奉贤君，等同于楚国的一个县，这便是贤君的恩惠了。我不敢有太多的奢求，大胆地说出自己的心愿，但愿贤君任意处置。"

郑国是居于楚、晋之间的一个中小国家，长期以来一直在两强国夹缝中求生存，同时也是两个强国互相争霸的一个缓冲之地。郑襄公虔诚的求降之语，对楚庄王来说，并非听着入耳高兴就可以赦免郑国的，他对左右部下说："允许郑国投降是顺理成章的事，如灭掉郑国，则名不正言不顺。况且郑君能谦逊下人，取信于民，这样的国家不是一下子可以灭掉的。"于是允准郑襄公的求和，楚军退舍三十里，派大夫潘进签订盟约，郑襄公遣弟弟子良到楚国做人质，示以诚意。

就在郑国服楚结盟不久，晋景公派来的援军才迟迟地来到郑地。郑襄公担心晋国大军拿郑楚结盟一事兴师问罪于郑国，这样郑国又要遭祸了，便召集郑国群臣商讨应付办法。大夫皇戌认为，晋楚强大，现在郑与楚和好，晋军势强，如果问罪郑国，郑国则不是其对手，不如说服晋军与楚军决战，郑国坐观成败，晋军胜则服于晋，楚军胜则服于楚。郑襄公认为皇戌的建议为良策，对郑国很有利。于是派皇戌前往晋营，鼓动晋军攻楚；又遣使楚军，怂恿楚庄王与晋军决战。

楚庄王在服郑之后，率军北进，驻于郑国的郔地，准备到黄河饮马之后，即凯旋返国。这时晋军在荀林父的率领下，也来到黄河岸边，得知郑国降楚，楚军已撤退将归，荀林父无意同楚接战，就想下令班师返国。上军首领士会也同意荀林父的主张，认为楚军在国内虽连年征战，却甚得民心，政治上也修明，兵阵每战必胜。典章制度，礼义道德，均有建树。楚君又善于选贤任才，这样的国家是不容易对抗的。"应该兼并衰弱的国家，攻打混乱的国家，何必去进攻楚国呢？"但是中军副将先縠认为："晋国所以称霸诸侯，是仰仗勇敢的军队、臣下的尽力。坐失郑国而不救，就不能说有强大的兵力。大敌当前不敢决战，就不能说是武功。见到强敌往后退，不是大丈夫的作为。由我之手失去晋国霸业，不如死去。"先縠不听荀林父号令，私自率军过了黄河。荀林父未能严肃军纪，害怕先縠与楚军战败，自己作为主帅回国后要担当罪名，干脆率三军渡过黄河。

楚庄王本来打算返师归国，不想与晋军兵戎相见，晋军过河后，楚庄王也不想饮马黄河了。令尹孙叔敖已经竖起大旗，把车头向南方，准备返师。只有庄王的宠臣伍举，一心想立功，鼓动庄王同楚军作战。楚庄王采纳了伍举的建议，掉车头向北，准备迎战晋军。这时候楚王也担心未必能赢强晋，几次派出使者，说明楚不想同晋争战，不过是惩处一下郑国。甚至派人到晋国求和，约好了订约媾和时间。在这时，郑国大夫皇戌受襄公之令，跑到晋军之中极力诱使晋军攻楚。他说："郑国服从楚国，是为了挽救国运而已，对晋国并无贰心。现今楚国突然获胜，就恃势骄狂，楚军暮气已深，没有什么防备，如果晋楚交兵，郑国从楚军背后攻击，两军夹击，楚军必败。"先縠被皇戌的话煽动起性来，更加逞狂，认为打败楚国，臣服郑国，就在此一举了。

郑国使臣的鼓动挑拨，加剧了楚晋之间的矛盾激化，两军终于在泌地（今河南荥阳县东北）发生了遭遇战，结果晋军战败，溃逃回国。郑国继续维持服楚盟约。

春秋时期，政治场上你争我夺，斗争的最大特点是强国争霸，中小国家依附大国而存立。郑国北临强晋，南接雄楚，晋楚逐鹿中原，相互争势，受害的是势弱的郑国。长期以来，郑国往往采取的是墙头草策略，楚国攻时，服于楚；晋国兵来，又臣服于晋。如鲁宣公五年（前604年），楚国攻郑，郑被迫服楚。一年后，郑又去参加强晋召集的会盟。总是反反复复，试图维持延续居中难存的国势。这一次楚庄王攻郑，郑国一心固守，终因势力悬殊过甚，差点被楚国灭国，后来楚国允许与郑国结盟，使郑国仍然存在，郑襄公也松了一口气。但是在危难时不来相救的晋军，在郑国降楚以后，却又姗姗而来。依据以往的经验，晋军入郑，不会空手而回。对郑臣楚之事，更不可能不闻不问。郑国自从与楚军恶战后，又面临被强大的晋军蹂躏。如何避免这种情况的发生，郑襄公接受臣下的建议，施用隔岸观火之计，坐山观虎斗，助其相争，再择胜者臣服之。

作为一般意义上的隔岸观火之计的运用，是指静观时变者，先是按兵不动，侯敌人相互杀伐，两败俱伤时收取渔利。在这里，对郑襄公来说，能够保持住郑国的原有地位，避免自家再次受到晋军的攻击，就是最大的收获，最大的渔利。郑国是一个弱国，与强大的楚晋相比不是他们的对手，谈不上要弱楚弱晋，灭楚灭晋的问题，能生存下来就是胜利，而要生存，又必须背靠楚、晋当中的任何一国。郑襄公已降服于楚庄王，晋军不来，郑能维持住郑、楚已定的盟约，即能生存下去。晋军来到郑国，势必以武力逼迫郑国臣服于己，如果郑襄公这时又倒向晋国，必将引起楚国的逼迫，严重的还会再一次引发楚郑战争，郑国将会付出更大的代价。所以郑襄公以隔岸观火之策，挑动晋军与楚军相战，把晋军的祸水引向楚军，楚晋相斗，必有一赢家，如果楚赢晋败，郑国就要背晋而臣于楚，而发生征战后的楚国势弱兵残，一时也不会进攻郑国，郑国也能安然生存，就从这一意义来讲，楚晋泌地之战，实际上是郑襄公政治谋略的一个胜利。

事例：静观时变，姚苌定计建后秦

姚苌是十六国时期后秦国的创立者，在西晋灭亡后的北方长期割据战争中，在关中地区建立了一个包括今天陕西、甘肃、宁夏和山西大部的羌族政权。姚苌在位时任用汉族地主，惩治贪污，废除苛政，整刑狱，倡节俭，立学校，善于听谏，重文治，修德政，收揽人心，使前秦以来关中地区的混乱局面得以改观。姚苌名微力薄，在群雄并立的混乱之世，能够建立一个割据一方的羌族政权，除了军事实力以外，还得力于能够实施正确的政治谋略，隔岸观火之计即是其中一个成功之例。

姚苌是依靠投靠前秦苻坚起家的，因为能征善战，被前秦皇帝苻坚封为扬威将军。383年，苻坚决定南下攻击东晋，当时前秦朝廷中阳平公苻融、中山公苻洗，及夫人张氏、僧人道安等，朝内朝外，众人皆劝苻坚不能穷兵黩武，独有姚苌联合鲜卑出身的慕容垂，一心想乘隙另立，极立怂恿苻坚做泛舟长江、南游吴越的盛举。当时苻融说："鲜卑、羌虏是我们的仇敌，经常盼望风云变幻以得逞他们的心愿，他们所献之策，怎么能听从呢？"苻坚固执，令苻融督领慕容垂等二十五万大军做先锋，以兖州刺史姚苌为龙骧将军，督益、梁州诸军随征。结果淝水一战，前秦军队战败，草木皆兵，溃逃而回。完整保全三万大军的慕容垂、慕容泓等人乘机起兵，图谋复燕。第二年三月，姚苌被苻坚封为司马，前去讨伐据守关东的慕容泓，结果接战失败，姚苌因惧怕苻坚诛己，逃到渭北，干脆另起炉灶，脱离前秦自立。

384年春季，姚苌在关陇豪族尹纬、尹详、庞漳等人拥戴下，率五万民户丁口独立，自称大将军、大单于、万年秦王，实行大赦。定年号为白雀，分封百官，称制行事，尹详、庞演为左右长史，姚晃、尹纬为左右司马，天水人狄伯支为从事中郎，玉据任参军，拜王钦卢、姚方成等人为将帅。

在姚苌起兵自立的差不多时间，平阳太守慕容冲在平阳拥兵反秦，慕容冲开始时被前秦将军窦冲击败，被迫投奔慕容泓，他谋杀了慕容泓，自立为皇太弟，并奉慕容觊为皇帝，设置百官。当时前秦苻坚以姚苌为重点攻击目标，紧追密打，姚苌的弟弟镇军将军姚尹也在战斗中死了。在此情况下，姚苌考虑自己势弱，长期与前秦作战，必将耗尽有生力量，做出了第一个重大政治决策，就是联合慕容冲，以势强的慕容冲牵制前秦。自己争取时机，养精蓄锐，静观时势的变化。为了向慕容冲结好相和，他把自己的儿子姚嵩作为人质，送到慕容冲处以表诚意。与此同时，命令部属转移北地，厉兵秣马，休整积蓄。

姚苌的谋略很快取得了效果。同年六月，当前秦大兵与自己两军相峙时，慕容冲领大军逼向长安，迫使苻坚不得不撤军回防。九月，慕容冲兵临长安城下。姚苌得知消息后，立即召集群臣会议，商议下一步行动计划。会上大部分人赞成与慕容冲共争长安，以此为根基，向外扩展，经营四方。姚苌考虑良久，做出了他的第二个重大政治决策：放弃长安，让慕容冲与前秦苻坚互相厮杀，自己避争地辟新地，等到前秦与慕容冲两败俱伤，再谋长安。他向群臣解释："目前的长安是一块争地，不宜马上急取；鲜卑人是因为思归心切，振兴故土而起兵反秦的，如果其志实现，必然不会在关中久留。在他们彼此相争时，我们把力量移屯到岭北地区，储蓄粮草，充实军资，扩大军队，坐以静观，等待秦亡燕去，我们就可以不费多大代价，轻而易举地夺取长安，占据关中。这就是坐山观虎斗的计谋啊！"姚苌的分析，得到群臣的赞同，便由长子姚兴据守北地，宁北将军姚穆守卫同官川，自己率部攻打新平（今陕西彭县）。

姚苌避开与前秦正面争战，另辟他地的谋略继续取得了成功。新平之战尚未结束，姚苌又进军岭北，岭北各城全都向他投降称臣，一时姚苌势力大盛。而此时慕容冲与苻坚，正在长安城下作困兽相斗。长安城内的慕容姚、慕容肃图谋政变，被苻坚察觉，二人及慕容宗族全部被杀，凡城内鲜卑人，不管男女老少，皆被杀死，慕容冲的内应外合的希望落空。

385 年正月，慕容冲称帝，改年号更始，建西燕政权。紧接着的仇班、雀桑之战，慕容冲大败。不过百渠一战，前秦军队又大败溃散，苻坚差点被俘。慕容冲令部将高盖偷袭长安，军队进入南城，被前秦军队斩首八百。高盖攻打渭北秦军，又被前秦太子苻宏斩杀三万。以后的骊山之战，慕容冲抓获前秦高阳愍公苻方、尚书韦钟等人。后来慕容冲军被苻坚部下反攻，活埋一万多人。前秦西燕的争战，相互损失惨重。

385 年五月，慕容冲率兵强打长安，苻坚亲自督战，身上被乱箭击中，弄得遍体麟伤，前秦有名的猛将杨定也被俘。这时苻坚开始惧怕，留下太子苻宏守城，自己携张夫人等亲属王公，在数百骑士护卫下，逃往五将山，结果被姚苌布置骁骑将军吴忠包围。前秦士兵一哄而散，苻坚仅剩下几个侍从跟在身后。吴忠抓获苻坚，送到新平。姚苌令人逼苻坚交出国玺，或行禅让，苻坚痛骂姚苌忘恩负义，只求一死，又亲手杀死自己的两个女儿苻宝、苻锦。八月，苻坚被姚苌派人吊死在新平的一个佛寺之中。

苻宏在父亲苻坚逃走不久，也带数千骑出逃下辨，其余官属投奔姚苌。慕容冲攻入长安，在长安城内大肆抢掠。慕容冲的残暴引起了鲜卑人的仇恨，386 年春季，慕容冲被杀，部将段随被立为西燕王，改年号昌平。没有过多少天，西燕的仆射慕容恒、尚书慕容永又杀了段随。慕容恒的儿子慕容觊被立为燕王，改年号建明。正如姚苌所料，慕容觊刚上台，就领鲜卑男女老少四十万，离长安东下，曾经各路大军云集的长安，一时空空荡荡。四月，姚苌不费吹灰之力，由安定出发进入长安。同月，姚苌在长安称帝立国，改年号建初，立国号大秦，史称后秦。姚苌追尊其父姚弋仲为景元皇帝，立妻子虵氏为皇后，姚兴为皇太子，又建置百官。一次他与群臣饮宴，酒酣之时说："过去你们与我都是北面称臣于前秦，现在与我变成了君臣之间，会感到耻辱吗？"大臣赵迁说："上天不耻于把陛下做儿子，我们为什么耻于做臣下呢？"姚苌听后，高兴地开怀大笑。

当年苻坚在攻打东晋前夕，封姚苌为龙骧将军，并说："我过去就是靠龙骧将军的官位建立起大业的，从未轻易授人，你勉力而行吧！"没有想到，此话讲过没有三年，姚苌真的由前秦的一个龙骧将军，诛苻坚、伐西燕，成就了一番帝王大业。

从姚苌的成功背后可以看出，政治谋略对一个有志争霸立业之人，是何等的重要。长安是兵家必争之地，也是刚刚称王建业的姚苌梦里追求的地方，可贵的是他是一个现实主义的政治家，对自己的弱点和政敌对手的优势有清醒的了解。他认识到自己暂时还没有力量与强大的前秦相抗拒，便通好慕容冲，以势强的慕容冲牵制攻击苻坚，让两强相斗，自己则避开一隅，向岭北发展。果然前秦与慕容冲一守一攻，围绕争夺长安，两败俱伤。前秦苻坚被迫逃亡，自投罗网，被姚苌轻而易举地俘获杀死。西燕虽然占据长安重地，但是恶战之后，势衰体弱，政权内部围绕着争权夺利，你争我夺，互相残杀，果如姚苌所料，西燕无意久据长安，不久领兵东去，空虚的长安城，此时对一个养精蓄锐的猎手来说，不过是扣动枪机一事，手到擒来。姚苌争地不攻，隔岸观火，付出小的代价，获得最大的利益。

第二，借力助火，创胜之计在其中。

内部的堡垒最易攻破，分化的敌人最容易击败。政治斗争中，借助于挑拨离间、用间互疑、贿赂腐化等各种令人眼花缭乱的手法，破坏政敌内部的团结，助成敌方开展更加激烈的相互残杀。

1. 居中利用助火并

隔岸观火之计，并不是简单的观火，而是要尽可能地促使对岸的火势越烧越猛，在关键时候，再加上一把火，让对岸难以自救。

事例：孙秀献计，司马伦坐收贾后之利

永熙元年（290年），晋武帝司马炎病逝，白痴太子司马衷即皇位，凶悍阴险的贾南风立为皇后，从此拉开西晋历史上一场长达十多年，以血腥残杀为特征的"八王之乱"的序幕。

为了使自己专权独断，贾南风制造了一起又一起血案，大肆诛杀杨皇后家族，又一石二鸟，除掉了朝中势强的汝南王司马亮、大臣卫瓘、楚王司马玮，然后又施用无中生有之计，假白痴皇帝之手，于元康九年（299年）废掉了威胁其专权地位的太子司马遹，将其禁锢在金墉城。

贾南风的作恶多端，迭起血案，引起了西晋朝野上下的怨愤，也招引了宗室王公的虎视眈眈，其中担任右卫将军的赵王司马伦，就是一位觊觎政柄已久的野心家。

司马伦是司马亮的弟弟，长期以来，对专权的贾南风极力迎逢，深得贾后的信任。因为他性情贪婪，冒失武断，且手握兵权，被右卫司马雅、常从督许超等在太子东宫任过职务的一些人，视为除灭贾后的最好人选。司马雅等人，就在司马伦的谋臣孙秀跟前鼓动说："皇后凶悍跋扈，为非作歹，诬陷并废黜太子，使国家没有嫡嗣，社稷将危，朝臣愤愤不平，将发起大事，而司马伦名分上在中宫任职，与贾后关系亲密，太子的被废，人们都私下传言他预先知道，一旦事起，必将祸害牵连到他，为何不先考虑废黜贾氏呢？"孙秀许诺一定废黜贾后，并报告司马伦。司马伦也认为说得有道理，准备依言而行，且私下通知通事令史张林、省事张衡等人，让他们在宫内做内应。

司马伦准备动手时，谋士孙秀心生一计，赶紧对司马伦说：

"太子司马遹性情刚烈又聪颖过人，如果他回到东宫，肯定不会受制于别人。路人皆知您是贾后的私党，即使现今为太子复位立下大功，太子会说您是迫于老百姓的愿望，不得已如此，想以反目免自身之罪罢了。即使您忍气吞声，不念宿怨，太子也不会对您感恩戴德，您如果稍有瑕衅，免不了落到被杀的境地。我们不如按兵不动，拖延时间，贾后必定会加害太子，那时我们再出面为太子复仇，废黜贾后，这样不但能免祸，还能进一步得志，岂不是一举两得吗？"司马伦深以为然。

司马伦让孙秀等人四处散布谣言，说殿中有人要废贾皇后，迎立太子。贾南风自禁锢太子后，并未了却自己的心愿，经常派宫内使女伪装成民妇出宫侦察民情，了解外间情况。听到宫女的报告后，贾南风十分惊恐，担心太子在朝中的人望，会引起人们让其复位的念头，就想杀死太子，断绝众愿。司马伦、孙秀这时也劝说贾后侄子，也是她的心腹的贾谧，鼓动他们尽快除去太子。

永康元年（300 年）三月，贾南风让与自己私通的太医令程据专门配制毒药，打着惠帝的牌子，矫诏让黄门孙虑到太子被囚禁的许昌宫，毒死司马遹。太子自从被禁锢后，也提防被人毒杀，常常让下人在自己面前煮食。孙虑无法下毒，让看守刘振把太子迁到小房中，断绝他的食物，逼其就范，结果宫人从墙上偷偷送食给太子。孙虑逼迫太子吃药，太子不肯，他干脆用随身携带的药杵活活把太子打死。司马遹时年二十三岁。

四月初三日夜，太子被杀死十天之后，司马伦、孙秀约定右卫等人，假称惠帝诏，令拱卫皇宫的三军司马："皇后与贾谧等人杀了朕的太子，今派车骑入宫，废黜皇后，你等当服从听令，事毕赐关内侯爵位，敢不从命者，诛灭三族。"结果三军被骗，皆听从司马伦调遣。司马伦接着矫诏赚开宫门，冲进宫内。翊军校尉齐王司马冏带士兵百人破门入内，华林园令骆休为内应，把惠帝接到了东堂，贾谧被诏令到殿前斩杀后，司马冏被贾南风看见，她吃惊地问道："卿为什么来这儿？"司马冏答道："有诏令收捕皇后。"贾南风厉声说道："诏书应当从我这里发出，你的诏书从何而来？"司马冏不回答，令士兵拥贾后外走，当她跌跌撞撞爬上楼阁时，贾南风大声遥呼惠帝："陛下有妇人，为别人废妇，自己也会被废掉的。"司马伦的另一兄弟梁王司马肜也参加了废后预谋，所以当贾后向司马冏问："是谁领头起事的？"答道："梁王和赵王。"贾南风此时后悔莫及，恨恨地说："系狗应该系狗之的颈脖，我错系了它的尾巴，怎么能不是这样的结果呢？"

贾后被司马伦宣布废为平民，先幽禁在建始殿，后来送到金墉城，过了几天，司马伦诈称有旨，遣使臣送来金屑酒，贾南风手捧毒酒，仰天长叹，杯空人倒，一命呜呼。朝中贾氏党羽，亦被司马伦尽灭。宰相张华及裴颜、解系、解结等人，因与司马伦有宿怨，加上在朝中有人望，被司马伦视为政敌，全部被杀，株连三族。司马伦自封相国，都督中外一切军事，不久又加九锡。次年春天，又逼迫惠帝交上玺印绶带，司马伦自己爬上了皇帝的宝座。

司马伦本来是一个靠献媚贾南风崛起的野心家，太子司马遹被废前，他任太子太傅，太子被废事件与他有着不容置疑的责任。贾南风的专权残暴，为他的再次投机提供了良好的机会。孙秀是司马伦成功的重要谋臣，本来司马伦同意宗族诸王废贾后复太子的政变主张，不过是想在世人面前洗刷自己与凶悍残暴的贾南风的关系，孙秀后来提出的先按兵不动，以谣言诱贾后，坐观贾南风杀死太子，再相机灭贾的计谋，即隔岸观火之计，一下子使司马伦醒悟过来。于是按计行事，广散谣言，让贾后的宫婢把所谓的民间消息带回宫中。贾皇后虽然凶狠狡诈，但这次还是中了司马伦、孙秀所精心设计的诡计，果然迫不及待地毒杀了太子。太子司马通在晋室中较有人望，当初被栽赃、诬陷时，不少朝臣为之开脱，其被囚禁废黜，已使贾后招人怨恨，及至司马亮、司马玮被杀，贾后诛杀司马氏宗族的嘴脸更加暴露。在此情况下，她居然敢冒天下大不韪，还要毒杀太子，必将自食其果。司马伦就是要等待太子被杀，贾后招恨的时机，动手收拾贾后，最终自己获利。

司马伦隔岸观火之计的实施，使他成了最大的赢家。一是于己不利的太子被杀了，搬开了自己称帝道路上的绊脚石。正如孙秀所分析，太子司马通性格刚烈，一旦回朝主政，定不会宽宥司马伦与贾后的亲密关系，更不会对司马伦的复兴太子活动给予多大程度上的感激。这样一个未来的景状，对司马伦显然是不利的了。从另一角度来看，司马通对贾后专权是一种威胁，对同样怀有野心的司马伦上台即位的企图何尝不是一种威胁。所以利用贾后除废太子，是他赢得的第一张牌。二是诛贾后自立为帝。贾后恶贯满盈，谁与她相连结，谁会倒霉，而谁灭掉贾后，谁就是国家的英雄。太子一死，司马伦就打着，"共匡社稷，为天下除害"的名义领禁卫三军进宫黜后，这样为自己日后上台，奠定了威望和基础。

废除贾后的这场政变，不仅使贾氏家族在朝中的地位受到毁灭性打击，张华、裴颜等政敌也被随手除去，这则是司马伦的第三张牌。真可谓一计成功，每牌皆顺手。

2. 借物诱争助火并

隔岸观火并不是简单地观看，而是顺应时机；不是简单地等待对岸火起，而是要促使对岸火起，加大火势，最终让对岸的人死在熊熊烈火之中。

事例：晏婴机心定计谋，献桃两个杀三士

齐景公是春秋时代在位最长的一位君主，执政五十多年，自上台之后，一心想复兴齐桓公时期齐国的伟大霸业，他重用晏婴，要其像管仲辅佐齐桓公那样，帮助他成就齐国的千秋功业。晏婴被封为相国，一心辅佐，劝谏善议，一度曾使齐国出现小治的景象。

田开疆、古冶子、公孙接三人，因为早年随齐景公征战有功。深受齐景公的宠爱，三人结为异姓兄弟，自号"齐邦三杰"，自恃勇武过人，在齐国横行不法，常常口出大言，简慢公卿，甚至在景公面前，也是"你我"相称。他们还和佞臣陈元宇、梁邱据等人勾结，妄想乘景公疏于防范时，夺取政权。

晏婴对田开疆三人的为患日深，危害国政，深为齐国担忧。他清楚三人以武力为后盾，一旦同梁邱据等人共同作乱，局面将不可收拾。为此，他也曾向齐景公建议，劝谏景公杀死这三人。景公认为，田开疆三人同伙，威武有力，既不易逮住，又不易刺死，如果动作不慎，被三人合力反攻，就更不好对付。景公放任姑息的态度使晏婴担忧，于是就下定决心，寻机诛杀三恶。

一次，鲁昭公带臣属叔孙婼等人来访齐国，齐景公令大摆宴席，任宰相晏婴为司礼，齐国的文武朝臣全体出席，田开疆、古冶子、公孙接三人也全副披挂，穿戴整齐出席宴会。晏婴上前执壶三巡，突然心生一计，便向齐景公请示："御园里的金桃已熟，能否摘些宴客，以隆宴会。"景公点头同意，命掌园官前去摘取。晏婴赶忙阻拦，说："为了显得我们庄重有礼，应由我亲自摘取才是。"

晏婴一会儿用盘子盛来仙桃六个，先呈给鲁昭公、齐景公各一个品尝，景公食后点头赞好，就对晏婴说："鲁国的叔孙大夫闻名四海，有功于齐鲁邦交，赏给一个吧。"晏婴举盘上前，呈桃叔孙，叔孙下跪拜谢，以为齐相晏婴应高于自己之上，晏相理应被赐食。景公一时高兴，说如此相让，"不如每人各吃一仙桃吧"。

晏婴食桃完毕，请示景公，是否把盘中所剩二桃，赐给齐臣之中劳苦功高者食之。景公称是。于是晏婴当庭宣布："凡功臣强将，可自报功绩，盘中二桃，论功赐食。"

公孙接最先站出，说道："我曾经随主公在桐山打猎，杀死了一只大野猪和一只凶狠无比的乳虎，为主公解了围困，此功可以食桃吗？"晏婴说道："公孙接救驾大功，理应赐食。"公孙接拿起鲜桃，一口而食。

古冶子接着抢先站起，高声说道："当年我随主公过黄河，一只老鼋咬住了左边驾车的马，把马拖到黄河激流中，是我跳进水里与老鼋相斗，杀死了老鼋救了主公，当我左手抓着马尾，右手提着老鼋的脑袋，跃出水面时，人们都认为我是神圣的河神呢！这样的功劳算不算大？"晏婴听言，送上仅剩的一个鲜桃，说："幸亏将军相救之功，否则主公可能就有溺亡危险。"古冶子食桃完毕，得意地环顾左右。

田开疆一向自诩自己为齐国立下功劳最大，见两桃已被尽食，不由得心中恼怒，大声咆哮："斩鼋打虎是小事，我曾经两次为国出征，打败徐国，使齐国势震诸侯，将军跋涉千里之外，血战立功，反而不能食桃，使我在两国之君面前蒙受侮辱，为后世万代耻笑，又有何面目站在齐国的朝廷之上呢？"说完拔剑自刎身亡。

公孙接、古冶子两人本与田开疆义气相投，三人曾相约共同生死，现在为争桃而食，互不相让，田开疆当庭自杀，自是在满朝文武朝臣中和二位君主面前折了公、古两人的面子。公孙接说道："我们都没有你勇敢，功劳也没有你大，都抢先食桃而不相让，这就是贪婪呀！如此情况还不去死，就是胆小怕死之人！"也一剑刎颈。古冶子见状，愤极发狂："我们三人结拜兄弟，现在两人为食桃而死，我偏独自活着，还有什么脸而再做一个不仁不义的胆小鬼呢？"话音刚落，脑袋也掉在地上。

晏婴是春秋时期著名的智士，一向以明智机心闻名天下，且善于劝谏和辞令。齐景公好酷刑，一时专为受刑砍脚的人穿的踊大量出现在市场上，齐景公为此问晏婴，他就乘机说："踊贵履贱。"使景公省悟应该宽刑。一个触犯过景公的人被抓住，景公命令把此人在大殿前慢慢肢解，凡劝谏者斩。晏婴就右手磨刀，左手抓其首，问景公："古代圣明君主肢解人，一般从哪儿开始割肉？"齐景公被他明里顺从，暗中嘲讽，只好令手下放掉此人，承认自己有错。诸如此类的故事，屡见不鲜，显示了他高明的睿智。

作为一个春秋时期有远见有谋略的政治家，晏子与公孙接等三人的冲突，并不是简单的妒忌争利，隐藏在背后的，还有权力政见之争。古冶子三人都是因战功勇武被齐景公宠爱的臣下，如果仅是一般的跋扈不法，罪不至死，也不至于被晏婴作死敌仇视。晏婴身为宰相，约束朝臣，尊礼守法是其职责之一，更重要的是要维护现有君主政权的稳固。作为齐国的执政宰辅，晏婴曾先后侍奉过齐灵公、齐庄公，齐景公上台后，虽然有心复兴往日称霸大业，但是齐国毕竟势不如前，在内政方面，又出现了君权积弱的现象，君主与大臣之间、大夫与大夫之间斗争激烈。晏婴在激烈的政治斗争中，一向坚持加强国君力量的政治主张，反对危害国政的乱臣。梁邱据、陈元宇正是齐国的乱臣，长期以来与晏婴有隙。齐景公生了疟疾，梁邱据认为是太祝、太史对神灵不恭敬的罪过，要景公杀死祝固、史嚚辞谢宾客。晏婴则认为非祝史之过，而是齐国推行苛政，木材水草渔盐人民不能享用，却被官府垄断，百姓劳役苛重，商旅不堪暴敛，宫内外朝，官吏巧取豪夺，奢侈糜淫。因此，最好的办法是推行仁政，减免百姓租税，轻赋薄敛。齐景公喜爱梁邱据的谗言，晏婴则认为，梁不过是奉迎君主，不可相信。陈元宇一向被晏婴视为藐视君王的乱臣和野心家，现在公孙接等三人，与陈元宇、梁邱据相互勾结，齐国社会将出现混乱的局面，一旦齐景公被杀，被景公信用的宰相晏婴的位置也就难保，所以诛杀公孙接所谓"齐邦三杰"，翦除陈元宇等人的羽翼，削弱叛乱势力，是当务之急的大事。要除公孙接等三人又有三个方面的不利因素。一是三人均勇武有力，是齐国有名的武臣，正面的冲突，如被三人结伙反击，必将惹灾生祸。二是齐景公并不支持杀"三杰"的行动。在此情况下，晏婴以智巧取胜。分析了公孙接等人虽结拜兄弟，但三人功名思想均非常严重，而且武功有余，谋略不足，便投其所好，施以名利诱饵，造成三人上钩，互相火并。晏婴以金桃两枚设计，要求群臣论功食桃，此事看起来公正平等，却是暗藏杀机的毒计。果然，公孙接、古冶子、田开疆三人，名为争桃，实为争功显贵。晏婴站在旁边不是操之过急地外露锋芒，而是坐观三人上钩，待其相互争桃，又不时以语言诱杀，暗助其自相残杀。三人果然上当，相继拔剑自刎，站在旁边的齐景公等人，如何清楚智人晏婴的"机心"，待其省悟过来，想阻止也来不及了。

三国时诸葛亮，曾专门作诗吟诵晏婴，诗曰："步出齐东门，遥望荡阴里。里中有三坟，累累正相似。问是谁家坟？田疆古冶子。力能排南山，文能绝地纪。一朝中阴谋，二桃杀三士。谁能为此者，相国齐晏子。"

3. 推奖功名助火并

隔岸观火之计，要点在静观其变，待对岸火起，再从中牟利，但不能机械地等待对岸火起，要尽可能地促使火起，待火起之时，再火上浇油，必能坐收其利。

事例：群雄并起，李渊计高取关中

隋炀帝杨广上台后，对内横征暴敛，对外三征高丽，沉重的徭役、赋税、兵役，使百姓苦不堪言，无以为生，一时间天下烽烟四起，遍地竖起义旗。到了大业十三年（617年），前后起事诸队伍之中，形成三股势力：即翟让、李密领导的瓦岗军，主要在河南一带活动；窦建德的河北军；杜伏威、辅公祏领导的江淮军。

另外隋朝的一些地主官僚，亦乘隋末大乱，纷纷拉起了自己的割据武装，如涿郡的大将罗艺，自号幽州总管；朔方的梁师都，占据陕西北部；马邑的刘武周占有山西；江陵的萧铣，占据两湖、江西等地；吴兴的沈法兴，占据余杭、丹阳，以及占据河西各郡的武威李轨等。同年，出身关陇贵族的李渊起兵太原，不到半年时间，攻占长安，有着重要战略意义的关中地区的获取在手，为李渊集团后来经略中原，南下江南，最终建立大唐政权，奠定了一个极为重要的根据地。

李渊在群雄并起、强手如林的逐鹿者之中，最终成就建唐大业，主要得力于计高一筹的政治谋略，其中以隔岸观火之计，谋取关中，就是成功一例。

大业十三年（617年）六月，李渊巧妙地打着安隋匡乱的旗号在太原起兵，起事不久，就定下夺取关中地区的政治决策。李渊定夺关中，心藏深远的用意：一是关中地区极其重要的战略地位，关中号称八百里秦川，东临黄河，三面环山，进可以渡河南下，南取中原，退可以凭关据守，就地鼎立。肥沃的土地，充裕的粮草，众多的人口，决定了此地为历代建功立业者们为之必争的情势。周、秦、西汉，就是以此为发家的圣地，而势夺天下的。二是关中隋兵势弱，容易攻取。隋朝虽定都长安，但隋炀帝上台后，喜游幸好远征，经常把精锐禁军部队作为卫队护驾在外。群雄争起，隋朝的主力大军集中镇压东南部瓦岗军、河东军和江淮军，无暇西顾，暂时没有力量腾出手来聚兵关中。相反，东南地区的杜伏威部、河北地区的窦建德部、河南地区的瓦岗军、刘武周、薛举等称雄者，在关中地区四周围牵制了大量的隋军。基于以上因素的考虑，为"化家为国"，推翻隋王朝，大业十三年（617 年）七月，李渊以长子李建成统领左军，次子李世民统领右军，四子李元吉据守太原、留守晋阳宫处理后方事宜。李渊以大将军统帅大军三万，誓师晋阳，向关中进发。沿途移檄各州县，声讨隋炀帝饰非好佞，拒纳忠良谏诤，听从谗言佞奸，巡幸无度，穷兵黩武，离散百姓骨肉亲情，召天下共怨，公开宣布废昏立明。又打着勤王的"正义之师"牌号，尊奉代王杨侑，争取隋朝官僚士民的支持，以减少进军途中的阻力。进军途中，李渊还派司马刘文静到突厥，拜见突厥始毕可汗，要求突厥派兵助攻，许诺攻克长安后，金玉绫罗归突厥，百姓、土地归李渊，以此壮大自己的力量。

李渊顺利进军关中途中，正是李密瓦岗军与隋朝主力军鏖战在东都城下，两相残杀，双方损失惨重的时候，这正是李渊进军关中途中所施展隔岸观火谋略的结果。

李密本是隋王朝宫中一个内卫官，因遭隋炀帝杨广忌恨排挤，大业九年（613 年），愤而加入杨玄感反隋大军，并向杨玄感进献上中下三策，鼓动杨玄感建立代隋大业。其中策即是要杨玄感乘杨广远征高丽之机，大军轻骑远袭，经城勿攻，迅速攻夺边疆四塞，据有天府之国的关中险要地区，以此为基地，稳扎稳打，占据可进可退的万全之势。杨玄感没有采纳李密的谋略，弃上、中两策而取其下，执意攻打隋军力量雄厚的东都洛阳，梦想一蹴而就，结果久攻不下，隋朝各路援军四面而至，杨玄感战败被杀，李密也被俘虏，幸运的是送往高阳途中逃脱，改投翟让瓦岗军。又因善为谋划，得翟让相信。瓦岗军攻战了隋朝粮仓兴洛仓后，李密以筹谋有功，坐上了瓦岗军第一把交椅，称魏公，制三司等官，然后又再接再厉，攻取隋朝另一大粮仓回洛仓，逼近东都洛阳，朝野为之震动，调动各路大军兵援。李密整军修城，在洛阳城外，纵横驰奔，先后击败隋朝大将军刘长恭、王世充等数路大军，但是由此以后，李密没有吸取杨玄感失败教训，不仅否定了自己及左右谋臣将领攻取隋军实力虚弱的关中，兵锋西指的正确谋略，反而中了李渊的纵骄助战圈套。

李渊在进军长安途中，十分重视政治上的策略，多次写信给各路反隋义兵，联络交好。李渊对在河南势强兵多的瓦岗军，尤为重视，遣人送信给李密，表明自己反隋炀帝暴政起兵的态度，推颂李密屡建败隋大功。李密这时候正在洛阳城外犁廷扫穴、横扫隋军，各路州县纷纷投诚的兵锋正盛时期，对李渊的野心不能窥破。他给李渊复信说："我和兄长虽然不是李家同一支系，但同是李姓，根本相同。自己为天下英雄豪杰推为盟主，希望相互提挈扶持，勠力同心，建立在咸阳执秦子婴、在牧野灭商辛的大业。"李密以盟王自居，蔑视李渊，还要李渊亲率步骑数千到河内郡与他缔结盟约。

李渊本有心招附李密，未想到李密如此自负，看信后抚掌大笑，对左右说："李密妄自尊大，不是折简写信可以招来的。我们正在进军关中，战事很重，如果断绝了与他的往来关系，就是树立了一个强敌，不如以逢承的话推奖而纵骄他，使他心志骄横，让李密大军为我们塞挡成皋之道，使它与江都隔绝开来，避免江都隋兵西来，又能让李密大军牵制东都洛阳的隋兵，隋军因此不能往救长安。我们则可以专心西征，等到我据有关中，就可以依险而养威，虎视天下，静观鹬蚌相争，坐收渔翁之利。"便让记室温大雅起草，给李密去信，信中说："国家有难而不出来扶助，这是贤士所责备的事情，我虽愚昧平庸，但幸承祖宗功业，在隋朝担任太守、将军等官，所以才大规模聚集义兵，与北狄和亲，想与天下英雄一道匡助天下，志在尊奉隋朝。芸芸众生必有领袖他们的人，而今领袖天下者，舍您莫属！老夫已经过了半百知命之年，已经没有这个心愿了。很高兴能拥戴你，已经是攀鳞附翼了，只希望您早日应图谶天意，安宁天下兆民。您是宗盟之长，我的亲属之籍还须得到您的容纳，如能再封为唐地，就是得殊荣足心愿了。我不敢闻说执子婴、灭高辛的事情，只是汾水晋阳一带，还需要我安顿管理，盟津的会盟，尚未顾上卜问吉期呢！"李密收到李渊的信，非常高兴，说道："有唐公如此推戴我，平定天下已是指日可待的易事了。"他把李渊的信拿给左右僚属将佐传看，从此以后，李密一心专意对付东都洛阳之敌，再不思向关中经营一事，李渊得李密与东都隋军主力激战之机，击败霍邑隋将宋老生，连克临汾、绛郡、龙门，一路上以小部兵力牵制顽敌，主力则不拘于城池的攻占，直取长安。

义宁元年（617年）十一月初九，长安攻克。十五日，迎立代王杨侑即帝位，改年号义宁。十七日，李渊接受杨侑所赐黄钺，持节，任尚书令、大丞相、封唐王，以武德殿为丞相府，凡中外军政一切事务，皆由其处理。李渊还在相府置官设位，封他的儿子李建成为唐世子，李世民为秦公，李元吉为齐公。第二年五月，李渊废黜傀儡皇帝杨侑，自己即位为帝，改元武德，建立了大唐王朝。

在东都城下激战的李密，下场最惨，几十万大军，在与王世充、宇文化及等隋军主力的长期征战中，损伤严重。武德元年（618年）九月，北邙山一战，瓦岗军溃败，李密率二万轻骑向李渊投降。

从上举史实可以清楚看出，李渊以三万兵起兵太原，想成就建国大业，便仔细分析了隋末群雄并起后的国内形势，巧施隔岸观火之计，用推奖迎颂之语，鼓动当时群雄势力最强的李密瓦岗军与隋军在东都洛阳城下作战。李密本来智谋过人，在屡败隋军捷报频传的形势下，不料自我否定，弃上计不用，长期顿兵洛阳城下，中了李渊的圈套。李密在洛阳城下的作战，既阻止了洛阳城内的隋军声援长安，又牵制了江都城内的隋炀帝杨广，使江都隋军数十万精兵丝毫不敢有所动作，这一切都为李渊从容攻占长安，创造了一个良好的时机。隋军与李密瓦岗军在东都长期的拉锯战，使双方两败俱伤，李密战败，走投无路，投顺李渊。李渊一计坐收三利：一是占据了一个重要的战略要地，由此之后，有了一个作为经营天下的稳固地盘。二是不战而去一强敌，李密失败归顺，又带二万士兵到来，既使李渊壮大了兵力，又使李渊一个潜在的政敌被消除降服。三是隋朝主力大军在东都拉锯战中，被消耗殆尽，为李渊唐政权进一步经略中原、江南，统一全国，提供了有利的条件。

4. 借人成事助火并

隔岸观火之计，是看到对岸的人在相互斗争，存在着危机，就应该以和顺的态度，顺应敌情变化而动，未雨绸缪做好准备，在适当的时机发动进攻，而在进攻之前添油加醋，使对岸的人更加自顾不暇。

事例：宋太宗坐山观斗传位子孙

宋开宝九年（976 年），宋太祖赵匡胤病逝，其弟赵（匡）光义嗣位登基，即宋太宗，改年号太平兴国。

赵匡胤死后没有传位儿子，皇位给弟弟继承，主要是总结了后周朝廷因幼主嗣位，被自己兄弟发动，陈桥兵变，黄袍加身，一举而篡夺天下的教训，担心传幼子之后，被别人以自己使用的故伎，加害到大宋赵家的皇帝身上。

早在建隆二年（961 年），杜太后病危时，就把太祖匡胤和谋臣赵普叫到病榻前，当面问赵匡胤："知道是什么原因你得到天下登上皇位的吗？"赵匡胤说是托祖宗及太后的余庆。杜太后说："错了，是因为后周柴氏以幼主主宰天下。若是后周有成年君主，你就不会有今天了。你与光义都是我的亲生儿子，你百年之后，应当传位给弟弟光义，然后光义传给弟弟廷美，廷美死后再传位给你的儿子德昭。天下地广事多，能立成年君主，这是造福社稷的事情。"宋太祖事母忠孝，谨守母训，当即答应杜太后，并命令站在身边的赵普把太后遗训记下，赵普赶紧听命，记录完毕后，还署上"臣普记"字样。太祖亲手封藏在金匮秘室中保存起来。

宋太祖赵匡胤着眼于宋王朝的安危，死后果然让位于弟弟。太祖皇后宋氏开始也想立自己的儿子，但被赵光义安插在身边的私党做了手脚，遣使召当时还是晋王的赵光义进宫入承大统，宋皇后对他说："我们母子的身家性命，全部托付给你了。"光义当面泣告而发誓说："一定共保富贵，请勿担心忧虑。"但是赵光义一登大位，所言所行就大不相同。兄长赵匡胤有四个儿子，两个已经夭折，剩下德昭、德芳，当时德昭二十五岁，已是成人，最有可能继位。所以赵光义首先把目标指向德昭。

太平兴国四年（979 年），赵光义带德昭出征幽州时，光义故意试探，令人散布谣传说皇帝不知下落，果然就有人想立即拥戴德昭称帝。太宗发现德昭上台可能性很大，出征返师回京后，以此出征未取得大胜为由，迟迟不予论功行赏。赵德昭善意劝谏，促叔叔光义速决此事。赵光义见侄子劝言，故意用语刺激德昭："等到你做皇帝时，再行赏也不晚嘛！"嘲讽德昭擅自干政。赵德昭性格耿直，善意为国，反取折辱，回府后思绪不平，自刎而死。两年之后，二十二岁的弟弟赵德芳也病死。这样来自兄长宋太祖一支威胁太宗后代继承皇位的危险彻底消除了，下一个目标就是赵光义的弟弟廷美了。

秦王廷美作为光义之弟，按太后遗训，当在赵光义死后上台继位。他看到了赵光义在长兄宋太祖时，扩大势力，为后来顺利上台，奠下扎实基础，便也想仿效，除了秦王府内早就豢养了一批幕僚将官外，新近还同当朝宰相卢多逊搭上了钩。这卢多逊原来是赵光义晋王府重要的爪牙，中过进士，宋太祖时，官至中书舍人，参知政事。太宗一上台，任命他为中书侍郎、平章事，做了当朝宰相，予以重用。卢多逊与秦王廷美勾搭一事，很快有人上报太宗光义。赵光义虽然十分恼怒，但虑及此事关系到皇位继承大事，且事牵太后遗命中的未来皇帝和在朝宰相，而且朝廷群臣到底什么态度，自己还没有十分把握，就想在朝中寻找卢多逊的政敌，促其内部互攻，既可以无损自己，又可以坐收别人攻敌之利。于是宋太祖时期的宰相赵普被召入京都，想利用赵普与卢多逊的矛盾，达到驱除卢多逊、廷美的目的。

赵普是宋朝的开国元勋，赵匡胤上台代周就得力于他的计谋，其后一直作为宋太祖重要的政治谋臣被重用。太祖乾德二年（964年），迁升门下侍郎、宰相、集贤大学士，独居相位，处理大宋国政。因为敛财受贿，私运木材扩展府第，加上结姻亲枢密使李崇矩，被太祖冷淡。就在此时，当时身为翰林院学士的卢多逊，每有召时，总是攻击赵普，导致开宝六年（973年），赵普被罢相，贬到河阳，做了一个三城节度使。赵普视卢多逊为不共戴天的宿敌，所以听到太宗召还入京消息，连日起程返都。

太宗对秦王廷美和卢多逊的暗中活动，一开始并没有采取过激措施，担心两人受到刺激在朝中联手反击，所以当一些卢多逊同僚因不满卢的专权，上折密告卢多逊和廷美时，他没有立即动手罢免卢多逊，只是奖励告密者，如对密告卢多逊的左拾遗田锡，赏钱五十万。这样做的考虑有两个：一是暗中鼓励卢多逊的政敌进一步告发，促使相互攻伐。二是赵光义认为这些人还不足以制胜卢多逊、廷美，尚需更高一级的政敌出面，引发更加激烈的政争，才能做到在敌方凶残反目的时候，一网打尽，坐收渔利。所以他召还赵普后，复赵普相位，以牵制廷美和卢多逊。

赵普复相后，卢多逊果然感到深深不安。赵普位列开国勋旧，秦王廷美也自感难以凌驾，主动提出让出自己首辅地位，前推赵普。赵普再相，总结了前次被太祖罢相的教训，极力讨好太宗赵光义，把自己当初与太祖受太后遗命的故事，详加叙述，还说自己要"备位枢机以察权变"。于是大力攻击政敌卢多逊，痛陈卢多逊以势欺压，结交私党，专权用事等情况。太宗看赵普上钩，随即命令赵普调查卢多逊与秦王廷美勾结一案。

赵普拿到赵光义给的尚方宝剑，不遗余力地明查暗访。廷美位居秦王，身为皇族显贵，卢多逊位列宰相，执朝纲权柄，两人都是居一人之下、百官之上的高位人物，平日与朝臣将官交结往来很多，如有意查找此类关节过失，自然不是难事。赵普还把卢多逊廷审杂治，卢多逊在赵普势逼下，供认自己曾遣派心腹属官密告秦王廷美朝中机密，向秦王输诚投靠，还对秦王说过："等太宗死了，我将尽力事奉秦王。"秦王也以弓矢回赠自己，以增信任。赵普抓到了卢多逊的罪证，认为他勾结秦王，阴谋篡夺是大逆不轨的重罪，立即上报。宋太宗当然顺水推舟，命削去卢多逊的官爵，与家属一道配流崖州（今海南省南部）。秦王廷美在太平兴国七年（982年），就被免开封府尹，出为西京留守。此次赵普特意向赵光义建议："太祖已经失误，陛下岂可再误。"鼓动赵光义去秦王，也怕哪天秦王上台，自己落个悲惨下场。所以当审查卢多逊案时，极力把卢多逊案件往秦王身上引，借机株连，以免后患。卢多逊供认后，赵普立即授意开封府尹李符，以廷美与卢多逊交通，要求把秦王再度远贬。李符还诬告秦王在留守西京期间，不思悔改，埋怨皇上，"不利朝廷"。赵光义视秦王廷美为身边隐患，见赵普等人如此卖力邀功，乐得心花怒放，立即诏令降廷美为涪陵县公，安置房州（今湖北房县），不许外出。一年后，廷美忧悸之下，病死贬所。

赵廷美和卢多逊一去，使赵匡义顺意地传位给自己子孙的计划得以实现。杜太后的"兄终弟及"的遗训被彻底抛在一边，宋太宗一支的嫡长子继承制度取得了稳固的地位。从此以后，赵宋皇位都是在太宗后代手中，延续传继。

赵光义利用隔岸观火之计，在卢多逊与廷美相互勾结，势力逞强的时候，尽管朝中卢多逊的一些政敌也攻击卢多逊，但不足以制胜。所以采取静观时变的态度，密切观察二人动向，以确定下一步策略，后来又调入开国元勋赵普，利用赵普和卢多逊的水火不容关系，暗中助其互相攻伐，挑起更大的火并，一举把卢多逊、秦王廷美赶下权坛，远贬荒芜之地。赵普赶走了卢多逊，自以为出了一口怨气，没有想到有赵宋第一谋臣之称的他，也有老来失手的时候，他的宰相之位还未焐热，紧接着，赵光义就向朝臣宣布："赵普有功于社稷国家，与朕是昔年故旧，现在花甲已过，已经是白发上头，牙齿松落，念及旧情，再也不忍让他辛苦劳累，应当择一善地，以尽享晚年。"赵普马上收拾行装，乖乖地到他的"善地"邓州，做一个武胜节度使去了。

事例：坐宫观变，汉武帝计除公孙贺

汉武帝刘彻在征和元年（前 92 年），已经是一个六十五岁的老皇帝，体弱多病，性格多疑。一天，他在上林苑建章宫闭目养神，恍惚间，依稀见一执剑男子闯入龙华门，慌忙站起惊呼，命宫内侍从捕捉男子，可是找遍整个宫殿的每个角落，丝毫未发现有人进来的迹象。武帝惊恐未定，将守门宫者斩首示儆，又发三辅骑士大搜上林御苑，也没有发现什么可疑迹象。接着干脆下令，紧闭都城长安各门，挨门挨户地搜查，一时间长安城内人心惶惶，百姓不知所措。十一天之后，还是一无所获，武帝才令收兵停止。

搜宫搜城事刚刚结束，突然朝廷传出丞相公孙贺之子公孙敬声居太仆之职，私自挪用北军军费一千九百万，汉武帝不由得大怒，令把公孙敬声下狱审讯，也就在这时候，丞相公孙贺进宫求见。

公孙贺本来是汉武帝为太子时的舍人，武帝即位后，提升为太仆。居宰相职，则是因为他与武帝的姻亲关系。公孙贺的妻子君孺，是汉武帝皇后卫子夫的嫡亲姐姐，卫子夫是自陈皇后之后，最为武帝宠爱的一个妃子。元朔元年（前128年）春，卫子夫因生男儿刘据，乐得武帝开怀大笑，随即被立为皇后。卫氏宗族，也因为子夫的得宠，泽及全家及亲属。子夫同母异父的弟弟卫青封长平侯，官大司马，卫青的三个襁褓中的孩子，都被封列侯。子夫的侄儿霍去病，官至骠骑将军，封冠军侯。卫氏家族因一人得道，鸡犬升天，当时有民谣说："生男无喜，生女无怒，独不见卫子夫霸天下。"公孙贺正是沾着卫子夫的荣光，被武帝恩宠有加，先是封侯，太初二年（前103年）拜为宰相。

公孙贺居朝之初，亦能小心处世，谦逊待人，仅仅过了三五年，就恃宠弄权起来，变得贪婪奢侈。他的儿子公孙敬声，也是靠着与卫皇后的裙带关系，做了太仆，位列公卿，却不修道德，为人恣横不法，目中无人，为奢侈贪财，竟然贪污挪用军费。儿子下狱之后，平时不事子女教育的公孙贺，为挽救儿子的生命，赶紧进宫，为公孙敬声求情。汉武帝在殿中接见了他，公孙贺开口一声请罪，要求武帝允许自己追捕阳陵大侠朱安世，以此为儿赎罪。

朱安世是阳陵（今陕西高陵县西南）人，后来到长安，经常劫盗王公贵族家财，一时京师震动，皆知京师大侠神出鬼没，行侠仗义，官府奈何不得。汉武帝听说后，专门下诏，要求通缉捕拿，可是一直没有捕获。武帝听公孙贺要擒朱安世为儿子抵罪，思虑良久，点头允准公孙贺所奏。

公孙贺为救儿子，情急之下，也不思要捉拿的朱安世是何等人物，会给自己带来什么样的后果，就利用丞相之权，下令四处派兵收捕。说来也巧，汉武帝久寻不获，公孙贺却手到擒来，不过一旬，朱安世被士兵发现，围捕俘获，下到京师大牢。朱安世入狱后，悉知此次入狱，是公孙贺为救儿子，专意做的手脚，大声说道："我看公孙贺自己死到临头，就要祸及宗族了。"便主动向狱卒索要纸笔，上书朝廷道："公孙贺的儿子公孙敬声与皇上女阳石公主私通，还指使下人在通往甘泉的驰道上掩埋木偶，祭诅皇上。"武帝晚年，虽然自己喜爱礼神求仙，招鬼用巫，却又最厌别人用巫蛊之术，担心自己遭咒被祸，所以见到朝官转奏的朱安世的上书，即刻下令捕公孙贺父子入狱，吩咐廷尉杜周审查此案。

杜周是继张汤之后，又一有名酷吏，以善领武帝心意，置法不顾，变通刑狱而著名。杜周经常说："帝王的圣旨就是法律。"受命之后，猜透汉武帝的心思，知道当初公孙贺是以卫皇后的姐夫做上丞相，现在正因为是卫皇后的亲戚，又居丞相之位，对于武帝新宠幸的钩弋夫人不利。于是任意罗织公孙父子的罪名，穷治狱案，定公孙贺、公孙敬声死罪，全家灭门。不久，诏旨下达，公孙贺父子被杀于狱中，家门九族株连被杀。卫皇后的亲生女儿诸邑公主，卫皇后内侄、大司马卫青儿子卫伉及与公孙敬声要好的阳石公主，皆连坐被杀。

公孙贺父子等人被杀，实质是汉武帝刘彻布置的一场有预谋的政治屠杀。自从卫子夫生子为后之后，卫氏家族势力在西汉朝廷急剧膨胀，卫皇后所生子刘据七岁就立为皇太子，卫后则主持内宫。武帝好出征，常把后事托付太子，太子刘据主事时，亦勤勉操劳，在为政侍事方面，宽容人臣，又经常劝谏父皇。太子势力的慢慢形成，在治政方针上与父皇常相抵触，引起了好弄权术的武帝警觉。到了这时候，卫氏家族在朝中功高权大的霍去病、卫青两个大将又相继去世，卫皇后在朝势力减弱，武帝随意对卫氏开展行动的权力制约力量已不存在，加上卫皇后年老色衰，厌旧喜新的汉武帝这时宠幸的是居住尧母门的钩弋夫人赵婕好。赵于太始三年（前94年）生下贵子弗陵，因怀胎十四个月所生，与尧母十四个月生尧相同，相信迷信的武帝刘彻视为天命显灵，弗陵生下不久，就欲改立他为太子，这样就必然要与卫皇后、太子刘据为代表的卫氏势力发生冲突。谋杀公孙贺父子等人，正是武帝刘彻打击卫氏外戚势力，企图废长立幼而进行的一次政治尝试。公孙贺不过是一场政治阴谋中的第一批牺牲者。

从公孙贺父子被杀经过可以看出，刘彻在这场政治阴谋中，首先上演的是一出隔岸观火、坐收渔利的开场戏。公孙敬声贪污巨额军费，对好用酷吏苛法的汉武帝来说，没有立即严刑穷治，却允准公孙贺去追捕一个自己多年缉捕而未获的阳陵大侠朱安世来抵罪。这事本身就耐人寻味，在刘彻看来，朱安世为乱京师，使朝廷颜面屡遭折辱，公孙贺前去捉拿，不是一件易事。如果公孙贺未能擒住，到时候不仅治罪公孙敬声，再定公孙贺欺君死罪，亦是顺理成章的一件事。如果能捉住朱安世，一是除害，二是阳陵大侠并非好惹，公孙贺必将付出很大代价，自己可以坐观公孙贺与朱安世争斗，然后再寻机下手。果然不出汉武帝所料，朱安世被擒获了，表面赢家的公孙贺非但没有得到实惠，反而招惹更大祸害。阳陵大侠因中上书，把公孙贺父子罪行全部兜出，而且找到的罪由是汉武帝最为忌讳痛恨的巫蛊之事，刘彻如何能饶过公孙父子？值得疑问的是朱安世囚中上书的启端，是否有人详细告诉了他公孙父子捕朱抵罪的前因后果，史书虽然没有明确写出是谁所讲，但有一点非常清楚，公孙贺父子案的经手之人，如江充、杜周，都是武帝亲近之人，这中间做些手脚，有意唆使朱安世上告公孙贺父子，也是极有可能的。朱安世的上书，结果使汉武帝成了这场阴谋中的最大赢家。骚扰京师的阳陵大侠被除去了，作为卫氏家族在朝中势力代表的丞相公孙贺父子满门诛杀。卫皇后的女儿被杀了，卫青的儿子长平侯卫伉也被杀。这一切为紧接着的无中生有构陷栽诬太子刘据、卫皇后，施行大规模地驱除卫氏势力，扫清了路障。

第三，黄雀步后，创胜之计在其中。

《吴越春秋·夫差内传》中，曾记载了太子友借景喻事，谏诤父王夫差不要北上黄池争霸的一段生动的对话。太子友对夫差说："适游后园，闻秋蝉之声，往而观之。夫秋蝉登高树，饮清露，随风伪挠，长吟悲鸣，自以为安，不知螳螂超枝缘条，曳腰耸距，而稷其形。夫螳螂翕心而进，志在有利，不知黄雀缘茂林，徘徊枝阴，踟蹰毋微进，欲啄螳螂。夫黄雀，但知伺螳螂之有味，不知臣挟弹危掷，蹭蹬飞丸而集其背。今臣但虚心，志在黄雀，不知空陷其旁，暗忽陷中，陷于深井。"后世从太子友的言论中，凝练成"螳螂捕蝉、黄雀步后"的寓言故事，提醒人们不可只顾眼前之利益，而忘记身后之祸患。中国历史上的政治家、阴谋家、野心家们，深得其中三昧，善于伏藏于政敌之身后，趁敌眼前相争、不图他顾之机，一举出击，获取胜利之果。

事例：司马昭黄雀步后，坐收邓艾钟会相残之利

三国时期，曹魏高贵乡公曹髦一句"司马昭之心路人皆知"，使后世对司马氏代魏过程中司马昭一副权臣面目家喻户晓。但对司马昭借灭蜀战争，施隔岸观火之计，暗助魏国灭蜀两大功臣钟会、邓艾互相残杀，最后达到既去功高将臣，又坐收两人胜蜀之功的大阴谋，却罕有认识，在此特呈献如下：

曹魏在曹丕病死，司马懿发动政变诛灭曹爽集团之后，司马氏集中力量在国内诛锄异己。255年，司马昭继兄弟司马师死后，执掌魏政，加速了司马氏代魏步伐，诸葛诞、曹髦、嵇康、吕安等非司马氏人物，皆被一网打尽。到了景元四年（263年），司马昭见国内秉政局面已经稳固，就想借立外功，树立自己的威信，恰好此时蜀国自诸葛亮死后，在姜维等人主持下，内政大不如前，国内空虚，军力势弱，司马昭窥其内情，正是自己建功立威的好时机。263年春季，派征西将军邓艾率三万大军由狄道直奔沓中，牵制蜀国大将姜维；派雍州刺史诸葛绪率三万兵马奔赴武街、桥头，断姜维后路；以司隶校尉钟会率十多万大军由斜谷直奔汉中；以廷尉卫瓘兼镇西军司马，持节监邓艾、钟会诸军事。当魏国十八万大军分西中东三路杀向蜀国时，蜀主刘禅还整日沉湎于饮酒作乐之中，仓促应战之下，纷纷溃散。钟会神速攻汉中，智夺险关阳安关；邓艾克沓中，率轻骑走七百里阴平小道，穿过天险剑阁，袭江油、克绵竹、逼攻成都，迫使刘禅、姜维受降，进驻蜀都成都。就在邓艾、钟会节节胜利的形势下，由于司马昭暗中煽动，两位灭蜀功勋开始了相互残杀。

司马昭要除灭邓艾、钟会的原因有两个：一是两人迅速灭蜀，一时威名大振，司马昭不愿看到魏国出现英名势盛凌驾于自己之上的强将功勋，在"功高震主"的忌讳心理推动下，加上邓艾等人的居功自夸，开始萌动杀意。司马昭本来让邓、钟两人出征来蜀，是想树立自己的威望，没有料到邓、钟两军势如破竹，尤其是邓艾献策走阴平小道，自己身先士卒，突袭赚成都，连司马昭也承认他"不逾时，战不终日，云彻席卷，荡定巴蜀，就是白起强楚，韩信克劲赵，吴汉禽子阳，周亚夫灭七国，如论功计美，也不能相比"。钟会大军也是所向披靡，使蜀汉豪帅面缚归命，进军之中谋无遗策，举无废功，"作战中杀死俘虏数以万计，有征无战，战无不胜"。两人如此有勇有谋，百战百胜，形成了空前声望。

司马昭非常担心以后能否再驾驭两人，邓艾、钟会等人的居功自傲，更加重了司马昭的猜忌。例如，邓艾克成都后，就公开对蜀国僚臣自诩其功说："诸君幸亏遇见我，才得有今日，如遇东汉吴汉那样的人，蜀就灭亡了。"他又写信给司马昭，建议乘势攻吴，建统一大业。在信中又说自己的大军战后疲劳，要休整时日，且要留陇右兵二万，蜀兵二万，在蜀地煮盐炼铁，修造舟船，作为预备。他还要司马昭厚待蜀主刘禅，以待吴主孙休，封给刘禅扶风王，赐给资财、仆人、宫舍。对吴国先遣使者劝告，并以广陵、城阳二郡作为封国，等待吴王归顺。邓艾恃功对司马昭指手画脚，对不应由自己所管事逾界逞强，司马昭如何能够容纳？他联想到邓艾灭蜀过程中擅自定夺用事的一些事情，马上派心腹监军卫瓘去成都训斥邓艾："以后一切事情应该上报，不得自行其事。"司马昭话中已含有明显不满之意，邓艾却自认为是为国忠诚，也不避嫌疑，又一次写信给司马昭，要求让自己出征吴国，并且说："我衔命出征，按军行事，已经使首恶归顺，至于秉承旨意授他们官职，是合乎安抚刚刚归附之人的权宜之策的。为了尽早使蜀国安定，必须这样行事。如果等待朝廷旨令，道路往返，会拖延时间的。《春秋》之中也讲过，大夫出国在外，如果是安社稷、利国家的事情，也可以自行决断。"邓艾纳降刘禅后行邓禹故实，绥纳降附，自行安置蜀官且充军扩势，本已招司马昭猜忌，又强词固执己见，这样不仅触犯司马昭，而且为后来钟会等人密告其谋反，提供了"莫须有"的证据，使司马昭得以名正言顺从容定罪。

司马昭要诛杀邓艾、钟会两人的第二个原因，是长期以来对两人的戒心。邓艾自从军后，因向司马懿建议开河渠浇灌两淮良田，积储军粮，军队"且田且守"，并呈所著《济河论》一书，由此被司马懿重视，直到死前，他都是司马氏家族的忠顺奴才，在司马师讨伐毌丘俭、文钦等造反起事时，立有大功。由于受到司马氏家族信任，参与和知晓了司马氏家族在诛锄异己过程中干过的不少坏事，自然地，司马昭对其存有戒心，对钟会则更是如此。钟会敏惠机智，毌丘俭反对司马师专权起兵声讨时，钟会随同司马师出征，"典知密事"，即参与司马氏机密之事。司马昭上台，他又是"谋谟帷幄"，为司马昭谋划军机，并受司马昭推奖。自此之后，凡司马昭的机密，他都大多参与，如杀死诸葛诞、嵇康、吕安等，出力不少。司马昭多次给他晋官封爵，说他参与军机计策，能料敌制胜，有谋谟之勋。让他担任司隶校尉，虽然这是一个外司官职，但是财政事务，他无不参与谋划典领。正是钟会做司马氏家族智囊人物，了解太多的司马氏阴谋诡计，司马昭用他，不敢掉以轻心。当初钟会被司马昭宠爱重用时，司马昭的夫人就提醒丈夫，"钟会见利忘义，好为事端，宠爱过重，必然作乱犯上，不能让他担任大任。"司马昭要讨伐蜀汉，朝中大臣反对的人很多，只有钟会支持。司马昭任钟会为大将，领师出征。将要出征时，就有西曹属邵悌提醒司马昭："钟会单身没有家人作人质。"司马昭当即笑着说："这样的情况我能不了解吗？只是蜀国形势虚弱，现在不可不伐，伐蜀如果不用钟会，而用本来不同意攻蜀的人为将，就是把心存畏惧的人推上前线，军将先存畏惧，再高的智勇也会衰竭，就不可能战胜敌人。所以要用与我意见相同的钟会为将领兵灭蜀。至于灭蜀之后，如果出现叛反情况，是会有办法处理他们的。蜀国灭亡，遗留下的人受到震动，不敢与他共谋作乱；出身中原的魏国将士急于回家，肯定也会离他而去；钟会如果作乱，只会自取灭亡。"钟会做司马昭手下一个有智有勇的将军，成在计谋，但使他失信于人的，也是他太会使计谋。连钟会的兄弟钟毓也对司马昭说："钟会爱弄权术，难于自守，不可过于信任。"司马昭阴谋家出身，如何不懂得其中奥妙，当钟会密告邓艾已下狱后，司马昭就料到钟会必反无疑，很快率大军亲临长安，坐镇指挥蜀中谋钟会事项。

司马昭磨刀霍霍的时候，邓艾、钟会两人毫无戒备，反而为争功相互残杀。两人破蜀过程中，本来各有建树，只是两人都想先入成都，争夺降蜀主刘禅大功。当钟会率十万大军在剑阁受阻，久攻不下，粮草不济，准备撤军时。邓艾却以为"今贼摧折，宜遂乘之"，从阴平小道，砍树辟道，凿山架桥，穿剑阁走险路，突袭江油，以黑虎掏心之策，直捣成都，迫刘禅率蜀国群臣受降，建立灭蜀降国大功，如此成就，使钟会心生妒忌，自是心不甘口不服，恰好此时，司马昭又巧施隔岸观火之谋，故意抑钟抬邓。司马昭把邓艾晋迁太尉，增邑二万户，钟会只是升迁司徒，增邑万户。钟会自然心中恼怒，便以邓艾"承制专事"，擅自行事为由，密告司马昭："邓艾想谋反朝廷。"为了让司马昭相信，钟会还在剑阁截下邓艾上报的奉章和给朝廷的信，仿邓艾笔迹，改写内容，添加狂悖轻慢之辞。又仿司马昭手迹，又给邓艾写信，结果使邓艾大起疑心。司马昭有心要除掉邓、钟两将，最担心的是两人联手反击司马氏。所以在两人矛盾没有激化时，始终隔岸相望，坐镇朝中，暗观时变。

成都受降后，司马昭以封爵迁官作为试探，目的就是想挑动起两人更加激烈的厮杀争斗。钟会现在主动挑起与邓艾残杀的战火，送把柄给司马昭手中，他岂能拱手相让？于是下令钟会"以槛车征邓艾"，即把邓艾用囚车送回魏都。又令钟会进驻成都，接收邓艾部属，促邓艾、钟会相互搏杀。

钟会本是个善于弄权的人，此时也施展巧计，有意让司马昭心腹卫瓘，在自己的大军前面先进成都，把烫手的山芋推给别人。哪知邓艾没有成心造反，卫瓘只是略施小计，就把邓艾缚住，关进囚车。钟会进入成都，一面派人押送邓艾去京，一面休整军队。蜀国大将姜维被刘禅下令降魏后，有心想借钟会复兴蜀国，便鼓动钟会利用独领数十万大军良机，建平定天下大业。钟会此时也下定决心反魏，拟派姜维率五万大军作前锋出斜谷，自己率大军殿后，下长安，饮马黄河，会师洛阳，一统天下。可惜正在自作计划时，司马昭已经动手，乘钟会立足未稳，令亲信贾充领前锋万人由长安入斜谷驻东城，监视钟会一举一动，自己则挟傀儡皇帝曹奂，率十万大军进驻长安为后援。

司马昭步步先招，打乱了钟会的部署。咸熙元年（264）正月，钟会伪造诏旨宣布废黜司马昭，关闭城门，布置起兵事项，正在与姜维作准备时，未料到胡烈父子煽起士兵内乱，两人皆被乱军所杀。邓艾则被卫瓘杀死在送往成都江油的途中，邓艾在洛阳的几个儿子也都被杀，妻子及孙子被充军西域。司马昭一计杀二将，坐收邓艾、钟会灭蜀的战果。

三、舍利诱敌　香饵能钓金鳌

隔岸观火作为三十六计的第九计、敌战计的第三计，被中国古代的政治家、阴谋家们熟练地运用于政坛之上，究其应用范围，主要有：

第一，国与国之间的斗争。

1. 弱国对强国的使用

中国古代大一统的王朝政权尚待建立时期，各国之间的"伐交"、"伐谋"之斗激烈而残酷，相互之间斗智斗勇，日日不绝。一些弱小政权，为了国祚存立，或联合众弱，共制强国；或隔岸观火，静观时变。弱国因其国小力薄，与强国对峙，取得抗敌胜利得之不易，必须先养精蓄锐，修械整物，坐等强国国内出现动乱，或强国与他国相斗鏖战、疲惫力削时，再行出击攻伐。如周武王欲攻殷商，姜尚认为："先谋后事者昌，先事后谋者亡。且天与不取，反受其咎，时至不行，反受其殃。非时而生，是为妄成。"所以坐等到忠臣比干被逐杀，商纣王真正的众叛亲离，国内怨声载道，人神共愤之时，武王发动攻击，果然迅速灭了殷商。

弱国对强国使用该计的另外一种方法，是主动放弃众国必争的地盘、城池等重要利益，诱导强国与它的敌国苦苦相斗，待到双方损失惨重之时，再行争夺。如姚苌建后秦之策，即是一例。

2.强国与弱国的使用

强国敌对弱国，除恃仗其军事的武力征伐之外，也极喜运用隔岸观火之计。往往是利用弱国内部的矛盾，或者是挑起联合起来结盟的弱国之间矛盾，想尽分化瓦解之法，助弱国内乱，或弱国之间相互火并，然后发动攻击。如三国后期晋国伐孙吴，乘吴王孙皓暴政、君臣内讧、统治阶级上层发生严重分裂，而人心不堪暴政，民怨冲天之机发动平吴战争，取得灭吴成功。

《六韬·文伐》之中，曾记载了姜尚为周文王献计文伐的十二种方法，其要义都是要分化瓦解敌国，致敌内乱滋生。如"亲其所爱，以分其威，一人两心，其中必衰，廷无忠臣，社稷必危；取其内间其外，材臣外相，敌国内侵，国鲜不亡；养其乱臣以违之，进美女淫声以惑之，遗良犬马以劳之，时与大势以诱之，上察而与天下图之"等。姜尚主张通过"文伐"手段，即政治计谋的运用，先要扰乱敌国，坐待其乱后，再发动武装征伐，收取易成之果。

与姜太公"文伐"有异曲同工之妙的是，吴越相争时，文种为越王勾践进献伐吴九术：一曰尊天事鬼，以求其福；二曰重财币以遗其君，多货贿以喜其臣；三曰贵籴粟藁以虚其国，利所欲以疲其民；四曰遗之美女以惑其心而乱其谋；五曰遗之巧工良材使之起居室，以尽其材；六曰遗之谀臣使之易伐；七曰强其谏臣使之自杀；八曰君王国富而备利器；九曰利甲兵以承其弊。九计之中，也把瓦解敌方君臣关系作为重要内容。勾践接受文种之策，九计之中仅用其三，即擒获吴王夫差。

3. 势均力敌的国家或割据势力之间的使用

在中国古代势力相当的国家或割据势力之间，也喜用隔岸观火之计，既是保持政治态势的平衡之需，也是为自己更容易地争夺土地、地盘着想。如战国时期，魏国攻打赵国，韩向齐国求救，齐王采纳谋士孙膑之计。孙膑认为：魏国恃其强，既然伐赵，即会攻齐，如若不救，弃韩给魏，有利于魏国势力的壮大。魏国刚开始伐赵，齐国立即出兵救援，则是代赵国受兵火之祸，赵国虽然安稳了，但危害了齐国。所以齐国相救的办法，最好先答应赵王的请求，但要等到魏赵相战，双方俱损时，再引兵出援，这样魏国被赵国的拼死抵抗，拖得疲惫不堪，势力大减；而赵国虽存，因遭受魏国重伤，也是势弱之弩，危险百出，如此出力少又见功多。齐王称善，缓出兵以存赵，既收救赵美名，又能做到疲惫强魏，促成了齐国与魏国势力均衡的态势。

第二，在君臣之间的使用。

1. 君主对臣下的使用

在中国古代君主专制制度确立初始，一些法家代表人物就为专制君主如何对待和控制臣下，从理论上进行了比较系统的阐述。法家创始人之一的慎到认为：君主应该主操国政大权，在权力结构上应该是君主一元化的垄断，"两相争，杂则相伤"。要实现君主对权力的独占，就必须在权势上超过一切臣下。君臣之间的关系"犹权衡也。权或左轻则右重，右重则左轻。轻重迭相概，天地之理也"。讲究术治的申不害，则提出左右大臣是君主产生危险的一个重要来源。"今人君之所以高为城郭而谨门闾之闭者，为寇戎盗贼之至也。今夫弑君而取国者，非必逾城郭之险而犯门闾之闭也"。"妒妻不难破家也，乱臣不难破国也。"申不害认为：既然大臣对君主存在如此可怕的危险，那么君主对他们就应该有一个清醒的认识，不能指望臣下对自己的忠贞，要借助于"术"，如正名责实之术。在申不害所讲的"术"中，绝大部分都是为君主设计的计谋权术。

　　法家思想发展到韩非，集势、法、术思想于一体，他认为势、法、术三者都应是君主手中的工具。"势者，胜众之资也"，君主治国要"任其势"。势又分自然之势和人为之势。自然之势，指在客观既成条件下掌权和对权力的运用；人为的"所得而设之势"则是指君主在可能条件下主观能动地运用权力。人为之势对君主尤为重要，君主以此"使天下不得不为己视，使天下不得不为己听"。韩非主张君主治国要有法治，但韩非所讲的"法"，是以绝对维护君主专制为前提的。"法者，事最适者也。"也就是说法要适合时代，符合事理，利于君主之用。韩非强调法治，反对"尚贤"和贤人政治，因为君主尚贤则易被贤人所篡，"信人则制于人"。所以韩非的"法"，是主张君主以此为专制统治的手段，而君主以下的臣民则变成法的工具和奴仆。韩非认为，人性好利，即使是父母子女之间，也是计利而行。因此作为君臣之间这种没有"父子之泽"纽带的关系，更是一种利害关系。《韩非子·说难》

云："臣尽死力以与君市，君垂爵禄以与臣市。君臣之际，非父子之亲，计数之所出也。"韩非进而认为："君臣之利异"，双方之间"一日百战"。《韩非子·八经》云："知臣主之异利者王，以为同者劫，与共事者杀。"为了解决君臣之间的矛盾冲突，君主要学会用术。术有君驭臣之术，也有臣弄君之术，韩非则从君本位出发，主要强调的是君主南面驭臣之术。他说："术者，藏之于胸中，以偶众端而潜御群臣也。"韩非的术中，虽有一些积极因素，但绝大多数是诡计，如倒言反事，用人如鬼，设置暗探，深一以警众心，防臣如防虎，不食非常之食等。韩非把整日围在皇帝左右的大臣、近亲、显贵等，视为君主最危险的敌人，而君主之患，正是对他们的无防范的信任。《韩非子·孤愤》曰："万乘之患，大臣太重；千乘之患，左右太信。此人主之所公患也。"韩非等早期人物关于君臣关系的系统理论阐述，被后世专制君主视为至言。秦始皇读到韩非著作后，感叹道："如能面见，则死而无憾。"君主们在自己的政治实践中，把法家的驭臣之术充分地加以发挥。隔岸观火之计，正是作为政治场上的权智阴谋，被君主在臣下之间搞平衡牵制，借此抑彼，不留痕迹地去除权臣等，大量地借用。专制君主以臣制臣，以酷吏制重臣，以微臣制贵臣，以宦官权臣制外戚，煽动操纵臣属之间相互争斗残杀，自己作壁上观，坐山观虎斗，借力助火，隔岸观火，下纷争则上安，君主由此达到巩固君位，防止功臣、权贵、重臣等臣下犯上作乱，又能驱动臣属为君主献身卖力。宋太宗坐观赵普与卢多逊相斗，传位自己的子孙；汉武帝坐宫观变，铲除丞相公孙贺，都是典型事例。

2. 臣属对君主的使用

君有驭臣之术，臣则有谋君之术。臣属对君主使用隔岸观火之计，主要是一些有野心的臣子利用君主与后主、功臣、权臣或其他政治势力发生矛盾冲突时，煽风点火，输送炮弹，助其激烈争夺，而自己先伏藏于外，静观其变，等到争斗大局俟定，再侧身向前，抢夺别人之果实。近代权臣袁世凯，利用清政府压革命党，又用革命党压清政府，在武昌起事爆发后，迟迟不出山，先静观武昌革命党人与清政府互攻之战火，以静制动，隔岸观火，逼迫清政府答应自己出任责任内阁总理职务。

第三，臣属之间相互使用。

隔岸观火之计，也被君主专制时代君主之下的各个政治势力、利益团体和政客们相互使用。如张居正利用宦官冯保与首辅高拱之间的矛盾冲突，最后自己霸居首辅之位。又如权臣司马昭利用灭蜀功臣邓艾、钟会之间的火并，自己黄雀步后，收两人相互攻击之利。再如赵王司马伦，利用皇后贾南风与皇太子司马遹之间的相斗，一箭双雕，既去太子，又除贾后，最终自己爬上君主的金銮宝座。

四、把握时机　急不得争不得

隔岸观火之计，作为敌战计使用，以阴谋取胜，无论对专制帝王，还是功臣权贵、君主的近臣阉宦，以及各种朋比结党的政治势力集团，都具有无限的魅力。其在政治斗争中的基本特点有：

第一，就施计阴谋者目的来说，具有险恶性、明确性的特点。

政治斗争以权势实力为后盾，以阴谋机权作为手段，对弄权设计者来说，其目的明确清晰。君主以此计驭臣，是要巩固自己的专制独断地位，防止皇权旁落，是故施计的对象大多是蔑视皇权的朝中功臣名将、擅柄权臣、皇族显贵及干政的后妃、权阉等。臣僚们用此计，是要在君权之下，更多地争权夺利、铲除政敌对手。用计的每一人或每一方，都有着明确的预期的目标，而为了完全地达到既定目标，他们无所不用其极，用心之险恶，非常人所能想象。对岸大火，非去扑救，或是坐而观景，或是火上加油、拾薪加柴，助火苗更旺，如此行为，非险恶用心者，谁能为之。

第二，就实施此计的过程来说，具有强烈的待机制胜的特点。

花最小的代价，取得最大的胜利，是历代兵家所强调的用兵原则之一，政治场上又何尝不是如此！但是在什么时候、地点、条件下，才能取得最大的收获，政治家、阴谋家、野心家对此苦苦敏思、殚思竭虑，用尽智慧。

从隔岸观火之计的实施过程可以看出，"阳乘序乱"，敌方矛盾产生、倾轧争斗不休的内乱之时，是发动攻击的有利时机。但是隔岸观火之计与主张乘人之危的趁火打劫计谋又有不同，其区别在于隔岸观火之计更加强调时机的把握。其创胜之机，是在敌方内部矛盾斗争白热化，反目为仇，自相残杀，斗争中两败俱伤，丧失原有反抗实力的情况下，再发动攻击，制胜结果是坐收渔利。

如三国时期，曹操欲取袁尚、袁熙兄弟之法。曹操取得北伐乌桓胜利之后，袁尚、袁熙兄弟由乌桓逃到割据的辽东太守公孙康处避难，且以此为根据地，抗拒曹操。曹操没有采纳幕僚的急攻辽东之策，而是缓攻以待其变。果然，不久公孙康主动把袁尚、袁熙的首级送到曹操大营中，幕僚们惊诧其原因，曹操分析道："公孙康一向畏惧袁尚兄弟的势力，如果我们急于用兵攻打，强敌之下，双方必然会联手抵抗。如果我们转而他顾，缓兵相待，在不畏败亡的形势下，公孙康与袁尚兄弟固有的矛盾必然会加剧，成互相图谋之势，我们自会坐收相争之利。"曹操正确预测出对手"急则相持，缓而相争"的内情，用隔岸观火之计，引导敌人自相残杀，不战而屈人之兵，显示了高超的智谋威力。

第三，就计谋运用者的心态而论，具有制驭伏制、后发制胜的特点。

隔岸观火计谋，不管是设计者，或者是用计者，都是从临岸观火开始，经过助其火并，消耗敌方，最后坐收疲敌、弱敌的渔利。兵不动而利可全，"用阴"夺敌，使用阴谋算计敌人，消耗敌人的"阳气"，此类后发制人的方法，也正是隔岸观火之计的精髓所在。

第四，就计谋运用的功效而论，具有显著性的特点。

隔岸观火之计，不满足于一时的趁火打劫捞取少部、局部胜利。用计者以险恶的心理，准确算计政敌，一旦使用，收获巨大。往往"中箭落马"者并非一人，而是成双成对地获利。恰如下水的渔翁，蚌鹬兼收；观斗的卞庄子，两虎皆得。

笑里藏刀

——两面人物　常为口蜜腹剑

本计云："信而安之，阴以图之；备而后动，勿使有变。附中柔外也。"其大意为：使敌方相信我方的示好诚意而变得麻痹松懈，我方则暗中策划准备，待机行动，切不要使对方发生变化，这就是外示柔和，暗藏杀机的谋略。

笑里藏刀，与口蜜腹剑、两面三刀、暗箭伤人之意相类似。笑里藏刀作为三十六计之一计的名称，意为笑中暗藏杀机，置敌方于死地。其典出于唐朝奸臣李义府，据《旧唐书·李义府传》载：唐高宗的宠臣李义府，面貌温顺和恭，依靠阿谀奉承得到高宗信任而得高官。一朝权在手，就想让臣僚依附于己，否则，便肆意陷害排斥。他陷害异己的手法，与常人不同，与要陷害的人说话，总是笑逐颜开，背地里却极尽排陷打击之能事，所以当时人称其笑，非正常之笑，而是笑有中刀。唐代诗人白居易在描写李义府人品的《天可度》一诗中说："君不见，李义府之辈笑欣欣，笑中有刀潜杀人。"还有一首饮酒诗云："目灭嗔中火，休磨笑中刀。不如来饮酒，稳卧醉陶陶。"

李林甫口有蜜，腹有剑，害贤才，乱朝纲

一、内刚外柔　变己险为敌险

《周易·坎卦二十九》云坎：习坎，有孚维心，亨。行有尚。《象》曰：水洊至，习坎。君子以常德行，习教事。

【一爻】初六，习坎，入于坎窞，凶。《象》曰："习坎入坎"，失道凶也。

【二爻】九二，坎有险，求小得。《象》曰："求小得"，未出中也。

【三爻】六三，来之坎坎，险且枕，入于坎窞，勿用。《象》曰："来之坎坎"，终无功也。

【四爻】六四，樽酒，簋贰，用缶，纳约自牖，终无咎。《象》曰："樽酒簋贰"，刚柔际也。

【五爻】九五，坎不盈，祗既平，无咎。《象》曰："坎不盈"，中未大也。

【六爻】上六，系用徽纆，寘于丛棘，三岁不得，凶。《象》曰：上六失道，凶三岁也。

"刚中柔外"的卦形为两个阴爻之间夹一个阳爻，此乃为坎卦。"彖曰：习坎，重险也，水流而不盈，行险而不失其信。维心亨，乃以刚中也。行有尚，往有功也。天险不可升也，地险山川丘陵也，王公设险以守其国，险之时用大矣哉！"其意是说：两个坎卦相重迭，预示艰险重重。水流入坑穴，不满不溢；无论陷入任何艰难险阻之地，都不能失去诚信，当豁达贯通。以刚中的德行，继续前进，定会有功。天险不可能再升高，地险无非是山川丘陵；

451

王公仿效天地，设险巩固边防、隐固其国统治。由此可见，因时致宜而设险的效用是多么巨大啊！

坎卦的含义是陷阱，而又是两坎相叠，可见之阴险艰难。就卦形言，阳在中，阴处上下，谓之为阳实阴益。阳实象征为君子的诚信、刚毅、德行，在处于重重陷阱中仍能显示其人格力量；同时，尽管一阳陷入二阴之间，由于有诚信、刚毅、德行和坚定的信念，便可以因时制宜、想方设法地变被动为主动，使敌方堕于其所设的陷阱之中。此其一变。其二，既然是二阴夹一阳，阴爻又有柔弱无力和巧语媚言的弱点，因此，要利用阳爻象征的刚毅和人格力量，摆脱困境。其有效的方法，便是本计计文所说的"刚中柔外"，以暂时的屈服，示以柔弱，使敌方失去戒备，同时将其注意力转移到他处，给自己留以积蓄力量的机会，化险为夷，再因时制宜，变己之险为敌之险。总之，笑里藏刀之计，强调的是阴而图之，却刚中柔外，即用温顺柔和的外表掩盖自己暗藏杀机的内心。

该计用于军事上是一种伪装疑兵的谋略，如两国交战时，借用政治、外交上的和谈或其他示和手段，欺骗敌方，掩盖己方正在进行积极准备的军事行动，为相机出击争取时间，寻找机会。所以《孙子兵法》中特别强调凡"辞卑而益备者，进也"，"无约而请和者，谋也"。即战争之中，说好话，扮笑脸，无故而请和者，其中必有阴谋，都是一种杀机外露的现象。

本计用在政治上，则是指一种表面和蔼，内心阴险，口蜜腹剑，两面三刀的阴谋家常用的伎俩。笑口常开，和蔼者，可亲也，这是人们生活中的正常心理，阴谋家正是利用人们对这方面的偏爱，借助于"笑"这种伪装，或是巧言令色，或是投其所好，或者矫情恭敬等，掩盖自己积极准备，相机而动的真实意图。所谓居心叵测者，正是指这类人难以了解掌握的一种状况。往往的情况是，这类阴谋家借助于表面的伪装，背后痛下杀手，使对手防不胜防，无从预备，最后落个身败名裂、家破人亡的悲惨下场。

二、甜言蜜语　阳为而阴陷之

政治学家华莱士曾经说过："人的冲动和思想产生于他的本性与他所处在的环境之间的关系之中。"现代心理学的研究成果认为，政治家的一切行为与他赖以生存的环境之间，有着密不可分、相濡与共的联系。中国古代君主专制政治环境和权力结构之下，政治战场上的尔虞我诈、钩心斗角、争权夺利之斗，既产生了一些至今耳熟能详的好的谋略，更多地是制造出一大批手法卑鄙、寡廉鲜耻、奸诈诡秘的阴谋伎俩。笑里藏刀之计即是其中之一，它常常被一些奸诈的政治家、野心家、阴谋家使用。其常用手法主要有：

第一，甜言蜜语、腹中铸剑，制胜之计在其中。

人有七情六欲，喜听赞歌，耳入颂言是人之常情，政治场上翻身打滚的人也难免其俗。笑里藏刀之计，正是利用人类此种天性，在政敌面前灌之于甜言蜜语，当面好话颂扬，抚慰政敌感情，迷惑和麻痹对方，使政敌失去对自己的警惕。

事例：李林甫口有蜜，腹有剑，害贤才，乱朝纲

　　李林甫是唐玄宗（明皇）做皇帝时有名的奸臣和阴谋家，依靠狡诈计谋，攀附权贵，阿谀明皇，打击排斥异己，从开元二十二年（734年）五月至天宝十一年（752年）十一月，霸居宰相职位十九年，是玄宗时期在位最长的一位相臣，在位期间，因无德无才，别无建树，倒是被朝臣异口同声地公认"甘言如蜜，肚里铸剑"。后世"口蜜腹剑"一语，即由此得来。

　　李林甫小名哥奴，出身唐宗室，算起来还算是唐明皇李隆基的远房叔父。他因不善学业未能入仕登科，起初做一个太子府里的千牛直长，但他很会巴结钻营、厚颜无耻地投靠。如攀附御史中丞宇文融，唐玄宗的哥哥宁王李宪，私通武三思女婿侍中裴光廷的夫人，贿赂玄宗宠妃武惠妃，交好大宦官高力士等人，由此官升刑部尚书、吏部尚书、礼部尚书，终于当上中书令兼集贤殿大学士，爬上了大唐的相位。从他掌权开始，凡是被皇帝器重的人，或者自己睁眼看不上的人，或视为异己政敌的对手，一定施百计倾轧出朝。李林甫打击别人还有一大绝招，就是"阳与之善，啖以甘言而阴陷之"。就是说他要陷害一个人，表面上总是装作亲热和好的样子，用甜言蜜语引诱别人说出自己的过失，然后背过身子私下密告，驱除对方。例如他排挤打击严挺之、卢绚、李适之等人，就是典型的事例。

　　严挺之是朝廷中一个正直官僚，曾任中书侍郎，因为李林甫推荐的户部侍郎萧炅腹中空空，读文时把"伏腊"居然念成"伏猎"，严挺之告诉了宰相张九龄，说大唐朝廷怎能有"伏猎侍郎"，因而萧炅被降为岐州刺史。李林甫本身不学无术，最忌讳文人学士炫耀才能，当他知道是严挺之从中活动之后，由此衔怨，加上当时张九龄推荐严挺之为相，要严挺之交通李林甫，严挺之以李林甫为鄙薄少德之人，拒绝登李门拜访。李林甫知道后，更加痛恨，便趁着严挺之为其前妻的丈夫下狱辩护的时机，以莫须有罪名密告玄宗，结果严挺之被贬职削官，远徙外地。天宝元年（742年），唐明皇突然想起了朝中处世果断的干才严挺之，就问李林甫："严挺之现今在哪里？他是个人才，可以重用。"李林甫一看玄宗要用政敌严挺之，虽知其正在绛州刺史任上，但故意不说。下朝后把严挺之的弟弟严损之请到府中，装出非常亲密关心的模样，与损之促膝谈心，叙说旧情，说要引荐损之为员外郎。又以关心其兄弟的口吻对他说："皇上很惦念尊兄，可惜他远离天颜。尊兄为什么不趁机奏称有风疾，奏请皇上准予回京治病，这样就可以见到皇上，能得重用了。"严损之听信了李林甫的话，回家后给家兄写信，告诉京中近况。严挺之不辨真假，没有慎重考虑，果然上表朝廷，推说自己有病，想回京就医。李林甫接到奏表，赶紧奏告明皇："严挺之已年老体衰，得了风疾，不能理事，可以让他做一闲官，就近治疗养病，唐玄宗见到严挺之的亲写奏表，只好感叹可惜。天宝元年（742年）四月，晋升严挺之为太子詹事，员外同正，安居洛阳养病。李林甫的暗算，既使唐玄宗重用严挺之一事落空，又驱除了朝中与己有隙的政敌。

兵部尚书卢绚伟岸英俊，风度翩翩，一日走过勤政楼下，被楼上观看歌舞的唐玄宗望见，赞叹其风流蕴藉，目送至远。李林甫从亲信处得知唐玄宗喜爱卢绚，就嫉妒卢才表过人，害怕他被重用，危及自己之位，赶紧把卢绚的儿子找来，对他说："现在交州、广州需要人才，令尊尊崇清静，皇上想以令尊外出居官，不知你们愿不愿意去，如果害怕远行，可能要被降职。"卢绚在朝居高位，一家安居繁华的长安城内，当然不愿意远行广州。李林甫也算好卢绚一家的心理，所以接着又说："这样吧，我可以给你们帮个忙，让令尊到洛阳去任太子詹事或太子宾客，两个都是肥缺，愿意吗？"卢绚畏惧李林甫的权势，既担心降职，又不愿意出京都，便上朝请求做宾客虚事。李林甫考虑卢绚无缘无故被降职，招人耳目非议，先任卢绚为华州刺史，卢到任未及月余，李林甫就在朝中诬称他有疾病，不能处理华州繁杂政务，又改任他为太子詹事，员外同正。这是一个编外闲差，实际上等于挂职休闲。

户部尚书裴宽勤于政事，一度被唐玄宗器重，又和另一宰相李适之要好。李林甫不愿他被提升为丞相，就想排挤。一次，刑部尚书裴敦复因平叛海盗，返师回朝，因受人请托，乱报军功。裴宽知道后，向唐玄宗提到此事，但没有深讲。李林甫暗地里把裴宽奏告皇上事告诉裴敦复，敦复说："尚书也曾托我请功家属。"李林甫便鼓动裴敦复上报唐玄宗，密告裴宽。裴敦复听信李林甫之言，以重金贿赂，走了杨贵妃姐姐的门路，请她转告唐玄宗。不久唐玄宗就贬裴宽为睢阳太守，李林甫借别人之手，不动声色地又除掉了一个潜在对手。

李适之出身皇室，居官时赈济灾民，体恤百姓，卓有政绩，为人正直亦宽怀大度。天宝元年（742年）八月，一意迎奉李林甫的庸相牛仙客病死，唐玄宗任命李适之为副相，和李林甫共同理政。李林甫有心排斥李适之，一次他假惺惺地对李适之说："华山有金矿，如能开采，可以富国，皇上对此事还不知道呢。"李适之初次入相，对李林甫本质认识不清，以为李林甫所说的有理，很快奏明唐玄宗。唐玄宗非常高兴，便去问李林甫。李林甫故意说道："这个情况我早就清楚，但华山是皇上的本命，王气所在，有金矿也不能开采，所以我一直没有报告呢！"唐玄宗听李林甫这样一说，对李适之开始看轻，斥责李适之："今后奏事，要先跟李林甫商量，不要这么轻率。"李适之当时还兼兵部尚书一职，驸马张垍与李林甫有矛盾，张垍的哥哥张均时任兵部侍郎，李林甫为了搬倒李适之和张垍，密遣心腹诬告兵部铨选官吏时有舞弊现象，结果六十多人被告受刑，李林甫任用酷吏吉温，先用严刑拷打以重狱示儆，硬是以威逼供，确凿成狱，许多人因此被免官革职。李林甫因为要打击李适之，凡是朝中与适之亲密往来的官吏，如户部尚书裴宽、刑部尚书韦坚、京兆尹韩朝宗等，都被李林甫诬陷治罪。到了天宝五年（746年）四月，李适之被逼辞职。李适之的儿子邀请朝官在家聚宴，因为群臣皆怕李林甫，竟然没有一个人敢来其家赴宴。后来李适之被李林甫一手制造的韦坚案株连，贬为宜春（今江西境内）太守，天宝六年（747年）正月，李林甫另一位心腹酷吏罗希奭到各个贬地巡视，李适之听说后，害怕遭受酷刑，饮药自杀。

李林甫还善于利用当面一套，背后一套，讨好和欺骗唐玄宗，以便于自己专权用事。开元二十年（732年）左右，李林甫刚当上副宰相，当时张九龄任中书令，裴耀卿任侍中，二人学才博洽，忠良正直，尤其张九龄，好直谏。李林甫认为二人是阻挡自己独掌权柄的障碍，一心想除去，但知道明里硬碰，自己力量还弱，便玩弄善身之术，"媚事左右，迎合上意"。对张、裴两人客气恭敬，表面说好话，予以称赞。背过二人在玄宗面前，则拨弄是非，迎合玄宗之意，指责张、裴两人的不是。开元二十四年（736年）十月，唐玄宗巡游京都洛阳，原打算次年二月还长安，因为宫中偶发小事，玄宗迷信，想立即返回长安，便召三位宰相商议，张九龄、裴耀卿两人认为时值三秋农忙，皇上一路返都，惊扰沿途官民，影响秋收，建议推迟到冬季返归。李林甫对二相的议论当面不表态、不反对，等到退朝时，他假装腿痛，独留在后，玄宗问其缘故，他对玄宗说："臣下非有腿疾，而是希望奏明事情。长安、洛阳都是皇上的两宫，车驾往来东西，何必要等什么时机？如果担心妨碍农事，只要赦免车驾沿途两地的租赋就行了，请让我负责处理此事。"贪图享乐奢侈的玄宗本来就讨厌张、裴两人的谏诤，听了李林甫甜言，自然是极为高兴，立命起驾而行。也就是同年，唐玄宗想把朔方节度使牛仙客升为尚书，张九龄谏道："尚书一职一般用旧相补升，或者是任过朝中要员，又有很高人望的人担任，牛仙客由河湟小吏一下升高官，会招来人议。"玄宗又想实封牛仙客，张九龄对李林甫说："封赏大臣应是名臣大功，委任边地军将很重要，不是马上可以议定的，我俩要在皇上面前力争。"李林甫当面表态，同意张九龄意见。但是面见玄宗时，只有张九龄一人力谏，李林甫站在旁边一言不发。张九龄走后，他对玄宗说："牛仙客是做宰相的材料，何况一尚书，张九龄是书呆子，不识大体。"退朝后他又把张九龄的话泄露给别人，导致牛仙客到玄宗面前泣诉。玄宗心动，拟马上赐封，张九龄又上朝劝谏，用道理说得玄宗无话可辩。李林甫见状，私下讨好玄宗："天子用人有什么不可以行的。"玄宗称赞李林甫不专断用事，由此以后，逐渐冷淡张、裴两相，过了月余，就把二人罢免，以李林甫为正相、牛仙客为副相。牛居相位后，一切唯李林甫所言是从，朝廷权柄实操李一人之手。

从以上所举史实，可以清楚看出，李林甫作为一个阴谋家，为达到专权用事目的，熟练玩弄笑里藏刀计谋，表面上予人温柔恭顺形象，好像可亲可近，实际上暗藏杀机，在其笑面背后，下设悬崖陷阱，人们无以测深浅，一旦为其迷惑上当，不死即伤。李林甫靠此术逐步排斥异己，张九龄、李适之等贤才忠良，皆被贬逐或杀害。在他的专断跋扈下，加上唐玄宗的昏庸放纵，唐初比较清明的朝政风气，为之一变，正是在此时候，埋下了后来安史之乱爆发的祸根。

事例：袁世凯甜言蜜语，宋教仁饮弹身亡

袁世凯是晚清历史上的一大逆贼，虚伪权诈，欺骗诡谲，两面三刀，是他节节爬升，成功实现自己政治目标的一大法宝。甲午战争后，早年他攀援的李鸿章一时失势，转而投靠朝中势强，被慈禧器重的荣禄。荣禄拥兵势众，亦不缺资财，要想敲开荣禄的大门，靠一般的贿赂手段不能达到。袁世凯揣度荣禄重视练兵，便想把自己打扮成军事理论专家，以进献兵法书籍投荣禄所好。袁世凯少小泼赖，读书很少，后来到朝鲜虽接触过军事，曾帮助朝鲜政府练兵，但也是靠投机摸索，对兵法实际上知之甚少，回国后他对外自吹是新式兵学的专家，却投有任何理论建树，而真要动笔写书示人，毕竟肚中墨水太少，笔不达意，便想让手下幕僚为己代笔。某君一看讨好袁世凯的机会来临，就献策说："著此兵书并不太难，可以搜罗一些外国兵书译本，吸取精华，加以剪辑，再是把带兵期间所有的公牍函件，营规布告加以整理充实内容，用前者作为理论，用后者作为事实，只需要稍为修改，即可以成书，外人阅看，见到中外内容相互对照，洋洋大观，有理有据，会认为此书超过古代的兵家孙权、司马懿呢！"袁世凯听其所言，心中暗自赞同，但当面却装出一本正经之状，叱斥道："我要著述的兵书，是要藏之名山、传之后世的珍品，怎能同生员考试一样，靠抄袭挟带蒙混过去。"不久就借故辞去该人。过了一段时间，另外召来一个文人，让他代笔著书，把早先某君所说的著书方法，一一叙述作为指点。此君新来，见袁世凯说得头头是道，不知以前事情经过，还以为袁世凯真是一位兵法专家，便照袁意加紧著述，不久，书稿完成，定名为《治兵管见》。袁世凯把书印刷成册，分送荣禄和王公大臣，果然受到一片称赞，荣禄称他为"特殊人才"，是治兵专家，推荐他专练新兵，做直隶按察使，当巡抚等职，袁由此跨入清政府上层。而为袁世凯代笔著书的人，袁世凯送给几十两银子，就把他打发走了。此人认为自己著述劳累，且书中多有自己的心血，只换来几十两银子，心中很不服气。袁世凯却说："这本书全是发挥我的主张观点，中间参考其他一些书籍，也是在我指点下选择采用的，你不过是一个抄写的书吏，我给你数十两银子，已经厚待于你，怎么还不自量！"该君见袁世凯如此狡诈，不敢顶撞，只好自认倒霉，走人了事。

从此中事实可以看出，袁世凯以欺骗手段，行鬼诈阴谋，极喜当面一套、背后一套的权诈手段。此事例虽小，亦能反映出他的个性。当袁爬上了中国政治权要职位以后，此类手段，有了更加广阔的发挥天地。下面再举一个袁世凯在中华民国建立以后，为实现自己专制统治目的，如何算计以孙中山为代表的革命党人，使革命元勋饮弹牺牲的事例。

1912 年元旦，中华民国建立，孙中山被推选为临时大总统，执掌国家朝政。袁世凯自武昌起事之后，恃仗手中的北洋军队，大耍两面派手段，以革命党压清室，逼清室退位；以清室压革命党人，逼革命党人推让袁氏为中华民国临时总统。3 月 10 日，袁世凯终于窃取了革命党人斗争的胜利成果，在北京宣布就任临时大总统。4 月 1 日，孙中山宣布辞去临时大总统职务。袁世凯如愿以偿后，又开始构建北洋军阀政权，妄想自己独裁专制，像专制皇帝一样，一统天下。

孙中山等革命党人，向袁世凯交出政权后，留下责任内阁制、参议院、中华民国临时约法三大法宝，想以此限制约束袁世凯搞专制独裁。革命党人在临时参议院占多数席位，南方数省政权亦为革命党人所掌握，还有十几万军队，也在革命党人手中，所以袁世凯一下子还没有力量马上实现自己的政治目标。于是他采取欺骗手段，伪示和好，把自己打扮成民主共和制度的坚定拥护者模样，刚登上临时大总统之位，信誓旦旦表示："共和是中国最优良的政体，要永不使君主政体再行于中国。深愿竭尽能力，发扬共和的精神，涤荡专制的瑕秽。"他深知孙中山、黄兴在国内具有崇高威信，为了掩盖自己积极准备动手搬开责任内阁制和临时参议院，去除独裁道路上两个障碍的行动，他采取欺骗手段，甜言蜜语，于 1912 年 4 月，发电邀请孙中山、黄兴到北京共商国是。此时，正是唐绍仪责任内阁倒台，驯顺如羊的陆徵祥混合内阁在革命党占多数的临时参议院遭到弹劾的时候，袁的用意是让自己的心腹赵秉钧出任内阁总理，担心参议院通过不了，让赵暂任代总理。为了让赵秉钧顺利上台，袁世凯声言总理人选俟孙、黄北上后商定，并拟派自己的长子袁克定到沪迎接。孙中山、黄兴两位革命党元勋，从巩固新建的共和政权的美好愿望出发，自辞职后，决意致力于实业建设，停止内争，繁荣国家，并想通过诚意，感化袁世凯。黄兴还主动撤消了"南京留守处"，遣散所属部队，以示拥护政府的诚意。所以对袁世凯的电邀，两人皆同意，复电袁世凯，缓日北上。袁世凯接复电后，派出蓝建枢等人持亲笔信，到上海迎接孙、黄，又责成赵秉钧、梁士诒、傅良佐等军政要员，专门负责接待孙、黄事宜，给人以热忱切盼的印象。

1912年8月24日，孙中山到达北京，袁世凯派梁士诒等人至北京车站迎接，又开正阳门迎接孙中山入城，一切按照迎接国家元首的待遇，隆重接待。当晚袁在总统府举行晚宴，袁世凯说："世凯识薄能浅，深盼中山先生有所教诲，以固社稷，我蒙受国民委托，代表四万万同胞，请求先生赐告。"当晚两人会谈至夜半，凡孙中山所说，袁世凯皆曲意相从，使孙中山感到"欢若平生，相恨见晚"，"彼此意见均相吻合。"8月28日，袁世凯举行盛大欢迎宴会，宴请孙中山一行。袁世凯在祝酒中对孙中山予以极高赞扬，说"孙中山北上进京，大大造益于民国前途"，并且高呼"中山先生万岁"。袁世凯的表面现象，使孙中山放松警惕，对报界说："袁大总统是可以接受善处的，绝对不会有不忠于民国的心意。国民对袁总统也万万不可心存猜疑，妄加攻讦。""袁世凯是治理当今中国最合适的人选。"孙中山还致电尚未北上的黄兴，说与袁项城（世凯）的两次会谈，实业计划各项，大致相同，外交、国防，亦所见略同。甚至认为"项城实陷于可悲的境遇，绝无可疑余地"，要求黄兴尽速北上，以停止南方的抗袁风潮，使得南北统一的圆满结果。

9月11日，黄兴率陈其美一行，到达北京。还在月初离沪北上途中，袁世凯就封授黄兴陆军上将军衔，赞扬黄兴"提倡共和、改革政体，热心毅力，百折不回，出生入死，艰苦卓绝""为国家奔走二十年，中外咸知"。到京之时，袁世凯同样予以接待元首的待遇，热情款待。黄兴同袁世凯相谈后，得出"大总统为国家宣劳之苦心及一切规划，尤为感佩"，"实为中国第一人物"的印象。要求一切爱国国民，赞助袁大总统建设的伟业。黄兴同样被袁世凯的伪装面孔所迷惑，错误地认为袁"真心维持民国"，当赵秉钧内阁在临时参议院受阻时，黄兴为其代为疏通劝说，使赵秉钧内阁顺利举手通过，黄兴则以赵内阁全部加入国民党，实现了政党政治而大有收获，颇为得意。

袁世凯一手制造的精诚团结假象，百般曲意相从的态度，使孙中山、黄兴入其彀中而不知。袁世凯亲信赵秉钧内阁的上台，使革命党人以责任内阁制限制袁世凯专制独裁的希望变成了画饼。赵内阁成立不久，就把国务会议移到袁总统府内召开。由此，一切政务处置都出自袁旨意。当孙中山、黄兴北京之行后，带着袁授给的"全国铁路督办""粤汉铁路督办"的头衔，四处奔走，要在十年内修二十万公里铁路的时候，袁世凯就授意赵秉钧，把主持政务的国民党代理董事长宋教仁刺死在上海车站。

宋教仁是因创建国民党，取得了参议院压倒优势，即将进京组阁，威胁到袁世凯御用赵内阁的存在。袁世凯不惜以暴力暗杀，消灭政敌对手。上海车站的枪声，打破了孙中山、黄兴对袁世凯的幻想，革命党人才真正认清了袁世凯笑貌之后，还有一副狰狞的面目。

第二，阳奉阴违，阳下阴夺，制胜之计在其中。

中国君主专制政治权力结构下，除了独裁君主之外，大小官僚臣工之间，其上下关系是相对而言的，对下为上，对上为下。野心家、阴谋家们，为了实现自己不可告人的目的，对其上司、主子，惯于使用当面奉承、顺其意志、令下必应、言之必答的方法，避免发生直接的顶撞冲突，却在阳奉之外，私藏夺权攻敌之心。

事例：阳下阴夺，韦昌辉借机杀东王

韦昌辉是太平天国首义领袖之一，家居广西桂平县赐谷村，因为是客家人氏，经常遭到当地地主豪绅的排挤打击。韦昌辉也参加过科举考试，只因官府黑暗，虽然成绩优良，无奈官场上没有靠山，结果名落孙山，对清王朝充满怨恨。他不甘心被官府劣绅欺压，当洪秀全、冯云山到桂平传授拜上帝教，宣传反清斩妖思想时，便倾其家产，全家加入了太平军。到了1851年，洪秀全正是在他族居的金田村，宣布团营反清，开始了一场轰轰烈烈的太平天国运动。

韦昌辉因为首义有功，在太平天国队伍中，一开始就居领导地位。1851年3月，洪秀全在广西武宣东乡称天王时，封他为右军主将、副军师。9月永安建制时，韦昌辉封为北王。在太平天国由广西打到南京的过程中，他率军奋战，屡立战功。1853年3月，太平军占领南京，改称天京，作为太平天国政权的首都，这样中国出现了两个针锋相对的对峙政权。韦昌辉入都后，开府授官，到了 1856 年，太平军经过几年的北伐西征，在战场上节节取胜，天国政权取得鼎盛。就在这个时候，天京爆发了太平天国领袖的互相残杀，主持太平天国军政实务的东王杨秀清及其几万部下，被韦昌辉屠杀殆尽。

韦昌辉与东王杨秀清相残的原因是两人矛盾的尖锐化，以及天王洪秀全的暗中鼓励。韦昌辉之所以取得诛杨成功，则得力于他的笑里藏刀计谋的运用。

杨秀清是太平天国实际的领导者，从金田起事开始，直到定都天京，军事主要仰赖他的天才军事指挥和正确的政治谋略，定都天京后，北伐西征，都是在他一手策划之下。杨秀清行政上仅居天王洪秀全一人之下，韦昌辉等诸王皆受其节制领导。在宗教上，他是天父的代言人，又居洪秀全之上。杨秀清军、政、教三权在握，到了天京后，在太平军捷报频传的情况下，逐渐变得跋扈起来，自恃功高，专权独断。按照太平天国的规定，军国大事本应由杨秀清、韦昌辉和翼王石达开三人共议施行，但杨威风张扬，不知自忌，常常压制韦昌辉、石达开，韦昌辉对杨秀清的跋扈，心中十分不满，但畏惧杨秀清在太平天国的至高威势，便采取阳下阴夺的办法，表面上对杨极力谄媚，私下里联络反杨力量，想夺权诛杨。

韦昌辉心中计定，以后凡军国大事，只要是杨秀清主意，都是点头同意。每次见东王舆轿到府，一定出门扶轿相迎。众人议事时，韦昌辉只要杨秀清刚说了三四句话，就跪下向杨叩谢说："不是四兄的教导，小弟肚肠嫩，哪知道有这些的道理。"肚肠嫩，是广西浔州方言，意即学问浅。韦昌辉一口一个兄长，贬己褒杨，口称自己眼界有限，称颂杨秀清料事如神。

杨秀清自己恃功自矜，亲戚故旧在他纵容下，跋扈专横。一次，杨秀清一位小妾的兄长，看中了天京城内一处府院，就想占为己有。这个院落早已住上韦昌辉的哥哥一家，他不知道要占房者是谁，依仗朝中有弟弟韦昌辉在做官，不买来者的账，坚决不予让房，结果这位小妾兄长，转而向妹妹诉苦，小妾又在杨秀清面前吹枕边风。杨秀清身为天国主持者，不从大局出发，为区区小事找到韦昌辉，训斥北王，并责令他立即处置此事。韦昌辉害怕此事处理不当会引起杨秀清的不满，为了向杨秀清讨好示诚，竟然下令把亲哥哥在京城五马分尸。

韦昌辉的伪饰面孔，使杨秀清暂时放松了警惕。趁此机会，韦昌辉加紧夺权的准备。他看到天王洪秀全与杨秀清矛盾也逐渐尖锐，便极力诏洪而联洪，想扩大自己的反击力量，借洪秀全天王之势，牵制杨秀清。杨秀清也是个人权力欲膨胀过度，不知君主之本性，三番五次利用自己是天父代言人身份，利用宗教上的权威地位，经常杖责洪秀全。韦昌辉在处理军政事务时，曾常常受杨杖责。1854 年 4 月，命令承宣张子朋出师湖南湘潭，因封船一事处置不当，激变太平军的水营，杨秀清为此以天父附体，杖打韦昌辉数百。韦昌辉受刑伤重，身子都不能动弹。韦昌辉尝够了杨的苛责，但见到杨秀清要杖责洪秀全时，总是跪地请求，愿意自己代天王受仗。为此，洪秀全认为韦昌辉是一位"爱兄心诚"的心腹贤弟，所以当 1856 年 8 月，杨秀清再次以天父附体下凡名义，逼洪秀全封杨为万岁的时候，洪秀全立即密诏在江西领兵与清军作战的韦昌辉，要其回京图杨。

　　韦昌辉在前线接到洪秀全的密诏，一看是要诛杀杨秀清，大喜过望，匆匆把战事交给部将，自己和顶天侯秦日纲连夜率心腹部队三千人，9月1日赶到天京。当天深夜，韦昌辉指挥手下，把东王府包围得水泄不通。凌晨，乘着东王府酣睡之中毫无防备，把杨秀清及其妻室老幼、侍从部属四千人一齐杀死。韦昌辉为防止东王部下复仇，又利用洪秀全责备韦、秦且让其受审一事，召东王部下前往天王府前观看，暗中却埋伏士兵，乘东王属下放松戒备，一齐包围，不管男女老幼，求饶与否，皆"芟除净尽"，一次被杀者又增五千多人。随后，韦昌辉一不做、二不休，干脆关闭天京城门，在全城搜捕东王部下，屠杀前后持续一个多月，遭杀者二万之多。经此屠杀后，韦昌辉独揽天朝军政大权。

　　中国农民起事数千年延续不断，此起彼伏，是中国古代专制政治统治之下的一大特点。农民起事虽然建立了自己的政权，也同专制王朝一样，摆脱不了皇权政治的影响。韦昌辉作为太平天国政权中的一位领导人，为了争权夺利，同样施展笑里藏刀的阴谋，算计飞扬跋扈的另一位领袖人物东王杨秀清。太平天国在永安建制时，天王洪秀全共封五王，即东王杨秀清、西王萧朝贵、南王冯云山、北王韦昌辉、翼王石达开。规定西王以下皆受东王杨秀清的节制，后来冯云山、萧朝贵相继在桂林、长沙之战中战死，这样除天王外，只剩下杨、韦、石三王，洪秀全规定进京后一切军政要事，要三王共商，再奏准照办。杨秀清自恃征战以来立有大功，贬抑韦、石，很多事情使韦昌辉衔恨胸怀，不甘心被奴仆对待，心想只要杀死杨秀清，按官位大小即可自己替代，实现独揽朝政的目的。要顺利诛杨，对付东王这样的强敌，自然不能硬对硬地对抗，所以阳其下而阴夺其权，谄媚逢迎，讨好卖乖，用假面孔对待杨秀清，趁其松懈无防范，终于找到了杀杨的机会，而且大肆滥杀，斩草除根，使东王及其家室部属，极尽除灭，终于控制天朝军政，后来差点连天王洪秀全也被其杀掉，真可谓阴谋者胜，野心家逞也。

第三，笑脸逢迎，辞卑恭敬，制胜之计在其中。

中国古代的政治家们，特别强调用刚柔结合，柔中有刚，刚中柔外的政治手段，达到自己的政治目标。以温顺的态度、柔和的外表取悦于人，掩盖自己暗藏的杀机，正是吸取了刚柔相辅相成的精义，政治家、野心家、阴谋家们，常常借用笑脸卑辞，伪装自己险恶的用心。

事例：巧算计李斯毒杀法家俊才韩非

韩非是战国时期著名的思想家、法家的集大成者。他原是韩国公子，后来拜到荀子门下，和秦国的丞相李斯是同学。韩非天生口吃，不善于说话，却长于文章著述。当时韩国在战国七雄之中，已经势弱，可是韩王重用佞臣，排斥主张变法图强的韩非。国难当头之时，韩非在郁郁不得志的情况下，埋头于著述。他认真总结了有史以来的政治成败得失，撰成了《孤愤》《五蠹》《内外储说》《说林》《说难》等十万多字。在书中，全面总结了商鞅、申不害等人的法家思想精华，提出了较完整的法家理论。韩非认为法是国家的规矩准绳，要编著成书籍，设立于官府，布之于百姓。统治者应该以法为本，法、术、势三者合一，缺一不可。韩非的思想很符合秦王嬴政的心理，当韩非的《孤愤》《五蠹》二书被进献秦王。嬴政看后，惊叹不已，对丞相李斯说："寡人如果与此人相见同游，死也无憾。"

李斯过去与韩非共同师事荀子，韩非成绩优异，总是超过李斯。李斯入秦，靠走了吕不韦的门路，爬上丞相之职。李斯本是一个心胸狭窄的人，又见秦王如此推颂韩非，内心十分不快。担心韩非来秦，被秦王重视，自己的职位也就难保，便下定主意，要置韩非于死地。

韩非在韩国虽不为韩王重用，依然关心本国的安危。秦王政十年（前237年），李斯向秦王献计，要攻韩以威吓其他五国。当时韩王曾派韩非入秦，韩非也上书秦王，提出秦攻韩，韩国必将反抗，魏国会助韩抗秦，而赵国以齐国为靠山，更会趁机伐秦，是故秦国攻韩将会导致赵国之福，"秦国的祸事"，不如秦国直接攻打赵国，获利更多。韩非明里劝秦，暗里存韩的建议，当即遭到李斯的反对，他认为先攻弱小的韩国，而后再取五国，既可以避免战事失败的风险，又能打乱东方六国合纵抗秦的局面，坚决主张先韩而取天下。所以当秦国遣使召韩非入秦见嬴政时，从政治主张上来说，韩非与秦丞相李斯的观点亦存在着尖锐的对立。李斯有心助秦王嬴政建立统一六国大业，担心韩非到秦后，像韩国先期而来的郑国一样，不是助秦，而是为弱秦而来，所以韩非到达秦都之前，李斯就告诫嬴政，要警惕韩非其人。

前234年，韩非来到秦都。丞相李斯先以老同学名义，对韩非予以热情的接待，在府中设宴款待韩非说："自从辞去老师后，我们是多少年未见，平时很惦念你，秦王拜读了你的大作，称赞不已。这次秦王请你前来，是想重用你，你就有了大展鸿图的机会，秦国有了你，犹如老虎添翼。我也是甘拜下风，愿意让丞相位给君也。"李斯频频举杯，为韩非敬酒，并安顿韩非在秦都上好的客舍中居住。

韩非到了秦国时，即上书秦王嬴政，进献自己兼并六国之策。上书中写道："秦国应该先灭韩、赵、魏，以远交近攻之策，打破六国合纵盟约，然后再分别攻取他国，即可以一统天下。"秦王看了韩非的上书，心中很高兴，但丞相李斯早先提醒过他，要提防韩非，所以并没有马上重用韩非，而韩非不知李斯私下从中阻拦，还以为嬴政会召见自己，就在客舍中耐心等待。秦王嬴政在朝日理万机，因为已遣使专程召韩非入秦，本该韩非来京后主动求见，却过了很长时间未见动静，便问丞相李斯，询问韩非来秦后的近况。李斯答道："韩非这个人恃才傲慢，他不愿见陛下。"秦王不明就里，不由得恼怒万分，下令把韩非打入牢狱，同时要狱卒不要慢待韩非，希望他回心转意。

秦王嬴政是战国七雄中一位有为的君主，善于选拔和使用人才，为了实现统六国的雄心大业，不避远疏，网罗了不少六国的有才之士为己服务，如吕不韦、李斯等客卿。对此情况，身为丞相的李斯非常清楚，以韩非的才华出众，秦王如果召见识用，极有可能被重用，秦王虽然暂时听信自己所说，把韩非下狱，但是秦王的优待态度，正说明了秦王对韩非是心存尊重的，如此下去，一旦被秦王发现自己从中阻拦的秘密，自己的下场也会悲惨。于是一不做，二不休，串通好朝中与韩非有宿怨的姚贾，一齐到秦王面前谗言。姚贾说："韩非在狱中骂大王。"嬴政听后，怒火中烧。李斯则乘机进言："韩非是韩国的诸公子之一，现今大王要兼并诸侯灭六国，韩非毕竟是韩国人，最终会帮助自己的韩国，而不会为秦国设想，这也是人之常情。现今大王没有任用他，如果让他回韩国，将会给秦国遗留后患，不如以法律为借口杀死他。"秦王接受了李斯的建议，下令有司以秦朝法律名义治罪韩非。

韩非无端被下狱治罪，入狱之后才明白自己中了李斯笑里藏刀之计，被阴谋算计了。他想为自己辩白，但监狱已为李斯控制，无法与秦王取得联系。不久，李斯派人送毒药给韩非，并附亲笔信一封，信中写道："秦国已决定将客卿全部放逐，当然不会放他们回去，自己服药吧！"韩非痛心自己千虑一失，被小人李斯算计，便饮毒身亡。

李斯毒杀韩非，既有维护自己提倡的秦国"先攻韩而取天下"方略的政治色彩，又有浓厚的嫉贤妒能、挟私除敌的个人色彩。韩非是荀子的高足，在师门学习时，就被荀子所器重偏爱，才压李斯，曾经让李斯心存不服。后来李斯幸运地以客卿进入强大的秦国，得以出入宫阙，居丞相高位。才高的韩非，有雄才而不得贤主，最后国难临头，被迫客卿于秦国，偏偏遇上了老同学李斯。本来李斯心胸狭窄，作为韩非自应有所提防，却被李斯施展的和蔼外表、热情款待所欺骗，不知在灭韩的关头，身居秦相的李斯，如此示和，正是杀机外露的表现。难怪司马迁在写《史记》时，哀叹韩非能决断事情，明辨是非，虽写了一篇完美的尽述劝谏游说的《说难》，自己却难逃被逼饮毒的悲惨命运。

事例：假意迎奉，赵穿弑杀晋灵公

前621年，晋襄公病死，其子夷皋还是一个襁褓中的孩子，不能理政。执政大臣赵盾想从晋文公的儿子中立一年长公子为晋君，便派大夫先蔑、士会去秦国迎立襄公之弟公子雍。赵盾说："公子雍善良又年长，先君也很喜欢他，他又与秦国亲近，秦国是晋国的老盟友，所以，立一个善良的人为君主，国家会随之安定；立先君所爱的儿子为君，就是孝行；联合晋的旧盟国，有利于国家就是忠诚；尤其是现今国难当头，立年长者为君，符合臣民的愿望。"当时大夫贾季（即狐射姑），一心想立文公在陈国的另一个儿子公子乐。为了杜绝贾季的希望，赵盾专门派人把回国途中的公子乐杀死，贾季不甘示弱，派人刺死了赵盾的亲信大夫阳处父后，自己逃到狄国，避难出走。

正在赵盾和朝中卿大夫为立君问题矛盾对峙，公子雍由秦兵保护返回晋都的时候，晋襄公的夫人穆嬴抱着怀中的太子，每天到朝廷上痛哭说："先君有什么罪过？他的儿子有什么罪过？舍弃嫡长子为君，到外国去迎立庶子，把太子放在什么地位？"散朝之后，穆嬴又抱着孩子到赵盾家中，向赵叩头下跪说："先君临终时，把这个孩子托付给你，还说这孩子很聪明，寡人愿意由你辅佐，成才不成才，就看你对他的教育怎么样。先君已逝，可是他的话还在耳边，现在你要抛开太子不管，怎么对得起死者呢？"赵盾和朝中诸大夫都被穆嬴哭诉一事纠缠得头昏脑涨，又担心出现意外情况，便改变主意，放弃迎立公子雍，决意立太子夷皋为君主，是为晋灵公。

为了防备公子雍回国添乱，赵盾还亲率三军，在令狐与秦康王派遣的护送公子雍的秦军队打了一仗，击溃了秦军。到秦迎立公子雍的晋大夫先蔑，因为晋国失信，躲在秦国不敢回国了。

年幼的灵公上台后，朝政由赵盾主持，他尽心辅政，对外巧施外交，对内严于律法，执政期间，几次召开诸侯大会。如前613年，在宋地新城的会盟。过去附属楚国的陈国、郑国、宋国，都改而听从晋国的号令，连周王与人发生纠纷，也请晋国赵盾去为他们居中调停。一晃十多年过去，晋灵公由刚立时的毛孩子长大成人，开始亲政。他是一个荒淫无道的君主，前612年，与宋昭公、卫成公、蔡庄侯等各国诸侯在扈城会盟，讨论伐齐大计时，居然接受贿赂，使诸侯国军队中途而退，舍弃了到手的弱齐的机会。晋灵公对内向人民横征暴敛，贪图奢侈。所居宫室雕梁画栋，政事不理，却极喜做恶作剧，经常站在宫台上，用弹弓向下击打过路百姓，见到人们鼻青眼肿，抱头逃窜，便开怀大笑，以此取乐。厨师因烹炖熊掌不熟，就被杀死、剁成肉块，用草席裹着拖到宫外，经过朝廷时，被赵盾和已经被请回国的大夫士会两人看见。两人感到灵公如此行事，必将危及国家社稷的安宁。赵盾马上站起，要去谏诤。士会认为不如让自己先去劝说，否则两人一道劝谏，被灵公拒绝，以后就再也没有人谏诤了。士会一连上朝三次，都被灵公伪装没有看见，不予理睬。后来士会追到屋檐下，总算找到了，灵公马上说"寡人已经知错"。但过后照样挥霍无度，大肆刮民。由于赵盾多次当面直谏，灵公非常讨厌他。到了前608年，因为灵公的奢侈无度，朝中卿大夫们，一致要求把朝政交赵盾主持。由此，灵公视赵盾为眼中钉，加上奸佞屠岸贾从中挑拨，灵公竟然两次派人刺杀赵盾。

一次灵公派武士钼麑去赵盾家刺杀，钼麑一大早潜入赵盾府中，见到赵盾的寝室门已经打开，赵盾早已穿好朝服正襟危坐在室内，只是起来太早，坐在那里打盹。钼麑见状，退回室外，感叹道："如此勤奋为国、恭敬君主、替民办事的好人，才是百姓的主人，杀死这样的人是不忠，不杀又违背了君主的命令，如此两难，还不如死了好。"结果鉏麑自己撞死在赵盾家院子中的一棵槐树上。

前607年秋九月，晋灵公亲自出马，假意请赵盾进殿赴宴，暗中伏下甲士，想乘机杀赵盾。赵盾不明就里，前去赴宴，正在饮酒间，幸亏卫士提弥明细心，觉察了情况异常，赶紧扶赵盾下堂。灵公见一计未逞，又放出恶狗咬赵盾，提弥明出拳击死恶狗，挥剑杀向围上来的甲士，不久力竭战死。赵盾正在孤身奋战时，突然甲士中一人倒戈反击，原来这个甲士叫灵辄，以前曾受过赵盾的救济，后来进宫当了灵公的甲士。灵辄感激赵盾在自己困难时伸出援助之手，此时感恩反戈。赵盾在他的掩护下，走出宫殿，也来不及收拾行装，就离城外逃，出城时遇见了族弟赵穿田猎归来，得知晋灵公杀赵盾的详情后，让赵盾暂时外出避祸，朝廷的一切事宜由他来布置安顿。

赵穿是晋襄公的女婿，灵公的姐夫，平时与赵盾关系亲密。赵盾逃走后，赵穿旋即上朝，装出一副诚恳的样子，对晋灵公说："我们赵家人犯了错误，侵犯了陛下，请贤君免掉我的官职，处治我吧！"晋灵公一听，以为赵穿诚心诚意来道歉，倒也心中感动地说："此事与你无关，是赵盾犯了欺君之罪，你还是好好供职吧！"赵穿又说："做国君最大的快乐就是及时行乐，先前齐桓公宫内美女充斥，正宫之外，还有妻妾六人。先君文公六十多岁还纳姬拥美，贤君正当年壮，何不多选美女入宫呢？"晋灵公本性荒淫，经不住赵穿鼓动，赶紧问："你看这事谁办合适呢？"赵穿答道："大夫屠岸贾可以办理。"灵公听信了赵穿所说，很快把屠岸贾打发去选聘美女事宜。

赵穿见灵公已上圈套，又进一步施放迷惑烟幕，装作十分关心灵公安全的样子，献言道："贤君经常出宫，安全很重要，我想挑选一些精壮甲士，卫戍陛下。"灵公夸赵穿忠诚，很高兴地接受所请。赵穿立即回府，挑出二百心腹甲士，详细布置好任务。第二天，赵穿禀报灵公："甲士已经齐备，请您检阅吧。"灵公在桃园阅看甲士，果然个个英武过人。灵公心中大喜，令侍人赐酒宴予赵穿，两人行酒饮宴，正在酣热口干时，赵穿发出动手暗号，站在左右的二百甲士，立即挥戈向前，灵公还未来得及吭声，已被甲士砍下了脑袋。

赵穿杀死灵公后，立即派人通知赵盾。赵盾尚未逃出晋国国境，被赵穿遣人追回，请回都城主持国政。赵盾回都后，派赵穿前去周天子处，迎立晋文公另一儿子黑臀回国为君，是为晋成公。赵盾又改革旧的宗法制度，加强国内公族力量，由此以后，赵氏公卿逐渐占据晋国朝廷的重要职任。

赵盾是晋国卿大夫中一位有名的才干之臣，晋襄公时，拜为中军佐，居朝廷政要，史载他上任后制定典章，修正法令，清理狱讼，惩治罪犯，兴革国政积弊，选贤任能，完备晋国法律制度，促进了晋国社会的发展。就是这样一位才干贤卿，遇上了一个荒淫奢侈、残暴纵欲的暴君，也是正不压邪，两次被暗刺，险些丧命，最后只得匆匆逃向国外。对付此类暴君，倒是耍弄阴谋的族弟赵穿方法最有效，他一味以谀语奉承，曲意逢迎，顺着荒淫的灵公心意，选美女，说好话，表忠心，做假戏，以"笑口忠诚"，掩盖诛杀动机。待到灵公被迷惑欺骗，赵穿就以"尽忠"的二百甲士一举而诛，使灵公人头落地，尚不知自己冤家的面孔。此事例证明，政治斗争之中，计谋的运用何等的重要，正人者赵盾之失利，行计者赵穿之胜利，正应了此章的标题——阴谋者胜。

第四，两面三刀，一身多色，制胜之计在其中。

中国君主专制政体，以家天下为重要标志。君主以家天下计而选官，臣下以私家权益计而入仕，其自私自利的特性明显。历史总为尊者讳，对于君主的描述多为君王圣明，即便是有些过失，也归罪于臣下。作为臣下，为了取得君主信任，攫取权力，也会不择手段，进而造就了一大批置政治道德于不顾的政治家、阴谋家，没有诡顺就无苟进，不能献媚取悦，哪能升官发财？翻手为云、覆手为雨，脸面之变化，恰如《镜花缘》小说中两面国之人，常人难测。

事例：两面人物，田乞立君公子阳生

田乞是春秋时期陈国贵族的后代，因为陈国宫廷内部争斗不息，祖先为避祸逃到齐国改姓田氏。到齐景公执政时，田氏家族已在齐国稳固了脚跟，并且利用齐景公一心称霸诸侯，对外逞威而疏于内政，苛暴百姓，履贱踊贵，怨声载道的社会腐朽局面，有心以田齐替代姜齐。田乞最终以笑里藏刀之计，行两面派手法，趁着齐景公逝世后的动乱形势，以阴谋手段除去齐君晏孺子，立公子阳生。

齐景公执政齐国时间长达五十八年，到了晚年昏聩愚执，虽然他的嫡长子已经死去，但儿子中成年者也在数不少，却迟迟不立嗣子。他娶爱宠妾鬻姒所生的儿子荼，曾经自己趴在地上，用口衔着绳子，装作老牛状，让荼手牵着行走。一次因不小心，景公的牙齿竟被拉折，却毫无怨言。后世的"孺子牛"成语即由此出。朝廷的群臣都担心他弃长立幼，以荼为太子，就劝谏景公："贤君年事已高，至今还没有立太子，不知道该怎么办好呢？"景公却说："各位贤卿不用担心，担心发愁会生病的，只要各位自己快乐，何必担心没立君主呢？"景公弃国家立储大事于不顾，一意孤行，不久真的病重身危了，便立荼为太子，派国夏、高张两人辅佐荼理政，并把其他众公子逐赶到莱邑（今山东省黄县东南）居住。前490年冬十月，齐景公一病呜呼，荼在国氏、高氏扶助下，即君位，史称晏孺子。公子嘉、公子驹、公子黔逃亡卫国；公子鉏、公子阳生亡命鲁国。

　　齐景公的立储失措，给野心家田乞提供了大耍阴谋的良机。早在景公任内，田氏就联合国中鲍氏，把齐国擅权的公族栾氏、高氏排挤出政坛。田乞还采取收揽人心的办法，如济救贫困孤寡者粮食，或以小斗收米、大斗出贷手段，争取国中百姓的支持。对外结好诸侯以为外援。晏孺子上台，依靠国氏、高氏撑腰，田氏便施展阴谋，首先把目标对向政敌国夏、高张。

　　田乞先是假作伪装，千方百计亲近国夏、高张，对二人所言一意逢迎，把自己打扮成与二人同党模样。每次上朝，总与二人同乘一辆车，坐在车后作陪乘，好像是卫士一样，恭顺有礼。上车后，又必然谈论朝中的大夫们，田乞对高张、国夏说："朝中的大夫都很傲慢，桀骜不驯，不把二位贤公放在眼里，以后也根本不会听从二公的命令。他们还说：'高、国两人控制了国君，一定会威逼我们，为何不把两人除掉呢？'"田乞说完，又伪装成真切关心高张、国夏两人安危之态，假惺惺地说："我看这些大夫们，肯定会对两位贤公下毒手，你们应该早做准备，最好把他们全部杀死，等待迟疑，只是下策。"到了朝殿，他本应该站在高、国二相身边，可是却诚惶诚恐地说："那些人都是虎狼一般凶残的奸臣，见到我站在两位贤公身边，会把我立时杀死的，请让我站在他们身边吧！"

田乞在高、国两人面前表演完毕，又跑到诸大夫们中间反口说到："高、国两人恃仗国君的宠信，正要打你们这些人的主意，要收拾你们呢！二人还说：'齐国多灾多难，都是先君宠信的大夫们的缘故，不把大夫们铲除，国君的位子就不能巩固。'据说他们已商定好计划，你们为什么不趁二人还没有动手，先下手为强，把他们杀死呢？等他俩动手之后，你们可能后悔都来不及了。"大夫们都不明白田乞从中煽动的秘密，也就相信了田乞的话。

前489年6月8日，田乞联合鲍牧和被鼓动而起的诸大夫们，乘着高张、国夏没有防备，率甲兵攻进国君晏孺子的宫殿。高张得知消息后，与国夏坐车带兵冲出宫室，在都城临淄的大街"庄"地交战，结果高、国二人战败溃逃，国夏逃到莒国，高张、弦施和晏子的儿子晏圉等人逃亡鲁国。

田乞联合大夫们共同逐除了国、高二人，晏孺子被迫做了傀儡君主，但是鲍牧等人对他仍有牵制，田乞想个人在齐国的专权目的还没有完全达到，就想废晏孺子，把与自己要好的阳生迎回国内立为齐君。当初齐景公想立荼为齐君时，曾询问过田乞，为奉迎景公，故意说："国君值得快乐的事情，就是想立谁废谁，由自己做主，不管他人议论如何。国君想立荼，做臣子的就请求立他好了。"田乞内心反对立荼，却不愿当面明说，背过身子，私下告诉公子阳生："国君要立幼子了，废掉本应册立的世子，肯定还会把你杀死，我没有坚持立您，是想让您能生活下来，赶快逃离齐国吧。"田乞还送给阳生一柄玉节，让他逃到鲁国。国、高被驱逐后，田乞立即遣人去鲁国请阳生回国，阳生对田乞的举动很担心，在安置好自己的室家后，乘夜色悄悄进入京都，临淄的城民平时得到田乞不少好处，知道了阳生入城，住在田乞家，也没有外传。

田乞为了立阳生为齐君，也费了不少脑筋。他谎称自己的夫人要在家中做一次只有鱼、豆为祭品的祭祀活动，邀请立功的诸大夫们参加。结果大夫们到了田家，正在饮宴时，抬上了一只大口袋，打开袋一看，却是公子阳生。田乞马上说道："这就是我们的新君。"说完带头拜谒起来。众大夫突兀之下，虽然惊诧，但见事已如此，只好跟着叩头拜尊。田乞又要众人一起盟誓，盟约刚刚初定，不想同立驱逐高、国二相有大功的鲍牧，醉醺醺地赶到，车夫鲍点问众人："立新君是谁的主意？"田乞欺鲍牧酒醉，随口胡诌道："这是你家主人鲍牧的主意！"哪知鲍牧酒醉心明，见田乞当面说谎，怒斥道："你自己胡作非为，难道阁下忘记了先君景公要我们辅佐晏孺子的遗命吗？先君酷爱孺子，曾作牛而被拉掉齿，可是现今你就想背叛景公！"鲍牧当面揭穿了田乞的谎言，使众大夫都明白了自己被田乞所摆布。一时间气氛紧张，大家都一言不发，最后还是阳生给鲍牧磕头求情，要求和平解决。鲍牧见木已成舟，只好说道："谁不是君主的儿子呢？立哪个不都是一样？"同意参加盟誓。阳生即日登台，是为齐悼公。田乞把晏孺子遣往赖城（今山东章丘西北），不久又把他杀死。晏孺子母后鬻姒亦被诛杀，景公及晏孺子的党羽，如王甲、王豹、江说等人，或被杀，或被下狱囚禁。

田乞发动的这场废晏孺子立阳生的政变，加速了田氏代齐的步伐，田乞由此居相位，执政齐国。他极力逐杀异己势力，又用抛撒钱财手段收买人心，姜齐政权逐渐为田氏所取代。到了前484年，田乞的儿子田常杀悼公，先立齐简公，又杀死简公，立齐平公，此时齐国之政为田常大权独揽，国中公族中势强者如鲍氏、晏氏、监止等尽被诛杀，齐政权名存实亡。

从以上史实可以看出，田乞为了实现自己的政治目标，多次使用笑里藏刀之计，对景公遗命的权臣国夏、高张，貌似恭顺，亲服其劳，取得高、国的信任，实际是搜取二人的情报，转而告诉诸大夫。对高、国采取两面派的阴谋手段，暗中却挑拨诸大夫对高、国的仇恨，最后联合鲍牧等诸大夫，赶走高、国两相。对待齐景公立嗣问题，他心里反对立公子荼，却当面奉承景公，不表示自己的真实意见，背后又拉拢公子阳生，为他通风报信，让其逃到鲁国。等到以欺骗手段诳骗诸大夫进入自己府中立盟誓，拥田生为齐君，又当面撒谎，欺诈说立新君的主意是鲍牧所出，结果被酒醉心明的鲍牧当众戳穿其阴谋家嘴脸。幸亏阳生灵机一动，予以转圜，才没有被鲍牧所杀。从晏孺子被立到齐悼公上台，他是三次使用笑里藏刀之计，结果是节节胜利。

事例：袁世凯转首告密，六君子尸陈京城

1895年的中日甲午战争，中国被蕞尔小国日本打败，不得不求和，割台湾，赔巨款，中国进一步沦入半殖民地国家。到了1897年，俄、英、法、日等列强又在中国进一步掀起瓜分狂潮，强占旅顺、大连、威海卫、广州等租借地，划定辽东、山东、长江流域、云南、广西、福建等为势力范围，中国危若累卵，将有亡国灭种的危险。在此形势下，以康有为、梁启超为代表的资产阶级改良人士，试图通过自上而下的改革，挽救危亡的国家。一时间，他们办报纸、开学会、上书光绪皇帝，在全国上下掀起了一场轰轰烈烈的资产阶级维新运动。由于笑里藏刀的投机分子袁世凯告密，最后被代表专制顽固势力的慈禧太后一伙残酷镇压，康、梁二人避难海外，谭嗣同、康广仁等六君子被慈禧太后下令斩杀于北京菜市口，中国近代史上资产阶级第一次登台领导的一场政治运动，也以失败而告终。

维新运动的高潮期是在1898年初，康有为先前五次上皇帝书后，又撰写《应诏统筹全局折》，指出世界形势是能变则全，不变则亡；全变则强，小变仍亡。他说：日本因为学习西方，搞了明治维新的改革，走上了独立自强的道路，中国也应该效法，请皇帝以雷霆霹雳之势，创造天地万世之功。要变法维新，当务之急要做三件大事：一是大誓群臣，明定国是，以革旧维新，采纳天下的舆论，取万国的优良法律制度；二是在宫中开设制度局，选拔通才二十人，将以往一切制度重新商定；三是设待诏所，允许百姓上书朝廷。康有为还把自己的新近考证日本、俄国改革的著述《日本变政考》《俄大彼得变政考》，呈送给光绪皇帝。同时，康有为等人还在北京成立了爱国救亡组织"保国会"，汇集维新改良力量。

　　康有为、梁启超等人发动的维新运动，得到了光绪皇帝的大力支持。自甲午战争之后，光绪皇帝有感于在自己手中丧地赔款，羞耻难当，同时又不满慈禧太后专权用事，自己仅做个傀儡皇帝，有心利用康、梁等维新派人士的活动，逐渐从慈禧太后为首的后党手中争回权力，摆脱慈禧太后对自己的控制。所以他让自己的老师、军机大臣翁同龢等人，与康有为等维新派人士密切联络，积极商讨。1898 年 6 月 11 日，光绪皇帝颁布"明定国是"诏书，明确宣布要博采西学，改良维新。从这天起，由康有为等人起草的变法诏令，如雪片一样，纷纷而下。这些诏令中，既有政治方面的革新措施，又有事关发展农工商经济和发展文化教育事业的内容，一时间全国上下，有了一股革旧布新的气象。

　　维新运动的开展，从一开始就遭到顽固势力的反对和攻击，各省督抚多持观望态度，拒不执行皇帝的诏令。康有为等人要废除八股，那些醉心于科举的士人一致反对；撤并闲散衙门，裁汰冗员，那些丢了乌纱帽的官员，如丧家之犬，极力攻击变法新政；删改衙门旧例，腐朽的官僚们一齐反对；裁除旧军银饷，又遭到地方军阀势力反对；旗人自谋生计，那些养尊处优，过惯了寄生生活的八旗子弟们，对康、梁维新派恨之入骨；取消各地书院、私塾，改旧式书院为新式学堂，又使那些和尚、道士，以及把持书院的土豪劣绅痛心疾首，欲食尽康、梁等人之肉方才解恨。这些反对势力聚集在慈禧太后为首的后党顽固派周围，一齐要求扼杀正在开展的新政。慈禧太后等人先后采取了不少措施，予维新力量以限制、打击，把支持变法的军机大臣翁同龢革去一切职务，开缺回籍，剪除了锐意变法的光绪皇帝羽翼；规定新任命的二品以上文武大员，必须到慈禧太后面前谢恩，把人事大权控制在手中，使光绪帝无法提拔任用维新人士；慈禧又任命亲信荣禄为直隶总督、北洋大臣，统帅董福祥的甘军、聂士成的武毅军、袁世凯的新建陆军，又把北京城和颐和园的禁卫控制起来，监视光绪帝、帝党人士和维新派的活动。

光绪帝对后党的进攻也进行了一些反击，任命谭嗣同、杨锐、刘光第、林旭军机四章京，负责起草诏书，革斥了一些后党分子。例如 9 月 4 日，把礼部怀塔布、许应骙等阻挠王照上书的六堂官革职。怀塔布是慈禧的亲信，被革职后，带了同伙几十人到慈禧太后面前，泣诉皇帝无道。由此，顽固势力开始筹划反扑，积极奔走于颐和园的慈禧太后和驻守天津的身兼将相手握兵权的荣禄之间。慈禧还训斥到颐和园请安的光绪帝。早在 8 月 23 日那天，慈禧太后就要光绪帝于 10 月间，同她一道去天津检阅新军。到了这时候，帝后两党、新旧两派之间矛盾已尖锐激化，当时京津一带风传慈禧太后、荣禄等人要在 10 月阅兵时废黜光绪皇帝。

光绪皇帝感受到了顽固势力的强大压力，害怕皇位不保，接连二次发出密诏，命康有为、谭嗣同等人妥速筹商办法。又要康有为迅速南下上海，想缓和帝后两党的矛盾。9 月 18 日，康有为、谭嗣同等人接到光绪帝密诏，跪诵痛哭，心潮激荡，迅速草诏谢恩，申言誓死救护皇上，但如何救护呢？便把一切希望寄托于袁世凯身上。

袁世凯，河南项城人，早年科举之路并不得志，靠攀援淮军将领吴长庆和李鸿章的门路，曾任驻朝鲜总理交涉通商大臣。甲午战争爆发前夕，装病回国。他性狡多变，喜欢投机，甲午战争爆发后，预计清兵不敌日兵，李鸿章会由此失势，回京后便拜倒荣禄门下。为讨好荣禄，把自己令人捉刀翻译的兵书呈给荣禄指教，卑躬屈膝表白自己倾慕荣公已久，因此被派到小站接替胡燏棻练兵，为自己日后北洋军阀势力的崛起，奠定了基本的班底。康有为等维新派开展维新活动时，他看到来势凶猛，潮流所趋，而且光绪皇帝为首的帝党也支持鼓励，便又与康有为交结示好，还与康有为饮酒商谈，极力讨好推赞。康有为等人办强学会，他捐款参加以示支持。袁世凯同时也看到光绪帝为首的帝党与后党争权不停，鹿死谁手尚待确定，所以又脚踩两只船，一边与翁同龢谈论时局维艰，一边不停地夤缘于后党中坚荣禄之门，大耍两面派手法。当光绪帝在9月感到形势严重的时候，经康有为等推荐，9月16日、17日，光绪帝两次召见了手掌七千新建陆军的袁世凯，袁当面向皇帝表示，国政腐败，非改革不足于扭转乾坤，表示自己拥护变法。光绪帝为此暗示他可不必受荣禄节制，并赏以侍郎衔，专办练兵事宜。袁世凯因召进京后住在法华寺内，虽蒙皇帝垂青，但他同时奔走于顽固派之间，打探慈禧太后的动向态度，也就是他在京期间，荣禄等人借口英俄即将海参崴开战，把董福祥甘军调迁长辛店，聂士成军驻天津，北京形势已十分危急。

9月18日，康有为等人经过仔细密商后，把救护光绪皇帝，防范顽固派政变镇压的唯一希望，寄托在一贯表示拥护维新的袁世凯身上。当天深夜，谭嗣同携带光绪帝密诏，到法华寺找袁世凯，劝说袁世凯勤王救主。袁世凯听说新近提拔的天子近臣来访，赶忙起身热情相迎。谭嗣同问袁世凯："君以为当今皇上如何？"

袁世凯赞叹道："今上是旷代的圣主。"谭又问："荣禄等人天津阅兵阴谋一事你知道吗？"袁世凯似是而非地答道："是的，当然听到一些传闻了。"谭嗣同便拿出光绪帝的密诏给袁看，情绪激昂地说："今天可以救我圣上的人，唯有足下，足下如愿救请救之；如果不愿意做，请到颐和园告发我，足下可以以此得富贵高官。"袁世凯听到谭嗣同如此说，正色厉声道："君以为袁某是什么人？我家三代受国恩深重，圣上是我们共同拥戴的主子，我和您一样同受圣上殊恩，救圣上之责，非独足下一人，我也有份，绝不会丧心病狂，贻误大局，如有指教，我很愿聆听。"谭嗣同见袁世凯如此表态，就把心中所想的如数说出："荣禄等人阴谋乘天津阅兵，胁迫圣上。天下英雄，唯有足下，如果荣禄等人起变，请足下以新军保护圣上，那就是立下不世功业！"袁世凯正襟说道："如果皇上阅兵时，急速驾驰我的营中，下号令诛荣贼，我必定跟随诸位君子之后，竭尽死力救护圣上，挽救局势。"谭嗣同又问道："荣禄待足下一向不错，你怎么对待他呢？"袁世凯笑而不答，他的一位亲信幕僚插话道："慰帅早知荣禄不过是施行险巧心计，利用罢了。"谭嗣同接着说："荣禄是曹操、王莽之类的雄才，对付起来恐怕不怎么容易呢！"袁世凯义愤填膺地说："如皇上在我的营中下令，则杀一荣禄如杀一条狗一样，没有什么难处，请君放心好了。"谭嗣同见袁世凯态度如此坚定，就与袁详细讨论救护皇上的措施。两人商议妥当，袁世凯假意说事情紧急，荣禄控制了军营火药枪弹，要速回天津调兵贮弹。谭嗣同见事情已定，满怀喜悦回去向康有为、梁启超等人汇报。

　　袁世凯当夜骗走谭嗣同后，辗转反侧，夜不能寐，如痴如病一般。袁世凯想到光绪帝并无实权，维新派书生用事，空谈居多。慈禧执政多年，权大势众，倒向帝党，自身恐怕难保。20日上午，他循例陛辞皇帝后，立即作出决定，乘车回天津，向荣禄告密。荣禄接报，漏夜搭车入京，到颐和园向慈禧告变。9月21日，慈禧太后率大批随从，赶回皇宫，把蒙在鼓里的光绪帝召至宫室，大加训斥，接着宣布重新临朝听政。光绪被囚禁中南海瀛台，同时下令："康有为以进丸毒弑大行皇帝，著就地正法"，"梁启超与康有为狼狈为奸，一体拿办。"在全国通缉，结果康有为、梁启超等人因得英人和日本人帮助，逃亡香港、日本。谭嗣同本来可以逃走，但他对梁启超说："不有行者，无以图将来，不有死者，无以酬圣主。自古以来，地球之上，没有行变法不流血的。中国二百年来，没有为民变法流血者，因此国家未能昌势，就让谭嗣同开这个头吧！"28日下午，谭嗣同、林旭、刘光第、康广仁、杨深秀、杨锐"六君子"在菜市口被杀，一场轰轰烈烈的爱国救亡运动宣告失败，而告密的袁世凯，则被慈禧赏识升官，做了工部左侍郎，也为进一步扩大自己的权势奠定了基础。

三、趋利避害　官场常用之计

笑里藏刀，作为三十六计的第十计、敌战计的第四计，在中国古代政治场上，被政治家、阴谋家、野心家们经常使用，但究其实施而言，亦受时间、地点、环境条件，以及用计者本身的身份、地位、权势等多方面限制。其主要应用范围有：

第一，敌对国家、割据势力之间的使用。

国有强弱，力有大小，无论是强国、弱国，或是势均力敌的
国家之间，在相互为敌的抗战中，都善于使用笑里藏刀之计。春
秋末期的军事理论家孙子，正是从中国古代的敌对国家之间的大
量战例中，总结出"辞卑而益备者，进也"、"无约而请和者，谋也"
这两条对敌作战的经验教训。古往今来，敌国之间的争战，以军
事实力作后盾，无不同时借助于政治、外交手段辅助政敌，笑里
藏刀之计常常被应用到政治行动中，以此掩护己方暗中积极策划
的军事行动。一般的使用情况是，以主动输诚示好、结盟建交、
外交和谈、互相交换资财、双方政治权要的互访等手法，使对方
相信自己友好的诚意，放松对己方的警惕性，松懈武备。但己方
这些行为都是一种伪饰手段，目的是掩饰自己正在加紧修整器械
养精蓄锐，积极酝酿的另一次更加猛烈的军事攻击。如三国时期，
吴国的大将吕蒙领兵与蜀国名将关羽相抗，吕蒙推荐既年轻又无
名的陆逊做右都督，镇守要地陆口，与关羽大军对峙，自己则称
病留在建业。陆逊利用假和好、真备战之策，走马上任后，立即
送信关羽，信中盛赞关羽功名威重，武勇过人，才比韩信。辞卑
恭敬，推奖关羽。关羽接信后，心中大喜，轻蔑陆逊，放松对吴
军的警惕，不以陆逊为强敌，把驻守江陵的大部分兵马投入发动
的对魏国樊城之战，结果被吕蒙用诈计突然袭击，江陵落入吴军
手中。

第二，在君臣之间的使用。

专制主义中央集权制度的统治结构：一是有一个高高在上的

"真命天子"皇帝，拥有对国家社会绝对的支配权，"天下之事无大小皆决于上"。正如明太祖朱元璋所说："天子居至尊之位，操可致之权，赏罚予夺，得以自专。"君主以"朕"之名义，发制命、行诏令，黜幽陟明，任心而治。君主是行政上的最高决策者，司法上的最高审判官，法律上的最终决定者，天下是他的私产。正如顾炎武所讲："中外之财，皆陛下府库。"二是有一个从中央到地方庞大的官僚机构。君主虽然大权独揽，拥有国家的最高权力，但是行政、司法、政治、军事、文化、财政等诸项领域、众多事务，靠帝王一人去治理是完成不了的。因此必须分官设职，借助于文武臣工的辅助。从秦汉以来，专制君主围绕着强化皇权这个重心，从中央到地方，建起了庞大的官僚机构，中央有三公九卿、文武百官，地方上郡县制度，官设郡守、县令。一切机构、官职的设置，总是朝着皇权的强化、君权的集中方向趋进。

君主专制统治，需要借助于官僚机构这个中介物，通过官吏们具体地执行君主的决策，以行政措施形式表现出来。专制君主对国家权力的独断绝对性，又决定了一切官僚的权力渊源都来自君权，君主决不允许任何超越于自己权力之上的权力存在。君主与臣僚，同属于统治阶级中的利益集团，有方向上的一致性，又有利益上的冲突分歧。任心而行的专权君主，所享有的地位、财富、名分，对有权用权，整日与权力打交道的臣僚、野心家，无疑是一种诱惑。频繁的王朝更迭，从经验上也会刺激那些野心勃勃的臣僚们，产生一种取而代之的"非分之想"，企望有朝一日龙袍加身，尝一尝做帝王的滋味。因此，臣属对君主来说，既是自己必须依赖的力量，又是自己要留心戒备的人物。

中国古代的政治思想家们，对君主如何治国行政，巩固皇权，作了很多的探讨与研究。"为政之道，莫如得人"。君主要亲君子，远小人，选择忠贤才干为自己服务。但是人有庸贤之分，有"君子"、"小人"之别，君主识人是任人的前提。孔子认为"人有五仪，有庸人，有士人，有圣，有君子，有贤"。"庸人者，心不存慎终之规，口不吐训格之言，不择贤以托身，不力行以自定，见小暗大而不知所务，从物如流而不知所执；士人者，心有所定，计有所守。虽不能尽道术之本，必有率也。虽不能避百善之美，必有处也。智不务多，务审其所知；言不务多，务审其所谓；行不务多，务审其所由。智既知之，言既得之，行既由之，则若性命形骸之不可易也。高贵不足以益，贫贱不足以损。君子者，言必忠信而心不忌，仁义在身而色不伐，思虑通明而辞不吉，笃行信道，自强不息，油然若将可越而终不可及者。贤者，德不逾闲，行中规绳，言足法于天下而不伤其身，道足化于百姓而不伤于本，富则天下无菀财，施则天下不病贫。圣者，德合天地，变通无穷，穷万事之终始，协庶品之自然。敷其大道，而遂成惰性。明并日月，化形若神，慧下民不知其德，睹者不识其邻。"

孔子还说："君子喻于义，小人喻于利；君子怀德，小人怀惠。"小人的恶行有五：心逆而险；行僻而坚；言伪而辩；记丑而博；顺非而泽。

人既然有君子、小人之区别，又如何识别呢？孔子又说：人心之险，险于山川，难于知天。天犹有春夏秋冬、早晚之分，人却在淳厚的外貌下，掩盖内心的真情。所以有"貌愿而益，有长若不肖，有顺怀而达，有坚而缦，有缓而悍"。表面谦虚老实的，可能是内心骄傲自满；外表虽不肖，可能心似长者；外表急躁的，或许内心豁达识理；表面坚强的，可能内心软弱；表面和顺的，可能心中凶悍。《六韬》之中记载了姜太公答周武王"如何知士之高低"之问时，也列举了外貌与中情不相符合的十五类人：严而不肖者；主温良而为盗者；貌恭而敬心慢者；外廉谨而内心无至诚者；有精情而无情者；有湛湛而无诚者；有好谋而不决者；有果敢而不能者；有佺佺而不信者；有恍恍惚惚而反忠实者；有诡激而有功效者；有外勇而内怯者；有肃肃而反易人者；有嗃嗃而反静愨者；有势虚形劣而外出无所不遂者。人间万象，人心难测，世上之人言行面貌不一致者比比皆是。狡诈之人类智而非智，愚者似君子而实非君子，形貌温良者可能是心地卑猥，表面恭敬者可能心怀叵测，亡国的臣子看着似忠而实非忠臣。

　　中国古代的先贤们还提出了许多知人的办法。庄子说："远使之而观其忠，近使之而观其敬，烦使之而观其能，卒能问焉而观其智，急与之期而观其信，杂之以处而观其色。"《吕氏春秋》则云："通则观其所礼，贵则观其所进，富则观其所不养，听则观其所行，近则观其所好，习则观其所言，穷则观其所不爱，贱则观其所不为，喜之以验其守，乐之以验其僻，怒之以验其节，哀之以验其仁，苦之以验其志。"姜太公认为知人有八征：问之以言，以观其辞；穷之以辞，以观其变；与之间谍，以观其诚；明白显问，以观其德；使之以财，以观其廉；试之以鱼，以观其贞；告之以难，以观其勇；醉之以酒，以观其态。专制时代有为的君主，往往把识人看作是自己的德行，予以高度重视，通过各种方式、手段，观察、考察要任用的人臣，什么察气色、考志向、测隐恶、揆德行，等等，千方百计要辨其邪正。

由于君主对臣下的任用，关系到君主本身地位的稳固和国家大政的安危，对臣属的品分就非常重要。古代的政治思想家们纷纷予以探讨，各抒己见。荀子在其《臣道》篇中，把臣僚们分成态臣、篡臣、谄臣、顺臣、功臣、忠臣、谏臣、辅臣、圣臣。管子分之为法臣、饰臣、侵臣、谄臣、愚臣、乱臣、奸臣七大类别。唐朝的赵蕤依臣行的正邪，分为圣臣、大臣、忠臣、智臣、贞臣、直臣等"六正"；把具臣、谀臣、奸臣、谗臣、贼臣、亡国之臣等称之为"六邪"，以分出善恶。

圣臣：人臣萌芽未动，形兆未见，昭然独见存亡之机，得失之要，豫禁乎未然之前，使主超然立乎显荣之处。

大臣（即重臣）：虚心尽意，日进善道，勉主以礼义，谕主以长策，将顺其美，匡救其恶。

忠臣：夙兴夜寐，进贤不懈，数称往古之行事，以励主意。

智臣：明察成败，早防而救之。塞其间，绝其源，转祸以为福，君位终，己无忧。

贞臣（即廉洁之臣）：依文奉法，任官职事，不受赠遗，食饮节俭。

直臣（即直谏之臣）：国家昏乱，所为不谀，敢犯主之严颜，而言主之过失。

具臣（即安位素餐的充数之臣）：安官贪禄，不务公事，与世沉浮，左右观望。

谀臣：主所言皆曰善，主所为皆可为，隐而求主之所好而进之，以快主之耳目，偷合苟容，与主为乐，不顾后害。

奸臣：中实险议，外貌小谨，巧言令色，又心疾贤；所欲进则明其美，隐其恶；所欲退则彰其过，匿其美；使主赏罚不当，号令不行。

谗臣：智足以饰非，辩足以行说，内离骨肉之亲，外妒乱于朝廷。

贼臣：专权擅事，以轻为重，私门成党，以富其家，擅矫主命，以自显贵。

亡国之臣：谄之以佞邪，坠主于不义，朋党比周，以蔽主明，使白黑无别，是非无闻，使主恶布于境内、闻于四邻。

中国古代对臣属德行的品目区分，虽然为君主用人善任提供了比较明确的标准，但大都站在维护君权的角度，提醒君主对臣属加强考察监控。《史记·太史公序》云："春秋之中，弑君三十六，亡国五十二，诸侯奔走不得保其社稷者不可胜数。"宫门喋血，臣属篡杀，无情的政治斗争历史，像一面镜子，使君主们感到"君失臣兮龙为鱼，权归臣兮鼠变虎"。君臣之间永远充满了令人心颤惊悚的利害冲突，数不尽的权术计谋之斗。

1. 君主对臣子的使用

从理论上来讲，君主是一国之主，拥有无上大权、至尊之位，其个人之好恶，决定了臣僚的黜退晋迁，无须伪饰自己的好恶情感。但专制制度的政治现实，有不少君主只是从名分上占有对国家的支配权，皇权旁落，权落擅柄权臣、宦官近臣等手中的情况历朝皆见。专制君主为了铲除权臣，削夺功臣，驱除功臣，驱除权阉等，也会大耍两面派手法，以伪饰之笑脸，暂时安抚，寻找战机，翻脸除敌。

2. 臣僚对君主的使用

在古代有关臣僚品行分类中，数列了不少奸臣、谗臣、态臣（奸险之臣）、贼臣、乱臣、谄臣等罪行特征。奸者，诈也，貌似恭敬，居心叵测；外形温良，心中险恶；表面称是，心藏不是；示以顺从，暗藏杀机；大都是这些臣类的共同特征。臣僚对君主使用笑里藏刀阴谋，则大都出于保身固位、升官夺权二重目的。两面人物袁世凯，在戊戌政变中的告密，其两面性既是对谭嗣同，亦何尝不是对光绪帝。袁世凯表面以豪言壮语答应谭嗣同，是在看了谭携来的光绪密诏之后。临回天津前，还到皇宫，身受光绪第三次接见，对光绪帝的器重和期待，口中感谢龙恩，连连称是，但不过一天，就翻脸转向，倒向实力雄厚的荣禄、慈禧太后后党之下。袁世凯卖身投靠，既打消了慈禧太后集团对他的敌视心理，又为日后升迁捞足了资本。

第三，臣僚之间相互使用。

官僚政治，作为君主专制中央集权制度的衍生物，伴随着君主专制政治的始终。官场之上，排挤倾轧、争权夺利的斗争，风云变幻，令人莫测，稍一不慎，就会跌入深渊，踏上黄泉之路。成功者则直冲九天之上，光宗耀祖。官僚们手中权力的渊源皆来自于君主，是拥有至上大权的皇权的部分分割，与君主手中的权力相比，它尽管微小，相对于被统治的广大民众来说，则又是绝对的特权。官僚之间，虽有职务大小不同，但均有役民之权，官僚们则把朝廷措施，看作自己图谋利益的勾当。一旦为官，高车驷马，仆从如云，锦衣玉食，高堂广厦，荫妻封子的生活就随之而来。在专制制度之下，官僚权力缺乏有效的约束机制，政治权力渗透进社会的各个领域的每一个角落，成为社会财富再分配的一种变相标尺，升官就能发财，"三年清知府，十万雪花银"，权力可以带来"名"和"利"，精神和物质的双重享受满足感，对官僚们的心理产生了极大的诱惑，刺激了人们对权力追逐的欲望。所以读书之人不畏十年寒窗，为的是"学而优则仕"去做官，从而得到功名利禄。官僚阶层金字塔式的等级结构权力链，又助长了已入仕为官者对权力更加激烈的追逐。春秋时期"王臣公、公臣大夫、大夫臣士、士臣皂、皂臣舆、舆臣隶、隶臣僚、僚臣仆、仆臣台"的等级含义，到了秦汉以后，并没有实质改变。如唐朝的官僚，有品、阶、爵、勋之分，职事官分为九品，每品之中正、从又有不同，四品之下正从又分上阶、下阶，计九品三十阶，官僚们依品阶的高低不等，领取不同数量的职田、职钱、月俸、食料、杂费。宋代的官品也是九品制，每品正、从不同分为十八等，又有散官阶二十九。以品阶寓禄秩，官的大小，享受的官俸、禄粟、职钱、公用钱、职田、茶汤钱、给卷、厨料、薪炭都有不同。官僚制度本身又有其不可克服的痼疾。人们未仕之前，拼命追求入仕。既仕之后又设法保官、百计钻营升官。官僚的特权，给做官者带来的好处，官制等级结构对特权的充分肯定，使官僚们的权力欲无限膨胀，对权力的追求了无止境。位职少，争夺者众多；已官者不退，下僚者岂能坐等的现实情况，使官僚的相互争斗厮杀成为家常便饭，争斗又必使计谋。唐时的李林甫与张九龄同居相位，李用笑里藏刀之计，当面曲意迎奉，暗下密告诋毁张九龄，直到排挤张离位才予罢休。此类现象也就好理解了。

第四，在起事的农民政权上层人物之间使用。

中国君主专制政治之下，笑里藏刀的阴谋计策，不仅被执政的统治阶级大肆滥用，就是在揭竿而起的农民政权中，也被作为一种争夺权力的手段。中国历史上，农民起事此起彼伏，延续数千年，建立起来的政权，很快地向专制政权蜕化，究其原因：一是农民战争没有能有效地消灭专制的经济关系，还是建立在专制的经济基础之上，其领导者也不可能摆脱专制主义的影响。二是小农经济条件下培育的农民起事领导者，有其不可克服的局限性，他们不能超越自己的阶级之上，去构造一个不同于专制王朝的政权组织形式。正如恩格斯所说："人们自己创造自己的历史，但是他们并不是随心所欲地创造，并不是在他们自己选定的条件下创造，而是直接碰到的、既定的、从过去承继下来的条件下创造。"君主专制制度被农民政权领袖们视为现成的榜样，效仿构筑，建立起一个带有浓厚皇权色彩的政权。太平天国的领导人韦昌辉、杨秀清、洪秀全等人发生内讧，大耍专制式政治计谋，由此观之，也就容易看清楚了。

四、信而安之　以不足为有余

笑里藏刀之计，以奸诈诡巧，行之有效的独特魔力，成为政治斗争场上司空见惯的阴谋伎俩，其基本特点有：

第一，实施方法的欺骗性、诱惑性的特点。

笑里藏刀之计，作为一种阴谋权术，以外示虚假的面孔、情感而开始，不管是笑脸逢迎、巧言令色，还是甜言蜜语、辞卑恭敬等，都是作为暂时取悦、安抚政敌的一种伪饰手段，目的是松懈对方对自己的戒备之心，使对方被迷惑麻痹，而对己方的攻击无所准备。用计者外表与心中实情的不符，正是该计的欺骗性所在。

笑里藏刀之计的诱惑性，是由它的欺骗性决定的。欢愉的笑容，甜蜜的语言，温和的面孔，当面的豪言壮语、满口承诺，谦逊恭敬的态度，都是予以人们耳目心理愉快的行为方式，也是诱导政敌、对手入己彀中的有效手段。政治家、阴谋家、野心家们通过施放此类令人悦目赏心的迷雾，诱其不知不觉上当受骗。李林甫要逐严挺之，把挺之之弟严损之找来，促膝谈心，叙旧说情，说要向皇上报告推荐损之为员外郎，又装出设身处地为其兄严挺之着想的态度，积极地出谋划策，说挺之可以通过称病求医进京的办法，面见天颜，创造被唐玄宗重用的机会。李宰相的如此热情帮助、和蔼可亲的态度，终于诱惑动摇了严损之，回家后即给挺之写信，让其呈称病折，为李林甫去严挺之主动送去了难以自明的把柄。

第二，就用计者的政治心态来说，具有表演性、后发制胜的特点。

笑里藏刀之计实施的成功与否，首先要得力于伪饰，运用者能否用假象"信而安之"，不使政治对手、政敌察觉出用计者的真实动机，是"备而后动"取得胜利的关键。用计者在政敌面前的表演，笑得要自然，甜言能入耳，蜜语能中听，务必达到自然逼真。

在表演时，准确揣测政敌的心理，根据对象、时机、环境的不同，"火候"要掌握得恰到好处。恰如楚国的郑袖一样，生动逼真的表演，不仅欺骗了魏美人，连楚怀王也感叹她比孝子顺父、忠臣奉君还要好。

笑里藏刀之计，用阴以图之、备而后动的办法，绵里藏针，柔中寓刚。中国古代的思想家们很早就从哲学的高度阐述刚与柔之间的辩证关系。出生于春秋末年的道家思想创始人老子，曾经讲道："天下莫柔弱于水，而攻坚强者莫之能胜，以其无以易之。弱之胜强，柔之胜刚，天下莫不知，莫能行。"认为柔弱是可以胜刚强的，其方法是"将欲歙之，必固张之；将欲弱之，必固强之；将欲废之，必固兴之；将欲夺之，必固与之；是谓微明，柔弱胜刚强"。通过将收敛必先扩张，将夺取必先给予等方式，促进了强大的事物尽快地走向反面，从而达到以弱胜强。思想家哲学上的探索，很快地被军事家、政治家们用在战场和政坛之上。楚汉相争时的汉王刘邦面对项羽大军的咄咄相逼，说要"宁斗智，不能斗力，老其锋而用之"。《鬼谷子》云："柔弱胜于刚强，故积弱可以为强，大直若曲，故积曲可以为直，少则得众，故积不足可以为有余。然则以弱为强，以曲为直，以不足为有余，斯道术之所行，故曰道术行也。"西汉刘向所著的《说苑》一书，记载了叔向与韩平子"刚与柔孰坚"的答问："柔者纽而不折，廉而不缺，何为脆也？天之道微者胜，是以两军相加，而柔者克之，两仇争利而弱者得焉。"刚柔之间相辅相成的辩证关系，被中国古代的政治家们融会贯通，残酷的政治斗争现实使他们懂得单纯用刚，其刚必折。曹植任性而行，被曹操相弃；曹丕善于矫性自饰，臣僚宫人，都为他说好话，终于被曹操定为嗣君。所以政治家们更强调的是刚柔结合，刚中有柔，柔中有刚。君主驭臣要德威并举，宽猛相济，刑术相寓、文武并用。笑里藏刀之计，正是把刚柔相济精神加以贯通，刀为刚、为阳；笑为柔、为阴；阴以图之，备而后动，先之以柔，后施以刚，刚柔相寓，刚中柔外，最后制胜于敌。

第三，斗争中的实用性、有效性的特点。

政坛之上，翻手为云、覆手为雨的两面人物到处可见。笑里藏刀之计，无论对政治家、野心家、阴谋家、政治势力团体、对峙的敌国来说，都能适用，它是一种易于操作、行之有效的阴谋计策。以势力大小来划分，强者用之，弱者也操之，应用范围极为广泛，说明了它的实用价值。

笑里藏刀之计的有效性，是因为此计使用时，在技术手法上，利用人性的弱点，针对政敌的心理而设计，藏干戈于人们乐于接受的笑脸背后，伪饰的手段高明而难以察觉，政敌常常在不自觉之中踏入陷阱。

李代桃僵

——势必有损　定要弃小存大

本计云："势必有损，损阴以益阳。"其大意是：当局势的发展到必然要有所丧失的时候，要舍得用局部的损失，以换取全局的胜利。阴者，小部、局部也；阳者，大部，全局也；损阴益阳，即以小换大，以局部损失换取大部胜利保全。

"李代桃僵"一词，本出于《乐府诗集·相和歌辞·鸡鸣篇》，诗中云："桃生露井上，李树生桃旁。虫来啮桃根，李树代桃僵。树木身相代，兄弟还相忘？"虫来啮咬，用李树代桃，换取桃树的生活，喻指以彼代此，舍乙保甲。

一、损阴益阳　失局部赢全局

《周易·损卦四十一》云损：有孚，元吉，无咎，可贞，利有攸往。曷之用？二簋可用享。《象》曰：山下有泽，损。君子以惩忿窒欲。

【一爻】初九，已事遄往，无咎。酌损之。《象》曰："已事遄往"，尚合志也。

灭成济三族，司马昭掩代魏之心

【二爻】九二，利贞，征凶。弗损益之。《象》曰：九二利贞，中以为志也。

【三爻】六三，三人行，则损一人，一人行，则得其友。《象》曰：一人行，三则疑也。

【四爻】六四，损其疾，使遄有喜，无咎。《象》曰："损其疾"，亦可喜也。

【五爻】六五，或益之十朋之龟，弗克违，元吉。《象》曰：六五元吉，自上佑也。

【六爻】上九，弗损益之，无咎，贞吉，利有攸往，得臣无家。《象》曰："弗损益之"，大得志也。

《周易·咸卦三十一》云咸：亨。利贞。取女吉。《象》曰：山上有泽，咸。君子以虚受人。

【一爻】初六，咸其拇。《象》曰："咸其拇"，志在外也。

【二爻】六二，咸其腓，凶。居吉。《象》曰：虽"凶居吉"，顺不害也。

【三爻】九三，咸其股，执其随，往吝。《象》曰："咸其股"，亦不处也。志在随人，所执下也。

【四爻】九四，贞吉，悔亡。憧憧往来，朋从尔思。《象》曰："贞吉悔亡"，未感害也。"憧憧往来"，未光大也。

【五爻】九五，咸其脢，无悔。《象》曰："咸其脢"，志末也。

【六爻】上六，咸其辅颊舌。《象》曰："咸其辅颊舌"，滕口说也。

本计计文云："损阴以益阳。"其本卦为山泽损卦，相参以咸卦。损卦上为阳，下为阴，即损下卦阴以益上卦阳。下卦为己，上卦为敌。损己益敌，于己不利；从"兑泽"言，兑为悦，意为多损而感高兴，定有他图，否则，不会有此损己益敌之举。同时，益敌的目的是取悦于敌，以少损而获大益。按易理推演，山泽损卦的对卦是泽山咸卦。所以必参以咸卦。其卦形：一是一阴在上，二阳在下，称"兑泽"；一是一阳在上，二阴在下，称"艮山"。

损卦的卦辞为："损，有孚，元吉，无咎；可贞，利有攸往，曷之用？二簋可用享。"其意为：损卦即减损。只要有诚信，就会元大吉利，没有过失；可长久持续，有利于前进。何以体现？两个竹篮的祭品，即可用来祭祀。

咸卦的卦辞为："咸，亨，利贞。取女吉。"意思是说：咸卦即是感应，亨通，坚贞有利，娶妇吉祥无过失。

先看损卦，损下阴益上阳。下阴只有六三爻，上阳只有上九爻。所谓"损阴而益阳"，是指只嫁女，不娶妇，如此，艮卦甘损而取悦于彼，使六三与上九恢复阴阳相应之道，而咸卦，总体是男女交合感应。兑上艮下，喻少女少男，因年龄相当，阳刚英俊的少男甘心屈居于娇美的少女之下，以示上九追六三，即少男追少女。再者，兑为我，艮为敌。以柔弱难于抵抗阳刚之敌。然而咸卦有"娶女吉"之辞，显示其仅有娶女之心，无嫁女之意。于是只有投其所好，满足其欲望，以女相送，阻阳刚之敌停止侵害。这样做的目的，一是转移视线，二是己方得以积蓄力量反弱为强，再寻隙战而胜之。

该计用在军事上，是指一种军事作战的机动权变之策，当敌我双方优劣对比出现差距的时候，要善于运用丢弃小的利益换取大的胜利，以局部的损失换得全局的胜利。恰如田忌与齐威王赛马，田忌用孙膑之计，宁愿丢失下等马，却换得整个赛马的胜利。在《孙子兵法》中，孙武讲到将帅的战争智慧时，指出将帅们要爱民，但不要怕在战争中丢弃土地、百姓，强调要以大局为重，以局部利益服从于全部利益，果断牺牲局部利益，换取全局的最终胜利。

该计用在政治上，是指在与政敌的抗战中，为了保存自己，实现自己的政治目标，不惜牺牲局部的小的利益，舍小就大，或"丢车保帅"或抛出"替罪羊"，或舍甲保乙。要在权衡得失之间，不为眼前所失痛惜，而着眼于长期的、全局的利益。

二、争大失小　笑到后者为胜

政坛之上的临敌相战，以双方的权势实力为后盾，但在"斗力"之外，从来不排除充分发挥人们的主观能动作用的"斗智"，李代桃僵之计，正是作为政治家、野心家、阴谋家或势力集团用以"斗智"的绝招之一，服务于他们的政治目的。在中国古代的政治斗争之中，其表现的常见手法主要有：

第一，推祸罪死，创胜之计在其中。
中国古代的一些专制君主、权臣、野心家们，在作出了自己的政治决策之后，往往要派出下属具体执行，如果下属所行之事关系重大，事牵君主权要的身家性命、政权的安危，事成后又引起世人瞩目、非议共愤，在此情况下，往往通过推祸于执行命令的部下，以"罪死"办法平息事态、安抚人心，摆脱困境。

事例：篡大唐朱温巧计贬戮朱友恭

朱温是五代梁朝的创建者，在唐末藩镇割据的群雄中，能够一举建立梁国，除了依靠军事上的实力以外，还与政治上的大要阴谋有着很大的关系。朱温杀唐昭宗，立傀儡皇帝为唐昭宣帝，又杀义子朱友恭以堵塞天下非议，以牺牲亲信部下，掩饰自己代唐自立的野心，等到后来条件成熟就逼着唐昭宣帝行禅让，衮冕加及自己，即是巧施李代桃僵之计谋而取得的成功之例。

朱温是安徽砀山人，从小为人凶悍，以孔武有力自负，反被乡邻人厌恶。唐末黄巢农民战争爆发后，他和兄弟朱存加入黄巢军中，由于作战勇敢，出任黄巢军东南面行营先锋使。中和二年（882年），黄巢军占领长安，建大齐政权后，被封为同州（今陕西大荔）防御使，担负防卫长安的重任。当唐王朝勤王大军云集长安时，他接受手下谋臣的劝说，临阵投靠唐朝廷河中节度使王重荣，被都统王铎，拜为左金吾大将军、河中行营征讨副使，唐僖宗还赐朱温名"全忠"。中和三年（883年），朱温因为"忠心"为唐，又被晋迁为汴州刺史、宣武节度使，驻兵汴州（今河南开封），并加任东北面征讨使，进攻黄巢之军。次年九月，僖宗加封他为同平章事。朱温虽然读书很少，但精明机智，长于谋略，在当时藩镇林立的情况下，他以汴州为中心，从并不势强的宣武镇起家，逐个消灭敌对者。黄巢军战败后，部将秦宗权在蔡州称帝，蔡州成为朱温攻取的第一个目标。文德元年（888年），朱温灭秦宗权。魏博节度使罗弘信被朱温五战五败，朱温示之以好，结为兄弟，从此朱温专心向东方经营，先后攻克感化节度使时溥据守的徐州、天平节度使朱瑄据守的兖州，泰宁节度使朱瑾据守的郓州，幽州的刘仁恭也为其屡败。这样朱温成为割据势力中最强的藩镇之一，势力扩展到河南、河北、山东、江苏和淮北。光化三年（900年），朱温开始向藩镇中的劲敌李克用发动攻击。当初李克用在征讨黄巢军过程中，曾留宿汴州，朱温表面上好酒款待，乘夜深人静，却令部下突袭，李克用仓促逃跑，报告僖宗，要求惩处朱温。僖宗对拥军自重的朱温无可奈何，事情不了了之，因此李克用与朱温结下怨仇。当朱温势强以后，就想与李克用争夺军事要地河东。为了出师有名，朱温还用重金贿赂唐昭宗任用的宰相张浚，使朝廷任命他为东南征讨使。到了天复元年（901年），朱温连克李克用占据的河中（今山西永济）及晋、绛、泽、潞等州县，昭宗任其为宣武、宣义、天平、护国四镇节度使。李克用势力已经渐弱，朱温成为上可以控制朝廷，下可以制约藩镇的朝廷权臣。

　　朱温在攻城略地过程中，密切注意唐朝廷的动静。天复元年（901年），当朝宰相崔胤暗中联络朱温，想诛杀专权宦官势力。朱温早有心挟天子以令诸侯，崔胤主动请兵，正是不可错过的良机，便率领七万大军进入关中。哪知与凤翔节度使相勾结的宦官韩全诲等人，闻风先动，抢先把唐昭宗劫持到凤翔。朱温一不做、二不休，又领兵攻打凤翔李茂贞。凤翔被朱温久围之下，粮尽无食，最后李茂贞无奈，杀死韩全诲等几十个宦官，请求议和。朱温派人飞表入城，要求昭宗跟随自己回京。昭宗早已失掉了唐天子的威风，乖乖地随朱温大军回到长安。哪知才离狼窝，又入虎口，已被昭宗封为梁王、天下军马副元帅的朱温，回都之后，立即把有碍自己篡唐夺权的崔胤等朝臣杀死。天祐元年（904年），朱温兵逼昭宗迁都洛阳，把长安宫阙和大部分民居拆除，木料运到洛阳，繁华的长安顿时变成一片废墟，断绝了唐朝廷回归之想。当昭宗领官民一路挣扎，将近洛阳，行至谷水行宫时，朱温下令把跟随昭宗左右的诸王和数百名内侍，全部诛杀，换成自己的心腹部将，唐天子成了真正的孤家寡人，像一个囚犯一样过着仰人鼻息的生活。

同年八月，李克用、李茂贞等藩镇，见朱温在洛阳挟天子以令诸侯，都想举兵征讨。朱温便暗地指使心腹去洛阳，要左右龙武将军朱友恭、氏叔琮，枢密使蒋玄晖等人寻机谋杀唐昭宗，一场李代桃僵的弑君阴谋开演了。

八月仲秋的一个夜晚，唐昭宗李晔夜宿在洛阳椒殿。夜深时刻，蒋玄晖带领牙官史太等百名士兵，叩打宫门，说有紧急军情面奏皇上。宫人裴贞一不知是假，打开了宫门，蒋玄晖等人一哄而入。裴贞一见许多士兵进宫，慌忙问道："如有急奏，何必带兵入宫啊！"话音未落，贞一已被史太砍倒在地。蒋玄晖入宫门后，大声呼喊："皇上在哪里？"昭仪李渐荣被喊声惊醒，披衣先起，推窗一看，只见刀光四闪，心知大事不好，出门向史太讨饶："我们宁愿被杀，请勿伤皇上。"昭宗从梦中惊醒起身，单衣赤脚，刚出寝室之门，迎面碰上史太持刀进来，慌忙绕柱子奔躲，史太在后紧追不舍，李渐荣上前以身遮挡，被史太砍死，接着再砍昭宗。刀落之处，血溅遍地，昭宗一命呜呼，陈尸椒殿。

蒋玄晖、史太杀死昭宗后，按照朱温的布置，对外宣称李昭仪、裴贞一弑死皇上，又伪造遗诏，立李晔十三岁的儿子辉王李祚为帝，改名李柷，是为昭宣帝，史称唐哀帝。

朱温闻报昭宗已死，心中暗喜，但表面上装作惊慌失措的样子，对左右说："奴辈负我，令我受万代恶名。"赶到洛阳，伏棺痛哭，使周围人都以为真的是痛心失君，为奔丧而来。朱温面见哀帝时，又奏称将军朱友恭、氏叔琮不能约束部下，应严加惩处，便贬朱友恭为崖州司马，氏叔琮为白州司户，随后又令两人自尽。朱友恭是朱温的养子，原名李彦威，接到贬戮之令时，向着周围的人群大呼："（朱温）出卖我而塞天下之人的诽谤，只能是骗人而已，怎能欺骗鬼神呢！你如此行事，难道不怕断子绝孙吗？"

从上举史实可以看出，朱温从投靠黄巢军起家，又靠镇压黄巢军和各地藩镇发家，上控朝廷，下压藩镇，成了唐末朝野内外一位拥有实力的权臣。唐昭宗到了洛阳以后，实际上已是朱温手中摆弄的工具，挟天子以令诸侯，本来是一盘好的计划，但是两个原因促使朱温要杀昭宗。一是昭宗虽然失势，但是毕竟为天子，当时的李克用、李茂贞等军阀，都打着拥戴昭宗、复兴李唐的旗帜，想把昭宗弄到自己手中，留着如此熟于世道的皇帝对己不利。二是朱温想亲自起兵征讨反对自己的李克用、李茂贞等人，却发现昭宗英武过人，不是自己可以随意处置的傀儡之人，不易控制住，尤其担心自己离开京都出征外藩后，昭宗利用天子的权威，内结朝臣，招揽外援，将会造成内乱，因此不放心昭宗。

既杀了昭宗之后，朱温又嫁祸李渐荣、裴贞一，还把自己的养子、一向视为亲信的朱友恭，以及氏叔琮作为替罪羊抛出，这是因为朱温考虑到唐朝廷虽然式微，但李唐王朝在全国仍有较大的影响和号召力，各地藩镇在连年的相互征战中，无不打着拥戴李唐的旗号，昭宗贵为天子，无缘无故在洛阳被杀，必将导致各藩镇怀疑和天下人的非议，因此需要抛出一两个替死鬼，以搪天下的舆论，树立自己顺乎民情公道惩凶的形象。以左右龙武将军，且兼掌宿卫的朱友恭、氏叔琮两人作为替罪羊，则有着极大的说服力。两人身为禁军首领，手握兵权，昭宗宫门内出事，正是他们的辖领责任范围之内；藩镇、朝臣都知两人是亲信，朱友恭又是养子，更是亲上加亲，所以贬戮友恭、叔琮，可以使外人信服。相反，如果把手杀昭宗的凶犯史太等抛出，则不足以搪塞天下之口。朱温顾虑的第二个原因，是当时虽然占据了黄河流域的大部地区，但藩镇中还有李克用、李茂贞等劲敌与自己相对垒，朱温还不能马上取得战争的胜利，优势并不绝对，这时候，李唐政权对自己仍然很有用处，因此赤裸裸地杀死昭宗后，不如抛出令人痛心的替罪羊，既可以遮掩天下人的耳目，得以体面地继续维持李唐政权的存在，又可以通过立一个不能理政的十三岁傀儡皇帝李柷，达到手操权柄，瓦解李家江山，减少自己篡唐阻力，为来日自己称帝铺平道路的目的。

　　果然，李柷上台后，完全成了朱温随意操纵的听话工具。朱温利用小皇帝之名，对外攻伐李克用等藩镇，对内用李柷作诱饵，把唐昭宗的儿子德王裕、棣王翊等九王召至洛阳，全部杀死。又将拥戴李唐的宰相裴枢等出身高门贵族，以及科举出身的朝官一百余人杀死，唐王朝真正地名存实亡、空有其名了。唐昭宣帝为求得自保，又进一步封朱温天下兵马大元帅、魏王、相国等职，增二十一镇为赏，朱温有了名正言顺的名号，方便地做起代唐建梁的大业。天祐四年（907年），朱温见时机已经成熟，把唐哀帝带到大梁，逼行禅让之礼，自立为帝，正式称起了大梁皇帝，大唐王朝在他一手策划之下，寿终正寝。

事例：灭成济三族，司马昭掩代魏之心

在司马氏三代代魏建西晋王朝的历史过程中，司马昭是一个重要的人物。曹魏政权改姓司马的原因，既与曹氏集团昏庸势弱有关，又与司马氏大耍阴谋诡计有关。司马昭巧施李代桃僵之计，指使成济杀死魏少帝曹髦，又夷灭成济三族搪塞天下舆论，掩饰自己代魏之心，即是其中一关键之处。

260年，司马昭以大将军拜相国，封晋公，加九锡，独揽魏国朝政。是时魏高贵乡公曹髦为魏帝，他年龄虽小，但心有雄志，被朝臣誉为"才同陈思（曹植），武类太祖（曹操）"。可是朝中上下，都是司马昭的心腹亲信，曹髦被紧紧控制，丝毫不能有所作为。上年正月，有人上报朝廷，说有黄龙两次出现在宁陵井中，以为祥瑞。曹髦心里清楚，龙象征着君德，现在上不在天、下不在田，却单单屈居于井中，怎能说是吉祥的兆头呢？联想到自己类似傀儡的处境，不由得哀叹，随口吟了一首《潜龙诗》，自我解嘲道："伤哉龙受困，不能跃深渊。上不飞天汉，下不见于田。蟠居于井底，鳅鳝舞其前。藏牙伏爪甲，嗟我亦同然。"曹髦把自己比作居身于井的飞龙，被泥鳅、黄鳝之类的爬虫爪牙所欺侮，其意明显是指向司马昭，发泄心中怨恨。这首诗后来被司马昭阅得，马上与谋臣贾充商量，贾充明确告诉司马昭："一定要早早准备图谋曹髦。"司马昭点头同意，要贾充做好预备。

　　曹髦自景元元年（260年）五月，加司马昭九锡之后，对司马昭包藏祸心的所作所为，愈来愈不能忍受。五月初七，曹髦召侍中王沈、尚书王经、散骑常侍王业进宫密商。曹髦说："司马昭篡魏的野心，是大街上行走的路人共知的。朕不能坐等被废黜的耻辱，今日，同卿等一起商计共讨此贼的计策。"三人一听魏帝如此说话，大吃一惊。王经立即站起说："古时候鲁昭公因为不能忍受季氏的专权，失败而逃，丢掉了国家，还为天下人耻笑。当今魏国朝政大权，掌握在司马氏手中已很久，朝廷之上，四方之臣，都为司马昭效命。而且陛下宫中宿卫很少，宫门力弱，陛下凭借什么同司马昭相斗？如不三思而行，缓而图之，就如身患重病的人吃猛剂之药，疾病未除，反而病深，祸害更大了。"曹髦年少少谋，一时气盛，也不计后果，武断地说："朕意已决，即使死，又有什么可怕，何况还未必谁生谁死呢？"说完从袖中扔出早已写好的黄绢诏书给三人，自己进内宫禀告太后。王沈、王业害怕司马昭的威势，魏帝一转身，他俩就跑到司马昭府中告密。王经不愿意卖身投靠，径自回府去了。

　　第二天，曹髦拔剑登辇，率领殿中宿卫中官童仆数百人，杀向司马昭相府。司马昭接王沈、王业密报，早已令中护军贾充严密准备。魏帝领兵到南阙时，与贾充迎面相战，贾充所领兵士有千人，曹髦奋力冲杀，走在前面。众兵见魏帝冲来，赶紧后退。贾充的部下，被司马昭私封为太子舍人的成济，急忙问贾充道："事情紧急了，该怎么办？"贾充大声说道："司马公蓄养了你们这么久，正是为了今天，今天的事还用问什么！"成济接贾充命令，连忙挥戈上前，一戈刺向曹髦胸口，曹髦挥剑抵挡不及，戈当胸穿过，立即丧命辇中；余下之人一看魏帝已死，一哄而散。

司马昭坐在府中正在静等消息，接到手下报告曹髦已死，心中大喜。他表面上却装出悲痛的样子，立即奔到朝殿，跪在地上痛哭。又命群臣入殿商议，独有尚书左仆射陈泰抗命不来，最后还是司马昭逼着陈的舅父荀𫖮请他来，陈泰才上朝，司马昭问陈泰："玄伯，今天你怎样对待我呢？"陈泰说："只有斩杀贾充，才能稍稍安慰天下人心。"司马昭不愿让重要心腹谋臣作替罪羊送死，就对陈泰说："你再想想其他。"陈泰说："我只想到这些，不知其他。"

司马昭见陈泰一定要杀贾充，心念一动，就把杀死曹髦的责任全部归罪于成济。立即令手下起草诏书，进宫逼郭太后下诏。诏书曰："魏帝曹髦性暴戾，造作丑逆不道之言诽谤太后，甚至鸩毒太后，伤害大将军。曹髦悖逆不道，自陷大祸，著废为庶人，以民礼安葬，使内外皆知此儿所作所为。"诏书一下，司马昭就要手下捕拿成济。成济心中不服，登屋拒捕，并将司马昭、贾充的幕后指使大声地全盘托出，结果被贾充令人放箭射杀。尚书王经，因为未同王沈等人主动告密，也被司马昭下令收捕。王经一家，连同白发老母一起被斩杀街市，行刑之日，满城之人都为其母子悲哀落泪。

五月二十六日，司马昭为进一步掩饰杀君之罪，又上殿向太后奏告说："前次高贵乡公驾车率兵，拔刀鸣鼓冲向臣的住所，我害怕兵刃相接，伤及公身，立即敕令手下将士不得有所伤害，违令者以军法处置。但是骑督成倅的弟弟、太子舍人成济冲出兵阵，击伤高贵乡公且致公死去。此次变故发生后，臣实想委身去死，以守君臣之节。但高贵乡公此次谋变，上危皇太后，倾覆宗庙。臣忝为相国，义在安国定邦，早已三令五申，但成济妄入兵阵，造事生变，为臣哀悼痛恨，五内摧裂。成济违国乱纪，罪不容诛，请收捕成济家属族人，交付廷尉处置。"郭太后明白，这事不过是司马昭幕后导演，但畏惧司马氏在朝廷的威势，只得允准。于是成济一家三族之内，全被诛杀弃市。司马昭又建议，立燕王曹宇之子、年仅十五岁的常道乡公曹奂为帝，即魏元帝。

从以上史实可以看出，司马昭自己策划杀死曹髦，却又嫁祸成济，抛出自己的部下，搪塞舆论，收买人心。司马昭在此是以李代桃僵之计，借部下成济之头，掩饰自己代魏自立的野心。只不过他觉得自立时机尚未成熟，还需要用曹魏的幌子作为遮挡。曹髦死后，新立的曹奂是一个比曹髦更听话的少年，更便于驾驭操纵。果然，他大权在握之后，四处拉拢社会名流，大造代魏舆论，并创造条件，迫使曹奂让位。

景元四年（263年），司马昭在肃清了国内嵇康、吕安等非司马氏势力之后，便准备扬威天下，派钟会、邓艾伐蜀，结果蜀主刘禅受降归顺。蜀国灭亡后，司马昭又忌惮起攻蜀立功的钟会、邓艾，行坐山观虎之计，坐收两人火并之利。景元五年（264年），司马昭进封晋王，增邑十郡，父亲司马懿被追封晋宣王，其兄司马师被追封为景王。司马昭制备了天子的旌旗仪仗，儿子司马炎也册封为世子，代魏之心真正地大白于天下了。可惜他体弱命薄，正在准备登台称制的时候，一命呜呼，其遗志只好由儿子司马炎来完成了。

265年12月，司马炎在其父司马昭早已铺设好的道路上，顺利地逼曹奂行禅让大礼,历经五个皇帝,历时四十六年的曹魏王朝彻底结束,司马氏三代代魏阴谋终于有了结果。当司马炎在洛阳城内行登位大典的时候,丝毫没有忘记乃父,追尊他为晋文帝,以永远铭记司马昭杀曹髦、犁廷扫魏的功勋。

第二,舍乙救甲,创胜之计在其中。

为了趋利避害,保存自己,中国古代的一些政治势力集团、朋党,往往不惜牺牲自己阵营中的同类、同党人物,以求得暂时妥协相安和势力平衡。

事例:卖友求生,赵忠出告蹇硕

东汉从汉和帝开始,内廷宦官在支持皇帝反对专权的外戚斗争中,壮大了自己的势力,逐渐形成了一个强大的政治集团。宦官同外戚一样,把持朝政,甚至随意废立皇帝。如汉顺帝刘保,就是在孙程等十九个宦官一手扶持下,诛除专权的外戚势力,坐上了皇帝宝座,而孙程等十九人,由此封侯加赏,其侯爵在死后还可以被养子承袭,说明宦官的权力已不仅仅限于掖庭之内,变成了手执王爵,口含天宪,人近天颜,位高操权的政治人物。到了汉灵帝时,宦官势力已成为东汉朝廷内外公认的势焰灼人,具有强大政治势力的集团,反对宦官政权的李膺、陈蕃等官僚文人、一脉清流,遭到宦官曹节、王甫等人致命打击,陈藩、窦武被杀,李膺、范滂也被害死,党人死了数百,株连涉案有六七百,京城的太学游士被捕拿者一千余人,"党锢之祸"进一步使宦官在朝廷获得优势。党人的门生故吏、父子兄弟在位者都被免官,而且今后禁锢不用,宦官的父兄子弟为官者却遍布天下州县。

汉灵帝在位时，宦官集团的核心领导力量是灵帝宠信的中常侍等人，即张让、赵忠、夏恽、郭胜、毕岚、段珪、孙璋、栗嵩、张恭、高望、韩悝、宋典等十二个太监，因取其大数，故称"十常侍"。中常侍是东汉宦官职位中品级最高、权力最大的一职，俸禄二千石，整日侍从皇帝左右，传达皇帝口谕，阅览外廷尚书呈进的奏章文书，是皇帝与外廷朝官交流的极重要中介环节。张让他们利用汉灵帝年少幼稚和荒唐昏庸的弱点，假传圣旨，诬害异己忠良，导诱灵帝公开卖官鬻爵，大肆搜刮民财，盘剥百姓。他们不仅向百姓勒索暴敛，还以助军费、修宫殿名义，公开要各地官吏捐钱献物，不捐者不得上任。宦官们则趁此大饱私囊，建造起豪比宫阙的府第，过上奢侈荒淫的王侯般生活。在这些为乱天下的宦官之中，张让、赵忠是其首领。汉灵帝公开对人说："张常侍是我爹，赵常侍是我妈。"对两人的信任超过了外朝官僚。中平二年（185年）六月，张让、赵忠等十二人被封为列侯。车骑大将军皇甫嵩征讨张角黄巾军，路过邺城时，看到赵忠府第，金碧辉煌，超过了朝廷规定的规格，曾上奏汉灵帝要求予以没收。赵忠见奏，立即同张让一道至灵帝前诬告，说皇甫嵩久战无功，浪费国家资财无数。灵帝言听计从，立即召皇甫嵩回洛阳，收回封赐的左车骑将军的印信绥带，还削其封邑为六千户。

中平三年（186年），汉灵帝提拔赵忠为车骑将军，执掌领兵大权。汉灵帝还让赵忠评定朝廷官员在镇压黄巾军中的功过，以便论赏行罚。执金吾甄举推荐傅燮，说他镇压张角时立有大功，尚未被封侯，如能举荐，将会顺乎民心。赵忠便派其弟弟城门校尉赵延去找傅燮。赵延说："只要你悄悄交结我哥哥赵忠，封万户侯不在话下。"傅燮为人耿直，不愿意交结宦官，厉声对赵延说：
"立功无赏，是我的命不好，我怎能乞求私人的恩赏！"赵忠知道
此事后，对傅燮由怨生愤，只是顾虑到傅燮名望太大，不好公开
加害，便以汉阳太守一职将之打发出京城。

中平六年（189年），汉灵帝病死洛阳嘉德殿，十四岁的刘辩
即位，改元光熹，史称少帝。封刘协为渤海王，朝廷大权落到了
何太后及大将军何进手中。外戚势力的入朝秉政，对于张让、赵
忠为首的宦官集团造成了极大威胁，一场你死我活的宫廷斗争由
此而生。正是在此过程中，赵忠巧施李代桃僵之计，出卖同类蹇
硕，玩弄了一场舍乙保甲的权力游戏。

原来蹇硕也是汉灵帝器重的宦官之一。中平五年（188年）
八月，汉灵帝设置西园八校尉，以小黄门蹇硕为上军校尉，典领
京城禁军；袁绍为中军校尉，鲍鸿为下军校尉，曹操为典军校尉，
赵融为助军左校尉，冯芳为助军右校尉，夏牟为左校尉，淳于琼
为右校尉。黄巾起事之后，汉灵帝很注意军事，蹇硕身体强壮，
通晓军事，为灵帝所欣赏，虽然他是个宦官，却委任为禁军统帅
之职，连大将军何进也要受他辖领指挥。何进因妹妹何皇后关系，
位进大将军，在黄巾军起事后，领左右羽林军和五校尉，负责京
城洛阳的防卫。蹇硕的上任，不仅分其权，还要听从一个宦官的
指挥，自然心中不服，加上灵帝临终之前，把王氏所生的儿子刘
协托付给蹇硕。蹇硕临终顾命，就想立刘协为帝，借口召何进进
宫议事，想杀死何进。哪知何进入宫时被人示警，及时逃回军营，
并与何皇后商量，立了刘辩为皇帝。刘辩上台时是个十四岁的少
年，何皇后以太后之名临朝听政，何进以大将军录尚书事辅政，

何进的兄弟何苗等人皆手操兵政大权。何进上台秉政后，听从袁绍等人的劝说、鼓动，一方面想打击宦官，巩固何氏外戚在朝中的地位。另一方面，还想利用东汉中期以来，宦官专权，屡兴党锢之祸，招致天下共怨的情势，尽杀人人痛恨的宦官，以垂名后世，贪功邀名。何进决定向宦官动手，并把杀死蹇硕作为报仇雪恨的紧要重点。

蹇硕也感受到形势的危急，私下里也运筹图谋何氏外戚，写信给赵忠等人，要求联手杀何进。信上说："现在大将军何进兄弟控制了朝廷，要与党人官僚共谋，把我们这些灵帝身边的亲信，扫除杀尽，只是因为我仍辖领着禁军，才暂且未动。我们应当一齐动手，关闭宫门，赶快把何进兄弟捕获处死。"

赵忠接到蹇硕的信，思虑良久。蹇硕信上所讲的，都是现今实情，但赵忠心里明白，自从少帝上台后，何氏外戚势力已经占据朝廷绝对优势，不仅有为天下豪杰所推戴的大豪强袁绍、袁术兄弟拜在何进门下，另外还有不少社会名流、文人谋士如荀攸、何颙、郑泰等人都为其所用。在此情况下，轻易出击，并无胜算把握。何况少帝非同灵帝，何皇后身为母后，对少帝的影响，要远远超过陪伴他长大的宦官们，灵帝时代的好时光已经一去不复返了，况且宦官作恶多年，天人共怒，何进乘机起势，容易得手。退一步讲，即使何进一时失手，宦官恐怕也难逃后来者打击的厄运。赵忠从自身利益出发，不如暂时缓和与何进的矛盾，平息事态，只要能得到何进的宽容，自己能及时退身，安享晚年，也是幸运不过的事了。赵忠如此一想，不仅没有答应蹇硕的建议，反而把蹇硕的密信送给何进阅看，揭发蹇硕以邀功。何进阅信后，立即领兵逼宫，令黄门搜捕蹇硕。蹇硕临死，才知同类赵忠出卖自己，虽咬牙切齿，但已无回天之力，旋即被何进处死，做了一个冤死鬼。其所掌禁军，全部为何进接管，何进成了东汉末年手执军政权柄的权臣。

赵忠等人出卖蹇硕，最大的收获是暂缓了何进尽诛宫内宦官的步伐，自己可以苟活于一时，可是并没有改变和打消何进诛杀宦官集团的计划。赵忠、张让等人又在何太后面前活动，用重金贿赂何进的母亲舞阳君和弟弟何苗，使何太后改变了态度，明确表示不同意诛杀宫内宦官。何进偏信了袁绍的意见，引豪强军阀董卓以及王匡、丁原等人领兵入京，逼太后退位。何太后在大兵临近城门的情况下，勉强同意把掌权的常侍、黄门等宦官赶出宫廷。十常侍们因有太后母亲舞阳君从中说情，旋被留用。何进在中平六年（189年）八月，再次进宫劝何太后尽诛宦官时，被张让、段珪等人抢先动手，砍下了脑袋。何进的部下吴匡、张璋、袁术、袁绍，听到何进被杀，害怕宦官势力重新复起，干脆领兵攻打皇宫，宦官二千多人被乱兵所杀，赵忠逃到朱雀门下，被袁绍捉住，砍成两段。豪强董卓，乘机领兵入都，由此之后，董卓玩弄东汉朝廷于股掌之中，成了最大的赢家，而何进、赵忠倒成了刀下之鬼，这都是两人当初都未意料到的。

第三，归罪臣下，巧寻替罪羊，创胜之计在其中。

古代的一些专制君主，同自己的亲信臣僚，在庙堂秘室之中谋划用权，但是一旦事机不密，泄于廷外，或施行之中遭受挫折，危害到皇权安定或成事大局，常常用归罪臣下，寻找替罪之羊的办法，渡过难关。

事例：出卖上官仪，唐高宗巧寻替罪羊

唐高宗李治是历史上一个昏聩荒淫的君主，李唐王朝正是在他手上，逐渐被武则天改姓武周。李治甚至不分黑白是非，把力保李唐江山的臣下出卖给武则天，以讨好卖乖，苟且偷安。史载，显庆五年（660年），高宗身患风疾，目不能视，不能正常理事，就把国家朝政大事委托给精明机智的皇后武则天。武则天手操权柄后，在内宫外朝大施淫威，任意用事，甚至连高宗李治也受其限制。

李治身为帝王，不能为所欲为，心有意而力不达，自然也怨怒起武则天来。麟德元年（664年），武则天因为进宫后，用阴谋手段废除了原皇后王氏和萧淑妃，并且把两人砍去手足，放入酒瓮折磨致死，而做贼心虚，一直以为有两人幽灵缠绕自己，长期居住东都洛阳不回西京。这一年高宗坚持要回长安居住，武则天仿佛看见王皇后、萧淑妃的幽灵又出现在自己居住的蓬莱宫，便召道士郭行真在蓬莱宫内四处设坛祈祷，并且不许他人进入，整日与郭道士独处密室。武则天在宫中大行厌胜之术，而且身为皇后，破坏男人不得入内宫的规定，长时间同处秘室，引起了一些本来对武则天心怀怨愤的宦官的不满。宦官王伏胜偷偷跑到高宗面前告发，详细诉告武皇后的秽行。高宗身受武氏束缚，甚至连身边的嫔妃都被武氏赶走，本来不胜其愤，王伏胜的告发，使他怒火中烧，但没有勇气直接找来武皇后当面训斥，仔细权衡之后，密诏西台侍郎、同东西台三品的上官仪，对他说："近来皇后态度越来越狂傲，任性做事，又在宫中和道士做国法不容的厌胜之术，朕感到她不能再做皇后了。"

上官仪在唐太宗贞观年间进士及第，升弘文馆直学士、秘书郎等职，很受太宗李世民赏识，可谓是唐太宗旧臣。高宗继位后，由秘书少监，再升西台侍郎，位居同中书门下三品的宰相之列。上官仪对武则天在朝中排斥太宗旧臣的做法早就不满，所以听高宗要废武则天，便积极附和赞同地说："武皇后骄傲专横，天下无不怨恨，不如将其废掉，以安天下人心，确保大唐李氏帝业永继。"高宗对上官仪所说，深以为然，并命令他即刻起草废武后诏书。

武则天自主中宫之后，朝内朝外，四布密探，高宗私召上官仪密谋废武一事，很快被她侦知。武则天是个敢作敢为又心狠手辣的女人，欺高宗懦弱，得报后立即赶到高宗处，看见桌上上官仪还未发出的诏书中有"皇后专恣，海内所不兴"的文字，便欺身向前，一会儿哭，一会儿怒，缠住高宗不放。高宗昏聩，居然把废后大事置于脑后，有了妇人的仁心，当场答应不提废后一事，为洗刷自己，还把上官仪当替罪羊抛出，对武则天说："我初无废你之心，都是上官仪教我的。"结果武则天回宫后，立即指使心腹爪牙许敬宗行诬告，指控上官仪和王伏胜勾结太子李忠，危害皇帝，欲行逆反。结果，上官仪一家满门处斩，只留下儿媳郑氏带着一岁的孙女上官婉儿入宫充婢奴。凡是朝中与上官仪有亲密往来的人，如右相刘祥道，被贬官礼部；左肃机郑钦泰等人，非流则贬，牵涉之人极多。

高宗李治舍车保帅，抛出上官仪为替罪羊，并不是没有缘故的。原来武则天本是其父唐太宗的才人，太宗晚年病危时，作为太子的李治侍奉在侧，因为垂涎武才人的美貌，两人勾搭暧昧。

太宗死后，武才人被送到感业寺落发为尼，身为情种的李治割不断情丝，听从王皇后的鼓动，不顾礼制，把武才人召回自己的宫室以满足私欲。王皇后当初劝说高宗召武才人，是想以武则天为筹码，牵制与自己争宠的萧淑妃，哪知才貌双全的武则天，同时还是一个精于权术的野心家，自两次进宫后，先是百般讨好王皇后，利用王、萧两人的矛盾，自己顺利把持住专房好色的高宗，并且施展浑身解数，把高宗牢牢控制在手中，使高宗下定决心废王皇后、萧淑妃，逐杀朝中长孙无忌、褚遂良、来济等反武拥王的关陇贵族势力。武则天还收买朝中投机的奸臣李义府、许敬宗等人，大树私党。到了永徽六年（655 年），武则天终于被高宗立为皇后。

武则天得宠立后，本应对高宗感激涕零，可她又是一个心雄志大的野心家，并不满足于在中宫之中发号施令，有心掌权揽政、夺位称帝，为此极尽权诈心机。王皇后、萧淑妃已被废，她忌恨政敌不死，遗有后患，行斩草不留根之术，残酷杀害王、萧两人，以两人骨浸酒瓮为乐。此事所行，使心存妇人之仁的高宗李治胆战心惊。武则天后来逐杀高宗亲舅父长孙无忌，计逼太子李忠，更使高宗感到武氏在朝已经根深叶茂，势力坐大。尤其是武则天严格控制李治与宫内妃嫔或中意美人接近，使好色的高宗难以忍受，所以到了麟德元年（664 年），风眩头重的疾病已经消减，身体已经恢复，又可以为所欲为的时候，武则天的牵制和束缚，就为他所忌恨，一时想不出更好的办法，想通过位列宰相的上官仪废掉武则天。

高宗李治面对凶悍权诈的皇后武则天，丧失了一个君主的起码尊严，为保住自己的皇位，平息皇后的愤怒，抛出了上官仪，作为讨好武则天的资本，实际上这里是巧施替罪羊之法，也就是"李代桃僵"阴谋。不过李治在此所施阴谋，并非高明，最大的收获，不过是得以苟且偷生，使武则天一直让他快快活活挣扎了十九年，得以善终，武则天的收获则要大得多。武后借上官仪事件，大肆清洗政敌，危及自己以后称制为帝的太子李忠，就是在此事件中被杀。朝中一些反武势力也被加上罪名贬逐流放。由此之后，武则天还在高宗座位后面，以"辅弼龙体欠佳的天子"名义垂帘听政，事无大小，都要参与，朝政大权，实出自武后，高宗仅仅拱手而已，因而朝臣们把武则天同高宗同称"二圣"。到了上元元年（674 年），高宗称"天皇"，武则天称"天后"。朝中一些正直大臣，虽然不满于武则天的专权，有心匡复李唐，但上官仪如此惨痛下场，使他们明白，高宗是一个扶不起的阿斗，何必得罪武则天，而白白把整个家族性命送进去，对不起自己的祖宗呢？所以说，高宗出卖上官仪事件，李代桃僵的阴谋施展得并不高明，从这点来讲，高宗李治还不能算是个合格的阴谋家。

事例：抢先出卖，李隆基下狱刘幽求

唐玄宗李隆基，人们只知他是一个风流皇帝，与杨贵妃爱情故事至今传唱通都大邑、穷乡僻壤，却不知他也是一个谋略家。李隆基上台之初，巧施李代桃僵之计，出卖亲信部将，安抚势众权大的姑母太平公主，后来又杀太平公主一伙，自己独揽朝政，成为唐王朝在位时间最长的一位君主，其中故事生动而有趣。

唐先天元年（712 年）八月，唐睿宗李旦主动传位给太子李隆基，自称太上皇，五天一次在太极殿处理政务，凡三品以上大员的任免以及朝中大事，由睿宗处理，唐玄宗李隆基每日在武德殿理政。

李隆基由懂事开始，亲眼见到过武则天势力的膨胀和中宗韦后势力把持朝纲，历经宫中多次人事变乱，现在当了皇帝，按理应轻松愉快地吐出多年的晦气了，可整日里却是乌云挂脸。原来自己虽贵为天子，大权仍在父亲之手，尤其是姑母太平公主，一心要做第二个武则天，玄宗朝廷中的文武百官，也大多依附太平公主，七个宰相，除魏知古、郭元振、陆象先外，另外四人都是太平公主的党羽。姑母太平公主，把李隆基作为自己专权的政敌，两人在朝廷明争暗斗，已延续了多年，所以说李隆基虽登基称帝，心情并不怎么愉快。

李隆基登基后，也密切注意网罗自己党羽人才，书生王据虽然家穷，因为才华出众，即被李隆基拔擢为太子中舍人、中书侍郎，两人经常在一起密谋诛灭太平公主之事。王据讲："韦后因为毒死中宗，招致天下人心不服，才能一击而中，很容易除去。太平公主是则天皇后的女儿，凶狠狡猾，朝中大臣大多归顺她，对她不应该孝顺仁慈，天子当以宗庙社稷为重，为了天下安定，应去小节留大义。"

宰相刘幽求是玄宗李隆基的心腹，当年诛杀韦武集团，刘幽求立有大功，他见太平公主在朝势大，玄宗苦于应付，就私下里与右羽林将军张暐密谋，想把同居宰相之职的太平公主重要党羽窦怀贞、崔湜、岑羲三人杀死。两人谋划妥当后，张暐秘密请示玄宗，李隆基点头称是，要两人赶紧布置。哪知张暐谋事不密，消息传泄出去。玄宗得知消息泄密，在东宫极为紧张，思考再三，还是认为自己不能稳操胜券，担心势力强大的太平公主会乘机反击，自己的皇位即将不保，便抢先进殿，向睿宗主动揭发。就在玄宗告发时，果然太平公主得窦怀贞、崔湜密报，进宫向睿宗控告，说侄子隆基无端加害，要睿宗处置。睿宗面对亲妹妹的诉苦，只得严词训斥儿子，玄宗无法自解，就把一切责任推到刘幽求、张暐身上，并答应严加惩办。不久，崔湜等人在太平公主的暗示下，让台谏上奏列数刘幽求、张暐等人犯有大逆之罪，罪在处斩。玄宗不愿意在太平公主未除的情况下，先斩大将，赶忙到睿宗处说情，说刘幽求等人，立有诛韦武拥父皇登位大功，应当免死。睿宗准请，结果刘幽求由狱中放出，远流到封州（今广西梧州），张暐远流至峰州（治所在今越南河西省）。

李隆基要驱逐朝中太平公主的势力，舍得把亲信手下刘幽求、张暐作为替罪羊抛出，是心藏深谋的。

景龙四年（710年），武则天的儿媳韦皇后胆大妄为，毒死中宗李显，立少帝李重茂，韦后自己临朝听政，上演了一场武则天的故事。韦氏宗族亲信把持李唐上下，甚至要谋害相王李旦。为了逐杀共同的政敌，李隆基考虑到韦氏势众，便联合姑母太平公主，密结禁军，与刘幽求等人起兵突袭杀了韦后及其党羽，李旦上台，是为睿宗。李隆基因拥立大功，先是封相王，领马骑禁军，后又册立为太子。睿宗初上台，听从李隆基的劝告，任用宋璟、姚崇等人为相，整顿吏治，贬斥奸佞，一时政风变良。太平公主身为武则天之女，自小聪明过人，长得很像其母，又机敏沉着，善于权略，武则天当政时，即参与谋划。当初诛杀张易之兄弟，她立有大功，现在同侄子联手，再立灭韦新功。这两次关系到李

唐王朝兴亡治乱的重要大功，加上自己的亲哥哥睿宗为帝，自然
会使太平公主的权力欲和党羽势力在朝中也膨胀起来。她的三个
儿子被封王，其他儿子起码也进入九卿之列。睿宗对她非常偏爱
器重，每次与她议论朝政，往往相坐逾时。如果有几天太平公主
不来朝殿，睿宗就叫宰相去她的府中询问。太平公主长期侍奉武
则天身旁，善于猜测上意，所以每当与睿宗议事，都能迎合帝意，
凡是她推荐的人，都会被睿宗封给高官，甚至当宰相。很快太平
公主在朝廷中网罗了大批党羽，势焰灼人。睿宗上台伊始，太平
公主还不曾与李隆基为敌，欺其年少，想他不会有多少作为，不
过她逐渐地感受到这个侄子英武过人，在朝中又得到人望，刘幽
求、宋璟、姚崇等不少人被其所用，已经势压自己。于是太平公
主一改初衷，以李隆基为政敌，必欲除去而后快。先是她极力劝
谏，反对睿宗立隆基为太子，布置密探，搜集李隆基活动的情报，
又四处散布谣言，中伤李隆基。一时间，窦怀贞、萧至忠、岑羲、
崔湜、薛稷、常元楷、李慈等宰辅重臣，都收罗在自己的羽翼之下。

　　李隆基面对太平公主的咄咄逼人之势，也寻机反攻。例如，
指使姚崇、宋璟等人出面奏告，使睿宗下令，把与太平公主关系
亲密的宋王李成器、幽王李守礼等人外放到京郊去做刺史，把太
平公主夫妇迁到蒲州（今山西永济）居住，且让睿宗答应由李隆
基监国行政。太平公主遭到排挤后，联合李成器、李守礼和李隆
基两个被解除典领禁军之权的弟弟，一齐向李隆基施加压力。逼
着李隆基自剪羽翼，以离间姑侄、兄妹关系之罪，忍痛把宋璟、
姚崇两相贬职到地方去做刺史。后来太平公主又利用睿宗让位一
事，迫使李隆基主动提请，召太平公主回京居住。到了景云二年

（711 年），太平公主势力在朝中基本占了上风。

李隆基上台为帝，睿宗仍以太上皇之位掌握朝政大权，就是太平公主从中做的手脚，所以李隆基上台之初，还不具备与太平公主硬拼的实力，为了暂时稳固皇位，争取时机，以达到最后铲除太平公主势力的政治目标，玄宗需要暂时的妥协，这就是唐玄宗抛出刘幽求、张晔的主要缘故。

先天二年（713 年），李隆基和太平公主之间的斗争更趋激烈，双方都磨刀霍霍。太平公主先是唆使宫女元氏乘机下毒，由于玄宗防范严密，事未得逞。她又与典领羽林军的常元楷、李慈等频繁密谋，想在七月四日以羽林军冲入武德殿，迫玄宗退位，由窦怀贞等人领南牙兵作声援，发动政变。哪知太平公主的消息被左散骑常侍魏知古侦知，即刻报告，玄宗集合兵部尚书郭元振、龙武将军王毛仲、殿中少监姜皎、太仆少卿李令问、内给事高力士、果毅李守德，以及岐王、薛王等人先发制人，七月三日，首先动手，领兵冲入虔化门，杀死羽林军首领李慈、常元楷，又把萧至忠、岑羲、窦怀贞等太平公主党羽斩首。太平公主闻变逃到南山的佛寺中躲藏起来，三天后抓捕下狱，被玄宗下令赐死，凡朝野内外太平公主党羽一举被杀者几十人。睿宗李旦见事已至此，下令今后朝政大权，一切由玄宗李隆基处理。自武则天称制以来的数十年宫廷政争，至此停息，李隆基取得了最后的胜利。那位被贬到峰州的刘幽求，也被玄宗及时召回京都，封为左仆射，重新予以重用。

事例：削藩国，汉景帝痛杀晁错

据《史记》《汉书》记载，西汉景帝刘启上台后，重用晁错，削弱藩国势力。吴楚七国起兵叛乱后，景帝误信袁盎谗言，杀晁错求罢兵，后世史家多以此事作为景帝为政的一大失策，加以指责，实际上以谋略论角度来看，却是景帝运用李代桃僵计谋玩弄权术的成功之例。

高祖刘邦夺到天下后，总结秦王朝迅速灭亡的原因，认为与朝廷缺乏拱卫京师的藩国有极大关系，便剖疆裂土，把王、侯二爵，广封刘姓子弟和功臣，用来镇四海、卫天子，维持刘姓的家天下。一些同姓诸王，连城数十，自置百官，修建宫观殿宇，就像汉天子一样，成为汉王朝的地方势力。

分封初始，诸侯王还能有效地作为朝廷的辅藩，加上自身势力不强，对朝廷还没有构成威胁，但是经过几十年的休养生息之后，诸侯王国都富了起来，逐渐怀有独立之志。吴王刘濞的封地，盛产铜、盐，他下令百姓开矿冶铜，铸铜为钱，又煮海盐作交易，吴国由此大富。刘濞便恃财骄横，不听朝廷的命令。汉景帝上台后，其亲信谋臣晁错，继文帝时期贾谊之后，成为又一个力主削藩国、强朝廷主张的鼓吹者。

晁错是河南颍川（今河南禹县）人，早年求师学习申不害和商鞅的刑名法术之学，后来又向秦朝博士伏生学习今文《尚书》，学成之后，被汉文帝任为太子家令，做了太子刘启的老师。晁错熟悉文史典故，口才出众，善于辩论和分析时政，为刘启宠爱，视为"智囊"。文帝时期，晁错就撰文上奏，主张加强朝廷权力，削弱诸侯国势力，并建议修改有关法律，作为削藩的先声。刘启由太子即位后，任用晁错为内史，掌京城长安的行政等事。晁错经常单独拜见景帝，议论国事，陈述治国安邦的想法。景帝也虚心听言，而且大多数予以采纳，对晁错的信用，超过了九卿。

　　景帝二年（前 155 年），晁错为御史大夫，位列三公要位，更加尽忠为国筹划，向景帝上"削藩策"。晁错认为同姓诸侯王的封地占了全国土地面积的一半，有的占地太多，如齐国有七十多座城，吴国有五十多座城，楚国也有四十多城，诸侯势力的强大，对朝廷越来越不利，朝廷应该监察诸侯的罪过，把有罪诸侯王的封地收回，仅留一郡，削去其余的郡。晁错在上书中还提出了削弱诸侯王的具体操作步骤。他对景帝说："过去高祖初定天下，兄弟多，子弟少，因而大封同姓王。可是占有大量封地的诸侯，如吴王，一直称病不朝，不念朝廷的恩德，反而骄横狂妄，铸钱煮盐，积聚财富，而且招纳天下亡命之徒，招兵买马，预谋谋反，其他诸侯王也多行仿效，不如趁早削减他们的封地。"景帝对晁错的话深以为然，可是又担心各诸侯国造事作反。晁错分析道："削藩减地，他们会反，不削他们也要反，今日实行削地，他们造反早些，对国家的祸患就小些，今日不削，他们造反迟些，国家的大祸就在后面。"

　　汉景帝有心削藩，加强中央集权，便召集公卿大夫，及皇亲贵族一起讨论晁错的上奏。大多数的朝臣都点头同意，只有窦婴等极少数人反对。关系到切身利益的诸侯们听到消息后，纷纷跳出攻击晁错。晁错的父亲听到此事后，专程赶到长安对晁错说："皇上即位不久，让你手掌大权，应为国家朝政服务，你却主张削弱诸侯，疏离皇家的骨肉，传言纷纷议论责骂，你这是为什么？"晁错说："不这样去做，天子不尊，朝廷不安。"其父听儿子如此回答，气恼地说："刘家的天下安定了，可是晁家危险了。"说完掉头回颍川老家，旋即饮药自杀，临死之前还说，"我不忍心活着看儿子被杀啊！"

汉景帝刘启采纳晁错的意见，先借口楚王刘戊、赵王刘遂、胶西王刘昂的过失，分别削其封地。过后景帝看到诸侯王反应并不激烈，就想乘胜而进，削减势强的吴王土地。刘濞得知消息后，立即联络胶东王刘雄渠、淄川王刘贤、济南王刘辟光，以及已被削地的楚王、赵王、胶西王等七王，就在晁错父亲死后的十几天，于景帝三年（前154年）正月，打着"清君侧、诛晁错"的旗号，起兵叛反，发动了吴楚七国动乱。

七国叛乱的消息传到长安后，景帝连忙找到晁错磋商。晁错主张，景帝应该理直气壮地领兵亲征，平叛乱军，而京城长安交由晁错留守。两人正在讨论平乱事宜时，朝臣袁盎进朝求见景帝。

袁盎与晁错互有怨仇，袁盎曾做过吴王相国，晁错当上御史大夫后，曾抓住袁盎收受吴王贿赂一事，将其下狱论罪，后来废其为庶人。吴王刘濞叛乱事发后，晁错又公开对朝臣说袁盎与吴王脱不了干系，应加以治罪，所以袁盎急于见景帝开脱自己，并想乘隙构杀晁错。于是支开晁错，私下对景帝说："吴王叛乱之事，不须多虑，指日可破。诸侯谋叛，事起于晁错擅削封地，只要立斩晁错，遣使七国恢复诸侯封地，就可兵不血刃而七国之乱自平。"景帝听了袁盎之言，沉思良久，表示同意派袁盎出使吴楚，并且说："如果真如你说的那样，我不能为爱一个人而失天下，只有忍痛割爱了。若杀一人足平民愤，兵不血刃平息吴楚之乱，朕何乐而不为呢！"袁盎说："我别无良策，还望皇上仔细斟酌。"

汉景帝倒没有像袁盎所说那样再深思熟虑，瞒着晁错，令袁盎等人秘密前往吴楚与刘濞等人谈和，同时指使丞相、廷尉等朝官上奏朝廷，弹劾晁错"不称皇上德信，疏离君臣百姓，怂恿皇上亲征，自留京都，阴谋篡权，罪在大逆不道，应当处以腰斩"。景帝见奏，即刻派中尉召晁错入朝，骗其到东市砍下脑袋，还把晁错的家属一齐斩杀。

从以上史实可以看出，景帝杀晁错之举，明显施用的是李代桃僵之计。以理推之，晁错被景帝所杀，是没有什么理由的，因为晁错主张削藩国，加强汉朝廷中央集权，明显是对景帝的皇位有利，景帝本人也是同意和支持的。西汉自刘邦封同姓王以来，在指望诸侯国成为辅藩的同时，就考虑到诸侯国成为离心势力的可能性，所以从一开始，朝廷就采取了防范措施。如设置王国辅相，由朝廷派出的辅相加强对封地政情的控制和监视。汉文帝时，采纳政治家贾谊"众建诸侯而少其力"和晁错削藩的意见，积极开展同诸侯王斗争，如把齐国一分为七，还把兵权集中到朝廷手中。

晁错提出的削藩提议，是汉初以来朝廷同诸侯王斗争方针的继承和发展，这一点汉景帝应该是非常清楚的。杀死晁错，是否像袁盎所说的就可以兵不血刃平息吴楚之乱？刘濞等人发动的七国之乱是否因为晁错一人主张削藩而起来的？是否为讨伐晁错而来？晁错是景帝重用的，削藩建议是景帝采纳的，刘濞等人的叛乱也是冲着景帝而来的。接受袁盎杀晁错退敌的意见，是因为景帝知道袁盎与晁错两人互为仇敌，顺袁盎意而行诛罪，可以名正言顺地找到杀晁错的理由，还能把罪名推卸到袁盎的身上，进而达到自己不可言告的目的。

景帝牺牲宠信谋臣晁错，主要考虑到两个因素：一是从前157年上台，至今不过三年时间，一切制度人事等兴革建立，都刚开始，对应付诸侯国叛乱，朝廷并无多少准备，可谓事起仓促。吴王刘濞等诸侯国，经过长期准备，兴兵之初，仅吴国就有二十万大军，朝廷仓促应战，并无多少胜算把握。采纳袁盎建议，杀晁错，示之以信；秘派使节谈判，示之以和；如此可以作为缓兵之计，为朝廷筹集兵马，争取到宝贵的时间。二是七国谋乱，确是因晁错建议削藩而起，现在刘姓诸侯打着维护刘姓江山，诛杀奸臣晁错名义，起兵叛反，在一般百姓看来，刘姓诸侯王封地，得之于高祖刘邦，同为刘氏子孙，现在景帝刘启要独占，采取"奸人"之计，要削减封地，说起来也没有多少理由；他们指名道姓要杀的晁错，景帝这样做，既可以堵塞叛乱诸侯王之口，又可为自己大张旗鼓平征吴楚七国，找到名正言顺的理由。综合两个因素的考虑，景帝决定不惜血本，抛出替罪羊，杀了晁错，还斩杀了晁错满门。

后来事实也证明，汉景帝的计谋权变是正确的。袁盎至吴王军营的议和，虽不为对方接受，却赢得了宝贵的时间，使景帝从容委托周亚夫等筹集兵力，采取先避敌锋芒、坚壁防守的方针，等敌方懈怠时机，再发动攻击。结果三个月之内，吴楚七国之乱即被平定。

第四，弃小就大，创胜之计在其中。

在中国古代政治斗争之中，政治家的眼界视角，往往从关系事情最终成败的大局，以及政治形势发展变化中的长远利益去透视思考，不计较小的、局部的、一时的利益损失，在争权夺利的斗争过程中，宁愿主动弃小，以保证大部利益的保全或获取。

事例：朱元璋杀马烨安定贵州

洪武十五年（1382年），朱元璋设贵州都指挥使司，为了稳定贵州社会，沿袭元代以来的土司土官制度，封各地少数民族首领为宣慰使、宣抚使、安抚使等官。主要理念就是恩威并济，具体实施过程中则是"以夷制夷"。这有两层含义：其一是因少数民族"蛮性未驯"，而流官又"不谙其俗"，故任用土酋为官，以确保对土民的治理，维护边境的稳定；其二是利用于少数民族各部落之间的复杂关系和矛盾斗争，不断削弱土司的实力，"鹬蚌相争，渔翁得利"，确保王朝在少数民族地区的统治地位。这种"以夷制夷"的治理策略，尊重了少数民族风俗习惯，土人土治，实际上是一种因俗而治。这种因俗而治的制度设计，不同于以往的羁縻制度，其目的除了保证朝廷所希望的"相安无事"之外，还要将少数民族地区纳入到高度中央集权体系的监管之下，建立一种由朝廷能够控制的因俗而治制度。

王朝的政策在具体实施过程中，地方文武官员却往往不能够将制度认真贯彻执行，所作所为往往促进矛盾的激化。朱元璋派遣镇守贵州的都督马烨，不能够把握朝廷施政的重点所在，却听信元王朝留任故官宋钦妻子刘氏的挑唆，要以流官替代土官，面对承袭宣慰使霭翠职位的夫人奢香，不知道采取安抚，却采取逼迫的方式，将其找来，竟然剥衣裸挞，欲逼土著居民造反。将女土司裸体羞辱，岂不是要官逼民反，若是造反，正中都督马烨下怀，便可以此为由，大动干戈，立功贵州了。奢香深明大义，对属下讲："马烨领大兵虎视眈眈，其所为无非是想要我们鲁莽而起，他正好找到借口，以大兵进剿，然后强迫我们接受他派来的汉官，我们千万不要上其圈套。"然后整理行装，直赴京城，通过马皇后，得以见到朱元璋。

朱元璋得知之后，立即召见奢香。奢香拜谒行礼之后，详细诉告了马烨在贵州为政苛暴，随意惩办边民，唆使手下抢劫财物等罪状。朱元璋听完奢香泣诉之后，以同情的口吻对奢香说："马烨身为朝廷命官，为乱扰民，罪该万死。但我为你除了马烨，你们以什么报答我呢？"奢香见朱元璋答应斩杀仇人，立即上前再三叩头致谢，并说："蒙皇上明察，小民衔恩心怀，由此以后，彝人保证世世代代再不敢犯上作乱。"朱元璋笑道："百姓安心守业，谨守君臣之道，尊奉朝廷，这是你们的本分，怎能以此作为报答呢？"奢香见朱元璋如此强傲，不敢推托诿事，只好说："贵州东北有一通向巴蜀小道，皇上为我们报仇雪恨，我们愿开通此路，方便官府驿使驰往，以报答圣上慈恩。"朱元璋同意。

奢香辞谢朱元璋，即日回程，组织彝汉边民重新修通由云贵至四川的山路。马烨不久被朱元璋召回京都。朱元璋对马皇后说："朕知道马烨都督贵州，为朝廷尽忠守边，功勋卓著，但是不能够怜惜这样一个人，而使一方得不到安宁呀！"乃召马烨，数其罪，斩之，遣奢香等归。因此奢香等土司深为感服，除赤水、乌撒道，立龙场九驿，直达蜀地，交通畅通，也便于朝廷政令推行。

从以上事实可以明白，朱元璋为安定贵州土著，以国家边关的安宁为大局，明知都督马烨忠心朝廷，但在土司奢香上京诉告，当地土著衔恨马烨将近起兵情况下，不惜以牺牲手下，换来土司奢香的忠诚，答应安民息乱，出力打通前往四川的道路。这样既平息了边乱，又加强了朝廷对贵州的控制，双重目的皆得以实现。其实，这正是表现了李代桃僵之计的精华，即以小部、局部之失，换得大局全胜。

明王朝自推翻元王朝以后，建立了一个包括汉、藏、蒙古、苗、彝、壮、维吾尔等众多民族在内的、统一的国家。贵州地区，主要散居着苗、彝等少数民族，这些少数民族在本族头领的治理下，由于社会发展的不平衡，有的已经与汉族广大地区无太差别，有的处在比较落后的社会形态，有的处在原始的社会形态。明王朝根据当时的情况，采取"因俗而治"。这种因俗而治的制度设计，不同于以往的羁縻制度，其目的除了保证朝廷所希望的"相安无事"之外，还要将少数民族地区纳入高度中央集权体系的监管之下，建立一种由朝廷能够控制的治理制度。土司土官的设置，是明王朝在少数民族地区实行的一种特殊制度，任用土官，因俗而治，授予土官以很大的权力，有一定的民族自治色彩。宣慰、宣抚司也是明王朝高度集权的产物，在中央与地方关系体系中，与其他行政区划一样，也受到层层制约，因此土司土官在实际上仅是明王朝的特别行政区划，虽然实行特别管理，但不是独立的政权。可以说土司土官的设置是因俗而治，可以引申为民族自治，但不能够脱离明王朝管理体制。

明王朝对于土司土官管理采取恩威并济的策略，朱元璋很好地把握这个策略的精华。当奢香向朱元璋保证世世永不为乱的时候，朱元璋认为那是他们应该尽到的本分，为了安抚奢香等土司，不惜以自己爱将的性命来获取土司土官的忠诚，并且让他们心服口服地为朝廷效力，可谓是深谙此道。

至于马烨是否真的被杀，《明实录》《明史》都没有记载此事，有可能是找个死刑犯，顶替马烨，传首枭示，算是安慰了奢香等土司土官。一些史料曾经透露，马烨此后曾经在西北带兵打仗。若是如此，朱元璋的李代桃僵之计，更有他高明之处。

第五，舍车保帅，创胜之计在其中。

车、帅是中国象棋中的棋子名称，楚河汉界两侧，双方对垒厮杀，帅是军中元帅、中枢灵魂，车是帅下最重要的攻守大将，但是一旦形势发生大的逆转，局面已极为不利时，为帅者也只能牺牲手下爱将，舍车而保帅。棋坛之上棋理如此，政坛之上，政治家们又何尝不如此行事。

事例：李茂贞屯兵城下，杜让能忍痛赐死

大唐李氏王朝，虽然一度达到中国专制王朝的鼎盛高峰，但自安史之乱后，国家元气大伤。中唐以后，宦官专权，朝内党争，以及宦官朝臣之间的南衙北司之争，纲纪紊乱，加上几任皇帝的信道、佞佛，到了晚唐，唐王朝已经没什么实力，尤其是唐末的藩镇割据，许多地方节度使恃仗自己手中军队，不听朝廷调遣，在自己辖区内随意征兵征税，任命属僚，成了一个个独立王国。中唐以后，藩镇与唐中央朝廷之间、藩镇与藩镇之间，为争权夺利，兵连祸结，战事不息。到了888年，昏庸的僖宗李儇病逝，在宦官杨复恭的支持下，其弟李晔被立为皇帝。李晔即位，改名李敏，是为唐昭宗。

唐昭宗上台之初，针对朝廷威令不行，藩镇势力坐大的情况，本想有所作为，以挽救国命危艰的衰势；但是李唐王朝恰如重症在身的病人，已没有恢复生机的希望。内则宦官专权，朋党纷争；外而藩镇，尾大不掉。尽管李晔不惜官爵钱财，却没有人真正肯为李唐尽忠效力。当时割据战火，东尽青齐，西及关辅，南出江淮，北到卫滑，长安城外，极目千里，烟火稀少，人民流离失所。李晔虽贵为皇帝，也常常身受藩镇、宦官的凌辱，唐王朝已经在灭亡前夕的苍茫暮色之中了。

景福二年（893年）正月，拥兵自重的山南西道节度使李茂贞，因为要求同时身兼凤翔节度使未能如愿，上表朝廷说："陛下虽然贵为万乘天子，却连自己的元舅都不能庇护；尊极九州，却连一个宦官竖子杨复恭也不能戮杀；今天的朝廷，只看人势力强弱，不计是非公正，随意加恩赏赐。舆情易变，戎马难于羁控，生灵百姓，屡遭祸乱，朝廷不考虑远扬声威，自此以后，还有什么作为呢？"李茂贞以一个节度使身份，公然上表声斥、嘲弄万乘之尊的皇帝，使昭宗李晔难以容忍，就命令宰相杜让能准备兵马，要征讨胆大妄为的李茂贞。

杜让能身为宰相，虽受昭宗信任，但他心里清楚，以现在唐朝廷的力量，征讨李茂贞是不现实的，便上朝劝谏昭宗说："陛下登基的时间不长，危难一时未平。李茂贞领兵势众，离长安三百余里，臣以为不宜马上结怨，匆促发兵进讨，万一失利，将后悔莫及。"昭宗年轻气盛，受李茂贞刺激，难咽一口之气，对杜让能说："王室日卑，号令不能出国门，正是志士悲愤之秋。国威不振如同患病之人，不用药则不能去病，朕不甘做一个孱懦的天子，苟且度日，坐视藩镇凌驾侮辱，你只要为我调兵备粮，我自会委任诸王领兵打仗，胜败之事与你无关。"杜让能见昭宗执意孤行，又说："即使陛下一定要兴师征讨李茂贞，也应该同中外大臣共同协商，才能成功，不能单独委臣下之身如此重任。"

昭宗见杜让能遇事退让，心中很不高兴，厉声说道："卿身居朝中元辅之位，与朕休戚相关，岂能以辞推让。"

杜让能虑及再三，进一步上前泣告："非是臣下见难退让，陛下要做的事，正是先君宪宗之志，但是时过境迁，势有所不能啊！只担心他日臣下遭受汉时晁错那样的下场，虽一人身死，终不能免七国之祸，所以臣下对此踌躇。如果陛下一定要委臣做事，臣下当以死相报。"

杜让能明知征讨一事无望，但屈于昭宗的欲望，只好一心报国，整日筹划招兵买马，月余不归家门。

唐昭宗命杜让能筹集人马攻打李茂贞一事，很快被李侦知。原来唐朝廷另一宰相崔昭纬，早已与李茂贞勾结串联，杜让能在长安一切筹划，李茂贞查得一清二楚。李茂贞还派出间谍，纠集长安城中的百姓，公开阻拦同受昭宗派遣的观军容西门君遂，以及宰相郑延昌、崔昭纬，三人就把一切责任推到杜让能身上。

同年九月，唐昭宗以宰相徐彦若为节度使，让覃王嗣周，领禁军三万，送徐上任，大军则驻屯兴平。李茂贞早得密探入报，立即纠合靖难节度使王行瑜，合兵六万，前往兴平抵抗朝廷大军。两军对垒时，覃王嗣周所领禁军，不战而溃。李茂贞乘胜进军长安城下，上表朝廷，指名道姓要朝廷杀杜让能。

唐昭宗本想征讨李茂贞立天子之威，却未想到正如杜让能所料，伤虎不成，反害自身，急得在殿中团团打转。杜让能见状，对昭宗说：“事已至此，请陛下归罪子臣，使李茂贞罢兵吧！”

昭宗被逼无奈，也只好出此下策，便革杜让能太尉职，贬为梧州刺史，并且把参与战事的西门君遂贬放儋州，内枢密使李周潼远贬崖州，段翊逐至骧州。

李茂贞由山南起兵，进军长安，朝廷之中得宰相崔昭纬内通，杜让能被视为死敌。唐室势弱，本来李茂贞意存轻蔑，有心觊觎皇位，怎能轻易地让杜让能存活，有朝一日再复位为敌呢？所以当即拒绝昭宗的请求。昭宗见李茂贞不为所动，又令把西门君遂、李周潼、段翊三人斩首示众，杜让能再贬为雷州司户。以此为退让，再次遣使出城，要求李茂贞罢兵回镇。李茂贞则坐兵观变，不达目的不肯罢休，立定要杜让能人头为信。十月，昭宗被逼无奈，虽然心下十分不愿，为了保住皇位，只好答应李茂贞的要求，便公开下诏说：“杜让能卖官鬻狱，聚敛财富超过巨万，著令赐死。”杜让能作为昭宗和李茂贞争斗的筹码，终于被抛出。同时被杀的还有杜让能的弟弟，户部侍郎杜弘徽。

李茂贞得到了杜让能的人头后，带着昭宗赐封的凤翔节度使、山南节度使和中书令三职，凯旋而归。

唐昭宗李晔逞一时之勇，不顾唐朝廷势弱的岌岌可危形势，拒绝宰相杜让能的劝谏，且强迫杜让能筹兵征讨，结果招致李茂贞大军屯兵长安城下。昭宗为了保存李唐王朝，最后又抛出一直赖以重用的杜让能和参与征讨事宜的西门君遂等人，暂时得以苟安。唐昭宗明显地使用的是李代桃僵计谋，只是李唐王朝行将就木，昭宗的阴谋施展得再高明，也是一时之计，丝毫不能改变积重难返的藩镇拥兵自重局面。后来李茂贞又几次攻到长安城下，昭宗再无别招，到了天祐元年（904 年）八月，另一藩镇枭雄朱全忠干脆杀死昭宗，另立新皇，又过两年，衮冕加身，朱全忠称起皇帝来了。

事例：国宝被杀，王、殷退兵

东晋安帝隆安元年（397 年），兖、青二州刺史王恭，联络荆州刺史殷仲堪，上书朝廷，列举左仆射王国宝，以姻戚频登显位，恃宠肆威，危害社稷，要领兵入朝，"清君侧、除小人"。奏表上达朝廷，东晋群臣大惊失色，主持政事的丞相、会稽王司马道子，坐立不安，下令全城戒严，严密防卫。同时召请其父孝武帝器重的大臣王珣入宫，征询计策。王珣早先任左仆射，参与国家大政，孝武帝死后，得势的王国宝乘机废黜旧臣，王珣只能做了一个尚书令，权力被削，所以对王国宝怀恨在心，但表面上装出若无其事的样子，一切如常，曾被王恭称赞为汉代的胡广。道子问："王、殷二藩叛乱，你知道吗？"王珣说："朝政好坏得失，珣均未参加，如何知消息！"说完再不发言，退宫返府。

司马道子想通过王珣解决问题的企图失败后，王国宝在京都惊恐万分，王、殷两人与自己久有宿怨，现在指名道姓要诛杀自己，叛乱朝廷，担心自身不保，不知如何是好，急忙问计于与自己狼狈为奸的从弟王绪。王绪献计说："王珣、车胤与王恭、殷仲堪私下勾结，两人在朝中又有人望，你应该假借司马道子的命令，召集车、王两人入府，杀死他们，先拔去内患，然后挟持安帝和道子，发兵讨王恭、殷仲堪。"王国宝认为王绪所言确是良策，立即动手行动。

王珣、车胤受命来到王国宝的府中，王国宝却临阵手软，畏惧二人的威望，不敢轻意加害，反而求计于王询。王询说："王恭、殷仲堪与你素无深仇，不过为争一些权势罢了。"车胤也告诉王国宝，如果调兵攻打王恭，可能遭到王恭的拼死反抗，那时殷仲堪再从上游东下，就不好对付了。王询则劝王国宝暂时弃权，缓和与王、殷两人的矛盾。王国宝头脑简单，未杀王询、车胤，反而听从王询的劝说，上奏朝廷，自请解除一切官职。出宫之后，又后悔万分，对外假称自己得诏，一切恢复原职了。

司马道子一向把王国宝视为亲信心腹，对他们兄弟恩宠有加，本指望两人共同尽力，维持司马氏遥遥欲坠的政权，未想到王国宝招惹是非，送给早就觊觎朝政、拥兵自重的王恭、殷仲堪以出兵口实，道子心中本来就不快。王国宝反反复复，正在司马道子苦无计退兵的时候，还假传圣旨，一下子惹得道子怒火中烧，不由得厌恶起来，心念一动，王、殷两藩叛逆起兵，要杀王国宝，何不顺其意愿，杀王国宝以救燃眉之急呢？便公开宣诏，列数王国宝欺君罔上，挑拨君臣等大逆之罪，派骠骑咨议奉军司马尚之，拘捕王国宝和王绪。令赐死王国宝，王绪绑到街市斩首示众。把王国宝的兄弟侍中王恺、骠骑将军王愉革职不用，大赦天下。同时司马道子遣派使节，致书王恭，殷仲堪，陈述自己为政过失不少，特此致歉，现在顽凶王国宝等人已经被杀，国家之害已除，希望朝野内外，同心协力，在此乱世，共同维持社稷、宗庙的安全。王恭按照道子的来信，立即复书道子，同意罢兵。殷仲堪在王恭撤兵后，召回出征的部将杨佺期，一场东晋朝廷与地方藩镇的较量，由于道子主动舍弃了王国宝，暂时干戈平息了。

王国宝被杀，实际上是司马道子为代表的在朝当权势力集团与王恭、殷仲堪为代表的地方势力集团之间争权夺利政争的牺牲品。东晋自淝水之战后，尤其是谢安死后，祸乱四起，晋简文帝司马昱生下两个儿子，一个是后来做了皇帝的孝武帝司马曜，一个是司马道子。简文帝死后，孝武帝嗣位，开始时由崇德太后临朝听政，谢安等人辅政。淝水之战后，孝武帝重用弟弟会稽王司马道子，谢安遭贬斥。后来谢安病死，司马道子大权独揽，迁录尚书事、都督中外诸军事、领扬州刺史，权倾内外，一时间巴结投靠者不绝于道，王国宝就是其中之一。国宝看道子势大，背弃了老岳父谢安和舅父范宁，整日以谄媚道子为能事。孝武帝见兄弟道子权势灼人，为了牵制道子，巩固自己的皇权，把出身世家大族的中书令王恭、黄门侍郎殷仲堪拔擢重用。任命王恭做平北将军，督青、兖、幽、并、冀五州军事，领青、兖两州刺史，出镇京都重要门户京口；殷仲堪任振威将军，督荆、益、宁三州军事，领荆州刺史，出镇京都上游的重要城池江陵。王珣迁左仆射，王雅为太子太傅，这样朝廷内外，孝武帝以自己的心腹占据重要职位，分散司马道子的权力，防备他专权跋扈。司马道子则以王国宝和王绪等为心腹，结成党羽，与孝武帝势力集团对垒。

太元二十一年（396年），贪杯的孝武帝因酒中戏言，被张贵人勒死，太子司马德宗即位，司马德宗乃是一个白痴，口不能言，连生活都不能自理，大政实际是由司马道子主持。王国宝在孝武帝临终时，抢先叩宫，想代孝武帝撰写遗诏，自己做辅政大臣，因遭到王恭的弟弟侍中王爽的声斥，才未得逞。王恭回京参加孝武帝的葬礼时，当面告诫司马道子，要他以社稷大业为重，并疏远王国宝。王恭甚至做了杀王国宝的准备。王国宝和王绪也曾预备杀死王恭，所以当王恭、殷仲堪与司马道子、王国宝势力集团的矛盾已经严重激化，王、殷两人起兵反叛，矛头指向，名义上要清君侧，根本上来说，杀王国宝也是冲着司马道子来的。对此司马道子心中非常清楚，由此舍车保帅，抛出心腹王国宝，使王、殷两人暂时息兵，虽说是权宜之计，稍作损失，但赢得了宝贵的时间。后来司马道子父子，正是利用王、殷罢兵的机会，暗做准备，又用反间计，斩了王恭，安抚了殷仲堪，瓦解了反司马道子的势力。

三、反胜之计　以弱事强者易

李代桃僵之计，是三十六计的第十一计，是敌战计的第五计。此计策的使用，大多发生在敌对国家、政治势力集团、朋党、政敌之间相互夺权争利之斗的最激烈的时候，且常常被势均力敌，或势弱者作为阴谋之计所用。李代桃僵之计使用的范围虽然广泛，但实践之中要讲求适时、适地、适势，并与其他计策交叉穿插，相辅相成。

第一，敌国之间的相互使用。

中国古代国土崩裂、政权林立时期，弱国图存，强国制敌，虎视眈眈，国际政局波谲云诡，军事上的征战、政治外交上的纵横捭阖、折冲樽俎，权谋计策层出不穷。

1. 弱国对强国的使用

弱国对强国使用李代桃僵之计，一般表现为弱国对强国所提出苛刻条件，暂时予以应承、献出部分国土、宝器、美女、财物等，求得自存，或者借暂时的妥协，养精蓄锐，以图东山再起。

弱国对强国使用此计的方式还有，为求得自存，主动对强国提出结盟议和，以割地赔款，贬低自身君主之位的办法，与强国订立和约；为了议和成功，甚至不惜打击逐杀被强国仇恨，视为死敌，但实际对弱国君主和国家社稷立功尽忠的大将、功将。如北宋钦宗派李邦彦与金人议和，答应割地输城，做子侄皇帝，同时把主张反抗金兵的抗战派李纲罢去相位。

2. 在势均力敌国家之间的使用

势均力敌国家之间，因其实力相当，两国相争，双方都没有绝对把握取胜，在此情况下，往往通过调整自己势力的部署，主动舍弃一部分利益作为牵制、调动敌方的诱饵，却在其他大部分利益获取上，力争占取优势，取得失小胜多的胜利。

第二，在君臣之间的相互使用。

君臣关系，是中国古代君主集权专制政治要处理的一个重要主题。春秋以来，专制主义中央集权制度的确立，君主与臣僚之间的关系处理，在专制政治中的地位分量越来越重。"君待臣以礼，臣事君以忠"，儒家以抽象的道德准则作为标尺，要求把君臣关系建立在道德规范基础之上，主张君臣之间和谐统一，同舟共济，治理国家。孔子说要"君君"、"臣臣"、"父父"、"子子"，但是儒家的政治伦理观只是一种理想化的模式，无情的政治现实，早就打破了孔子等人的梦幻。孔子在自己撰述的《春秋》之中，不得不承认弑君亡国此类事例屡见不鲜，后世篡位攘权的故事，更是不绝于史。司马迁《史记·韩长儒传》讲："虽有亲父，安知其不为虎？虽有亲兄，安知其不为狼。"今日父子兄弟、夫妇之亲，明日即成干戈鸩毒绞缢之仇，亲亲如此，何况君臣呢？所以还是法家人物韩非的观点，鞭析入理，他把君臣关系看作虎狼利害的关系，更加贴切于专制政治的现实。君主专制制度的私有制本质，对权力的想往，刺激了每一个有野心的政治家的大脑、神经，只要有机会，无不力争攀向权力宝塔的顶峰。至高无上的皇权，虽有"天命论"为"真龙天子"辩护，但"王侯将相宁有种乎"的呐喊声，从没有停止断绝于天地之间。"天子，兵强马壮者为之，宁有种耶？"项羽见到秦始皇出巡御驾，想到的是"彼可取而代之"，连当时还不名一文的项羽都有威风自代心理，那些在专制王朝中职领权柄的权臣们，其野心自然是更加强烈。一部二十四史，君主杀臣、权臣篡位的故事难以计数，充分说明了君主专制主义中央集权政治下，君臣关系的和谐是暂时的，冲突矛盾倒是不可克服的常态。

1. 君对臣子的使用

李代桃僵之计，被君主使用，一般有两种情况：一是君主主动操作，目的是弃小求大，换取对君主统治更加有利的重要利益，如朱元璋杀马烨之事。二是君主在受制于人，形势被动的情况下，被迫采取的归罪臣下、以寻替罪羊之术，免祸自身，唐昭宗忍痛杀死宰相杜让能即属此类。

2. 臣子对君主的使用

李代桃僵之计，常常被权臣操用于君主身上，此类情况往往是在皇权旁落式微、权臣擅断朝政、羽翼丰满的时候，皇权已被权臣架空，君主任心而治的局面已不再现，仅有君主专制之名，并无专制之实。如司马昭实操曹魏国政已成稳固大局后，利用成济杀曹髦，然后推罪于成济而杀之。再如，唐室已空，昭宗已成朱温手中玩物的形势下，朱温指使部下杀死昭宗，罪死朱友恭以塞天下人口。两例之中，李代桃僵之计，都被权臣当作改朝换代阴谋加以使用。

第三，君主的臣属之间相互使用。

1. 外戚与宦官之间

外戚与宦官，是中国君主专制统治下的政治场上两种比较特殊的政治人物。外戚是皇帝的"母族""妻族"，与皇帝有姻亲关系的一些人物。宦官则是阉割的"刑余之人"，皇帝的家奴，在宫廷之内从事于皇帝及其家族的生活服务。外戚与宦官是作为与帝王最近、依靠皇权而生的政治人物，他们手中的权力寄生于皇权之上，权力来源方式主要是靠得宠于皇帝而被恩赐。宦官与外戚的政治斗争，主要是由对"沾光"皇权的独占欲和现有权力、利益的分割不均匀而引起的。在中国历史上，宦官与外戚的政治斗争，历来是政治斗争篇章中最惨烈的一页。如东汉少帝时，何氏外戚与蹇硕、张让等宦官集团的斗争，正是在这次斗争中，十常侍首领的赵忠，以出卖蹇硕，苟安于一时。

2. 臣僚之间的使用

臣僚之间相互耍弄李代桃僵计谋，大多是在官僚们结伙成党的情况下进行。朋党是中国君主专制社会统治阶级内部的政治派别，它不同于近现代意义上的政党，多是以血缘关系、地缘关系、宗法家族关系、乡土关系、联姻裙带关系，以及门生故吏关系等原因相互结合，官僚们朋党比周，既能上抗君主、下争权臣，又可以结党自重，图援保存。历史上的朋党斗争很多，如东汉的党锢之祸；唐代的南衙北司之争；牛僧孺与李德裕势力集团的牛、李党争；北宋有新旧、元祐党争；明代有东林党与魏忠贤阉党之争。朋党作为君主专制社会政治斗争中的常见现象经久不绝，它对专制政治造成了严重的危害。朋党比周，以图私为务，往往结党者"知有门户而不知有天子"，党同伐异，势如水火，拉帮结派，山头林立，贪污腐化，败坏吏治，向来为帝王所禁止和诛灭之物。但是禁止的欲望是主观的，专制的官场上，人只要一旦为官，往往会不自觉地因地域、血亲、乡土、同僚、政见、门生等因素，互相声援，最后变成有明确政治目的朋党成员。官僚们以同党为重，攻讦相异者，党同伐异、争权夺利中屡施阴谋。但是同党之间的关系因为是以利益、权力为动力的组合，趋利避害的本性决定了每逢政治斗争的紧要关头，朋党中的首领人物往往是不惜牺牲同党分子，作为交易，换取自己或党派政治目的的实现。如东晋王恭、殷仲堪为一边，与司马道子、王国宝势力集团矛盾尖锐，在王恭、殷仲堪声言要起兵攻击都城时，权臣司马道子，就以杀死王国宝为条件，要求王、殷两刺史退兵．

四、小失大取　敌战计谋迭出

李代桃僵之计，作为敌战计，以用阴取胜，它不同于攻战计中的抛砖引玉、混战计中的金蝉脱壳计谋，有着自己独有的实施方式和特征。在政治斗争中，此计运用的基本特点是：

第一，实施目的明确性的特点。

李代桃僵之计，是在势必有损、己方势力没有占据绝对优势、稳操胜券，身处困境、逆境，难以摆脱的情况下，以"损阴"为代价，目的是"益阳"。所谓损阴，即损失小部的、局部的；所谓益阳，是指壮大已有的胜利果实。无论是政治家、野心家、阴谋家，在运用此计时目的都非常明确，十分清楚损失已有的小的权力和利益，绝不是无缘无故的，而是为了获取更大的权力和利益。

第二，实施过程中的卑劣性、险恶性、伪诈性的特点。

李代桃僵之计以"损阴"开始，在政治斗争中，每一次都以一批人的无辜生命作为代价，充满血腥味道。《三国志·武帝纪》中引《曹瞒传》，记载了曹操借部下人头以平众怨的故事。曹操领兵出征，因仓廪军粮不足，要主粮官改用小斛发给军士粮米，结果众军士因为不能饱腹，为之大哗，群情共怨，人心不稳，将酿成事故。曹操便找到主粮官，"特当借君死以压众，不然事不解"。结果加主粮官"行小斛、盗官粮"的罪名，斩其首高悬军门，以平息军士对自己"欺众"的非议。无独有偶，西汉时的汉文帝，拘捕了一向忌惮仇视的淮南王刘长，削其王爵，流配四川。刘长性刚，因心中怨愤，于押解途中绝食而死。文帝得知后，虽然内心高兴，但担心民心非议自己有"杀弟"之恶，就下令把押解经过的沿路县级官吏全部杀死，罪名是他们未能及时递送食物给淮南王。以上两例，皆说明操用此计者的手段是如何卑劣、残酷、险恶。

实施方式的伪诈性，主要表现在该计策的实施者们，往往利用"利国家、存社稷"、"为国除罪"等幌子，不讲信义地把臣属、部下的人头作祭品，以此换取自己的成功、利益的保全。如汉景帝骗杀衣着朝服的晁错，目的是消弭七国叛乱，打着理由是"吾不爱一人谢天下"，装出一副为国为民的虚伪面孔，却又加罪名于晁错身上，"阴谋篡权、大逆不道"，为自己不留迹象地杀人寻找借口、搪塞天下舆论，真是虚伪和诡诈结合，故曰伪诈性。再如，司马昭杀曹髦、罪死成济，也是伪、诈两兼。曹髦被他指使部下杀死后，心中暗喜，却跑到朝堂上跪地号啕大哭，装出一副悲痛的假面孔。事后司马昭逼郭太后下诏书，把被杀的曹髦身上随意加上"性情暴戾"，再造作丑逆之言诽谤太后，鸩毒太后，加之伤害大将军，"悖逆不道"的罪名。又把执行杀人命令的成济杀死，加上"倾覆宗庙"、"违国乱纪，罪不容诛"罪名，把自己打扮成公正的审判官以收买天下人心。一波多折之中，虚伪奸诈的权臣之相暴露无遗。

第三，实施结果的后至性、有效性的特点。

势有大小之分，人有强弱之别，这是社会的常态；趋利避害，是人之常情。李代桃僵之计以长远的算计作为考虑问题的出发点，不拘泥、不痛惜于眼前的局部利益损失，"小失"而"大取"，政治家、野心家在政坛的争权逐利之中，经常使用此类计策，以收取最后的胜利为目标。

顺手牵羊

——乘隙争利　定取蝇头小利

本计云："微隙在所必乘；微利在所必得。少阴，少阳。"其大意为：发现微小的空隙与漏洞，都必须充分利用。微小的利益，也必须力争获取。少阴，少阳，意指要抓住敌方小的疏忽，乘机利用变为我方小的胜利。

顺手牵羊之计，典出《礼记·曲礼上》："进几杖者拂之。效马效羊者右牵之，效犬者左牵之。"孔颖达认为，这是相献遗及呈见之仪，进几杖者拂之，是拂去尘埃。效马效羊者右牵之，是呈见送人，马羊多力，人右手亦有力，故用右手牵掣之。效犬者左牵之，是因为犬好啮人，左牵之可用右手防御。这里进献马羊，均用右手牵领，牵马而随便牵羊，所以引申为顺手牵羊。

《西游记》第十六回"观音院僧谋宝贝　黑风山怪窃袈裟"记述说：西天取经，途经观音院，暂居其处。观音院方丈阴谋趁唐僧熟睡之机，举火烧死唐僧师徒，借机据有锦襕袈裟。不料，孙悟空没有睡着，看到方丈指挥和尚们点火，本想立即上前，乱棒打去，又怕师父责怪自己惹事行凶。因此，便想出一个计谋，让和尚自食其果。心中暗想："罢了，罢了！我来个'顺手牵羊，将

奕䜣伺隙除杀大太监安德海

计就计'，让这帮和尚也住不成。"悟空在借避火罩保护住唐僧和白马之后，吹口气，加大火势，整个观音院，连同方丈、和尚们顿时化为灰烬。

与此相类似，还有一个顺手牵牛的民间故事：有一个人去偷牛，被发觉后扭送官府。司法官审问，他辩解说：牛不是我偷的。当时看到地上有条绳子，又没有人要，我觉得可惜，就把绳子捡回家，谁知绳子那头拴了一头牛，是那头牛自动跟上我的，不是我偷的。这则民间故事有其幽默和讽刺之意，但仍寓有顺手牵羊所含的计谋。

一、伺隙捣虚　积小胜为大胜

《周易·丰卦五十五》丰云：亨，王假之。勿忧，宜日中。《象》曰：雷电皆至，丰。君子以折狱致刑。

【一爻】初九，遇其配主，虽旬无咎，往有尚。《象》曰："虽旬无咎"，过旬灾也。

【二爻】六二，丰其蔀，日中见斗。往得疑疾，有孚发若，吉。《象》曰："有孚发若"，信以发志也。

【三爻】九三，丰其沛，日中见沬，折其右肱，无咎。《象》曰："丰其沛"，不可大事也；"折其右肱"，终不可用也。

【四爻】九四，丰其蔀，日中见斗，遇其夷主，吉。《象》曰："丰其蔀"，位不当也。"日中见斗"，幽不明也。"遇其夷主"，吉行也。

【五爻】六五，来章，有庆誉，吉。《象》曰：六五之吉，有庆也。

【六爻】上六，丰其屋，蔀其家，窥其户，阒其无人，三岁不觌，凶。《象》曰："丰其屋"，天际翔也。"窥其户，阒其无人"，自藏也。

《周易·井卦第四十八》云井：改邑不改井，无丧无得。往来井井。汔至，亦未繘井，羸其瓶，凶。《象》曰：木上有水，井。君子以劳民劝相。

【一爻】初六，井泥不食，旧井无禽。《象》曰："井泥不食"，下也："旧井无禽"，时舍也。

【二爻】九二，井谷射鲋，瓮敝漏。《象》曰："井谷射鲋"，无与也。

【三爻】九三，井渫不食，为我心恻。可用汲，王明并受其福。《象》曰："井渫不食"，行恻也；求"王明"，受福也。

【四爻】六四，井甃，无咎。《象》曰："井甃无咎"，修井也。

【五爻】九五，井洌，寒泉食。《象》曰："寒泉之食"，中正也。

【六爻】上六，井收勿幕，有孚元吉。《象》曰："元吉"在上，大成也。

本计计文的"少阴、少阳"，系四象中的二象。少阴的符号为上阴下阳，意为阴之初生，加上阳爻为离卦、阴爻为震卦，合为雷火丰卦；少阳的符号为上阳下阴，意为阳之初生，加上阳爻为巽卦，以及阴爻为坎卦，合为水风井卦。以丰卦推演，要参考井卦。

　　丰卦卦辞的丰，指高杯盛物；亨，通达也；忽，即勿、无。意为丰卦表示盛大宽广，享通无阻；王者领天下，没有忧患，当处鼎盛时期，犹日在中天一般。可是，一般地说，日中则昃，月盈则亏。虽然日当中天，但无法持久，将施即偏斜，预示亨通中潜伏和萌发的危险。

　　丰卦外卦震为敌，内卦离为我。震为惊雷，离为闪电；震为动，离为火。结果是我之火为敌动照明服务，我当为其附庸。震为动，再加上九四、六五爻变，预示敌之动极为剧烈；又有意为盛大的丰卦，表明敌之行动规模巨大。而为我的内卦离，也有初九、六二爻变，预示我属其附庸，虽企图有所动作，但心存忌惮，仅为觊觎垂涎而已。

　　再参以水风井卦，丰之上卦震变之为井之上卦坎，坎为险，表明日中之天将变为偏斜，潜伏着危险将变为事实。慢慢地，一步一步降落，所以敌人的危险以及这种危险造成的损失，也是缓慢的、微小的。就丰之下卦离变为井之下卦巽，巽为风，而风有无孔不入之性。这就表明，我方必须充分利用强敌缓慢出现的危险这一空隙，取得小利，与此同时，要特别注意静爻的含义。

　　就丰卦卦形观察：九四是敌之先锋，即初九对九四，六二对六五，全不相应，意为无隙可乘，但上卦唯一的静爻是上六，表明迟缓，是我方可乘之隙，可以得到微小的收获。这是因为，上六与我方的九三是唯一的一对相应的静爻。所谓相应，就是彼此配合默契。于此时偷袭上六，顺手得点小利，上六也不会为此计较，因为我得一点蝇头小利，对方是微小损失，不以为意。

顺手牵羊作敌战计用，在军事上，是指在同敌方作战中，伺隙捣虚，创造和捕捉战机的一种谋略。如利用运动战中，敌方运动过程中战线拉长，各部分运动时速不同，协调出现漏洞而暴露出的破绽，乘机发动攻击。或者在与敌人对峙时，派出小股游击队伍，钻入敌方心腹之中，神出鬼没地打击敌人。或者指己方大军在完成主要作战目标过程中，瞅空入虚，向敌人势弱处发展力量，顺时顺手地夺取。

此计用在政治场上，则指与政敌争权夺利的斗争中，在取得主要胜利成果，确定主要目标利益的情况下，能够乘隙取利，顺势把敌对方的"羊"这种蝇头微利取为己用；同时也喻指，政治场上的斗争也应微利在所必得，并乘隙向敌方的薄弱处发展，扩大成果，积小胜为大胜。积累局部胜利换得全局胜利，中国历史上的政治较量中，充斥着此类的正反经验教训。

二、见利宜疾　当机立断者胜

中国古代的思想家们很早就从哲学的高度，去探索自然界、人类社会中事情的发生、发展、变化的规律和契机。在古代的道家思想中，就有一个"贵因"的观点，提出"道不可违，因而制之"的朴素辩证观。因者，承认、顺应；制者，驾驭、控制；贵因而制之，强调凡事必须遵循事物发展的客观规律，把握住事物变化中瞬间而逝的契机，使其为我利用，从而较顺利地达到理想的目

标。据《吕氏春秋》云："三代所宝莫如因，因则无敌。"文中还
专门列举了周武王顺因而动，乘商纣王暴政导致严重内乱，伐兵
灭商的故事，作为论证。思想家们从哲学的高度思考世上的道理，
军事家们则从克敌制胜的视角，总结战争的规律性。《吴子·料
敌》篇中，列举了八种判断敌情，不须卜问凶吉，就可以发兵攻
击敌人的情况：一是疾风大寒，早兴寝迁，割冰济水，不惮艰难；
二是盛夏炎热，晏兴无间，行驱饥渴，务以取远；三是师既淹久，
粮食无有，百姓怨怒，妖祥数起，上不能止；四是军资既渴，薪
刍既寡，天多阴雨，欲掠无所；五是徒众不多，水地不利，人马
疾疫，四邻不至；六是道远日暮，七众劳惧，倦而未食，解甲而息；
七是将薄吏轻，士卒不固，三军数惊，师徒无助；八是陈而未定，
舍而未毕，行阪涉险，半险半出。吴子认为，只要敌人的人、时、
地、事方面出现以上八种空隙破绽，可以击之无疑，都是必须抓
住的战机。以智谋奇术闻世的鬼谷子在其《谋篇》文中指出："墙
坏于其隙，木毁于其节"，同样认为隙空出现，是最易被政敌攻击
的时机。思想家、军事理论家、谋略家展现的智慧，对政治场上
的政治家、阴谋家、野心家们，有着重要的启发、借鉴作用。事
实上顺手牵羊之计，正是在总结了中国古代思想家和军事家、谋
略家们的高超智慧基础上，与风云变幻、残酷无情的社会现实相
互印证，由此凝炼而成。顺手牵羊之计，作为敌战计中的一种阴
谋之策，在政治斗争中有以下几个主要的表现手法：

第一，察其天地，伺隙捣虚，创胜之计在其中。
政治场上与敌相抗，首要大端要对政敌的内情有充分准确的

了解，察天观地，即是分析判断敌情，以及可能的变化趋势，寻找敌人内情中可以被利用的微隙。隙者，虚也；以自己的实力，顺势攻击敌人的虚弱，获取胜利的果实。恰如兵家所言的用兵要审敌虚实而攻寻他的薄弱要害之处。

事例：奕䜣伺隙除杀大太监安德海

晚清的宫廷里，出现过三个有名的大太监，这就是安德海、李莲英、张兰德。三人都仗着清政府的实际统治者慈禧太后的宠信，权倾一时，但李莲英、张兰德后来能体面地安然退归，唯有安德海下场最惨，在其任上，为朝中政敌恭亲王奕䜣联合同治帝、慈安太后，乘其张狂轻敌而有机可乘，设计斩杀。

清王朝是女真人所建立，自入关定都北京之后，鉴于明王朝宦官当政，导致家亡国灭的教训，曾下禁令，不准太监干预朝政，亦不能与朝官勾结。顺治帝时，还在交泰殿前立一铁碑，上面明书：凡是犯法干政，窃权纳贿，嘱托内外衙门，交结满汉官员，越分擅奏外事，上言官吏贤否者，均凌迟处死。又规定宦官级不过四品，非奉差遣，不许擅出皇城，违者处死。形势发展到晚清，清初对宦官的严密监控的情况有了根本的改变。辛酉政变后，慈禧太后垂帘听政。青年守寡而又权欲强盛的慈禧，开始宠信起宦官，以便于自己控制朝政，安德海就是她所重用的第一个大宦官。安德海在慈禧太后勾结恭亲王奕䜣，联手除去咸丰帝遗命肃顺等顾命八大臣，而改由两宫太后垂帘听政的辛酉政变中，因为冒死为在热河的慈禧太后和驻守北京的奕䜣穿针引线，相互联络，立有一定功劳。安德海本来是一个性敏狡巧、善于讨好主子的人，对西太后平日里揉胸捶背、殷勤服侍，加上立有拥戴之功，一时为慈禧所垂目，宠信日隆，不久就被擢升为总管太监，成了宫中位于主子之下的第一号人物。由此，安德海的野心也膨胀起来，恃着执掌实权的慈禧太后，一面极尽手段讨好慈禧，一面以功名利禄为诱饵，广交朝臣，培植势力。门庭若市、势焰熏天的安德海，终于在辛酉政变后，与朝中位尊权高的恭亲王奕䜣发生了冲突，成了对立的政敌。

奕䜣是咸丰皇帝的亲弟弟，咸丰去世后，与慈禧太后联合，巧计除去了死对手肃顺等人。政变之后，虽然两宫太后垂帘听政，但慈安太后性情笃厚，又不通文墨，很多权力让与慈禧太后处理。慈禧毕竟是个年轻女子，执政伊始，缺乏老到的经验，在朝中势必仰伏奕䜣，故此，奕䜣于政变后得到很多职务，不但出任宗人府宗令、总管内务府大臣、领神机营、稽查弘德殿一切事务等，还授议政王大臣，领军机处，兼管总理各国事务衙门，军、政、财、外交均握手中。尤其是议政王一职，只有前清的多尔衮曾任过。大权在握的奕䜣，面对外患连祸、内乱不止的局势，刚上台之后，还想重振纲纪，于清政权的巩固上，成就一番作为，在一些事务处理上，难免与慈禧太后发生了分歧，加上安德海的从中挑拨和有意扩大事态，导致奕䜣十分衔恨安德海，两人势如水火。

慈禧太后于辛酉政变后回到北京，为去除在热河时期受肃顺限制之怨愤，借同治帝登极和自己的寿辰，大摆宴席，极力铺张，恣意享乐。垂帘前后，又大制仪驾，扩大宫中膳房，匙筷用赤金制作，宴桌亦包上金云角，开了奢靡之先声。安德海则乘其所喜，投其所好，又狐假虎威，借慈禧名义，不断向管内务府的奕䜣伸手要物。奕䜣开始对其有求必应，眼见安德海无底之欲，就面诚说："国方艰难，宫中不宜多取。"安德海不但不听劝告，还设计陷害奕䜣。

有次午餐，安德海有意拿出粗制碗碟，慈禧问其故？安德海告知是恭亲王限制，使西太后对奕䜣厌恨。又有一次，奕䜣向慈禧贡奉二十盆含苞欲放的梅花，慈禧命安德海在宫中陈列，供其欣赏。不想安德海暗中做了手脚，一夜之间，梅花全部凋萎，使慈禧扫兴之余，增加对恭亲王的疑虑。还有一次，奕䜣到宫中找慈禧奏事，往日茶几之上，按例应放上两个茶杯，奕䜣粗心，谈话中随手端起一杯茶，将要进口，发现茶几之上，仅有一茶杯，明显地这是慈禧太后所用，自己差点犯了大讳，细思起来，定是安德海从中有意做鬼。

安德海利用手中所掌之权，于琐事上挑起事端，使慈禧太后与奕䜣逐渐矛盾滋生。果然，安德海不断僭诉怨短，到1865年，慈禧太后利用翰林院编修官蔡寿祺参劾的奏折，以奕䜣有贪墨、骄盈、揽权、徇私四大罪状，以同治帝谕旨名义，革去了奕䜣的议政王职位。奕䜣因遭折辱，自此以后于朝中益谨，明白这与安德海的挑拨大有关系，对安更加痛恨。

1868年9月，安德海为讨好慈禧，暗中指使御史德寿，奏请修复被英法联军烧毁的圆明园，供慈禧太后享乐。又指使内务府库守贵祥拟列章程，要让京外各地，每户、每亩、每村皆要交捐。奕䜣获知这是安德海授意所为，力主不可，又把德寿、贵祥革职，流徙黑龙江给披甲人为奴。事情至此，奕䜣下定决心，要拔去安德海这个眼中钉。一次，安德海在朝中炫耀自己的翎子精美无比，周围朝臣畏惧，皆随声附和，奕䜣则当面讽之："你的翎子再好，恐也护不住后脖子吧！"

奕䜣要除安德海，并非易事，因为有慈禧的庇护。安德海在宫中只要没有大错，即使皇帝也是奈何不得的。同治皇帝渐渐懂事之后，就曾经对安德海的嬖宠专权，羞耻生愤。一次，同治帝曾为某事面斥安德海，事后却被慈禧训斥和责罚，自此以后，同治帝在宫中用泥捏成一小人，用剑砍去泥人首，边砍边喊："杀小安子！"借以出心中之气，却也不敢动真格的。同居垂帘之位的慈安太后，对安德海恶行早有所闻，但碍于慈禧的面子，也是不好直言斥责。

同治八年（1869年），同治帝已有十四虚年，两宫太后有意替皇帝纳后，派奕䜣等人预备大婚典礼。安德海趁机密谋慈禧，想亲往江南，为皇帝督制龙衣。慈禧开始还有顾忌，并未答应。安德海既得势后，于京城作威作福，早就想找机会离京外出，游历苏杭胜地，既快心意，又有敛财机会。于是极力巧言打动慈禧，以江南织造衣物，多么合适，皇上大婚，龙衣必须讲究，同时也可顺便为太后织造几件顺心合用的衣服。他还以言语激起慈禧的好胜心，认为不可为"祖制"所束缚，否则当个太后也不自由。性骄的慈禧同意了安德海的要求，但叮咛务必机密行事，不得让王公大臣知道，以免被弹劾，造成事端。

同年秋，安德海离京扬帆南下。清朝祖制，宦官不得出京办理公务，安德海特仗慈禧撑腰，自以为天下太平，不知给宿仇政敌提供了一个极好的机会。同治帝得知小安子要外出，表面予以赞成，却密诏予以信任的大臣山东巡抚丁宝桢作诛杀安德海的准备。奕䜣也早得密报，也积极筹划除掉安德海，并且密切注意他的行踪。安德海恃势胆大，离京时瞒着太后，私选名妓女十人，乘太平船，沿河道而下，一路招摇。所乘之船，插两面大旗，上写"奉旨钦差"、"采办龙袍"字样，又竖有日形三足乌旗，意为西王母（慈禧太后）取食办事。船上娈童妙女、笙歌鼓乐不绝。所过州县官吏为之迎接，而安德海视之为自然，丝毫不予警惕。船到山东境内，丁宝桢早得恭亲王奕䜣的密令，要其在山东境内，借机予以捕拿，从严惩处，格杀勿论。

丁宝桢曾以正直、刚毅闻名清政府，接恭亲王所托之后，立即密饬德州知州赵新，要其侦探安德海不法事情，可以一面擒捕，一面禀闻。赵新接令后，虽明察安德海多起事情违犯清政府法律，但慑于安德海的淫威，不敢居前逮捕，连正式公文也不敢写，只用私写的便条，把安德海在沿途的各种违法情况告知。丁宝桢见赵新密报，急令东昌府等府县前去捉拿。东昌府知府程昌武在安德海船后跟踪三日，胆怯不前，总兵王正起发兵追赶，在泰安将安德海捕获，缚送济南。此时丁宝桢一面令快马加急送密折进京请旨，一面审讯安德海。

安德海开始对被捕事，并不紧张，神态自若地吃喝睡眠，甚至威胁地方官员，声称自子奉太后之命督织龙衣，"汝等自速死耳"。哪知丁宝桢不畏权势，当面怒斥安德海身为宦官私出，"非制也，且大臣未闻有名，必诈无疑"。丁宝桢又担心朝旨结果未知，便不顾其他官员的劝阻，决定先斩杀之，旋即斩杀了安德海，又囚禁安的随行人员。

丁宝桢的奏折到达京城时，先为恭亲王奕䜣所得，代为上奏。

奕䜣先是找与安德海也有矛盾的东太后商量，取得了东太后明确"予以正法"的赞同意见，便亲自书写谕旨，以太监安德海擅自出京，若不从严惩办，则"何以肃宫禁而儆效尤？"著直隶、山东、江苏等督抚派遣干员，"严密捕拿，就地正法，毋庸再行请旨"。又请慈安太后钤印，令快马回送丁宝桢。因此当安德海已经被诛杀的时候，慈禧太后并不知道。

丁宝桢复奏进京，奕䜣也是先告知慈安，再告知慈禧太后。奕䜣以安德海违制犯禁为公开理由，力主斩杀。同治皇帝、慈安太后全力支持恭亲王，加之奕䜣等王公的谏诤，面对安德海违制在先，送把柄于人手的事实，慈禧也只能无可奈何地同意正法诛杀这样一个事实。奕䜣伺隙出击，先斩后奏，终于灭了权阉安德海，长长出了一口恶气。

安德海被诛之经过，可谓是顺手牵羊计谋运用于政治场上之典型事例。本来辛酉政变以来，喜欢弄权的慈禧太后，在站稳脚跟之后，不甘于当初放重权于恭亲王奕䜣之手，因此，当时清政府政坛之上，慈禧太后与奕䜣的争权为主要旋律。慈禧太后利用蔡寿祺的奏折，摘掉了奕䜣议政王大臣之职，即是明证。奕䜣对翅膀已硬的慈禧太后，是无可奈何的。但对从中拨弄是非，一直想加害于自己的宦官安德海，态度和度量就不一样了。奕䜣要除安德海，在京城，碍着慈禧太后的庇护，不易得手。安德海张狂轻敌，不知轻重利害，以为只要有慈禧太后撑腰，就能在朝廷内外为所欲为，哪知纵欲放胆，出京已明违祖制，把柄已送到了政敌之手。京城之外，大权在手的慈禧太后也鞭长莫及。故此出现了可以光明正大地斩杀安德海的时机，奕䜣紧紧抓住了这个时机，安排不畏强暴的山东巡抚丁宝桢动手，自己于京城中运动朝廷，终于把这个受慈禧太后宠信的总管太监"小安子"置于死地。

第二，审时度势，顺手扩隙，创胜之计在其中。

对敌作战，时机的选择、形势的判断非常重要。用计者依据这两个因素，应主动创造战机，要在有保证自己主要政治目的实现的把握下，正确而充分利用敌人的隙空，力争扩大战果。

事例：王莽借机下手顺势灭异己

王莽是西汉末年最著名的外戚，早年在汉成帝皇太后王政君王姓外戚家族中，因父亲王曼早逝，并不得志，但其不甘于清贫生活，精于苦心钻营，投机取巧。官位稍进，又极尽沽名钓誉，大肆收买人心。王莽平时以生活俭朴自诩，抛洒钱财以积德，终于在官场中博取了"清正廉洁"的好名声，得到了临朝听政的姑母太皇太后王政君的宠信。到前1年，官迁大司马，领尚书事，秉理朝政。1年，被封为安汉公。王莽又利用太皇太后王政君厌政心理，授意公卿进言，委事安汉公，结果王政君下诏，除封爵之事外，以后朝廷一切事务由安汉公与"四辅"平决，实际上权柄操于王莽手中。由此，王莽在朝廷中，成了一手遮天的人物。为了实现自己代汉称帝的目标，王莽步步用计，耍尽鬼蜮伎俩。凡是阻碍自己登极路上的一切明暗障碍，皆一一拔除。对政敌对手所现破绽，更是一有机会，决不手软，务必乘隙攻击，大肆株连，力求扩大战果，一网打尽。王莽灭除汉平帝刘衎母家卫姓势力，就是他创造的一幕杰作。

汉元寿二年（前1年）六月，孝哀帝刘欣死于长安未央宫。九月，刘衎（原名刘箕子）即皇帝位，其时年方九岁，是为汉平帝，太皇太后王政君临朝听政。平帝的生母是卫姬，家中有一些亲戚在京做官，秉政的大司马王莽，担心平帝上台后，重用舅父家的卫姓亲属，形成另外一股势力，冲击王姓外戚既得利益，剥夺自己之职位，便在太皇太后前谗言道："过去哀帝刚坐上皇位，就立即拔擢自己的皇亲国戚丁姓、傅姓家族，陷国家于混乱，宗庙几乎倾覆。现今成帝之子刘衎入继大宗为皇上，就要特别强调正统大义，务必以前事为鉴，做后世的楷模，要抛弃私情。"他游说太皇太后，征得了王政君的同意，立即派出亲信、所谓朝廷"四辅"之一的甄丰，带着印信，前往中山国（河北定县），封平帝母亲卫太后为中山孝王后，封平帝舅父卫宝、卫玄为关内侯，平帝的三个妹妹也被加了封号。以太皇太后名义，令他们均留居中山封地，不得至京师，以免卫姓势力坐大。其时右扶风功曹申屠刚，对王莽所为表示不满，以为皇上年幼，上台之初，即隔绝骨肉亲情，断绝亲戚往来，与礼节不符。何况汉朝制度，虽任用英才治国，但同时也信用皇亲国戚，使朝廷亲疏交错，互为牵制，以利于皇室和国家的安定。申屠刚直言要求朝廷简派使节，迎接皇太后到长安，使皇上母子得以欢聚，还应该广泛征召皇上的母家亲戚，让冯姓家族（刘衎祖母的娘家）和卫姓家族之人，居住长安，授给闲散的官职，侍卫宫廷，防范灾祸。王莽见申屠刚上书，为之大怒，立即以太皇太后名义下诏："申屠刚谬言乱说，背离儒家经典，有违大义，令其免职。"不久，申屠刚被遣归老家。

王莽视平帝的国戚为死对头，暂时没有理由除去，就采取隔绝政策，并派人严密监视。同时则想方设法控制平帝，准备将女儿嫁给刘衎，立为皇后，以巩固自己的地位。公元 2 年，他上呈奏章，口称要仿效周、商制度，按照儒家"五经"所规定，为平帝选后。可是下属官员上报的名单上，列有很多王姓家族女儿，王莽担心竞争激烈，女儿可能被挤掉，便假意对太皇太后称："女儿没有什么才德，怎能列入帝后名单？"哪知王政君误会了王莽的虚伪谦虚，信以为真，公开表彰王莽的诚意相让行为，干脆下诏宣布，王姓家族的女儿，一律不予考虑为帝后。王莽弄巧成拙，慌忙指使亲信朝臣、儒生，一齐到未央宫前请愿或上书朝廷，请求把盛大功德的安汉公女儿列入帝后名册。事情越弄越糟，因为王莽亲口说过可以不予考虑，所以表面上对请愿之人，又不得不加以劝阻，以示公心诚意。王莽一看众人不得要领，只好撕下面孔，干脆直告太皇太后，"请察看我的女儿"。公元 3 年春，王莽的女儿经宫廷派人官样文章的察视，以为德容兼备，适宜于承受天命，侍奉皇家祭庙香火。接着又卜卦问神，得到吉兆，便定下王莽之女为皇后，下聘礼黄金二万斤。王莽见目的已达到，就把大部聘金散给同时入选的媵妾人家，以及同族贫苦亲属，取人之善为己之善，进一步笼络人心。

正当王莽紧锣密鼓地嫁女为帝后的时候，在他家的门前，发生有名的吕宽事件，王莽则乘机大做文章、大搞株连，终于一举铲除了平帝母后的卫姓家族势力。

原来，王莽之子王宇，看不惯父亲隔绝皇上母子，限制卫姓家族的做法，私下里同皇帝舅父卫宝联络，又暗示卫姬上书朝廷谢恩，借揭露丁姓、傅姓外戚的罪恶名义，希望得以感化太皇太后，让自己回到长安。哪知此招并不奏效，卫姬日夜哭泣，要求进京见儿子，王莽则再三回绝。王宇同老师吴章、舅兄吕宽商量，决定利用王莽迷信心理，在王莽府门前抛洒鲜血，以天意恐吓王莽。吕宽乘夜洒血王莽门前时，被守门人发现迹象，此案很快被王莽侦破，王宇被捕下狱，服毒自尽，其妻因有身孕，生产后亦旋被杀死。

卫姓家族在吕宽事件中，并不是主谋，但在卫姬要求回京刚遭拒绝的当口，王莽自然地要怀疑卫姬，加上王宇、吴章等被刑讯之时，又承认是为卫姬事起。王莽哪里能够杀了儿子、媳妇，却轻饶卫氏，放过除去政敌的好机会呢？旋即下令把卫姓家族，全部屠杀，仅留皇帝母后卫姬一人。吴章是当时著名的儒家学者，曾广收学生，在京城士人中颇有影响。王莽以为这些儒生与己有碍，早就有意除去，吴章此次是自动撞上枪口，被王莽令在长安东市，把吴五马分尸，又下令从今后剥夺吴章学生、门徒的政治权利，不准这些人入朝为官。

王莽不仅借吕宽事件，斩杀了卫姓家族，还扩大打击面，凡与己不合的公开、潜在对手，也借机一一消灭。汉元帝刘奭的妹妹敬武长公主，嫁夫后与王莽是族属，但与丁姓、傅姓外戚往来友好，曾经讲过不满王莽的话，王莽即乘此机会以太皇太后名义，令其自杀。王莽的叔父红阳侯王立，以及王谭之子平阿侯王仁，过去与王莽都有往来，王莽并不视之为同类，也被强迫自杀。王莽又令亲信大司空甄丰，派员去全国各地，扫除卫姓党羽。凡不依附王莽者，都可用"叛乱"罪名诛杀。前将军何武、前司隶校尉鲍宣、乐昌侯王安、护羌校尉辛通及其兄弟函谷都尉辛遵、水衡都尉辛茂、南郡郡守辛伯等数百人，都在此间相继成为王莽的刀下之鬼。这些人有的与王莽并无什么矛盾，只是诚心维护刘姓正统；有的自负才出名门大家，疏远同王莽的结交；有的因性格刚烈，骨鲠在喉，好直言议论。在王莽看来，维护汉室的人，就是他代汉称帝的绊脚石，应是早下手除去为宜。而有才又不依附王莽府门的人，就是潜在的政敌，当然不能放过。那些仗义直言的人，有碍于王莽的钓名沽誉的政治投机，与自己舆论不利，也要除之而后快。

吕宽事件的处置，使王莽一时廓清了朝内外的政敌，4 年，汉平帝大婚，王莽女正式册立为皇后。王莽被下诏重赏，尊称为"宰衡"，位居三公之上。同年，梁王刘立被揭发与卫姓外戚有牵连，削封撤职，贬放南郑，被迫自杀。5 年，诏令加赐王莽九锡。同年冬季腊月大祭，王莽向平帝刘衎献椒酒，鸩杀平帝于未央宫。同月，王莽借符命公开称"摄皇帝"。这些都是利用吕宽事件，王莽顺势残杀异己的继续和结果。

王莽背靠太皇太后王政君，逐步造成西汉王姓外戚专权的局势。一姓势立，怎能再容别人插足，所以，平帝上台后，其母后卫姓家族与王莽为代表的王姓家族，两大外戚势力之间争权夺利的斗争，是君主专制政治进程中的必然性因素。只不过王莽早先下手，采取隔绝政策，置卫姬家族于远离京城的中山，两大家族的斗争暂时被缓和下来。吕宽事件，点燃了两派斗争的导火索，同时给王莽提供了一个乘势下手的好机会。对已经势力坐大，还想自己代汉做皇帝的王莽来说，既然儿子、儿媳都肯杀，杀伐卫姓家族势力，当然会毫不手软。太皇太后的信任，满朝党羽握有实权的形势，为王莽搞株连杀异己，都提供了便利的条件。在中央的卫姓家族被灭，在外地的卫姓党羽由"四辅"之一的亲信大司空甄丰去杀伐。那些非己同党，或与己不和，或者是铁心维护汉室的忠臣们，现在都成了王莽杀伐的对象。除去这些人，平时并不容易，如汉元帝的妹妹，与太皇太后是同辈，平时说几句不满王莽的话，王莽也奈何不了。吕宽事件，使王莽有了一个最有利的时机，再加上一个与卫姓牵连的"高帽子"罪名，一切都顺理成章了。可怜数百冤鬼，被王莽当作计谋中的必杀的"羊"群，只能在九泉下控诉了。

事例：杨国忠乘机落石整王𫓧

唐玄宗时期，太原人王𫓧被李隆基异常宠信，先后担任监察御史、户部员外郎，兼侍御史。至天宝初，又连续升迁，为户部郎中、户口色役使、御史中丞、京畿察访使、京畿关内黜陟使、兼关内军访使等。王𫓧受宠为官，有两大诀窍：一是精明巧施；二是巧投玄宗所好。例如，天宝四年（745年），出任户口色役使，当年唐玄宗曾明令宣布，免除天下百姓一年劳役。王𫓧熟悉理财，玄宗此令公布，无异断了自己的财路，便建议玄宗：百姓劳役虽免，可因此征收脚钱，这样用增加的钱数，去买轻货。玄宗见王𫓧说得头头是道，随之点头同意，哪知百姓为此，负担未减，反而交钱更多，徒增负担。当时，各州郡上交物资，经常有水泡、伤破和质变价次等情况，他都叫各郡按照其物的价值，折合成钱买成轻货送到京城长安。王𫓧见到有些郡租庸难收，就叫一些富户任租庸脚夫，结果不少富户随之破产。王𫓧就用这些办法，搜罗钱财，呈献给玄宗。玄宗只知王𫓧能干，能弄来很多物财，对其他倒很少过问。王铁正是利用玄宗此项弱点，巧取献媚。

王铁任职户部时，还想方设法，为玄宗变通办事，每年皇帝都要大量赏赐宫中妃嫔等人，这些赏赐品，按惯例都是放在国库中，有专人临时取来，随赏随取。王铁见玄宗厌其搬运手续烦琐，干脆把大量钱财宝物放在内库，便于玄宗随时取用。玄宗高兴，问财物从何处得来，他说是国税之外的东西，非是向百姓征收的，玄宗因之宠信更隆。天宝七年（748年），王铁加检查内事，升户部侍郎，兼御史中丞，赐紫金鱼袋。天宝八年（749年），加任闲厩使、银青光禄大夫等职。九年（750年），迁御史大夫、兼京兆尹。这样，王铁成了身兼监察、财政、行政等数十职务的重臣。唐玄宗对他的宠信，连当时的权臣李林甫，都为之羡慕。李林甫儿子李岫经常与王铁儿子王准在一起斗鸡游戏，每当王准恃势折辱时，李岫只能忍气吞声。

王铁的受宠，遭到了杨国忠的嫉妒。杨国忠早期是个浪荡子，整日喝酒、赌博，有时输得精光，连本钱都没有，只能借债。后来发愤而投军，也只做了个小官，郁郁不逞志。偶然得到富翁鲜于仲通的帮助，委派他去京城结交刚刚被玄宗宠爱的杨家。杨国忠到京后，因杨贵妃等同宗姐妹的引见，见到了皇帝。玄宗爱屋及乌，允准杨国忠可以随供奉官入宫。在经常陪伴玄宗的游宴中，国忠因精于计数，被明皇夸赞，称他是"度支郎的好材料"。不久，还是王铁最先推荐，做了王铁手下的判官。李林甫当时看到贵妃的堂兄杨国忠经常能出入宫廷，可以影响到玄宗，便又拉拢杨国忠，升杨为监察御史、度支郎中兼侍御史。天宝七年（748年），杨国忠升给事中，兼御史中丞、专判度支事等职，成为受宠的幸臣。杨国忠也学着王铗的办法，让各州郡把上交粮食物资等，按价值折成钱，买成轻货送长安，充实国库，然后领玄宗观看。玄宗一见府库满藏，果然奖赏杨国忠。天宝八年（749年），杨国忠受赐紫金鱼袋，兼太府卿。同年，玄宗赐名"国忠"（原名杨钊）。十年（751年），杨国忠领剑南节度使职。同年，王铗封太原尹，兼殿中监。这时的杨国忠早已今非昔比，仗着贵妃撑腰，眼见王铗受宠居然超过了自己，就想加以整治。

杨国忠要想整王铗，亦非易事，因为王铗上有玄宗袒护，又有丞相李林甫与之交好，加上王铗在朝中办事多年，势力盘根错节，甚至王公贵族都退让三分，杨国忠要达目的，就只能坐以待机，寻找下手的时机。

王铗有个同父异母弟弟叫王锝，担任户部郎中之职，此人目无法纪，为人凶残。王铗不计小隙，非常友爱。有次王锝口中无忌地向术士任海川询问："我有为王者的骨相吗？"这样的说法，在专制王朝是要掉脑袋的，术士吓得逃走了。此事多亏王铗从中按住，并以京兆尹的名义，令长安尉贾季邻毒死了知情的安定公主儿子韦会。王锝又与邢缚交往，因为都喜欢对弈，王铗通过王锝，与邢缚经常在一起往来。天宝十一年（752），邢缚联络他人，想在长安发动政变，杀杨国忠、李林甫、陈希烈等当权朝官。哪知事不机密，起事前两天，邢缚被告发。

《登坛必究·叙战》曰："见利宜疾，未利则止。取利乘时，问不客息。先之一刻则太过，后之一刻则失时。"杨国忠的耐心等待，终于有了一个恰当的突破口，整治王铗的契机到了。原来邢缛事败后，玄宗开始很信赖王铁，亲自临朝，给他阅看告发信，让王铁派人去抓邢缛。王铁身为长安的地方官，去捕拿邢缛，也是顺理成章的容易事，但王铁担心弟弟王锃在邢缛家，有意拖延抓捕时间，一边派人去邢缛家寻找王锃，直到明确王锃不在邢家，才令长安尉贾季邻、万年尉薛荣先率兵卒捕捉邢缛，王铁偕杨国忠率兵随后赶到。邢缛见事泄，令手下拿出武器反击，双方展开格斗中，邢缛手下牙将说："不要击伤大夫（王铁）手下之人"。杨国忠的副官见状，对杨说："贼兵互有暗号，不能打了"。等到高力士率军赶到，才斩杀了邢缛部众。

邢缛被杀后，杨国忠马上报告玄宗：王锃与邢缛是共同叛反之人，王铁也参加了其中的阴谋。杨国忠认为：王锃的手下贾季邻等，捕拿邢缛时与叛贼有暗通事情。事前王铁又同贾季邻相见，打招呼说："我和邢缛是老朋友，如今他谋反，恐怕事急乱咬人，请不要相信他的话。"杨国忠准备以邢缛案连坐王铁，玄宗要赦免王铁，只治王锃之罪。杨国忠正要乘机除去王铁，怎会把玄宗的意思完全转达。反而歪曲玄宗旨意，故意对王铁说："皇上厚待大夫，如今大夫应该割爱，上表请求治罪王锃，而且王锃也不会被处重刑，大夫亦得以保全，何必要一起被处罚呢。"王铁很看重兄弟情谊，不愿抛弃弟弟，保全自身，便对杨国忠说了自己的想法。杨国忠见王铁上钩，立即回宫向玄宗禀报，说王铁不愿按皇上意愿去做，宁愿受罚。玄宗见王铁胆敢违旨藏私，立令带上王铁兄弟，由杨国忠和宰相陈希烈两人负责审讯。陈希烈是专靠黄老玄学献媚玄宗爬上相位的人，虽居相位，都是与李林甫一唱一和，极力作为虎作伥之能事。王铁平时鄙视陈希烈，每回上朝，总是大声斥责。此次王铱落到他的手上，也是不肯放过。王铱、王锝被捕之后，杨国忠抢先问道："大夫知道谋叛的事吗？"哪知站在身边的侍御史裴冕有心保护王铱，高声吓斥王锝："足下为臣不忠，为弟不义。皇上看在大夫面上，提拔你为户都郎中，加五品衔，厚待于你，难道大夫知道邢缚的事吗？"杨国忠见状，只好顺势说："王铱真的知道，你不准隐瞒，如确实不知，也不能瞎说。"王锝答道："王铱不知。"王锝受审没有结果，但长安尉贾季邻出来为韦会之死做证。杨国忠立即报告玄宗，玄宗下令，赐死王铱，王锝乱棍打死。王铱夫人及几个儿女都被远放外地，财产全部没收。

王铱被害死后，收获最大的是杨国忠，除原任职务外，又身兼原王铱所任京兆尹职，再加御史大夫，京畿、关内采访使等，王铱所领的数十个职位，几乎全部被他接收。

杨国忠整治王铱，乃是专制王朝政治场上所常见臣下相互争权夺利的搏斗之事。杨国忠与王铱，曾经是好朋友，来京初期，还是王铱的推荐，才做了其属下的一个判官，有了一个正式的饭碗。天宝六年（747年），在铲除御史中丞、各道铸钱使杨慎矜的斗争中，两人曾有紧密配合，为整死杨慎矜，都出过不少力量。后来王铱受玄宗器重，因宠信日增，引起杨国忠的嫉妒，由妒生恨，昔日的好友，成了反目为仇的敌手。杨国忠为除王铱，利用邢缚反案，见缝插针，在事件处理中又扩大事态，最终整死了王铱，可谓既打了"虎"，又取了"羊"，满载而归。

事例：伯颜除政敌力求根绝

1333年，元王朝历史上最后一位皇帝妥懽帖睦尔在上都登基即位，是为元顺帝。伯颜以翊戴功拜中书右丞相，进太师，领太史院，封秦王，总领蒙古、钦察、斡罗思诸卫亲军都指挥。撒敦为左丞相，加号太傅，封荣王。1334 年，撒敦被顺帝加开府仪同三司、上柱国、录军国重事，予以重用，不久却因疾病撒手人寰。左丞相一职即由年轻的侄子唐其势继任，但唐其势并没有得到朝中的实权，反而是右丞相伯颜被皇帝委以重托，朝内外大政多由其决断。由此，唐其势与伯颜因争夺权柄的矛盾激化，成为仇敌。

唐其势对伯颜家族朝中势力凌驾自己家族之上，极为愤愤不平，公开对别人说："天下，本是我家的天下，我和父亲、叔叔，为皇帝立了多少汗马功劳，功勋卓著，伯颜是什么东西，竟然位于我位之上。"

伯颜对唐其势的狂妄和不满早已悉知，因畏惧燕帖木儿家族在朝中的强大势力，只好隐而不发。甚至专折上疏顺帝，请把右丞相之位让与唐其势，只是皇帝以为不妥，才打消了让位之举。为提防唐其势的不意进攻，伯颜私下里早早做好应敌准备。

唐其势既然不甘居于伯颜之下，同样也暗地里加紧准备夺权。唐其势先是联络被封为句容郡王的叔叔答里，对其曰："只有我家里的人才能配享执掌朝政大权之位，现在皇帝以伯颜居重职，是亏待了我家。"答里早就蓄有叛反意图，一直想立与自己关系亲密、诸王之一的晃火帖木儿为帝，且双方已有多次秘密联络。唐其势的话甚得答里的心思，便对唐其势说："我也在考虑这个问题，皇帝凭什么放重权于伯颜，而轻视我们家呢？"唐其势则乘机鼓动道："咱家手中不是掌有一部分权力吗？何况我逝去的父亲手下亲信在朝中也有不少，不如干脆些，乘机把伯颜权力彻底夺过来。"答里对唐其势的话深以为然，当即决定先与晃火帖木儿暗中约定好，然后以突袭方式率兵攻打皇宫，成功后以晃火帖木儿为帝。不久晃火帖木儿来信，约请由唐其势叔侄里应外合，乘机夺权。

唐其势等人的谋叛行动事不严密，郯王彻彻秃对左丞相异于平常的行动产生了怀疑，立即报告给元顺帝。顺帝听到郯王的报告非常惊诧，又担心郯王的报告与事实不符，便想了一招计谋，召请答里来京觐见，如叛乱事实真实，答里必不敢入朝。果然，诏书下达后很长时间，京城未见答里身影。顺帝召右丞相伯颜入宫筹谋，委托伯颜做好防范准备。

伯颜接到元顺帝的命令，真是天降喜讯，老天终于送来了清除政敌的大好机会，便很快布置亲信将兵，加强皇宫守卫，同时派人监视唐其势的行动，只等唐其势自投罗网。

唐其势、答里、晃火帖木儿三人谋定之后，唐其势旋即令弟弟塔喇海设伏兵于宫城东郊，截杀皇帝与逃亡的大臣，自己则率手下精兵，向宫阙进攻，不料刚刚攻入禁城，就遭伯颜率领所属众多兵士迎面痛击。只见伯颜站在城楼上，指挥禁军和其他兵士，由四面向中央紧紧合围，本来唐其势指望以少数精兵出其不意的突袭，一举就能拿下皇宫，哪知早已在对手算计之中，伯颜不过是等待鱼儿主动上钩罢了。唐其势心中一急，赶快令手下亲兵向前杀开一条血路。正在厮杀酣战中，传来伯颜大声布告，"凡生擒唐其势者赏万金！"禁兵、武士在重赏之下，人人持械向前，混战之下，唐其势体力不支，被禁兵从马上一矛击中，倒在地上，兵士一拥而上，紧紧缚住。

唐其势的弟弟率兵埋伏东郊，久不见宫阙方面消息，正在疑惑之中，却见伯颜率大军迎面而来，赶紧令兵士跃起进攻，只是双方兵力悬殊太大，手下勇士很快被斩杀干净，自己也落得被生擒的下场。

伯颜见唐其势的军队已散，两凶已被擒住，旋即进宫，请求皇帝登殿审讯。元顺帝亲见唐其势进攻皇宫，哪能轻饶，立即谕令："两人罪行已经昭明，不必审讯，按律例处置就可。"伯颜见皇帝下旨，立命禁兵把两人揪出门外斩首；唐其势砍头在即，慌忙高叫："陛下曾明诏答应我父免子孙死罪，今日为何食言？"企图引以父亲燕帖木儿之功，救自己活命，不料话音未落，伯颜早令禁兵砍下了他的头颅。

唐其势的弟弟塔喇海做事机敏，一入宫室，即逃到元顺帝皇后的座位之下。皇后见弟弟一副可怜之相，想极力袒护，就用自己的外衣罩往塔喇海。伯颜见状，不容皇后开口，令禁兵走过去搜，果然塔喇海正在皇后座位下哆嗦不停，士兵强行把塔喇海拽出，伯颜立即拔剑出手，一剑刺向塔喇海，顿见鲜血四溅，皇后的衣服亦被染成红色。伯颜明白，自己手杀皇后兄弟，政敌虽除，那在位皇帝的皇后对自己终究是个隐患，一旦哪天皇帝信其言，自己遭诛的日子就不会太远，便一不做、二不休，立奏元顺帝："皇后兄弟大逆不轨，皇后罪在不赦；况且又公开加以庇护，显然为同党，请陛下割私情，依法处置，以戒后人。"说完也不等皇帝表态，就令士兵把皇后绑起来。左右士兵不见皇帝亲口下令，不敢上前。伯颜毫不手软，伸手把皇后从座位上拉下。皇后见状，赶紧向元顺帝求救，要求皇帝看在多年侍候在侧的情分，讨饶求生。元顺帝见此情景，虽然不无怜惜之心，但想起燕帖木儿过去对自己的示威和欺压，她的兄弟居然又谋叛夺位，便咬紧牙关，恨恨地说："你兄弟谋大逆不轨，岂能相救。"伯颜让士兵把皇后拉出宫外，先安排在开平民舍居住，不久又派人送去毒酒，鸩杀了皇后。

唐其势兄弟刚刚被杀，元顺帝就在伯颜的鼓动下，以大兵乘胜而击，答里很快被俘送京斩杀。那图谋皇位的晃火帖木儿，自感罪孽深重，朝廷不会轻饶，坚持反抗也是以卵击石，力量不济。思前虑后，别无逃生之路，只好挥剑自杀。伯颜奏请顺帝，凡燕帖木儿和唐其势亲信势力，以及所荐举的一切官员，均罢免去职，朝廷将唐其势家产入官。自此之后，伯颜做起了大权独断，恣意专横，威震内外的权臣，直到最后被侄儿脱脱算计，病死在贬职途中。

伯颜作为右丞相，在朝廷中的势力，初始并不比唐其势及其家族的力量强，只是因为元顺帝的重用，才使职位居于唐其势之上，由此导致两人势同水火，成为势均力敌的政敌。伯颜面对强大的对手，要想轻易地铲除消灭掉，不是一件简单的事。如以正面进攻手法强攻强夺，可能不能铲敌，甚至会祸害自身。以权谋智取，伺机而动，找出强大对手的破绽，趁机发动攻击，才是上策。古人说：要察其天地，伺其空隙。唐其势因不满伯颜的当道，进而想谋叛，达到彻底揽权，又失密事机，行动上被别人窥破根本。元顺帝召伯颜筹划，委托伯颜全力破除唐其势及其同伙，确实也找对了人，也给伯颜除政敌提供了一次难得的机会。伯颜真是烂熟于趁时、应手得利之道，不仅在宫室之中，当着皇帝的面，斩杀唐其势、塔喇海兄弟，更不顾皇后之位尊，不怕暴露权臣之脸面，乘虚扩大战果，以无形之力，强逼皇帝答应驱皇后下台，又暗地里下毒药，鸩死皇后。宫室之中除皇后，朝廷庙堂之上，则尽熄唐其势家族的一切余烬，不仅将其亲信心腹力量荡灭，对其逝去父亲燕帖木儿的残余力量，也丝毫不让其生存，如此清扫干净，自己终于真正地大权独揽了。

第三，捕机制敌，见利不失。

制敌的战机一旦捕捉在手，就要保证万无一失；胜利的果实得之不易，丝毫没有丧失的道理，所以微利势在必得。打了"老虎"，不能丢失"小羊"，理想的办法是"虎"、"羊"两者皆获。历史像一面镜子，从正反两面提供了启示。

事例：斩人头取玉璧，已氏报仇

周敬王执政时，已经是春秋后期，这时卫国的统治上层矛盾尖锐，政权更迭频仍，是春秋时期国君被逐，政变最频繁的一个国家。按史书所载，卫庄公曾受晋国容纳保护，但为君后又背晋，晋于是伐卫，卫人出庄公，立公子般师。晋师退，庄公复入，般师出奔。初，庄公登城，见戎州已氏之妻发美，髡之以为夫人髢。又欲剪戎州，兼逐石圃，故石圃攻庄公。庄公惧，踰北墙折股，入已氏，已氏杀之。史书记载卫庄公被杀事件经过，大都简洁，寥寥数句，甚至用一句话概括，仅说卫庄公出奔，很少论及卫庄公被杀之事的详情，实际上卫庄公之死，因暴虏而被仇人已氏残杀，倒是顺手牵羊之计在历史中运用施行的一个典型之例。

卫庄公蒯聩在做太子时，即积极参加宫廷阴谋。前480年，筹划武力政变，通过姐姐孔伯姬的情夫浑良夫，亲自带领伏兵，杀子路，胁迫卫国孔氏家族重要人物孔悝，立自己为国君，接着大肆追捕原卫出公的党徒、亲信。第二年，蒯聩在向周王室请到册命后，得以名正言顺大权在握。蒯聩对为自己上台出过力的孔氏母子，假装设宴款待，灌醉他们，连夜驱逐出国。凡知晓他非法夺权底细的人，都被猜忌怀疑，担心自己不正当的手段被人看破，必欲除之而后安，连卫国重臣太叔遗也被逐出。由此，卫国国内人心纷乱，也就是在这一年，卫庄公上台的故伎，被儿子太子疾来了一个以其人之道还治其人之身。

原来，卫庄公大肆排斥异己，大臣纷纷外逃，卫出公辄把国家的宝物也带走了。卫庄公用浑良夫计，让太子疾等人回国，想早立下太子，取得宝器。不意引狼入室，太子疾顺势劫持卫庄公，胁其盟誓，并要他杀死浑良夫。卫庄公说原先答应过免除浑良夫三次死罪，不能立即杀他。太子疾暂时答应卫庄公的请求，但不过一年，借卫庄公之力，找借口杀了浑良夫，剪除了卫庄公的重要臂膀。

前478年，晋国大夫赵鞅，派人通知卫国。过去卫君在晋国期间，晋国款待热情周全，是故请"卫君或太子来敝国，向寡君寒暄，略表谢意，如此才能使我们为臣的面颜上有光"。如若卫君不施以答礼，则会是"臣子作事不当"，将遭受晋君责难。卫庄公闻报，就以国内纷乱为由，不想去晋国致谢。太子疾派人至晋说父君之事，晋国大怒，以赵鞅为将，领军攻卫。

卫庄公执政失措，引发外患内争，心中十分虚弱，寝食不安。

有一次，他梦见自己在北宫，看到一个披发厉鬼立昆吾观上，向北高喊："登此昆吾之虚，绵绵生之瓜，余为浑良夫，叫天无辜。"卫庄公心中害怕，亲自求人占卜。筮史宫胥弥赦卜之说："没有什么事。"卫庄公听了非常高兴，赐给他一邑。胥弥赦不受而逃往宋国，实际上这时卫庄公已结怨全国，大乱将生而自己不知。

同年冬天十月，晋军再次攻打卫国，并很快入了外城。将要入城时，卫国人主动起来行动，赶走了卫庄公，与晋将赵鞅讲和。晋国立卫襄公之孙、庄公的从父兄弟般师为卫国新君，然后退兵回国。十一月，卫庄公又乘晋军兵退，从甄邑入都，般师被迫出逃。

恢复了执政统治的卫庄公，并不专注于朝政的调理以笼络人心，反而变本加厉，更加残酷对待臣民。一次，他登帝丘的城门远眺，望见城外有村落散居城外，随即问身边侍臣，得知是戎人居邑。卫庄公说："我是周室姬姓后代，怎么能容许戎州（丘城外的戎族）居住在我的城外呢！"便下令发兵，掠劫戎州财物，并彻底摧毁了这些戎人的居住村落，致使戎人对他咬牙痛恨。又有一次，卫庄公站在城门上，望见戎人己氏之妻的头发，长得特别浓密漂亮。卫庄公竟然派出兵丁，把己氏之妻的美发全部剪下，做成假发，给自己的夫人吕美戴上。

卫庄公的暴政专权，导致内政危机的进一步爆发。石圃是卫国上卿石恶之子，自己又居卿位，在国中有不少势力。卫庄公不喜欢石圃，想要放逐他。石圃见势不好，本拟先逃，恰好此时，为卫庄公所役使的百工匠人，长年修筑工程，制作器物，不仅衣食不保，连休息也没有，总是日夜不停地埋首做工，心里早就充满了愤恨。石圃见此可以利用，便在前 478 年 10 月 22 日，率领百工匠人先发制人，攻打卫庄公所居宫室。卫庄公猝不及防，只得关起宫门，派人请求谈判议和。石圃如何肯答应，反而发力紧攻。卫庄公知议和无望，为了求生，爬上高高的北宫之墙，跃墙逃跑。太子疾、公子青紧随卫庄公之后，跃墙而过，不料刚落地面，被闻讯赶来的乘卫庄公逃亡势弱之机报仇的戎人们杀掉。

先期跃墙而过的卫庄公，落地时已折断了腿骨，又见仇视自己的戎人纷纷涌来，赶紧躲进城外一户人家。哪知冤家路窄，正是被他剃光美发的己氏之家。庄公逃命要紧，急中生智，从身上拿出一块上等玉璧，呈给己氏主人，说道："如果你能救我一命，我会把这块玉璧送给你。"己氏主人看了看卫庄公，微笑地对他说："我杀了你，这块玉璧还会落到哪里呢？"说完，拿起刀来，只见血光一闪，一颗头颅落到尘埃，随手拾起玉璧，揣进自己的腰包。

春秋后期，正是社会变革急剧加快的阶段，过去的大国间争霸战争，渐渐为列国内部争权夺利的频繁政权斗争所代替。政治结构上，过去的礼乐征战自天子出，慢慢递变为诸侯出，自大夫出，甚至大夫的家臣，亦纷纷起而争政柄。卫庄公上台执政的卫国，正是君君臣臣、父父子子的旧秩序已被打破，父子争位，骨肉相残。君臣之间尔虞我诈，内亲之间欺诈杀伐。政敌争斗、权坛互击导致政坛改名情况频繁发生。卫庄公本来以政变形式上台，执政之后，大肆杀伐排斥异己，造成统治集团内部矛盾重重。他想驱逐势大的石圃，两人随之成为政敌，这是他所处的第一重矛盾。春秋后期，国人与统治阶级的矛盾已尖锐化，卫庄公长时间役使做工的百工匠人，造成国人怨恨，这是庄公所居的第二重矛盾。庄公不以大政为重，驭政无方，又昧于时势，轻开杀伐，还沉浸在周室王姓的美梦中，毁坏都城城外戎州人村落居室，又抢劫戎人的财产，尤其是不注意小节，居然为满足私欲，剃光己氏之妻的长发，为夫人吕姜做假发，卫庄公也就成为己氏及戎州等族的仇敌，构成了卫庄公所居的第三重矛盾。在这三重矛盾中，任何一种矛盾的激化，都将对卫庄公政权造成极大冲击，何况，外有晋军为敌，内有太子疾势力胁迫威逼，真是坐于火山口，危险即在眼前了。果然，当卫庄公驱逐石圃在即，事机触发，石圃即利用百工匠人对卫庄公的愤恨，乘机发动国人攻打庄公宫室。庄公性命不保，只好"狗急跳墙"，结果，被第三重矛盾的仇敌戎人乘虚而入，戎人砍杀了太子疾、公子青。己氏主人为报削妻发之仇，当然要杀卫庄公了。也是卫庄公命当该绝，偏偏躲进了己氏之家。为了逃生，想以利诱之，掏出一块玉璧，就想收买己氏主人。哪知己氏主人理智心明，报仇为大，玉璧为轻，何况完成了报仇这样一个重要大事，眼前的小利岂有飞去道理。杀卫庄公，再顺手把玉璧装入自己的腰包，真是大快人心，"仇"、"利"双收啊！

事例：楚文王计赚二侯兼猎艳

春秋时期，周室式微，各国之间相互争权夺利。前684年，蔡哀侯从陈国迎娶夫人，同年息侯也从陈国迎娶夫人息妫，息夫人与蔡夫人是为姊妹，蔡侯与息侯便是连襟了。蔡、息同为小邦，在春秋争霸时期，必须依附大国，才能够生存。蔡侯献午以齐国为后盾，积极参加齐、宋、鲁、陈攻打卫国的战争，护送卫惠公回国。息侯则以楚国为依靠，连襟则难以同心同德。息夫人妫生得美丽动人，号称"桃花夫人"，不仅深受息侯宠爱，也引得蔡侯觊觎窥视。也就是嫁娶为妇的这一年，息妫因回归陈国娘家，途经蔡国，蔡侯不仅不以上宾礼接待，还垂涎于息夫人的美貌，假意迎接息妫入宫，试图动手动脚行非礼。

蔡侯的行为不仅是对息妫本人的凌辱，当时周王室仍在，在上下尊卑礼节仍然着重讲究的春秋时期，也是对息侯及其国家的恣意侵侮。齐桓公曾经因从前在逃亡途中经过谭国时，谭国不礼貌对待，就找理由灭了谭国。息妫回到息国，把蔡侯对自己轻薄的言行告诉了息侯，立即惹得息侯大怒，立誓要借机惩处蔡侯。息国派出自己的特使去楚国拜见楚文王，讲蔡侯因为有齐国为后台，并不把楚王放在眼里，蔡侯平时还挑拨离间息、楚两国的关系，对楚国早已心存不满，希望贵国能惩罚蔡侯。楚文王此时上台没有几年，开始还担心对蔡国出兵会导致齐国出兵干涉，对息国的要求尚在犹豫。息国特使赶紧把息侯的话如数告诉楚王："我国与蔡侯既是联盟，又是连襟亲戚，蔡侯争强好胜，请贵国假意派兵来攻打敝国，那时寡人将向蔡国求援，以便为贵国制造攻蔡的借口。"楚文王以为这是个绝好的主意，就接受息侯的建议。

前684年秋九月，楚国派大兵浩浩荡荡拥入息国。息侯便向连襟的蔡侯求救，要求蔡兵援息。蔡侯亲率大兵进入息国境地，被埋伏在莘地的楚军一举击溃。蔡侯慌乱之中，带着自己手下的少数亲兵，向息侯所居城中逃去，当来到城下时，却见四面城门紧闭，原来守城士兵早接息侯命令，有意拒蔡侯于城门外。蔡侯无可奈何，慌不择路，逃亡途中遇到楚军，成为俘虏。

息侯得知蔡侯被俘，急忙开城门迎楚军，亲率息国文武官员，犒赏击灭蔡军的楚国立功将士，并隆重礼送楚王凯旋归国。至此，蔡侯方才明白，自己中了息侯的圈套。

前680年，楚文王决定释放蔡哀侯回国。本来楚文王从息国带回蔡侯，是想将之作为牺牲，以祭告大庙，因大臣鬻拳力谏，认为放蔡侯回国，既有利于安定齐国，又有利于楚国。楚文王思之有理，暂时留下蔡侯。当蔡侯要回国的时候，文王命大摆宴席，为之饯行。宴席间，文王命美女、乐工把盏奏乐助兴。弹筝女子，长得仪容俊秀，媚态艳人，令蔡侯为之心荡。楚王看到此景，得意地对蔡侯说："此女如此漂亮美丽，色艺俱佳，你见过世上有如此美貌的女子吗？"

楚文王的话令蔡侯想起了美丽的息夫人，以及因此引起的蔡军败亡，灵机一动地对楚王说："世上的女子，再也没有比息妫更漂亮的了。眼前的女子比起息夫人，只能是油灯，息妫则是天上一轮明月，最光亮，最美丽。"

蔡侯极力夸耀息妫美貌的话，打动了同样好色的楚文王，他叹息道："世上存有如此美貌的绝色佳人，寡人要是能见上一面，也就死而无憾了。"蔡侯见文王心动，乘机挑拨说："这又有什么困难呢？以楚王的威望，就是大国齐王的夫人，也能得到呀！何况息国只是楚国的附属国呢？"

楚文王送走蔡侯，却不能够忘怀美人息妫，便以巡狩为名，带兵到了息国。息侯为了酬谢文王惩蔡侯之功，大摆宴席，亲自敬酒给楚文王。席中，楚文王笑着对息侯说："早就听说息夫人的大名，寡人前次为贵侯出兵，替息夫人出了口气，也尽了一点微力，今日远道而来，尊夫人何惜为寡人斟一杯贺酒呢？"楚文王的话，使息侯心头一震，终于明白了楚王巡狩息国的用意，因畏惧楚国的强大威势，息侯只好小心听命，连忙传呼息妫出来相见。

息妫很快就来到了宴席桌前，面向楚文王敛衽致谢。楚文王抬头一见，果然是世上罕见佳丽降临人间，连忙答礼。息妫用玉杯为文王斟酒，让宫女转手献给楚王，婉拒好色楚文王伸长的双手，不久便回宫而去。

美貌的息妫终于见到了，楚王应该是死而无憾了，但好色之念犹如脱兔再也收不回来了。第二天，楚王假意设宴答谢息侯，暗中埋伏兵士，决定迫使息侯就范。息侯不明就里，应召入席。当酒到半酣之时，果然楚王推杯说道："寡人有功于尊夫人，楚兵也为她牺牲了不少性命，今日大军在此，为何尊夫人不出来酬劳慰问呢？"息侯说："敝邑虽然很小，却不足为从者优乐，让我回去同她说一说，看她态度如何？"楚王便勃然作色，声斥息侯花言巧语，对自己不恭，是无义匹夫，命左右伏兵，捆绑息侯，引兵入宫，劫夺息妫。息妫闻前面有变，仰天叹道："引狼入室，实自取之祸。"楚兵在宫中后花园拦住了欲跳井自杀的息妫，带往前宫面见楚文王。心爱之人终于到手，楚文王也格外怜惜，以好言安慰，并且答应不杀息侯，才迫使息妫服从。不杀息侯，并不意味着存其国，楚文王灭息国而把息妫带回楚宫，立为自己的夫人。

春秋前期，是诸侯各国互相征战讨伐，夺土争利最为激烈的一段时间，作为小小城邦的蔡、息两国，本是亲戚，理应互相团结，互为声援，使自己得到自存。虽然两国在立国之策、政治路线上各有不同，各自投靠强国齐、楚，也是能够理解的。蔡侯、息侯为了美人息妫，先是蔡侯施之非礼，挑起事端，息侯在自身不足以制敌的情况下，又想假借楚国强势，为自己出口恶气。想不到楚文王好色，在被俘的蔡侯挑拨之下，为了得到心爱之物，施展顺手牵羊之谋，利用息、蔡相恶，息侯对楚王惩蔡感恩推德，息国对楚军放松警惕的机会，带大兵入息国，以强力既除了息国，又顺手猎艳，满足了自己的私愿。蔡、息的相争，给大国强楚造成了不可多得的时机，正如息夫人妫所说，虽是引狼入室，实是自取之祸。对楚文王来说，这么好的时机，如果不乘机行动，倒也是却之不恭了。

据《左传》记载，那顺势挑拨楚文王，借楚文王之手，除去息侯的蔡侯，最后的下场也是很惨。当时士大夫对蔡侯多有诽议，息妫虽被楚文王掠为己有，却连一句话也不说，使楚文王甚为恼火。回过头来，就把满腔怒火发泄到挑动灭息国之事的蔡侯身上。几个月以后，楚文王就命楚国大军大举进攻蔡国，蔡国也随之而灭，楚文王最后又逮住了一只"大羊"。

第四，遇时不疑，乘胜追敌，创胜之计在其中。

俗语说："机不可失，时不再来。"在时机面临之际，不应该处事犹疑，临断不绝，而应当当机立断。顺手牵羊之计，强调在时势有利于自己攻敌的情况下，要及时地乘胜而攻，击败敌人。

事例：元顺帝拥势翻旧账，一举除旧怨

1343 年，元顺帝突然发出一份使皇宫震动，满朝文武为之目瞪口呆的诏谕，诏书中其略曰："昔我皇祖武宗皇帝升遐之后，祖母太皇太后惑于憸慝，俾皇考明宗皇帝出封云南。英宗遇害，正统浸偏，我皇考以武宗之嫡，逃居朔漠，宗王大臣同心翊戴，肇启大事，于时以地近，先迎文宗，暂总机务。继知天理人伦之攸当，假让位之名，以宝玺来上，皇考推诚不疑，即授以皇太子宝。文宗稔恶不悛，当躬逯之际，乃与其臣月鲁不花、也里牙、明里董阿等谋为不轨，使我皇考饮恨上宾。归而再御宸极，思欲自解于天下，乃谓夫何数日之间，宫车弗驾。海内闻之，靡不切齿。又私图传子，乃构邪言，嫁祸于八不沙皇后，谓朕非明宗之子，遂俾出居遐陬。祖宗大业，几于不继。内怀愧慊，则杀也里牙以杜口。上天不佑，随降殒罚。叔婶不答失里，怙其势焰，不立明考之冢嗣，而立孺稚之弟懿璘质班，奄复不年，诸王大臣以贤以长，扶朕践位。国之大政，属不自遂者，讵能枚举。每念治必本于尽孝，事莫先于正名，赖天之灵。权奸屏黜，尽孝正名，不容复缓，永惟鞠育冈极之恩，忍忘不共戴天之义。既往之罪，不可胜诛，其命太常彻去脱脱木儿在庙之主。不答失里本朕之婶，乃阴构奸臣，弗体朕意，僭膺太皇太后之号，迹其闱门之祸，离间骨肉，罪恶尤重，揆之大义，削去鸿名，徙东安州安置。燕帖古思昔虽幼冲，理难同处，朕终不陷于覆辙，专务残酷，惟放诸高丽，当时贼臣月鲁不花、也里牙已死，其以明里董阿等明正典刑。"

这份令朝廷内外无不为之惊诧失色的诏书，数列了元武宗以来，元王朝政权的更迭变化的内幕，又事关在任太皇太后和皇太子的性命安全，犹如晴空霹雳，忽而轰响。那么，诏书颁发，有何气候背景，又有何目的呢？实际上元顺帝此诏，翻开的是一本元王朝宫廷政坛争夺的旧账，实质是复父仇，除旧怨。

原来，元顺帝是元明宗的长子，自幼即饱受皇室内部倾轧之害，曾被远逐皇宫，戍守高丽，于大青岛茕茕孑影地幽居，后又被贬谪静江（今广西桂林）。顺帝的父亲元明宗没有牺牲于沙场，却倒在兄弟残杀的宫廷阴谋之中。元明宗与怀王图帖睦尔（即后来的元文宗），都是元武宗之子，元明宗被叔父元仁宗封为周王，居诸王之长。元仁宗时，被驱逐出京城长期流落西北，但深受西北诸王拥戴欢迎，且勤于理政，善收人心，所辖属西北地区，一度出现人心安定、民众乐业的繁荣景象。泰定帝死后，元王朝内部发生两都之战，先期自立为帝的怀王图帖睦尔多次遣派专使，要迎迓兄长元明宗南下，声称自己愿意退位，拥元明宗登基。

1329 年春，元明宗在和林（今蒙古后杭爱省）正式称帝，不久即偕同文宗图帖睦尔，遣派心腹大将燕帖木儿南下。图帖睦尔为示相让诚意，又亲自从大都启程北迎。一时间，使元明宗感到当年父亲武宗的“武仁授受”的场面重现兄弟之间，自以为皇权在手，大局落定，只顾快马加鞭兼程南下，实际昧于中原地区复杂的政治环境。南下途中，元明宗过早暴露了自己的施政方针，公开宣称：“诸王百官有违法乱纪者，臣者皆可举劾。”即位后，以整纪重法，严惩乱臣贼子为首要大事，又过于轻视权臣燕帖木儿的势力。同年八月初二日，元明宗与弟弟文宗图帖睦尔，相会于河北的王忽察都，自此明宗沉浸于阔别十多年的两兄弟欢聚之中，整日里于蒙古包内觥筹交错。可惜，说不尽兄弟情义的日子并不长久，四天之后的初六日，内侍就突然宣布，明宗于殿帐之中“暴崩”。旋即文宗图帖睦尔再次即位于上都，委燕帖木儿以重任。这就是著名的王忽察都事件，也就是元顺帝诏书上所说的，令皇考“饮恨上宾”的来历。

　　1332 年，文宗图帖睦尔重病身死，临终遗嘱，按"兄终弟及、叔侄相承"原则，下诏立明宗之子为皇太子。也许是天良发现，以此作为对王忽察都事件的补偿吧。开始所立并非元顺帝妥懽帖睦尔，当时总揽元朝实权的权臣燕帖木儿，以顺帝七岁之弟郦王懿璘质班作傀儡皇帝，但郦王即位四十三天，便病逝身亡。此时元顺帝正在广西静江所贬之地，文宗在任时，对明宗母子十分刻薄，先谗言害死明宗皇后必已实，又把明宗长子妥懽帖睦尔远贬高丽，致使他小小年纪，就像一个成人，整日里不苟言笑，郁郁寡欢。后改贬广西时，文宗又明诏天下："元明宗出镇朔漠之地时，曾说妥懽帖睦尔不是自己的儿子，是故将他移居广西静江。"

　　不过，元顺帝能上台为帝，应该十分感谢元文宗的皇后，即顺帝诏书中所讲的太皇太后卜答失里。郦王死后，权臣燕帖木儿是力主立文宗之子雅克特古斯，当时皇后卜答失里临朝称制，却坚持依文宗遗诏办事，立明宗长子妥懽帖睦尔。燕帖木儿以文宗有明诏说其非明宗所出，劝其改变主意，又提醒她，人心难料，万一皇侄并不领情谢恩，"将奈何？"卜答失里皇后不为所动，坚持己见，便派使臣至静江接回妥懽帖睦尔。当燕帖木儿率文武百官至良乡迎接未来的皇帝时，这个习于权坛的政治老手，被这位十三岁的未来皇帝的寒冷所震惊，强烈的不安全感使他感到顺帝人小，但心术难测。回大都后，他立即面见卜答失里皇后，以"恐于太后不利"，"为天下大计"为由，取得皇后的默认，先把顺帝放在皇宫中，借故拖延，不让顺帝正式登位。侥幸的是，这位恣意无忌的权臣，因荒淫无度，不久即虚脱身亡。至顺四年（1333 年），元顺帝终于在上都即位。即位之前，卜答失里皇后亲自主持大臣会议，议定元顺帝百年之后，传位文宗子雅克特古斯。

弄清了明宗及皇后之死因，再了解了顺帝上台的经过，就不难理解元顺帝诏书中所说的"忍不共戴天之意"，要把文宗的庙位拆除，把文宗的皇后削号徙往外地，把文宗之子、皇太子雅克特古斯放诸高丽的缘故了。元顺帝翻起变天账，为父母复仇，却不是一上台即施行的，而是经过长期谋划，深得顺手牵羊之真谛，在消灭了主要敌手之后，拥势坐大，乘隙而入，最后才称心如愿的。

元顺帝上台之初，主要政敌目标还不是文宗皇后及皇太子，毕竟是卜答失里皇后主持下，自己才登基的。即位不久，元顺帝以伯颜为中书右丞相，封秦王。以燕帖木儿的弟弟撒敦为左丞相，加号太傅，封荣王。燕帖木儿的儿子唐其势为御史大夫，承父亲王爵，进阶金紫光大夫。燕帖木儿女儿为顺帝皇后。这样，朝廷之中，权臣燕帖木儿虽死，但其势力仍占着元朝朝廷的上风。元顺帝此时，以去除权臣燕帖木儿的势力为主要目标。他有意重用伯颜，以伯颜牵制对手，然后，乘唐其势兄弟及其叔父答里有谋叛举动，一网打尽，把燕帖木儿集团势力全部清除，甚至自己的皇后，也在所不惜，让伯颜鸩死。后来，他见到受自己宠信的伯颜威震朝廷，专横无忌，便又用伯颜之侄脱脱计谋，调虎离山，寻机除了伯颜的兵权，把他放逐到南方，使其死在贬斥途中。权臣伯颜一死，朝中大权终于回到了年轻的顺帝手中。多年以来梦萦之中的复仇愿望，终于可以得以实施了，便把进攻矛头指向了文宗皇后及她的儿子雅克特古斯。

卜答失里为顺帝的婶母，是顺帝上台的拥戴人。皇太子雅克特古斯也是顺帝亲口答应册立的，要除去两人，并非易事。虽然当时有一些臣僚，见皇上有意除去皇太后母子，趋机谗言，但毕竟没有可靠证据，不足以成事。恰好此时，卜答失里的失措，送给元顺帝一个良机。

原来，卜答失里在鄜王为帝时，是以皇太后名义一度听政，后来顺帝上台，按例以顺帝为子辈，她理应还称皇太后，不知什么原因，卜答失里非要做太皇太后不可。按宫中惯例，为太皇太后，皇上就变为孙子辈了。对此事当时一些大臣就有谏议，顺帝明白，这乃是要除政敌所露出的破绽。顺帝一面公开加以诏封，一面做除敌准备。也不同左丞相脱脱商量，就直接发出了这篇诏书。

右丞相脱脱继伯颜之后总理朝廷军国大事，元顺帝此次下诏，事前毫不知理，本来心中纳闷，虽然诏书中说的是皇家之事，毕竟牵涉到国家大计。脱脱忍不住上殿，劝阻皇上收回诏书。顺帝平时对脱脱的建议颇为尊重，不料此次，一口拒绝，口称"卿为国家，能大义灭亲，逐去伯父伯颜。难道朕为国家，放逐叔婶，不是一样的道理吗？"生生把脱脱的话驳回。脱脱又进言："当初皇上进宫，可是全仗太皇太后的一力主持啊。"元顺帝听到此话，则扭头不语。监察御史崔敬上疏云："既然文宗庙祀已撤，皇太后也被割去鸿名，皇上尽孝正名，都已做足，希望皇上念及皇太子雅克特古斯年幼，义当怜悯，何况同为武宗谪孙。皇上富有四海，子育黎元，使天下一夫一妇都得其所，怎能对同气之人置之度外，而贻笑外邦。请求皇上遣归太后、太子，全母子之情，尽骨肉之义。而天意回，人心悦，则宗社幸甚。"崔敬的上疏，虽然写得有理有情，却也是石沉大海，全无回音。

顺帝诏书下达不久，做了太皇太后的卜答失里和太子雅克特古斯，就分别踏上了放逐道路，过去养尊处优的皇家贵人，哪里经得住此等打击。卜答失里想起燕帖木儿的话，真是后悔不迭，到东安州后，即一病不起，死于该地。年少的皇太子流放高丽，尚在途中，即被杀死。后世史家，认为元顺帝忘德思怨，撤庙驱母，戮杀皇弟，是不仁不义之举，却不知对一个政坛之中的权谋家来说，此等议论，只是不痛不痒的书生之论罢了，又有什么意义呢？

三、伺机而动　寸利寸功必得

政治是使用权力的事业，是各种利害关系的冲突场。顺手牵羊之计，讲求以阴谋取胜，最大程度上获取对敌成功的成果，它对政治斗争中以权力和利益的追逐为重心的政治家、阴谋家、野心家们，有着非常广泛的应用性。

第一，在敌对国家之间使用。

顺手牵羊之计，在中国古代国与国之间的临敌互战中屡见不鲜。春秋时期，霸权迭兴，周天子的王权独尊已经衰颓，多头政治崛起，大国争霸，小国图存，军事战场的争胜与政治计谋的运用交叉渗透。吴国与越国争霸，越王勾践乘吴王夫差率大军赴黄池会盟诸侯争霸之机，兵分两路，直捣露出空虚的吴国，迫使吴王夫差急返国中卑辞求和。此役胜利，是"玄虚"而成，是弱国对强国使用顺手牵羊之计的典型之例。

强国对弱国，也惯用顺手牵羊阴谋。即如吴越争霸之例，前482年，吴王夫差在黄池与晋定公、鲁哀公及周天子的代表会盟，夫差以大军作后盾，首先歃血，做了盟主。其时他虽然得到越国乘虚攻吴消息，但在急迫的归途中，仍念念不忘趁着兵多力强、新做盟主的好形势，顺路讨伐不赴黄池之会的弱小宋国，以显示霸主的威风。只是后来因为本国危急，才停止与宋国的激战。

势均力敌的国家相战，因实力条件相当，双方之间要想一下子置敌于死地，取得较大的胜利，难成现实。在这种情况下，双方之间力量的对比优劣，要依靠积小胜为大胜，积少成多，然后才有由量到质的转机，所以微利在所必争，"寸土不让，寸利必夺"就更显得重要。

第二，君臣之间的使用。

中国古代君主专制主义中央集权制度，专制君主视天下为一家一姓之私产，"普天之下，莫非王土；率土之滨，莫非王臣"。天下的人力、财富都是君主任意使用和挥霍的对象，臣子是君主役使的"良弓"、"走狗"。儒家政治伦理的"为人君者立于仁"、"为人臣者止于敬"，君臣之间相得益彰、互相契舍的局面，从来都是理想主义色彩的图画，常见不怪的倒是相互猜忌，疑下防左右的防范戒备，黜陟逐杀、窃权夺篡乃是常态，也为阴谋计策的运用提供了广阔的战场。

1. 君主对臣子的使用

专制政治在国家中树立了居绝对权威地位的君主，但君主名分上对天下的支配权与权力支配权地位的实现，毕竟是有区别的。皇权有旁落的时候，更有"城头变换大王旗"，落入外姓他人之手的可能。所以君王们要使用"术"，施展阴谋伎俩，设计用权，务必最大程度上巩固和维护既有的君权。君主使用顺手牵羊之计，往往从巩固君权作为出发点，趁着形势对自己有利的时机，消除隐患，排挤和打击对君位有威胁的外戚、后党、权臣、功将等。如元顺帝上台后，利用已经消灭了唐其势的势力集团和权臣伯颜，在皇位空前稳定的有利形势，乘胜追击，拥势反目，把元文宗的皇后卜失答里、皇位继承人太子雅克特古斯，放逐到外地，既为父报仇，又消除了隐患。

2. 臣僚对君主的使用

专制君主驭臣有术，但臣子也不是傻瓜。历史的镜鉴，长期的政治生涯，都会培养起臣下对付君主的"欺君"之术、"弄君"之术。臣僚们有自我保护的手段，更有弄君固权、夺权，实现自己政治目的的"机心"。臣僚们使用顺手牵羊之计，通常是趁着君主在执政中露出疏忽、破绽，加以利用，积小胜为大胜，逐渐欺身向前；或者利用君主的名义，名正言顺地除去对己不利的政敌及其党羽；或者乘着幼上弱君，昧于知事，自己权柄在手，顺理成意，不动声色地渐次安插党羽部下，架空君主，直到最后逼君主禅让退位。

第三，在君主以下的政治人物和势力之间使用。

1. 官僚之间相互使用

在君主专制的政治体制下，政治权力的得失，关系到官吏的功、名、利、禄，它有着难以自制的扩张性或普遍化倾向。政治心理学家们对权力和权力动机的产生曾经做过长期深入的研究。美国政治心理学家威廉·F.斯通《政治心理学》认为："一切动机都是习得的，动机常常是由某种环境线索唤醒的，这些线索还会唤醒情绪，环境线索还会产生一组独特的观念和信念。"君主专制制度的官场，走进来的官僚就像跌进了染缸，每一个人都被染上了颜色。"谋取和控制他人"的权力追逐，几乎成为官场上每一个人的观念，为此而极尽智慧，奇计怪招、阴谋伎俩随手施放。唐朝杨国忠除掉受玄宗信任的官僚王铁，可算是顺手牵羊之计在官僚中相互施用的典型事例。

2. 在宦官与官僚之间使用

站在政治社会学的视角，分析秦汉以来专制王朝上层政治社会的社会角色，可以看出存在着三个紧紧围绕着皇帝的政治力量，即宫廷中的宦官势力、外戚势力、官僚宰辅势力。三者之间以皇权为中心，分工、进位各有不同。从根本利益上来说，都是统治集团中的上层成员，维护专制制度，保持统治阶级的根本利益。三者之间有共同点，因而相互联系、相互利用。但是三者在国家权力支配上，又分属不同的政治集团，权力的分配不均，君主的有意操纵和倾向性，往往导致三大势力之间相互为敌，斗争不断。就宦官与官僚的对立斗争来说，从宦官产生、发展的历史可以看出，君主专制制度造成了宦官与官僚相斗的必然性；历史上宦官专权的出现，与君主维持君权的需要有着密不可分的关系。汉武帝设内朝，让一些宦官参与讨论和决策国家大事，而外朝的大臣们有的却未能与闻。东汉光武帝刘秀，采取以内治外策略，以宦官牵制朝臣，所以"一人之下，万人之上"的宰相及其他官僚的政治地位为之下降，中常侍、大长秋等宦官倒成了随从皇帝左右，帮助皇帝处理政务的主要助手。由于"人主之多欲"，造成了数千年来的毒药猛兽般的阉宦之祸。黄宗羲揭露明代的宦官干政，导致了"奉行阉宦之朝政"。本来朝政应由宰相六部所出，但"本章之批答，先有口传，后有票拟；天下之财赋，先内库而后太仓；天下之刑狱，先东厂而后法司。其他无不皆然"。结果宰相和六部官僚倒成了阉官的奉行之员。宦官势力的上升得势，非制度地对官僚权力进行削夺，理所当然地遭到官僚们的抵抗，加上官僚们对宦官出身和行为从心理上根本的鄙视和排斥性，使得与宦官之斗不绝于史。从西汉时，石显与萧望之两人之间的斗争，亦可窥见一斑。

3. 外戚与官僚士大夫之间斗争的使用

外戚是对皇帝母、妻的娘家人之称，如皇后的父兄、皇太后的父兄等。因与皇帝有姻亲关系，被皇帝视为最为亲近的心腹，由此获得显贵的政治地位和权力。外戚与宦官的处境有区别，在君主专制时代备受褒崇，封爵加官。东汉光武帝刘秀上台，母族樊氏一门五侯，妻族郭氏一门四侯。君主对外戚的信任宠爱，并非一般的温良亲情表现，有着强烈的维护皇权目的。任何事情有正面的作用，肯定会有反面的影响，皇帝对外戚的宠信日隆，同时也带来了它的副产品。中国历史上外戚弄权干政、祸国殃民，严重的改朝换代，君上之权被外戚替代的史例俯拾皆是。西汉末的王莽篡汉改"新"，即是一例。外戚弄权干政，势必会激化统治阶级的内部矛盾，官僚和士大夫因为自己的进身之阶遭帝王信任的外戚堵塞，切身权益被削夺，部分也因为政见的不同，往往会挺身向前，与外戚展开斗争。为此，使用阴谋手法，采用顺手牵羊之计，极力寻找对手的失误，伺机而动，微利必争。如东汉外戚梁冀擅政时，吴树因为在宛县县令任上，没有理会梁冀的嘱托，杀了梁手下的一些为非作歹宾客，被梁冀视为政敌。等到吴树升荆州刺史时，到梁府中辞行，梁冀干脆用毒酒把他鸩死。

四、乘间取利　顺势谋得大利

顺手牵羊之计，作为三十六计的第十二计，敌战计的第六计，强调以阴谋用权取胜，却有着与众不同的内涵和斗争特点，主要有：

第一，计谋使用有强烈目的性的特点。

顺手牵羊之计主张的微利必争，寸利必得，是在一定条件和目标制约下进行的，所叼之"羊"，是指在确保主要目标利益实现的情况下，能够乘间取利，顺势而行。因此，用计者在操作中，务必注意：一是要有可行的预期作战目标；二是政敌确有可以利用、己方能够容易得手的利益；三是小利的获取不能影响到己方本来目标的实现。要之，用计者不能发生本末倒置的"捡了芝麻丢了西瓜"式错误。

第二，就用计的时机掌握上，有选择性的特点。

顺手牵羊之计在使用中，要求用计者对敌情有清醒、准确的判断，选择最适宜的时机，如乘胜、乘势、乘便取利，伺敌隙取利。例如，杨一清为张永谋划除刘瑾，选择在平叛获胜后，明武宗对张永宠信正隆，刘瑾罪行累累，臣怨民愤，且与自立的安化王叛反之事有直接联系。张永便在庆功宴会后皇上身旁无人，私奏武宗，取得武宗同意后，又立即动手，连夜捕获尚在梦中的刘瑾。再如，奕诉除安德海，选择在安德海私出至山东境内，慈禧太后鞭长莫及，而山东巡抚丁宝桢与自己关系密切，可放心委托办事的机会，安排丁杀掉权阉。

第三，就用计者的政治心态来看，有强烈的投机性的特点。

清人毕沅《续资治通鉴》中，记载了一段关于南宋左丞相余端礼有关投机制敌的言论："古之投机者有四：有投隙之机，有捣虚之机，有乘乱之机，有承弊之机。因其内衅而击之，若匈奴困于三国之攻而宣帝出师，此投隙之机也。因其外患而伐之，若夫差牵于黄池之役而越兵入吴，此捣虚之机也。敌国不道，因其离而举之，若晋之降孙皓，此乘乱之机也。敌人势穷，蹑其后而蹙之，若高祖之追项羽，此乘弊之机也。机之未至，不可以先；机之已至，不可以后。以此备边，安若太山，以此应敌，动如破竹，惟所欲为，无不如志。"顺手牵羊之计，强调与政敌相斗之中，在敌方有"隙"可钻，自己又能顺势易行的时候，伺隙捣虚，不能轻视"小利"的获取，不能让唾手可得的利益白白失去。

第四，就该计应用中的功效来看，具有有效性的特点。

顺手牵羊之计的使用者，着眼于"寻隙"、"伺隙"，战机的选择，建立在对敌情的准确判断之上。建立在自己有势可恃的基础之上，不动则已，动之则胜。凡精领顺手牵羊之计谋深奥者，往往是"打虎"之中，得其"圈羊"，见利不失，收获颇丰。